Die Feinde der Hansetochter

Sabine Weiß

Die Feinde der Hansetochter

Historischer Roman

Weltbild

Besuchen Sie uns im Internet:
www.weltbild.de

Genehmigte Lizenzausgabe für Weltbild Retail GmbH & Co. KG,
Steinerne Furt, 86167 Augsburg
Copyright der Originalausgabe © 2016 by Bastei Lübbe AG
Umschlaggestaltung: Zero Werbeagentur, München
Umschlagmotiv: INTERFOTO © Sammlung Rauch / INTERFOTO © Granger,
NYC / Finepic®, München
Gesamtherstellung: CPI Moravia Books s.r.o., Pohorelice
Printed in the EU
ISBN 978-3-95569-803-4

2018   2017   2016   2015
Die letzte Jahreszahl gibt die aktuelle Lizenzausgabe an.

Meiner Mutter, in Liebe und Dankbarkeit

Personenverzeichnis

LÜBECK

Henrike und Adrian Vanderen, Kaufleute aus Lübeck
Simon Vresdorp, Henrikes Bruder
Cord, Liv und Claas, Kaufgehilfen
Margarete, genannt Grete, Henrikes alte Amme, Köchin
Windele, Magd
Bosse Matys, Schiffer auf Adrians Kogge *Cruceborch*

Nikolas und Telse Vresdorp, Henrikes Vetter und Base
Jost, Kaufmann, Telses Geliebter
Hinrich von Coesfeld*, Kaufmann
Oda, seine Tochter und Henrikes Freundin
Tale von Bardewich, Kauffrau
Goswin Klingenberg*, Kaufmann
Ubbo Abdena, ostfriesischer Adelsspross
Detmar*, Franziskaner, Lesemeister und Beichtvater
   des Katharinenklosters in Lübeck

Bürgermeister und Ratsherren
Hermanus von Osenbrügghe*
Jacob Plescow*
Symon Swerting*
Gerhard Dartzow*
Hermann Dartzow*
Albert Rodenborch*, Ratsschreiber

GOTLAND, DÄNEMARK

Asta, Henrikes Tante und Gutsherrin
Katrine, ihre Tochter
Sasse, ihr Knecht
Erik, Kaufmann
Gunda, seine Frau

BERGEN, NORWEGEN

Ellin, Krämerin
Tymmo, Ellins Mann
Henk, ihr Sohn

GAUTAVIK, ISLAND

Alvar, früherer Falkner
Runa, seine Tochter
Dagur, Schiffer
Jón, sein Bruder
Einar, Steuermann

BRÜGGE, FLANDERN

Lambert, Adrians Bruder
Martine, seine Frau
Joris, Cornelius, Agniete und Gossin, ihre Kinder
Rosina, Lisebette und Lucie, Adrians und Lamberts
    Schwestern
Ricardo, Kaufmann aus dem italienischen Lucca und Adrians
    bester Freund, lebt mit seiner Frau Cecilia in Brügge

DEUTSCHORDENSSTAAT

Winrich von Kniprode*, Hochmeister
Konrad von Jungingen*, Ordensritter
Willem von Ghent, Falkenmeister
Frans, Falkenknecht
Graf Adolf I. von Kleve*
Graf Engelbert III. von der Mark*
Sylvestre Clerbaut*, Ritter
Herr von Mastaing*, Ritter
John Russel*, Ritter
Janis, Sklave

* Historisch verbürgte Persönlichkeiten

1379

Juni bis Dezember

1

Schonen, Anfang Juni

Der Mann hastet über den Strand. Er bemerkt weder, dass Sand in seine Lederschuhe dringt und sie ausbeult, noch, dass der Strandhafer seine Seidenstrümpfe zerreißt. Die finsteren Blicke seiner Schuldner treiben ihn weiter, genau wie deren Verwünschungen. Würde man es wirklich wagen, ihn anzugreifen? Verfolgte man ihn bereits? Er will lauschen, doch sein eigenes Keuchen übertönt alle Geräusche. Eilig erklimmt er die Düne. Niemand zu sehen. Schnell auf der anderen Seite hinab! Strauchelnd fällt er in den klammen Sand. Jetzt könnte sich jemand auf ihn stürzen! Er rappelt sich auf. Weiter, nur weiter, obgleich die Flanken schmerzen. Eine Düne noch, dann durch das Buchenwäldchen, und er hätte es geschafft.

Deutlich spürt er die schweren Geldbeutel an seiner Hüfte. Die Schonische Messe fängt erst in einigen Wochen an, aber er hat schon ein kleines Vermögen verdient. Am Strand um Falsterbo und Skanör tummeln sich bereits unzählige Menschen. Kaufleute konkurrieren um die besten Lagen für ihre Buden und feilschen mit den Fischern um ein Vorkaufsrecht auf ihren Fang. Alle treffen Vorbereitungen für die bedeutendste Handelsmesse der nordischen Welt. Nicht nur die Lage am wichtigsten Schifffahrtsweg der südlichen Ostsee macht Schonen so begehrt. Ein schlanker Fisch, der in den Sommermonaten hier dicht an dicht im flachen Wasser schwimmt, hat die dänische Halbinsel zu ihrer Bedeutung gebracht: »König Hering« ist die wichtigste Speise der Christenmenschen zur Fastenzeit – und die macht insgesamt immerhin etwa ein Drittel eines Jahres aus. Kein Kaufmann kann es sich leisten, die Schonischen Messen auszulassen, und so finden sich Tausende ein und bringen Waren aus aller Herren Länder mit. Im Moment arbeiten neben den Fischern und Fischweibern vor allem Zimmerleute hier, um die von den Winterstürmen weggefegten Holzschuppen wieder aufzubauen. Die Kaufleute haben, nach Städten geordnet, eigene Vitten, um Handel zu treiben und Salz, Bier, Tuche und andere Güter zu lagern. In einigen Buden wird der Fisch verarbeitet, in anderen der Grum, die Fischabfälle, zu Tran gekocht. Und natürlich können auch die Huren ihrem Gewerbe nicht im Freien nachgehen.

Er rennt über die letzte Düne in die Senke, in der kühle Schatten zwischen den jungen Buchen hängen. Der Kaufmann fröstelt und zieht sein samtenes Wams zusammen, damit der Kragen aus weichem Marderfell seinen Hals umschließt. Er braucht seine Stimme. Sie ist sein wichtigstes Handwerkszeug.

Seine Gedanken wandern zu seinen letzten Geschäften zurück. Er hatte Stangeneisen und Holz geliefert, beides zu einem hohen Preis. Die Nachfrage war so groß, dass er noch heute sein Schiff klarmachen und zurückkreisen würde. Vielleicht würde es ihm gelingen, ein weiteres Mal vor seinen Konkurrenten in Schonen einzutreffen und ebenso viel Gewinn zu machen.

Der Waldrand ist erreicht. Endlich ist die Kirche in Sicht! So hell leuchtet die weiße Fassade des Gotteshauses gegen das Blau, dass er die Augen zusammenkneifen muss. Er spürt den Himmel über sich. Gott scheint ihm nah, zu nah. Jeden Winkel seiner Seele prüft der Allmächtige, und was er erblickt, dürfte ihm nicht gefallen …

Denn der Handel ist nicht das Einzige, mit dem er Geld verdient. Oft wird er als Wucherer geschmäht. Und in einem sind sich alle einig, ob Adelige oder Tagelöhner: Geld wollen sie borgen, aber ihre Schulden nicht bezahlen. Wie der Zimmerer, der ihn vorhin mordlustig beschimpft hat. Aber warum soll er keine Entschädigung erhalten, wenn er Geld verleiht? Schließlich haben seine Kunden auch nur ihren Vorteil im Sinn.

Doch allmählich wird ihm bang um sein Schicksal. Erst letzte Nacht war er wieder aus dem Schlaf geschreckt. Ihm träumte, der Erzengel Michael habe seine Seele gewogen und für zu leicht befunden, weil er angeblich einen unrechten Zins verlangt hatte. Im Traum hatte er versucht, sich zu verteidigen, doch seine Stimme hatte versagt. Auch hatte der Engel die winzigen Teufel nicht gesehen, die sich keckernd und feixend an die andere Seite der Waage krallten und mit ihren Hufen ausschlugen. Sie wollten ihn zu sich in die Hölle reißen, wo er die Qualen der Wucherer erleiden würde. Noch immer meint er ihr Lachen zu hören. Um die Teufel auf Abstand zu halten und eine sichere Schiffsreise zu erflehen, muss er in die Kirche. Gott muss gnädig gestimmt werden.

Eine Böe peitscht Sand in seinen Nacken. Der metallische Geruch des Fischbluts hängt ihm in den Kleidern. Wie gleißend das Licht ist! Als würde er direkt vor den himmlischen Heerscharen stehen …

Erleichterung durchflutet ihn, als er durch die offene Kirchentür tritt. In Sicherheit! Hier würde ihm niemand etwas antun. Wenn er erst gebeichtet hatte, würden auch die Teufelsstimmen in seinen Ohren verstummen.

Die Kirche scheint leer. Nervös nestelt der Kaufmann das Perlenpaternoster aus seiner Tasche. Die schimmernden Kugeln des Rosenkranzes fliegen über seine Fingerkuppen. Erst als sich seine Augen an das Zwielicht gewöhnen, bemerkt er den Mönch, der bäuchlings mit ausgebreiteten Armen vor dem Altar liegt.

»Bruder Thomas?«, fragt der Kaufmann heiser. Bei ihm hatte er in den letzten Tagen gebeichtet. Der Priester hatte sich als gutwillig erwiesen und ihn nach großzügigen Spenden gerne von seinen Sünden freigesprochen. Er bevorzugt verständige Seelenhirten und meidet jene, die ihn maßregeln.

Der Priester erhebt sich. Er ist ihm unbekannt. Im Zwielicht im Gesicht des Geistlichen zu lesen, fällt ihm schwer.

»Ich will beichten. Ist Bruder Thomas nicht da?«

»Bruder Thomas hat sich zurückgezogen, um zu Gott zu sprechen. Zögert nicht, wenn Ihr Eure Seele erleichtern wollt. Wisst Ihr denn nicht: Wir sind nur Diener unseres Herrn. Jeder von uns dient ihm so gut wie der andere«, antwortet der Priester mit samtener Stimme.

Er weist auf den Stuhl, der seitlich des Altares steht. Worte und Tonfall beruhigen den Kaufmann etwas. Zögernd folgt er dem Gottesmann und lässt sich zu seinen Füßen auf die Steinplatten sinken. Wie kalt ihm ist! Aber von dem Geld, das er verdient, würde er sich etliche neue Pelze leisten können und einige Huren noch dazu, die ihm des Nachts das Bett wärmten. Noch etwas, das er beichten muss ...

Die Hand legt sich auf seinen Kopf, überraschend schwer. Der Priester murmelt die lateinischen Sätze, die die Beichte einleiten. Die Anspannung des Kaufmanns lässt nach. Gleich wird er sich besser fühlen.

»Oh allerliebster Herr und allergerechtigster Gott. Meine Schuld ist groß, meiner Sünden sind viele. Meine Zeit ist kurz und ich bin ein armer Mensch. Diese Sünden habe ich getan seit meiner letzten Beichte«, beginnt er. Zügig führt er die Vergehen auf, derer er schuldig geworden ist. Unkeusche Gedanken und unzüchtige Taten einzugestehen, fällt ihm leicht. Aber seine Geschäfte umschreibt er lieber nur. Es ist vertrackt, als Kaufmann steht man immer mit einem Bein im Fegefeuer! Der Priester ist jedoch einer von der Sorte, die es genau wissen wollen. Unbarmherzig bohrt er nach. Wie diejenigen Beichtiger, die sich in allen Einzelheiten den Ablauf einer Liebesnacht schildern lassen, um danach mit erhitzten Wangen die Bußsumme festzulegen.

»Ihr sprecht also von schändlichem Gewinn und Wucher, deren Ihr Euch schuldig gemacht habt?«, fragt der Priester streng.

Vielleicht hätte er doch auf Bruder Thomas warten sollen.

Aber dann hätte er seine Abreise verschieben müssen. Und ohne Beichte loszusegeln, wagt er nicht ...

»Ich bin ein Geschäftsmann, Bruder. Auch ich muss von etwas leben, muss meine Knechte und Mägde bezahlen«, versucht er sich herauszuwinden. Er zwinkert mit den Lidern, um Tränen herauszuquetschen. Zeichen der Reue, die von jedem Büßer bei der Beichte erwartet werden.

»Es heißt bei Mose: Wenn du Geld verleihst an einen aus meinem Volke, an einen Armen neben dir, so sollst du an ihm nicht wie ein Wucherer handeln; du sollst keinerlei Zinsen von ihm nehmen.«

»Wucher ist ein hartes Wort.«

»Windet Euch nicht: Ihr seid ein Wucherer!«

»Ich möchte eine Altarkerze spenden, um meine Sünden abzumildern. Großzügige Almosen geben. Ablass erwerben. Und für Euch ...«

Der Priester fällt ihm ins Wort: »Wollt Ihr mit Gott feilschen?«, donnert er.

»Natürlich nicht. Verzeiht, Bruder.« Zerknirscht tastet der Kaufmann nach seinem Rosenkranz. Warum erlegt der Priester ihm nicht endlich die Buße auf und spricht ihn frei?

Der Priester beugt sich vor. Bevor der Kaufmann weiß, wie ihm geschieht, packt der vermeintliche Gottesmann seinen Schopf und spricht: »Gott mag dir vielleicht vergeben. Aber mein Auftraggeber tut es nicht. Jetzt zahlt er dir seine Schulden zurück.«

Der Kaufmann will aufspringen, um sich schlagen. Sich wehren. Fliehen. Aber die Angst lähmt ihn, bis es zu spät ist. Ein Ruck, und es ist vorbei. Sein letzter Blick gilt dem Gesicht, das die Schatten nun freigegeben haben. Es ist ein Allerweltsgesicht, in dem er einen beinahe amüsierten Ausdruck von Gleichgültigkeit liest. Leises, höhnisches Lachen perlt in seinen Ohren. Des Teufels Spießgesellen – da sind sie wieder. Springen an den

Rand der Waagschale, in der seine Seele liegt. Reißen sie hinunter, unaufhaltsam, der Hölle entgegen …

Der Mörder zieht die Kutte über seinen Kopf und stopft sie in die Nische hinter dem Altar. Das Perlenpaternoster und den Geldbeutel des Kaufmanns steckt er ein. Er ist kein Dieb – warum aber diese Schätze zurücklassen? Der Priester würde sie sich später auch nur unter den Nagel reißen.

Er sieht nicht in das Kirchenschiff zurück, wo er den Kaufmann, einem Kreuz gleich, auf den Boden gelegt hat. Wenn die Hure mit Bruder Thomas fertig ist, wird dieser in der Kirche einen verzweifelten Sünder finden, den Gott während des Gebets zu sich gerufen hat.

Sein Schritt ist federnd. Weder Mitleid verspürt er noch Reue oder Furcht vor göttlicher Strafe. Mit Gott hat er ohnehin noch eine Rechnung offen. Er hat nichts für Wucherer übrig, für diesen schon gar nicht. Viele werden sich über seinen Tod freuen. Nicht nur sein Auftraggeber – ein Pelzhändler, den der Wucherer beinahe in den Ruin getrieben hätte –, sondern auch sein eigener Vater. Er wird natürlich nicht verraten, dass er den Wucherer mit eigenen Händen getötet, sondern lediglich, dass er für dessen Verschwinden gesorgt hat. Endlich muss der Alte anerkennen, dass er nützlich war. Er, der Bastard.

Er läuft durch die Dünen und mischt sich unter die Fischer und Zimmerleute. Von da aus macht er sich gemessenen Schrittes auf den Weg in den Ort. Nach wenigen Minuten hat er die Herberge im Landesinneren erreicht.

»Sind meine Waren ausgeliefert?«, fragt er den Knecht. Einige Kleinigkeiten hatte er an einen örtlichen Händler verkauft, damit seine Anwesenheit nicht auffällt. Für die Leute hier ist er ein einfacher Kaufmannsgehilfe, nicht mehr.

»Ganz wie Ihr wünschtet, Herr.« Er gibt dem Knecht eine Münze. Nicht zu groß, damit er sich nicht seiner Großzügigkeit erinnert, und nicht zu klein, damit er ihn nicht als Geizhals im Gedächtnis behält. Das Mittelmaß ist alles, wonach er strebt. Unscheinbar, unauffällig zu sein, einer von vielen. Unsichtbar. Im Moment zumindest. Aber eines Tages würde es anders sein. Er würde einzigartig sein, wichtig, besonders. Jeder würde ihn kennen. Jeder würde sich seine Gunst wünschen. Und jeder würde ihn fürchten.

Den Schlüssel zu seiner Kammer in der Hand – da die Handelsmesse noch nicht begonnen hat, muss er sie nicht teilen –, hält er inne. Ist da nicht ein neuer Geruch? Noch bevor er sich darüber klar wird, öffnet sich die Tür. Seine Dolchhand schnellt vor und richtet sich auf das Brustbein eines Fremden, der ihm aus seiner Kammer entgegenlächelt.

»Kommt herein, ich habe Euch schon erwartet. So hat der arme Kaufmann das Zeitliche gesegnet. Und Bruder Thomas? Lässt er es sich wohl besorgen oder bleibt er keusch?«

Er verstärkt den Druck der Messerspitze. Jetzt zuzustechen wäre leicht. Aber woher weiß der Bärtige …? Und wer zur Hölle ist er? Er muss bei diesem Mann zweimal hinsehen: feine Kleidung und ein silberbeschlagener Stock, aber auch eine so buckelige Nase, als habe er viele Faustkämpfe ausgetragen. Von diesem Zinken kann nicht einmal der wuchernde Vollbart ablenken. Ein Haudegen im feinen Zwirn? Und dann dieser Gestank nach Heilkräutern, der von ihm ausgeht!

»Ich habe keine Ahnung, wovon Ihr sprecht. Macht, dass Ihr mein Zimmer verlasst, sonst muss ich davon ausgehen, dass Ihr mich bestehlen wollt, und Euch diesen Dolch in die Brust rammen.«

»Das wäre doch ein Jammer, edler Herr …«

Er stößt den Bärtigen in die Kammer, bevor dieser den verhassten Namen aussprechen kann. Den Namen, der ihm zusteht, und den er doch nicht tragen darf. Sein Vater hat ihm nie erlaubt, den Namen *von Bernevur* zu tragen, ihm, dem Bastard. Aber er wird ihn sich erkämpfen. Eines Tages wird ihn jeder als Wigger von Bernevur kennen – und fürchten.

Der Bärtige stolpert rückwärts, fängt sich aber ab und stützt sich wieder lässig auf seinen Stock.» ... wo ich Euch ein so lukratives Geschäft anzubieten habe. Und ich spreche nicht von der läppischen Ware, die Ihr mitgeführt habt.«

Mit dem Fuß schlägt Wigger die Tür zu. Dass er den Eindringling töten wird, ist klar. Aber erst muss er herausfinden, was dieser über ihn weiß.

»Ich bin nicht auf Geschäfte aus«, sagt er und spielt die Möglichkeiten durch, wie er den ungebetenen Besucher vom Leben zum Tod befördern kann.

Gelassen mustert der Bärtige ihn. »Bei anderen seid Ihr nicht so wählerisch.«

»Wer immer Euch das erzählt hat, lügt. Ich bin ein einfacher Kaufmannsgehilfe.«

Sein Gegenüber streicht gelangweilt über den Silberstock. Die Gravur eines Adlers ziert den Knauf. Ein schönes Stück ...

»Ach bitte, müssen wir dieses Spiel wirklich spielen? Nein, lassen wir das. Wenn jemand gut ist in dem, was er tut, dann spricht sich das herum. Und Ihr seid gut im Töten.«

»Das ist Verleumdung!« Sein Dolch schießt in Richtung des Bärtigen und stoppt erst, als er auf den Brustkorb trifft. Was erlaubt er sich! Am liebsten würde er ihm die Selbstgefälligkeit aus dem Gesicht prügeln. Aber das hat wohl schon jemand vor ihm versucht. Er hat nie vorgehabt, zum Mörder zu werden. Hätte sein Vater nicht ...

»Ich würde Euch abraten, mir etwas anzutun, mein Diener wartet vor der Tür«, sagt der andere ruhig.

»Ich habe niemanden bemerkt.«

»Nun, Ihr habt auch mich nicht bemerkt. Oder irre ich mich?«

Statt einer Antwort schnaubt Wigger unwillig. Genug geredet. Er will dem Eindringling den Stock wegtreten, dann die Kehle aufschlitzen. Doch als er dazu ansetzt, holt dieser blitzschnell mit dem Gehstock aus und trifft seinen Dolcharm. Ein Zweikampf entbrennt, bei dem der Bärtige trotz seines offenkundig verletzten Beines mithalten kann. Gerade als Wigger den Bärtigen endlich niederringen kann, wird die Tür aufgerissen. Ein Schrank von einem Mann steht auf der Schwelle, das Schwert erhoben. Doch als der Handlanger sieht, dass die Messerspitze des Mörders bereits den Hals seines Herrn ritzt, hält er inne.

»Verratet mir Euren Informanten«, verlangt Wigger zu wissen.

»Sicher nicht. Aber ich kann Euch etwas anderes verraten.«

Ruhig, als bemerke er das Messer nicht, gibt der Bärtige seinem Begleiter einen Wink. Ein Samtbeutel landet auf dem Boden. Er klimpert satt, die heitere Melodie vieler Goldmünzen. »Nämlich, wie viel Gold meinem Herrn Eure Dienste wert sind. Noch einmal so viel, wenn Ihr den Auftrag erledigt habt.«

»Öffnet den Beutel«, fordert Wigger. Der Diener zieht die Schnur, und unzählige Gulden kullern über die ausgetretenen Bohlen. Unwillkürlich hält Wigger den Atem an. Es ist eine größere Summe, als er erwartet hat. Damit wäre er schon bald am Ziel seiner Wünsche, sehr bald. Er lässt den Bärtigen los. Vielleicht lohnt es sich doch, zu reden ...

»Was soll ich tun?«

Der Bärtige schickt seinen Diener vor die Tür und spricht erst, als dessen Schritte verklungen sind.

»Eine Familie ruinieren, auslöschen, vom Erdboden tilgen.«

Schon mit diesem Satz gewinnt Wigger seine Kaltblütigkeit zurück. Ruhig, die Lider halb geschlossen, lauscht er. Als der Bärtige endet, lässt er die Worte lange nachklingen. Eine ganze Familie töten. Eine angesehene Lübecker Kaufmannsfamilie noch dazu. Das ist beinahe unmöglich, und auch für ihn lebensgefährlich, denn das Risiko, ertappt zu werden, ist groß. Zudem bräuchte er vermutlich Helfer. Aber mit dem Blutgeld wäre er am Ziel. Seine Zukunft und die seiner Familie würde endlich so glorreich werden, wie es ihnen zustand. Niemand würde dann mehr wagen, ihn Bastard oder Mörder zu nennen. Sein Vater müsste ihn achten. Man würde ihn endlich anerkennen. Und sein eigener Sohn würde zu den einflussreichsten Familien des Landes gehören. Außerdem liebt er Herausforderungen. Die Entscheidung fällt ihm nicht schwer.

2

Gotland, Sommer 1379

»Komm heraus, Katrine, es ist wunderbar hier!«
Kaum hatte Sasse das Pferd gezügelt, sprang Asta schon vom Kutschbock. Ihre bloßen Füße landeten in den Polstern aus weißen und lila Blüten, und ein betörender Duft, in den sich die herben Noten von Thymian und Kiefer mischten, stieg zu ihr auf. Asta ging immer barfuß, sogar im Winter. Erst war es ihr schwergefallen, ohne ihre Samtschuhe und die hölzernen Trippen gegen den Schmutz der Straße auszukommen. Inzwischen genoss sie das Kitzeln der Grashalme zwischen ihren Zehen, und selbst das Piksen der Kiefernzapfen unter ihren Fußsohlen machte ihr nichts mehr aus. Ihr gefiel es, sich zu spüren. Besitz lenkte nur ab vom Wesentlichen.

Den Landstrich hatte Asta sofort wiedererkannt. Vor beinahe zwanzig Jahren war sie zuletzt über diese Wiese zwischen dem lichten Haselhain und dem Nadelwald gelaufen. Damals war sie jung verheiratet gewesen und voller Träume. Ein reiches Haus hatte sie sich gewünscht und eine große Familie. Nichts davon war wahr geworden. Ein hartes Schicksal hatte sie zurechtgestutzt. Es hatte sie gelehrt, nichts mehr zu erstreben. Erst nachdem sie zum zweiten Mal dem Tod ins Auge gesehen hatte, war wieder ein Wunsch in ihr aufgekeimt. In den letzten Jahren war er gediehen, stark geworden. Er hatte sie hierhergeführt.

Wie froh sie war, dass sie sich entschlossen hatte, nach Gotland zurückzukehren! Das Gesinde auf ihrem Hof in Travemünde kam eine Weile ohne sie aus. Längst hatte sie für ihre Nachfolge gesorgt. Für Asta war es eine Reise in die Vergangenheit und der Versöhnung. Auf Gotland waren sie und ihre Schwester Clara geboren worden, hier waren sie glücklich gewesen ... bis zu dem Überfall und ihrer Flucht. Als sie vor zwei Wochen den weiß leuchtenden Küstensaum der Insel wiedergesehen hatte, hatte die Erinnerung sie von den Füßen gerissen wie eine Brandungswoge. Es hatte sie niedergeschmettert, wieder vor Wisbys Mauern zu stehen, an denen so viele Hoffnungen zerschellt waren. Ihr Elternhaus zu betreten, in dem sie so viele frohe Stunden verbracht hatte. Das Schlachtfeld zu sehen, das 1361 von dem Blut des Bauernheeres und ihrer Familie getränkt gewesen war. Aber Stück für Stück hatte sie erkannt, dass sie ihren Frieden mit dem machen konnte, was geschehen war. Dass sie Neues entdeckte.

Gotland war eine Insel voller Traditionen und Geheimnisse. Ein Eiland, auf dem überall die Kraft der Natur zu spüren war. Die zahllosen Steinkreise, Hügelgräber und die hohen Bildsteine mit ihren Spiralen und Wirbeln, mit ihren Seeungeheuern und Schiffen bewiesen, wie sehr die Altvorderen mit dieser Kraft verbunden gewesen waren. Es war verständlich, dass christliche Missionare viele dieser Orte zerstört hatten. Wie mussten sie die alten Götter gefürchtet haben! Manchen Bildstein, den Asta als Kind bewundert hatte, hatte sie zerbrochen im Mauerwerk einer Kirche wiederentdeckt. Gotland hatte nur aus einem Grund mehr Kirchen als jede andere Insel: um die Macht der heidnischen Götter zu bannen. Doch Asta konnte diese Kraft noch spüren, und sie hoffte, dass es ihrer Tochter Katrine und ihrem Gefährten Sasse ebenso ging. Schade nur, dass ihre Nichte Henrike sie nicht begleitet hatte, sie wäre sicher auch empfänglich dafür. Aber die junge Kauffrau war in Lübeck unabkömmlich.

»Katrine?«

»Gleich, Mutter!«

Erneut huschte ein Lächeln über Astas Gesicht. Sie war glücklich, dass sie Katrine hatte. Ihre Tochter war eine liebenswerte, geschickte junge Frau. Nur dass sie so ängstlich war, betrübte sie. Katrine hatte ungern ihren Hof bei Travemünde verlassen.

Auch jetzt blieb sie am liebsten in dem großen Kaufmannshaus in Wisbys Altstadt. Einzig die Wandmalereien in den Kirchen und die Bildsteine hatten es Katrine angetan. Stets fertigte sie in ihrem Wachstafelbüchlein Zeichnungen der Symbole an, um sie später auf ihre Stickereien übertragen zu können. Am Anfang hatte sie nur Gürtel bestickt, aber inzwischen waren manche ihrer Arbeiten ebenso kunstvoll wie groß. Sie konnte mit ihren Stickereien ganze Welten erschaffen.

Noch immer war von Katrine nichts zu sehen. Asta wurde ungeduldig. Ihre Tochter sollte heraus aus dem Wagen! Sollte etwas sehen von der Welt, die sie umgab. Nicht immer nur Sticken und Beten! Asta hatte schon über fünfzig Sommer erlebt und würde bald ihre letzten Jahre vor dem Ofen verbringen. Ihre Tochter jedoch sollte das Leben auskosten!

»Nun komm schon!«, forderte sie und schlug die Leinwand des Planwagens beiseite.

Katrine saß auf der Bank und hielt ihr Wachstafelbüchlein umklammert. Aufmunternd und unmissverständlich hielt Asta ihrer Tochter die Hand hin. Katrine war achtzehn Jahre alt, wirkte aber mit ihren langen blonden Zöpfen, der zarten Figur und den Sommersprossen auf der Nase manchmal noch wie ein Kind. Endlich erhob sie sich. Sie schob Wachstafel und Griffel in ihre Buchtasche, rückte ihren Gürtel zurecht und zupfte an ihrem Schultertuch. Es war heiß, und doch hüllte Katrine sich ein, als müsse sie ihren Körper verbergen. Asta drängte ihre Missbilligung zurück. Sie hoffte, dass Katrine irgendwann die Furcht überwinden würde, die die schrecklichen Ereignisse vor beinahe vier Jahren bei ihr hinterlassen hatten. Zwei Männer hatten Katrine Gewalt angetan. Die Kerle, die ihre Tochter geschändet hatten, waren von ihrem Gefährten Sasse bestraft worden. Ihre Tat aber würde Katrine für immer verfolgen. Wenig später war auch noch Astas Hof überfallen worden. Überall hatte es gebrannt. Als Gutsherrin hatte sie versucht, möglichst viele

Menschen und Tiere zu retten. Dabei war sie selbst beinahe gestorben. Aber eben nur beinahe ...

Die junge Frau nahm die Hand ihrer Mutter und kam heraus. Asta gab Sasse, der gerade ihr Pferd an einen Baum band, ein Zeichen. Nichts hielt sie jetzt mehr. Er nickte ihr in seiner ruhigen und selbstsicheren Art zu. Sasse würde nicht nur ihr Leben mit seinem eigenen verteidigen, sondern auch das ihrer Tochter schützen.

»Wollen wir nicht auf Sasse warten?«, fragte Katrine zögernd. Asta strahlte sie an. »Sieh dich um! Was soll uns hier schon geschehen?« Tatsächlich war kein Mensch zu sehen. Nicht in jedem Wäldchen trieben sich Unholde herum!

Sie lief zum Waldsaum und zog Katrine mit sich. Wie wunderbar die Zweige unter ihren Füßen knackten! Hier war es irgendwo, sie wusste es noch genau. Nicht zu weit entfernt von Wisby und doch weit genug. Hier war der Hof ihrer Eltern gewesen. Hier mussten die Bildsteine sein. Und die verborgene Höhle. Ein verstecktes Labyrinth. Manches Liebespaar hatte es als Treffpunkt genutzt ... Auch sie. Asta lächelte bei dem Gedanken daran. Ob Sasse ahnte, was sie mit diesen Orten verband?

Doch schon strich ein Schatten über ihr Gemüt. In Zeiten der Not hatten sich die Altvorderen in den Höhlen verborgen. Ob auch ihre Mutter und ihr Vater vor dem Angriff in die Höhle geflohen waren? Asta hatte es nie herausfinden können. Während sie selbst sich in der nahe gelegenen Stadt Wisby aufgehalten hatte, war der Hof ihrer Eltern von dänischen Söldnern überfallen, geplündert und niedergebrannt worden. Bei dem Kampf waren viele Bewohner ums Leben gekommen – auch ihre Eltern. Der Hof war so gründlich zerstört worden, dass kaum noch etwas von dem Mauerwerk übrig geblieben war.

Bedrückt lief Asta jetzt die Wiese ab. Erst als sie das Fundament des hohen Ringkreuzes unter Grasbüscheln fand, konnte sie sich wieder orientieren. An diesem Hofheiligtum hatten sich allmorgendlich die Hofbewohner zur Andachtsstunde versammelt, unter ihm war gefeiert und getrauert worden. Vom Ringkreuz aus waren es fünfzehn, vielleicht zwanzig Schritte zur Kammer gewesen, die sie mit ihrer Schwester Clara geteilt hatte. Noch einmal ging sie auf gut Glück über die Wiese und entdeckte schließlich tatsächlich das rußgeschwärzte Fundament, doch es waren nur noch vereinzelte Mauerstücke zu sehen. Ihr Herz zog sich zusammen bei dem Gedanken an das Grauen, das sich hier zugetragen hatte. Wenn diese Steinbrocken doch sprechen könnten! Wenn sie ihr berichten könnten, was damals geschehen war!

In der Nähe waren andere Höfe entstanden, deren Bewohner die fruchtbare Erde dieser Gegend nutzten. Asta hatte die Bauern zu dem damaligen Überfall befragt, doch keiner hatte sich an ihre Eltern erinnert. Sie hatte sich nie verziehen, dass sie selbst sich zum Zeitpunkt des Überfalles in Wisby versteckt hatte, überzeugt, dass die Stadtmauern sie schützen würden. Sie war eines Besseren belehrt worden.

Die feinen Bürger und Räte Wisbys hatten damals die Stadttore geschlossen, ohne die flüchtenden Bauern einzulassen. Eine Unmenschlichkeit, die sie noch immer aufwühlte. Den Bauern war nichts anderes übrig geblieben, als sich dem Kampf gegen das dänische Heer zu stellen. Nur mit Holzforken bewaffnet, ohne Harnische und Schilde, zogen sie gegen gut ausgerüstete Soldaten ins Feld. Die Dänen metzelten alle nieder, ob alt oder jung. Verzweifelt hatte Astas Ehemann mit einigen anderen Bürgern versucht, Wisbys Räte zu überzeugen, den Flüchtenden die Stadttore zu öffnen. Erst als das Schlachtfeld von den Leibern der Bauern bereits übersät war, hatten sich die Wisbyer entschlossen, ihnen zu Hilfe zu eilen. Ihr Mann war auch darunter gewesen. Doch es war zu spät. König Waldemar wollte Wisby bereits einnehmen, als die Stadträte sich ergaben. Sie schenkten dem Dänenkönig Wisbys gesamtes Gold, und dennoch fielen einige seiner Truppen in die Stadt ein. Sie plünderten, prügelten und nahmen Frauen mit Gewalt, auch sie ...

Die Erinnerung daran war eine offene Wunde in ihrer Seele. Aber Asta hatte gelernt, damit zu leben. Nach der Eroberung hatte sie Gotland Hals über Kopf verlassen. Verwirrt und geschändet, dem Tode nahe. Plötzlich verwaist, ohne Eltern und ohne ihren Ehemann, der in der Schlacht um Wisby gefallen war. Nur ihre Schwester Clara hatte sie noch gehabt. Doch auch Clara hatte sie kurz darauf verloren, denn sie erlag den schweren Verletzungen, die sie sich bei ihrer Flucht aus Gotland zugezogen hatte. Jetzt ruhten Astas Hoffnungen auf Katrine und Claras Tochter Henrike, die bei Claras Tod gerade einmal ein Jahr alt gewesen war. Die beiden Mädchen und Henrikes Halbbruder Simon sollten glücklicher sein, als sie es gewesen waren! Wenn es göttliche Gerechtigkeit gab, musste es einfach so sein ...

Asta schob einige Zweige beiseite. Dort war die Lichtung! Hoch ragten die Bildsteine vor ihr auf. Katrine, die sie die ganze Zeit hinter sich hergezogen hatte, beschleunigte den Schritt. Nicht schnell genug konnten sie den schlanken Felsbrocken erreichen. Dort angekommen, blieben sie beinahe andächtig stehen. Jemand hatte die Ritzungen im Stein nachgezeichnet. Die Kohlestriche waren teilweise verwaschen, doch die Schattenwürfe des hellen Sonnenlichts ließen die Kerben hervortreten. Ein vergoldetes Heiligenbild in einer Kirche könnte nicht schöner sein, fand Asta. Wie viele Hundert Jahre es wohl her war, dass ein Steinmetz die Bilder hineingearbeitet hatte! Wie genau er seine Motive vor Augen gehabt haben musste! Eine Geschichte von Leben, Kampf und Tod hatte er auf diesem hoch aufragenden Stein erzählt. Beinahe wie ihre eigene Geschichte ...

Ihre Fingerkuppen strichen über die raue Oberfläche des Bildsteins und zogen die Umrisse der in den Stein gehauenen Männer und Frauen nach. Der Schiffe und des Adlers. Und da, das Pferd ... Oft hatte sie bei der Erinnerung an ihren Ehemann, der so tragisch im Kampf gefallen war, an dieses Ross denken müssen. So gebannt war Asta, dass sie die Schritte hinter sich kaum hörte.

»Ein ungewöhnliches Pferd!«, sagte Sasse, der ihnen gefolgt war.

Sie ließ die Finger auf der Figur ruhen. »Das ist Sleipnir, das achtbeinige Ross Odins. Es bringt die toten Krieger im Sturmeswind in die Wohnung der Gefallenen nach Walhall«, erzählte sie. Auf Gott allein zu vertrauen, war ihr schon immer zu unsicher erschienen. Auch flößte ihr das Fegefeuer Schrecken ein. Odin hingegen sorgte für seine Krieger, er hatte es seit Jahrtausenden getan.

Katrine ging um den Stein herum. »Wer hat diese Steine wohl aufgestellt? Und wie? Sie müssen doch sehr schwer sein. Oder standen sie schon immer hier? Und wer ist Odin?«, fragte sie staunend.

Asta ließ sich neben einem violetten Thymianpolster ins Gras sinken. Schon bei der leichtesten Berührung sandten die Blüten ihren Duft aus. Sie löste ihr Kopftuch und strich über die gelben Rosen darauf, die Katrine für sie aufgestickt hatte. Und während Sasse ihren Proviant auspackte und Katrine auf ihrer Wachstafel die Motive des Bildsteins einritzte, begann sie von den nordischen Göttern zu erzählen.

Nach einer Weile unterbrach ihre Tochter sie. »Aber es heißt doch in den Geboten Gottes, dass wir keine Götter neben ihm haben sollen! Und dass wir uns kein Gottesbild machen sollen!« Katrine ließ die stumpfe Seite ihres Bronzegriffels, mit der man das Wachs glättete, über der Tafel schweben. Würde sie ihre Zeichnung wegwischen, um nicht weiter gegen die Gottesgebote zu verstoßen? Es war nicht der erste Bildstein, den sie sahen, aber bislang hatte sich Asta mit Erklärungen zurückgehalten. Sie wusste, wie tiefgläubig ihre Tochter war und wie genau sie sich an die Gebote hielt. Der Glaube hatte Katrine in schweren Stunden Halt gegeben. Er hatte sie getröstet, als ihre Mutter nicht für sie dagewesen war. Reue überfiel Asta, wie so oft. Sie hatte ihre Tochter gleich nach der Geburt weggegeben, weil sie ihren Anblick nicht ertragen hatte. Zu sehr hatte Katrine sie an die Gräueltaten von Wisby und an die Schändung durch den Söldner erinnert. Erst vor drei Jahren hatte Katrine erfahren, dass Asta ihre leibliche Mutter war. Seitdem hatte Asta sich bemüht, die verlorenen Jahre wiedergutzumachen. Sie wollte Katrine nicht verunsichern. Andererseits gab es in der Welt mehr, als in der Bibel stand und die Priester predigten.

»Diese Steine gab es auf Gotland schon lange, bevor die ersten Kirchen gebaut wurden. Wir wissen nicht, ob die Menschen damals hier beteten. Ich glaube aber, dass sie hier zusammenkamen, um sich Geschichten zu erzählen. Und ihre wichtigsten Geschichten drehten sich nun mal um den Göttervater Odin.« Unschlüssig drehte Katrine den Griffel zwischen den Fingern. »Du siehst ja, wie verlassen dieser Ort ist. Die Kirchen aber sind voll. Der heilige Olaf brachte den ›Guten‹, also den Menschen von Gotland, den rechten Glauben. Odin hingegen ist heute kaum mehr als eine Sage. Zeichne also weiter, damit machst du nichts falsch«, ermunterte sie ihre Tochter. Das würden die Priester sicherlich anders sehen. Aber die Gottesmänner mussten ja nichts davon wissen.

Noch einen Augenblick überlegte Katrine, dann setzte sie ihre Griffelspitze wieder auf die Tafel. Astas Worte hatten gewirkt. Außerdem schienen sie die Bilder mehr zu faszinieren, als das Verbot sie schreckte.

Noch lange saßen sie vor dem Stein zusammen, redend, schweigend und lachend. Erst als die Sonne ein weites Stück gewandert war, brachen sie in Richtung Wisby auf. Sie wollten nicht außerhalb der Stadtmauern übernachten.

Gegen Ende des friedlichen Nachmittags war Asta nachdenklich geworden. Sie könnten auf dem Rückweg an der Höhle haltmachen. Sollten sie wirklich …? »Ich möchte, dass wir noch zur Steilküste fahren, von hier aus ist das nicht weit. Da gibt es eine Höhle«, sagte sie.

Sasse blinzelte in die Sonne und wandte sich ihr vom Kutschbock aus zu. »Es wird Zeit, dass wir nach Wisby zurückkehren, Herrin.«

Die zärtliche Besorgnis in seinem Blick rührte sie an. Schon lange waren sie mehr als nur Herrin und Knecht. Aber niemand durfte von ihrer Liebe wissen. Der Standesunterschied war zu groß. Asta spürte einen Wunsch in sich aufkeimen. Konnten sie beide nicht einfach hierbleiben, auf Gotland, wo sie niemand kannte? Einen kleinen Hof kaufen? Was würde Katrine dazu sagen? Ahnte sie ihre Verbindung nicht ohnehin schon längst? Außerdem würde auch ihre Tochter irgendwann heiraten und eine eigene Familie gründen …

»Wir werden bald nach Hause zurückreisen. Ich glaube kaum, dass uns Zeit bleibt, noch einmal hierherzukommen«, beharrte sie.

»Sasse meint, dass es bald dunkel wird, Mutter!«, mischte Katrine sich aus dem hinteren Teil des Wagens ein.

Asta wandte sich zu ihr um. »Diese Höhle … sie war ein wichtiger Ort für alle Menschen, die hier lebten. Auch für unsere Familie.«

»Aber Mutter …«

»Ich beeile mich auch!«

Nach einem kurzen Blickwechsel ließ Sasse die Zügel schnalzen, und das Pferd trabte schneller. Als sie angekommen waren, kletterte Asta vom Kutschbock und sah die Steilküste hinunter, die an dieser Stelle recht hoch war. Unter ihr fraß das Meer am grauweißen, zu Buckeln und Beulen aufgeworfenen Gestein. Manche Felsen schienen Gesichter zu haben und aufs Meer hinauszublicken. Sie sahen aus, als ob sie, wie Asta und Clara als Kinder, den Horizont absuchten. Da dieser Küstenabschnitt dem

Hof ihrer Eltern am nächsten lag, hatten sie bei einer Senke mit ihren Booten an- und abgelegt. Ganze Tage hatten sie mit dem Gesinde hier verbracht. Wenn sie und die anderen Kinder nicht beim Fischen helfen mussten, hatten sie die Felsen erklommen – und die Höhle entdeckt. Später hatten auch die Erwachsenen die Höhle zu nutzen gewusst. Asta hatte das oft zum Grübeln gebracht. Ihr damaliger Knecht hatte nach dem Angriff auf ihren Hof gesagt, dass die dänischen Krieger zornig gewesen waren, weil es auf dem Landgut kaum etwas zu plündern gegeben hatte. Hatten ihre Eltern ihr Silber vielleicht vorher in die Höhle gebracht? Aber warum waren sie dann zum Hof zurückgekehrt und nicht zu Clara und ihr nach Wisby geflohen?

Asta setzte den ersten Fuß auf die scharfen Felskanten. Sie kraxelte hinunter, noch immer in Gedanken bei den letzten Stunden ihrer Eltern. Letztlich wusste sie genau, warum Vater und Mutter zurückgekehrt waren: Weil sie die Menschen schützen wollten, die ihnen anvertraut waren. So wie sie es an ihrer Stelle ebenfalls getan hätte.

Asta rutschte ab, die Erinnerung war einfach zu viel für sie. Ein Felsgrat ratschte ihr Knie auf. Schmerzerfüllt sog sie die Luft ein. Sie war so aufgewühlt! Vielleicht sollte sie auf Sasse warten. Andererseits war es ihr Weg, und sie musste ihn alleine gehen. Sie würde bald sein Ende erreichen. Dass sie jetzt die Höhle aufsuchte, war der letzte Schritt ihrer Reise in die Vergangenheit. Sie wollte wissen, was damals geschehen war. Verstehen. Ihren Geist reinigen, wie es Priester bei einer Teufelsaustreibung taten. Und dann nach vorne schauen, nur noch nach vorne. Was wohl Sasse zu ihrem Gedanken sagen würde, hier einen Hof zu übernehmen?

Sie griff in eine Spalte und tastete sich Fuß um Fuß hinunter. Neben sich hörte sie Steine kollern. Waren das Sasse und Katrine? Vorsichtig wandte sie den Kopf. Nichts zu sehen. Ein Stück noch. Da war schon der Felsvorsprung auf halber Höhe der Steilküste, hinter dem sich der Eingang der Höhle befand. Ihre Arme und Beine zitterten, als sie sich das letzte Stück hinunterließ. Endlich geschafft. Hinter Felssäulen befand sich der Eingang. Er war so gut versteckt, dass man ihn nur fand, wenn man wusste, dass er da war. Sie sah auf das Meer hinaus. Sanft glitzerte es im Sonnenlicht. Goldener Schimmer hatte sich auf die Felsen gelegt. Ein herrlicher Anblick! Da ließ ein Knirschen sie herumfahren. Hatten ihre Gefährten sie eingeholt?

Doch was sie sah, ließ sie erstarren. Entsetzt musste Asta feststellen, dass nicht alle Geister der Vergangenheit gebannt waren.

3

Lübeck, Sommer 1379

Henrike horchte auf. Leise perlte die Flötenmelodie der Spielleute durch das offene Fenster. Lachen und Reden hallten durch die Mengstraße. Der Gesang des Wächters trieb die letzten Nachtschwärmer heim. War da ein weiteres Geräusch gewesen? Im Haus? Ein hölzernes Kratzen? Ihre Nackenhaare stellten sich auf. Sie lauschte. Henrike war gerade erst zwanzig Jahre alt, hatte in der Vergangenheit aber schon lernen müssen, auf das Schlimmste gefasst zu sein. Jetzt war alles still. Verdächtig still.

Sie legte die Feder ab, mit der sie gerade einen Brief geschrieben hatte, und tastete nach ihrem Dolch. Da war er, griffbereit, in einem Fach ihres Tisches. Fahrig wedelte sie die Mücke weg, die sie, angelockt vom Schein ihrer Kerze und dem Duft ihres Blutes, umsirrte. Sie hatte es tagsüber nicht ausgehalten, in der stickigen Schreibkammer zu sitzen. Doch selbst jetzt, zu dieser nachtschlafenden Zeit, war es in der Dornse noch heiß. Wie sollte erst der nächste Tag werden?

Normalerweise genoss Henrike es, in den vielen Stunden, in denen ihr Ehemann unterwegs war, Briefe zu schreiben und die Geschäftsbücher auf Vordermann zu bringen. Ihr gefiel die Ordnung, die in den Aufzeichnungen steckte. Wie sich eines zum anderen fügte. Wie manches festgehalten wurde und anderes durchgestrichen und vergessen werden konnte. Klar und übersichtlich. Ohne Wenn und Aber. Nicht wie in ihrem Inneren, wo manche Erinnerungen unvermittelt auftauchten und sie des Nachts hochschrecken ließen. Unaustilgbar eingeprägt in ihre Seele.

Da – ein Tapsen! Hatten ihre Gehilfen und Knechte nichts

gehört? Doch der Flügelanbau mit ihren Schlafkammern war wohl zu fern. Kam Adrian etwa früher von seiner Reise zurück? Die Stadttore waren doch geschlossen! Außerdem hätte sie den Klang seiner Schritte sofort erkannt, sie hatte schon oft genug sehnsüchtig auf ihn gewartet. Aber warum schlug Laurin nicht an? Ihr Wolfshund müsste doch die Tür bewachen. Das war kein gutes Zeichen. Sie musste an ihren ersten Hund Griseus denken, den ihr Vetter Nikolas kaltblütig getötet hatte.

Henrike umklammerte den Dolch und schlich zur Tür. Wie dunkel es in der hohen Diele war! Wer sich alles in den Schatten verbergen konnte! Nur nicht darüber nachdenken. Flugs die Treppe hinunter. Nichts zu sehen. Das Klappern einer Tür zum Hinterhof. Nutzten Diebe vielleicht den Trubel, der wegen der bevorstehenden Eröffnung des Hansetages in der Stadt herrschte, um sie zu bestehlen? So viele Fremde waren in Lübeck. Jede Gesandtschaft hatte Diener bei sich, manche mehr, manche weniger. In allen Herbergen und Gaststätten waren zusätzliche Helfer angeheuert worden.

Cord hatte das Geräusch offenbar nicht gehört. Der Gehilfe ihres Mannes schlief zwar direkt am Haupthaus, aber er hatte einen gesegneten Schlaf. Wie er überhaupt alles gemächlich angehen ließ. Je älter er wurde, desto langsamer wurde er. Sie konnte ihn gut leiden, aber manchmal trieb sie seine Behäbigkeit zur Weißglut.

Auf Zehenspitzen lief sie weiter, und plötzlich schälte sich eine Gestalt aus der Dunkelheit. Henrike reckte den Dolch vor. Ihre Hand bebte. Trotz der Hitze war ihr auf einmal eiskalt. Ein Schrei.

»God helppe und beware my!« Die kleine Gestalt taumelte zurück.

»Grete, was machst du denn hier?!«

Henrike ließ den Dolch fallen und konnte die alte Frau gerade noch auffangen. Sie legte den Arm um sie und führte sie zu einem Schemel, der neben den Warenfässern in der Diele stand. Ihre Köchin Margarete, Grete genannt, bekreuzigte sich und stammelte ein Gebet, als sie sich niedersinken ließ. Das Haar klebte feucht an ihrem Gesicht; es wirkte klein und schrumpelig wie eine Walnuss. Henrike hockte sich neben sie und umfasste beruhigend ihre Hand. Mitleid und ein schlechtes Gewissen erfüllten sie. Die Greisin hätte der Schlag treffen können! Und sie wäre schuld daran gewesen! Dabei war Grete nach dem Tod ihrer Mutter ihre Amme gewesen und hatte sie aufgezogen. Inzwischen war sie sehr alt. Oft schon hatte Henrike ihr gesagt, dass sie für sie sorgen würde, wenn sie nicht mehr arbeiten könne. Dass Grete ihren Lebensabend in einem Beginenhaus verbringen könnte, wie sie es sich einmal gewünscht hatte. Aber Grete überhörte ihre Worte geflissentlich. Wenn Henrike ehrlich war, freute sie sich darüber. Grete war ein Teil ihrer Familie, sie mochte sie nicht missen.

»Ich wollte dich nicht erschrecken. Ich habe dich für einen Dieb gehalten!« Plötzlich brach Henrikes Anspannung sich Bahn, und sie musste lachen.

Grete kniff entrüstet die Augen zusammen, aber dann zupfte doch ein Lächeln an ihren Mundwinkeln. »Mik? Ene olde vrouwen persone?«

»Ich hab dich ja nicht einmal gesehen«, entschuldigte sich Henrike.

»Aber erst mal zustechen?«, fragte Grete ernst.

Das Lächeln verkümmerte auf Henrikes Gesicht. »Ich habe nicht … Ich wollte nicht … Aber seit …«, versuchte sie sich zu entschuldigen.

Grete drückte verständnisvoll Henrikes Hand. »Ick wet wol.«

Jetzt kam auch Laurin angelaufen. Schwanzwedelnd umkreiste er sie. Kein Wunder, dass er nicht angeschlagen hatte, kannte er Grete doch gut. Henrike kraulte ihren zottigen, weißgrauen Gefährten zur Begrüßung hinter dem Ohr.

Ein wenig schämte sie sich ihrer Überreaktion, aber sie konnte ihre Ängste manchmal nicht im Zaum halten. Sie wusste nicht, ob auch Grete die Erinnerungen an die Ereignisse vor knapp vier Jahren noch plagten, sie sprachen nie darüber. Damals, nach dem plötzlichen Tod ihres Vaters, hatte ihr Onkel Hartwig die Vormundschaft für Henrike und ihren Bruder Simon übernommen. Stück für Stück hatte er ihr Erbe verschleudert. Als Henrike sich dagegen wehrte, hatte er sie hart bestraft – und alle, die ihr lieb waren, Grete eingeschlossen. Wenn Adrian ihnen nicht zu Hilfe gekommen wäre, hätten sie nicht überlebt. Sie drängte die Erinnerung zurück. Warum war Grete eigentlich im Haus unterwegs? Einen Nachttopf müsste sie doch haben. Ging es ihr nicht gut? Besorgt fragte sie die alte Frau nach ihrem Befinden.

Grete lächelte müde. »Die Hitze, Kind. Nicht auszuhalten. Hab wohl schlechtes Wasser getrunken. Wollte in den Hof ...« Sie brach ab.

Henrike sprang auf. Laurin tänzelte um sie herum. Glaubte er etwa, sie ginge jetzt mit ihm hinaus?

»Brauchst du etwas? Ein Stück Brot vielleicht? Einen Schluck Bier?«

Schnell lief sie in die Küche und brachte beides mit. Grete nagte an dem Brot, trank einen Schluck. Dann erhob sie sich, schwankte. Henrike hakte sie unter, um sie in den Flügelanbau des Hauses zu bringen.

Im gleichen Moment hörte sie, wie ein Schlüssel im Schloss gedreht wurde. Laurin sprang zum Eingang und japste aufgeregt. So freudig würde er wohl keinen Einbrecher empfangen. Die Tür ging auf – es war Adrian! Auch im dritten Jahr ihrer Ehe schlug Henrikes Herz noch schneller, wenn sie ihren Ehemann sah. Seine kräftige und hohe Gestalt. Die feinen Gesichtszüge, die durch seine schulterlangen, schwarzen Haare noch hervorgehoben wurden. Das Grübchen im Kinn. Und seine Lippen, die nicht zu voll und nicht zu schmal waren. Zum Küssen genau richtig ...

Henrike wollte ihm entgegeneilen, aber war Grete schon wieder sicher auf den Beinen? Adrian bemerkte sie sogleich. Er ließ seinen Seesack neben der Tür fallen und stürzte zu ihnen.

»Was ist denn hier los? Ich dachte, alle schlafen schon. Ist etwas mit dir, Liebste? Oder mit Grete? Braucht ihr Hilfe?«, fragte er, als wäre er nur kurz weggewesen.

Die alte Frau winkte ab und versuchte sich loszumachen. Sie wollte sich vor ihrem Herrn keine Schwäche anmerken lassen, doch Henrike hielt sie fest.

»Die Hitze lässt uns nicht schlafen. Ich begleite Grete schnell, dann komme ich nach. Wie schön, dass du da bist!«, rief Henrike strahlend.

Adrian schien zu verstehen, dass er nicht weiter fragen sollte. Auf dem Weg in die Schreibkammer warf er den mit hellblauem Taft gefütterten Tappert ab und öffnete das Hemd. Zu dieser Jahreszeit konnte die angemessene Kaufmannstracht eine Qual sein.

Noch einmal drehte er sich zu ihnen um. Sein Lächeln war verheißungsvoll. »Lasst euch nur Zeit. Ich warte ...«

Als Henrike in die Dornse kam, saß Adrian am Schreibtisch und war in die Unterlagen vertieft. Rührung übermannte Henrike. Wie müde er aussah! Unermüdlich arbeitete er zum Wohl seiner Familie. Allein der viele Schreibkram! Mit über hundert Geschäftspartnern von Brügge bis Nowgorod, von Bergen bis Florenz korrespondierten sie. In diesen Briefen wurden Geschäfte ausgehandelt, aktuelle Preise mitgeteilt, aber auch Neuigkeiten ausgetauscht. Sie staunte oft darüber, wie detailliert und folgenreich diese Nachrichten waren. Seeräuber schlugen besonders heftig an der Küste Frankreichs zu? Dann wurde wenig französisches Baiensalz in den Norden geliefert, und die Nachfrage nach

Lüneburger Salz würde zunehmen. Auch in Schonen würde man zum Haltbarmachen der Fische auf das bessere und teurere Salz ausweichen müssen. Der Preis für Hering würde steigen. Wenn aber die Hauptspeise der unzähligen Fastentage teurer wurde, blieb den Menschen weniger Geld für andere Waren. Darauf musste ein Kaufmann sich einstellen und beispielsweise günstigere Stoffsorten bestellen.

In den letzten Jahren war es in Europa zu einigen Veränderungen gekommen, die die Lage allgemein unsicher machten. In Rom konkurrierten seit dem Tode Gregor XI. im Frühjahr 1378 zwei Päpste um die Herrschaft über die Kirche. Manche lübischen Gottesmänner sprachen sich für den gewählten Italiener, andere für den französischen Gegenpapst aus – und viele Bürger wussten nicht mehr, wem sie überhaupt noch glauben sollten. Der römisch-deutsche Kaiser Karl IV. war im letzten Jahr verstorben. Er hatte zwar bereits zu Lebzeiten seinen Sohn zum Rex Romanorum, zum römisch-deutschen König, ernannt, doch der gerade einmal achtzehnjährige König Wenzel schien sich nicht für die Reichsangelegenheiten zu interessieren. Die abseits des kaiserlichen Dunstkreises gelegene Stadt Lübeck wurde zwar gemeinhin in Ruhe gelassen, hing jedoch von manchen Entscheidungen des Kaisers ab.

Und das war noch nicht alles. Zwischen Frankreich und England tobte nach wie vor ein Krieg und erschwerte den Handel. Keine Einigung war in Sicht, was auch nicht erstaunlich war, wenn man bedachte, dass zwei Jahre zuvor ein Zehnjähriger, König Richard II., den englischen Thron bestiegen hatte. Zudem war in diesem Frühjahr Herzog Albrecht II., der Herrscher des an Lübeck angrenzenden Herzogtums Mecklenburg, gestorben. Noch wusste niemand, ob sein Nachfolger den Kampf um den dänischen Thron – und damit den Kaperkrieg, der die Ostsee unsicher machte – fortsetzen würde, weshalb Henrike Nachrichten aus dem Mecklenburgischen besonders aufmerksam las.

Auch wenn Adrian inzwischen viele Handelsreisen ihrem Bruder Simon oder seinen Gehilfen überließ, gab es doch Geschäfte, die er am liebsten persönlich erledigte. Wie jetzt, wo er in Schweden gewesen war. Wie erleichtert sie war, ihn gesund wiederzusehen! Dabei war auch ihr Vater Kaufmann gewesen. Sie sollte sich damit abgefunden haben, dass die Kaufleute jedes Jahr von Februar bis November die meiste Zeit unterwegs waren. Aber bei ihrem eigenen Mann fiel es ihr schwer, ihn ziehen zu lassen. Zu gefährlich waren die Kauffahrten. Seeräuber, Strauchdiebe, Stürme – der Tod lauerte überall.

Adrian bemerkte sie jetzt. Ohne seine Korrespondenz eines weiteren Blickes zu würdigen, kam er auf sie zu. Stürmisch fielen sie sich in die Arme und küssten sich. Es machte Henrike glücklich, dass auch er ihrem Wiedersehen entgegengefiebert hatte. Doch Adrian beendete den Kuss schneller, als ihr lieb war. Er löste sich sanft von ihr und fragte, ob es Grete besser ginge.

»Ich denke, dass sie morgen wieder wohlauf sein wird. Ihr Alter macht sich bemerkbar. An Tagen wie diesen ist ihr die Arbeit einfach zu viel«, sagte Henrike, doch dann brach sich ihre Neugier Bahn, und sie sprudelte los: »Aber lieber zu dir! Ich freue mich so, dass du wieder da bist! Ich hatte erst in ein paar Tagen mit dir gerechnet! So sind die Geschäfte gut gelaufen? Ihr hattet eine gute Fahrt? Wie hast du es geschafft, an den Stadtwachen vorbeizukommen – die Tore sind doch geschlossen! Wenn du da bist, können wir ja morgen Abend das Johannisfest zusammen feiern – wie herrlich!«

Adrian lachte, und die bernsteinfarbenen Sprenkel in seinen blauen Augen schienen zu strahlen. »Genau damit habe ich die Wache am Stadttor erweicht: dass ich es nicht erwarten kann, zu meiner neugierigen Frau zu kommen!«

»Und dann haben sie für dich die Tore geöffnet?«, fragte sie errötend, fügte aber hinzu: »Etwas Geld hat es doch sicher auch gebraucht.«

Adrian strich die honigblonden Locken von ihrer Schulter. Langsam wanderten seine Lippen über ihre Halsbeuge. Henrike erschauerte wohlig und sah glücklich in die Nacht hinaus. Die Musik und das Stimmengewirr waren verstummt, die Lichter erloschen. Nur die Sterne funkelten noch über den Backsteingiebeln Lübecks. Sie spürte ihren Mann neben sich und nahm seinen Duft und seine Wärme in sich auf.

»Was bedeutet schon Geld, wenn ich früher bei meiner Liebsten sein kann?«

Bei diesen Worten hätte sie platzen mögen vor Glück. Sie zog ihn in Richtung Kammer, doch er zögerte. Sein Blick flackerte zum Tisch. Die Schatten unter seinen Augen waren im Kerzenlicht deutlich zu sehen. Er war lange unterwegs gewesen, und doch mochte er sich keine Ruhe gönnen.

»Die Briefe ...«

Henrike umfasste ihn zärtlich und hauchte in sein Ohr: »Die können warten! Ich nicht! Ich habe dich schon zu lange entbehrt ...«

Das Bett war neben ihr leer, als Henrike vor dem Morgengrauen aufwachte. Etwas enttäuscht stand sie auf. Wie gerne wäre sie mal wieder neben ihrem Mann aufgewacht! Aber Adrian hatte eben viel zu tun. Henrike schob die Vorhänge beiseite, die wie der Baldachin des Bettes aus bemaltem Leinen waren, und schlüpfte hinaus. Kaum stand sie nackt vor der Waschschüssel, da hörte sie das Tapsen bloßer Füße auf dem Holzboden. Warme Hände legten sich auf ihre Schultern, tanzten ihre Seiten hinab, brachten ihre Haut zum Prickeln. Henrike wandte sich zu Adrian um und wölbte sich ihm entgegen. Seine Bartstoppeln piksten sanft, als ihr Kuss leidenschaftlicher wurde und sie ihn mit sich auf das Bett zog. Ihre Hände strichen über seinen kräftigen Körper, der so gar nicht wie der eines Kaufmanns wirkte. Vor allem die Narbe auf seiner Brust, die von einem Kampf mit Piraten herrührte ...

»Ich musste schnell meinen Hudevat holen«, murmelte Adrian etwas atemlos und griff nach seinem Reisesack aus Seehundfell, der auf dem Boden lag. Deshalb hatte er sie also allein gelassen! Henrike war neugierig, was er wohl daraus hervorholen würde.

»Schließ die Augen«, bat er sie und bedeckte mit der feinen Leinendecke ihre Blöße.

Es klackerte leise, und Henrike hielt es kaum aus, die Lider geschlossen zu halten. Sie liebte Überraschungen! Oft brachte Adrian ihr etwas von seinen Reisen mit, zuletzt war es eine herrliche Kette aus weißem Bernstein gewesen. Die Berührung seiner Lippen erlöste sie, und sie schlug die Augen auf. Adrian kniete vor ihr auf dem Bett, eine kleine, fein polierte Holzschachtel in den Händen.

»In diesem Sommer habe ich das Glück, drei Jahre mit dir verheiratet zu sein. Du weißt, mein Herz gehört dir. Du bist eine wunderbare Frau, und du führst unser Haus besser, als ich es könnte«, sagte er ungewohnt förmlich.

Henrike beugte sich vor. Am liebsten würde sie ihn wieder an sich ziehen – aber sie war auch so gespannt! Was hatte er nur für sie?

»Es gibt nur eines, das dir fehlt.« Er lächelte geheimnisvoll. Was meinte er nur? Adrian reichte ihr endlich die Schachtel. »Wir hatten einen einfallsreichen Schiffszimmerer an Bord. Ich ließ ihn etwas für dich anfertigen.«

Vorsichtig öffnete Henrike die Schachtel. Sie war verwirrt. Kein Schmuck war darin, sondern mehrere kleine Holzstückchen. Henrike nahm eines heraus und betrachtete die Einritzungen darauf. Es war ein Kaufmannszeichen, wie sie Waren beigelegt wurden, um den Eigentümer zu kennzeichnen. Auf dem Holzstück war Adrians Merke zu sehen: Ein Kreuz mit Pfeil – der Glaube und das Ziel, Bewegung und Halt. Aber das Zeichen war erweitert worden: Über dem Motiv prangten zwei Bögen wie die Schwingen eines Vogels.

»Dir fehlt deine eigene Kaufmannsmerke ... Oder sollte ich sagen Kauffrauenmerke? Wie auch immer: Ich finde sie sehr gelungen. Die Schwingen bringen deine Leichtigkeit in mein Zeichen ein.« Sein Lächeln war etwas unsicher und dadurch besonders hinreißend. »Was meinst du?«

Was sie meinte?! Sie fand es großartig! Noch nie hatte sie gehört, dass eine Frau ihre eigene Handelsmerke besaß. Sie müsste ihre Freundin Tale mal danach fragen. Dass ihm das eingefallen war! Henrike flog Adrian in die Arme. Nun brauchte sie nichts mehr zu sagen ...

Als sie wieder aufwachte, stand die Sonne bereits hoch am Himmel. Sie musste nach ihrem Liebesspiel noch einmal eingeschlafen sein. Hatte sie etwa die Morgenmesse verpasst? Was würde das Gesinde von ihr denken! Beim Anziehen warf sie noch einmal einen Blick auf die Holzschachtel mit dem Geschenk. Sie freute sich schon darauf, die nächste Warensendung zusammenzustellen und die Merken beizulegen. Was für eine wunderbare Idee!

Adrian war erneut in der Scrivekamer. Mit seiner Feder übertrug er Ein- und Verkäufe aus dem kleinen Reisebuch in den dicken Folioband. Er wirkte ausgeruht und glücklich.

»Ich staune darüber, was du alles erreicht hast, während ich fort war. Ein beachtliches Geschäft mit dem Kaufmann aus Riga! Alle Achtung! Manchmal fürchte ich, du brauchst mich gar nicht«, sagte er lächelnd.

»Wie kannst du das sagen! Wer sollte mir sonst Handelsmerken verehren? Oder mit mir ausreiten? Ganz zu schweigen vom Schachspiel! Niemand außer dir könnte so elegant meine Fehlzüge übersehen.« Sie legte die Arme um seinen Hals.

»Deine sogenannten Fehlzüge fordern mich heraus. Ich bin sicher, in Wirklichkeit handelt sich um durchdachte Fallen, um mich mattzusetzen.« Er klappte den Pergamenteinband des Geschäftsbuches zu und verschloss es mit der Lederlasche.»Komm, wir gehen hinunter. Ich habe mit dem Mahl auf dich gewartet. Dann kannst du mir berichten, was hier vorgefallen ist. Die Morgenmesse haben wir ohnehin verpasst ...«

Das Sonnenlicht gleißte durch die Fenster in die hohe Diele. Henrike sah nach Grete, der es besser zu gehen schien, denn sie werkelte eifrig in der Küche, und bat die Magd, das Essen in den Hinterhof zu bringen.

Als Adrian das Haus in der Mengstraße gekauft hatte, war es baufällig gewesen. Er hatte Mauern erneuern, wurmstichige Balken austauschen und die Wände frisch verputzen lassen. Da die Steuer anhand der Hausfront berechnet wurde, war diese, wie bei den meisten der Lübecker Giebelhäuser, schmal und hoch wie ein Laken. Dahinter aber zogen sich die Grundstücke weit hin. Ein Großteil ihres mehrstöckigen Gebäudes wurde für Lagerräume und Speicherböden benötigt, deshalb gab es zum Wohnen einen Flügelanbau im Hinterhof, an den sich die Ställe und der Garten anschlossen. Henrike hatte das Haus liebevoll und praktisch eingerichtet, aber auch darauf geachtet, dass es etwas hermachte, schließlich bekamen sie oft Besuch. Zuletzt hatte sie angefangen, sich um den Garten zu kümmern. Während viele Familien ihr Wasser aus einem der städtischen Brunnen heranschleppen mussten oder über hölzerne Wasserleitungen versorgt wurden, hatten sie das Glück, einen eigenen Brunnen zu besitzen, was es ihr leichter machen würde, verschiedenste Gewächse anzupflanzen. Einen Kräutergarten und einige Obstbäume gab es schon. Vor den Mauern schossen die robusten und wunderschönen Stockrosen in die Höhe. Weitere Beete sollten angelegt werden, aber noch hatte sie nicht die Zeit dafür gefunden, sie zu planen.

In einiger Entfernung von den Ställen standen unter der weiten Krone eines alten Apfelbaumes Tisch und Bänke, wo Henrike und Adrian sich in den Schatten setzten. Während ihre Magd Windele, ein junges Mädchen, das Henrike von der Straße aufgelesen und wegen ihrer scheuen Freundlichkeit bei sich aufgenommen hatte, das Essen auftrug, begann Henrike mit der Nachricht, die sie besonders erfreute: »Denk dir nur, Oda wird heiraten!«

Ihre Freundin Oda war etwas älter als sie, aber noch immer ledig. Odas Vater, ein Kaufmann, machte sich und seiner Familie durch langes Taktieren nicht nur im Geschäftlichen das Leben schwer.

»So hat Hinrich endlich einen jungen Mann gefunden, der seinen Vorstellungen entspricht?«

»Ja, und Oda gefällt er auch gut. Ich helfe ihr beim Zusammenstellen der Aussteuer!«

Es machte ihr besonderen Spaß, anderen eine Freude zu bereiten. Im reichen Lübeck waren oft nur die schönsten Stoffe und Schleier für Eheschließungen gut genug. Laken, geschnitzte Brauttruhen und alles andere, was ein neuer Haushalt brauchte, gaben Henrike und Adrian ebenfalls in Auftrag. Henrike hatte bereits ein paar Mal Brautausstattungen zusammengestellt, und die vielbeschäftigten Lübecker Bürger waren dankbar dafür gewesen, dass jemand ihnen die Arbeit abgenommen hatte.

»Was gibt es sonst noch?« Odas Heiratspläne schienen Adrian im Moment nicht so brennend zu interessieren.

Henrike kam auf einen Brief, den er bestimmt noch nicht gelesen hatte. »Der Tuchhändler aus Braunschweig hat angefragt, ob wir ihm lübisches Grauwerk liefern können«, berichtete sie. Lübeck war für diesen robusten Stoff bekannt. Sie und Adrian ließen auf ihrem Hof bei Travemünde das Grauwerk herstellen. Die Gutsherrin, Henrikes Tante Asta, achtete auf hohe Qualität. Einer ihrer besten Kunden war der Braunschweiger gewesen, der sie nun wieder um Nachschub gebeten hatte. Doch vor einigen Jahren hatte es in der Stadt einen Aufstand gegeben. Die einfachen Leute hatten gegen die Politik der Patrizier und die hohe

Verschuldung protestiert, die zu immer neuen Steuern führte. Sie hatten den Rat besetzt und acht Ratsleute getötet. Daraufhin war Braunschweig – bis dahin eine der bedeutendsten Städte der Hanse – aus dem Handelsbund ausgeschlossen worden, und damit durften sie dem Tuchhändler keine Stoffe mehr verkaufen.

»Ich werde mich mal umhören. Die Verhansung Braunschweigs wird eines der Themen auf dem Hansetag sein. Du weißt ja, dass ich der Meinung bin, dass es damit ein Ende haben muss. Die Braunschweiger Kaufleute haben lange genug gebüßt!«, sagte Adrian überzeugt.

»Genützt hat der Aufstand nichts, im Gegenteil. Unser Geschäftsfreund schreibt, dass noch mehr Bewohner in Not geraten sind, seit die Hansekaufleute weder Waren liefern noch den Braunschweigern abkaufen dürfen«, fügte Henrike hinzu.

Ihr Hund trottete heran. Laurin blickte Henrike sehnsüchtig an, aber als sie keinen Leckerbissen vom Tisch fallen ließ, rollte er sich zu Adrians Füßen ein und ließ seine Schnauze auf dessen Füße sinken.

Henrike fuhr fort: »Die meisten Gesandten des Hansetages sind bereits angekommen. Über zwanzig Städte haben Männer nach Lübeck entsandt. Es scheint eine wichtige Tagfahrt zu sein.«

»Ja, Cord hat mir von der Versammlung erzählt. Ich habe ihn zum Hafen geschickt, um das Abladen der Waren zu beaufsichtigen«, sagte Adrian und aß gedankenverloren weiter. Vermutlich ging er schon die Pläne für den Tag durch.

Sie strich über seinen Unterarm. »Du hast noch gar nichts von deiner Reise erzählt.«

Ihr Mann schob den Teller von sich. »In Schweden ist alles sehr gut gelaufen. Ich habe endlich den Verwalter des Kupferbergwerks in Falun treffen können. Ich soll ihm einige Stoffe zur Probe schicken. Wenn er zufrieden ist, könnten wir ins Geschäft kommen«, berichtete er. Die Arbeiter des Bergwerks im schwedischen Dalarna erhielten ihren Lohn nicht nur in Münzen, sondern zum Teil in Form von Stoffen. Adrian hoffte, diese Stoffe liefern zu können und im Gegenzug die gefragten Handelsgüter Osmund und Kupfer günstiger zu bekommen. »Einige Last Stangeneisen und Kupfer habe ich schon mitgebracht. Gute Qualität, du wirst sehen. Auch mit dem Gehilfen des schwedischen Reichsrates habe ich sprechen können. Es sieht aus, als ob es einen Waffenstillstand zwischen Schweden und Dänemark geben könnte«, verriet er.

»Dann wird die See endlich wieder sicher!«, rief Henrike erleichtert.

»Hoffen wir es«, murmelte Adrian.

Nach dem Tod König Waldemars von Dänemark hatte es einen erbitterten Streit um den dänischen Thron gegeben. Der noch unmündige Prinz Olaf war von seinen Eltern, dem norwegischen König Håkon und der Waldemarstochter Margarethe, als Thronfolger durchgesetzt worden. Doch auch der Sohn der älteren Königstochter Ingeborg, die nach Mecklenburg verheiratet war, war erbberechtigt gewesen. Um den neuen dänischen König zu schwächen, war das mecklenburgische Herzogshaus auf einen Kaperkrieg verfallen. Die Hansen hatten versucht, sich aus den Streitigkeiten herauszuhalten, waren aber dennoch die Leidtragenden, weil ihre Schiffe ständig ausgeraubt wurden.

»Hast du Nachricht von Simon?«, fragte Adrian jetzt. »Wenn es ihm tatsächlich gelingt, in Bergen isländische Falken zu kaufen, wird sich unsere Position noch verbessern. Der Hochmeister des Ordens erkundigt sich überall nach Jagdfalken.«

Für den Deutschen Orden waren Falken nicht nur ein Handelsgut, sondern auch ein wichtiges Geschenk für Adelshäuser. Gerade die weißen Gerfalken von Island waren begehrt. Adrian hatte in den vergangenen Jahren einen isländischen Händler gefunden, der ihm gegen beste flämische Stoffe einige Tiere verkaufte. Leider war der Isländer unzuverlässig. Wenn der Handel aber gelang, lohnte es sich: Im Gegenzug für Falken und Salz erleichterten ihm die Ritter den Kauf von Waren aus dem Ordensland wie Bernstein.

»Hermanus' Schiff ist vor ein paar Tagen aus Norwegen gekommen. Simon war gerade mit der *Cruceborch* in Bergen eingelaufen, als er dort ablegte«, sagte Henrike. Hermanus von Osenbrügghe war ein geachtetes Mitglied des Lübecker Rates, ein gefragter Unterhändler und ihr Freund. Es hatte sie beruhigt, zu hören, dass ihr Bruder gut in Bergen angekommen war. Obgleich Simon schon sechzehn und mit einem Gehilfen unterwegs war, sorgte sie sich noch immer um ihn.

Adrian erhob sich. »Ich will zum Hafen. Wenn die Waren in unser Lager verbracht sind, werde ich Hermanus aufsuchen. Ich habe ihm einiges zu berichten.«

Henrike dachte daran, dass heute Johannistag war. Schon seit Tagen war sie mit den Vorbereitungen für das große Fest beschäftigt. Bisher hatten sie ihre Freunde und ihr Gesinde immer zum Feiern in ihren Garten eingeladen. Doch dieses Mal schwebte Henrike etwas anderes vor: Vor einiger Zeit hatten sie ein Stück Land vor den Toren der Stadt gepachtet, auf dem sie Hopfen zum Bierbrauen anbauten und das sich herrlich zum Feiern eignen würde.

»Ist es dir recht, wenn wir heute Nacht zum Johannisfeuer in unseren Hopfengarten laden? Das wäre so schön! Ich hoffe, du kannst überhaupt dabei sein – oder bist du heute Abend bei den Ratsleuten?«, fragte sie.

»Ein wunderbarer Vorschlag – im Hopfengarten haben wir viel mehr Platz zum Tanzen! Ich freue mich schon darauf!«, meinte Adrian. »Die Räte werden unter sich sein wollen. Und ich bin froh, unsere Freunde mal wieder zu sehen.«

Adrian stellte befriedigt fest, dass Cord schon mit dem Zollschreiber einig geworden war, denn die ersten Säcke lagen bereits in der Diele. Dort begrüßte ihn sein Lehrjunge Claas ehrerbietig und ruckte dann an dem Seil des Lastenrades.

Claas war vor drei Jahren auf dem gleichen Schiff wie Henrikes Bruder nach Bergen gereist, wo die beiden Jungen sich angefreundet hatten. Doch dann hatte Claas die Schikanen seines Herrn und die Prügelstrafen im Hansekontor nicht mehr ausgehalten und war geflohen. Ein halbes Jahr später hatte er Simon besucht, und Adrian hatte beschlossen, ihn als Lehrjungen anzunehmen. Claas war wieselflink und wissbegierig und war in der freundlichen und geschäftigen Atmosphäre ihres Hauses aufgeblüht.

Unter dem Dach setzte nun sein Knecht knarrend das Windenrad in Gang, und der Sack hob sich schwankend. Ein süßer Duft stieg in die Diele. Adrian konnte nicht widerstehen, es zog ihn in die Küche. Er liebte es, nach längerer Abwesenheit in alle Räume seines Hauses zu schauen, und erfreute sich daran, wie wohleingerichtet und sauber alles war. Wenn man, wie er, einen guten Teil des Jahres in flohverseuchten Gasthöfen verbrachte, wusste man ein gepflegtes Haus umso mehr zu schätzen.

Er schnupperte. Himbeeren, und was war das noch? Eine Prise Zimt? Die Magd wirkte erstaunt, ihren Herrn in der Küche zu sehen, aber Grete lächelte munter.

»Ik hebbe auf dem Markt en Hintbeerekorf kopen können«, sagte die Köchin stolz und hielt ihm den Löffel hin. »Für Himbeerkrapfen. Honnichsot mit Kanelpuder, ganz wie Ihr es mögt. Wollt Ihr kosten, Herr?«

Adrian, der eine Vorliebe für Früchte hatte, zögerte kurz. »Später gerne. Geht es dir besser?«

»Naturlik, Herr!«, sagte Grete pikiert und wies jeden Zweifel an ihrer Gesundheit von sich.

»Freut mich, das zu hören.« Er klaubte ein paar Himbeeren

vom Tisch, durchquerte die Diele und stieg die Treppe zum Warenkeller hinunter. Das hohe Tor zur Straße stand offen. Gerade lud ein Karrenknecht ein Fass ab. Cord machte ein Zeichen in sein Wachstafelbüchlein. Der kahle Mann war früher Schiffskoch gewesen und arbeitete als Adrians Gehilfe, seit er von einem Gefecht mit Piraten ein steifes Bein davongetragen hatte.

»Anscheinend hat beim Zoll alles gut geklappt?«, stellte Adrian fest und steckte eine Himbeere in den Mund. Sie war klein, aber aromatisch.

»Schon, Herr. Es dauert aber immer lange, wenn viel los ist! So viel Zeit hätte ich mir in meinen Tagen als Schiffskoch nicht lassen können! Da hätte das Schiffsvolk mich kielgeholt! Aber ja, die Schiffe haben nicht nur die Gesandten nach Lübeck gebracht, auch die Laderäume waren voll. Bis die Zöllner geklärt haben, welche Ladung Bürgern gehört und welche Gästen, ist es Abend! Gut, dass ich weiß, wen man ansprechen kann.«

Es war ein andauerndes Problem: was wann und wie verzollt werden musste. Lübecker Bürger mussten bei der Anlandung keinen Zoll zahlen, aber meist versuchten auch fremde Kaufleute, die unter das Gastrecht fielen, die Zahlung durch den Verweis auf Ausnahmeregelungen zu umgehen. Das führte dazu, dass jeder Fall genau geprüft wurde.

Cords Blick war auf die Himbeeren in Adrians Hand gerichtet. »Grete macht Himbeerkrapfen, wie?«

»Die besten!« Adrian teilte seine letzten Früchte mit Cord. »Ich muss los. Aber meine Frau ist ja da, falls etwas sein sollte.«

»Aye, Herr. Wir kommen schon klar.«

Adrian hatte sich schon zum Gehen gewandt, als Cord ihn noch einmal ansprach. »Fast hätt ich's vergessen, Herr. Der Bote der Brügger Gesandtschaft hat einen Brief für Euch abgegeben. Er ist von eurem Bruder Lambert.«

Er zog ein Papier aus seiner Weste und reichte es seinem Herrn. Es war mehrfach gefaltet und mit einem Siegel versehen.

Wie alle Kaufleute hatte auch Lambert sich sicher nach Reisenden umgehört, die nach Lübeck fuhren, um ihnen den Brief mitzugeben. Da die Überbringer vom Empfänger entlohnt wurden, fanden sich viele, die diese Botendienste gern übernahmen. Bei einer Gesandtschaft, die meist vor Straßenräubern sicher war, konnte man davon ausgehen, dass der Brief ankam; wichtige Nachrichten wurden ohnehin mehrfach ausgefertigt und verschiedenen Boten mitgegeben, aus Sorge, sie könnten ihr Ziel nicht erreichen.

Adrian erbrach das Siegel. Der Brief war kurz, hatte es aber in sich.

Brüderliche Liebe vorweg!
Ich muss dir mitteilen, dass unsere jüngste Lieferung venezianischer Tuche am Zoll vor Brügge beschlagnahmt wurde. Auf andere Lieferungen wurde ein neuer, zusätzlicher Zoll erhoben. Die Älterleute scheinen machtlos gegen die Willkür der Zöllner. Auch werden die Weber aus Saint Omer erst später liefern. Dennoch benötige ich dringend die vereinbarten Pelze. Sende sie oder einen Wechselbrief so schnell wie möglich!
Grüße Henrike und Simon von uns.
Geschrieben am Tag des heiligen Vitus
von deinem Bruder Lambert

Adrian ging den Brief noch einmal durch und versuchte, zwischen den Zeilen weitere Informationen herauszulesen. Lambert war offenkundig in Eile gewesen. Seine Briefe waren immer knapp gehalten, aber so kurz wie dieser waren sie nur selten. Er hatte ja nicht einmal etwas über das Befinden seiner Familie geschrieben. Und seine Nachrichten waren beunruhigend. Für eine Beschlagnahmung gab es keinen Grund. Die Zölle waren mit den Hansen ausgehandelt. Der Bailli des Grafen durfte keine neuen erheben. Beides war also reine Willkür. Die Älterleute des

Hansekontors in Brügge konnten sich derzeit anscheinend nicht gegen die Dienstmänner des Landesherrn wehren. Seit Jahren schon war es ein zähes Ringen um Macht und Geld. Dass die Weber später lieferten, kam in dieser Lage besonders ungelegen. Ihr Handelskreislauf könnte ins Stocken geraten. Jeden Tag könnten Pelze aus dem Hansekontor in Nowgorod ankommen, und sein Geschäftspartner würde zum Austausch flandrische Stoffe erwarten. Dann wäre Adrians Warenlager bald leer …

Es wurde wirklich Zeit, dass die Räte etwas gegen die Handelshemmnisse in Brügge taten! Er sollte Hermanus davon berichten. Sein Freund könnte diese Probleme an den richtigen Stellen ansprechen. Ein Grund mehr, ihn schnell aufzusuchen.

Auf der Straße ließ Adrian trotz der Eile seinen Blick schweifen. Wie die Finger einer Hand führten die Kaufmannsstraßen von Lübecks Stadthügeln mit dem Rathaus, den Märkten und den imposanten Kirchen zu seiner Linken zum Hafen. Am Fuß der Mengstraße zu seiner Rechten wippten hinter der Stadtmauer die Mastspitzen der Schiffe im gemächlichen Takt des Flusses. Allein ihre Menge sprach beredt von der Wichtigkeit dieses Handelsplatzes. Aber auch die Backsteinhäuser, deren glasierte Ziegel im Sonnenlicht glänzten, kündeten von Lübecks Größe und Reichtum. Er konnte sich glücklich schätzen, in einer der schönsten Straßen Lübecks zu wohnen. Die Nachbarschaft mit Bürgermeistern, Stadträten und Kaufleuten machte manche Geschäfte leichter. Beim Überqueren der Straße musste er große Schritte über die Pferdeäpfel machen – das Pflaster war heute besonders besudelt!

Adrian betätigte den Messingklopfer an der Tür seines Freundes Hermanus von Osenbrügghe. Ein Handelsgehilfe öffnete.

»Wir haben schon gehört, dass Ihr wieder da seid, Herr Vanderen. Mein Herr erwartet Euch«, begrüßte der Gehilfe ihn. Merkwürdigerweise führte er Adrian nicht in die Scrivekamer, sondern zum Flügelanbau des Hauses. Der Geruch von verbrannten Kräutern lag in der Luft. Aber da war noch etwas. Etwas Stechendes …

Mit jedem Schritt besorgter werdend, folgte Adrian dem Gehilfen in die Schlafkammer des Ratsherrn. Hermanus von Osenbrügghe war bis zum Kinn in Decken gehüllt und schwitzte heftig. Um ihn herum glommen in Metallschälchen Kräuter. Sein Freund war ein rüstiger, feiner Herr, doch heute war sein Gesicht hellrot verschwitzt, die Augen waren glasig, und sein silbergraues Haar war fettig. Adrian wollte zu ihm stürzen, aber der Kranke hob die Hand.

»Da bist du ja. Ich wollte schon nach dir schicken lassen. Aber halte besser Abstand«, presste er hervor.

Adrian versuchte seine Besorgnis zu überspielen: »Nicht, dass ich etwas tun könnte. Ich könnte dir zur Not einen Pfeil aus dem Leib ziehen oder eine Wunde ausbrennen, aber Krankheiten … Soll ich den Ratsmedicus holen lassen?«

Hermanus zog seinen Arm unter der Decke hervor und öffnete die Hand. Bernsteine und ein Goldkreuz lagen darin. Also war es das alte Leiden. Oft klagte sein Freund über stechende Schmerzen in Unterleib und Rücken. Schnell hüllte Hermanus sich wieder ein.

»Ich habe alles, was ich brauche. Wenn die Schmerzen unerträglich werden, bete ich ein Pater Noster und ein Ave Maria zu Ehren der Heiligen Dreifaltigkeit und trinke Bernsteinsud. Es dauert etwas, bis die Gebete und der Sud helfen. Ärgerlich nur, dass ich ausgerechnet jetzt darniederliege.« Seine Rede war schleppend, und nach jedem Satz wurden die Pausen länger.

»Es ist die größte Tagfahrt seit Langem, heißt es.«

»Eben deshalb brauche ich deine Hilfe. Fünfundzwanzig Städte haben ihre Gesandten geschickt. Vierzig Bürgermeister werden da sein. Dazu kommen die anderen Unterhändler. Die Liste der Tagungsthemen ist lang.« Er atmete tief ein. »Der Handel in Flandern bleibt unsicher.«

»Das habe ich auch gehört. Lambert hat aus Brügge geschrieben«, sagte Adrian und berichtete knapp von den Neuigkeiten. Wieder war Hermanus' Gesicht schmerzverzerrt, der Besuch strengte ihn offenbar sehr an. Dennoch zwang er sich, zu sprechen: »Es gibt Streit mit Gotland, England und … Schonen. Darum der Brief.« Er reckte das Kinn in Richtung des Tisches.

Adrian nahm das Papier auf, das zwischen Messingkanne, Nuppenglas und Pulverfläschchen lag.

»Mein Handelspartner hat geschrieben. Der Brief enthält vertrauliche Informationen über meine Geschäfte. Den Bericht über neue Schikanen in Schonen und die … Pläne von König Håkon … müssen die Räte aber schnell erhalten.« Hermanus hatte schon verschiedentlich im Auftrag des Rates mit den nordischen Königen und Herzögen verhandelt und war bestens über deren Angelegenheiten informiert. Er kniff die Augen zusammen. Es dauerte etwas, bis er seine Lider wieder öffnete. »Dir … vertraue ich. Trage den Bericht in meinem Namen dem Rat vor … Aber gib den Brief nicht aus der Hand … ich bitte dich.«

»Das werde ich nicht«, antwortete Adrian und las den Brief. Zwischen ausführlichen Klagen über Handelshemmnisse in Schonen und Gerüchte über einen Waffenstillstand zwischen Dänemark und Mecklenburg hatte der Kaufmann ausgehandelte Preise und auch detaillierte Angaben über Geldgeschäfte eingestreut; kein Wunder, dass Hermanus Vertraulichkeit wünschte.

Adrian verbarg das Papier in seinem Wams und schloss sorgfältig die Silberknöpfe. »Du kannst dich auf mich verlassen. Ich bringe den Brief nachher zu dir zurück.«

Hermanus ließ den Kopf auf sein Kissen sinken. »Hab Dank, mein Freund. Und sag Symon, dass ich zur Eröffnung wieder bei Kräften sein werde«, stöhnte er.

Adrian hoffte für Hermanus, dass sich dieser Wunsch erfüllen würde, auch wenn es derzeit nicht so aussah. Leise zog er sich zurück und machte sich auf den Weg zum Rathaus.

Über den Straßen flatterten Wimpel in den rot-weißen Stadtfarben. Auch das Rathaus war mit zahlreichen Fähnchen geschmückt. An den Wänden der Eingangshalle lehnten die gemalten Holzwappen der verschiedenen Gesandtschaften, die für den Ratssaal im ersten Stock bestimmt waren. Adrian wollte sich an den Arbeitern vorbeischieben, wurde jedoch von einem reitenden Boten beiseitegedrängt, der auf seinem Ross die Rampe emporpreschte.

»Muss man im Rathaus wirklich Rampen für die Pferde haben?«, hörte er eine tiefe Stimme neben sich murren. »Ich werde mich dafür einsetzen, dass sie abgeschafft werden ... Wir haben hier schon eine Menge Esel, das reicht.«

Symon Swerting war kurz nach ihm in die Halle getreten und blinzelte Adrian zu. Swerting war einer der Bürgermeister der Stadt, aber auch Heerführer und mit einer gehörigen Portion gesunden Menschenverstandes ausgestattet. Er war mit Henrikes Vater befreundet gewesen und auch mit Adrian vertraut, seit sie gemeinsam vor zwei Jahren in der Schlacht um Dannenberg gekämpft hatten. Kaiser Karl IV. hatte die Lübecker aufgefordert, in den Erbfolgekrieg um das Fürstentum Lüneburg einzugreifen. Lübeck hatte bei dem Kampf jedoch auch eigene Ziele verfolgt: Raubritter machten den Elbweg für Kaufleute und andere Reisende unsicher. Also hatte Swerting eine Truppe aus wehrfähigen Bürgern und Handwerkern zusammengestellt. Seite an Seite hatten Ratsmitglieder mit Gerbern oder Knochenhauern gefochten. Es war eine harte Schlacht gewesen, aber schließlich hatten sie Burg Dannenberg geschleift. In den Heerlagern lernte man sich gut kennen, und die beiden Männer waren sich einig, dass manches Ratsmitglied seinen Sitz nicht unbedingt seiner Klugheit zu verdanken hatte.

»Wie war es in Schweden?«, wollte Swerting jetzt wissen.

Wieder berichtete Adrian von seiner Reise. »Noch immer liegen Hunderte Piraten vor Fünen, hörte ich. Viele Kaufleute sind nervös. Werden wir weitere Friedeschiffe gegen die Seeräuber entsenden, bis der Waffenstillstand tatsächlich geschlossen ist und greift?«, wollte er von dem Bürgermeister wissen.

»Wir werden darüber sprechen. Allerdings gehen wir davon aus, dass sich nach Herzog Albrechts Tod die See befrieden wird. Er war es schließlich, der den Kaperkrieg vorangetrieben hat, um seinen Enkel Albrecht den Jüngeren auf den dänischen Thron zu bringen.«

»Solange nichts entschieden ist, werden die Piraten weitermachen. Friedeschiffe sind die einzige Möglichkeit, den Handel sicher zu gestalten«, sagte Adrian überzeugt.

Symon Swerting nickte bedächtig. »Da stimme ich dir zu. Aber die Ordensritter wollen sich nicht mehr an den Kosten beteiligen. Ich fürchte, es wird schwierig, sie umzustimmen.«

Sie waren im Obergeschoss angekommen. Gleich würde ihr vertrauliches Gespräch sicher enden, denn Bürgermeister waren immer gefragt, ob von Gleichgesinnten oder von Bittstellern.

»Ich habe außerdem Nachrichten von Hermanus dabei«, beeilte sich Adrian daher zu sagen. »Er ist krank und hat mir einen Brief mitgegeben. Ich soll dir aber versichern, dass er zur Eröffnung wieder bei Kräften sein wird.«

»So Gott will!«, gab Swerting zurück. »Wir brauchen ihn bei dieser Tagfahrt. Gib mir den Brief. Ich kann ihn verlesen«, bot er an.

»Das würde ich gerne. Allerdings musste ich Hermanus versprechen, ihn nicht aus der Hand zu geben.«

Swerting lachte. »Der Gute! Als ob er Geheimnisse vor uns haben müsste!«

Adrian hob entschuldigend die Schultern.

»Also gut. Wir ziehen uns mit einigen Räten später zurück. Du kommst dann mit.«

Genau darauf hatte Adrian gehofft. Es gab einiges, das er bei den Räten ansprechen wollte.

Im großen Ratssaal herrschte eine ungewohnte Unordnung. Knechte rückten die Tische zu einer hufeisenförmigen Tafel zusammen, andere schleppten Stühle heran. Wappen wurden aufgestellt, Ratssilber poliert. Dazwischen standen Ratsmitglieder in Grüppchen beieinander.

»Ah, die Herren Swerting und Vanderen!«, begrüßte Bürgermeister Plescow sie, den Brief eines Boten in der Hand. Der Reiter schickte sich gerade an, den Saal zu verlassen, kam nun aber noch einmal zurück.

»Adrian Vanderen?«, fragte er. Adrian nickte. »Das bin ich.«

»Das trifft sich gut! Für Euch habe ich auch einen Brief, Herr. Direkt aus Wisby.«

Der Kaufmann betrachtete das Schriftbild, es kam ihm jedoch unbekannt vor. Er gab dem Boten seinen Lohn und steckte den Brief zu dem anderen; er würde ihn später lesen.

Währenddessen hatten sich die beiden Bürgermeister besprochen. Nun wandte sich Symon Swerting an die Ratsdiener: »Die gotländische Gesandtschaft ist eingetroffen. Setzt sie ganz ans Ende der Tafel, ihre Angelegenheiten müssen warten. Neben uns werden die Bremer Gesandten platziert.«

Ein Bürger, der, wie Adrian wusste, schon lange die Nähe zum Rat suchte, mischte sich ein. »Müssten neben Lübeck nicht die Hamburger Bürgermeister sitzen? Soll ich die Schilder umstellen lassen?«, bot er eifrig an, wobei seine helle Stirn feucht schimmerte. Jetzt fiel Adrian auch sein Name wieder ein: Es war Goswin Klingenberg, Kaufmann und Sproß einer Ratsherrenfamilie

Als Adrian nach Lübeck gekommen war, war auch er entschlossen gewesen, baldmöglichst ein wichtiges politisches Amt zu übernehmen. Zu viele Entscheidungen der Räte und Älterleute waren ihm damals sauer aufgestiegen. Er wollte es besser machen als sie. Auch gefiel es ihm, Verantwortung zu übernehmen. Wer wollte nicht über das Geschick einer ganzen Stadt, wenn nicht gar der Hanse bestimmen? Doch schnell war klar geworden, dass er Geduld brauchen würde. Immer hieß es, mit Ende zwanzig sei er für einen Ratssitz noch zu jung. Dabei wäre es für den Stadtrat nicht schlecht, wenn dort frischer Wind wehen würde. Zu viele Räte waren verknöchert und nur an der Mehrung ihres eigenen Vermögens interessiert. Die Hanse brauchte eine klare Führung und neue Ideen, um ihre Macht zu sichern. Allerdings wurden nur selten Sitze frei, und wenn, dann gab es Altgediente oder Verwandte, die gewählt wurden.

Inzwischen hatte Adrian erkannt, dass es auch andere Wege gab, um Einfluss zu nehmen. Überzeugungskraft und Geld konnten viel ausrichten, wenn man beides zu nutzen wusste. Außerdem hatte ein Ratssitz auch Nachteile. Solch ein Amt zu übernehmen bedeutete, seine Arbeit zu vernachlässigen, wenn nicht ganz aufzugeben. Die Lübecker Ratsherren wurden nicht entlohnt, waren aber so beschäftigt, dass ihre Geschäfte völlig zum Erliegen kamen. Das Ruhejahr nach zweijähriger Amtsführung reichte nicht aus, um den Handel am Laufen zu halten. Das konnte und wollte Adrian sich nicht leisten. Die Vorstellung, ganze Tage in Sitzungen zu verbringen, schreckte ihn ebenfalls ab. Wenn er ehrlich war, genoss er das Reisen und die Geschäfte. Darüber hinaus trug er auch die Verantwortung für seine Schwestern, und Rosina und Lisebette gut zu verheiraten, hatte viel Geld gekostet. Die Dritte, das Nesthäkchen Lucie, lebte nach wie vor bei seinem Bruder Lambert in Brügge. Auch ihr Brautschatz würde eines Tages fällig sein. Wenn Adrian seinen familiären Verpflichtungen nachgekommen war und er sein Geschäft weiter ausgebaut hatte, würde er weitersehen. Ratsmann oder gar Bürgermeister konnte er schließlich auch im gesetzten Alter von vierzig noch werden.

Swerting würdigte Goswin Klingenberg keines Blickes, sagte aber: »Da Köln nicht vertreten ist, gebührt der zweitgrößten Bischofsstadt der Vorrang, und das ist Bremen.«

Adrian, der die Wappentischler bei ihrer Arbeit beobachtet hatte, merkte nun an: »Die Gesandten des Herzogs von Flandern sitzen neben den Gesandten der Stadt Brügge? Die Herren sind sich nicht eben grün, heißt es.«

Swerting sah die Tafel hinunter. »Selbstverständlich sitzen sie nicht zusammen! Jede Brügger Gesandtschaft an einen anderen Flügel des Tisches, aber beide auf die gleiche Höhe!«, rief er aus und befahl die Umgruppierung. Kopfschüttelnd zischte er: »Die Sitzordnung für einen Hansetag ist komplizierter als ein Schlachtplan!«

Adrian lächelte verständnisvoll. Es schien Symon Swerting mehr Freude zu bereiten, einen Kampf zu planen, als Verhandlungen zu führen. Die Aufgabe des Verhandlungsführers übernahm hingegen Bürgermeister Plescow gern, die beiden ergänzten sich also gut. Darüber hinaus waren sie verwandtschaftlich verbunden, was auf einen Gutteil des dreißigköpfigen Rates zutraf. Jacob Plescow war durch seine Heirat und die Ehen seiner Kinder mit den Lübecker Ratsfamilien Crispin, Dartzow, Schepenstede, Travelmann, Warendorp und van Alen verwandt. Auch zu Räten aus Wisby hatte Plescow familiäre Verbindungen. Symon Swerting, sein Neffe, war über seine Ehe mit der einflussreichen Lübecker Ratsfamilie von Attendorn verbunden und hatte einen Bruder, der Ratsherr in Stralsund war. Adrian hatte sich in seinen ersten Monaten in Lübeck oft von Henrike über die komplizierten Verwandtschaftsverhältnisse aufklären lassen, denn er wollte genau wissen, wer wie mit wem verbunden war.

Bürgermeister Plescow ließ nun die Ratsglocke läuten. »Ich bitte alle Räte, sich zur Besprechung in den Ratskeller zurückzuziehen. Hier kann man ja sein eigenes Wort nicht verstehen«, forderte er die Männer auf. Der Bürgermeister strahlte trotz seiner zarten Gestalt eine natürliche Autorität aus.

Goswin Klingenberg wollte folgen, wurde aber abgewiesen.

»Nur die Räte! Und Herr Vanderen«, wies Swerting ihn zurück.

Adrian spürte Klingenbergs Blick im Nacken, als er selbst den Räten folgte.

Der Ratskeller war einer der beliebtesten Treffpunkte der Stadt. Hier gab es den besten Wein, und man konnte zudem sicher sein, den einen oder anderen Stadtrat hier anzutreffen, dem man in vertraulicher Atmosphäre sein Anliegen vortragen konnte. Um diese Tageszeit lag der lang gezogene Gewölbekeller jedoch beinahe still da. Keine Gespräche waren zu hören, auch nicht die Musik der Ratsspielleute, sondern nur das leise Kratzen eines Besens. Über allem lag der Geruch von abgestandenem Wein und schalem Bier.

»Gib der Ratskuchenbäckerin Bescheid, dass wir hier sind«, wies Bürgermeister Plescow einen Ratsdiener an.

Die Männer nahmen in einer Nische Platz. Schon wenig später wurden frisches Gebäck und Rheinwein aufgetragen. Angeregt unterhielten sich die Männer über ihre Geschäfte und die Themen der Tagfahrt, und Adrian lauschte ihnen aufmerksam.

»Ich hörte von Beschlagnahmungen und neuen Zöllen in Brügge. Die Älterleute des Kontors scheinen nichts dagegen tun zu können. Wird der Rat sich für Maßnahmen gegen diese Willkür einsetzen?«, warf er in einer Gesprächspause ein.

Bürgermeister Plescow war es, der seine Frage beantwortete. »Wir werden uns nach der Eröffnung der Tagfahrt zunächst von beiden Seiten die Lage schildern lassen und dann unsere Haltung dazu bestimmen«, sagte er vage.

»Aber müsste unsere Haltung nicht klar sein? Die Regeln des Handels sind festgelegt und dürfen nicht nach Lust und Laune verändert werden! Die Hansekaufleute sind wichtig für Brügge. Die Stadt sollte es sich nicht mit uns verscherzen.«

Zustimmende Rufe wurden laut, doch Plescow wich aus. »Das

ist richtig. In der Vergangenheit hat die Hanse bereits ihre Macht bewiesen. Schon 1358 haben wir das Brügger Kontor aufgegeben und den Handel verlagert. Aber ich fürchte, jetzt ist die Lage komplizierter. Als unsere Kaufleute im letzten Jahr Brügge aus Protest verlassen wollten, ließ Flanderns Graf Ludwig von Male sie einkerkern und ihre Waren beschlagnahmen.«

Adrian wollte gerade weitere Argumente vorbringen und Hilfe gegen die Beschlagnahmung seiner Waren fordern, als sich Gerhard Dartzow einmischte: »Seid Ihr in den Rat gewählt worden, Vanderen? So wie Ihr Euch einmischt, scheint es fast so. Das muss ich wohl verpasst haben!«

»Ich hatte noch nicht die Ehre, in Euren erlauchten Kreis aufzusteigen«, gab Adrian verbindlich zurück.

»Wenn Ihr kein Rat seid, was tut Ihr dann hier?«, erkundigte sich Dartzow maliziös lächelnd. Seine Familie war vor einigen Jahrzehnten aus dem Mecklenburgischen zugewandert und hatte sich erst in den letzten Jahren einen hohen Stand erarbeitet. Ihr Reichtum und ihre guten Verbindungen hatten jedoch dazu geführt, dass Gerhard Dartzow vor vier Jahren die Ehre zugekommen war, den Kaiser in seinem Haus zu beherbergen; kurz danach war er in den Rat gewählt worden. Er und seine Brüder führten einen prunkvollen Haushalt und nutzten jede Gelegenheit, ihren Stand herauszustellen. Doch während Hermann Dartzow sich hauptsächlich um die Kaufmannsgeschäfte der Familie kümmerte und recht umgänglich war, pflegte Gerhard oft einen für einen Ratsherren erstaunlich schroffen Ton.

Adrian setzte zu einer Antwort an, doch der vorsitzende Bürgermeister kam ihm zuvor.

»Er wird eine Nachricht verlesen, die Hermanus von Osenbrügghe erhalten hat«, sagte Plescow, der offenbar bereits von Symon Swerting ins Bild gesetzt worden war.

»Na, denn man tau«, wurde Adrian von einem greisen Ratsherrn volkstümlich aufgefordert.

Adrian las Hermanus' Brief über den Waffenstillstand zwischen Mecklenburg und Dänemark sowie die Probleme in Schonen vor. Nachdem er geendet hatte, brannte eine vielstimmige Diskussion auf. Schließlich waren Einfluss und Besitz der Hanse bedroht! Der Konflikt um Schonen ging auf die Zeit des Krieges gegen König Waldemar von Dänemark zurück. Im Frieden von Stralsund hatte die Hanse 1370 den Einfluss über das dänische Schonen erlangt. Die Verwaltung der schonischen Schlösser Helsingborg, Malmö, Skanör und Falsterbo, die Einnahme des Sundzolls sowie die Kontrolle des Heringsmarktes brachten viel Geld ein. Deshalb versuchten die Dänen, die Hansen wieder zurückzudrängen, aber so offensichtlich wie jetzt war es noch nie gewesen. Und was war von den Waffenstillstandsverhandlungen zu halten?

Adrian sah aus dem Augenwinkel, dass ein Ratsdiener hinter ihn getreten war. Er sollte nun wohl gehen. Die Vorgänge in Brügge müsste er bei einer anderen Gelegenheit ansprechen, aber das war ja nicht alles, was ihn bewegte …

»Erlaubt mir zu fragen, wie Ihr Herren im Falle von Braunschweig vorgehen wollt. Wird die Verhansung endlich aufgehoben werden?«, fragte er im Aufstehen.

Sofort kamen Reaktionen aus den Reihen der Räte.

»Solange die Stadt sich nicht öffentlich reuig zeigt, bin ich dagegen.«

»Wir müssen jeglichen Aufstand gegen die Stadträte dauerhaft unterbinden.«

Beides hatte Adrian schon häufiger gehört. Und doch schadete der Ausschluss Braunschweigs aus der Hanse seiner Ansicht nach mehr, als er nützte. »Viele Bürger Braunschweigs sind durch die Verhansung in Not geraten. Es würde unseren Handel befördern, wenn wir Braunschweig wieder zuließen«, wandte er ein.

Ein bissiger Zwischenruf: »Euren vor allem, was?!«

»Nicht unbedingt. Aber ich halte Handelshemmnisse grundsätzlich für falsch.« Adrian ließ sich nicht provozieren.

Jacob Plescow lächelte fein. »Auch diese Entscheidung kann erst nach der Diskussion des Hansetags gefällt werden.«

Gerhard Dartzow blickte Adrian prüfend an. »Seid ehrlich, Vanderen, denkt Ihr darüber nach, Euer Wissen in den Rat einzubringen?«

Adrian zögerte nicht: »Wenn ich meiner Stadt dienen könnte, wäre ich selbstverständlich dazu bereit.«

Der Ratsherr griff sich ein Mandeltörtchen vom Silbertablett und lehnte sich zurück. »Ihr seid nicht der Einzige, der auf einen Ratssitz schielt. Es wird interessant sein zu sehen, wer in den nächsten Jahren die meisten Räte für sich einnehmen kann«, grinste er.

Einige seiner Ratsfreunde lachten, als ginge es um einen spaßigen Wettbewerb.

Als Adrian an die Luft trat, merkte er, dass er seine Hand zur Faust verkrampft hatte. Die Arroganz mancher Ratsherren war unerträglich! Der Rat war oft genug zerstritten, aber in einem waren sich fast alle Räte einig: Sie alle hielten sich für etwas Besseres. Deshalb blieben sie auch am liebsten unter sich. Wenn Sitze frei wurden, wurde Verwandtschaft bevorzugt. Dieser Klüngel stieß manchem sauer auf, und doch konnte man nichts dagegen machen. Familiäre Verbindungen waren eben alles. Nicht umsonst verheirateten Lübecker Kaufleute ihre Kinder am liebsten in Städte, in denen sie Handel treiben wollten – nach Reval, Dorpat oder Wisby. Das war schon immer so gewesen. Auch er selbst war zunächst an der Heirat mit Henrike interessiert gewesen, weil ihr Vater nicht nur ein Freund, sondern auch ein wohlhabender Kaufmann und Lübecker Ratsherr war. Doch dann hatte er sich in Henrike verliebt, und selbst nach Vresdorps Tod und damit einer mehr als ungewissen Zukunft, was Vresdorps Geschäftsbeziehungen anging, hatte er sie unter allen Umständen heiraten wollen. Und er würde nie bedauern, sein Herz über seinen Kopf gesetzt zu haben.

Nun fiel ihm der Brief aus Gotland wieder ein, den ihm vorhin der Bote zugesteckt hatte. Vor dem Eingang des Ratskellers wollte er ihn öffnen, traf jedoch auf Hermann Dartzow, der sich mit einem anderen Bürger unterhielt, aber sofort Adrian zuwandte.

»Hier stehen wir also. Ihr seid zu jung, und ich darf wegen meines Bruders nicht in den Rat! Was für eine Verschwendung von Talenten! Wir homines novi haben es nicht leicht«, scherzte er und fügte hinzu: »Wenn wenigstens der Hansetag von Bällen begleitet würde! Ich bin der Ansicht, dass es Vergnügungen geben sollte, wenn die wichtigsten Männer zusammenkommen!«

Adrian wollte das Gespräch kurz halten, denn der Brief brannte ihm förmlich in der Tasche. Was für eine Nachricht kam wohl aus Wisby? Henrikes Tante Asta und ihre Tochter Katrine waren dort. War ihnen vielleicht etwas zugestoßen? Oder war der Brief von einem Geschäftspartner oder einem Interessenten für das Haus? In Wisby befand sich Henrikes Elternhaus, das seit Jahrzehnten verpachtet war. Kürzlich war jedoch der Pächter verschwunden. Sie wollten es wieder verpachten, doch Asta hatte sich gewünscht, zunächst einige Zeit dort zu verbringen. Adrian fand diesen Wunsch merkwürdig, wenn man bedachte, was Asta auf Gotland durchgemacht hatte. Nicht nur, dass ihr Mann und ihre Eltern beim Angriff der Dänen getötet worden waren, man hatte auch ihr Gewalt angetan. Asta hatte ein Kind zur Welt gebracht, Katrine, es jedoch gleich nach der Geburt weggegeben. Jahrzehntelang hatte sie darüber geschwiegen, war aus Kummer hart und unnahbar geworden. Erst Henrike hatte ihren Panzer durchbrechen können.

»Ich glaube kaum, dass Zeit für Vergnügungen bleibt. Es gibt zu viel zu besprechen, scheint es«, sagte er.

Hermann Dartzow winkte entnervt ab. »Reden, immer nur

reden! Warum soll nur der Adel seine Bälle und Turniere haben? Geselliges Zusammentreffen kann geschäftliche Verbindungen vertiefen. Wir sollten selbst dafür sorgen.«

»Es gibt doch die Schonenfahrerkompanie«, merkte Adrian an, der sich nun endgültig auf den Weg machen wollte. Schon seit Jahren trafen sich die Kaufleute und Schiffer, die nach Schonen fuhren, regelmäßig, um Neuigkeiten auszutauschen oder des Öfteren auch um zu feiern.

»Ich habe etwas Feineres im Sinn. Wartet nur ab ...«

Adrian lächelte höflich. Schon seit Jahren hatte er von Plänen für eine neue Patriziergesellschaft gehört, geschehen war seines Wissens jedoch noch nichts.

Sorge und eine düstere Vorahnung ergriffen ihn, als er wenig später endlich den Brief las. Was war von der Nachricht zu halten? Was steckte dahinter? Und vor allem: Wann sollte er Henrike davon erzählen, wo sie sich doch so auf das Johannisfest freute?

Grübelnd machte er sich auf zu dem Gasthof, in dem eine der Gesandtschaften aus Brügge untergebracht war. Er musste die Unterhändler dazu bringen, sich bei ihren Mitbürgern dafür einzusetzen, dass ihre Tuche wieder vom Zoll freigegeben wurden. Er fürchtete jedoch, dass gute Argumente nicht ausreichen würden, damit sie einen entsprechenden Brief nach Brügge schickten ...

»Alle Spielleute haben kurzfristig abgesagt. Sie sind beim Rat verpflichtet«, berichtete Claas etwas kurzatmig. Seine abstehenden Ohren spitzten gerötet aus seinen Haarsträhnen heraus, auch die Wangen leuchteten. Er hatte sich offenbar beeilt, um schnell wieder zurück zu sein.

Henrike kratzte ärgerlich einige Striche in ihre Wachstafel.

Das war typisch: Sobald sich ein lukrativerer Auftrag fand, ließen die Spielleute einen sitzen. Das fehlte ihr gerade noch! Ihr Tag war auch so schon hektisch gewesen. Wäsche waschen lassen, die Mahlzeiten planen, Tuche in die Tuchhalle senden, die Kupferschmiede und Messingschläger benachrichtigen, dass eine Lieferung ihrer Werkstoffe angekommen war, Briefe schreiben. Erst jetzt war sie dazu gekommen, beim Versorgen der neuen Waren zu helfen. Gerade zählte sie die Fässer mit schwedischer Butter. Aber sie würden sich das Fest nicht durch die Absagen verderben lassen.

»Dann müssen wir uns eben selbst behelfen. Ich spiele Flöte, Cord kann die Trommel schlagen, und ...«

»Ich bin gut an der Maultrommel, Herrin«, warf Claas ein.

»Sehr schön, dann kommen wir ja auch ohne Spielleute aus! Stell bitte später im Keller ein Fässchen Rotwein bereit, das nehmen wir dann auf dem Wagen mit in den Hopfengarten.«

Claas nickte eifrig. Henrike überlegte, was noch vorbereitet werden müsse, als aus dem Kaufkeller ein erboster Ausruf zu hören war.

»Wo bleibst du denn, Lausekerl? Mach schon!«

Schnell reichte sie dem Lehrjungen Wachstafel und Griffel. Da unten lief etwas nicht gut.

»Kontrolliere die Butterfässer weiter, und dann mache dich an die Getreidesäcke für das Armenhaus«, forderte sie ihn auf.

»Aber ...«

Wieder schallte aus dem Keller ein Rufen: »Gibt es hier keine richtigen Kaufleute?! Sauladen!«

Henrike eilte zur Treppe. »Das schaffst du schon. Ich kontrolliere es nachher noch einmal, dann kann nichts schiefgehen«, rief sie dem Lehrjungen zu, ehe sie die Steige hinunterlief.

Vor dem Tisch im Kaufkeller stand ein massiger Mann. Als er sie bemerkte, fuhr er sie sogleich an: »Schaff mir endlich den nichtsnutzigen Gehilfen mit den Pelzen her!«

Henrike schoss die Hitze in die Wangen. Er musste sie wohl für eine Magd halten, dass er es wagte, so mit ihr zu sprechen! Mit einem kurzen Blick verschaffte sie sich einen Eindruck von ihm. Die Kleidung war aus teuren Stoffen, wenn sie auch durch große Schweißflecken unter den Achseln befleckt war. Sein Wams war mit kostbaren Knöpfen besetzt, und etliche seiner Finger wurden von Ringe eingeschnürt. Wenn er Pelze wollte, hatte er vermutlich auch das Geld, sie zu bezahlen.

»Ihr wollt Pelze sehen, mein Herr? Seid versichert, dass unser Gehilfe sie sogleich bringen wird. Sie werden sicherlich zu Eurer Zufriedenheit sein. Das Warten lohnt sich«, sagte sie höflich.

Der Mann rieb sich ungeduldig die Schweißperlen vom Gesicht. »Wie kannst du dir anmaßen, wissen zu wollen, was sich für mich lohnt?«, fauchte er.

Henrike ließ sich ihre Verärgerung nicht anmerken. »Ich weiß zumindest, welche Pelze wir am Lager haben. Schließlich gehört meinem Gatten und mir dieser Handel.«

Die Tür zum Gewölbekeller ging auf, und Cord schob sich hindurch. Auf den Armen hielt er Biberfelle. Kaum lagen die Felle auf dem Tisch, wühlte der Mann auch schon darin herum. Waren seine Hände noch feucht vom Schweiß? Henrike nahm ihm ein Fell ab und hielt es ihm hin. Es schimmerte schwarzbraun und hatte besonders dichtes Unterhaar. Der Wasserhund musste ein schönes, kräftiges Tier gewesen sein, dachte sie. Neben ihr starrte Cord auf seine Füße. Er war sonst die Geduld in Person, doch dieser unfreundliche Kunde ging ihm sichtlich auf die Nerven.

»Seht, wie dicht es ist! Bestes Biberfell aus den östlichen Wäldern. Selten und kostbar. Selbst die Ordensbrüder haben keine prächtigeren Exemplare«, pries sie die Pelze an.

Während sie sprach, betrat ein weiterer Mann mit seinem Gehilfen den Kaufkeller. Auf den ersten Blick erkannte sie in ihm einen fremdländischen Kaufmann. Er hatte dunkles Haar, das in weichen Wellen auf seine Schultern fiel, hellbraune Haut und war mit feinster Kleidung und Schmuck angetan. Ein leichter Rosenduft umfing ihn. Besonders auffällig war die Schecke: Das Wams war so kurz, dass es die Beine ganz freigab, und sehr eng geschnitten, wobei die Schultern ausgepolstert wirkten. Ein Ziergürtel hielt die anliegenden Hosen. Mancher Priester würde diesen figurbetonten Aufzug mit der entrüsteten Forderung nach einer strengeren Kleiderordnung quittieren.

Sogleich wandte Cord sich dem neuen Kunden zu und fragte nach dessen Begehr. Gerne würde sie mit ihm tauschen! Andererseits war es nur recht, dass sie sich als Kauffrau der unangenehmen Kunden annahm. Und zu dieser Sorte zählte der Fremde vor ihr zweifelsohne.

Er packte ein weiteres Fell und drückte es an sein glänzendes Gesicht. Henrike hätte es ihm am liebsten aus den Händen gerissen. Es sollte verboten sein, mit fremden Waren so umzugehen! Wenn das Fell später nach Schweiß stinken würde, sollte sie es ihm auf jeden Fall berechnen!

Achtlos ließ er es fallen. »Pah! Was erzählt Ihr da! Mindere Qualität! Das würde ich nicht einmal meiner Großmutter als Fußdecke mitbringen! Ich gebe Euch sieben Mark für einen Timmer.«

Um den Preis zu feilschen, war üblich. Aber das war mehr als Handel, das war eine Unverschämtheit! Er dachte wohl, er könne sie über den Tisch ziehen, weil sie eine Frau war!

»Sieben Mark lübisch für vierzig Stück? Ihr beliebt zu scherzen. Diese Biber haben noch im letzten Winter die Flüsse durchschwommen! Ihr wisst sicher, dass die Ordensbrüder das Jagdrecht auf Biber in weiten Gebieten für sich beanspruchen. In dieser Güte findet ihr diese Pelze nirgendwo sonst in Lübeck. Dass wir sie am Lager haben, ist nur unseren besonderen Verbindungen zu verdanken. Der Preis beträgt elf Mark je Timmer.«

»Ha! Das Weib glaubt, sie sei ein Kaufmann! Aber was für ein mieser!« Der Mann rieb grob den Ärmel über die Stirn.

Henrike spürte, wie ihre Ohrmuscheln vor Wut glühten. Sie ließ sich von niemandem beschimpfen, auch nicht für ein gutes Geschäft.

Unwillkürlich warf sie dem zweiten Kunden einen Blick zu, dessen Gesicht ihnen zugewandt war. Er wartete offenbar auf Cord, der gerade Waren aus dem Lager holte. Seine Augenbrauen waren hochgezogen, und er lächelte mitleidig, als gefiele ihm der Tonfall auch nicht.

Henrike blinzelte verwirrt. »Dann werden wir uns nicht einig«, sagte sie und rollte die Felle auf. Als sie sich anschickte, sie zurück ins Lager zu bringen, begriff der Kunde, dass es ihr ernst war.

»Das könnt Ihr nicht machen!«, rief er ihr nach.

Sie hatte die Kellertür bereits erreicht. Cord kam ihr entgegen, kleine Fässer auf einem Karren vor sich herschiebend. Ein weiterer Ruf: »Bringt die Felle zurück!« Das Klimpern von Metall auf Holz verriet ihr, dass der Kunde Münzen auf den Tisch geworfen hatte; der Tonlage nach hörte es sich nach schweren Geldstücken an. Ein Lächeln umspielte Henrikes Mundwinkel, doch sie verkniff es sich. Ernst brachte sie die Pelze zurück zum Tisch, auf dem einige Gold- und Silbermünzen lagen. Sie hatte sich nicht getäuscht, er hatte tatsächlich Geld genug. Doch was war das? Ihr Blick blieb an den Schweißflecken am Ärmel des Mannes hängen. Das Wams war nicht, wie sie erst gedacht hatte, von guter Qualität, sondern die Stoffart war nachgemacht. Kein Tuch aus Saint Omer, sondern minderwertig gefälschtes aus dem benachbarten Arques, was sie an der geringeren Anzahl der Kettenfäden erkannte. Tuchballen wurden oft mit gefälschten Tuchplomben versehen, worauf die Strafe der Verbannung stand. Sie sollte wachsam sein …

»Also gut, ich gebe Euch acht je Timmer für die Biberfelle«, sagte er gönnerhaft.

»Zehneinhalb, darunter geht nichts. Biberfelle sind schwer zu bekommen, das wisst Ihr so gut wie ich.«

»Neun.« Sie schüttelte den Kopf.

Er schnaubte. Dann neigte er sich zu ihr: »Wenn Ihr so gute Verbindungen habt, seid Ihr doch sicher auch im Besitz von Bibergeil? Dann würde ich eventuell etwas mehr springen lassen«, wisperte er.

Das Sekret aus den Drüsen des Bibers war ebenso begehrt wie dessen dichtes Fell. Zahllose Salben und Tinkturen wurden aus dem Bibergeil hergestellt, die vor allem die Manneskraft stärken und Frauenleiden lindern sollten. Auch galt der Biberschwanz als besonderer Leckerbissen. Biber wurden wegen dieser Kostbarkeiten so stark bejagt, dass die Tiere in manchen Ländern kaum noch zu finden waren. Adrians Schwester Rosina, die mit einem englischen Kaufmann verheiratet war, bestellte im Namen ihres Mannes immer wieder Biberfelle und Bibergeil; sie sagte, in England sei schon lange keiner dieser Nager mehr gesichtet worden.

Der Kunde sah sich verstohlen um. Sein Atem schlug ihr entgegen, als er flüsterte: »Ihr wisst schon, für die …«

Henrike wollte nicht hören, wofür er das Drüsensekret brauchte. Ihr Widerwille siegte über ihren Geschäftssinn.

»Nein, das haben wir im Moment nicht«, fiel sie ihm ins Wort. Sie hatten zwar ein wenig am Lager, aber das war für besonders gute Kunden reserviert. »Also, habt Ihr es Euch noch mal überlegt? Ihr kennt meinen Preis.«

Er begann die Geldstücke zu stapeln. »Wir hatten uns auf Neun geeinigt«, behauptete er.

Henrike ging die Geduld aus, dennoch mahnte sie sich zur Freundlichkeit. »Zehn Mark lübisch für einen Timmer.«

Der andere Kunde beobachtete sie noch immer. Dass er sie so unverhohlen betrachtete, verunsicherte sie. Auch schien er sich nicht mit Cord einig zu sein.

»Neuneinhalb?«

»Ihr verschwendet meine Zeit.« Wieder schickte sie sich zum Gehen an.

»Also gut, also gut! Zehn!« Sichtlich ungehalten zählte er die Münzen zusammen und schob sie ihr hin.

Das war ein gutes Geschäft. Aber sie sollte besser sichergehen. Henrike nahm die Goldmünzen genauer in Augenschein. Es waren rheinische Gulden. Sie waren weit verbreitet, waren aber weniger wert als Venezianer Dukaten oder der Brüsseler Peter. Mit so vielen Währungen wurde in Lübeck gehandelt, dass den Wechslern die Arbeit nie ausging. Allerdings hieß es, dass der wendische Städtebund, zu dem neben Lübeck auch Kiel, Lüneburg, Wismar, Rostock und Stralsund gehörten, für einheitliche Münzen sorgen wollte, was Henrike begrüßte.

»Der Bursche soll die Biberfelle in meinen Gasthof schaffen«, trieb der Mann sie an.

»Das werde ich veranlassen. Wenn Ihr noch einen Augenblick warten würdet? Es dauert nicht lange.«

Sie ging zu einem Schrank an der hinteren Seite des Kaufkellers. Noch immer stand der fremdländische Kunde neben Cord. Ihr Kaufgehilfe sprach mit ihm, aber der Kunde machte eine vage Handbewegung in Richtung Henrike. Wollte er mit ihr sprechen? Was könnte er von ihr wollen? Kannte sie ihn von irgendwoher?

Mit einem Lederetui kam sie zurück. Als sie ihren Goldprobierstein und die dazugehörigen Nadeln auf den Tisch legte, brauste der Käufer sofort auf.

»Ihr wollt mir doch nicht etwa Betrug unterstellen? Lasst die Felle verpacken und wegschaffen, der Handel ist geschlossen!«

Entschuldigend sah Henrike auf. »Mein Mann würde mich schelten, wenn ich Goldmünzen ungeprüft ließe. Ihr habt ja nichts zu befürchten, also geduldet Euch bitte etwas. Mein Gehilfe kann die Felle schon mal bereit machen.« Sie gab Cord einen Wink, der sogleich an die Arbeit ging.

Für Adrian war es selbstverständlich, dass Henrike im Handelskontor schaltete und waltete, wie sie wollte, er vertraute ihr vorbehaltlos. Es gab jedoch Kunden, die glaubten, sich im Umgang mit einer Kauffrau gewisse Freiheiten erlauben zu dürfen und die sie durch den Hinweis auf ihren Mann erst an die geltenden Regeln erinnern musste. Ihr Kunde verstummte.

Henrike rieb die Kante einer Goldmünze über ihren Probierstein. Auf dem schwarzen Kieselschiefer zeigte sich ein goldfarbener Strich. Nun nahm sie den Silberreif, auf den ihre Probiernadeln gefädelt waren. Für die verschiedenen gängigen Metallmischungen gab es eine entsprechende Nadel. Sie suchte die Probiernadel mit dem passenden Metallgehalt und strich sie ebenfalls über den Schiefer. Anschließend wiederholte sie den Vorgang mit der nächsten Münze. Sie bemerkte, wie der Mann neben ihr immer unruhiger wurde; sie selbst war eher durch die neugierigen Blicke des Fremden verunsichert.

Es war, wie sie vermutet hatte: die Streifen waren unterschiedlich. Das bedeutete, dass der Goldgehalt der Münzen zu niedrig war. Sie drückte den Rücken durch, derartige Situationen waren unangenehm und riefen oft heftige Reaktionen hervor.

»Es tut mir sehr leid, aber wir können den Handel so nicht abschließen.«

Kaum hatte sie es ausgesprochen, knallte der Mann die flache Hand so hart auf den Tisch, dass Henrike zusammenzuckte und die Geldstapel auseinanderfielen.

»Was soll dieser Unsinn!«, schimpfte er.

Cord sah alarmiert auf, aber Henrike gab ihm zu verstehen, dass sie zurechtkommen würde, vorerst zumindest. Dabei raste ihr Herz schon jetzt ...

»Ich bedaure, aber ich kann es leider nicht ändern. Die Münzen enthalten zu wenig Gold«, sagte sie fest und erhob sich.

Der Schweiß lief dem Mann jetzt das Doppelkinn hinunter. Dabei brannte zwar draußen die Sonne, im Kaufkeller war es jedoch angenehm kühl. »Ihr werdet jetzt das Geld nehmen und mir die Felle einpacken lassen ...« Seine Stimme klang gepresst.

Henrike hielt seinem Blick stand, obgleich der Mann in seiner Wut einschüchternd war. Cord trat einen Schritt näher, und der andere Kunde flüsterte seinem Diener etwas zu.

»Ich werde Euch höchstens einen Teil der Felle einpacken lassen. Mehr kann ich Euch für das Geld nicht verkaufen.« Sie senkte die Stimme. »Oder Ihr nehmt Euer Geld und riskiert beim nächsten Mal, wegen Münzbetrugs verhaftet zu werden.«

Der Mann stieß hart gegen den Tisch. Für einen Moment fürchtete sie, er würde sie packen. Doch dann drehte er sich um. »Gasthaus Zum Adler. Aber zackig, Bursche!«, befahl er, bevor er hinausstürzte.

Eilig machte Cord sich an die Arbeit. Je schneller dieser Handel beendet war, umso besser.

Henrike stützte sich am Tisch ab. Ihre Knie zitterten. Wie sie solche Auseinandersetzungen hasste! Aber es kam immer wieder vor, dass Käufer oder Verkäufer in Rage gerieten, wenn ihre Betrügereien aufflogen – ob sie nun geplant waren oder sie selbst unwissentlich Betrügern aufgesessen waren. Jeder unachtsame Kaufmann konnte an gefälschte Waren, zu kurze Tuchballen oder eben an gestrecktes Gold und Silber geraten.

»Bravo! Diesem grässlichen Kerl habt Ihr auf bewundernswerte Weise die Stirn geboten! Splendido!«

Der Fremde kam näher, und Henrike konnte nun deutlich die Rosennote riechen, die ihn umgab. Er war von Kopf bis Fuß eine gepflegte Erscheinung. Sein Akzent und die Wortwahl ließen vermuten, dass er aus Italien kam. Verlegen strich Henrike ein kitzelndes Haar von ihren heißen Wangen.

»Habt Dank für die freundlichen Worte, Herr. Aber eigentlich habe ich nichts getan, was ein Kaufmann nicht auch getan hätte.«

»Dabei sollte dieser Grobian froh sein, dass er von so einer reizenden Dame bedient wird«, sagte er schmeichelnd.

Henrike senkte den Blick. Wo blieb Cord? Oder Adrian? Bevor sie auf das Kompliment reagieren konnte, fuhr der Mann fort.

»So lässt Euer Mann Euch dieses Geschäft allein führen? Fürchtet er nicht um seine Frau? All diese wilden Männer in der Nähe der Mutter seiner Kinder – ci mancherebbe, Gott behüte!«, rief er aus und warf die Hand mit großer Geste in die Luft. »Ihr habt doch Kinder?«

Henrike traf der letzte Satz unvorbereitet. Oft wurde sie nach Kindern gefragt, aber zu ihrem Kummer hatte sie noch keine bekommen. Sie müsste längst an dieses Thema gewöhnt sein. Müsste eine Antwort auf die Frage nach Kindern parat haben, die jeden Neugierigen befriedigte, ohne dass es sie jedes Mal aufwühlte. Aber noch hatte sie diese Antwort nicht gefunden.

»War mein Gehilfe Euch dienlich oder habt Ihr noch Wünsche?«, versuchte sie die Unterhaltung in eine andere Richtung zu lenken.

Er neigte lächelnd sein Haupt. »Was sollte ich mir wünschen, wenn ich in so einer wunderbaren Gesellschaft sein darf?«

Henrike ärgerte sich, dass sie sich so verfänglich ausgedrückt hatte. Zumal es dem Fremden zu gefallen schien, sie in Verlegenheit zu bringen. Sie verstaute, um ihre Unsicherheit zu überspielen, ihr Goldprobierbesteck wieder. Da zeigte sich ein Schatten im Eingang.

»Ricardo! Immer noch der gleiche Charmeur wie eh und je!«

Adrian stürmte in den Kaufkeller und schloss den Kunden in die Arme. Die Männer klopften sich ausdauernd auf die Schultern. Überrascht beobachtete Henrike die herzliche Begrüßungsszene.

»Das ist mein alter Freund Ricardo. Aber ihr habt euch ja schon miteinander bekannt gemacht«, stellte Adrian ihn lachend vor.

Wenn er ein Freund von Adrian war, fragte sie sich irritiert, warum hatte er sich nicht gleich vorgestellt?

»Ich war gerade dabei, mich deiner liebreizenden Frau bekannt zu machen, als du kamst, amico mio. Ehrlich gesagt, musste ich ihr erst mal meine Komplimente aussprechen. Auch wenn ich nicht verstehe, dass du so ein Schmuckstück in diesem düsteren Keller versteckst. Eine so schöne und kluge Frau hat doch hier nichts zu suchen!«

Henrike spürte, wie sie bis an die Haarwurzeln errötete. War es richtig, dass dieser Ricardo ihr derart schmeichelte? Aber Adrian schien sich nicht daran zu stören. Er schmunzelte gutwillig.

»So war er schon immer! Als wir noch Lehrjungen waren und für unseren Herrn Tuche verkauften, ist es ihm immer gelungen, die hübschen Damen zu bedienen, während ich mich mit den griesgrämigen Herren abgeben musste!«, erinnerte er sich lachend. »Manchmal aber hat mich das Schicksal gerächt. Weißt du noch, als die Frau eines Patriziers dich mit einer Tuchlieferung in ihr Haus bestellte?«

Ricardo lächelte Henrike mitleidheischend an. »Als sie mit ihrer Dienerschaft im Tuchlager war, hatte sie noch gut ausgesehen. Aber als sie mir in ihrem Haus näher kam – ganz zufällig war ihr Gatte nicht da –«, er lachte auf, »da sah ich, dass das Bleiweiß von ihren Wangen blätterte und die jugendliche Röte ihrer Wangen Schminke war. Ich mochte sie nicht brüskieren, also blieb mir nichts übrig, als ein Unwohlsein vorzutäuschen. Beim nächsten Mal bestellte sie Adrian in ihr Haus ...«

Henrike sah ihren Mann neugierig an. Von derartigen Erlebnissen seiner Lehrzeit hatte er nie berichtet. Und wie jungenhaft seine Augen leuchteten, als er daran dachte!

»Ich wiederum schob einen wichtigen Auftrag vor und bat unseren Herrn, an meiner statt zu gehen …«, fuhr Adrian fort.

»… und ausnahmsweise beschwerte er sich anschließend nicht über seine faulen Lehrjungen, sondern blieb länger als gewohnt fort. Seine Frau fragte uns nach seinem Verbleib, aber wir wussten natürlich von nichts«, endete Ricardo.

»Natürlich!« Henrike stimmte in das Lachen mit ein. In letzter Zeit hatte sie ihren Mann selten so unbeschwert gesehen.

Adrian legte die Hand auf die Schulter seines Freundes. Henrike versuchte, sich die beiden Männer in jungen Jahren vorzustellen. Jeder war auf seine Art sehr ansehnlich. Kein Wunder, dass die Frauen gerne bei ihnen neue Stoffe gekauft hatten.

»Lass uns in den Garten gehen und einen guten Wein trinken!«, lud Adrian seinen Freund ein.

Ricardo hob entschuldigend die gepflegten Hände. »Leider habe ich jetzt keine Zeit. Aber vielleicht heute Abend? Darf ich euch in den Gasthof einladen?«

»Soweit kommt es noch! Du kommst natürlich zu uns! Das wäre ja noch schöner! Grete wird etwas für uns zaubern!«

Henrike zauderte. Sie hatte sich so auf das Johannisfeuer gefreut! Absagen konnte sie die Feier jetzt nicht mehr. Aber Adrians Einladung war ebenfalls ausgesprochen. Es gab nur eine Lösung: Ein Teil des Gesindes und ihre Freunde würden das Feuer schon ohne sie entfachen müssen. Sie würden ihnen etwas später in den Hopfengarten folgen.

»Dann bringe ich auch meine Geschenke für euch mit. Cecilia hat mir natürlich einiges mitgegeben, du weißt ja, wie sie ist. Gastgeschenke für dich, deine Gattin und eure Kinder.«

Wieder dieses Thema! Aber dieses Mal übernahm Adrian die Antwort. »Gott der Herr hat uns noch keine Kinder geschenkt«, sagte er leichthin und setzte hinzu: »Was machst du hier in Lübeck? Bist du mit der Gesandtschaft gekommen? Wie geht es Cecilia, der Schönen? Was machen eure Kinder?«

Henrike spürte einen Stich Eifersucht. Die schöne Cecilia? Adrian schien ein recht vertrautes Verhältnis zu Ricardos Frau zu haben.

»Später!«, vertröstete Ricardo sie. »Ich werde euch alles beim Mahl berichten!«

Henrike flocht ihre Haare zu Zöpfen, drehte sie über den Ohren zu Schnecken und steckte sie mit perlenbesetzten Haarnadeln fest. Anschließend zog sie das eng anliegende Seidenkleid mit den Tütenärmeln an. Adrian hatte ihr erzählt, dass Ricardo aus dem italienischen Lucca stammte und als Jugendlicher nach Brügge geschickt worden war, um dort alle Facetten des Handels kennenzulernen. Heute führte er mit seiner Frau Cecilia in Brügge einen aufwendigen Hausstand. Henrike hatte länger als üblich überlegt, was sie anziehen sollte. Sie wollte nicht, dass er sie wieder mit Komplimenten in Verlegenheit brachte. Andererseits sollte Ricardo nicht denken, dass sie hier in Lübeck in Sack und Asche gingen. Und Adrian hatte Anweisungen für ein mehrgängiges Mahl gegeben, es war also ein besonderer Anlass.

Sie hatten sich entschieden, im Hinterhof eine Tafel vorzubereiten. Weiß leuchtete das Tischtuch im Grün. Die untergehende Sonne spiegelte sich in den Silberkannen. An den Seiten steckten bereits Stockfackeln in der Erde, die später entzündet werden würden.

»Das Kleid aus Atlasseide schmückt dich ungemein«, begrüßte sie der Freund ihres Mannes galant, als sie den Hinterhof betrat. »Permesso?« Ohne ihre Antwort abzuwarten, bückte er sich nach dem Saum und wendete ihn. »Zwölf Dukaten das Pfund, schätze ich. Erstaunlich schön verarbeitet, feine Stiche«, lobte er.

Adrian hatte schon Weißwein und Nüsse auftragen lassen und musterte sie jetzt ebenfalls wohlgefällig. »Denkst du etwa, nur in Brügge gibt es gute Schneider?«

Ricardo führte sein Glas zum Mund und schmeckte dem

Wein nach. »Erfrischend. Elsässer, nicht wahr?« Er schnalzte mit der Zunge und schätzte ebenfalls den Preis. »Nun ja, wie soll ich sagen, Lübeck ist etwas ... ab vom Schuss. Natürlich nur modisch gesehen, nicht wahr? Sonst kommt man nicht an Lübeck vorbei. Wie ist es, würdet ihr mir euer Heim zeigen? Ich liebe es, in fremde Kochtöpfe zu spähen!«

Adrian warf Henrike einen schnellen Blick zu; sie nickte – das Essen konnte noch warten. Sichtlich stolz führte Adrian seinen Freund zu den Ställen mit ihren Pferden und dem Vieh, durch den Flügelanbau und das Giebelhaus. Ricardo kommentierte stets, was er sah, ob es der Kachelofen, die Silberleuchter, Messingschalen oder Wandteppiche waren. Wenn er es wusste, schätzte er den Preis – meist richtig – oder fragte danach. Es schien ihm ein besonderes Vergnügen zu bereiten, alles und jeden zu taxieren. Die breite Auswahl ihrer Waren brachte sogar ihn zum Staunen.

»Ich wundere mich immer wieder, wie dieser Ort es so weit bringen konnte. Fern der großen Königshöfe! Ganz im windgepeitschten Norden!«

Über diese Beschreibung musste Henrike lachen. »So windgepeitscht ist es hier nicht! Lübecks Lage ist sehr praktisch. Hier kreuzen sich die Handelslinien von Nord nach Süd und von Ost nach West. Hier werden die Regeln gemacht, nach denen wir handeln. Schließlich gilt lübisches Recht in vielen Städten und Landschaften – von Flandern bis zu den Ländern am Mare Balticum.«

Sie gingen wieder in den Garten hinaus. Die Hitze ließ langsam nach, und die Grillen stimmten ihr Lied an. Henrike gab ihrem Knecht einen Wink, damit dieser die Fackeln entzündete.

»Du hast ja eine glühende Verteidigerin ihrer Stadt geheiratet! Aber so ist es recht«, sagte Ricardo, als sie sich die Hände in einem Becken aus poliertem Messing wuschen. Sogleich bemerkte der Italiener die Gravur auf dem Boden der Schale.

»Ein König, ein Adler, eine Schlange, ein Schiff und ein Mann«, beschrieb er, was er erkennen konnte. »Und Buchstaben, aber zu verschwommen durch das Wasser.«

»Die Inschrift zitiert Salomo: Drei Dinge sind mir wunderlich, und das vierte verstehe ich nicht: der Weg des Adlers in den Lüften, der Weg der Schlange auf der Erde, der Weg des Schiffers auf offenem Meere und der Weg des Mannes in der Jugend«, sagte Adrian.

Ricardo war begeistert. »Was soll man dazu noch sagen? Alla salute!«

Er prostete Adrian zu, doch dieser nippte nur an seinem Glas. Er trank nie viel Wein oder Bier, was Henrike zu schätzen wusste.

»Eine schöne Schale. Lübische Fabrikation?«

»Ja. Sie werden auch gerne für Aussteuern verwendet. Ein lukratives Geschäft, wie Henrike festgestellt hat.«

»Ich habe geholfen, ein, zwei Aussteuern zusammenzustellen«, dämpfte Henrike ab. »Was gibt es Schöneres, als anderen eine Freude zu bereiten?«

Die Krebssuppe wurde aufgetragen, und sie begannen zu essen.

»Vermutlich gibt es dafür auch genügend Kunden in Lübeck. Hier sitzen Geld und Einfluss. Deshalb prüfe ich ebenfalls, hier umtriebiger zu werden«, sagte Ricardo nach einigen Löffeln.

Adrian merkte auf. »Du willst eine Filiale hier eröffnen? Wir könnten wieder zusammenarbeiten!«

Ricardo winkte ab. »Ich ziehe mich aus diesem Teil des Geschäftes zurück. All das Reisen, die Unbequemlichkeit! Das machen meine Fattori für mich. Ich lenke von Brügge aus die Geschäfte. Come si dice: Ich setze mein Geld ein, sagt man nicht so? Mache mir nicht mehr die Finger schmutzig. Dann muss ich mich auch nicht mehr mit solchen Grobianen abgeben, wie deine Frau es heute heldenhaft getan hat.«

»Es ging um Biberfelle, oder? Was war denn mit dem Käufer?«, fragte Adrian nach.

Henrike ließ Ricardo berichten, dem es sichtlich Freude machte, davon zu erzählen.

Wie erwartet, war Adrian einverstanden mit ihrem Verhalten.

»Der Goldprobierstein! Ich hätte es nicht besser machen können!«

»Ich habe immer wieder versucht, mir Cecilia in dieser Lage vorzustellen – impossibile!«, grinste Ricardo.

»Ja, Cecilia ist eine richtige Dame!«, stimmte Adrian zu.

Die beiden lachten wie über einen geheimen Witz. Henrike ärgerte sich über die Worte ihres Mannes, obwohl er sie sicher nicht so gemeint hatte. War sie denn keine Dame?

»Wie geht es ihr?«, wollte Adrian jetzt wissen.

»Sie vermisst das Kleine, das wir zu einer Amme gegeben haben. Aber es ist besser so, Francescos Geschrei war unerträglich! Jetzt sehen wir sonntags nach der Messe nach seinem Wohlergehen und bringen der Amme Süßigkeiten mit, damit sie gut bei Milch bleibt. Parlando di ... Mitbringsel!«

Ricardos drollige Kombination der Sprachen brachte Henrike zum Schmunzeln. Er winkte seinen Gehilfen heran, der, wie sie erst jetzt bemerkte, still im Schatten des Hauses gestanden hatte. War er denn auch schon mit einem Getränk versorgt worden? Sie würde sich darum kümmern. Der Diener übergab Ricardo eine Kiste, aus der dieser mit großer Geste einige Dinge hervorholte.

»Feinstes Brokattuch für die Dame. Für den Hausherrn ein Stübchen buon Corso, guten korsischen Wein, und«, er hielt inne, holte das nächste Geschenk dann aber doch hervor, »einen fein geschnitzten Kreisel. Ihr könnt ihn ja verwahren, lange kann es nicht mehr dauern, bis Henrike guter Hoffnung ist.«

Höflich bedankte Henrike sich, sie hatte so etwas erwartet.

Bevor das Thema vertieft werden konnte, kam die Magd mit dem nächsten Gang. Es gab Travemünder Steinbutt mit Safran und Petersilie. Sie aßen einen Augenblick schweigend.

»Delizioso! Darf ich meinen Fattori Tieri schicken, damit er von eurer Köchin das Rezept erfährt?«, fragte Ricardo schließlich.

»Natürlich! Fischrezepte kann man gar nicht genug haben. Ich bitte Simon jedes Mal, mir welche aus Bergen mitzubringen, aber er vergisst es immer.«

»Simon ist …?«

»Henrikes Bruder. Er ist noch in seiner Lehrzeit, hat aber mit meinem Gehilfen Liv die Reisen ins norwegische Bergen übernommen.«

Ricardo nickte nur. Weitere Gerichte wurden aufgetragen, schließlich Käse und zuletzt Himbeerkrapfen. Das Gespräch wandte sich wieder dem Geschäftlichen zu. Ausführlich ließ Adrian sich während des Essens von der Lage in Brügge berichten und versuchte mehr über Ricardos Lübecker Pläne herauszufinden. Henrike wurde langsam ungeduldig. Ihre Freunde und ihr restliches Gesinde feierten schon die Johannisnacht, ohne sie. Doch da ließen Ricardos Worte sie aufmerken.

»Es sind, ehrlich gesagt, nicht nur die Geschäfte, die mich hierhertreiben. Es ist Cecilias Wunsch, dass du als unser ältester Freund Pate unseres nächsten Kindes wirst.« Ricardo drehte den Stiel seines Glases zwischen den Fingern. »Und jetzt ist es soweit: Cecilia ist wieder schwanger. Wenn du … Wenn ihr also einverstanden seid …?«

Adrian gratulierte Ricardo herzlich. Henrike sah ihm an, wie gerührt er war. Eine Patenschaft war ein besonderer Vertrauensbeweis. Sie freute sich mit ihm, und doch kam es für sie etwas überraschend. Bis vor einigen Stunden hatte sie noch nie von Ricardo und Cecilia gehört.

»Gerne übernehmen wir die Patenschaft!«, bekräftigte Adrian strahlend. »Nicht wahr, Henrike?«

»Natürlich«, stimmte sie lächelnd zu und spürte doch einen Stich im Herzen.

Orangerot tanzten die Funken in den Nachthimmel, verwirbelten sich zu Strudeln und verglühten schließlich im Nichts. Eine Flötenmelodie übertönte das Knacken des Feuers und mischte sich in die Musik, die von anderen Johannisfeiern zu ihnen geweht wurde; nicht nur in ihrem Garten fand ein Fest statt. Adrian und Henrike drehten sich im Tanz. Ihr Blick fiel auf Ricardo, der nur zu gerne ihre Einladung zum Fest angenommen hatte, auf ihre Freundin Oda und auf Tale, eine verwitwete Kauffrau, die fröhlich die Schellen zum Klingen brachte. Auch Cord, Claas und Tales schmächtiger Gehilfe Amelius musizierten. Ab und an stimmte Laurin bellend in die Musik ein. Die Mägde wurden von den Gehilfen und Knechten im Tanz herumgewirbelt. Sie trugen Kränze aus Farnkraut, Johanniskraut, Mohnblumen, Rittersporn, Eichenlaub, Kornblumen und Rosen. Auch Henrike hatte einen duftenden Strauß am Kleid. Es war ein schönes Fest. Wenn jetzt noch ihre Tante Asta und ihre Cousine Katrine hier wären! Aber die beiden waren ja in Begleitung Sasses nach Gotland gefahren.

Ihr Blick fiel auf die Kinder ihrer Freunde, die sich mit einigen Erwachsenen beim Kegelspiel vergnügten. Prompt fielen ihr der Kreisel und die Patenschaft wieder ein. Henrike verstolperte sich. Sogleich umfasste Adrian ihre Hand fester und führte sie zum Wagen, auf dem das Fässchen Rotwein stand. Er zapfte einen Becher, vermischte ihn mit Wasser und reichte ihn ihr. Auch Adrian wirkte abwesend. Doch bevor Henrike fragen konnte, was ihn beschäftigte, suchte Tale das Gespräch mit ihr. Später wurde eines ihrer Lieblingslieder gespielt, sodass Adrian sie wieder zu den Tanzenden zog und sie ihre Frage vergaß.

Als das Feuer niedergebrannt war und die Mägde und Knechte über die segenbringende Glut sprangen, um sich von Unheil und Krankheit zu reinigen, saßen Henrike und Adrian Hand in Hand beisammen und schauten still zu. Es war ein Brauch aus heidnischer Vorzeit, der seit jeher zum Johannisfeuer gehörte. Bräuche wie dieser wurden von den Priestern nicht gerne gesehen, aber stillschweigend geduldet, solange man regelmäßig die Messe besuchte und beichtete. Auch Henrike band, bevor sie gingen, die Blumen von ihrem Kleid und warf sie in die glimmende Glut, wie die Tradition es verlangte.

»Wie diese Blumen möge mein Missgeschick verbrennen und zu Nichts zerfallen«, murmelte sie und hoffte, dass sich ihr Kummer wirklich in Rauch auflösen würde.

4

»Mir geht es wieder gut!« Als ob sie das unterstreichen wollte, zog Grete die Schnürung an Henrikes Oberteil besonders kräftig zu. »Darumme est wol recht, dass ich blive! Ich will nicht aufs Altenteil. Oder wollt Ihr mich loswerden?«

»Natürlich nicht. Wir sind froh, dass du da bist«, sagte Henrike. Sie bereute es inzwischen, die alte Frau auf ihr Befinden angesprochen zu haben. Gleich nach der Morgenmesse hatten sie angefangen, Henrike für die feierliche Eröffnung des Hansetages bereit zu machen. Diese Arbeit ließ sich Grete von keiner Magd abnehmen. Nun reichte sie Henrike den Gürtel. Er war mit einer filigranen Stickarbeit von Henrikes Cousine und enger Freundin Katrine versehen und schmückte ihre Taille ausgezeichnet.

»Ich bleibe hier, bis ich auch eure herteleven Kinder auf den Knien wiege – so, wie ich Euch gewiegt habe.«

Henrike wurde das Herz schwer. Dass auch Grete dieses Thema ansprechen musste! Sie setzte sich auf einen Schemel, damit Grete das bestickte Gebende auf ihrem Haupt zurechtrücken könnte. Dieser Kopfschmuck der verheirateten Frauen war beim Kirchbesuch Pflicht.

Die Alte beugte sich zu ihr. »Seid vrolik, dat is min Rat. Mit einem heiteren Herz wird es eines Tages schon klappen. Der gute Herr Adrian ist ja auch so viel unterwegs. Ein wenig mehr Übung braucht es schon«, fügte sie mit zahnlosem Lächeln hinzu.

Henrike nahm ihre Hand, die sich trocken wie ein welkes Blatt anfühlte. Eigentlich war sie froh über Gretes pragmatische Ansicht. Mit anderen wohlmeinenden Ratschlägen, mit denen sie seit Längerem beglückt wurde, konnte sie dagegen weniger anfangen. Sie zweifelte, dass sie wirklich schwanger werden würde, wenn sie bei Mondschein ein bestimmtes Kraut zu sich nahm oder einen Gürtel trug, der der heiligen Elisabeth geweiht worden war.

»God sal ju wol helpen«, tröstete Grete sie im Brustton der Überzeugung.

»Ich wünschte, du hättest recht«, lenkte Henrike ein.

»Grete hat immer recht! Habt Vertrauen und lasst Euch Zeit.« Sie musterte Henrike noch einmal eingehend. »Soll ich Euch das Gesicht abpudern? Es ist etwas gerötet.«

Prompt stieg Henrike die Hitze in die Wangen. Adrian und sie hatten sich gleich nach dem Aufwachen geliebt. Seine Bartstoppeln mussten Spuren auf ihren Wangen hinterlassen haben.

»Nein, lass nur. Das vergeht sicher gleich.«

Sie erhob sich und zupfte an den Enden ihrer trichterförmigen Ärmel. Dann rieb sie den verzierten Goldring, den sie zur Hochzeit von ihrer Tante Asta bekommen hatte, an ihrer Brust. Er war von Gotland und hatte früher ihrer Mutter gehört. Dazu noch ihre Kette aus weißem Bernstein, mehr Schmuck brauchte sie nicht. Henrike war bereit für die Eröffnung des Hansetages. Ihr Mann würde sicher schon auf sie warten.

Adrian hatte seinen Galarock gewählt, der mit Kermes violett gefärbt und mit scharlachrotem Saye gefüttert war. Sie musste an Ricardo denken, und ein Lächeln huschte über ihr Gesicht. Als Kenner würde er sicher sogleich bemerken, dass der Rock aus kostbarsten Stoffen genäht war.

Schützend legte Adrian den Arm um seine Frau, als sie in das Gewimmel auf der Mengstraße traten. Nach einigen Schritten hügelan ließen sie einen Reiter passieren, der sich auf seinem nervös tänzelnden Pferd durch die Menschen drängte. Die vielen Eindrücke nahmen Henrike gefangen.

»Ich verstehe ja, dass nicht alle Gesandten mit dem Schiff kommen können. Aber warum lassen sie nicht einfach ihre Pferde vor der Stadt? Als ob es nicht schon genügend Menschen in Lübeck gäbe! Ganz zu schweigen von den Schweineherden, die täglich durch die Gassen getrieben werden, damit die Herren ihre Festmähler haben. Was für ein Aufwand! Aber warum haben die Gesandten nicht auch ihre Frauen dabei? Dann würde es wenigstens Bälle geben …«, monierte Henrike und hob den Rock, damit er nicht beschmutzt wurde. Die Mistkisten an den Straßenrändern liefen über; an manchen Stellen war das Pflaster glitschig von Pferdeäpfeln und sonstigem Unrat, den die Sommerhitze zum Stinken brachte. Die Karrenknechte schienen mit der Arbeit gar nicht hinterherzukommen.

»… und wir würden noch mehr schöne Tuche verkaufen, damit sich die Damen und Herren herausputzen können.« Adrian blinzelte sie von der Seite an. »Allerdings steht den Gesandten kaum der Sinn nach Feiern. Alle wollen für sich und ihre Mitbürger besondere Privilegien aushandeln. Und je wichtiger eine Stadt erscheint, umso leichter fällt es ihren Gesandten, sich Vorteile zu verschaffen.«

Ein paar Schritte weiter mussten sie einen Bogen um eine Leiter machen, die an einer Herberge lehnte. Ein Mann brachte gerade ein Wappen über dem Eingang an. Es zeigte an, welche Gesandtschaft in diesem Gasthof Quartier genommen hatte. Auch hier scharrten die Pferde unruhig mit ihren Hufen auf dem Pflaster.

»Und je mehr Pferde man hat, umso mehr Eindruck kann man schinden«, seufzte Henrike, war doch der Unterhalt der Tiere überaus kostspielig. Sie selbst benötigten Pferde für ihre Lastkarren, liebten aber auch die gemeinsamen Ausritte vor der Stadt, zu denen sie viel zu selten die Zeit fanden.

»Eigentlich darf jede Gesandtschaft nur sechs Pferde mitbringen. Aber niemand hält sich daran«, sagte Adrian. »Die Hamburger haben das Glück, dass sie so nah wohnen und die Pferde zurückschicken können. Für alle anderen wird es eben teuer.«

Sie hatten die Marienkirche erreicht, um die das Gedränge noch größer wurde. Den Beginn des Hansetages hatte man absichtlich auf den Mittsommertag, den Tag Johannes des Täufers, gelegt, damit möglichst viele Bewohner an diesem Feiertag dem würdevollen Ereignis beiwohnen konnten. Tatsächlich hatten sich zahlreiche Handwerker und einfache Leute mit grober Kleidung und bloßen Füßen unter Lübecks Bürger gemischt. Viele wirkten mürrisch; Henrike wusste, dass sie unter den neuen Steuern litten, die der Rat in den vergangenen Jahren eingeführt hatte. Mancher Handwerker, der für sie gearbeitet hatte oder ihnen seine Güter verkaufte, klagte, dass er kaum noch über die Runden käme.

Adrian bahnte ihnen einen Weg bis zur Kirchenpforte, wo die Honoratioren der Stadt auf ihre Gäste warteten. Die Bürgermeister Plescow und Swerting begrüßten sie freundlich; beide hatte Henrike durch ihren Vater kennengelernt. Auch Hermanus von Osenbrügghe war dort. In seinem roten Gesicht und seinen glasigen Augen sah man noch die schwere Krankheit, doch er hielt sich steif aufrecht. Die Bürgermeister plauderten mit Adrian. Wie es von ihr erwartet wurde, lauschte Henrike nur. Es ging vor allem um die Reihenfolge, die die Vertreter der Städte in der Kirche und bei der Prozession zum Rathaus einnehmen sollten. Von Osenbrügghes Blick huschte die Straße hinauf, wo die ersten Gesandten nahten. Die Räte drängten sich, um ein Spalier zu bilden, und Henrike wurde beiseitegeschoben. Die herausgeputzten Ehefrauen einiger Ratsmitglieder sahen sie vorwurfsvoll an, als habe sie nichts zu suchen unter ihnen. Adrian verschaffte ihr einen Platz zwischen den Ratsfrauen; so konnte sie alles gut sehen. Er selbst stellte sich schräg hinter Hermanus von Osenbrügghe. Schon kamen die ehrwürdigen Herren an ihnen vorbei. Einige trugen als Zeichen ihres Standes Bürgermeisterketten um den Hals, andere die Tracht der Ordensritter; den weißen Mantel mit dem schwarzen Balkenkreuz.

»Die Gesandten der norddeutschen Städte: Hier sind Hamburg, Bremen, Rostock, Stralsund, Wismar, Lüneburg und Stade. Da kommen Stettin, Greifswald, Kolberg, Kiel und Dortmund. Und da sind ja auch die hohen Herren aus den preußischen Ordensstädten Thorn, Elbing und Danzig«, kommentierte Hermanus, der jedem höflich zunickte. Der Beginn des Hansetages schien ihm neue Kräfte zu verleihen. »Es folgen das gotländische Wisby und die livländischen Städte Riga, Dorpat und Reval. Aus dem Westen kommen Vertreter aus Kampen, Amsterdam, Zütphen, Deventer und Harderwyk. Und hier ...«

Mehrere Herren in besonders feiner Kleidung und Pfauenfedern am Hut kamen auf die Kirche zu. Es schienen zwei zerstrittene Grüppchen zu sein, schloss Henrike aus der Art, wie sie krampfhaft aneinander vorbeisahen.

»Die Gesandten des Grafen von Flandern«, sagte Hermanus.

»Und der Stadt Brügge«, ergänzte Adrian. »Sie haben mir einen Brief von Lambert gebracht«, fügte er an Henrike gewandt hinzu.

Sie war erstaunt. Dass Lambert aus Brügge geschrieben hatte, war ihr neu. Warum hatte Adrian ihr nicht davon erzählt? In diesem Moment flog etwas über ihre Köpfe und zerplatzte an der Kirchenmauer. Gestank breitete sich aus. Es war ein faules Ei.

»Elende Verschwender!«, beschimpfte jemand die Räte.

Sofort kam Bewegung in die Büttel, die am Rande des Kirchplatzes gewacht hatten. Weitere Schreie waren zu hören, wurden aber sogleich erstickt. Henrike und Adrian blickten sich verstohlen an. Einen Eklat wollte der Rat um jeden Preis vermeiden, das wussten sie.

Da hob auch schon Bürgermeister Plescow beschwichtigend die Hände, um den Tumult im Keim zu ersticken. »Folgen wir unseren Gästen in die Kirche unserer Lieben Frau«, forderte er die Umstehenden feierlich auf.

Sie gingen hinein, und Henrike genoss die angenehme Kühle in dem hohen Kirchenschiff. Die Marienkirche war das Gotteshaus des Rates und der Patrizier und dank großzügiger Schenkungen reich geschmückt. Doch noch hatte niemand seinen Platz eingenommen. Stattdessen flogen scharfe Worte hin und her.

»Hamburg gebührt der Vorrang!«

»Nein, Bremen!«

»Preußen natürlich!«

Bürgermeister Plescow gab den Kirchendienern ein Zeichen und machte sich auf, um zwischen den Streithälsen zu vermitteln. Ihr Gespräch wurde von der einsetzenden Orgel übertönt. Das Instrument war noch recht neu, und die Lübecker waren entsprechend stolz darauf. Aber wenn der Hansetag schon in so gereizter Stimmung begann, würden es lange Verhandlungen werden, dachte Henrike.

»Gut nur, dass Lübecks Stellung als Haupt der Hanse unbestritten ist«, flüsterte sie.

Adrian neigte sich zu ihr. »Sicher ist nichts. In Lübeck finden zwar die meisten Hansetage statt, und auch die oberste Gerichtsbarkeit sitzt hier. Aber gerade die Hamburger haben in den letzten Jahren stetig an Einfluss gewonnen. Das passt den Bremern natürlich nicht. Sie halten sich ohnehin wegen des Bischofsitzes für überlegen, und weil Bremer Ratsherren – als einzige Vertreter der Seestädte – an den Kreuzzügen teilgenommen haben und dafür vom Kaiser privilegiert wurden.«

Henrikes Blick fiel auf das kunstvolle Ratsgestühl, und sie musste an ihren Vater denken, der noch vor wenigen Jahren auch dort gesessen hatte. Wie viele Geheimnisse waren mit seinem Tod verbunden gewesen! So viele, dass sie heute keine Heimlichkeiten mehr ertragen konnte. Daher hatte es ihr gar nicht gefallen, dass sie erst jetzt von Ricardo und Cecilia erfahren hatte – zwei Menschen, die offenbar in Adrians Leben eine wichtige Rolle gespielt hatten. Am Abend hatte sie keine Gelegenheit mehr gehabt, mit ihm darüber zu sprechen. Am Morgen war auch keine Zeit gewesen, zumindest nicht für ein Gespräch über die Vergangenheit. Sie dachte daran, wie sie sich geliebt hatten. Hieß es nicht manchmal, beim ehelichen Verkehr dürften sie keine Lust empfinden, damit er gottgefällig sei? Hatten sie deshalb noch keine Kinder? Sie würde ihren Beichtvater dazu befragen müssen …

Sie ging auf die Seite links des Priesters, wo die Frauen ihren Platz hatten; die Männer saßen auf der guten, der rechten Seite. Es war ein feierlicher Gottesdienst, bei dem für das Verhandlungsgeschick und die Weisheit der Gesandten gebetet wurde.

Als die Messe endete und die Kirchenpforten aufschwangen, setzte die Musik der Ratsspielleute ein, die draußen auf die Teilnehmer der Tagfahrt warteten. Wieder dauerte es, bis sich die Delegierten des Hansetages ihrer Rangfolge nach für die Prozession zum Rathaus aufgestellt hatten. Inzwischen hatten die Büttel eine Gasse gebildet und die Schaulustigen zurückgedrängt, damit es zu keinem weiteren Zwischenfall kommen konnte. Überhaupt standen jetzt nur noch Frauen, alte Männer und Kinder am Rand und jubelten den Gesandten bewundernd zu; die Unzufriedenen waren verschwunden. Begleitet vom Spiel der Musikanten schritten die Herren der Hanse in Zweierreihen zum Rathaus, wo die Verhandlungen beginnen würden.

Nachdem die Prozession losgezogen war, blieben etliche Bürger mit ihren Frauen stehen und plauderten. Auch Adrian unterhielt sich angeregt mit einem fremden Kaufmann.

Henrike bemerkte etwas abseits Mechthild und Drudeke Diercksen. Sie versuchten mit einer Bürgerfrau ein Gespräch anzufangen, wurden jedoch harsch abgefertigt. Seit Brun Diercksen, der ein Freund ihres Vaters und Ratsherr gewesen war, durch

Betrügereien seinen Ruf und seinen Ratssitz verspielt hatte, fanden seine Ehefrau und seine Tochter keinen Anschluss mehr an die feine Lübecker Gesellschaft. Brun Diercksens Tod vor einem Jahr hatte ihre Lage noch verschärft; Diercksens Sohn Vicus brachte die Familie mehr schlecht als recht durch den Handel mit Waffen und anderen Metallwaren durch. Mit Mechthild und Drudeke wollte niemand mehr etwas zu tun haben. Die Frauen waren allerdings auch selbst schuld. Zu eingebildet hatten sie sich gegeben, zu viel hatten sie gelästert, zu tief war ihr Fall gewesen. Auch Henrike sah an ihnen vorbei, doch schon hörte sie Mechthild Diercksens spitze Stimme.

»Noch immer ist der Bauch ganz flach. Unfruchtbar ist dieser Leib, den Gott nicht gesegnet hat. Das ist die Strafe des Herrn.«

Henrike presste die Lippen aufeinander, sagte aber nichts. Sie hatte das gehässige Getratsche schon oft aushalten müssen. Eine Reaktion würde Mutter und Tochter Diercksen nur Genugtuung verschaffen. Im Gegensatz zu ihr hatte Adrian diese Gehässigkeit allerdings noch nie erlebt. Sie spürte, dass er an ihrer Seite versteifte und zu einer Antwort ansetzte. Doch sie kam ihm zuvor.

»Lass sie. Sie können einem leidtun«, murmelte Henrike und hakte sich bei ihm ein.

Obgleich sie leise gesprochen hatte, hatte Mechthild sie doch gehört. Ihr Gesicht, das von einer üppigen Schicht Schminke bedeckt war, lief rot an.

»Dein Mitleid wollen wir nicht! Das haben wir gar nicht nötig!«, fauchte sie.

Henrike versetzte es einen Stich, als sie die Blicke der anderen Bürgersfrauen bemerkte, die nun auch auf ihre schlanke Figur schauten. Manche von ihnen schienen ständig schwanger zu sein, acht oder zehn Kinder waren keine Seltenheit. Sie aber brachte es nicht einmal auf eins …

»Und ich dachte, die Büttel hätten den Pöbel weggeschafft«, sagte Adrian laut.

Schon kam ein Büttel heran und sah sich pflichtschuldig nach Störenfrieden um. Die beiden streitlustigen Frauen machten sich von dannen, als wäre nichts geschehen. Adrian ignorierte die aufdringlichen Blicke der Bürgersfrauen und setzte scheinbar ungerührt sein Gespräch mit dem Kaufmann fort. Henrike war froh über seine selbstbewusste, standfeste Art. Dennoch war sie bedrückt. Die Erbitterung der Frauen konnte Henrike ein Stück weit verstehen. Adrian und sie hatten ihren Teil dazu beigetragen, dass Diercksens Machenschaften aufgedeckt worden waren. Sie aber zu schmähen, weil sie nicht schwanger wurde, ging einfach zu weit!

Die Kirchenbesucher zerstreuten sich und strebten dem Mittagsmahl entgegen. Auch Henrike und Adrian machten sich auf den Weg zurück in die Mengstraße. Ihr Mann war schweigsam. Grollte er ihr insgeheim? Adrian machte ihr keine Vorwürfe, dass sie ihm kein Kind schenkte. Manchmal fürchtete sie jedoch, dass seine Geduld irgendwann ein Ende haben könnte. Jeder Kaufmann wollte mit Nachkommen sein Geschäft sichern und einen Sohn in seine Fußstapfen treten lassen. Es kam vor, dass unfruchtbare Frauen von ihren Männern verstoßen wurden. Das Lübecker Recht erkannte eine Ehefrau nicht als Erbin an, wenn sie keine Kinder hatte. Hatten die Lästerer am Ende recht? Wurde sie von Gott gestraft?

Grete und die Magd hatten bereits den Tisch im Hinterhof gedeckt. Henrike war der Appetit vergangen. Ihr Mann ergriff über das Silbergeschirr hinweg ihre Hand.

»Es war nicht das erste Mal, dass sich die Diercksen-Frauen so benommen haben, das konnte ich dir ansehen. Warum hast du mir nicht davon erzählt?«, fragte Adrian.

Tapfer lächelte sie ihn an. »Es gab keine passende Gelegenheit.

Unsere wenige gemeinsame Zeit ist mir zu kostbar für diese ... Gemeinheiten«, sagte sie. »Außerdem tun sie mir leid. Ihr Leben ist in kurzer Zeit einsam und traurig geworden. Sie waren reich und angesehen – jetzt will niemand mehr etwas mit ihnen zu tun haben. Drudeke hatte früher einmal gehofft, dich zu heiraten – und nun wird sie vielleicht für immer eine Jungfer bleiben.«

Adrian schnalzte ungehalten. »Mechthild und Drudeke mögen vielleicht nichts von Bruns Machenschaften gewusst haben, aber stillschweigend gutgeheißen haben sie sie doch. Sie haben sich über ihren Stand erhoben. Sie wollten besser sein als alle anderen. Er sollte um jeden Preis Bürgermeister werden, am liebsten auch noch in den Adelsstand aufsteigen. Das haben die Frauen unterstützt. Sie haben ihr Schicksal verdient.«

Henrike kam seine Ansicht hart vor, und sie schwieg. Nach dem Tod ihres Vaters hatte sie selbst erlebt, wie es war, tief zu fallen – auch, wenn man sich nichts hatte zuschulden kommen lassen. Letztlich hatte sie Glück gehabt, dass sich ihr Schicksal noch einmal gewendet hatte.

»Diese Lästerzungen müssen zur Ordnung gerufen werden«, grollte Adrian. »Deine Ehre ist ein hohes Gut. Wenn jemand sie beschmutzt, fällt es auch auf mich zurück.«

»Was soll ich denn machen? Zurückkeifen?«

Seine Antwort kam prompt: »Auf keinen Fall. Mal überlegen ...« Nach einem Moment der Stille lachte er leise. »Um einen Konkurrenten in die Schranken zu weisen, fällt mir vieles ein. Aber boshafte Frauen ...? Gar nicht so einfach. Ich werde mit Vicus sprechen müssen. Er sollte seine Mutter und seine Schwester ein bisschen besser im Zaum halten.«

Sie strich bedrückt über seinen Goldring, das Gegenstück zu ihrem.

Adrian legte den Finger unter ihr Kinn und schob es hoch.

»Ich liebe dich, so oder so. Du bist noch jung, du wirst Kinder bekommen«, sagte er überzeugt.

»Und wenn nicht?« Henrikes Hals war wie zugeschnürt. Sie hatte sich immer eine große Familie gewünscht.

»Dann werde ich dich dennoch lieben ...«

Sie beugte sich über den Tisch und küsste ihn innig. Vielleicht würde es ja doch noch ein schöner Feiertag werden!

»Schlechte Nachrichten?«

Henrike lächelte unsicher, als sie Adrian früh am nächsten Morgen in der Schreibkammer aufsuchte. Der freie Tag hatte ihr gutgetan. Ihr Mann hingegen hämmerte gerade unwirsch sein Silbersiegel auf das Briefwachs. »Hat dein Bruder Schwierigkeiten? Ist eines seiner Kinder krank geworden? Eine deiner Schwestern? Oder gar Martine?«

Adrians Familie hatte immer vorgehabt, sie einmal zu besuchen. Aber die Reise nach Lübeck war doch recht weit. Immerhin waren es von Lübeck bis Brügge über Land zehn bis zwölf Tage; über die See war die Reisezeit wegen der Wind- und Wetterverhältnisse unberechenbar. Ihr Geschäft für ein Privatvergnügen allein zu lassen, hatte keiner der Brüder jemals geschafft. Nicht einmal bei den Hochzeiten der zwei älteren Schwestern waren sie gewesen, was Henrike bedauerte. Immerhin hatte sie sich durch die Briefe und Adrians Erzählungen ein Bild von den Familienmitgliedern machen können.

Tatsächlich reichte Adrian ihr einen Brief, aber er war nicht von Lambert.

»Katrine hat geschrieben. Ich wollte dir den Feiertag nicht verderben. Sie ... Aber lies selbst.«

Katrine! Damit hätte sie nie gerechnet! War vielleicht etwas passiert? Beklommen entfaltete Henrike den Brief. Katrines Schrift war klein und fein, beinahe wie ihre Nadelstiche. Als Henrike las, war es, als könnte sie die Verzweiflung spüren, die aus den kargen Sätzen sprach, und ihre Brust wurde eng.

Freundliche Grüße für Adrian vorweg, liebe Henrike,
seit vorgestern sind Mutter und Sasse verschwunden. Ich bin sicher, dass ihnen etwas zugestoßen ist. Ich wage aus Furcht nicht, hinauszugehen, habe aber große Angst um sie. Überdies sind so unheimliche Geräusche im Haus ... Ich fürchte um mein Leben! Ach, könnte ich doch zu euch kommen! Allein zu reisen, wage ich nicht. Könnt ihr jemanden schicken, der mich holt? Ich bitte euch so sehr!
Eure verzweifelte
Katrine

Henrike lief unruhig zum Fenster.

»Wo kann Asta nur sein? Sie würde Katrine nie verlassen! Ihr muss etwas zugestoßen sein! Und die arme Katrine! Wir müssen zu ihr fahren!«, rief sie aus.

Adrian trat zu ihr und legte beruhigend den Arm um ihre Schultern. »Ich dachte mir, dass du so etwas sagen würdest. Deshalb habe ich gestern vor der Kirche mit dem gotländischen Gesandten gesprochen. Sein Schiff fährt übermorgen zurück. Ich könnte einen Platz darauf bekommen. Wir fahren im Konvoi mit einem anderen Schiff, dann können uns die Seeräuber nichts anhaben. Eine gute Gelegenheit also.«

Henrike atmete auf. Adrian würde sich die Zeit nehmen, zu helfen. Aber was war mit dem Geschäft? »Musst du denn nicht beim Hansetag hier sein?«

Er winkte ab. »Für Wochen werden die Teilnehmer des Hansetages im großen Saal des Rathauses verschwinden. Da sie nicht abstimmen, sondern nach einer gemeinsamen Lösung suchen wollen, werden die Verhandlungen sicherlich lange dauern. In dieser Zeit werden die Geschäfte nur schleppend verlaufen. Und meine nächste Handelsreise kann ich etwas verschieben.«

Sie warf ihm einen verstohlenen Blick zu. Sicher wäre er lieber in der Stadt geblieben, es gab so viel Arbeit. Er tat es ihr zuliebe. Und sie war froh darüber. Ihre Gedanken rasten. Sie liebte ihre

Tante und sorgte sich um sie. Auch wollte sie ihrer Freundin beistehen. Obgleich sie noch nie auf Gotland gewesen war, fühlte sie sich der Insel doch verbunden; so viel hatte sie schon über das geschichtsträchtige Eiland gehört. Gotland war für sie immer ein geheimnisvoller Ort gewesen, ein Ort, an dem Geschichte geschrieben worden war. Auch ihre Geschichte. Ihre Eltern hatten auf Gotland gelebt. In seinem Testament hatte ihr Vater seinen Kindern ein Haus in der Hansestadt Wisby vermacht. Außerdem nagte es in einem Winkel ihres Herzens, dass Asta vielleicht nicht verschwunden wäre, wenn Henrike sie begleitet hätte, wie es der Wunsch ihrer Tante gewesen war ...

Vor Aufregung schlug ihr Herz schneller, als sie sprach. »Ich möchte mit«, sagte sie entschlossen. Seit sie mit Adrian verheiratet war, hatte sie stets gehofft, ihn einmal auf einer Reise begleiten zu können, doch immer war etwas dazwischengekommen. Jetzt aber wollte sie unbedingt mit nach Gotland fahren.

Adrian war überrascht. »Aber du ... Die Reise könnte gefährlich sein. Und das Geschäft ...«

»Du sagst doch selbst, dass nicht viel los sein wird! Das kann Cord auch übernehmen! Katrine klingt verstört. Astas Verschwinden muss furchtbar für sie sein! Nach allem, was sie durchgemacht hat! Und mir vertraut sie! Ich kann sie beruhigen! Außerdem – was soll mir schon geschehen, wenn du bei mir bist?«, fragte Henrike und spürte, wie sie auch sich selbst Mut zusprach. Noch nie war sie so weit gereist. Aber mit Adrian an ihrer Seite könnte sie es wagen.

»Die Reise auf einer Kogge ist nicht gerade bequem«, wandte er ein.

»Das macht mir nichts! Bitte, lass uns zusammen fahren! Ich muss Katrine helfen. Möglicherweise gelingt es uns, Astas Spur zu finden!«

Adrian blickte sie zweifelnd an. »Zumindest könnten wir es versuchen.«

»Also ist es abgemacht?«

Er nickte. Sie würden Katrine nach Hause holen. Aber was war Asta nur geschehen? Hoffentlich würden sie ihre Tante wiederfinden ...

»Du willst nach Gotland? Das ist doch viel zu gefährlich! Warum fährt Adrian nicht allein? Wieso so eilig? Morgen schon! Und was ist mit meiner Aussteuer?«

Oda machte sich von ihr los und stemmte missbilligend die Hände in die Hüfte. Ihre Freundin war eine beeindruckende Erscheinung: groß gewachsen und kräftig wie eine Wäscherin, aber mit einem unschuldigen herzförmigen Gesicht und weichem hellblonden Haar. Henrike hakte sich wieder ein und zog sie ein paar Schritte mit sich. Sie würden noch zu spät zur Morgenmesse kommen.

»Es wird nicht so lange dauern, mach dir um die Aussteuer keine Sorgen. Und wenn es knapp wird, bleibt dir ja auch noch dein Vater ...« Sie lächelte frech.

»Mein Vater!«, rief Oda prompt aus. »Du weißt genau, dass die Kleider, die er für mich nähen lässt, immer zu klein sind! Dann diese Hauben mit all den Rüschen – das macht mich verrückt! Wenn denn überhaupt etwas rechtzeitig ankommt. Nein, du hast es mir versprochen!«

»Und ich halte mich daran. Wir werden nicht lange fort sein. Adrian hat einen Platz auf dem Schiff der gotländischen Gesandtschaft bekommen. Wir kümmern uns um Katrine, suchen nach Asta und nehmen bei der Gelegenheit auch ein paar Waren mit.«

»Was da alles passieren kann! Seeungeheuer! Mahlströme! Blitz und Donner!« Oda hatte eine rege Fantasie.

Henrike lächelte sie beruhigend an. Seit sie denken konnte, hatte sie von den fernen Ländern gehört, aus denen die Kaufmannswaren kamen, und sich gewünscht, sie einmal zu sehen.

Nein, sie durfte sich nicht von den Gefahren dieser Unternehmung einschüchtern lassen.

»Adrian wird schon auf mich aufpassen.«

»Gegen einen Sturm kann auch er nichts machen!«

»Dann gehen wir eben nach dem Gottesdienst zu Rixes Krambude und kaufen ein Votivschiffchen, um die Heiligen um günstiges Wetter zu bitten«, lenkte Henrike ein.

Ihr Vater hatte stets ein Bild des heiligen Christopherus bei sich gehabt, des Schutzheiligen der Reisenden. Mit dieser Zusicherung gab Oda sich geschlagen. Sie wusste: Ihre Freundin Henrike würde ohnehin machen, was sie sich vorgenommen hatte.

Nach dem Gottesdienst drängten sich auf dem Marktplatz die Menschen. Manche Käufer wirkten fremdartig, möglicherweise waren es die Diener der Gesandten. Es waren mehr Bettler zu sehen als in den letzten Tagen. Sicher hatten die Büttel sie während der Eröffnung des Hansetages vertrieben, damit sie das Stadtbild nicht verunzierten. Jetzt aber hofften die Ärmsten auf die Mildtätigkeit der reiche Räte. Ein rotblonder, bis zu den Ohren mit Schmutz bespritzter Junge trat ihnen in den Weg und hielt bettelnd die Hand auf. Henrike riet ihm, am Abend zu ihrem Haus in die Mengstraße zu kommen, wo sie Almosen verteilen würde, und so zog er widerstrebend davon.

»Du bist viel zu nett zu diesen Zwergen. Die meisten sind Diebe von klein auf«, meinte Oda ungewöhnlich hart.

»Eben deshalb muss man ihnen helfen. Sie sollten auch ein anderes Leben kennenlernen.«

»Wie bei deinen Filzern?«

»Ja, warum nicht?«

Henrike hatte zwei Waisenkinder von der Straße geholt und bei einem Ehepaar untergebracht, das für sie Umhänge, Decken und Taschen anfertigte. Henrike zahlte den Eheleuten Kostgeld, und die Kinder halfen beim Filzen.

»Du hast immer Einfälle! Das mag ich so an dir! Ich habe noch nie gehört, dass jemand für Waisenkinder Kostgeld zahlt! Aber pass nur auf, sonst heißt es noch, es seien Adrians Bastarde.« Oda lachte, und Henrike wusste, dass sie es nicht böswillig meinte. Es stimmte ja: Man war nie vor übler Nachrede gefeit.

Sie hatten Rixes Bude in der engen Tittentastergasse erreicht; Henrike brachte ihr oft Waren, die die Krämerin dann in ihrem Auftrag verkaufte. Auch bei ihr standen Männer und Frauen und nahmen die Auslage in Augenschein.

»Die Taschen für Wachstafelbüchlein sind alle verkauft. Kann ich bald neue bekommen?«, begrüßte die Krämerin sie.

Henrike wusste, dass Rixe mit ihr sprach, obgleich ihre Augen woanders hinzusehen schienen; an ihr Schielen hatte sie sich schon lange gewöhnt.

»Das freut mich. Ich habe schon welche in Auftrag gegeben, sie müssten bald kommen. Und die Gebende mit den Stickereien?«

»Davon habe ich noch genug, Frau Henrike. Im Moment sind die Damen eher auf Gebende mit Rüschen aus.«

Der Kopfschmuck der verheirateten Frauen war Moden unterworfen. Eine Zeit lang hatte man so breite Gebende getragen, dass sie Hals und Wangen einschnürten, jetzt waren Rüschen begehrt – außer bei Oda natürlich. Aber die Zeit der bestickten Gebende würde noch kommen, hoffte Henrike. Sie bat die Krämerin um das Votivschiffchen und löste den Geldbeutel von ihrem Kleid.

»Wir können es verrechnen!«, schlug Rixe abwehrend vor.

»Lieber nicht. Nachher vergesse ich es oder wir kommen durcheinander«, meinte Henrike.

Rixe lächelte. »Ihr doch nicht. Auf Euch kann ich mich verlassen. Ihr vergesst doch nie etwas!«

In diesem Moment wurde Henrike unsanft angerempelt und geriet ins Stolpern. Der rotblonde Betteljunge hatte ihr einen

Stoß versetzt und dann den Beutel entrissen. Ihr Geld! Noch bevor Henrike sich wieder aufgerappelt hatte, war die Frau neben ihr, eine Dunkelhaarige in einfacher Kleidung, ihm nachgestürzt.

»Haltet den Dieb!«, rief Henrike laut, und einige Zeugen der Szene griffen tatsächlich nach ihm, doch er konnte sich wegducken. Kurz entschlossen eilte sie selbst den beiden hinterher.

»Bleib, Henrike!«, rief Oda ihr nach. Und dann setzte sie hinzu, als sie sah, dass ihre Freundin weiterrannte: »Ich hole die Büttel!«

Der Junge und seine Verfolgerin waren in einer schmalen Gasse verschwunden. Weiter ging es um zwei Kurven zu einer Weggabelung. Henrike sah sich um. Wo waren sie nur? Auf gut Glück lief sie weiter. Da – die Dunkle eilte um eine Ecke. Sie hatte bald aufgeholt. Kopfschüttelnd sahen einige wohlgesetzte Herren ihr hinterher. Hätten sie doch den Dieb aufgehalten! In der Nähe der Schlachtplätze am Fluss schoss Henrike um eine Biegung – und lief beinahe in die beiden hinein. Schwer atmend hielt die Frau den Jungen am Kragen, den Beutel hatte sie ihm bereits abgenommen. Wild schlug der Junge um sich, konnte sich jedoch nicht befreien.

»Habt Dank! Ihr habt schneller reagiert, als es mancher Mann getan hätte«, sagte Henrike schnaufend.

»Dieser kleine Halunke muss auf den rechten Pfad zurückgeführt werden. Es ist besser, wir bringen ihn in die Fronerei«, sagte die Frau und reichte Henrike den Geldbeutel.

Im gleichen Moment kam Oda mit einem Büttel um die Ecke. Als er die beiden sah, biss der Junge der Frau in die Hand und riss sich los. Gemeinsam rannten sie wieder hinter ihm her, aber dieses Mal war er geschickter. Bald war keine Spur mehr von ihm zu entdecken. Sie mussten die Verfolgung aufgeben. Auch der Büttel machte sich davon.

Als die Frauen nebeneinanderstanden, die Hände in die stechenden Seiten gedrückt, konnte Henrike ihre Helferin erstmals richtig in Augenschein nehmen. Sie war wohl Mitte zwanzig und recht stämmig. Über den mausbraunen Zöpfen trug sie ein Tuch, das sie sich jetzt tiefer ins Gesicht zog, weil es beim Laufen verrutscht war; Henrike erkannte Pockennarben auf ihren Wangen, die kein Kopftuch verdecken würde.

»Der Junge ist weg. Er kann sich in jedem Keller und in jeder Nische verstecken. Immerhin habe ich mein Geld zurück. Dank Euch. Darf ich Euch eine Belohnung anbieten?«, fragte Henrike.

Die Frau zupfte weiter an ihrem Tuch. »Vielleicht einen Rat? Ich bin neu in der Stadt und suche eine Anstellung. Wisst Ihr jemanden, der eine Magd gebrauchen kann?«

Henrike überlegte. Auf die Schnelle fiel ihr niemand ein, aber vielleicht später. Sie bat die Magd, am Abend zu ihrem Haus zu kommen. Danach ging sie mit Oda zurück zu Rixes Bude, wo sie das Votivschiffchen holten, welches sie anschließend in der Kirche den Heiligen spendeten.

»Warum nimmst du sie nicht? Sie kann Grete helfen, wenn ihr unterwegs seid. Wenn ich so reich wäre wie ihr, hätte ich etliche Mägde. Eine für meine Kleider, eine für den Stall, eine zum Fegen und eine zum Brauen. Meine Mutter und ich müssen alles allein machen«, klagte Oda auf dem Heimweg.

»Ihr habt auch eine Magd.«

»Sie ist alt.«

»Und so reich sind wir nicht«, stellte Henrike klar.

Nach ihrer Heirat hatten sie sogar das Grundstück in der Alfstraße verkaufen müssen, auf dem ihr Elternhaus bis zu einem Brand gestanden hatte. Lange hatten sie gehofft, es wieder aufbauen zu können. Aber dann war Geld für den Handel und als Mitgift für Adrians Schwestern nötig gewesen. In den letzten Jahren hatten sie gut verdient, aber das Geld sogleich in neue Geschäfte gesteckt. Auch sparte Adrian auf ein neues Schiff – eine gewaltige Einlage.

»Reicher als wir seid ihr schon. Vater sagt, er plant ein großes

Geschäft, das viel einbringen wird. Das wäre schön für meine Hochzeit.«

Trotz ihres munteren Tones blieb Odas zweifelnder Blick am Haus ihrer Eltern hängen, das sich ebenfalls in der Mengstraße befand. Odas Vater hatte wenig Sinn fürs Geschäft und verspekulierte sich oft. Sein ererbtes Vermögen war nur so dahingeschmolzen.

»Ich drücke euch die Daumen«, sagte Henrike ehrlich.

Ihre Freundin lächelte. »God geve ein gheluke und beholden reysse«, zitierte sie die hanseatische Abschiedsformel und umarmte sie.

Zu Hause ging Henrike sofort an die Arbeit. Sie ließ Waren verpacken und mit Karren zur Kogge der gotländischen Gesandtschaft bringen. Auch bereitete sie ihren Haushalt für die Zeit ihrer Abwesenheit vor und legte die Kleidungsstücke heraus, die sie mitnehmen wollte. Adrian war den ganzen Tag unterwegs. Am Hafen, beim Zoll, in der Tuchhalle, unzählige Verabredungen – auch sein Tag war ausgefüllt. Erst als die Sonne schon tief stand, kehrte er nach Hause zurück. Sie bemerkte sofort die Spannung in seinem Gesicht und seinem Körper.

»Wollen wir noch einmal ausreiten? Ein paar Stunden haben wir noch, bevor die Tore schließen«, schlug sie vor. »Ich habe schon alles für die Reise gepackt.«

Adrian schien froh über ihren Vorschlag. Sie ließen die Pferde satteln und ritten los. Die Flussauen rund um Lübeck lagen friedlich da, nur ab und an hörte man die Rufe der Schiffsleute. Morgen um diese Zeit wären sie auch schon auf See, dachte Henrike. Als sie Nervosität in sich aufsteigen spürte, trieb sie ihr Pferd an. Adrian und sie galoppierten um die Wette und setzten über die schmalen Bäche hinter den Hopfengärten. Nach einer Weile zügelte Henrike ihr Ross und ließ ihren Blick über die Landschaft schweifen. Träge drehten sich die Flügel der Mühlen im Wind. Ein einzelner Schwan stieg auf und ließ sich nach einigen Schwingenschlägen auf den Fluss sinken. Adrian schloss zu ihr auf. Auch er wirkte nun wieder ruhiger, was sich aber änderte, sobald er zu sprechen begann.

»In Flandern kehrt keine Ruhe ein. Die Lage ist ernster, als ich dachte. Und niemand tut etwas dagegen! Ich habe in den letzten Tagen immer wieder die Brügger Gesandtschaften aufgesucht. Sie verlangen Unsummen, um einen Brief aufzusetzen, damit die beschlagnahmten Waren freigegeben werden! Aber was bleibt mir anderes übrig? Auf dem Hansetag wird nur geredet, aber es werden keine Beschlüsse gefasst!«, berichtete er erregt.

Henrike kannte diese Klagen. Die Geschwindigkeit der Gesetzgebung hielt mit dem Takt des Handels einfach nicht mit. Die Mühlen der Hanse mahlten langsam.

»Hat Ricardo das erzählt? Oder ging es auch darum in dem Brief, den du von Lambert bekommen hast?« Darüber hatten sie noch immer nicht gesprochen.

»Lambert scheint in Geldnot zu sein. Er bat mich, ihm eine Ladung Pelze oder einen Wechsel zukommen zu lassen«, sagte Adrian.

»Ein vorübergehender Engpass?«

»Ich hoffe es.«

Henrike verstand seine Beunruhigung. Geldmangel war bei Kaufleuten zwar üblich, durfte aber nicht bekannt werden, da er die Kreditwürdigkeit herabsetzte. Viele Geschäfte wurden auf Kredit getätigt, ausbezahlt wurde meist erst, wenn die Güter verkauft waren. Deshalb war »Auf Ehre und Geloven« der wichtigste Wahlspruch der Hansen.

Ein Lächeln huschte über Adrians Gesicht. Doch was er sagte, klang zunächst gar nicht so erfreulich: »Der Streit mit Gotland setzt sich fort. Es geht ums Geld, wie immer. Sie wollen sich nicht genügend an den Ausgaben des Hansekontors in Brügge beteiligen. Die Wisbyer Gesandten sind stur. Deshalb hat Symon Swerting mich gebeten, mich auf Gotland unter den Kaufleuten und Räten nach neuen Ansätzen für die Verhandlungen umzuhören und ihm schnell Nachricht zukommen zu lassen.«

Henrike strahlte ihn an. Wie stolz sie war! »Deine erste diplomatische Mission!«

Adrian strich über den Hals seines Pferdes, bevor er es für den Rückweg wendete. »Nur eine kleine. Es ist wohl besser, wenn ein einfacher Kaufmann sich umhört, als wenn unser Rat offiziell einen Gesandten schickt. Außerdem werden Ricardo und ich uns wohl einig. Er hat so einiges vor. Ich freue mich, dass wir bald geschäftlich und privat wieder enger miteinander zu tun haben werden.«

»Du hast mir nie von ihm erzählt.«

»Als ich nach Lübeck kam, hatte ich ihn bereits aus den Augen verloren. Wir waren beide so viel unterwegs!«

»Und Cecilia? Eine alte Liebe?«, neckte sie ihn eine Spur eifersüchtig.

Adrian lachte so ehrlich auf, dass sie beschloss, daran keinen weiteren Gedanken zu verschwenden. »Gott bewahre, nein! Sie ist die Tochter unseres früheren Herrn. Natürlich haben wir uns gut gekannt. Wie es so ist, wenn man in einem Haus lebt. Ich hätte unsere Nähe nie ausgenutzt. Außerdem wusste ich, dass Ricardo für sie schwärmte.« Adrian brauchte nicht mehr zu sagen. Sie verstand ihn gut. Er war ein Mann von Ehre, und dafür liebte sie ihn.

Die Stadtmauern kamen wieder in Sicht. Etwas Zeit blieb ihnen aber noch, und Henrike berichtete ihm von den Ereignissen ihres Tages.

Adrian regte sich sehr auf. »Es war gefährlich, dem Jungen einfach so nachzulaufen! Er hätte dich in einen Hinterhalt locken können!«, rief er aus.

»Ich wollte meinen Geldbeutel zurück«, verteidigte sie sich.

Adrian führte sein Pferd näher an ihres heran und ergriff ihre Hand.

»Dein Leben ist mehr wert als alles Geld, denk immer daran!«, sagte er und küsste ihre Finger.

Erst am Stadttor ließen sie einander los. Es dunkelte bereits, und die Fackeln an den Straßenecken wurden entzündet.

Als sie ihrem Knecht die Pferde übergaben, kam Cord auf sie zu. »Da wartet eine fremde Magd auf Euch. Sie will Euch sprechen«, sprach er Henrike an.

»Ist sie das? Die Frau, die dir geholfen hat?«, wollte Adrian wissen.

»Ich habe sie hierher gebeten. Sie sucht eine Stelle. Ich dachte, sie könnte vielleicht für uns arbeiten. Grete könnte Unterstützung brauchen«, sagte Henrike, als sie hineingingen.

»Aber sie hat doch mich! Und Windele!«, mischte Cord sich vorlaut ein. Der frühere Schiffskoch und Grete hatten sich im Laufe der Zeit richtiggehend angefreundet.

»Wenn wir unterwegs sind, musst du dich um den Handel kümmern. Windele ist noch sehr jung. Es könnte nützlich sein, noch etwas Hilfe zu haben. Bring sie bitte zu uns«, forderte Adrian ihn auf.

Sie gingen in die Schreibkammer und warteten dort.

Wenig später kam Cord mit der Magd zurück, die sich als Berthe vorstellte. Eingehend befragte Adrian sie. Es stellte sich heraus, dass sie aus Wismar stammte. Das gefiel Henrike nicht. Ihr betrügerischer Onkel hatte oft mit Wismar zu tun gehabt.

»Warum hast du deine frühere Stelle verlassen?«, wollte sie wissen.

Berthe rieb die Hände an ihrer Schürze. »Ich konnte bei meinem Herrn nicht bleiben.«

War sie verlegen? Hatte man sie etwa in Schande entlassen? Henrike hakte nach. »Warum nicht? Was ist geschehen?«

»Ich habe ... Er hat ...«, stotterte die Magd verlegen.

Adrian kam ihr zu Hilfe. »Wurde er krank? Starb er?«
Immer wieder schüttelte Berthe den Kopf.
»Ist er zudringlich geworden?«
Verlegen nickte die Magd.
Mitleid überkam Henrike. Manche Männer hielten Frauen für ihr Eigentum, gerade ihre Dienstboten. Sie hatte auch mit so einem Mann Bekanntschaft machen müssen: ihrem Vetter Nikolas. Unwillkürlich rieb sie über die Narben an ihren Fingern, die sie oft unter Handschuhen verbarg, und die eine Folge dieser Auseinandersetzungen waren. Adrian, der immer zu spüren schien, wie es um sie stand, legte die Hand auf ihre Faust. Langsam löste sich ihre Verkrampfung.

»Du kannst in unserem Haus arbeiten, bis wir wieder da sind. Cord wird dir eine Kammer am Stall zuweisen. Wenn du dich bewährst, sehen wir weiter«, beendete er das Gespräch.

»Danke, Herr.« Die Magd knickste und ließ sich von Cord hinausführen. Als sie wieder allein waren, sah Adrian Henrike fest in die Augen.

»Nur, weil dein Onkel in Wismar seine Betrügereien betrieben hat, musst du den Ort nicht verdammen. Wismar ist eine angesehene Handelsstadt. Und dein Onkel ist tot, das musst du endlich begreifen. Von Hartwig droht dir keine Gefahr mehr«, sprach er ihr ins Gewissen.

»Aber Nikolas ...«, wandte Henrike schwach ein.

Ihr Vetter hatte sie angegriffen und bedroht. Ihr Bruder Simon wäre durch ihn fast gestorben.

»Nikolas ist verschwunden. Nur ab und zu taucht er auf dem Heringsmarkt in Schonen auf, hört man. Er macht einen Bogen um Lübeck. Er hat seine Lektion gelernt.«

»Ich hoffe es.«

Adrian lächelte. »Auf jeden Fall kann die arme Magd nichts dafür, dass sie zufällig aus Wismar kommt. Lassen wir sie beweisen, was in ihr steckt.«

5

Gotland

»Sasse?«

Asta lauschte angestrengt, doch das Tosen des Wassers riss jedes Geräusch mit sich fort. Lebte er noch? War er etwa gestorben, ohne dass sie seine Stimme noch einmal gehört hatte? Oder starb ihr Gefährte qualvoll, ohne zu wissen, dass sie da war, einsam in dieser drückenden Finsternis? Sasse musste dort sein, nur einige Schritte neben ihr. Der Helmträger hatte ihn an einen der schmalen und hoch aufragenden Höhlenfelsen gefesselt, das hatte sie im Schein seiner Fackel beobachtet. Aber schon seit Stunden hatte Sasse keinen Laut mehr von sich gegeben – oder war sein letztes Lebenszeichen gar schon Tage her? Sie wusste es nicht. Dunkelheit und Lärm hatten jegliches Zeitgefühl in ihr erstickt. Hunger und Durst zermürbten sie. Aber noch schlimmer waren die Verzweiflung und das quälende Gefühl der Ohnmacht, dass sie aus den düstersten Stunden ihres Lebens kannte und das sie nie mehr hatte erleben wollen.

Sie hatte längst aufgegeben zu schreien. So tief war sie in der Höhle, dass niemand sie hören würde. Sie riss auch nicht mehr an ihren Fesseln. Knöchel und Fußgelenke waren wund. Auf ihrer Stirn hatte sich Schorf gebildet. Auch sonst brannte ihre Haut. Wo die Felsen ihren Rücken und ihre Beine nicht aufgescheuert hatten, hatte das Wasser sie aufgeweicht. Wenn ihr Peiniger nicht wiederkäme, würde sie hier bei lebendigem Leibe verfaulen oder verhungern …

Was für ein Schrecken es gewesen war, den Mann zum ersten Mal zu erblicken! Die Beckenhaube hatte sie glauben lassen, wieder einen von König Waldemars Soldaten vor sich zu sehen.

Mit einem Schlag hatte sie sich an den Tag zurückversetzt gefühlt, an dem Wisby überfallen worden war. Bereits fünf Tage vor diesem schicksalhaften 27. Juli 1361 war König Waldemar mit seinen Söldnern an Gotlands Westküste gelandet. Mit jeder Stunde, die er auf der Insel weilte, war die Panik in den Straßen der Stadt größer geworden. Menschen hatten Lebensmittel gehortet, ihre Habseligkeiten vergraben und sich in ihren Häusern verbarrikadiert. Dann schließlich, als die Straßen wie ausgestorben waren und ein Scheffel Korn bereits ein Vermögen kostete, hatte der Sturm auf Wisby begonnen. Mit ihrem Ehemann war sie auf der Stadtmauer gewesen. Hatte gesehen, wie die dänische Armee auf das Bauernheer traf, wie Soldaten mit Kettenhemden und eisenbeschlagenen Plattenpanzern einfache Bauern niedermetzelten. Wie verletzte und verängstigte Alte, Kinder und Jugendliche gegen die Tore Wisbys hämmerten und um Einlass flehten. Vergebens. Vor Wut über diese Grausamkeit rasend, war ihr Mann zu den Bürgermeistern gestürmt und hatte gefordert, sie einzulassen und die Stadtsoldaten zur Unterstützung zu schicken. Er hatte sie nicht umstimmen können. Noch einmal war er zu ihr zurückgekehrt, um sie in Sicherheit zu bringen und ihr zu sagen, dass er direkt zu den Stadtwachen gehen werde. Es war ihre letzte Begegnung gewesen. Erst, als die Räte die Stadt den Dänen übergeben hatten, als sie sich freigekauft hatten mit Wisbys Gold, als die Sieger trunken dennoch die Häuser stürmten, plünderten und Frauen Gewalt antaten, als auch sie längst geschändet worden war, hatte man Asta den Leichnam ihres Mannes gebracht. Sie hatte sich damals den Tod gewünscht. Niemals hatte sie geglaubt, noch einmal lieben zu können. Jahrzehnte hatte es gebraucht, ihre Wunden zu schließen. Doch die Götter hatten ihr in Sasse noch einmal einen Gefährten geschenkt. Und jetzt sollte ihr Leben hier enden?

Asta riss ungestüm an ihren Fesseln. Der Schmerz nahm ihr den Atem. Ihre Haut war unter den Seilen schon ganz wundgescheuert. Schwach sank sie zurück. Ihr blieb nichts anderes übrig, als darauf zu hoffen, dass ihr Peiniger zurückkehren würde.

Da glaubte sie, ein Geräusch gehört zu haben. Sasse?! Er hatte ein Stöhnen ausgestoßen. Noch lebte er! Sie rief seinen Namen, sprach ihn an, redete mit ihm, doch er war schon wieder verstummt. Sie musste sich etwas einfallen lassen …

An ihre ersten Stunden in der Höhle hatte sie keine Erinnerung mehr. Sie hatte vor dem Höhleneingang mit dem vermeintlichen Dänen gekämpft. Sasse war ihr zu Hilfe gekommen. Aber dann war sie mit einem heftigen Schlag auf den Kopf niedergestreckt worden. Im Inneren der Höhle war sie wieder erwacht. Geschunden und gefesselt. Sasse hatte noch sprechen können. Stockend hatte er berichtet, dass es Katrine gelungen war zu fliehen. Wie glücklich Asta über diese Nachricht gewesen war! Sie hatten versucht, sich gegenseitig Mut zu machen. Sicher würde ihre Tochter bald Hilfe schicken, sehr bald … Es war jedoch kein Retter gekommen. Stattdessen war Sasses Stimme schwächer geworden, immer schwächer. Dann endlich war Licht aufgeflammt, und mit ihm ihre Hoffnung. Es war jedoch nur ihr Peiniger gewesen. Wieder hatte er die Kettenhaube getragen, sodass sie weder sein Gesicht erkennen noch seine Stimme deutlich hören konnte. Er hatte Astas Fesseln gelöst und ihr einen Wasserschlauch und Brot hingeworfen. Zunächst hatte sie Sasse versorgt, dann hatte sie den Rest verschlungen. Kaum war der schlimmste Hunger gestillt gewesen, hatte der Mann sie tiefer in die Höhle getrieben. Sie hatte Sasse stützen und durch die engen Gänge schieben müssen. Schließlich hatte der Mann sie aufgefordert, ihr zu zeigen, wo der Schatz versteckt war. Sie hatte ihn gefragt, was er meinte. Er hatte sie geprügelt, bis sie zugab, dass ihre Eltern reich gewesen waren. Aber woher wusste er, dass das Familiensilber verschwunden war? Oder hatten mehrere Familien ihre Kostbarkeiten in dieser Höhle versteckt? Sie wusste doch aber nichts von einem Versteck! Um Zeit zu gewinnen, hatte sie ihm dennoch nachgegeben. Sasse war zurückgeblieben. Im Fackelschein hatte sie erkannt, dass er mit Wunden übersät war. War er im Kampf den Felsen hinuntergestürzt? Ratlos war sie durch Höhlengänge geklettert, durch tintenschwarze Bäche gestakst, hatte in dumpfigen Felsnischen und Winkeln gesucht und getan, als würde sie den Schatz gleich finden. Tiefer und tiefer waren sie in die Höhle vorgedrungen. So tief, dass sie sich fast schon in der Hölle glaubte. Jedenfalls nahe der unterirdischen Welt der Götter, in der, wie man sagte, Drachen und anderes Getier hausten. Sicherheitshalber hatte sie zu allen Gottheiten gebetet, die ihr eingefallen waren. Als ihre Füße wund waren und sie kaum noch laufen konnte, hatte ihr Peiniger sie zurück zu Sasse geprügelt und wieder gefesselt.

Das nächste Mal war genauso verlaufen, nur dass ihr Peiniger noch wütender gewesen war und Sasse noch schwächer. Allerdings war es ihr gelungen, ihr Kopftuch mit den gelben Stickrosen am Rande eines etwas breiteren Ganges fallen zu lassen. Wenn Hilfe käme, würden sie wissen, dass sie hier waren. Und jetzt? Sie wollte sich nicht einfach so geschlagen geben! Sie musste aus dieser Höhle hinaus! Sich und Sasse retten! Asta haderte mit sich. Warum hatte sie ihren Peiniger nicht überwältigen können? Sie dachte an eine der Höhlen, die sie aufgesucht hatten. So riesig war sie gewesen, dass über ihren Köpfen im Fackelschein die Fledermäuse gekreist waren. In dieser Höhle stieg neben einem Fluss ein steiles Geröllfeld auf. Eine Sackgasse. Sie waren sofort umgekehrt. Aber warum hatte sie nicht versucht, eine Lawine auszulösen? Ihn zu Fall zu bringen? Warum fiel ihr das jetzt erst ein? Nun war es zu spät …

Deutlich spürte sie, wie die Kraft allmählich ihren Körper verließ. So erschöpft, so ausgelaugt war sie! Sie dachte an die Menschen, die sie liebte. An Katrine, an Sasse und an ihre Nichte Henrike. Glaubte, sie vor sich zu sehen, in einem warmen Licht. Sie streckten ihre Arme aus, wollte sie liebkosen, wollte lächeln, doch ihre Mundwinkel zuckten nur. Der Schlag traf sie völlig unvermittelt, und ihr Kopf wurde zur Seite geworfen.

»Auf zur Schatzsuche!«

Der Mann löste ihre Fesseln und zerrte sie hoch. Kaum konnte sie sich auf den Beinen halten. Das Licht fiel auf Sasse. Reglos lag er da. Doch schließlich zuckte seine Hand wie zum letzten Gruß. Geliebter ... Asta sammelte noch einmal ihre Kräfte. Es war vielleicht die letzte Gelegenheit, ihr Leben zu retten. Also doch das Geröllfeld ...

6

Lübeck

Als Henrike mit Adrian das Hafentor durchschritt, war sie nervös. Oft war sie im Hafen gewesen, um Waren zu prüfen, verschiffen zu lassen oder mit den Zöllnern zu verhandeln, aber noch nie war sie selbst auf einer Kogge die Trave hinauf in die offene See gefahren. Wenn sie ihre Tante Asta bei Travemünde besuchten, hatten sie stets Pferde oder Kutschen genommen. Weiter war sie noch nie von zu Hause fort gewesen. Reisen sei etwas für Männer, hatte Grete heute Morgen noch gemurrt. Wobei, so ganz stimmte es nicht. Ihre Freundin Tale hatte Henrike von Kauffrauen aus Köln oder Danzig berichtet, die sogar die großen Handelsmessen besuchten. Aber Grete hatte ohnehin geschmollt. Sie sah die neue Magd als Nebenbuhlerin und hatte sich auch durch Henrikes Versicherung, dass Berthe sie nur unterstützen solle, nicht besänftigen lassen. Berthe war gestern Abend noch einmal fortgegangen, um ihr kleines Bündel aus einer Armenherberge zu holen, hatte inzwischen aber schon tüchtig mit angefasst. Henrike hatte sich mit der Entscheidung angefreundet. Warum war sie auch immer so misstrauisch?

Cord bahnte ihnen den Weg durch den Strom der Karrenknechte, die die abgeladenen Ballen, Tonnen und Säcke in die Stadt brachten. Weit zog sich der Hafen dahin. Da die Stadtinsel Lübecks von den Flüssen Trave und Wakenitz umschlossen war, reihten sich an ihren Ufern die unterschiedlichen Abschnitte des Hafens aneinander. Genau genommen handelte es sich um zwei Häfen, den Seehafen und den Binnenhafen. Zwischen dem Niederwasserbaum im Norden und der Holstenbrücke löschten die

Segler, die über die Ostsee gekommen waren, ihre Fracht. Jeder hatte seinen festgelegten Platz: An der Alfstraße legten beispielsweise die Schiffe aus Stockholm und Wismar an, die Bergenfahrer ankerten unterhalb der Fischergrube. Im Binnenhafen kam das Handelsgut an, das über die Trave verschifft wurde. Am gegenüberliegenden Flussufer befand sich die Lastadie; dort lagen in den Werften die Schiffe auf Kiel.

Am Anleger angekommen, hob Cord ihre Reisetruhe von seinem Karren auf das Ruderboot, das sie zur Kogge bringen würde.

Ein älterer Mann unterbrach seine Verhandlung mit einem Matrosen, bei der es offenbar gerade um die Heuer gegangen war, und begrüßte sie kühl; seiner Kleidung nach zu urteilen, musste es der Schiffer sein.

»Ihr habt nicht gesagt, dass Ihr eine Frau mitbringt, Herr Vanderen«, knurrte er.

Adrian lächelte ihn sparsam an. »Ich hatte nicht erwartet, dass Ihr Euch mit Aberglauben abgebt«, sagte er höflich. »Das hier ist übrigens meine Frau Henrike. Sie möchte den Ort kennenlernen, von dem ihre Eltern stammen. Eure prächtige Heimatstadt Wisby.«

Henrike war eingeschüchtert von der harschen Begrüßung, und Adrians Geplänkel wunderte sie, doch der Schiffer musterte sie neugierig.

»Von Gotland stammt Eure Familie?«, fragte er forschend.

»Meine Eltern, Konrad und Clara Vresdorp, lebten dort. Ich wurde auf Wisby geboren. Aber wir mussten kurz nach meiner Geburt fliehen«, sagte sie.

»Etwa in Wisbys Schicksalsjahr?« Sie hatte diese Bezeichnung noch nie gehört, ging aber davon aus, dass er den verheerenden Überfall der Dänen meinte, und nickte stumm. Die Umstände der Flucht waren ihr lange verborgen gewesen. Ihr Vater hatte nie darüber gesprochen, auch, weil ihre Mutter bei dem Angriff tödlich verwundet worden und auf der Flucht gestorben war. Bis zu seinem Tod hatte er den Kriegstreiber König Waldemar von Dänemark gehasst.

»Dann lasse ich ausnahmsweise die Kammer unter dem Achterkastell für Euch räumen. Aber macht mir die Männer nicht verrückt!«, mahnte der Schiffer barsch und wandte sich wieder dem Matrosen zu, der bei ihrem Gespräch unbeteiligt zu Boden gestarrt hatte.

Sie gingen bis zur Hafenkante. Adrian sah sie prüfend an.

»Noch kannst du es dir anders überlegen«, sagte er leise.

Entschlossen schüttelte Henrike den Kopf. Er sprang in das Ruderboot und reichte ihr die Hand. Henrike verabschiedete sich von Cord, hielt sich an Adrian fest und folgte ihm. Nur leicht schwankte das kleine Boot unter ihren Füßen, und doch hatte sie das Gefühl, sich setzen zu müssen. Schnell ließ sie sich auf die Ruderbank sinken.

»Immer den Horizont im Blick behalten, wenn Euch schlecht wird! Und von Gretes Ingwerkonfekt naschen!«, rief Cord ihr hinterher.

Die Kogge kam Henrike riesig vor, als das Ruderboot an ihrer Seite festmachte. Der dickbauchige Rumpf wirkte massiv, hoch ragte das Achterkastell am Heck des Schiffes auf. Es roch nach Teer und den Seepocken, die an seinem Rumpf saßen. Adrian half ihr auf die Strickleiter und folgte ihr dann. Henrike schwang ein Bein über die Reling und bemühte sich dabei, ihren Rock nicht hochrutschen zu lassen. Dennoch hatten sich alle Augen auf sie gerichtet, als sie das Deck betrat. Es waren, soweit sie es überblicken konnte, etwa fünfzehn Seeleute an Bord und ebenso viele Passagiere. Zuletzt wurde ihre Kiste mit einem Seil hochgehievt.

Adrian ließ ihre Habseligkeiten unter Deck bringen und führte Henrike an einen geschützten Platz am Achterkastell.

»Er wäre mich am liebsten gleich wieder losgeworden. Vielleicht hätte ich doch an Land bleiben sollen«, flüsterte sie.

Adrian legte die Hand an seinen Schwertknauf. »Du wirst dich doch nicht von ein paar abergläubischen Seeleuten einschüchtern lassen? Frauen und Katzen haben an Bord nichts zu suchen, glauben sie. Dabei können beide auf See sogar nützlich sein.« Er lächelte sie aufmunternd an. »Ich glaube, das eigentliche Problem ist, dass Frauen den Seelenfrieden der Männer stören. Wenn sie sie nicht bekommen können, blüht die Eifersucht.«

»Also muss ich die meiste Zeit unter Deck bleiben?«, fürchtete Henrike.

»Das kann niemand von dir verlangen, selbst ein abergläubischer Seemann nicht.«

Sie ließ noch einmal ihren Blick über die Stadtkrone Lübecks mit ihren zahlreichen Spitzen wandern. Hoch ragten die sieben Türme der Kirchen und des Doms auf. Doch auch die verschiedenartigen Giebel der Backsteinhäuser konnten sich sehen lassen. In was für einer schönen Stadt sie lebten!

Jetzt wurden auch die letzten Ballen an Bord geschafft. Der Schiffer und der Matrose, den sie auf dem Anleger gesehen hatten, sprangen an Deck. Mit einem Ruf und einem Gebet wurden der Anker gelichtet und das Segel gesetzt. Kleine Boote kamen heran, und das Schiff wurde mit langen Rudern aus dem engen Hafen bugsiert. Henrike bekam eine Gänsehaut, als die Kogge sich in Bewegung setzte. Sie tastete nach Adrians Hand. Ihre erste Seereise begann! Wie gut, dass sie ihn an ihrer Seite hatte.

Schon passierten sie die sumpfigen Schilfufer der Trave und zahllose Fischerboote. Immer wieder stiegen Reiher protestierend aus dem Dickicht auf. Der Fluss schlängelte sich dahin, an manchen Stellen weitete er sich seeartig aus. Als sich an der Travemündung der Blick über die Ostsee auftat, wurden die Segel gerefft, und ihr Schiff verlangsamte die Fahrt. Ein Matrose rief zu einer anderen Kogge hinüber, die gerade mit Ballaststeinen beladen wurde. Wenn das ihr Begleitschiff war, würde ihre Abfahrt noch etwas auf sich warten lassen.

Henrike beobachtete das Treiben auf dem Wasser. Vor Travemünde lagen zahlreiche Schiffe und Boote vor Anker. Große Koggen mussten bereits hier entladen werden, da der Tiefgang der Trave zum Befahren nicht ausreichte. Auf flachen Transportbooten, den Leichtern und Prähmen, wurden ihre Lasten nach Lübeck gebracht. Eine Fähre fuhr zwischen Travemünde und dem Priwall, der Halbinsel auf der anderen Flussseite, hin und her.

Von hier aus war es nur ein kurzer Ritt zum Hof von Henrikes Tante Asta. Beim Anblick der Vogtei musste sie unwillkürlich an den Überfall auf Astas Hof vor einigen Jahren denken. Nach dem Angriff hatten Adrian und sie hier um Hilfe nachgesucht. Der Vogt hatte sie ihnen jedoch verweigert. Er hatte Vorbehalte gegen Asta gehabt. Ihre Tante war die einzige Gutsherrin in dieser Gegend und musste ihren Stand den Männern gegenüber oft verteidigen. Als Witwe hatte sie es ohnehin nicht leicht. Ob sie auch auf Gotland Probleme bekommen hatte? Adrian schien zu ahnen, was sie dachte.

»Mit den Ereignissen von damals hat Astas Verschwinden nichts zu tun. Du wirst sehen, wenn wir in Wisby ankommen, ist sie wieder da und wird uns begrüßen«, meinte er.

Henrike rang um ein hoffnungsvolles Lächeln. »Ich wünschte so sehr, du hättest recht. Du kannst ja dann immer noch deine Geschäftspartner auf Gotland persönlich kennenlernen, dann wäre die Fahrt nicht umsonst. Außerdem haben wir ja die Tuche dabei.«

Adrian sagte nichts. Im Windschatten war es kühl geworden, und Henrike rieb sich über die Arme. Normalerweise machte er nie in Wisby Station, weil seine Geschäfte mit Gotland nicht bedeutend genug waren, das wussten sie beide.

Nach einer Weile war auch die andere Kogge zur Abfahrt bereit, und sie konnten gemeinsam lossegeln. Als sie auf die Ostsee hinausfuhren, wurde das Schaukeln unter Henrikes Füßen heftiger. Schon spürte sie ein drückendes Gefühl im Magen. Sie wurde doch nicht etwa seekrank!

»Oh, heiliger Olaf, du hast Trolle besiegt und bist durch Wälder gesegelt! Bitte schütze mich vor Sturm und Unwetter!«, hörte sie eine dünne Stimme inbrünstig ausrufen.

Ein Kaufmann kniete mit gefalteten Händen hinter ihnen auf den Planken. Er war wohl Mitte zwanzig, hatte dunkelblondes Haar, eine knallrote Nase und so fest gefaltete Hände, dass die Knöchel weiß hervortraten. Adrian wartete das Ende des Gebets ab und sprach ihn dann an.

»Mit Trollen kämpfen und Wälder durchsegeln, das habe ich ja noch nie gehört! Erzählt mir vom heiligen Olaf. Das lenkt Euch ab und vertreibt uns die Zeit«, forderte er ihn auf.

Der Kaufmann kam auf die Füße, hielt sich aber sogleich an dem Handlauf fest. Seine Augen leuchteten, als er zu sprechen begann.

»Viele Kirchen auf Gotland sind dem heiligen Olaf geweiht. Es heißt, er bekehrte die Heiden und vertrieb mit seiner Axt die Trolle und Teufel von unserer Insel. Geboren wurde er aber als ...«

Adrian lauschte aufmerksam. Henrikes Mann liebte Geschichten und erkannte schnell, wer ein guter Erzähler war. So interessant der Vortrag des jungen Mannes auch klang, sie selbst konnte ihm nur schwer folgen. Ihr Magen flatterte zittrig. Unruhig suchte sie einen Punkt an Land, an dem sich ihr Blick festhalten konnte. Auf dem Priwall sah sie das Holzgerüst, auf dem in der Dämmerung das Leuchtfeuer entzündet wurde. Henrike fixierte die Bake, bis sie nur noch ein Punkt am Horizont war und ihr vor Übelkeit schwindelig wurde.

»Möchtest du noch Ingwer? Etwas Brot? Grete hat es uns eingepackt.«

Adrian hielt ihr eine Scheibe mit krosser Rinde hin, doch

Henrike schüttelte nur stumm den Kopf. Seit Stunden lag sie nun schon in dieser engen Kammer und wusste nicht ein noch aus. Dass die Luft stickig war und es aus der Bilge nach Verdorbenem stank, machte ihr Befinden nicht besser. »Willst du nicht mit hinauskommen? Die frische Luft wird dir guttun«, schlug Adrian vor. »Es wird gleich etwas zu essen geben. Der Schiffskoch hat schon das Zeichen gegeben.«

Henrike presste ihre Hand auf den krampfenden Magen. Wenn sie nur an Essen dachte ...

»Besser nicht. Ich komme später mit hinaus. Lass mich nur«, sagte sie. Auf keinen Fall wollte sie sich die Blöße geben, sich vor den anderen Kaufleuten zu übergeben.

Adrian strich über ihre Wange. »Die besten Seeleute werden ab und an von der Seekrankheit überfallen«, versuchte er sie zu trösten.

Henrike lächelte matt. »Aber bestimmt nicht bei diesem Seegang.« Das Wetter war nach wie vor gut, und das Schiff schaukelte nur schwach. Sie mochte sich gar nicht vorstellen, wie es bei Sturm wäre. Adrian ging hinaus. Als sie die Tür ins Schloss fallen hörte, drehte sie sich auf die Seite. Von draußen drangen klappernde Geräusche, Gespräche und das Schreien der Möwen zu ihr und vermischten sich zu einem enervierenden Rauschen. Um sie drehte sich alles. Wenn sie nur schlafen könnte ...

Auf einmal vernahm sie schwere Schritte. Das Klappen der Tür. Das musste noch mal Adrian sein. Wollte er sie doch noch überreden?

»Lass mich nur. Ich möchte wirklich nicht«, murmelte sie. Die samtige fremde Stimme, die ihr antwortete, ließ sie auffahren. Henrike setzte sich hin und starrte ins Zwielicht der Kammer.

Es war der Seemann, mit dem der Kapitän am Hafen verhandelt hatte. Er war groß, aber blass und unscheinbar, nicht einmal seine Augen schienen eine besondere Farbe zu haben. Das einzig Auffällige an ihm schien seine Stimme zu sein.

»Keine Angst. Ich bringe Euch nur den Eintopf. Esst, das wird Euch guttun.«

Er stellte eine Holzschale neben ihr Lager. Ein fettiger, ekelerregender Geruch stieg zu ihr auf. Henrike hielt unwillkürlich den Atem an.

Da war auf einmal Adrian in der Tür. »Was hast du hier zu suchen? Hinaus, aber schnell, bevor ich es dem Schiffer melde!«, fuhr er den Matrosen an.

»Der Schiffer hat mir doch gesagt, ich soll den Eintopf bringen!«, verteidigte sich der Mann, eilte aber gehorsam hinaus.

Adrian setzte sich an Henrikes Seite. »Halte dich vorerst lieber an Gretes Brot. Der Koch scheint ein rechter Schmutzfink zu sein. Nicht einmal das Wasser roch frisch, dabei hat er es heute erst aufgenommen! Sicher, es ist heiß, und die Lebensmittel verderben leicht. Aber so etwas lässt sich wirklich nur auf Schlamperei zurückführen! Und das beim Schiff einer Gesandtschaft! Das wäre an Bord der *Cruceborch* nicht vorgekommen!«, grollte er.

Adrian achtete penibel darauf, seine Kogge mit frischen Waren zu befrachten, und ließ sich nur von den besten Knochenhauern beliefern. Bevor Simon mit der *Cruceborch* abgelegt hatte, waren die Lagerräume mit frisch gebrautem Schiffsbier, gut abgehangenem Fleisch, Gemüse, Vieh und Twebacken-Brot beladen worden.

»Die Kogge sieht doch sonst gut aus«, fand Henrike. Einen Seelenverkäufer hätte sie nämlich niemals bestiegen, dafür war sie zu vorsichtig.

»Der Kapitän hat das Schiff auch gerade erst übernommen, nachdem seines vor Bornholm auf Grund gelaufen ist. Das hat er noch stolz erzählt!« Adrian schnaubte missbilligend. »Ich habe mit den anderen Kaufleuten abgemacht, dass wir darauf bestehen, bald anzulegen und Frischwasser aufzunehmen. So lange müssen wir durchhalten.«

Der Geruch des Eintopfs kroch wieder in Henrikes Nase. Ihr

wurde so übel, dass sie die Hand vor den Mund presste. Als der Krampf vorbei war, murmelte sie: »Ich halte durch. Essen kann ich ohnehin nichts. Kannst du das bitte wegbringen?« Wie grässlich es roch! »Schnell!«

Ihr Mann nahm die Schale und ging damit hinaus. Erschöpft sank sie zurück. Sie schlief bereits fest, als er sich wenig später zu ihr legte.

Das Platschen bloßer Füße auf den Planken und laute Rufe weckten sie. Adrian sprang auf und lief hinaus; da er in seiner Kleidung geschlafen hatte, brauchte er sich nicht anzuziehen. Henrike hingegen hatte sich gestern bis aufs Hemd ausgezogen, weil sie sich beengt gefühlt hatte. Erstaunlicherweise ging es ihr wieder besser. Sie hatte sogar Hunger! Etwas wackelig auf den Beinen kam sie zum Stehen. Sie warf ihr Kleid über und zog die Schnüre zusammen. Bei den vielen Bändern war es schon angenehm, dass Grete ihr sonst beim Ankleiden half. Was wohl an Deck los war? Bevor sie die Haube aufsetzte und Adrian folgte, entdeckte sie Gretes Brot. Hungrig brach sie sich ein Stück ab und steckte es in den Mund. Etwas Leckereres als dieses trockene Brot konnte sie sich in diesem Moment kaum vorstellen!

An Deck herrschte Durcheinander. Es stank säuerlich nach Erbrochenem. Die Männer hingen über der Reling oder liefen durcheinander. Als Adrian Henrike entdeckte, kam er die Stufen vom Achterkastell hinabgesprungen.

»Ich habe geahnt, dass hier etwas faul ist. Gut, dass du nichts von dem Eintopf gegessen hast.«

»Und du?« Adrian wirkte etwas blass auf sie.

»Ich habe nur einmal probiert – das hat mir gereicht! Komischerweise hat es vor allem die Besatzung erwischt, nicht die Fahrgäste. Ich helfe, wo ich kann, denn der Schiffer und der Steuermann liegen auch flach.«

Henrike sah auf die See hinaus. In graublauer Weite schienen

Himmel und Meer zusammenzufließen. Dass kein Land mehr zu sehen war, beunruhigte sie.

»Wo sind wir?«

»Wir sind zunächst dem Verlauf der Küste gefolgt. Nach Rügen haben wir uns der offenen See zugewandt. Im Laufe des Tages müssten wir Bornholm erreichen, auf der Insel können wir Proviant an Bord nehmen.«

»Kann ich helfen? Ich habe mein Kräutersäckchen dabei und kann ja auch kandierten Ingwer abgeben«, bot sie an, obgleich das flaue Gefühl auch in ihren Magen zurückgekehrt war, seit sie das Würgen der Männer hörte.

Adrian wirkte nicht gerade begeistert, sagte aber: »Am schnellsten müssten Schiffer und Steuermann wieder auf die Beine kommen. Die See vor Bornholm ist tückisch. Dort stranden oft Schiffe. Das brauchen wir nicht auch noch …«

Henrike holte den bestickten Leinenbeutel aus ihrer Kammer. Asta, die stets einen derartigen Beutel bei sich trug, hatte ihr die Heilkräuter zusammengestellt. Im Laufe der Zeit hatte auch Henrike gelernt, wann welches Kraut besonders nützlich war. Sie bat den Koch um etwas Branntwein. Widerwillig wischte er die schmutzigen Hände an seiner glänzenden Lederschürze ab und rückte einen kleinen Krug heraus. Sie mischte einige Kräuter hinein und ließ sich zum Schiffer führen. Dieser lag mit dem Steuermann in der zweiten Kammer im Achterkastell. Es stank erbärmlich darin, und der Schiffsjunge, der den Männern half, war sichtlich froh, für einen Augenblick den fensterlosen Raum verlassen zu können.

»Der Koch ist schuld, der wollte uns vergiften!«, schimpfte der Steuermann. Er war blass, und ihm stand der Schweiß auf der Stirn.

»Deshalb hast du auch noch eine zweite Schale genommen!«, ätzte der Schiffer. Plötzlich würgte er. Henrike sprang beiseite. Gerade noch!

»Wie Ihr ... War ja auch noch genug da.«

Am liebsten würde sie die beiden kranken Streithälse allein lassen. Aber irgendjemand musste sich doch um das Schiff kümmern.

»Oder wir haben uns in Lübeck eine Seuche geholt!«, knurrte der Schiffer da. Immer die Schuld bei anderen suchen! Jetzt musste sie einfach etwas sagen!

»Das bestimmt nicht. Ich weiß nichts von einer Seuche in Lübeck!«, verteidigte sie ihre Stadt. Es gab die üblichen Fälle von Aussatz und Blattern, aber seit der Pest vor zwei Jahren, die ganz Norddeutschland heimgesucht hatte, hatte keine Seuche in Lübeck grassiert. Sie füllte etwas von dem Kräutergemisch in einen Holzbecher mit Branntwein und hielt ihn dem Schiffer hin.

»Wollt Ihr mich etwa auch vergiften?«, fragte er.

»Ich will heil nach Gotland kommen. Soweit ich weiß, nähern wir uns demnächst Bornholm.«

»Bornholm schon? Wir machen gute Fahrt«, stellte der Schiffer fest. Er setzte sich auf und äugte misstrauisch in den Becher.

»Nur etwas Muskat und Salbei«, sagte Henrike.

Er zögerte, trank dann aber doch. Sie füllte den Becher erneut und reichte ihn nun dem Steuermann, der ihn in einem Zug leerte.

»Schmeckt furchtbar. Wie der Eintopf ...«

Am Nachmittag kam Bornholm in Sicht. Schiffer und Steuermann waren wieder so weit hergestellt, dass sie die Kogge in eine kleine, geschützte Bucht mit einer Kirche und einigen Häusern navigieren konnten. Die argwöhnischen Matrosen hatten erst zu Henrikes Kräutertrank gegriffen, als sie sahen, dass er ihren Vorgesetzten nicht geschadet hatte. Sobald sie wieder einigermaßen auf den Beinen waren, hatten einige den Koch angegriffen, den sie für ihren Zustand verantwortlich machten. Nur mit Mühe konnte der Schiffer verhindern, dass dem Mann etwas angetan wurde. Jetzt wurde das Beiboot herangezogen, das die Kogge im Schlepp hatte. Matrosen kippten die Wasserfässer auf Deck aus und begannen, die Planken vom Unflat der letzten Stunden zu reinigen. Dafür war das verdorbene Wasser gerade noch gut. Auch die zweite Kogge ging vor Anker. Sie würden weiter im Konvoi fahren, auch, wenn sich so für beide Schiffe die Reise verzögerte.

Der Steuermann und zwei Matrosen setzten mit den leeren Fässern über, um Proviant und Wasser zu beschaffen. Henrike und Adrian nahmen auf ein paar verschnürten Warenbündeln im Schutz des Achterdecks Platz. Sie war froh, dass das Schiff im Moment nur vor sich hindümpelte, allerdings staute sich mangels einer frischen Seebrise jetzt die Hitze auf dem Deck.

»Es gibt doch auch hansische Kaufleute auf Bornholm? Dann dürfte es wohl nicht lange dauern, Proviant zu kaufen«, sagte Henrike hoffnungsvoll.

Adrian strich nachdenklich über die Narbe, die seine Augenbraue spaltete. »Bornholm ist zwischen der dänischen Krone und dem Erzbischof von Lund aufgeteilt«, erklärte er. »Beide sind über ihren Besitz heillos zerstritten und provozieren sich gegenseitig, was zu einer gewissen Feindseligkeit unter den Inselbewohnern führt. Die Hansekaufleute geraten da schnell zwischen die Fronten, so hört man zumindest.«

Jetzt mischte sich auch der Schiffer ein, der ihre Worte im Vorbeigehen vernommen hatte. »Und wehe, ein Schiff havariert vor Bornholm! Die Ladung wird schneller weggeschafft als man gucken kann. Sie wiederzubekommen ist fast unmöglich«, klagte er.

Henrike fächelte sich Luft zu. »Ich dachte, es gibt klare Regelungen für Strandungen«, sagte sie.

»Das Seerecht interessiert hier niemanden. Dänen eben! Wollen die Hansen schädigen, wo sie nur können! Aber keine Sorge,

Proviant wird man uns nicht abschlagen«, brummte der Schiffer und ging davon.

Die Zeit schlich dahin. Adrian holte sein Schachspiel aus Walrosszahn aus der Kammer und bot Henrike ein Spiel an. Andere Kaufleute unterhielten sich mit Würfelspielen oder Plaudereien. Die Matrosen angelten Hornhechte, die im Frühsommer für einige Monate vor die Küste zogen. Auch das eine oder andere Geschäft wurde getätigt, was Henrike an den Handschlägen oder eifrigen Notizen erkannte, die in Wachstafelbüchlein gemacht wurden.

»Es kann Kaufleute verbinden, wenn sie zusammen reisen. Noch mehr natürlich, wenn sie gemeinsam einen Sturm durchstehen. Denk nur an Simon, der Bernhard Steding auf seiner ersten Reise nach Norwegen kennenlernte und nun oft bei ihm in Bergen einkehrt.«

In der Nähe des Mastes brandete ein Wortwechsel auf.

»Und mit ihm Geschäfte macht«, ergänzte Henrike und grübelte über den nächsten Zug.

Jemand schrie. Sie sah sich um. Zwei Kaufleute hatten einander zornig am Kragen gepackt.

Adrian schmunzelte nur. »Man stellt aber auch fest, von wem man sich besser fernhalten sollte. Wer beim Würfelspiel betrügt, hat sicher auch als Kaufmann keine Skrupel.«

Henrike setzte ihren Läufer.

»Ah, schon wieder eines deiner Täuschungsmanöver«, frotzelte Adrian.

Henrike sah auf die Bucht hinaus. Noch immer war nichts zu sehen. Ihre Gedanken wanderten zu Asta und Katrine. Hoffentlich ging es bald weiter!

Erst als die Sonne schon tief stand, kehrten die Männer zur Kogge zurück. »Quellwasser! Frischer geht's nicht!«, freute sich der Schiffer, nachdem die Fässer an Deck gehievt waren. Sogleich standen die Fahrgäste Schlange. Auch Henrikes Mund war ganz trocken. Branntwein zu trinken, wie einige der Männer, hatte sie nicht über sich gebracht. Dann würde es ihr in der nächsten Nacht ja wieder schlecht ergehen, nur aus anderen Gründen. Schon brachte Adrian ihr einen vollen Becher. Genüsslich ließ sie Schluck für Schluck ihre Kehle hinabrinnen. Die einfachen Dinge waren es, die sie glücklich machten. Ein frisches Brot. Quellwasser. Die Nähe ihres Mannes. Seltsam ergriffen nahm sie Adrians Hand.

Endlich wurde das Segel gesetzt, und sie legten ab. Henrike hatte erwartet, dass sie bleiben würden. Aber Adrian meinte, dass es bis zur nächsten Küste ein gutes Stück über die offene See wäre und sie die Strecke auch in der Dunkelheit zurücklegen könnten. Wieder zog ein Geruch über das Schiff, dieses Mal war er jedoch verführerisch. Der Koch grillte die gefangenen Fische auf den Steinplatten seines Ofens. Von ihnen würden auch sie essen, damit könnten sie nichts falsch machen.

Entnervt zog Henrike die Decke bis über die Ohren. Das durchdringende Schnarchen war noch immer zu hören. Dabei kam es nicht einmal aus ihrer Kammer; Adrian schlief still neben ihr. Es musste aus der anderen Kammer oder sogar vom Deck kommen. Sie war früh zu Bett gegangen; die letzte Nacht hatte ihr noch in den Knochen gesessen. Jetzt aber war sie hellwach. Die Kogge schien noch zu fahren. Dämmerte es bereits? Aber es war so still – bis auf das Schnarchen natürlich. Sie drehte sich auf die Seite und versuchte, wieder einzuschlafen. Adrian lag so nah bei ihr, dass sie seinen Atem auf ihrem Gesicht spürte. Sie fühlte sich geborgen. Und doch kam sie nicht mehr zur Ruhe.

Immer wieder musste sie an Astas Verschwinden denken. Grübelte darüber, was wohl geschehen sein mochte. Dachte an ihre Freundin Katrine. Ihre Gedanken wanderten in die Vergangenheit zurück. Vor knapp vier Jahren hatten sie sich kennengelernt. Henrikes Vater war gerade verstorben, und sein Bruder

Hartwig hatte versucht, Simons und ihr Erbe an sich zu bringen. Henrike hatte sich dagegen gewehrt. Dafür war sie erst eingesperrt und schließlich zu der Schwester ihrer Mutter nach Travemünde geschickt worden. Damals hatte sie Asta zunächst nicht gemocht. Sie hatte sie aber auch gar nicht gekannt. Zu schroff, zu verschlossen war ihr die ältere Frau erschienen. Doch dann war etwas passiert. Henrikes Vetter Nikolas hatte versucht, ihr Gewalt anzutun.

Sie wälzte sich auf die andere Seite. Sie mochte gar nicht daran denken! Asta hatte sie im letzten Moment gerettet. In den folgenden Wochen hatte Henrike ihre Tante besser kennengelernt. Wenn sie jetzt an Asta dachte und ihre weisen Augen vor sich sah, füllte sich ihr Herz mit Liebe. Den Kampf gegen ihren Onkel Hartwig, ihre Tante Ilsebe und ihren Vetter Nikolas hatten sie gemeinsam geführt. Es war ein Kampf auf Leben und Tod gewesen. Glücklicherweise hatten sie überlebt. Hartwig und Ilsebe jedoch hatten ihr Leben lassen müssen. Nikolas hatte an einem anderen Ort neu anfangen müssen, genauso wie seine Schwester Telse. Aber nun war Asta fort.

Henrike fühlte in sich hinein und spürte ein dringendes Bedürfnis. Dass sie ausgerechnet jetzt musste! Die Kaufleute setzten sich auf ein verstecktes Brett, das über Bord hing, und entleerten sich, die Mannschaft hängte einfach den Hintern über die Reling; beides kam selbstverständlich für sie nicht infrage. Vorsichtig erhob sie sich, stakste über Adrian hinweg und erleichterte sich in ihren Nachttopf. Jetzt würde sie wieder schlafen können. Aber den Nachttopf einfach so stehen zu lassen, war ausgeschlossen. Sie nahm den Tontopf, öffnete die Tür und linste hinaus. Das Schnarchen war lauter geworden. Die Sterne blitzten noch am Himmel. Keine Wache in Sicht. Es würde sie also niemand sehen, wenn sie den Inhalt über Bord kippte. Sie schlich hinaus. Eine salzige Brise schlug ihr entgegen. Überall auf dem Deck lagen Männer. Vor dem Mast die Kaufleute und hinter dem Mast die Mannschaft, so wurde es zumindest seit jeher gehalten. Hierher kam das vielstimmige Schnarchen. Ein röchelnder Chor. Schon hatte sie die Reling erreicht. In der Ferne konnte sie etwas Dunkles erkennen. War das Land? Waren sie schon in der Nähe der Küste? Da durchbrach ein Geräusch ihre Gedanken. War da jemand? Mit klopfendem Herzen blickte sie sich um. Nichts. Nur schlafende Männer. Schwungvoll kippte sie den Inhalt des Nachttopfes hinaus. Auf einmal hörte sie ein Tapsen hinter sich. Instinktiv fuhr sie, den Tonkrug schwingend, herum. Asta hatte sie gelehrt, sich zu verteidigen. Hinter ihr war aus dem Nichts ein Mann aufgetaucht. Seine Faust hatte er zum Schlag erhoben. Wer war er? Wollte er ihr etwas antun? Aber warum sollte er sich denn sonst anschleichen? Der Tonkrug streifte den Arm des Mannes. Henrike konnte seiner Faust ausweichen, dabei glitt ihr der Krug aus der Hand und zersprang auf dem Boden in tausend Stücke. Die Bewegung brachte sie leicht aus dem Gleichgewicht. In diesem Moment traf sie ein heftiger Schlag über dem Ohr. Henrike schrie kurz auf, dann sackte sie weg. Wie von Ferne spürte sie Hände, die sie hochrissen. Eine Böe. Kühle Luft, überall. Ihr Rock wehte hoch. Aber warum …? Sie fiel! Dann das Wasser – so kalt! Es schloss sie ganz ein. Drang ihr in Mund und Nase. Panisch strampelte sie. Eben war sie doch noch mit Adrian im Bett gewesen. Und jetzt? Was war nur passiert? Sie wollte atmen. Sog Wasser statt Luft ein. Wasser war in ihr, um sie. Heftiger Druck auf ihrer Brust. Wie ein Eisenring. Diese Kälte! Noch immer sank sie, tiefer und tiefer. Alles war so schwarz, alles drehte sich. Wo war nur die Wasseroberfläche? Wo waren Himmel und Luft?

Ein Ruck. Jemand zog an ihrem Arm. Riss sie hoch. Prustend schossen sie an die Oberfläche. Wellen schlugen ihr ins Gesicht. Henrike würgte das Salzwasser heraus. Ihre Schläfe pochte vom Schlag. Salz biss in ihre Lippen. Ihre Augen brannten. Aber jemand hielt sie. Passte auf, dass sie nicht wieder unterging. Sie blinzelte. Adrian war es, natürlich, ihr Adrian! Schwarz klebten die Haare an seinem Kopf. Auch er atmete schwer, als er sich neben ihr bewegte. Wo war nur das Schiff? War es schon weitergefahren? Würde Adrian es schaffen, mit ihr an Land zu schwimmen? Oder würden sie hier ertrinken, gemeinsam? Nein! Das wollte sie nicht! Henrike schlug mit den Beinen aus. Ihr Hemd war so schwer! Immer wieder zog es sie hinunter. Sie hatte nie schwimmen gelernt, wie es manchen Tieren zu eigen war. Die wenigsten Menschen konnten es. Wasser, und insbesondere das Meer, war zu gefährlich … Etwas Gewaltiges schob sich auf sie zu. Die Kogge! Ein Seil platschte neben ihnen ins Wasser. Aber was war das? In einiger Entfernung schlug etwas auf die Wellen und verschwand. Ein Ruf.

»Er flieht!«

War es der Mann, der sie über Bord gestoßen hatte? Sollte er davonkommen? Aber warum hatte er es überhaupt getan? Adrian schien keinen Moment darüber nachzudenken, den Mann zu verfolgen. Er konnte ihn ohnehin nicht aufhalten, aber ihre Leben konnte er retten. Er packte das Seil, zog sie Griff um Griff an das Schiff heran. Schon wurde eine Strickleiter über Bord gelassen. Ein Matrose kletterte hinunter, um ihnen zu helfen. Adrian trug Henrike hoch und ließ sie auf die Planken sinken. Immer wieder spie sie Salzwasser aus, würgte und weinte zugleich. Keuchend kniete Adrian neben ihr. Er hatte sie gerettet.

»Ich muss mich bei Euch entschuldigen. Ich hätte den Mann nie anheuern dürfen. Aber zwei Matrosen hatten mich sitzen gelassen, und so brauchte ich Unterstützung.« Der Schiffer rieb zerknirscht seinen Bart.

Henrike saß in einem trockenen Hemd und in eine Decke gehüllt auf ihrem Lager. Ein großer Schluck Branntwein glühte in ihrem Bauch und machte sie schläfrig. Sie ließ sich an Adrians Schulter sinken. Was für ein Glück, dass er das Splittern des Tonkrugs gehört hatte! Und wie müde sie war ...

»Ihr wisst also nichts über ihn?«, fragte ihr Mann scharf.

»Nichts, außer seinem Namen und dass er aus Hamburg stammt. Aber beides ist vielleicht falsch.« Der Schiffer seufzte. »Ich verstehe das nicht. Was ist nur in ihn gefahren? Ich weiß, dass er sich bei anderen Seeleuten beschwert hat, weil eine Frau an Bord ist. Aber man muss sie ja nicht gleich über Bord werfen!«

»Wie bitte?« Adrian war wütend.

»Schon gut. Entschuldigt. Ich meinte nicht, dass man Frauen überhaupt ...«

Henrike wollte etwas entgegnen, aber ihr fielen trotz dieser Frechheit die Augen zu. Sie konnte nichts dagegen tun.

»Ihr geht besser, bevor Ihr Euch um Kopf und Kragen redet«, hörte sie Adrian noch sagen, bevor sie wegdämmerte.

Als sie am nächsten Morgen aufwachte, hielt Adrian sie fest im Arm. Die Eindrücke der letzten Nacht waren sofort wieder da. Halt suchend presste sie sich an ihn. Fast wäre sie gestorben. Wenn Adrian nicht sein Leben riskiert hätte, um ihres zu retten.

»Was machst du denn nur, Rikchen?«, sagte er leise.

Sie glaubte einen Vorwurf in seiner Stimme gehört zu haben, und prompt regte sich Widerspruch in ihr. Ihre Schläfe und ihre vom Salzwasser eingerissenen Mundwinkel schmerzten, als sie sprach.

»Was ich mache? Gar nichts mache ich!«, protestierte sie. »Ich wollte nur ... den Nachttopf leeren.«

Er lachte leise. »Das waren also die Scherben an Deck. Wir haben uns schon gewundert.« Er löste sich aus ihrer Umarmung und setzte sich auf. »Ich sollte hinausgehen. Du bist zwar meine Frau, aber wenn wir den halben Tag im Bett verbringen, dürfen wir uns nicht wundern, dass die Matrosen eifersüchtig werden.«

Henrike stützte sich auf die Ellenbogen. »Das klingt ja, als sei ich schuld daran, was passiert ist!«, begehrte sie auf.

»Nein, natürlich nicht«, beruhigte Adrian sie. »Aber es ist schon merkwürdig, dass der Mann dich über Bord wirft. Er muss verrückt sein. Krankhaft abergläubisch. Oder er hasst Frauen. Das ist die einzige Erklärung für sein Verhalten.«

Henrike legte die Hand auf seinen Oberschenkel. Musste er wirklich schon gehen? »Es beunruhigt mich, dass er fliehen konnte.«

»Ob er es an die Küste geschafft hat, ist fraglich. Es war noch ziemlich weit, vermutlich ist er ertrunken. Verschwende keinen Gedanken mehr an ihn.«

Henrike ließ ihre Finger auf seinem Körper spazieren, und er genoss für einen Moment ihre Berührungen. »Wir sollten wirklich nicht ... Geht es dir denn schon wieder gut genug?«, wandte Adrian schwach ein.

Unbeirrt zog Henrike ihn an sich. »Wir sind auch ganz leise ...«

7

An der Küste, im Niemandsland zwischen Dänemark und Schweden, kriecht Wigger, Bastard aus dem Geschlecht derer von Bernevur, an Land. Bleibt liegen, das Gesicht im Sand. Sein Leib gehorcht ihm nicht mehr. Arme und Beine sind so schwer, als könne er sie nie mehr bewegen. Gleichzeitig zittert er unkontrolliert. Jeder Muskel in seinem Leib brennt. Wäre er gläubig, würde er an die Qualen des Fegefeuers denken. Aber das Einzige, woran er glaubt, ist er selbst. Beinahe wäre er gestorben. Der pure Wille hat ihn gerettet. Die Wut hat ihn schwimmen lassen, Zug um Zug durch die schier endlose See. Was für eine Schnapsidee, den Kaufmann und sein Weib vergiften zu wollen! Er hatte gedacht, es sei elegant und unauffällig; ein tragischer Todesfall, weiter nichts. Aber dann ließ sie die Schale zurückgehen, und der Koch hatte nichts Besseres zu tun, als den Inhalt wieder in die Pampe zurückzukippen! Die Frau über Bord zu stoßen wäre eine sichere Methode, hatte er gedacht. Wie hätte er ahnen können, dass sie sich wehren würde? Jetzt hatte er es vermasselt, war gescheitert, hatte sich tumb benommen, wie ein primitiver Straßenräuber.

»Ihr seid gut im Töten«, hatte der Bärtige gesagt. Voller Verachtung für sich selbst schnaubt Wigger in den Sand. Vor ein paar Wochen in Schonen hatte er sich tatsächlich etwas auf seinen Ruf eingebildet. Darauf, den Wucherer beseitigt zu haben, und auf das Geld, das ihm sein Auftraggeber dafür gezahlt hatte. Wider besseres Wissen war Wigger zum Adelsgut seines Vaters auf Rügen geritten und hatte dem Edelmann berichtet, dass er einen Feind weniger habe. Sein Vater aber hatte ihn nicht gelobt, sondern verhöhnt. Ein Bastard durch und durch sei er, dass er sich mit diesem Geschmeiß abgebe. Auch sein Halbbruder Ludger hatte ihn verspottet, dieser eitle Fatzke. Wigger hatte gekocht vor Wut, und tat es noch immer.

Sein Leben lang hat er nur Undank und Verachtung von seiner Familie erfahren! Was sich sein Vater auf sein altehrwürdiges mecklenburgisches Adelshaus einbildete! Dabei warfen die Güter kaum genug zum Überleben ab, von einem standesgemäßen Hofstaat ganz zu schweigen. Aber eines Tages würde Wigger reich sein, dann würde er das Haus zu neuem Glanz führen! Der Moment, in dem sein Vater und sein Halbbruder ihn dankbar als Retter willkommen heißen würden, wäre sein Triumph.

Das Leben hat Wigger gelehrt, sich wegzuducken und sich unauffällig für die Schandtaten zu rächen, die ihm von Kind auf angetan worden waren. Schon als Fünfjähriger hatte er seinen Halbbrüdern als Prellbock dienen müssen. Der Älteste hatte ihn besonders getriezt. Wie sehr hatte Wigger sich bemüht, sich vor seinem Vater auszuzeichnen. Es wettzumachen, dass er ein Bastard war! Und wie leicht es seinen Halbbrüdern gelungen war, seine Bemühungen zunichtezumachen!

Es hatte Jahre gebraucht, aber irgendwann hatte er sich gerächt. Den Ältesten hatte es als Ersten erwischt. Ein Bienenvolk hatte er ihm in die Satteltaschen gesteckt. Beim Reiten waren die Bienen ausgeschwärmt und hatten Ross und Reiter angegriffen. Das Pferd war durchgegangen und hatte seinen Halbbruder abgeworfen. Als man ihn fand, war sein Gesicht, das dem ihres Vaters ja ach so ähnlich gewesen war, aufgequollen wie ein Hefeteig. Er hatte noch geatmet – aber nicht mehr lange! Seinen mittleren Bruder hatte er ebenfalls bestraft, nur der dritte war noch übrig. Ludger war ein Schönling, zu fein, sich für die Besitzungen des Vaters die Hände schmutzig zu machen. Aber auch ihn würde er sich noch vornehmen, wenn er mit diesen Vanderens und Vresdorps fertig war!

Seine Kiefer mahlen. Er müht sich, die Gliedmaßen zu rühren, kann sich gerade so auf die Seite drehen, auf den Rücken fallen lassen. Er zittert noch immer. Seine Zähne schlagen aufeinander. Wenn er sich nur nicht verkühlt hat! Schon spürt er, wie Gevatter Tod ihm in die Knochen kriechen will. Verfluchte Kaufleute! Ein Auftrag war es gewesen. Die Gelegenheit, reich zu werden. Aber nun war mehr daraus geworden – eine solche Schmach kann er nicht auf sich sitzen lassen! Er muss Geld auftreiben, denn die Weste mit seiner Notreserve ruht auf dem Grund der See, und er muss ein Schiff finden, das ihn nach Gotland bringt. Sie würden ihm nicht noch einmal entkommen …

8

Gotland

Die Wolken zeigten Gotland an. Klarblau ging der Himmel in das Meer über. An einem fernen Fleck am Horizont aber drängten sich die Wolken wie eine Herde Schafe um einen Wassertrog.

»Schon die Wikinger sollen nach den Wolken über Gotland navigiert haben. Sie markieren seit jeher die Lage der Insel«, sagte der Kaufmann, und umfasste den Handlauf fester.

Henrike und Adrian hatten ihn überredet, mit an das Heck des Schiffes zu kommen, um eine bessere Sicht zu haben. Sie hatten sich in letzter Zeit oft unterhalten, und er hatte ihnen nur zu gerne seine Lebensgeschichte erzählt. Er hieß Erik und arbeitete in Wisby. Seine Familie hatte es mit der Zucht der unverwüstlichen und für Gotland typischen Schafe und dem Handel mit ihrer Wolle zu Wohlstand gebracht, deshalb hatten seine Eltern beschlossen, dass er als ihr jüngerer Sohn studieren sollte. Doch während er noch in Prag an der Universität weilte, hatte ihn die Nachricht erreicht, dass sein Bruder gestorben war und er nun den Wollhandel übernehmen müsse. Aus dem Studenten war ein Kaufmannsgehilfe geworden. Geblieben war sein Interesse an Wissen aller Art, was ihnen manche lange Seestunde verkürzt hatte. Auch schienen die Gespräche seine Angst vor dem Meer einzudämmen.

»Die Wikinger?«, fragte Henrike, die es inzwischen kaum erwarten konnte, das Schiff zu verlassen. Sie schlief schlecht auf dem harten Lager in der Muffkammer. Ihre Haut war durch Sonne und Seeluft gerötet, die Lippen aufgesprungen. Sie war nicht übermäßig eitel, aber wenn es so weiterginge, würde sie bald wie eine Bäuerin aussehen! Der stete Wind an Bord hatte jedoch auch Vorteile, denn keiner der Männer hatte sich in den Tagen ihrer Seereise gewaschen. Die meisten trugen, seit sie an Bord gegangen waren, dieselbe Kleidung – wenn nicht schon länger. Die Brise trug immerhin ihre Körpergerüche mit sich fort. Gemessen an Handelsfahrten ins ferne Bergen, ins iberische Lissabon oder nach Nowgorod weit im Osten war die Reise nach Gotland kurz – und doch erschien sie ihr zu lang. Dabei hatten sie ja nun wirklich Glück mit dem Wetter gehabt …

»Diese wilden Gesellen aus dem Norden sind auch auf Gotland eingefallen. Angelockt vom Gold und Silber, das Händler hierher brachten«, berichtete der Kaufmann und pellte ein Stück trockene Haut von seiner Nase.

Henrike lächelte beim Gedanken an ihre Tante, die ihr oft von Gotland und dem sprichwörtlichen Reichtum der Insel erzählt hatte.

»Die Gotländer wiegen das Gold auf der Lispfundwaage
Und spielen mit edelsten Steinen
Die Schweine fressen aus Silbertrögen
Und die Hausfrauen spinnen auf goldenen Spindeln«, zitierte sie ein altes Lied.

Erik nickte begeistert. »So heißt es, ja! Aus Angst vor Plünderung vergruben unsere Altvorderen ihre Besitztümer. Oft schon sind uralte, fremdländische Geldmünzen und Schmuckstücke in Gotlands Erde gefunden worden.«

Die Insel schien sich jetzt aus dem Nichts zu erheben. Henrike sprach ihren Eindruck aus, und Erik strahlte sie an.

»Es heißt, dass Gotland von einem Mann entdeckt wurde, der Tjelvar hieß. Damals war Gotland durch dunkle Mächte gebunden, sodass es am Tag im Meer versank und in der Nacht oben war. Dieser Mann brachte als erster Feuer auf das Land, und von da an versank es nie mehr.«

Adrian bat ihn, die Sage von der Entstehung Gotlands noch

ausführlicher zu erzählen. Anschließend bedankte er sich: »Ihr habt uns während dieser Fahrt viel Freude mit Euren Geschichten bereitet. Ich hoffe, ich kann mich eines Tages dafür erkenntlich zeigen.« Es erschien Henrike, als ob der Kaufmann noch röter wurde, als er bereits war.

»Euer Lob ehrt mich, aber ich fürchte tatsächlich, ich eigne mich besser zum Gelehrten als zum Kaufmann.«

»Wie kommt Ihr darauf?«, wollte sie wissen.

»Ich habe nur einen Teil der mir aufgetragenen Geschäfte in Lübeck erledigen können. Dabei muss ich mich doch jetzt als Kaufmann behaupten, denn«, er lächelte verlegen, »meine Frau ist guter Hoffnung.«

Henrike mühte sich um ein Lächeln. Es war ungewöhnlich, dass so junge Kaufleute verheiratet waren.

»Ihr durftet bereits in den Bund der Ehe treten?«, fragte auch Adrian überrascht.

»Meine Eltern haben es mir erlaubt. Jetzt muss schnell ein angesehener Kaufmann aus mir werden! Dabei liegt mir das Reisen nicht unbedingt«, gab Erik zu und ergänzte zerknirscht: »Ich werde ohnehin die Frau meines Auftraggebers enttäuschen müssen. Ich sollte ihr schwarzes Brüsseler Tuch mitbringen. Die Preise in Lübeck waren jedoch so hoch, dass es mir nicht gelang, welches zu erstehen.«

»Wie viel hättet Ihr denn dafür ausgeben dürfen?«, fragte Adrian. Als er die Antwort vernahm, lachte er auf. »Verzeiht, aber dafür bekommt Ihr tatsächlich kaum mehr als ein schmales Laken.« Er überlegte. »Ich habe sehr ähnlichen Stoff dabei, auch ist die Qualität ausgezeichnet. Kommt zu uns in die Strandgatan, ich werde Euch einen guten Preis machen.«

Die Kogge hatte sich der Südküste der Insel angenähert, und der Seegang nahm wieder zu. Die Wellen überzogen das Meer mit den verschiedensten Blau- und Weißtönen. Henrikes Magen begann im Takt des Wellengangs zu hüpfen, und sie holte langsam und tief Atem. Angestrengt beobachtete sie, wie ein Matrose mit einem Metallteil hantierte und es anschließend an einem Seil über Bord warf. Ihr Gesprächspartner war ganz blass geworden.

»Danke, Herr Vanderen, für ... dieses Angebot. Ihr entschuldigt mich ... Frau Henrike«, sagte Erik noch und taumelte ein paar Schritte zum Mast, wo das Schwanken schwächer war, um dort auf die Knie zu sinken und zu beten.

»Wenn er eines Tages seine Waren genauso gut anpreist, wie er Geschichten erzählen kann, wird er vielleicht doch noch ein guter Kaufmann. Das Gedächtnis hat er dafür«, sagte sie.

»Er sollte sich besser damit beeilen. Wenn er schon bald eine Familie versorgen muss ...« Adrian legte seine Hand über Henrikes, die Berührung tat ihr gut.

Zu ihrer Rechten zog sich die Küstenlinie Gotlands hin. Der Sand war so weiß, dass er fast blendete, darüber leuchtete das Grün. Auch schien es Abschnitte mit Steilküsten zu geben. Im Meer tauchten jetzt immer wieder dunkle Buckel auf. Waren das etwa Riffe? Der Matrose hatte das Metallteil wieder an Bord gezogen und untersuchte es.

»Was tut er da?«, fragte Henrike, die diesen Vorgang schon öfter beobachtet hatte.

»Er prüft die Lotspeise, also den Talg, den er in das Lot gepresst hat. Die Steine und Muscheln, die daran haften bleiben, sagen viel über die Beschaffenheit und Tiefe des Meeresbodens aus. Schließlich haben Schiffer und Steuermann nur sehr wenig, woran sie sich orientieren können, außer den Landmarken und dem Stand der Sonne, des Mondes und der Sterne.« Henrike musterte die Wasseroberfläche und versuchte zu erkennen, wie tief das Meer war, doch es fiel ihr schwer. Mal war es hell, mal dunkel, mal glatt, mal kräuselten sich feine Wellen.

»Erfahrene Seeleute können an der Form der Wellen und der Farbe des Meeres ablesen, wo Untiefen sind und wo Sandbänke.

Wo sich unter der Oberfläche Klippen verbergen oder wo das Segeln gefahrlos möglich ist. Am besten ist es aber, wenn sie die Strecke schon mal gefahren sind.«

Plötzlich durchbrach in einiger Entfernung etwas die Wasseroberfläche. Wenn das ein Riff wäre, würde es der Schiffer doch wohl wissen.

»Dann sind wir also trotz allem in guten Händen ...«, hoffte Henrike, während sie das Meer weiter absuchte. Zwischen Schiff und Küste waren die Buckel wieder! Sie schirmte ihre Augen mit der Hand, um besser sehen zu können.

»Es gibt viel schlimmere, glaub mir«, sagte Adrian und folgte ihrem Blick. Deutlich waren jetzt dunkle Buckel zwischen den Wellenkämmen zu erkennen. Plötzlich schnaufte es neben ihnen. Henrike zuckte zurück, aber Adrian lachte auf. »Das ist ein Meerschwein, eine Art Fisch. Sieh nur, wie fröhlich es mit der Kogge um die Wette schwimmt! Die Tiere sind im Sommer oft in Küstennähe zu sehen und haben ihren Namen, weil sie mit ihrer Schnauze den Grund des Meeres aufwühlen, wie es die Schweine an Land tun.« Prustend tauchte das Wesen jetzt wieder auf, kugelte sich durch die Wellen, zeigte den Rücken und eine dreieckige Flosse, bevor es wieder verschwand. Kurz bevor es ganz abgetaucht war, kam neben ihm ein weiteres an die Wasseroberfläche.

»Sieh nur, es sind zwei!«, freute sich Henrike.

Adrian lächelte. »Meerschweine sind oft zu zweit unterwegs, wie wir Menschen. Aber manchmal sieht man auch eine ganze Handvoll.«

Die Meerschweine verschwanden aus der Nähe des Schiffes, als Wisby in Sicht kam. Die Stadt wirkte trutzig mit ihren Stadtmauern und Türmen. Reihen von Stein-, Fachwerk- und Holzhäusern stiegen zur Klippe im Landesinneren hin auf wie eine Woge, die an Felsen brandete. Die meisten Gebäude waren aus dem hellen Gestein, das Henrike von den Gotlandplatten kannte, die den Fußboden ihres Vaterhauses bedeckt hatten. In einigen Platten waren kleine Muscheln oder Schneckenhäuser eingeschlossen gewesen, was Henrike als Kind fasziniert hatte. An einem Flussturm vorbei fuhren sie in den Hafen ein, in dem, im Vergleich zu Lübeck, nur sehr wenige Schiffe lagen. Sie gingen vor Anker, und der Schiffer ließ die Ladung von Bord bringen. Als Henrike und Adrian sich zum Verlassen der Kogge anschickten, kam er zu ihnen.

»Ich fahre in etwa einer Woche wieder nach Lübeck. Wenn Ihr bis dahin also Eure Geschäfte erledigt habt – die Kammer halte ich Euch frei.« Der Schiffer hielt Adrian die Hand hin, mied aber Henrikes Blick.

Adrian schlug pragmatisch ein. Wer wusste schon, an wen sie sonst geraten würden?

Auf dem Anleger wurden sie von Zollschreibern und Karrenknechten umringt. Es waren sehr viele für so wenige Fahrgäste, wie Henrike verwundert bemerkte. Sie war froh, wieder festen Boden unter den Füßen zu spüren. Adrian verhandelte mit den Zöllnern und konnte schon mal einen Ballen Tuch auslösen; der Rest müsse noch geprüft werden. Als der Ballen freigegeben war, wartete Erik bereits mit einem Karrenknecht auf sie.

»Er wird Euch in die Strandgatan bringen, es ist nicht weit. Beim Transport Eurer Waren wird er Euch nicht übervorteilen, das musste er mir versprechen. Ich werde Euch alsbald aufsuchen«, sagte er Adrian zum Abschied.

Der Karrenknecht fuhr mit dem ersten Ballen voraus durch das Stadttor. Das hellgraue Gestein gleißte in Henrikes Augen und ließ ihren Kopf schmerzen. Kein Wunder, die Fahrt war anstrengend gewesen. Sie sehnte sich nach einem richtigen Bett, doch der Knecht kam mit dem ersten schweren Warenbündel nur langsam auf dem Pflaster voran. Wie sehr wünschte sie sich, dass Adrian recht behielte und ihre Tante wieder da wäre!

Das Gebäude, vor dem sie schließlich hielten, wirkte verlassen.

Etwas abseits stand es, in der Nähe der Stadtmauer. Es war ein großes Packhaus mit schmalen, verriegelten Fenstern und einem Flaschenzug in der Höhe. An der Mauer neigte sich ein gelb leuchtender Rosenbusch über eine altersschwache Holzbank. Hatte Asta ihr nicht einmal erzählt, dass die Rosen auf Gotland bis in den Dezember hinein blühten? Es war merkwürdig, aber überall wurde sie an ihre Tante erinnert. Sich ihren Vater und ihrer Mutter auf dieser Bank vorzustellen, fiel ihr hingegen schwer.

Auf ihr Klopfen reagierte niemand. Henrikes Herz schlug schneller. War etwa auch noch Katrine verschwunden?

Plötzlich Geschrei: »Was ist denn das für ein Radau? Verschwindet, Halunken!«

Ein alter Mann kam schimpfend und gestikulierend aus dem Nachbarhaus gehumpelt. Erst als er direkt vor ihnen stand, hörte er auf zu zetern. Nun kniff er die Augen zusammen und musterte sie. »Wer seid Ihr, und was wollt Ihr hier?«, brüllte er.

Adrian schob sich vor Henrike und sagte ruhig: »Wir sind die Besitzer dieses Hauses.«

»Was?!«, fragte der Alte lautstark und legte dabei seine Hände an den Kopf, als habe er Segelohren. Adrian wiederholte sich etwas lauter.

»Und Ihr heißt?«

Adrian nannte ihre Namen.

Der Mann war wie ausgewechselt. »Ach ja? Dann sind wir ja Nachbarn. Willkommen! Wie war Eure Überfahrt? Es geht doch sicher schon bald weiter? Wohin denn? Nach Nowgorod bestimmt!« Der Mann redete so laut, als seien sie schwerhörig und nicht er. Henrike bemerkte, dass sein altertümliches Wams an Handgelenken und Ellenbogen fadenscheinig wirkte.

»Wo sind unsere Verwandten, die unser Haus bewohnen?«, überging sie seine Fragen.

»Die alte Frau und ihr Knecht? Hab sie länger nicht gesehen.

Und das junge Mädchen? Die ist da und weint, das arme Ding. Ich höre sie oft, wenn ich im Hinterhof bin. Ich habe schon angeboten, zu helfen, aber sie hat mich nicht eingelassen.« Er hatte es so laut gesagt, dass sich die Vorbeigehenden neugierig umsahen.

Seine Hilfe nicht anzunehmen, war vermutlich eine gute Entscheidung, dachte Henrike. Ihr erster Eindruck von dem Mann war nicht der beste gewesen. Jetzt schien er sich allerdings um einen freundlicheren Ton zu bemühen.

»Dürften wir in Euren Hinterhof? Damit sie erfährt, dass wir hier sind?«

Der Mann zögerte, erlaubte es ihnen aber. Er führte sie durch sein Packhaus. Hinter dem Haus stapelten sich Holzstämme und Gotlandplatten. Er schien ebenfalls ein Kaufmann zu sein. Ob er ihre Eltern wohl gekannt hatte? Henrike beschloss, ihn bei Gelegenheit zu fragen. Adrian sprang auf einen Holzstapel und rief über die Mauer Katrines Namen. Auch Henrike stimmte ein. Sie musste sie doch hören!

»Henrike! Dass du hier bist! Gott sei es gedankt!«, hörten sie auf einmal Katrines dünne Stimme. »Ich öffne euch!«

Endlich! Sie eilten zurück. Vor der Haustür war ein Scharren zu hören, als ob mehrere schwere Riegel beiseitegeschoben wurden. Schließlich ging die Tür einen Spalt weit auf. Gerötete Augen lugten hinaus. Als Katrine sah, dass sie es wirklich waren, zog sie Henrike in das Dunkel des Hauses und fiel ihr um den Hals. Sie zitterte. Auch Henrikes Hals war eng. Katrine war mehr als nur eine Freundin für sie, halb waren sie Basen, aber sie fühlten sich wie Schwestern. Lange klammerte Katrine sich an sie. Sie war zarter, als Henrike sie in Erinnerung gehabt hatte, und ihr Körper bebte wie der eines verirrten Vogels! Wie von Ferne hörte sie, wie Adrian dem Nachbarn dankte und ihn hinausbeförderte. Dann hieß er den Karrenknecht den Ballen abladen und schickte ihn zurück zum Hafen. Vorsichtig löste Henrike sich von ihrer

Freundin und suchte ihren Blick. Im Zwielicht konnte sie ihr Gesicht kaum erkennen.

»Es ist so finster hier, gibt es denn keine Fenster in diesem Haus?«, fragte sie.

Im gleichen Moment stieß Adrian die Fensterläden auf, und Sonnenlicht fiel in die Diele.

»Nicht!« Katrine riss die Hand vor das Gesicht und kniff die Augen zusammen.

»Hast du das Haus denn nie verlassen? Du kannst doch nicht nur im Dunkeln sitzen!«

Katrines Blick flackerte. »Erst vorhin hat wieder jemand an den Läden gerüttelt! Mir war es, als hätte ich Schritte auf dem Dachboden gehört. Ein Getöse, als ob Teufel oder Trolle hinter mir her wären! Und im Hinterhof …«, brach es aus ihr heraus.

»Das war doch nur der Nachbar, der dir helfen wollte«, versuchte Adrian sie zu beruhigen, doch die junge Frau wiederholte ihre Worte und redete sich in Rage.

Adrian ging an den Frauen vorbei zum Hintereingang. Wenn dort jemand wäre, würde er ihn finden. Besorgt musterte Henrike ihre Freundin. Katrines Wangen wirkten eingefallen, ihre Augen matt, die Cotte schlabberte um ihren Leib. Katrine war abgemagert. Ganz abgesehen von ihrem zerrütteten seelischen Zustand.

Adrian trat wieder ein, und Katrine zuckte zurück. Henrike bemerkte, dass sie humpelte.

»Im Hinterhof ist niemand«, sagte Adrian und lief die schmale Steige in den ersten Stock hinauf.

»Sei vorsichtig!«, rief Katrine ihm nach.

Henrike umfasste ihre Schultern. »Wann hast du zuletzt etwas gegessen?«

Die junge Frau neigte den Kopf, als müsste sie überlegen. »Es waren kaum noch Vorräte da. Das Haus zu verlassen, habe ich nicht gewagt. Gott hat mir einmal seine Güte erwiesen, als er mich vor den Höhlenteufeln gerettet hat.«

Henrike stutzte. »Die Höhlenteufel? Wovon redest du? Was ist denn nur geschehen?«

Über ihnen polterten Schritte. Das Haus war aus massivem Stein, aber die Zwischenböden bestanden nur aus Holz. Adrian kam zurück.

»Niemand ist hier. Die Speicher sind leer. Der Pächter hat mitgenommen, was nicht niet- und nagelfest war. Wenn ich den in die Finger ...«

Seine Rede wurde von einem Klopfen unterbrochen. Katrine schob sich hinter Henrike und krallte die Finger in ihr Kleid. Die Freundin war seit dem Überfall auf Astas Hof vor dreieinhalb Jahren immer ängstlich gewesen, aber so panisch hatte Henrike sie nie erlebt. Adrian ging an ihnen vorbei, sein Körper wachsam gespannt, beinahe riss er die Tür auf.

Erik tat überrascht einen Schritt zurück. »Ich wollte mich nur erkundigen, ob Ihr gut angekommen seid? Habt Ihr schon den Ballen mit dem Stoff ausgepackt? Ich wollte Euch auch gerne meine Ehefrau ...« Der junge Kaufmann stutzte, als er die verschreckte Miene von Katrine sah. »Ich komme wohl ungelegen.«

Adrian wollte ihn gerade abwimmeln, doch Henrike kam ihm zuvor: »Heute können wir uns ohnehin nicht mehr auf die Suche nach Asta machen, es ist zu spät. Ausgepackt haben wir noch nichts. Aber vielleicht dürften wir Euch um Hilfe bitten? Meine Base hier«, sie machte eine vage Geste hinter ihren Rücken, wo sich Katrine nach wie vor verbarg, »ist nicht ... wohlauf. Wir brauchen dringend etwas zu essen und zu trinken. Wenn Ihr ...«

»Natürlich helfen wir!« Eine kleine Frau schob sich vor den Kaufmann. Sie war offenbar etwas älter als er und hatte ein fröhliches Gesicht mit einer runden Stupsnase. Ihr Bauch wölbte sich bereits sichtlich. »Ich bin Gunda!«, stellte sie sich vor und sah neugierig ins Haus. »Hier hat ja wohl schon länger niemand mehr für einen warmen Herd gesorgt!«

Während Adrian und der Kaufmann sich um die Lagerung der Waren kümmerten, half Gunda Henrike und Katrine, ihren Haushalt mit dem Notdürftigsten auszustatten. Henrike wunderte sich darüber, dass Asta und Sasse nicht für genügend Vorräte gesorgt hatten. Das passte gar nicht zu ihnen. Schon nach einer Stunde flackerte ein Feuer im Herd, und der Duft von Safranpfannkuchen breitete sich im Haus aus. Hungrig setzten sie sich an den Tisch, und Gunda kleckste jedem einen Löffel Brombeermus auf den Teigfladen. Es schmeckte köstlich, und Henrike war erleichtert zu sehen, dass sich auch Katrines Wangen wieder etwas röteten. Anschließend verabschiedeten sich ihre beiden Helfer und nahmen einige Ellen des Stoffes mit, die Adrian ihnen abgemessen hatte.

»Können wir uns nach draußen setzen, während du uns in Ruhe erzählst, was geschehen ist?«, fragte Henrike, die sich in dem Haus unwohl fühlte. Das steingewölbte Packhaus war dunkel und kalt – wunderbar um Waren zu lagern, aber unbehaglich, um darin zu leben.

»Lieber nicht!«, entgegnete Katrine nervös. Sie sah sich gehetzt um und lauschte, doch im Haus war es still.

»Im Hinterhof hat es anscheinend gebrannt. Und die Bank auf der Straße …«, begann Adrian.

Henrike bedeutete ihm mit einem verstohlenen Blick zu schweigen und legte behutsam die Hand auf die Knie ihrer Freundin. »Erzähl uns alles. Von Anfang an«, forderte sie sie auf.

Katrine rieb ihre Finger, die rot und geschwollen waren. Gespannt beugte sich Adrian an der gegenüberliegenden Seite des Tisches vor.

»Die ersten Tage waren wir nur hier, in diesem Haus. Wir haben entdeckt, dass es hier gebrannt haben musste, und Sasse hat sofort angefangen, die Spuren zu beseitigen. Ich habe gestickt. Aber dann … meine Mutter wollte uns alles zeigen, einfach alles. Wir haben auf dem Schlachtfeld vor der Stadt und in der Kaufmannskirche gebetet. Aber dann ging es hinaus, aufs Land. Mutters Eltern hatten wohl einen Bauernhof auf Gotland, irgendwo draußen. So schöne Kirchen haben wir gesehen! Jedes Dorf hat eine. Und dann gab es da noch diese Bildsteine. Mutter liebt sie sehr. Besonders Sleipnir.« Sie stockte. Henrike sah sie fragend an. »Das achtbeinige Ross von Odin. Wartet, ich zeige es euch!« Katrine sprang auf und entzündete ein weiteres Licht. Jetzt war ihr Humpeln deutlich zu sehen.

»Bist du verletzt?« Adrian berührte ihr Handgelenk, um sie aufzuhalten, aber Katrine zuckte zurück und floh zu einer schmalen Tür.

Adrian sah Henrike verstimmt an. »Sie reagiert, als ob ich ihr etwas antun wollte.«

»Lass mich das lieber machen«, beschwichtigte sie ihn.

Als Katrine immer länger fortblieb, gingen Henrike und Adrian hinterher. In der schmalen, fensterlosen Kammer – den Regalen nach zu urteilen, war es eine Vorratskammer gewesen – hatte sich die junge Frau ein Deckenlager bereitet. Auf den Steinfliesen waren kleine und große Sticktücher ausgebreitet, daneben lagen zwei Wachstafelbüchlein. Katrine saß mit ausgestreckten Beinen auf dem Lager und stickte. Sie schien sie völlig vergessen zu haben.

Henrike ließ sich neben sie auf die Knie sinken. Sie staunte über die leuchtenden Farben und die Vielfalt der Motive auf den Tüchern. Auf einem Tuch, das noch im Stickrahmen steckte, war ein stattliches Pferd zu sehen, das acht Beine hatte. In die Wachstafel waren das Bild eines Drachentöters und ein bauchiges Schiff gekratzt. Einen besonderen Sog übte eine Art Sonnenscheibe mit Bögen aus, die sich bei längerer Betrachtung zu drehen schien. Beeindruckend war auch das Bild einer Frau, die eine Schlange in jeder Hand hielt.

»Wie wunderschön! Wo hast du sie abgezeichnet?«

»Auf den Felsbrocken und in den Kirchen. Mutter erinnert

sich noch genau daran, wo die Bildsteine stehen. Wir mussten sie aufsuchen. Wir haben auch die Stelle gesehen, wo früher das Haus ihrer Eltern stand. Doch dann wollte sie auch noch zu dieser Höhle.« Katrine ließ den Kopf hängen.

»Zu einer Höhle? Aber warum? Was war mit ihr?«

»Ich weiß es nicht. Sie hatte irgendwas mit ihrer Familie zu tun.«

An ihrem Beben war zu sehen, wie aufgewühlt sie war. Henrike hörte, wie Adrian sich entfernte. Vielleicht war es wirklich besser, wenn sie sich allein unterhielten.

»Hast du dir dort dein Bein verletzt?«, fragte Henrike vorsichtig. »Darf ich es mir mal anschauen?«

Katrine legte den Stickrahmen beiseite und zog vorsichtig ihren Rock hoch. Ihr Knie war blau geschwollen, und eine dunkle, verschorfte Wunde spannte sich über das Gelenk.

»Ich habe die Wunde mit Kräutersud gereinigt, wie Mutter es mir gezeigt hat«, sagte sie und klang auf einmal wie ein kleines Mädchen.

Henrike lächelte aufmunternd. »Asta selbst hätte es nicht besser machen können. Aber wie ist es denn nur passiert?«

»Die Sonne stand schon tief, als wir die Höhle erreichten. Mutter lief voraus und kletterte die Steilküste hinunter. Sasse wollte ihr gleich folgen, aber ich ... «, Katrines Blick flackerte zu ihrer Stickarbeit, »... ich hatte Angst und hielt ihn auf. Doch dann hörten wir sie schreien. Sasse kletterte hinterher. Ich musste auch.« Sie verstummte.

»Du wolltest nicht allein zurückbleiben?«

Katrine schüttelte den Kopf. »Ich bin los, aber es war so schwer, auf den Felsen Halt zu finden! Ich hörte noch mehr Schreie. Als ich ankam, war niemand zu sehen. Die Höhle, sie war so unheimlich. Ich hatte furchtbare Angst. Da war ein Lärmen im Inneren, wie von Teufeln und Trollen. Ich konnte einfach nicht ...«, sie schluchzte und schlug die Hände vor das Gesicht.

Henrike umarmte sie, bis sie sich beruhigt hatte.

»Natürlich hattest du Angst. Jeder hätte Angst gehabt«, tröstete sie sie. Katrine hatte schon genug durchmachen müssen, Vorwürfe halfen nicht weiter. Und was auch immer in der Höhle geschehen war – sie hätte dort vermutlich ohnehin nichts ausrichten können.

Katrine ließ sich auf die Seite sinken und zog ihre Beine an. Wie zerbrechlich sie wirkte! Mit erstickter Stimme fuhr sie fort: »Ich bin geflohen, aber wohl in die falsche Richtung. Ich habe nicht darüber nachgedacht. Dauernd polterten Steine von oben auf mich herab. Ich wäre fast erschlagen worden. Dann bin ich ausgerutscht und auf mein Knie gefallen. Aber niemand war da, der mir helfen konnte. Es war so schrecklich!« Wieder weinte sie, voller Selbstmitleid dieses Mal.

»Hast du ihnen denn keine Hilfe geschickt, als du wieder hier warst?«, wollte Henrike wissen und bemühte sich, ihre Stimme nicht vorwurfsvoll klingen zu lassen.

»Wen hätte ich denn fragen können? Ich wagte mich doch nicht aus dem Haus. Die Teufel …« Sie heulte und schniefte haltlos.

Henrike kämpfte ihre Empörung nieder. Katrine hätte zu den Bütteln gehen können, zum Rat. Aber für ihre Freundin gab es wohl nur noch ihre Angst …

Behutsam nahm Henrike ihre Freundin in den Arm. Katrine tastete nach ihrer Hand und umklammerte sie. Nach einer Weile hörten ihre Schultern auf zu zucken, und ihr Atem wurde tief. Vor lauter Erschöpfung war sie eingeschlafen. Langsam löste sich Henrike aus ihrem Griff und ging hinaus.

Die Kerzen standen auf ihrer Reisetruhe in der Nähe des Herdes. Der Feuerschein tauchte das Lager, das Adrian ihnen aus Decken und Fellen auf dem Boden bereitet hatte, in ein warmes Licht. Es war einfach, aber gemütlich. Wenn nicht Schwert und

Dolch gewesen wären, die ihr Mann am Rande des Lagers deponiert hatte.

»Ich dachte, es ist dir lieber, in Katrines Nähe zu bleiben, statt im Flügelanbau zu schlafen«, sagte er und knöpfte sein Wams auf.

Henrike half ihm, die schweren Silberknöpfe zu öffnen, und hängte die Weste über einen Stuhl. Schon schlüpfte Adrian aus seinen Hosen und legte sich hin. Er musste müde sein, genau wie sie … Henrike zog die Sukenie aus, setzte sich neben ihn und löste die Klammern aus ihren hochgesteckten Haaren.

»Gibt es denn keine Schlafkammern in diesem Haus?«, wunderte sie sich.

Adrian strich behutsam durch ihre Haarsträhnen, die noch vom Meeressalz verklebt waren.

»Es ist ein reines Packhaus. Nur leere Speicher. Gewohnt wird offenbar im Anbau. Du kannst es dir morgen in Ruhe ansehen.«

Henrike schaute sich nach ihrem Kamm um. Er musste noch in der Kiste sein. Aber zum Auspacken war sie zu erschöpft. Sie krabbelte unter die Decke und kuschelte sich an ihn.

»Hast du noch was aus ihr rausgekriegt? Ich verstehe das nicht – warum hat sie denn nicht um Hilfe gebeten?«, fragte er.

»Katrine ist verängstigt, das ist ja auch kein Wunder!«, verteidigte Henrike ihre Freundin.

Adrian schwieg, aber Henrike ahnte, dass er Katrines Verhalten übertrieben fand. Knapp berichtete sie, was diese erzählt hatte.

»Dann werden wir uns morgen also auf die Suche machen. Wollen wir hoffen, dass sie uns eine Hilfe ist. Denn ohne Katrine werden wir Asta und Sasse kaum finden …«

9

»Ich gehe da nicht noch mal hin!«
»Aber versteh doch: Ohne dich finden wir die richtige Höhle nie.«
»Auf keinen Fall.«

Katrine stand, die Hände zu Fäusten geballt, vor ihr. Noch vor der Morgendämmerung war sie aus der Kammer gekommen und hatte so lange alle Tür- und Fensterriegel kontrolliert, bis Adrian es nicht mehr ausgehalten und ihr Einhalt geboten hatte. Statt Henrike beim Schüren des Feuers und dem Bereiten einer Mahlzeit zu helfen, hatte Katrine inbrünstig gebetet. Adrian wollte sie schon zurechtweisen, doch Henrike hatte ihn um Nachsicht gebeten. Doch jetzt war seine Geduld offenbar erschöpft. Er knallte seine Wachstafel auf den Tisch und trat zu ihnen.

»Schluss jetzt! Du wirst uns die Höhle und die Steine zeigen, ob du willst oder nicht! Und bis dahin will ich nichts mehr von dir hören!«, fuhr er sie an.

Verschüchtert nickte Katrine. Henrike atmete auf. Endlich kamen sie weiter, wenn sie auch den Ton ihres Mannes zu scharf fand. Von der Straße drangen das Poltern der Karren und Glockengeläut zu ihnen.

»Ich werde uns einen Wagen beschaffen. Unsere Waren müssen warten.«

Doch schon hob Katrine wieder die Stimme. »Können wir nicht ... zur Kirche? Ich möchte so gerne die Messe besuchen. Ich wagte es bisher nicht. Aber jetzt seid ihr ja bei mir!«

Adrian nahm seinen Tappert vom Stuhl und warf ihn so zügig

über, als könne er es gar nicht erwarten, vor das Haus zu treten. Henrike bedauerte die Missstimmung ihres Mannes sehr. Den Wunsch ihrer Base konnte er ihr kaum abschlagen, und er tat es auch nicht.

Die Kalkklippe, unter der sich Wisby zum Meer hin ausbreitete, gleißte im Sonnenlicht. Der Rosenbusch vor der Tür hatte seine Blüten geöffnet und verströmte einen intensiven Duft. Adrian verschloss die Tür, und Katrine hakte sich bei Henrike ein.

»Ihr geht schon wieder?« Wie aus dem Nichts war der Nachbar neben ihnen aufgetaucht. Er war heute wieder altmodisch, aber ansehnlicher gekleidet.

»Nur zur Kirche«, sagte Adrian.

Der Mann lächelte, wobei seine zwei Schneidezähne, die ihm als Letztes verblieben waren, die Lippen eindellten.

»Ich begleite Euch, wenn Ihr nichts dagegen habt.« Langsam schlurfte er los. Dabei grüßte er unentwegt, und jeder schien ihm mit Achtung zu begegnen.

»Wisst Ihr wohl, wer uns einen Packwagen leihen könnte?«, fragte Adrian.

»Einen Packwagen? Die meisten Kaufleute benötigen ihre Wagen selbst. Und ich kann Euch leider nicht helfen. Ich habe den Handel beinahe aufgegeben«, sagte der Alte und blieb stehen, um zu verschnaufen.

Henrike nutzte die Gelegenheit. »Habt Ihr vielleicht meine Eltern gekannt, Konrad und Clara Vresdorp?«, fragte sie.

»Ich weiß es nicht, lasst mich überlegen.« Der Alte seufzte schwer. »Mein Gedächtnis lässt mich manchmal im Stich.« Bedauernd gestand er nach einer kurzen Bedenkzeit, dass ihm diese Namen nichts sagten.

Vor ihnen ragte ein hellgraues Kirchengebäude auf. Es war genauso imposant wie die Lübecker Kirchen und doch ganz anders. Henrike sah überrascht an der Fassade hoch.

»Aber da sind ja ... Kranbalken!«, rief sie aus.

»Kaufleute haben die Wisbyer Marienkirche bauen lassen. Stein um Stein wurde sie von ihrem Geld errichtet. Da eine Kirche ein sicherer Ort ist, wurde gleich noch ein Lagerboden für Waren eingezogen«, erklärte der Alte. »Wenn das Hansekontor in Nowgorod zur Winterszeit schließt, wird die Kasse des Sankt-Peters-Hofs hier verwahrt. Wisby ist eben eine bedeutende Stadt.«

Es wäre sicher schön, sich diese Kirche, die zugleich Warenspeicher war, einmal in Ruhe anzuschauen, dachte Henrike. Aber erst einmal war es wichtiger, möglichst bald nach Asta und Sasse zu suchen.

Nach der Messe bat Katrine darum, noch einen Augenblick allein beten zu dürfen, was Henrike ihr bei aller Ungeduld nicht abschlagen mochte. Hatte ihre Freundin es denn gar nicht eilig, ihre Mutter zu finden? Adrian nutzte die Zeit und führte Henrike zu einer Kapelle, die der heiligen Katharina gewidmet war. Auch hierhin folgte ihnen der alte Mann; vermutlich war er einsam.

»Das ist die Swerting-Kapelle«, klärte Adrian sie auf.

Henrike war verblüfft. »Hat sie etwas mit unserem Bürgermeister zu tun?«

»Symons Vater Hermann war Bürgermeister in Wisby. Er ist vor einigen Jahrzehnten gemeinsam mit einem Amtskollegen hingerichtet worden. Das hat mir Symon vor unserer Abreise erzählt.«

»Hingerichtet worden? Warum denn nur?« Henrike hatte zwar gewusst, dass die Vorfahren der Swertings und Plescows auch von Gotland stammten, dieser Teil ihrer Geschichte war ihr jedoch unbekannt.

»Ich weiß auch nichts Genaues«, gestand Adrian ein. »Darüber hat sich Symon ausgeschwiegen.«

Der Alte räusperte sich schnarrend. »Die beiden Bürgermeister hatten dem schwedischen König Geld für seine Kriege gegeben. Die Wisbyer Bürger waren damit nicht einverstanden«, erklärte er.

»Aber dann muss man sie doch nicht gleich hinrichten!«, brauste Henrike auf.

Adrian stimmte ihr zu: »Das finde ich auch, aber es gibt Leute, die das anders sehen. Auch in Lübeck ist schon mal ein Bürgermeister zum Tode verurteilt worden. Das Urteil an Johann Wittenborg wurde auf dem Lübecker Markt vollstreckt. Man legte ihm die Niederlage der hansischen Flotte im Kampf gegen Waldemar Atterdag zur Last. Damals warst du allerdings noch ganz klein«, sagte er mit dem Hauch eines Lächelns.

»Atterdag! Mein Vater hat ihn für den Tod meiner Mutter gehasst!«, erinnerte sie sich.

Ihre Begleitung winkte nur ab, das schien ihn weniger zu interessieren. »Vorbei und vergessen. Tot allesamt. Wenn Ihr eine Kerze stiften wollt, dort hinten gibt es welche. Ich verabschiede mich, wenn Ihr gestattet.« Er schlurfte davon.

»Er ist merkwürdig, findest du nicht?«, meinte Henrike.

»Nicht merkwürdiger als andere.« Adrian machte eine vage Handbewegung Richtung Kirchenschiff, wo Katrine noch immer inbrünstig betete. »Willst du sie nicht langsam holen? Sonst müssen wir ohne sie gehen. Aber allein wird sie sicher nicht hierbleiben wollen. In der Zeit stifte ich eine Kerze. Und dann kümmern wir uns endlich um den Zoll und einen Wagen.«

Henrike war einverstanden, hatte jedoch noch eine Frage. »Wenn der Bürgermeister in Ungnade gefallen ist und hingerichtet wurde, wieso gibt es einen Altar?«

»Darüber hat Symon nicht geschwiegen: Er und sein Bruder Gregor wandten sich an den Papst. Dieser erlaubte ihnen die Errichtung einer Kapelle zu ihrem eigenen Seelenheil und dem ihrer Familie.«

Päpstliche Erlaubnis hin oder her – ihr schauderte, wenn sie daran dachte, wie gefährlich das Leben der führenden Hansen war. Immer konnte man zwischen die Fronten geraten, und jede falsche Entscheidung konnte dazu führen, dass man in Ungnade fiel. Vielleicht war es ganz gut, dass Adrian es noch zu keinem politischen Amt gebracht hatte …

Die Hitze flirrte bereits in den Gassen, als sie die Kirche endlich verließen. Katrine wollte sofort zum Haus zurückkehren, doch Adrian und Henrike bestanden darauf, Erik aufzusuchen, der ihnen vielleicht einen Wagen beschaffen könnte. Das Packhaus, in dem der junge Kaufmann arbeitete, befand sich direkt neben den Bruchstücken einer Kirche. Es war nicht das einzige baufällige Gebäude in der Stadt, wie Henrike bemerkt hatte. Als sie ankamen, stand Erik neben der offenen Pforte des Packhauses an einem Stehpult und notierte etwas. Adrian kam sogleich auf sein Anliegen zu sprechen. Der junge Kaufmann bot an, seinen Herrn zu fragen, und verschwand im Gebäude. Henrike ließ ihren Blick zu dem Handelsbuch wandern, das er offen auf dem Pult liegen gelassen hatte. Die Eintragungen waren sehr ordentlich.

»Seid Ihr der Kaufmann, der meinem Gehilfen diesen überteuerten Stoff angedreht hat?«, brummelte es aus dem Schatten des Hauses.

Ein beleibter Mann trottete heraus, von Erik gefolgt. Henrike spürte, wie Katrines Griff um ihren Arm fester wurde; sie schien vor jedermann Angst zu haben. Henrike ärgerte sich über die abfällige Begrüßung, aber Adrian blieb ganz ruhig.

»Ich bin der Kaufmann, der Eurem Gehilfen den exzellenten Stoff zu einem sehr vernünftigen Preis verkauft hat, obwohl ich woanders auch einen höheren hätte erzielen können.«

Die Lider beschämt niedergeschlagen und die Wangen hellrot stand Erik neben seinem Herrn.

»Das klingt so gar nicht nach einem Lübecker! Die haben doch sonst nur ihren eigenen Vorteil im Sinn!«

»Wenn Ihr mich fragt: Jeder Kaufmann sollte seinen Vorteil im Sinn haben. Wenn er nicht zu seinem Besten handelt, kann es auch nicht zum Besten seiner Kunden sein.«

Der Beleibte kratzte über seinen Bauch. Henrike bemerkte, dass der Stoff an dieser Stelle bereits ganz blank war. Vom vielen Schubbern etwa? Oder von den fettigen Fingern?

»Ich nehme Euch mehr davon ab, dann seid Ihr den Stoff los. Aber natürlich nicht zu diesem Preis, das ist lächerlich«, sagte er.

Eine Frechheit! Fast erwartete sie, dass Adrian das Gespräch abbrechen würde. Es würde auch andere geben, die ihnen Wagen und Helfer zur Verfügung stellen würden.

»Führt man so Verkaufsgespräche in Wisby? Ich bin mehr Höflichkeit gewöhnt. Aber sei es drum: Leiht uns Euren Wagen und Euren Gehilfen, und wir sprechen darüber«, sagte ihr Mann jedoch gelassen.

»Wagen und Gehilfen? Ich kann beides nicht entbehren! Hast du überhaupt schon deine Arbeiten erledigt, Erik? Sonst bleibt alles liegen!«, rief der Kaufmann entrüstet.

»Die Waren aus Lübeck sind verstaut. Die Wolle ist verpackt. Die Felle sind gezählt und vertonnt. Ich habe zwei Fass Butter verkauft und den Kauf eingetragen«, zählte Erik auf.

Das war seinem Herrn nicht genug: »Und wer soll mein Geschäft in der Zwischenzeit führen?«

Adrian holte eine Münze aus seinem Beutel. »Natürlich werde ich Euch eine Entschädigung zahlen.«

Der Dicke riss ihm die Münze beinahe aus der Hand, biss darauf und polierte sie an seinem Wams. »Nehmt beides. Und bringt auf dem Rückweg die Stoffe mit!« Glucksend verschwand er im Haus. Er ging wohl davon aus, ein gutes Geschäft gemacht zu haben.

Erik schlug das Geschäftsbuch zu und verstaute es sorgfältig im Schreibpult. Dann führte er sie in den Hinterhof. »Ihr müsst den Ton entschuldigen. Es gibt Kunden, die sich inzwischen weigern, mit ihm zu handeln«, sagte er leise.

»Verständlich«, meinte Henrike. »Gibt es denn sonst niemanden, für den Ihr arbeiten könnt?«

»Meine Eltern hatten mit ihm ausgemacht, dass er mich ausbilden solle, und ich halte mich an Abmachungen.«

»Das ist ja auch lobenswert. Aber nun ist Eure Ausbildung ja beendet.«

Verlegen senkte Erik den Blick. »Für ein eigenes Geschäft fehlt mir noch das Geld. Der Handel mit der Wolle meiner Eltern allein wird kaum ausreichen. Und Lagerräume in Wisby sind teuer.«

Sie hatten den Stall erreicht. Erik schirrte das Pferd an den Wagen und hieß sie, aufzusteigen. Adrian fragte ihn nach Fackeln und Seilen, und der junge Kaufmann beschaffte beides.

Katrine blickte Henrike flehend an. »Müssen wir wirklich dorthin fahren? Was ist, wenn die Teufel wiederkommen? Wollen wir nicht zusammen im Packhaus bleiben?«

Entschlossen schob Henrike sie auf den Wagen. »Wir werden Asta finden – gemeinsam.«

Erik stieg neben Adrian auf den Kutschbock und trieb das Pferd an. »Wer ist Asta, wenn ich fragen darf?«, wollte der Wisbyer wissen.

»Das berichten wir Euch unterwegs.« Adrian sah sich zu den Frauen um: »Katrine, weis uns den Weg!«

Es zeigte sich sehr bald, dass es gut gewesen war, Erik anzuheuern. Er kannte sich ausgezeichnet auf der Insel aus. Katrines vagen Hinweisen folgend, schlug er den Weg zum nördlichen Stadttor ein. Nachdem sie ihm vom Verschwinden ihrer Tante berichtet hatten, erzählte er ihnen auf der Fahrt von der Geschichte der Insel. Henrike war erst zu aufgeregt, um ihm zuzuhören, schließlich mussten sie doch ihre Tante und Sasse finden! Aber dann nahmen sie seine Worte doch gefangen.

»Dort hinten wurde die letzte Schlacht zwischen dem Bauernheer und den dänischen Truppen geschlagen.« Erik wies auf ein Feld. »Als Zeichen der Unterwerfung sandte die Stadt zwölf Bürger aus. Nur mit einem Hemd bekleidet, einem Strick um den Hals und die Schlüssel der Stadt tragend, sind sie zu ihm gegangen. Diese Erniedrigung reichte König Waldemar jedoch nicht aus. Die Bewohner mussten die Mauer einreißen, sodass Waldemars Söldner in elf Mannesbreiten einmarschieren konnten.«

Henrike spürte, wie ihre Freundin neben ihr zusammensank. Katrine hatte sich halt- und schutzsuchend an sie gepresst. Henrike ahnte, woran sie dachte: Einer dieser dänischen Söldner hatte Asta damals überfallen und ihr Gewalt angetan. Katrine war die Frucht dieser schrecklichen Tat. Sie war das Kind eines dieser Söldner. Es wäre besser, wenn sie das Thema wechselten. Schließlich musste Katrine noch eine Weile durchhalten.

»Warum sind so viele Kirchen kaputt?«, wollte Henrike wissen.

»Einige wurden beim Angriff auf Wisby zerstört. Andere wurden nicht weitergebaut, seit die Stadt unter dänischer Herrschaft steht. Es ist angeblich kein Geld dafür da.«

»Aber Wisby wirkt so reich! All die Steinhäuser, die Kirchen und Klöster ...«

»Der Handel hat nachgelassen. Viele Geschäfte, die früher über Wisby liefen, werden heute über Lübeck abgewickelt. Dabei war Wisby lange vor Lübeck eine bedeutende Handelsstadt. Regina Maris, Königin der Ostsee, nannte man Gotland«, erklärte Erik stolz und setzte hinzu: »Aus dem Handelshof der Guten in Nowgorod hat sich erst das Kontor der Hanse entwickelt. Viele Eurer Landsleute zogen hierher und schlossen sich zur deutschen Gotlandfahrergesellschaft zusammen. Sie segelten unter unserer Flagge und nutzten unsere Handelsverträge. Die Kaufleute aus Lübeck waren dabei besonders geschickt. Sie haben uns verdrängt, das nehmen etliche Wisbyer ihnen noch immer übel. Heute ist Wisby im Hansebund nur noch eine Stadt von vielen.«

»Deshalb also dieser Groll auf die Lübecker. Aber was ist der Grund für diesen Wandel?«

Adrian wandte sich zu ihnen um. »Früher mussten die Schiffe auf Gotland haltmachen, bevor sie nach Nowgorod fuhren. Heute sind die Koggen schneller und fahren weiter. Eine Zwischenstation ist nicht mehr nötig. Politisch verhält sich Lübeck geschickter. Und Gotland hat kaum eigene Rohstoffe, die es verschiffen kann«, erklärte er.

Erik protestierte höflich: »Wir haben die Wolle des Guta-Schafs, unseres Wahrzeichens! Unsere Steinmetze stellen Taufbecken her, die überall gefragt sind. Und ...« Er stockte.

Adrian lächelte aufmunternd. »Und ihr habt eine strategisch wichtige Lage zwischen Dänemark, Norwegen und Schweden. Das allein wird Gotland immer besonders machen.«

Henrike wunderte sich. »Gotland wurde also vom norwegischen König Olaf dem Heiligen missioniert, war schwedisch und gehört seit Waldemars Eroberung zu Dänemark, gehorcht aber auch den Gesetzen der Hanse. Erstaunlich, dass das zusammengeht.«

»König Waldemar bestätigte Wisbys Privilegien und Rechte. Er hat nie versucht, die Stadt unter seine Kontrolle zu bringen. Er wollte nur Wisbys Gold, aber das hat ihm kein Glück gebracht.« Erik machte eine Pause; er hoffte wohl auf Henrikes verwunderten Blick und bekam ihn. »Es heißt, die Schiffe, die die Beute nach Dänemark bringen sollten, gerieten in einen Sturm. Ein großer Teil des Silbers und des Goldes, für das Wisby berühmt gewesen war, versank im Meer.«

Katrine war unruhig geworden. Schließlich rief sie: »Da,

dort entlang, hinter diesem Hain beginnt die Steilküste mit der Höhle!«

Zweifelnd sah Erik sich um. »Dass es hier eine Höhle geben soll, habe ich nie gehört.«

»Es muss eine geben, und wir werden sie finden«, sagte Adrian überzeugt.

Zu ihrem Glück konnte Katrine sich sehr gut erinnern. Vorsichtig wie eine Maus, die am liebsten wieder in ihrem Loch verschwunden wäre, wies sie ihnen den Weg. Mit ihrem verletzten Bein konnte sie jedoch unmöglich die Steilküste hinunterklettern. Also reichte Adrian Henrike einen Dolch. Das Seil umgelegt und sein Schwert auf dem Rücken machte er sich daran, hinabzuklettern. Erik wirkte zwar etwas unsicher, begleitete ihn aber doch. Vielleicht hätten sie ein paar kräftigere Männer mitnehmen sollen? Sorge ließ Henrikes Herz schneller schlagen, und sie umarmte ihren Mann fest.

»Findet sie. Und kommt heil zurück.«

Sie folgten Katrines Beschreibung und erreichten nach einiger Zeit den Vorsprung mit den vorgelagerten Felsen. Adrian fand den Höhleneingang und entzündete mithilfe seines Feuersteins eine Fackel. Je länger ihm die Beschreibung der Vorgänge durch den Kopf ging, umso merkwürdiger kamen sie ihm vor. Eine Höhle, von der anscheinend nur wenige wussten. Eine alte Frau, die unbedingt hineinklettern wollte. Die Schreie und der Kampflärm. Das Gerede von Ungeheuern. Astas und Sasses Verschwinden. Auch lief die Zeit gegen sie. Wenn Katrine sofort nach Hilfe geschickt hätte … Aber nun waren zwei, drei Wochen ins Land gegangen.

»Und sie hat wirklich Teufel und Trolle gesehen?«, fragte Erik ungläubig.

»Gesehen nicht«, sagte Adrian und entzündete auch die zweite Fackel. »Sie meint, sie gehört zu haben. Ich vermute eher, dass Asta und ihr Gehilfe auf Wanderer gestoßen sind, die hier übernachtet haben. Vielleicht aber auch auf Wegelagerer. Oder einen Einsiedler.«

»Möglicherweise haben sie sich nur verlaufen oder einen Steinschlag ausgelöst und sind eingeklemmt. Was haben sie denn eigentlich hier gesucht?«

»Wenn ich das nur wüsste.«

Das Schwert in der einen, die Fackel in der anderen Hand ging Adrian voraus durch den Höhleneingang. Schon bald musste er sich ducken, da der Gang niedriger wurde. Es schien eine natürliche Höhle zu sein, keine von denen, die Bergleute in die Felsen schlugen. Nur schwach erhellten ihre Fackeln den Fels. Es war schwierig, den Weg zu finden, denn sie konnten nur wenige Schritte weit sehen. Wie groß diese Höhle wohl war? Immer wieder gingen Gänge ab, aber wie weit diese führten, war nicht zu erkennen.

»Asta?!«, rief Adrian. Wenn jemand hier war, wüsste er spätestens jetzt, dass sie kämen. Immer wieder rief er ihren Namen und lauschte, um ihre Antwort nicht zu überhören. Sie erreichten eine weitere Gabelung. Adrian leuchtete in die drei Gänge hinein.

»Vielleicht war diese Höhle das Versteck ihrer Sippe«, spekulierte Erik. »Die Wikinger haben Gotland so oft überrannt, dass sich die Bewohner in Grotten retten mussten, Fluchtburgen errichteten oder Wehrtürme bei den Kirchen bauten. Ich …«

»Scht!« Adrian hob die Hand. Hatte er etwas gehört? Ein paar Schritte ging er in den äußeren Gang, leuchtete hinein. Plötzlich ein Geräusch, eine Berührung. Etwas flatterte gegen ihn und streifte sein Gesicht. Er schlug es weg.

»Hier entlang!«, entschied er und wandte sich nach rechts.

Der Gang führte weiter, das zeigten die Fledermäuse an. Zu

viele Sackgassen sollten sie nicht erwischen, irgendwann wären die Fackeln abgebrannt. Die Vorstellung, im Dunkeln allein in dieser Höhle zu sein, gefiel ihm nicht. Mit voller Konzentration prägte er sich den Weg ein, sonst liefen sie Gefahr, nicht mehr hinauszufinden. Es ging immer steiler abwärts. Schließlich mündete der Weg in einem Spalt. Adrian leuchte hindurch. Eine weitere Höhle ...

»Seid Ihr sicher, dass wir hier richtig sind?« Nun war Furcht in Eriks Stimme zu hören.

»Nein. Aber wir müssen es versuchen.«

Katrine war kurz davor, davonzulaufen. Nervös lief sie auf und ab, hin- und hergerissen zwischen dem Wunsch, diesen Ort zu verlassen, und der Angst, allein zu sein. Henrike versuchte, ein Gespräch mit ihr anzufangen, doch ihre Freundin antwortete einsilbig. Schließlich ließ sich die junge Frau auf die Knie sinken und betete. Jetzt war es an Henrike, unruhig über die Felskante zu blicken. So lange war es schon her, seit die Männer abgestiegen waren. Wenn ihnen nur nichts passierte! Hoffentlich fand Adrian Asta und Sasse, dann wäre alles wieder gut ...

Ein Geräusch ließ sie auffahren. Schnell lief sie nach dem Dolch, sie hatte ihn abgelegt. Steine kollerten.

»Die Teufel ... Da sind sie wieder!« Katrines Augen waren schreckgeweitet.

Schützend stellte Henrike sich vor ihre Freundin, um kurz darauf vor Erleichterung aufzulachen: Es war Adrian, der sich die Felskante hochzog. Er kam auf die Füße, hielt die Hand hinunter und zog Erik hinauf. Henrike stürzte ihnen entgegen. Hoffte, dass er noch einmal die Hand ausstrecken würde, um den Heimkehrern zu helfen. Doch stattdessen drehte Adrian sich zu den Frauen um. Seine Kleidung war schmutzig, das Gesicht rußverschmiert. Sie konnte die Enttäuschung in seinen Zügen lesen. Wortlos zog er etwas aus dem Hemd.

Katrine nahm es ihm ab und hielt es an zwei Ecken auseinander. Ihre Hände bebten. Gestickte gelbe Rosen, aber auch dunkelrote Flecken und Schlieren – Blut. Tränen schossen ihr in die Augen, und sie wiegte ungläubig den Kopf.

»Mutters Tuch. Sie ist tot!« Sie brach schluchzend zusammen. Henrike nahm sie in die Arme, sah dabei aber ihren Mann an.

Adrian hob die Schultern. »Das ist alles, was wir gefunden haben. Noch sollten wir die Hoffnung nicht aufgeben. Die Höhle ist riesig. Wir kommen wieder her und bringen Helfer mit.«

10

Blütenschwer neigte sich der Rosenbusch über sie. Späte Bienen umsummten die von der untergehenden Sonne orangerot gefärbten Blüten. Gestern hatten die Zimmerleute die Holzbank ausgebessert. Henrike hatte sich ausgemalt, wie sie mit Katrine vor dem Packhaus sitzen und sich mit ihr unterhalten würde, doch dazu war es noch nicht gekommen. Die Freundin machte ihr Sorgen. Sie weinte oder betete ständig, klagte über Übelkeit und aß kaum. Auch verängstigten die Zimmerleute Katrine, sodass sie sich meist in ihrer Kammer einschloss. Weder Verlockungen noch gute Worte oder sanfte Drohungen konnten sie überzeugen, das Haus zu verlassen. Nur für den Kirchgang wagte sie sich einmal am Tag auf die Straße. Selbst ihre geliebten Stickarbeiten waren ihr kein Trost mehr. Katrine gab sich die Schuld an Astas Verschwinden, so sehr Henrike sich auch bemühte, ihr die Selbstvorwürfe auszureden.

Als dunkle Gestalten am Fuß der Strandgatan zu sehen waren, ging Henrike hinein. Das nächtliche Poltern hatte zwar aufgehört, aber sie blieben wachsam. Stets schliefen sie mit den Waffen neben ihrem improvisierten Lager. Da sie jetzt mit Katrine allein war, war sie besonders vorsichtig.

Nach ihrer ersten Suche hatte Adrian zunächst Swertings Auftrag erfüllt und sich unter den Wisbyer Kauf- und Ratsleuten umgehört. Nun untersuchte er bereits seit vier Tagen mit den von ihm angeheuerten Männern die Höhle und ihre Umgebung, bislang aber ohne Erfolg. Hoffentlich hatten sie heute etwas gefunden.

Sie hatte gerade das Feuer im Herd geschürt, als Adrian heimkam. Sie sah ihm sogleich an, dass die Suche wieder erfolglos geblieben war.

»Keine Spur von ihnen. Nur das hier. Die Männer meinten, sie könnte einem dänischen Söldner gehört haben.«

Aus einem Sack holte er eine zerbeulte Beckenhaube mit einer daran befestigten Kettenbrünne. Das Metallnetz ließ nur einen kleinen Spalt frei, obgleich die Ringe rostig und teilweise zerbrochen waren. Die Söldner mussten mit diesen Helmen einen furchterregenden Anblick geboten haben.

Henrike deckte Pfefferfleisch und Bier auf und wollte ihre Enttäuschung überspielen, doch Adrian sagte: »Es hat keinen Sinn, weiterzusuchen. Weite Teile der Höhle sind unzugänglich oder verschüttet.«

Trauer schnürte ihr den Hals ein. »Du denkst, Asta und Sasse sind tot? Ich mag es nicht glauben«, sagte sie leise.

Adrian nahm ihre Hand. »Ich auch nicht. Aber uns wird nichts anderes übrigbleiben.« Ein Geräusch ließ sie auffahren.

Adrian packte sein Schwert und lauschte. Schließlich schüttelte er den Kopf und sagte düster: »Katrine hat uns alle verrückt gemacht mit ihrer Angst. Es wird Zeit, dass wir abreisen.« Er sah Henrike beinahe entschuldigend an. »Die Waren sind verkauft, die Wolle lässt Erik verpacken. Ich war im Rathaus und am Hafen und habe meine diplomatische Mission erfüllt. Über den Verbleib des letzten Pächters konnte ich allerdings nichts herausfinden. Wir müssen mit dem Verlust der Pacht leben. Es hat keinen Sinn, länger hierzubleiben.«

»Was wird Katrine dazu sagen?«

»Du musst es ihr schonend beibringen. Sag ihr, dass sie bis auf Weiteres bei uns wohnen kann, das wird sie trösten.«

Henrike fiel ein Stein vom Herzen. So könnten sie Katrine helfen, langsam wieder zu sich zu kommen.

»Fragt sich nur, was wir mit dem Packhaus machen«, fuhr Adrian fort. »Wir könnten ...«

»... Erik fragen!«, führte Henrike seinen Gedanken fort. Sie lächelten einander an.

»Erik kann es pachten. Wir machen ihm einen guten Preis. Dann haben wir einen verlässlichen neuen Partner in Wisby.«

»Und jemanden, der sich auch weiter nach Asta umhören kann. Ja, das habe ich mir auch schon überlegt.«

Auf einmal stieg ihnen ein brandiger Geruch in die Nase.

Adrian schnupperte. »Hast du den Braten auf dem Feuer vergessen?«

Alarmiert blickte Henrike sich um. »Nein. Aber es stimmt, es brennt irgendwo!«

Henrike lief in den Hinterhof. Die Sterne funkelten in der Finsternis. Weder Flammen noch Rauch waren zu sehen. Es musste aus dem Haus kommen. Brannte es auf den Speichern oder – Katrine! Zur Kammer also, die Tür aufgerissen. Qualm schlug ihr entgegen. Ihre Freundin saß auf den Fliesen und pustete in ein kleines Feuer, das sie offenbar mit ihrer Kerze entzündet hatte. Tränen hatten Streifen auf ihrem Gesicht hinterlassen. Vor ihr kokelte ein Stapel Stoff. War das ein Kleid? Nein – es waren ihre Sticktücher! Ohne zu zögern, trat Henrike auf dem schwelenden Haufen herum. Katrine wollte sie beiseitestoßen, aber Henrike ließ nicht nach, bis die Glut gelöscht war. Ihre Freundin heulte auf. Henrike umfasste ihre Schultern und schüttelte sie sacht, um sie zur Besinnung zu bringen.

»Schau mich an, Katrine. Die schönen Stickereien, was tust du denn! Bist du von Sinnen?«

Katrine schlug sie weg. Als sei sie selbst erschrocken über ihre harsche Reaktion, rief sie: »Die heidnischen Götter sind schuld! Gott zürnt uns, weil Asta Odin und die anderen verehrt hat! Und ich habe sie nicht aufgehalten, habe sogar Bildnisse angefertigt! Jetzt straft der Allmächtige uns! Nur deshalb ist Mutter tot!«

»Aber es sind Stickbilder! Es ist Schmuck, Zierrat! Welcher Gott sollte dir deswegen zürnen?«

»Unser Herr im Himmel, der einzige wahre Gott!« Katrine warf sich zur Seite und umklammerte krampfhaft ihren Oberkörper. »Ich hätte mich weigern sollen, diese Steine zu bewundern. Ich hätte ihr in die Höhle folgen sollen. Ich hätte sogleich Hilfe holen müssen ...«, brach es aus ihr heraus.

Hilflos strich Henrike über Katrines Rücken. Sie mussten weg hier, so schnell wie möglich, sonst würde sich ihre Freundin immer weiter in ihre Selbstanklagen hineinsteigern. Sie sammelte die Stickarbeiten und Wachstafelbüchlein ein, löschte die Kerze und wandte sich zur Tür. Dort stand Adrian, ebenso mitleidig wie finster dreinblickend.

»Sie ist verrückt geworden! Wir werden sie wegsperren müssen! Oder wir geben sie ins Kloster!« Adrian lief unruhig auf und ab.

»Katrine einsperren? Auf keinen Fall! Sie wird sich beruhigen«, versicherte Henrike.

»Sie hätte das Haus in Schutt und Asche legen können! Wir hätten alle verbrennen können!« So außer sich hatte Henrike Adrian lange nicht mehr erlebt.

»Es war nur ein kleines Feuer ...«

»Nimm sie nicht immer in Schutz! Asta ist verschwunden oder tot – das ist furchtbar. Dass Katrine trauert, ist verständlich, aber doch nicht so!«

Henrike wollte ihn berühren, beschwichtigen. Einen Moment wirkte es, als wolle er sich ihr entziehen, doch dann ließ er es zu. »Wenn wir in Lübeck sind, wird es besser, du wirst sehen«, sagte sie leise.

»Wenn nicht, müssen wir sie einsperren. Wir können nicht riskieren, dass sie uns das Haus abfackelt!«

Stumm vor Sorge zog Henrike sich zurück. So heftig hatten sie noch nie gestritten. Sie liebte Adrian, aber sie musste auch ihre Freundin schützen. Katrine durfte nicht weggesperrt werden! Hoffentlich hatte Adrian sich bis morgen wieder beruhigt.

Als sie ihre Kleider ablegte und unter die Decken schlüpfte, saß er noch am Feuer. Zum ersten Mal in ihrer Ehe gingen sie zu Bett, ohne sich ausgesprochen zu haben.

Henrike erwachte und fühlte sogleich Adrians Hand in ihrer; zärtlich, als hätten sie nie gestritten. Und doch ...
Adrian ließ Gunda kommen und schlug Henrike vor, auszureiten. Ein lübischer Kaufmann, der in Wisby ein Haus hatte, lieh ihnen die Pferde. Henrike war erleichtert, dass Eriks Frau auf Katrine aufpasste. Sie freute sich auf den Ausritt. Die letzten Tage waren ihnen allen aufs Gemüt geschlagen, sicher hatte Adrian seine Worte nicht so gemeint.

»Suchen wir den Hof von Eriks Eltern auf?«, fragte Henrike, als sie schon länger das Stadtgebiet hinter sich gelassen hatten und ein Gehöft in einiger Entfernung vor ihnen auftauchte. Schwarz-graue Schafe mit sommerkurzem Fell tummelten sich auf der Weide davor. »Es wäre schön, zu sehen, wo die Wolle und die Felle herkommen, mit denen wir bald Handel treiben werden«, freute sie sich.

Nach ihrer letzten Höhlenerkundung hatte Erik Adrian den Hof seiner Eltern gezeigt. Jetzt, wo sie alles versucht hatten, um Asta und Sasse zu finden, wo sie jeden Winkel der Höhle erkundet, jeden Büttel und jeden Nachbarn befragt hatten, wagten sie, sich etwas Zeit für ihre Geschäfte zu nehmen. Adrian war sehr angetan von dem dichten Vlies der Schafe gewesen und hatte eine Abmachung getroffen. Sie würden zwar keine Massen geliefert bekommen, aber genug Wolle, um ihrem Warenangebot eine weitere Facette hinzuzufügen. Auf dem Markt hatte Henrike sich umgehört, für welche Artikel sich die Wolle eignete.

»Für den Schafshof bleibt keine Zeit«, sagte Adrian geheimnisvoll. Er gab ihrem Pferd einen Klaps und trieb auch seines an. Sie hatten wohl noch ein gutes Stück vor sich, sonst würde er kein höheres Tempo anschlagen.

Bei einem Kiefernwäldchen hieß er sie anzuhalten und hob sie vom Pferd. Die Hände ineinander gelegt, blieben sie stehen.

Adrian lächelte versöhnlich. »Ich wollte nicht mit dir streiten. Aber so geht es nicht weiter mit Katrine.«

»Ich wollte auch nicht mit dir streiten. Aber sie einzusperren ...«

Er küsste ihre Finger. »Wir werden sehen.«

Mit diesen Worten würde sie sich zufriedengeben müssen. Es war an ihr, Katrine zur Vernunft zu bringen. Henrike war jedoch zuversichtlich, dass ihre Freundin sich wieder fangen würde.

Adrian machte die Pferde fest, und sie gingen ein Stück. Bald lag eine weite Wiese vor ihnen. Hellgelbe, sattweiße und dunkellila Blüten durchbrachen das Grün. Eine Libelle umsirrte sie und schwirrte zum Waldsaum weiter. Es war malerisch, aber was wollten sie hier? Neben ein paar halb überwucherten Felsen blieb Adrian stehen; sie wirkten behauen.

»Mauersteine? Hier?«, wunderte sich Henrike.

Er legte den Arm um ihre Schulter. »An diesem Ort hat sich der Hof deiner Großeltern befunden. Ich dachte mir, du würdest gern hierherkommen, bevor wir Gotland verlassen.«

Henrike ließ ihren Blick schweifen. Jetzt, wo sie darauf achtete, konnte sie Vertiefungen erkennen, die auf ein Fundament hindeuteten. Vieles, was sie für Geröll gehalten hatte, waren Mauerreste.

»Katrine hat mir den Weg beschrieben, und Erik hat mich hergeführt. Die Dänen haben das Landgut damals vollständig niedergebrannt.«

Sie ließ sich an ihn sinken. Verschiedenste Gefühle stritten in ihr. Hier waren Asta und ihre Mutter aufgewachsen? Hier waren ihre Großeltern ermordet worden? Sie konnte es sich kaum vorstellen. Es war so friedlich hier! Ein Ort, der weder von Freuden noch von dem Grauen zeugte, das sich hier zugetragen hatte. Ein schöner Ort, mehr nicht. Sie haderte mit sich. Warum hatte sie geglaubt, auf dieser Reise etwas über ihre Familiengeschichte oder ihre Mutter erfahren zu können? Die wenigen Nachbarn, die sich noch an Clara erinnerten – ja, sie hatte einige gefunden –, hatten sie als schön und fromm beschrieben. Allgemeinplätze, mehr nicht. Was sollte dieses Zurückschauen? Ihr Leben spielte sich in Lübeck ab, mit Adrian, ihrem Bruder Simon, ihren Freunden und ihrem Gesinde. Eine unbändige Lust am Leben drängte die Trauer um ihre Tante für einen Augenblick zurück. Henrike legte ihre Hände um Adrians Nacken und zog ihn an sich. Leidenschaftlich erwiderte er ihren Kuss. Das Packhaus war so hellhörig und Katrine so empfindlich, dass sie seit ihrer Ankunft jegliche Zärtlichkeit unterlassen hatten.

»Warte«, murmelte er und zog sie sanft mit sich. »Ich will dir noch etwas zeigen.«

Hand in Hand liefen sie über die Wiese und durch ein Gebüsch. Was Henrike auf der nächsten Lichtung erblickte, ließ sie langsamer werden. Die Bildsteine! Vor einem Felsen blieb sie stehen und nahm den Eindruck in sich auf. Adrian trat hinter sie und legte die Hände auf ihre Hüften.

»Das ist einer der Steine, den Katrine gezeichnet hat. Und da ist das achtbeinige Pferd, Sleipnir«, sagte sie.

Adrian schob ihre Haare beiseite und küsste ihre Halsbeuge. »Wusstest du, dass manche meinen, diese Steine zeigen Szenen aus dem Krieg von Troja und das, was du Sleipnir nennst, ist in Wirklichkeit das Trojanische Pferd?«

Henrike genoss die Gänsehaut, die sich auf ihrem Körper ausbreitete. »Das hat sicher Erik erzählt. Aber woher sollen die Wikinger von Troja gewusst haben?«

Adrian lachte leise. »Schon die Wikinger seien bis zum Schwarzen Meer gereist, meinte er. Lange vor den Hansen hätten sie weite Handelsreisen unternommen.«

Langsam schob er das Kleid von ihren Schultern und ließ seine Lippen über ihre Haut wandern. Sie seufzte auf, als er ihre

Brüste liebkoste. Schon schien ihr Leib vor Verlangen zu glühen. Ihr Liebesspiel war jedes Mal anders, und jedes Mal eine Lust.

»Was wir für Odin halten, ist also Odysseus ... Oder vielleicht auch Beowulf«, flüsterte er.

Genug der Worte, dachte Henrike und nestelte an seiner Hose. Er hob sie hoch und legte sie ins weiche Gras, wo sie sich einander hingaben. Ungeniert genossen sie das Liebesspiel und die Sonne auf ihrer nackten Haut.

11

Wigger schreitet gemessen die Strandgatan entlang. Er lässt seinen Blick an den Häuserfassaden entlangwandern, als sei er auf der Suche nach einem bestimmten Haus. Ein Kaufmannsgehilfe wie viele andere. Genau wie derjenige, den er in den schwedischen Schären seiner Kleidung und seines Geldes beraubt hatte. Aber warum hatte sich der leichtsinnige Kerl in dem Krug auch volllaufen lassen?

Es hatte ewig gedauert, bis Wigger in Gotland angelandet war. Erst hatte er kein Schiff gefunden, dann waren sie von einem ungünstigen Wind immer weiter vom Kurs abgetrieben worden. Sich am Hafen unauffällig durchzufragen, um einen Karrenknecht zu finden, der sich an die Vanderens erinnerte, war ebenfalls schwierig gewesen. Aber jetzt ist er da …

Er stellt sich an den Straßenrand und öffnet die Bänder seiner Schuhe, als wolle er ein Steinchen herausschütteln. Die Vorderseite des Packhauses mit seiner hohen glatten Front und den kleinen Fenstern ist quasi uneinnehmbar. Es gibt aber noch den Hinterhof mit dem Laubengang, in dem er ein paar Zimmerleute bei der Arbeit sieht. Dort einzusteigen, wäre nicht schwer, und auch wenn der Kaufmann ein Schwert hat, so weiß er sicher nicht damit umzugehen. Diese Pfeffersäcke können mit Griffel und Rechenteppich hantieren, aber ihre Waffen tragen sie doch nur zum Schmuck. Ein Brand würde ebenfalls seinen Zweck erfüllen. Heute Nacht ist es so weit. Er würde die ersten beiden Mitglieder dieser Familie ins Jenseits befördern. Die Wisbyer Bürger werden sich bestimmt kaum darum scheren. Fremde Kaufleute waren schon immer gefährdet. Und er wird verschwinden, unerkannt wie stets. Als Halbwüchsiger hatte er sich herausgeputzt, um sein nichtssagendes Äußeres zu übertünchen. Heute weiß er, dass sein Allerweltsgesicht die beste Tarnung ist. Den Rest der Familie zu vernichten, wird ein Kinderspiel ...

12

Der Blick des alten Mannes hing an den Kräuterhähnchen, die sich am Spieß über dem Feuer drehten, dann wandte er sich den beiden Frauen zu, die geschäftig das Zimmer aufräumten und die Reisetruhen packten.

»Ihr fahrt jetzt ab? Eure Geschäfte sind schon nach einer Woche erledigt? Und was wird mit dem Haus? Wollt Ihr es verkaufen? Ich könnte mich umhören!«, schrie er in seiner ihnen schon gewohnten Art.

Henrike legte ihr zweites Kleid in die Reisetruhe und lächelte ihn kühl an. Er hatte fast täglich bei ihnen vor der Tür gestanden, sie ausgefragt und sich immer nur schwer abwimmeln lassen. An diesem Nachmittag fehlte ihr jedoch die Geduld.

»Der junge Herr Erik wird das Haus pachten«, sagte sie knapp.

Der Alte runzelte die Stirn. »Was sagt sein Herr dazu?«

Damit würde der schmierige Kaufmann sicher nicht hinter dem Berg halten. Er hatte sich sehr darüber aufgeregt, dass Adrian ihm nicht nur die Tuche verweigerte, sondern auch noch den früheren Gehilfen abspenstig machte. Das würde der Nachbar jedoch nicht von ihr erfahren.

»Die Gesellenzeit ist beendet. Erik ist Kaufmann und wird mit uns Handel treiben. Er und Gunda werden Euch sicher gute Nachbarn sein.«

»Er ist verheiratet? Der kann ja kaum für sich selbst sorgen. Wehe, es gibt Kindergeschrei – ich habe einen leichten Schlaf. Aber erst muss ja ohnehin Geld verdient werden.«

Henrike und Gunda warfen sich einen kurzen Blick zu. Wie

könnte ihn das Schreien von Kindern stören, so schwerhörig wie er war?

Henrike legte ein Lavendelsäckchen auf das Kleid. Wollte der Mann nicht langsam gehen? Oder erwartete er ernsthaft, dass sie ihn zum Essen einlud?

In diesem Augenblick kam Adrian zurück. Er war am Hafen gewesen, um sich nach einem Schiff umzuhören. In der Hand hielt er ein Papier. Ohne Umschweife warf er den Nachbarn und auch Gunda hinaus: »Ich muss mit meiner Frau sprechen«, erklärte er.

Nervös wartete Henrike ab, bis beide gegangen waren. Was war denn nur los?

»Ich habe Nachricht aus Lübeck. Lambert hat geschrieben ... und Hermanus. Aber vor allem ist die *Cruceborch* aus Bergen zurück.« Er hielt ihr den Brief hin.

Henrike freute sich – endlich würde sie ihren Bruder Simon wiedersehen! Sicher hatte er viel zu berichten. Doch Adrians nächster Satz ließ ihr das Blut in den Adern gefrieren.

»Simon war nicht an Bord.«

Wigger schiebt seine Schuhspitzen in Mauerritzen und legt seine Pechfackel auf die Mauerkrone. Mit einem Schwung ist er auf der anderen Seite. Konzentriert lauscht er in die Nacht. Alles ist still. Der Nachtwächter hat sich gerade zum anderen Ende der Stadt entfernt. Noch ist er nicht sicher: Erstechen oder Verbrennen? Fast schon will er eine Münze werfen. Beide Methoden haben sich schon bewährt, allerdings wäre ein Feuer unauffälliger. Die Zimmerleute sind anscheinend mit ihren Arbeiten fertig geworden, denn kein Werkzeug ist mehr im Hinterhof zu sehen. Dafür riecht es nach frischem Holz. Er streut die Holzspäne, die er in einem Beutel mitgebracht hat, an den Sockel des

Holzanbaus, die Hintertür und die sichtbaren Balken. Wie eine helle Schlange sieht es aus – und wie sie gleich leuchten wird! Er hält seine Fackel an die Späne, die erst kokeln, schwelen, dann züngeln und die Flamme immer weiter verbreiten. Das Feuer frisst das neue Holz an, schon lodert es auf. Was für ein schönes Feuer! Einen Moment noch, dann kann er sicher sein, dass es nicht mehr gelöscht werden kann ...

Unruhig drehte sich Henrike auf die andere Seite. Sie konnte nicht schlafen. Unablässig kreisten ihre Gedanken um Simon. Warum war ihr Bruder in Bergen geblieben? War er krank geworden? Oder hatte er erneut an den grausamen Bergener Spielen teilnehmen müssen? Sie mussten unbedingt mit Liv sprechen, dem Gehilfen, der Simon begleitet hatte! Wie gut, dass Adrian ein Schiff gefunden hatte, das morgen früh nach Lübeck fuhr.

Sie schnupperte. Noch immer roch es nach den angesengten Tüchern, dabei hatte sie sie doch schon ausgewaschen! Die meisten hatte sie glücklicherweise retten können, denn Katrines Stickereien waren echte Kunstwerke.

Auch Adrian warf sich im Schlaf hin und her. Plötzlich schreckte er auf. »Was ... riecht hier so? Brennt es?«

Er hatte es also bis in die Träume hinein gerochen. Waren es doch nicht die Tücher?

Mit einmal Mal hellwach, sprang er auf und griff nach seinem Schwert. Henrike eilte ihm hinterher, zur Küchennische. Adrian hatte darauf bestanden, mit Wasser gefüllte Ledereimer abzustellen, falls Katrine ...

»Aber wo?«

Schon krachte die Tür zum Hinterhof. Adrian hatte sie aufgetreten. Hüfthoch nagten Flammen am Anbau! Hitze schlug

Henrike entgegen. Er stürzte hinaus, sie hörte Schreie und Eisen klirren. Was war das? Kämpfte er mit jemandem?

Henrike schrie: »Katrine, hilf! Feuer!«, und rannte mit den Ledereimern hinaus.

Adrian hatte sogleich den Schatten an der Mauer gesehen und war ihm nachgesetzt. Ein Brandstifter! Bevor er zustechen konnte, war der Mann ihm entgegengesprungen. Das Gesicht hatte Adrian durch die weite Gugel kaum erkennen können, aber der Blick war ihm kalt wie von Fischaugen erschienen. Das Schwert des Brandstifters war derart heftig auf ihn niedergekracht, dass es seinen Schädel hätte spalten können. Glücklicherweise übte Adrian sich regelmäßig im Schwertkampf, sodass seine Kraft ausreichte, das Eisen abzuhalten. Aber auch sein Angreifer war kampferprobt, das merkte er an jeder Bewegung. Schon glitt die Klinge des anderen an der seinen hinab. Wieder holte der Brandstifter aus. Adrian setzte nach. Schlag traf auf Schlag. Es war ein harter Kampf, bei dem beide immer wieder Boden gutmachten. Wie von Ferne hörte Adrian Stimmen hinter sich, das Platschen und Zischen von Wasser. Würde Henrike den Brand eindämmen können? Würde Katrine ihr helfen? Eilten Nachbarn zu Hilfe? Er sprang beiseite und stach zu – da, er hatte den Oberarm des Brandstifters getroffen! Wie ein Berserker holte der Mann nun aus. Mit einem glücklichen Schlag an den Schwertgriff entwaffnete Adrian ihn.

»Der Laubengang stürzt ein!«

Für einen Augenblick lenkte Henrikes Aufschrei Adrian ab. Prompt bekam er einen Kopf in den Bauch gerammt. Dumpfer Schmerz durchzuckte ihn. Er taumelte zurück und knallte auf die Erde. Aus zusammengekniffenen Augen sah er einen Schatten über sich. Der Mann wollte ihm das Schwert entwinden!

Fest umklammerte er den Griff. Dann Schritte hinter ihnen. Der Schatten verschwand aus seinem Sichtfeld. Schläge und Schreie erfüllten die Nacht. Die Übelkeit niederringend, rappelte Adrian sich auf. Was war geschehen? Der Brandstifter war verschwunden, zwei Nachbarn lagen vor der Mauer, krümmten sich, wie er es eben noch getan hatte. Andere Männer schienen den Brandstifter zu verfolgen. Hoffentlich fingen sie ihn! Schwankend half Adrian den beiden Verletzten hoch. Gemeinsam löschten sie die letzten Flammen. Die Zimmerleute würden noch einmal von vorne anfangen müssen. Aber wenigstens war das Packhaus gerettet. Und ihre Leben.

Nachdem Adrian beim Wisbyer Rat eine Anzeige wegen der Brandstiftung vorgebracht hatte, verließen sie Gotland. Da von dem Feuerteufel jede Spur fehlte und keiner der Nachbarn sein Gesicht gesehen hatte, war ihm wenig Hoffnung gemacht worden, dass sie ihn fassen würden. Umgehend hatte er beschlossen, Erik die erste Pacht zu erlassen, damit der junge Kaufmann den Schaden beheben lassen konnte. Katrine hatte der Brand noch mehr verstört. Sie sah sich in ihrer Furcht bestätigt, dass Teufel sie verfolgten.

Henrike war froh, dass sie auf der Kogge, die sie nach Hause brachte, wieder eine Kammer im Achterkastell bekommen würden. Sie könnte sich um Katrine kümmern, und Adrian würde bei den anderen Männern an Deck schlafen. Sie konnte es kaum erwarten, nach Lübeck zu kommen. Ständig grübelte sie über den Verbleib ihres Bruders nach. Was war nur mit Simon?

13

Bergen, vier Wochen zuvor

»Lass gut sein, Simon!«

Der Freund hatte leise gesprochen, doch seine Anspannung war deutlich zu hören gewesen. Liv war eigentlich ein Heißsporn, aber seit er als Kaufgeselle mit Simon auf Handelsreisen gehen durfte, bemühte er sich um ein gemäßigtes Auftreten. Simon konnte den Blick nicht von der Szene abwenden, die sich vor seinen Augen abspielte. Einer der Neukommers, der Lehrjungen, die ihr erstes Jahr im norwegischen Kontor in Bergen arbeiteten, hatte einen mit Stockfisch beladenen Karren nicht halten können. Schlecht befestigt, hatten sich die brettharten Fische auf den Boden ergossen. Das konnte man ihm nicht einmal anlasten: Das Schieben des mannshoch beladenen Karrens erforderte Kraft, Geschick und Erfahrung – über die ein Neuling gar nicht verfügen konnte. Der Junge, er war vielleicht zwölf, eilte sich nun, die Fische aufzuheben, wurde dabei aber immer wieder von dem älteren Lehrjungen geschlagen und gestoßen. Sein Gesicht unter dem rotblonden Schopf glühte vor Schlägen und Scham, genau wie seine Ohren. Hiebe waren zwar alltäglich in der Lehrzeit, doch hier war es anders: Der Ältere war stämmig und hatte schaufelgroße Hände. Ihm schien es Freude zu machen, den Neuling zu quälen und zu erniedrigen. Vorbeiziehende Karrenknechte und Gesellen lachten den Jungen bereits aus.

Alles in Simon rief, dem Stämmigen Einhalt zu gebieten. Schließlich war auch er in seinem ersten Jahr in Bergen auf das Grausamste gequält und schikaniert worden. Als der ältere Lehrjunge dem Jüngeren jetzt ein Bein stellte und der Unglückliche den Stapel erneut zum Einstürzen brachte, gab es für Simon kein Halten mehr. Er spürte noch den Hauch von Livs Hand, die dieser beruhigend auf seine Schulter hatte legen wollen, doch war er bereits vorgetreten.

Breitbeinig stellte er sich hin; die Haltung half gegen seine Nervosität und gab ihm die nötige Standfestigkeit.

»Die Jungen sind hier, um etwas zu lernen. Die älteren Lehrjungen sind verpflichtet, ihnen ein gutes Vorbild zu sein. Wenn du Streit willst, dann suche dir einen Gegner, der deine Kragenweite hat. Oder fürchtest du etwa eine Auseinandersetzung mit einem Gleichaltrigen?«

Der Stämmige schoss streitlustig auf Simon zu. »Wer will das wissen? Ich hab dich hier noch nie gesehen, du Hänfling.« Er war wohl etwas jünger als der sechzehnjährige Simon, aber einen Kopf größer und auch erheblich schwerer.

»Wenn ich mich vorstellen darf: Simon Vresdorp, Kaufgeselle aus Lübeck«, sagte Simon gelassen. Er wusste, dass er nicht sehr Furcht einflößend wirkte; seine dunklen, dicken Haare, die kaum zu bändigen waren, und die Grübchen in seinen Wangen würden ihm immer etwas Jungenhaftes geben.

»Zum ersten Mal hier? Kennst wohl die Bergener Spiele nicht? Weißt nicht, wie Neukommers behandelt werden?«, spottete der Lehrjunge.

Mit den sogenannten Spielen von Bergen hatte Simon reichlich Erfahrungen machen müssen, und er verabscheute sie zutiefst, deshalb kam er möglichst erst nach Bergen, wenn die grausamen Begrüßungsriten vorbei waren. Verhindern konnte er sie ohnehin nicht …

»Die Zeit der Spiele ist längst vorbei. Also sei ein gutes Vorbild und hilf dem Jungen, den Karren zu beladen.«

Wütend holte der Lehrjunge nach ihm aus, aber Simon schlug die Hand weg, bevor sie ihn treffen konnte. Im Gegenzug versetzte er ihm einen Stoß, woraufhin der Stämmige in die Stockfische fiel. Jetzt lachten die Knechte und Gesellen ihn aus. Auch der geschundene Junge konnte sich ein Grinsen nicht verkneifen. Auf die Füße springend, stürzte der Ältere auf Simon und packte ihn am Kragen. Schon war Liv dazwischen und trennte die beiden. Einer der Gesellen mischte sich nun ein.

»He, lasst gut sein! Keinen Streit beim Zoll, sonst gibt's Ärger mit den Männern des Königs!«, meinte er zu Simon. »Und du, wachs nicht fest, sondern hilf dem Jungen, die Fische aufzuladen. Nu mal los!«, forderte er den Stämmigen auf.

Der Lehrjunge funkelte Simon an. »Heute Abend am Anleger«, zischte er.

Simon pustete sich eine Haarsträhne aus dem Gesicht. »Nur zu gern.«

Gelassen wartete er ab, bis der Wüterich die ersten Stockfische aufhob. Was ein Geselle befahl, war für einen Lehrjungen Gesetz.

Simon und Liv gingen ein Stück. Ungehalten strich Liv über die Stoppeln auf seiner Wange. Er war Anfang zwanzig und probierte, seit Simon ihn kannte, verschiedene Barttrachten aus. Derzeit trug er einen Schnauzbart; allerdings wuchsen die Haare so stark, dass er sich manchmal zweimal am Tag rasieren musste, um gepflegt auszusehen.

»Musste das sein?«, fragte er jetzt.

Simons Blick wanderte über die Häuserfronten der Tyskebrygge. Zum Hafen hin drängten sie sich eng an eng aneinander. Man glaubte gar nicht, wie weit sich hinter den schmalen Fassaden die Höfe erstreckten! In einem Hof waren bis zu fünfzehn Stuben, jede stand für eine einzelne Handelsgruppe. Die Tyskebrygge war wie ein deutsches Dorf in einer norwegischen Königsstadt. Hier gab es eigene Regeln, eigene Gesetze, eigene Traditionen. Zur Bergener Marktzeit wohnten hier an die tausend Jungen und Männer. Es war eine harte Gesellschaft, in der es oft hoch herging. Aber auch wenn es gefährlich war, musste man doch Rückgrat beweisen und durfte nicht alles dulden, fand Simon.

»Ja, das war es«, sagte er deshalb nur knapp.

Endlich waren sie an der Reihe. Bosse Matys, der erfahrene Kapitän der *Cruceborch*, hatte sich einen der Zöllner geschnappt und in ein Gespräch verwickelt. Jetzt nahmen sie sich ihre Frachtbriefe vor. Die Getreide- und Malzsäcke, die sie als Zoll entrichten mussten, wurden abgewogen und in die Festung Bergenhus gebracht. Das Gebäude an der Einfahrt zur Bucht Vågen war nicht nur Lagerstätte der Zoll- und Steuereinnahmen, sondern auch Wehrburg und mit seinem Festsaal Schauplatz höfischer Vergnügungen. ›Einen Teil unserer Zollabgaben holen wir uns zurück‹, dachte Simon zufrieden. ›Auch dieses Mal haben wir wieder Grauwerk für die Uniformen der Königlichen dabei.‹ Was der Zeugmeister für den Stoff zahlen würde, würde ihre Ausgaben beinahe ausgleichen.

»Gut, dass unsere Waren erst mal in die Tyskebrygge kommen. Wer weiß, ob Tymmo und Ellin schon mit unserer Ankunft rechnen. Der Wind war uns schließlich besonders günstig«, sagte er.

Simon gab den Knechten Anweisungen und stellte sicher, dass ihre Säcke und Ballen in den Hof gebracht wurden. Dort begrüßten sie als Erstes den Gesellenobmann. Für ihn hatte Simon ein Töpfchen mit Konfekt, das Henrike ihm eigens mitgegeben hatte, um Otte gewogen zu machen, denn der Gesellenobmann liebte Süßes.

Auf dem Weg wieder hinaus trafen sie auf den Lübecker Ratsherrn Hermanus von Osenbrügghe, der sich gerade zur Abreise anschickte. Wie es unter Kaufleuten üblich war, tauschten sie sich über die jüngsten Ereignisse aus, außerdem bat Simon den Ratsmann, seiner Schwester und seinem Schwager auszurichten, dass sie gut angekommen waren; Henrike sorgte sich immer so um ihn.

Anschließend gingen sie zu Tymmo, dem Norderfahrer, mit dem ihre Familie schon lange verbunden war.

»Ich freue mich schon darauf, Frau Ellin wiederzusehen. Mit ihr Handel zu treiben, ist immer ein Vergnügen«, sinnierte Liv.

Simon lächelte ihn von der Seite an. »Deine Vorfreude ist natürlich rein geschäftlich.«

»Was denkst du denn? Ritterlich und keusch, wie es dir gefällt! Du weißt doch, dass Frauen, mit denen wir handeln, mich nie in Versuchung führen könnten. Außerdem ist Tymmo ein feiner Kerl.«

»Das ist er.« Tymmo hatte ein großes Herz und viel Mut. Er war Seemann durch und durch, dafür hatte seine Frau einen Sinn für die Geschäfte.

Sie liefen die Øvregatan hinter der deutschen Brücke entlang und ließen sich nicht weiter von den Huren ablenken, die hier ihren Geschäften nachgingen. Jedes Mal, wenn sie nach Bergen kamen, war das Gebiet um die Bucht enger bebaut. Sogar auf den hoch aufragenden, bewachsenen Felsen waren inzwischen Hütten zu sehen. Bergen war der wichtigste Stapelplatz in der Region. Hier wurde vor allem Kabeljau umgeschlagen, der in der Nordsee gefangen und auf den Lofoten getrocknet wurde. Wenn die Norderfahrer zweimal im Jahr die Stockfische von den Inseln brachten, war die Spannung groß. Dann erst wusste man, wie lukrativ der Handel sein würde. Ende Mai hatten die Norderfahrer die erste Ladung gebracht, die Gerüchten zufolge recht üppig gewesen war. Schon im letzten Jahr hatten sie von Tymmo eine große Menge Dörrfisch bekommen, deshalb hatten sie jetzt besonders viele Waren dabei. Auch brachten sie kleine Geschenke für Frau Ellin, Tymmo und für ihren Sohn, den kleinen Henk.

»Kauft Manns- und Frauenschuhe, kauft Kupferkessel und Lübecker Laken – oder wollt ihr im Winter frieren?«, sang Simon, als sie das Haus mit dem geöffneten Verkaufsfenster erreicht hatten. Ein wuscheliger Schopf schoss durch die Fensteröffnung, und dunkle Augen blickten sie neugierig an. Simons Lächeln gefror. Der Vierjährige hatte unglücklicherweise eine unverkennbare Ähnlichkeit mit dem Schuft, der ihn gezeugt hatte.

Liv überspielte die Reaktion seines Freundes und rief munter: »Gott zum Gruß, Henk!«

Als der Junge verschwand, hörten sie nur ein fröhliches »Da sind sie, da sind sie!« aus dem Haus.

Liv gab Simon einen Stoß in die Seite. »Ja, er ist deinem grässlichen Vetter Nikolas wie aus dem Gesicht geschnitten. Aber er ist ein gutes Kind. Und er hat rechtschaffene Eltern, die ihn aufziehen. Du bist doch sonst so beherrscht! Vergiss einfach Nikolas.«

Simon hob ratlos die Augenbrauen. So sehr er es sich auch wünschte, er konnte es nicht. Nikolas hatte ihn beinahe totgeschlagen. Er hatte seine Schwester bedroht, Tymmo betrogen, Ellin gequält und ihr ein Kind angehängt. Er hatte ihre Familie um ein Haar in den Ruin getrieben. Und er war der Grund für seine Gewissensbisse.

Die Tür flog auf, und Henk lief ihnen entgegen. Simon versteckte seinen Beutel hinter dem Rücken. Er hockte sich neben den Vierjährigen und lächelte ihn an.

»Bist du wirklich schon so groß geworden? Dann haben wir dir ja das richtige Geschenk mitgebracht.« Er holte den Beutel und zog eine Kinderarmbrust hervor. Die Augen ungläubig aufgerissen, blickte Henk von einem zum anderen. Schließlich sah er seine Mutter an. Ellin stand im Türrahmen, warmherzig lächelnd, die blonden Haare locker mit einem Tuch bedeckt. Sie nickte ihrem Sohn zu.

»Die ist wohl für dich. Aber lass dir genau zeigen, wie sie funktioniert. Und sei vorsichtig damit!«

Henk griff das Geschenk, bedankte sich artig und lief die

Straße hinauf, um es seinen Freunden zu zeigen. Ellin bat sie hinein und bot ihnen einen Begrüßungsschluck an.

»Das ist sehr freundlich von Euch. Aber ist er nicht noch ein bisschen zu klein für eine Armbrust?«, fragte sie lächelnd, als sie Dünnbier einschenkte.

Verlegen wandte Simon den Blick ab. Sie war eine schöne Frau und ungezwungener als die meisten Damen in Lübeck, was ihn durcheinanderbrachte. So erging es ihm sonst nur, wenn er Katrine traf, seine Base. In Katrines Gegenwart fühlte er sich tollpatschig und plump, so fein, still und zugleich heiter wirkte sie. Noch mehr verunsicherte ihn, dass alle sie behandelten, als ob Katrine und er einander versprochen wären, nur weil sie etwa in einem Alter waren.

Auch auf Livs stoppeligen Wangen zeichnete sich ein roter Schimmer ab. Sich nicht bezaubern zu lassen, war gar nicht so einfach, wenn man seit Wochen nur mit Männern auf dem Meer gewesen war ...

»Es ist nie zu früh, zu lernen, wie man sich verteidigt«, sagte Simon.

»Das mag stimmen. Aber zeigt ihm später bitte, wie man damit umgeht, damit er sich nicht verletzt«, beharrte Ellin freundlich.

Liv reichte ihr das Stück Samt, das sie mitgebracht hatten. Sie freute sich überschwänglich und machte die beiden jungen Männer damit ganz verlegen.

»Wir haben für Euren Mann auch noch eine Kleinigkeit. Wo ist Tymmo eigentlich?«, wollte Liv wissen.

Ellin setzte sich zu ihnen und strich über den Samt. »Er ist ...« Sie sah auf. In ihren Augen standen plötzlich Tränen. »Er ist noch mal los. Ein Teil seiner Ladung ist gestohlen worden – hier in der Bucht! Und gesehen hat es natürlich niemand!«

Fassungslos beugte Simon sich vor. »Was war mit den Wachtschiffen? Den Nachtwächtern?«

Sie schüttelte den Kopf. Ihre Wangen waren feucht. Er wusste nicht, ob es sich ziemte, sie zu trösten. Aber da wischte sie sich schon streng über die Augen.

»Wir haben Beschwerde eingereicht. Es hat andere Diebstähle gegeben, aber getan wird nichts. Wir wussten weder ein noch aus. Die Dörrfische reichen ja nicht! Also ist Tymmo noch mal gefahren. Er will sehen, ob er im Norden etwas aufkaufen kann. Aber auch Korn zum Handeln hatten wir nur noch wenig.«

Da der norwegische Sommer kurz war, brachten die Ernten nur wenig ein, und es herrschte stets ein Mangel an Getreide. Diese Not nutzten viele hansische Kaufleute, aber auch Händler aus England und Holland aus. Sie gaben den Bergenern Kredit. Die Norderfahrerschuld konnte zu einer drückenden Summe anwachsen. Im Gegenzug durften die Norderfahrer nur an ihre Geldgeber und niemanden sonst verkaufen.

»Was machen wir denn jetzt? Herr Vanderen benötigt die Waren. Wir dürfen ihn nicht warten lassen.« Aus Livs Stimme klang Sorge.

Simon erhob sich. Er ging zum Herd und hielt die Hände vor das Feuer. Die Felskuppen schienen die Wolken über Bergen festzuhalten. Oft regnete es, und selbst im Juni war es hier noch kalt.

Der Handelskreislauf durfte nicht ins Stocken geraten, das sagte sein Schwager Adrian oft, und er war ihm als Geschäftsmann ein Vorbild. Sie mussten also irgendwie an die vorgesehene Menge Dörrfisch kommen. Aber das war nicht ihr einziger Auftrag. Simon führte Waren mit, um sie gegen Falken einzutauschen oder von dem Gewinn die kostbaren Vögel kaufen zu können. Diese Aufgabe lag ihm besonders am Herzen. Wenn es ihm gelänge, Falken zu erstehen, würde er alles daransetzen, diese selbst zum Deutschen Orden nach Marienburg zu bringen. Er würde endlich das Leben der Schwertritter kennenlernen! Eines Tages im Dienste des Ritterordens zu stehen, davon hatte er schon als Knirps geträumt. Also würde er sich etwas einfallen lassen müssen.

Er bat Frau Ellin, sie ins Lager zu führen. Wenn auch die meisten Fische gleich von den Frachtbooten in die Tyskebrygge gebracht wurden, hielten manche Norderfahrer ihren Anteil jedoch für »ihre« Kaufleute zurück. Tymmos Schuppen war erschreckend leer. Neben einigen Stapeln Rundfisch – ausgenommen und als Ganzes getrocknet – und Rotscher – der Länge nach bis zum Schwanz gespalten und gedörrt – standen dort nur eine Handvoll Tranfässer.

»Werdet Ihr uns trotzdem die Waren bringen? Ich weiß sonst nicht, wie wir den Winter überstehen«, sagte Ellin verzagt. »Wenn Tymmo wieder da ist, bekommt Ihr den Rest Fische.«

»Wir lassen Euch nicht im Stich«, versicherte Simon ihr.

»Wir doch nicht!« Liv klang wenig überzeugt.

Die junge Frau atmete auf. »Das hab ich auch zu Tymmo gesagt: auf die jungen Herren Simon und Liv kannst du dich verlassen.« Sie strahlte sie derart erleichtert an, dass auch Livs Züge sich wieder etwas aufhellten.

In der äußeren Stube des Tyskebryggen-Hofes speisten sie mit den anderen Gesellen. Es war ein kleines, dunkles Zimmer, in dem auch Arbeits- und Essgeräte aufbewahrt wurden. Trotz der offenen Fenster hing der Gestank der Stockfische im Raum. Simon wusste, dass es nur einige Tage dauerte, bis man den Geruch nicht mehr wahrnahm, aber am Anfang war er jedes Mal eine Qual. Über ihren Köpfen baumelte ein Königsdorsch. Im ersten Jahr hatte ihn der Anblick des großen Trockenfisches mit seiner Beule auf dem Kopf befremdet. Doch inzwischen amüsierte er sich über die vielen Eigenschaften, die dem Königsdorsch zugeschrieben wurden: Er war Leitfisch und Glücksbringer und konnte sogar, je nachdem, in welche Richtung sein Kopf zeigte, die Windrichtung des nächsten Tages voraussagen. Eben jetzt schwang er im Luftzug nervös hin und her; die Zeichen standen wohl auf Sturm ...

Der Lehrjunge, den Simon verteidigt hatte, bediente. Er stellte jede Schüssel, die er brachte, in ihre Nähe, sodass sie als Erste zugreifen konnten. Auf dem Weg hatten Simon und Liv vereinbart, den Hofgenossen zunächst nichts von ihrer Notlage zu berichten. Sicher würden einige ihnen Fische anbieten, der Preis würde aber nur unnötig in die Höhe schießen. Zunächst wollten sie sich am Hafen umhören.

Als sie sich erhoben und in den schmalen Gang zwischen den Häusern traten, huschte der Lehrjunge ihnen nach. Sein bedrücktes Gesicht setzte sich hell von den geteerten Holzwänden ab.

»Seid vorsichtig! Er ist ein gemeiner Kerl!«, flüsterte er.

»Keine Sorge, damit habe ich Erfahrung«, gab Simon leise zurück.

Liv blickte seinen Freund zweifelnd an. »Du solltest den Schläger nicht unterschätzen.«

»Das tue ich nicht. Und wenn es knapp wird, habe ich immer noch dich«, grinste Simon.

Wolken und der Lichtschein aus den Häusern spiegelten sich im Wasser. Träge dümpelten die Koggen in der Bucht dahin. Auf dem Anleger warteten Männer. In Grüppchen standen sie beieinander und unterhielten sich. Es musste sich herumgesprochen haben, dass es einen Zweikampf geben würde, denn als Simon und Liv ankamen, rückten sie näher zusammen. Bei ihrem eintönigen Tageslauf und der harten Arbeit war ihnen jede Abwechslung recht. Die Sonne war hinter einer tief hängenden Wolkenbank verschwunden. Es würde zwar nicht dunkel werden in dieser Nacht, aber die Ruhezeiten wurden auch während der Mitternachtssonne eingehalten. Ein paar Stunden noch, dann würden die Tore der Tyskebrygge geschlossen und die

Wachhunde losgelassen werden. Bis dahin mussten sie zurück sein.

Jetzt kam der stämmige Lehrjunge auf die beiden Freunde zu. Simon legte Wams und Hemd ab und reichte beides seinem Freund. Auch sein Widersacher, dessen Name offenbar Rulf war, entledigte sich seiner Oberkleidung. Schon hatte sich ein Ring um sie gebildet, und die ersten Wetten wurden abgeschlossen.

»Ein Bier auf Rulf, der andere hat ja gar nichts auf den Rippen!«

»Ich halte mit!«

»Zwei Witten auf den Größeren, den Hänfling könnt ihr nachher vom Boden kratzen, wette ich!«

»Das gilt!«

Eine laute Stimme mit einem fremdartigen Klang: »Ich setze fünf Witten auf den Mageren, auf Vresdorp!«

Simon wandte den Kopf. Ein Mann mit Halbglatze hatte gesprochen. Es war der Erste und Einzige, der auf ihn setzte. Er nickte ihm zu. Simon wusste, dass er nicht besonders kräftig wirkte. Aber er war zäh, flink und geschickt. Regelmäßig übte er sich im Schwert- und Ringkampf. Nie wieder würde er wehrlos in eine gefährliche Situation gehen, das hatte er sich geschworen. Auch bei den Schwertbrüdern waren makelloses Benehmen und Kampfkraft nötig.

»Komm schon, Großmaul!«

Der Stämmige ballte seine Fäuste und ließ derart die Brustmuskeln spielen, dass Simon beinahe aufgelacht hätte. Er ging leichtfüßig auf Rulf zu und tänzelte um ihn. Plötzlich schoss der Arm des Lehrjungen hoch. Zwei Finger hatte er wie Spieße ausgefahren, sie zielten direkt auf Simons Augen. Gerade noch konnte er sich zur Seite biegen. Ein Raunen ging durch die Menge. Nun holte Rulf zu einem Kinnhaken aus. Simon bückte sich, und die Faust fuhr über seinen Kopf hinweg. Den Schwung mitnehmend, gab Simon Rulf einen Stoß in den Rücken. Haltlos schlidderte Rulf durch den Matsch. Die Ersten lachten ihn bereits aus.

»Will keiner auf Herrn Simon bieten?«, feuerte Liv die Männer an.

Er selbst hielt sich zurück; er hatte schlechte Erfahrungen mit Glücksspielen gemacht. Weitere Wetten wurden auf Simon abgeschlossen. Solange die Wächter nicht vorbeikamen ...

Wutentbrannt versuchte Rulf nun Haken um Haken gegen den Leib seines Gegners zu setzen. Simon hielt reaktionsschnell dagegen, registrierte er doch, dass der Lehrjunge vor allem auf seine unteren Rippenbögen zielte, wo es zu schmerzhaften Verletzungen kommen konnte. Plötzlich packte Rulf Simons Arm und biss hinein. Die Schrecksekunde nutzend, versetzte er Simon einen Schlag gegen den Hals. Für einen Augenblick wurde Simon schwarz vor Augen. Er taumelte. Das begeisterte Brüllen der Zuschauer schrillte in seinen Ohren. Was für ein Dreckskerl! Kein halbwegs anständiger Kämpfer würde so handeln! Simon fing sich wieder, drehte den Arm, um sich zu befreien. In derselben Bewegung holte er zu einem Tritt aus und traf seinen Widersacher direkt vor die Brust. Rulf krachte erneut zu Boden. Eine Weile rangen sie, mal hatte der eine, mal der andere die Oberhand. Aber schließlich war Simon obenauf. Er packte Rulf und warf ihn auf den Bauch. Ohne auf die Wunde an seinem Arm zu achten, zog er Rulfs Arme nach hinten und überkreuzte sie auf dem Rücken. Der Stämmige bäumte sich auf und trat um sich, konnte sich jedoch nicht mehr befreien. Jubel brandete auf.

»Versprich, dass du die Neukommers in Ruhe lässt!«, forderte Simon keuchend.

Rulf knurrte. Simon verabscheute Gewalt, aber manchmal war sie nötig. Er fixierte mit dem Knie die Hände des Unterlegenen und riss dessen Kopf hoch.

»Niemand kann dich verstehen. Lässt du die Neukommers in Ruhe?«

»Ja! Ja!«

Der junge Kaufmann ließ ihn los und stand auf. Er konnte die Achtung in den Gesichtern der Männer sehen, auch wenn sich die meisten ärgerten, auf den Falschen gesetzt zu haben. Liv gratulierte seinem Freund und reichte ihm einen Wasserschlauch, den er irgendwo aufgetrieben haben musste. Simon ließ das Wasser über Gesicht und Oberkörper rinnen. Dann reinigte er sorgfältig die Bisswunde. Der Wettgewinner war neben ihnen aufgetaucht und strich sich zufrieden über die Halbglatze.

»Ich hab gleich gesehen, dass du kämpfen kannst. Mit Kämpfern kennen wir Isländer uns aus.«

Simon trank einen Schluck, dann sagte er: »Aus Island kommt Ihr? Schiffer?«

»Und Händler.«

»Alle Waren verkauft?«

»Noch nicht.«

Nun mischte Liv sich ein: »Wir sind auf der Suche nach Stockfisch ...«

»Skreith hab ich.«

Simon, sein Hemd immer noch in der Hand, horchte auf. Der isländische Stockfisch war härter als der norwegische, aber besser als nichts.

»Und Falken?«

»Kenne einen Falkenjäger. Hat aber nicht geliefert. Vielleicht bei der nächsten Fahrt. Die Falken werden allerdings oft schon versprochen, bevor sie überhaupt gefangen sind. Da braucht es Glück und gute Verbindungen.«

»Glück haben wir.« Simon grinste.

Der Isländer schlug ihm auf die Schulter. »Über den Skreith sprechen wir morgen. In meinem Schuppen am Markt. Fragt einfach nach Dagur Thorsson.«

14

»Das stinkt ja zum Gotterbarmen!« Simon war genauso blass wie Liv, musste aber dennoch schmunzeln. In der Hütte des Isländers lagen Hunderte getrockneter Rochen, die schmalen Flügel ausgebreitet, ein trostloser Anblick. Stapelweise Stockfische. Wildfelle. Und was war das?

»Walfisch und Robbenspeck. Sehr nahrhaft. Kostprobe?«

Mit einem Messer schnitt Dagur Thorsson eine Ecke der zähen Masse ab und hielt sie ihnen hin. Liv rümpfte die Nase, aber Simon lehnte diese Geste der Gastfreundschaft nicht ab. Er kaute zweimal und schluckte den Speck hinunter.

»Smakkadu? Mehr?« Der Mann, dessen letzte Haare in einem zauseligen Haarkranz abstanden, grinste.

Simon hob abwehrend die Hand. »Danke, nicht jetzt.«

Es sah an den Stockfischstapeln hoch und versuchte einzuschätzen, um wie viel es sich handelte. Am Hafen hatten sie Pech gehabt. Sie hatten verschiedene Schiffer und Händler angesprochen, und immer hatte es geheißen: »Bereits verkauft.« Das Handelssystem der Hansen stellte zwar den Nachschub an Stockfisch sicher, aber es verhinderte eben auch, dass größere Mengen frei auf den Markt kamen. Konkurrenten aus Holland und England wurden so im Zaum gehalten – doch Kaufleute in einer Notlage gerieten unter Druck, so wie sie jetzt. Ihnen blieb vorerst gar nichts anderes übrig, als auf Dörrfisch aus Island auszuweichen. Wer wusste schon, wann Tymmo zurückkommen würde?

»Ist gut, unser Skreith«, lobte Dagur seine Ware.

»Nur etwas zu hart für den Geschmack unserer Kunden«, bemerkte Simon.

Dagur packte einen Stockfisch und schlug das brettharte Tier auf den Tisch, als würde er eine Trommel schlagen.

»Den kann man weich klopfen. Ich mache Euch einen guten Preis. Und ich kann mehr beschaffen, wenn Ihr wollt.«

Simon und Liv sahen einander an – sie hatten keine Wahl. Sie begannen zu handeln und wurden sich schnell einig. Der Isländer holte einen Krug hervor und schenkte ihnen ein, um den Kauf zu besiegeln. Simon trank, verschluckte sich jedoch sogleich. So starken Branntwein hatte er noch nie gekostet! Dagur grinste.

»Wenn Ihr Euch für Falken interessiert, wäre es das Beste, wenn Ihr nach Island kämt. Die schönsten Falken zieren dort die Lüfte. Gerfalken, so weiß wie unberührter Schnee!«

Liv starrte in seinen Holzbecher. »Es ist uns nicht erlaubt, weiter als bis nach Bergen zu segeln. Euer König verbietet es.«

Dagur lachte spöttisch auf. »Unser König? Den Norweger meint ihr. Maßt sich an, über Island herrschen zu wollen! Aber wir machen, was wir wollen. Wie wir es immer getan haben.« Er schenkte sich noch einmal nach. »Die Falken sind gefragt. Ihr wisst schon, die Ritterbrüder wollen sie. Die Gesandten des englischen Königs. Der spanische Hof. Und die schönsten Falken bekommt man nun mal auf Island.«

»Ihr kennt einen Falkenfänger, sagtet Ihr?«, hakte Simon nach, den der Gedanke reizte, nach Island zu reisen. Auch wenn die Erde dort angeblich Feuer spuckte, könnte er auf der Insel doch das bekommen, was ihm Zutritt zum Ritterhof verschaffen würde. Livs warnenden Blick ignorierte er.

»Alvar lebt mit seiner Tochter Runa eine Tagesreise von unserem Hof entfernt.« Dagur stürzte den Inhalt seines Bechers hinunter. »Ich könnte Euch bekannt machen. Mit genügend Geld könnt Ihr sie sicher überzeugen, Euch Falken zu verkaufen.«

»Warum macht Ihr es nicht?«, mischte Liv sich ein.

Der Isländer kniff unmerklich die Augen zusammen. »Ich kann es eben nicht. Aber Ihr könnt es. Das muss Euch reichen.«

Simon überlegte. »Nur mal ein Gedankenspiel: Wie lange würde es dauern, nach Island zu fahren, Falken zu kaufen und zurückzukommen?«

Dagur zischte. »Nur ein Gedankenspiel?« Er grinste wieder. »Bei gutem Wind ein, zwei Wochen pro Weg. Alles andere hängt von Eurem Verhandlungsgeschick ab.«

»Und was wäre für Euch dabei drin?«, wollte Liv misstrauisch wissen.

»Etwas Geld für die Überfahrt und, wenn Euch der Kauf gelingt, eine kleine Vermittlungsgebühr. Außerdem beschaffe ich Euch mehr Skreith.«

Liv tänzelte neben ihm her, schob sich immer wieder vor ihn, lief halb rückwärts, nur um Simon in die Augen blicken zu können. »Bist du von allen guten Geistern verlassen? Du kannst nicht nach Island fahren! Es ist gefährlich! Verboten! Du kennst Dagur doch gar nicht!«

Simon musste lächeln, obgleich er sich bemühte, die Sorgen seines Freundes ernst zu nehmen. »Dagur will ein Geschäft machen, warum also sollte er mir etwas tun?«

»Er ist seltsam! Und woher kannte er beim Kampf deinen Namen? Ich habe ihn noch nie gesehen!«

»Den könnte jeder erwähnt haben.«

Sein Freund schnappte nach Luft, um von Neuem zu protestieren.

Simon blieb stehen und legte ihm die Hand auf die Schulter. »Keiner wird es erfahren, solange du es nicht herumerzählst. Vermissen wird mich niemand. Du befrachtest weiter das Schiff, und wenn du fertig bist, bin ich wieder da – mit Stockfisch und Falken im Gepäck.«

Er strahlte, und Liv wusste, dass weiteres Argumentieren vergebens war.

Noch vor Morgengrauen legten sie ab. Dagur hatte ein kleines Schiff mit hochgezogenem Rumpf, das mit einer Handvoll Besatzung auskam. Damit wollten sie den weiten Weg über das Nordmeer bewältigen? Aber der Isländer wusste wohl, was er tat. Simon sah die Inseln vor Bergen in der Ferne verschwinden. Die Bisswunde an seinem Arm pochte, er würde sie regelmäßig reinigen müssen, damit sie sich nicht entzündete. Schwer spürte er Geldgürtel und Schwert am Leib. War er zu leichtsinnig, wie Liv meinte? Gab es wirklich Seeungeheuer in diesem Teil des Meeres? Gewaltige Ungetüme, die in ihrem Rachen ganze Schiffe verschlingen konnten? Kraken, die mit ihren Armen den Rumpf zermalmten? Und der Mahlstrom, von dem die Matrosen munkelten, würde er sie verschlingen? Noch könnte er umkehren. Nein, er würde bei seinem einmal gefassten Entschluss bleiben! So schnell konnte ihm niemand etwas anhaben!

Die Wellen klatschten an den Bug und taufte sie mit einem feinen Sprühregen. Bald waren sie allein auf weiter See. Der Wind nahm stetig zu, eiskalt war er. Steil stieg das Schiff und stürzte ins Wellental. Die Erschütterung brachte die Planken zum Ächzen. Simon hielt das Gleichgewicht, er hatte schon einige Stürme erlebt. Hätte er die Wetterprognose des Königsdorschs ernst nehmen sollen? Dagur trieb die Matrosen zum Reffen der Segel an. Seine Befehle wurden vom Wind fortgerissen. Der Steuermann, ein baumlanger Kerl namens Einar, hielt mit beiden Händen die Ruderpinne umklammert. Die Matrosen hatten alle Hände voll zu tun, das Meerwasser aus dem Schiffsrumpf zu schöpfen. Simon band sein Schwert und seinen Hudevat am Mast fest, dann half er den Männern. Bei einem Sturm wurde jede Hand gebraucht ...

15

Island

Nebel umhüllte das Schiff. Hohl klang das Knarren der Seile in der feuchten Luft. Simon starrte in das Weiß, als könne er das Land herbeiwünschen. Tag um Tag und Nacht um Nacht hatte der Sturm ihnen zugesetzt. Am Anfang hatten die Matrosen ihn misstrauisch beäugt, aber als sie sahen, dass er keine Arbeit und kein Risiko scheute, akzeptierten sie ihn. Wie selbstverständlich war Simon ein Teil der Mannschaft geworden. Sie hatten gemeinsam gearbeitet und gemeinsam Gott und seine Heiligen um Beistand angefleht, als das Schiff wie eine Nussschale im Spiel der Wellen gewesen war. Dabei sprachen die einfachen Matrosen nur Isländisch. Um aber gemeinsam auf See zu überleben, brauchte es keine Worte, das hatte Simon schon oft festgestellt.

»Wir sind bald da.«

Simon wandte fragend den Kopf zu Einar. Der Hüne sprach gebrochen Dänisch, Deutsch und Norwegisch, vermutlich, weil er in Bergen ab und zu mit Kaufleuten zu tun hatte. Aber während Dagur stets aufs Neue mit dem Wetter gehadert hatte, hatte der Steuermann Gelassenheit ausgestrahlt. Gegen Ende der Reise waren die beiden Männer öfter aneinandergeraten. Worum es dabei gegangen war, hatte Simon nicht verstanden.

Der Nebel lichtete sich etwas, und die Morgensonne brach durch. Sie fuhren gerade an einem kleinen, dem Land vorgelagerten Eiland vorbei.

Einar streckte den Arm aus. »Sieh! Hvalur. Die Wale sind oft am Eingang des Fjords vor Gautavik.«

Die Wasserfontänen waren im Nebel kaum zu erkennen, aber

vereinzelt durchschnitten dunkle Flecken das Meer. Im Näherkommen erspähte Simon runde Buckel und gewaltige Flossen, die regelmäßig zwischen den Wellen auftauchten. Die Matrosen eilten unter Deck und holten Speere mit eisernen Widerhaken hervor, an denen Seile befestigt waren. In jeder ruhigeren Minute hatten sie versucht, die magere Verpflegung aufzubessern. Mal hatte es Fisch gegeben, manchmal Möwen, die sich auf ihr Deck verirrt hatten. Jetzt zielten sie auf die Wale, verfehlten sie jedoch. Als sie ein gutes Stück in den Fjord eingefahren waren und dieser zusehends schmaler wurde, gebot Dagur ihnen Einhalt. Der Schiffer war mit jedem Tag mürrischer geworden. Mit Simon hatte er kaum noch gesprochen. Ob es daran lag, dass er bei den Seemannsarbeiten geholfen hatte? Fürchtete er, Simon würde seine Fahrt nicht zahlen? Oder war das eine Folge des Branntweins, dem er reichlich zugesprochen hatte?

»Wenn wir anlegen, werde ich Euch für die Hinfahrt entlohnen«, versicherte ihm Simon unaufgefordert.

Dagur spuckte durch seine Zahnlücke und schwieg.

»Fürchtet ihr diese Meeresriesen denn gar nicht?«, wechselte Simon das Thema.

»Interessiert Ihr Euch auch noch für Wale? Ich denke, Ihr wollt Falken?«, fuhr der Isländer ihn an.

Wieder einmal zweifelte Simon an seiner Entscheidung, sich diesem Unbekannten anzuvertrauen. Er war jung, unerfahren, verfügte noch über zu wenig Menschenkenntnis ... Das hatte er nun davon.

»Ich interessiere mich für alles, was mich umgibt«, sagte er schlicht.

Aus halbverhangenen Augen musterte Dagur ihn. »Wenn man schnell genug ist und hinterrücks angreift, sind sie erledigt, ehe sie wissen, wie ihnen geschieht. Wenn sie hingegen zurückschlagen, ist es im Nu um einen geschehen. Das wollen wir heute lieber nicht riskieren. Wir haben ja eine wertvolle Fracht.« Wieder spuckte Dagur ins Meer.

Dass der Isländer die paar Getreidesäcke, die sie an Bord hatten, als so wertvoll befand, ließ Simons Vertrauen in diese Unternehmung noch mehr sinken.

Der Meeresarm schien weit in das Land hineinzuschneiden. Die Sonne vertrieb den Nebel zusehends. Es würde ein schöner Tag werden. Simon staunte über die Gegensätze: schwarzschroff die Felsen oder sattgrün überzogen wie von Samt, in der Höhe weiß funkelnd von Eis und Schnee. Vogelschreie hallten von den Felsklippen. Ein Falke zog seine Kreise im Wind – oder war es ein Adler? Sicher würden ihnen die Kinder winkend entgegenlaufen, sobald sie sie erblickten. Irgendwo wurde ein Schiff immer erwartet, das war das Schönste an einer Seefahrt, fand Simon. Er brannte darauf, an Land zu kommen.

Doch hinter der nächsten Felsnase war das Idyll vorbei. Das Wasser vor ihnen schien auf einmal zu kochen – es schäumte leuchtend rot. Etliche Boote hatten eine Bucht abgeriegelt, andere wankten zwischen den gewaltigen Leibern, die dort um ihr Leben kämpften. Die Matrosen konnten sich nur mit Mühe an der Reling halten. Sie feuerten die Walfänger an und beglückwünschten sie zu ihrem Fang. Einar steuerte vorsichtig vorbei. Schließlich fanden sie am Rande des Fjords einen Platz, an dem sie ankern konnten. Neben ihnen waren die toten Leiber der Wale aufgereiht. Aus großen Schnitten ergossen sich ihre Eingeweide auf den Strand. Der Gestank war schwindelerregend, wie überhaupt das ganze Schauspiel. Simon klammerte sich an der Reling fest. Er hatte oft schon mit Tran und Walfleisch gehandelt. Woher dieser aber kam und was es bedeutete, ihn zu erlangen, darüber hatte er sich nie Gedanken gemacht. Als majestätisch und Ehrfurcht gebietend hatte er die Wale empfunden, die er auf seinen Fahrten gesehen hatte. Dass sie so abgeschlachtet wurden, erschütterte ihn. All das Blut, der Tod – ein abergläubischer Mensch würde es wohl als schlechtes Omen werten, dachte er. Die Isländer hingegen waren hellauf begeistert.

»Sie sollten *uns* fürchten, die Wale, meint Ihr nicht?«, feixte Dagur.

Simon würgte seine Übelkeit hinunter. Er konnte nur stumm nicken.

Mit den ersten Getreidesäcken setzten Dagur und er über. Niemand beachtete sie. Die Bewohner des Dorfes waren zu beschäftigt damit, die Wale totzuschlagen, auszuweiden und zu zerteilen, als dass sie sich um die Ankömmlinge gekümmert hätten. Simon wandte sich ab und versuchte, sich nicht zu übergeben. Er würde sich vor dem Isländer keine Blöße geben.

Hob man den Blick, war das Dorf schön: Die Häuser fielen mit ihren grassodenbedeckten Dächern in der Talsohle kaum auf, dafür der merkwürdig milchigblaue Bach umso mehr. Überall hingen auf Holzstangen Fische zum Trocknen.

»Wartet hier«, sagte Dagur.

Er ging zu den Lagerfeuern, über denen eine Reihe Kessel hingen. Auf Karren brachten Männer einen Teil des Walfleisches, das die Frauen zu Tran kochten. Als eine hochgewachsene, kräftige Frau mit langen Zöpfen Dagur bemerkte, ließ sie die Arbeit sein und ging ihm entgegen. Sie sprachen kurz miteinander. Dagur wies auf Simon, und das Gesicht der Frau verdüsterte sich. Da wurde er von der Seite angestoßen. Einar hielt ihm einen Becher hin. Das Getränk schmeckte scharf und honigsüß zugleich. Sie sahen zu, wie Dagur in einem Haus verschwand.

»Was hat er vor?«, wunderte sich Einar. Simon hob ratlos die Schultern.

Wenig später tauchte Dagur mit einem Fellsack wieder auf. »Wir gehen los«, befahl er.

»Heute noch?«, stutzte Simon. Nicht, dass er etwas dagegen hatte, diesen Ort zu verlassen …

»Wir wollen keine Zeit verlieren.«

Einar sagte etwas auf Isländisch. Ein Wortwechsel entbrannte zwischen ihm und Dagur, der stetig heftiger zu werden schien. Schließlich ließ Einar von dem Schiffer ab.

»Bis zu Alvars Haus sind es einige Stunden. Vor Einbruch der Nacht sollten wir dort sein«, meinte Dagur.

Simon war hungrig und hatte sich auf seine erste Nacht an Land gefreut. Aber wenn Dagur die Kraft hatte, loszumarschieren, hatte er sie auch. Er reichte dem Steuermann seinen Becher und dankte ihm; es war eines der wenigen isländischen Worte, die er kannte.

Einar umfasste seinen Arm. »Pass auf!«, sagte er eindringlich. Er wollte gerade weiterreden, aber Dagur schnitt ihm scharf das Wort ab. Was hatte Einar ihm sagen wollen? Verwirrt verabschiedete Simon sich und schulterte seinen Hudevat.

Zunächst folgten sie dem Bachlauf. Auf seine Frage hin meinte Dagur, dass die milchigblauen Flüsse aus den schneebedeckten Bergen stammten.

»Was hat Einar zu Euch gesagt?«, wollte Simon wissen.

Seinem Begleiter schien die Frage nicht zu gefallen. Dagur wäre sicher lieber bei seiner Frau geblieben, deshalb war er so schlecht gelaunt, mutmaßte Simon. Aber wozu die Eile? Auf einen Tag kam es nicht an.

»Er hat von Elfen und Trollen geschwätzt. Und vom verborgenen Volk.«

Simon horchte auf. »Was ist das verborgene Volk?«

Sie verließen den Bachlauf und schickten sich an, einen Hügel zu erklimmen. Mit etwas Mühe konnte Simon eine Spur von niedergedrücktem Moos erkennen. Der Trampelpfad war offenkundig schon länger nicht benutzt worden.

»Das Huldufólk. Es ist unsichtbar, außer es will, dass die Menschen es sehen. Es lebt in Felsen und Hügeln. Abends sind ihre Höhlen hell erleuchtet. Sie sind kleiner als Menschen, und die

Alten sagen, sie sind friedfertig. Aber das ist nur Gewäsch. Sie rauben unsere Neugeborenen und lassen Wechselbälger da. Erst nach der Taufe sind die Kinder sicher.« Dagur wies zur Seite und schlug ein Kreuz über der Brust. »Von diesem Berg hier wurden die alten Götterbilder gestürzt, als wir zum Christentum fanden.«

Es war das erste Mal, dass Simon das Zeichen des Glaubens bei dem Isländer sah. Er war fasziniert von der Geschichte, die die Erinnerung an das grausame Waleschlachten in den Hintergrund drängte. Mit großen Schritten schloss er zu Dagur auf.

»Davon habe ich noch nie gehört.«

»Das ist auch nichts für Fremde.« Dagur blieb stehen und fuhr sich durch sein struppiges Haar, während sich auf seiner Stirn erste Schweißperlen zeigten. Sein Atem war deutlich hörbar, er hatte ein schnelles Tempo vorgelegt. »Weißt du, was andere sagen? Als Gott Eva besuchte, hatte sie keine Zeit, alle ihre Kinder zu waschen. Sie versteckte die dreckigen Kinder vor dem Allmächtigen. Und Gott sagte: Was vor mir versteckt wird, soll auch den Menschen verborgen bleiben. Und so entstand das Huldufólk.«

Dagur stieß einen Laut aus, der ein Lachen sein könnte, aber Simon verstand nicht so recht, was daran so lustig war. Er trank etwas Wasser aus einem Schlauch, dann ging sein Begleiter weiter.

»Wieso sprichst du so gut unsere Sprache?«, fragte Simon jetzt.

»Hab lange in Bergen gearbeitet.«

»Vielleicht kanntest du ja meinen Vater, Konrad Vresdorp? Er ist oft in Bergen gewesen, genau wie unser Onkel«, ›und mein Vetter Nikolas‹, fügte Simon in Gedanken hinzu. Über ihn wollte er aber nicht reden. Und schon gar nicht hier, ganz allein, einer plötzlichen Eingebung folgend, die ihn auf verbotene Pfade geführt hatte. Er durfte gar nicht darüber nachdenken!

Wenn Gott nur schützend seine Hand über ihn hielte! Deshalb wollte er auch lieber nichts mehr von merkwürdigen Wesen hören, die Gottes Gnade nicht fanden. »Kanntest du sie?«

»Achte lieber auf deine Füße! Der Aufstieg wird steinig. Nicht, dass du dir die Beine brichst!«, fuhr Dagur ihn an. Simon verstummte. Schließlich war der Mann weitaus älter und erfahrener als er.

Die Landschaft war zerschrundet. Kaum waren noch Büsche zu sehen. Nur noch Moos und winzige bunte Blumen reckten sich trotzig zwischen den Steinen. Nach einer Weile gab es nicht einmal mehr die. Grünliche Felsen lagen vor ihnen. Dahinter schimmerten schneebedeckte Kuppen. Schweigend nahmen sie eine karge Mahlzeit ein. Dagur hatte anscheinend nicht viel aus seinem Haus mitgenommen.

»Müssen wir ganz hinauf?«, fragte Simon, der noch nie einen so hohen Berg bestiegen hatte. Um Lübeck gab es ja kaum größere Erhebungen.

»Der Weg führt an der Flanke des Berges entlang. Dahinter liegt die Hochebene. Ein Ort, wie ihn die Falken lieben.«

Simon wusste nicht viel über Falken. Die Beizjagd war ein Vergnügen der Adeligen und der besonders reichen Patrizier. In Lübeck gab es zwar einen Falkenhof, aber eigentlich hielt man nicht viel davon.

»Wird Alvar da sein? Hat man ihn in letzter Zeit gesehen?«

»Abwarten. Niemand weiß genau, wo Alvar steckt. Was das betrifft, ist er wie seine Falken …« Dagur schritt kräftig aus, und Simon musste sich eilen, um in seiner Nähe zu bleiben. Das war ja, als ob sie auf der Flucht wären!

Einige Stunden später hatten sie die Hochebene erreicht. Bis zu Alvars Hütte würden sie es nicht mehr schaffen, verkündete Dagur. Im Schutz einiger Felsen schlugen sie ihr Lager auf. Simon suchte Holz, doch nur Steine, Flechten und Moos bedeckten den Boden. Die Felskante zog ihn wie magisch an. Wie weit es dort wohl hinabging? Noch ein paar Schritte, dann beugte er sich hinüber. Steine klickten hinter Simon, und er fuhr herum. Es war nur Dagur. Simon ging einige Schritte auf ihn zu. Der Abhang war doch unheimlich ...

»Da hinten ist etwas Holz. Um Moostee zu kochen, wird es reichen.«

Der Isländer wies hinter sich. Tatsächlich war dort etwas dürres Strauchwerk. Sie entfachten mit dem Feuerstein eine zarte Flamme und nährten sie mit trockenem Moos. Dagur holte einen kleinen Grapen aus seinem Sack und stellte ihn in das Feuer. Er füllte Wasser hinein und warf Moos nach. Nachdem der Sud gekocht hatte, nahm er ihn vom Feuer und ließ ihn ziehen. Abwechseln tranken sie von dem Moostee, der in Simons Rachen brannte, ihn aber auch wärmte. Es war kalt auf der Hochebene. Dagur legte sich hin, und auch Simon schlüpfte in seinen Hudevat. Schweigend sahen sie dabei zu, wie das Feuer erlosch. Es war ungewohnt, im Freien zu schlafen, wenn die Nacht nicht aufzog. Wind war aufgekommen und trug ein hohles Jammern mit sich. Waren das die geheimnisvollen Wesen, die dieses Land hier angeblich bevölkerten? Oder pfiffen die Sturmböen bloß durch dürres Strauchwerk? Simon tastete nach dem Miniaturbild des heiligen Christopherus, das er stets in seinem Hudevat mit sich trug. »An welchem Tage du das Antlitz des Christopherus schaust, an dem Tage wirst du keines üblen Todes sterben«, murmelte er den alten Spruch. Der Schutzheilige der Reisenden hatte bereits über seinen Vater gewacht und würde auch ihn beschützen.

Bald kam aus Dagurs Richtung ein leises Röcheln. Simon konnte jedoch nicht schlafen. Steine bohrten sich in seinen Rücken, und die Kälte setzte ihm zu. Der Tee rumorte in seinem Magen. Schatten schienen das Lager zu umkreisen. Überall waren Geräusche! Ein leises Scharren hier, ein Kratzen dort, und dann das nicht nachlassende Pfeifen des Windes! Er drehte sich auf die Seite und schmiegte seine Wange in das Fell. Er sollte schlafen …

Wenig später warf er sich herum, fuhr panisch auf. Wo war er? Nebel hatte sich über sie gelegt. Kaum eine Armlänge weit konnte er sehen! Da war etwas Großes neben ihm – sein Herz raste. Dagur sah ihn an. Der Blick seiner halbgeschlossenen Augen hatte etwas Lauerndes. Aber das gaukelte ihm wohl nur der Nebel vor.

»Schlaf endlich!«, zischte der Isländer.

Früh am Morgen marschierten sie los. Simon hatte ohnehin nicht mehr schlafen können. Der Hunger machte ihm zu schaffen. Ihr Proviant war mehr als dürftig. Sie hätten versuchen können, Kleintiere zu fangen, wenn sie Netze oder Pfeil und Bogen dabeigehabt hätten. Ohne Hilfsmittel blieb ihnen aber nur das Fallenstellen oder geduldiges Auflauern. Beides hatte Dagur abgelehnt. Er hatte es eilig. Wenn sie erst vor Alvars Hütte stünden, würde ihm gar nichts übrig bleiben, als sie zu bewirten, hatte er gemeint.

Nach einem strammen Marsch durch unbewohnte Gegend erreichten sie eine Hütte vor einer Felswand. Niedrige Ställe drängten sich an den Bau, als würden sie in der Einsamkeit Schutz suchen. Dagur rief und klopfte, doch niemand schien da zu sein. Simon ließ seinen Hudevat fallen. Seine Schulter brannte von der ungewohnten Anstrengung, und seine Füße schmerzten. Dazu kam die Müdigkeit. Sein Begleiter ging hinter die Hütte, wo ein Bach vorüberfloss. Sie schöpften mit den Händen das klare Wasser in den Mund.

»Während wir warten, könnten wir Fallen stellen. Hier muss es doch Hasen oder anderes Getier geben«, sagte Simon, als sein Durst gestillt war.

»Wir gehen weiter. Ich kenne den Ort, von wo aus Alvar seine Streifzüge aufnimmt.«

Simons Erschöpfung nahm überhand. »Aber ...«

Plötzlich platzte Dagur heraus: »Ich will dich loswerden! Ich will endlich zu meiner Frau – verstehst du das nicht?«

Erschrocken über den Tonfall starrte Simon auf seine Füße. »Doch ... natürlich.« Er nahm seinen Sack auf. »Gehen wir.«

»Etwas ausruhen können wir schon noch.«

»Nein! Wir gehen.« Blindlings lief Simon los.

Dagur folgte ihm ein Stück. Dann rief er: »Hier geht es lang!«

Schwarz und klumpig war der Boden. Aber nicht weich, wie von guter Ackererde, sondern hart. Simon kniete sich hin und zerbröselte eine Handvoll Krumen zwischen den Fingern. Karg und tot war die Landschaft, so weit das Auge reichte. Ihn fröstelte. Wenn eine Pflanze es schaffte, ihre Wurzeln in diese Erde zu graben, schien sie zu gedeihen. Es war ein Rätsel ...

»Ich habe noch nie so schwarze Erde gesehen«, murmelte er.

Dagur sah ihn an. »Vor einigen Jahrzehnten hat sich hier ganz in der Nähe der Zugang zur Hölle aufgetan. Wie Vögel sind die Seelen aus dem Krater in den Himmel geflogen. Ein ganzes Dorf haben die brennenden Steine unter sich begraben; niemand hat das Inferno überlebt. Danach hat es drei Tage lang Asche geregnet. Seitdem ist die Erde so schwarz.«

Über die Hölle wollte Simon lieber nichts wissen, deshalb fragte er nach dem Naheliegendsten. »Aber die Falken können hier dennoch gedeihen?«, wunderte er sich.

Es schien hier kaum Getier zu geben, nach dem die Vögel jagen könnten. Auch gab es schon lange keinen Pfad mehr. Dagur brummte statt einer Antwort nur. Er ging weiter, höher und höher. Gegen den Hunger reichte er Simon Moos und Pilze, aber der hatte den Eindruck, sie bekamen ihm nicht sonderlich. Er hatte ein weiches Gefühl im Kopf und unter den Füßen und einen pelzigen Geschmack im Mund. Schon rutschte er auf den Steinen aus und stolperte mehr weiter, als dass er ging. Auf einer schmalen Ausbuchtung an der Bergflanke machten sie schließlich halt. Wieder ein Abhang, wieder ein windgepeitschter Ort. Um Simon drehte sich alles. Das musste die Erschöpfung sein. Dann aber dachte er an die Schwertbrüder, die sicher nicht jammerten, wenn es beschwerlich wurde, und bettete sich auf den nackten Boden.

Eine Berührung riss ihn aus dem Schlaf. Um Simon drehte sich alles. Keinen klaren Gedanken konnte er fassen. Er warf sich herum, bekam keine Luft. Hellgrüne und leuchtend rote Lichtblitze funkelten in seinem Kopf. War die Pilzmahlzeit daran schuld? Panisch wühlte er. Etwas hielt ihn fest. Aber wo …? Da war etwas an seinem Hals! Er versuchte, es zu fassen. Zu sehen. Seine Lider – so schwer! Endlich fanden seine Finger Halt. Simon zwang sich, die Augen zu öffnen. Ein Schatten über ihm, sternenumkränzt, wie ein Heiligenbild in der Kirche. Dagur!

»Willst du wohl endlich Ruhe geben!«

Der Griff um seinen Hals wurde fester. Pfeifend sog Simon die Luft ein. Bäumte sich auf. Versuchte sich zu wehren. Die Hände wegzureißen, aber sie saßen wie Schraubzwingen.

Dagur murmelte, das Gesicht von Anstrengung verzerrt. »Vor Gott verborgen … vor den Menschen verborgen …«

War sein Begleiter verrückt geworden? Hielt er ihn für einen aus dem verborgenen Volk?

Dann verschlangen die Lichtblitze alles. Drehten sich zu Spiralen, zu Kreiseln. Simon schwindelte. Er fühlte sich so schwach! Nichts konnte er tun, um sich zu retten. Sein Kopf ruckte verzweifelt und schlug dabei an die Unterarme des Angreifers. Er hatte keine Kraft, keine Waffe. Die Zunge schwoll in seinem Mund. Presste an seine Zähne. Die Zähne … Er musste an den Kampf mit Rulf denken. Verzweifelt biss er um sich. Traf schließlich Dagurs Arm. Verbiss sich darin. Der Isländer brüllte. Simon bäumte sich noch einmal auf. Endlich hatte er sich Luft verschafft! Er hieb wild um sich, traf den Leib des anderen ein ums andere Mal. Dagur beugte sich zur Seite. Zwischen den Lichtblitzen sah Simon, dass er nach einem Steinbrocken griff und ihn über seinen Kopf erhob. Er wollte ihn erschlagen! Aber was hatte Simon ihm denn nur getan? Im letzten Moment wälzte er sich auf die Seite. Der Schlag traf seinen Rücken. Dumpfer Schmerz trieb ihm die Tränen in die Augen. Er musste schneller sein, sonst wäre es aus. Wofür hatte er sich denn so viel im Kampfe geübt? War alles umsonst gewesen? Noch einmal nahm er alle Kraft zusammen. Er stemmte sich hoch und fiel Dagur in die Arme. Der Mann taumelte, von den Füßen gerissen durch Simons Stoß und den schweren Brocken in seinen Händen. Das Gesicht mordlustig verzerrt, wollte Dagur mit dem Stein ausholen, schwankte. Hinter ihm klaffte der Abhang. Simon streckte die Hand aus. Instinktiv wollte er dem Reisegefährten Halt geben, nicht achtend, was dieser getan hatte. Doch Dagur hatte die Schwere des Brockens unterschätzt, der ihn nach hinten zog und aus dem Gleichgewicht brachte. Er schlitterte, verlor den Halt ... und fiel.

Sein Keuchen erfüllte die Stille. Die Knie gaben unter ihm nach, und er sank zu Boden. Er konnte den Blick nicht von der Stelle lassen, hinter der Dagur verschwunden war. Sein Schrei war furchtbar gewesen. Noch furchtbarer aber sein plötzliches Verstummen. Er wagte nicht, über den Abhang zu schauen. Wenn Dagur noch lebte, könnte es zu einem weiteren Kampf kommen – und dem war er nicht gewachsen. Wenn er jedoch tot war ... Simon begann zu zittern. Tränen schossen ihm in die Augen. Hatte er ihn umgebracht? Hatte er einen Menschen getötet? War er ein Mörder? Ihm war es, als müsse der Berg sich auftun, als müsse die Hölle ihn verschlingen. Benommen und ausgepumpt fiel er auf die Seite.

Ein Vogel schrie über ihm. Flogen die Seelen aus dem Berg? Würde auch sein Leben bald vorbei sein? Die Steine bohrten sich in seinen Leib, aber er fühlte sich zu schwach, um aufzustehen. Sein Hals war wund, von innen wie von außen. Da hörte er ein leises Kratzen. Flattern. Dann ein scharfes Stechen auf seiner Kopfhaut. Er zuckte, schlug erneut um sich. Es war hell, die Sonne ging auf. Er wollte rufen, doch heraus kam nur ein Krächzen. Der Rabe krächzte zurück. Weit schlugen die Flügel über Simon. Schwarzgrün glänzte sein Gefieder. Hielt er ihn etwa für Aas? Das war er nicht – noch nicht. Simon stemmt sich hoch und wedelte mit den Armen. Protestierend flog der Rabe auf. Er setzte sich auf einen etwas entfernten Felsvorsprung, als müsse er nur noch ein wenig warten, bis seine Mahlzeit bereit war. Simon tastete sich vor zum Abhang und ging dort erneut auf die Knie. Ihm war noch immer schwindelig. Er traute seinem Körper nicht, zitterig, wie er war. Vorsichtig beugte er sich vor. Weit unter ihm lag Dagur, die Haut zerschunden und blutig. Er musste die schroffen Felsen hinuntergekullert sein. Aber da waren größere Wunden. Hatte der Vogel etwa …? Entsetzt packte Simon einen Stein und schleuderte ihn nach dem Leichenfledderer, der jedoch ungerührt zusah, wie das Geschoss an ihm vorbeisauste. Wieder weinte Simon. Dagur war tot. Wie sollte er es nur seiner Frau erklären? Wie sollte er es überhaupt jemandem erklären? Wie sollte er es vor Gott verantworten? Auch konnte er die Leiche nicht dort liegen lassen.

Am Lagerplatz durchwühlte er ihre Säcke nach Nahrung. Nur noch ein Brocken Trockenfisch und einige Pilze, die er nicht kannte. Der Wasserschlauch war leer. Lange musste er den Fisch in seinem Mund halten, bis er etwas weich und halbwegs genießbar wurde. Er fand auch seinen Geldgürtel. Dagur hatte ihn an sich genommen, genau wie den Beutel mit seinem Wachstafelbüchlein. War es ihm vielleicht nur um sein Geld gegangen?

Simon strich über die Schrift. »Wenn Gott für mich ist, wer soll da gegen mich sein?«, hatte Katrine auf seinen Beutel gestickt. Aber Geld und Beutel halfen ihm jetzt nicht weiter! Simon nahm Dagurs Seil. Er konnte es nirgendwo befestigen, um den Körper hochzuhieven. Also zum Abhang. Vielleicht könnte er den Körper hochzerren. Vorsichtig einen Schritt hinunter gemacht. Sofort rutschte er weg, und eine Geröllawine löste sich. Schnell kletterte er zurück. Das könnte ihn sein Leben kosten ...

Er hatte nur eine Möglichkeit. Simon schleppte Steinbrocken heran und legte sie an die Abbruchkante. Dann faltete er die Hände. Noch nie hatte er eine solche Situation erlebt. Er versuchte, sich an die Worte zu erinnern, die der Priester bei den Beisetzungen seiner Eltern gesagt hatte, doch noch immer waren seine Gedanken wie umnebelt. War das nur der Hunger oder hing es doch mit den Pilzen und dem Moos zusammen, die Dagur ihm zu Essen gegeben hatte?

»Vater unser, der du bist im Himmel ...«, begann er, weil ihm nichts anderes einfiel, und endete nach wenigen Sätzen, »... und schenke ihm eine fröhliche Auferstehung. Amen.«

Mit der Fußspitze stieß er einen Brocken an, der polternd hinunterrollte und andere mit sich riss. Die Steine schlugen dumpf auf Dagur auf. Simon zuckte zusammen, als habe er einen Schlag bekommen. Er gab dem nächsten Stein einen Tritt. Und wieder einem. Bald war die Leiche nicht mehr zu sehen. Trotzdem schob Simon auch den letzten noch an. Noch nie hatte er sich so niedergeschmettert gefühlt. Du magst nicht mehr zu sehen sein, dachte er, aber nichts bleibt vor Gott verborgen. Und nichts vor den Menschen. Er war mitschuldig daran, dass dieser Mann sein Leben verloren hatte. Er würde dafür geradestehen.

Simon nahm seinen Hudevat und Dagurs Sack und machte sich erschöpft auf den Rückweg. Enttäuscht rufend stob der Rabe auf. Vermutlich würde er ihn verfolgen. Ob er diesen Aasfresser essen könnte? Denn das war es, was Simon am dringendsten brauchte: etwas zu essen. Sonst würde er es nie zurückschaffen. Um den Weg sorgte er sich weniger. Er hatte versucht, sich die Berge und Felsen, die Krüppelbirken und Bäche einzuprägen. Solange nicht wieder Nebel aufzog ...

16

Beharrlich schlug er Feuerstein gegen Stahl. Vereinzelt flog ein Funken, doch sobald er auf Flechten und Birkenreisig traf, verlosch er. Es war einfach zu feucht. Seit beinahe zwei Tagen regnete es. Anfangs war Simon unbeirrt weitergelaufen, doch als er dreimal innerhalb eines Tages die gleiche Flussfurt durchquert hatte – buckelige Findlinge in einer Talsenke –, hatte er sich notgedrungen entschlossen, bessere Sicht abzuwarten. Wenn er wenigstens die Sterne sehen könnte ...

Gestern Abend hatte er Schutz unter einem Felsüberhang gefunden. Aber auch am Morgen war das Wasser noch immer wie ein feiner Vorhang vor ihm hinabgeströmt. Es hatte keinen Sinn, weiterzulaufen, wenn die Landmarken verborgen blieben, an denen er sich orientieren konnte. Immerhin hatte er mit einer Schlinge ein Rebhuhn gefangen. Er hatte ihm den Hals umgedreht und es gerupft.

Der Stein zitterte in seiner Hand, und er traf nur seine Finger. Seine Kleidung war klamm, und der Hunger ... Zornig schmiss Simon Stein und Stahl beiseite. Der Anblick des rohen Fleisches ekelte ihn. Bald würde ihm nichts anderes mehr übrig bleiben.

Er ging zum Höhleneingang, vor dem er Dagurs Grapen aufgestellt hatte, um Regenwasser aufzufangen. Wenigstens etwas. In langsamen Schlucken trank er. Sein Hals war noch immer wund. Er musste Ruhe bewahren – und dabei würde er doch am liebsten loslaufen, schon um den Selbstvorwürfen zu entgehen. Es war eine Torheit gewesen, nach Island zu fahren! Hätte er nur auf Liv gehört! Würde er den Freund jemals wiedersehen? Und alle anderen, die er liebte? Dass jemand nach ihm suchen würde, glaubte er nicht. Selbst wenn man ihnen bis zu Alvars Haus folgen könnte – danach waren sie in die Wildnis abgebogen. Spuren dürften sie kaum hinterlassen haben. Man würde ihn nicht finden. Simon war inzwischen überzeugt davon, dass Dagur ihn absichtlich weit weg gebracht hatte. Und er hatte ihn umbringen wollen – an einem Ort, wo niemand nach ihm suchen würde. Aber warum nur? Was hatte Dagur im Hintersinn gehabt? Das Pladdern des Regens dröhnte in seinem Kopf. Moos und Pilze zu essen, wagte er nicht mehr. Blieb nur das Rebhuhn. Er würde noch einmal versuchen, Feuer zu machen. Irgendwann musste es doch gelingen …

Ein zartes Rauchfähnchen erfüllte die Luft. Endlich! Zaghaft pustete Simon in die Glut. Er tastete nach dem kleinen Haufen Reisig und den Aststückchen, die er zusammengetragen und zum Trocknen ausgebreitet hatte. Eine winzige Flamme leuchtete auf, dann noch eine. Simon juchzte. Ihm war, als hätte er sich noch nie über etwas so gefreut. Um den schlimmsten Hunger zu stillen, hatte er einen Teil des Huhns inzwischen roh gegessen; dann aber hatte ihn der Ekel übermannt. Vorsichtig legte er Äste auf das kleine Feuer, und tatsächlich loderte es bald auf. Es rauchte stark, aber immerhin, es brannte! Spieß und Stecken für den Vogel hatte er bereits vorbereitet. Obgleich es eine wackelige Angelegenheit war, schaffte er es, den Spieß über dem Feuer zu drehen. Mit der anderen Hand legte er Holz nach. Sein Vorrat war jedoch schnell verbraucht. Er lief in den Regen und suchte nach weiteren Zweigen. Nur eine kleine Handvoll bekam er zusammen. Warum gab es nicht mehr Bäume auf Island? Als er zurückkam, war das Feuer aus. Tropfnass hockte er über der Asche und blies hinein, doch es war zu spät. Der Rauch brannte ihm in den Augen, und vor Wut und Verzweiflung hätte er am liebsten geweint. Was war er nur für eine Heulsuse! Er war doch schon sechzehn! Er riss das Fleisch von den Knochen des Rebhuhns und steckte es in den Mund. Mochte sein Schicksal auch noch so widrig sein, aufgeben würde er nicht.

»Wo ist Dagur?«

Die harsche Stimme ließ ihn auffahren. Drei Menschen standen vor ihm, zwei Männer und eine junge Frau, etwas älter als er. Er hatte sie nicht kommen hören. Simon würgte das Fleisch hinunter.

»Einar!« Simons Stimme klang heiser.

Der Steuermann nickte ihm zu. Gesprochen hatte jedoch der Alte. Scharf stachen Wangenknochen und Nase in seinem hageren Gesicht hervor. Seine Brust war so eingefallen, dass der lange Bart davor in der Luft baumelte. Er hustete, und der Bogen, den er gespannt auf Simon gerichtet hielt, bebte dabei gefährlich. Auch die junge Frau hatte ihn mit ihrer Waffe anvisiert. Es mussten der Falkenmann Alvar und seine Tochter Runa sein. Trotz aller Erleichterung verspürte Simon auch Angst. Was würde geschehen, wenn er ihnen die Wahrheit gestehen würde? Würden Sie ihm glauben? Oder würden sie denken, er habe Dagur getötet? Aber er würde sich nicht verstecken. Die Wahrheit kommt ans Licht …

Er richtete sich auf, achtete gar nicht auf die Regentropfen, die ihm noch immer aus den Haaren und Kleidern rannen, und sagte fest: »Dagur ist tot. Es war nachts. Ich wachte auf, weil er sich auf mich gestürzt hatte. Er versuchte, mich zu erwürgen. Als ich mich wehrte, verlor er das Gleichgewicht und stürzte zu Tode. Er hatte mein Geld …«

»Mörder!«, zischte die junge Frau. Meinte sie Dagurs Vorhaben oder etwa ihn? Ihre Augen blitzen, und er bemerkte die Federn, die sie an ihren Zopf geknüpft hatte. Sie sah wild aus. Ihre Haare waren dunkel, genau wie die Augen und ihre dichten Brauen. Über ihren Schultern trug sie einen Fuchspelz, und am Gürtel über dem einfachen Kittel allerlei Kleinkram, darunter auch Tierzähne. Aber wieso kannte sie seine Sprache?

»Nein! Dagur wollte mich umbringen! Dann stolperte und stürzte er!«, verteidigte Simon sich.

Runa öffnete den Mund, doch ihr Vater fuhr dazwischen.

»Wo war es? Zeig es uns«, forderte Alvar ihn auf.

Jetzt? Bei diesem Wetter noch einmal den ganzen Weg zurück?

»Ich habe ihn begraben.«

Der Alte ruckte mit dem Bogen. Das war keine Aufforderung, es war ein Befehl.

»Also gut«, sagte Simon matt und packte langsam seine Sachen zusammen. Wie schwer sie waren, so nass!

Wieder erklommen sie den Berg. Simon ging voraus, bemüht, sich seine Erschöpfung nicht anmerken zu lassen. Er wollte keine Schwäche zeigen. Einar schloss zu ihm auf, und Simon fragte, wie sie ihn gefunden hatten, doch Alvar trennte sie wieder und verbot ihnen zu sprechen. Wie einen Gefangenen trieben sie ihn vorwärts.

Dann endlich war die Stelle erreicht. Simon wies zum Grabhügel hinunter. Alvar löste das Seil, das er über seiner Schulter trug. Er reichte seiner Tochter das eine Ende, das andere schlangen Einar und er um ihre Leiber. Runa band es um den Bauch und schickte sich an, hinunterzusteigen. Sie wirkte nun fraulicher, als trüge sie ein Kleid mit einem Gürtel. Ihre nackten Beine blitzten auf, als sie die ersten Schritte hinunter machte. Simon wandte schnell den Blick ab.

»Vorsicht! Die Steine lösen sich leicht!«, warnte er sie.

Runa lachte spöttisch. »Denkt er, ich bin noch nie Geröll hinabgeklettert?«

Simon ärgerte sich über ihre Worte, doch wie furchtlos und geschickt sie über die Steine sprang, nötigte ihm Respekt ab. Unten angekommen, legte sie die Leiche frei und untersuchte sie.

Offensichtlich überprüfte sie, ob Dagurs Wunden von einem Kampf herrührten. Als sie ihrem Vater etwas zurief, zog Alvar wortlos am Seil, und sie begann, die Steine wieder aufzuschichten. Es war eine schwere Arbeit, aber sie erledigte sie klaglos und schnell.

»Können wir ihn nicht bergen? Ich habe zwar ein Gebet gesprochen, aber vielleicht sollte er auf einen Friedhof kommen«, sagte Simon unsicher.

»Wenn Dagur dich wirklich umbringen wollte, verdient er es nicht, in der Gemeinschaft der Gläubigen beerdigt zu werden. Er soll hier verrotten, während seine Seele im Fegefeuer schmort«, sagte Einar bitter.

»Du glaubst mir also?«, fragte Simon ihn.

Der Steuermann sah auf das Tal hinaus, als könne er durch den Regen hindurch etwas erkennen, was sonst niemand sah. Schließlich sagte er: »Schon auf dem Schiff hat Dagur von einem Preis auf deinen Kopf erzählt. Ich wollte nicht glauben, dass er es wirklich tun würde.«

Simon glaubte, sich verhört zu haben. Ein Preis – auf seinen Kopf? Doch bevor er weiter nachfragen konnte, zog sich Runa zu ihnen hoch. Sie musterte Simon kritisch.

»Er sieht nicht so aus, als würde jemand für seinen Tod bezahlen.«

Einar hob nur die Schultern. Simons Gedanken rasten. Ein Kopfgeld – auf ihn? Es gab nur einen, dem er zutraute, dass er sich seinen Tod wünschte: Nikolas. Ihre Feindschaft hatte in Bergen ihren Höhepunkt gefunden. Simon mochte nicht daran denken. War Dagur gestorben, weil Nikolas ihn als Mörder gedungen hatte? Aber woher kannten sie sich? Er verstand das nicht. Andererseits hatte der Isländer bei der Prügelei mit Rulf seinen Namen gekannt ... Das rohe Rebhuhnfleisch lag Simon wie Blei im Magen.

Einar packte seinen Arm. »Erst mal essen. Wir haben Proviant.«

Gestärkt machten sie sich auf den Weg zurück. Während Alvar Simon mit Nichtachtung strafte, spürte er noch immer Runas misstrauische Blicke auf sich. Wenigstens durfte er jetzt mit Einar sprechen. Dem Steuermann war es merkwürdig vorgekommen, dass Dagur so überstürzt das Dorf verlassen hatte; fast so, als habe er gewollt, dass kaum jemand Simon sieht. Am nächsten Tag war Einar ihnen gefolgt. An der Hütte war er auf Alvar und seine Tochter gestoßen und hatte sie überreden können, ihren Spuren zu folgen. Sie waren schon kurz davor gewesen, aufzugeben, als sie den Rauch entdeckt hatten.

»Ich stehe in deiner Schuld. Wenn du mir nicht gefolgt wärest, wäre ich vielleicht in der Wildnis verloren gegangen«, sagte Simon.

»Du warst unser Gast. Wir waren verantwortlich für dich. Ansonsten: Dank nicht mir. Danke Runa. Sie hat den Rauch gesehen.«

Simon tat, wie ihm geheißen, doch Runa wandte den Blick ab. Was hatte er ihr nur getan, dass sie ihn so behandelte?

Spät am Abend erreichten sie Alvars Hütte. Runa entfachte mit getrockneten Algen ein Feuer, während Einar die Lachse ausnahm, die sie in einem Fluss am Wegrand gefangen hatten, und Alvar im Stall nach dem Rechten sah. Simon folgte dem Alten, um endlich den eigentlichen Grund seines Aufenthalts anzusprechen. Er war schließlich hierhergekommen, um Falken zu kaufen, und er wollte nicht abreisen, ohne sein Ziel erreicht zu haben. Sonst wäre alles umsonst gewesen! Nachdem Alvar sein Vieh inspiziert hatte und zufrieden schien, erzählte Simon ihm von seinem Anliegen.

»Ich habe im Moment keine Falken zum Verkauf«, lehnte der hagere Alte auf dem Weg zurück zur Herdstelle, von der es verführerisch duftete, ab.

Simon war enttäuscht, versuchte aber, es sich nicht anmerken zu lassen. Alvar ließ sich neben Einar am Feuer nieder. Runa reichte den Männern schmale Holzbretter mit dampfendem Lachs, und schweigend begannen sie zu essen. Simon lief das Wasser im Mund zusammen. Würde er etwa leer ausgehen? Da hielt Runa auch ihm ein Brett hin. Dankbar setzte er sich zu ihnen. Der gegrillte Fisch war lecker und stärkend zugleich. Als die Lachse verspeist waren, schien auch Alvar weniger abweisend.

»Aber seid Ihr nicht gerade auf der Jagd nach Falken gewesen?«, hakte Simon noch einmal nach.

»Wir haben unsere Schafe gesucht! Schon wieder sind welche verschwunden«, sagte der Alte mürrisch.

»Dann lasst mich mit euch auf die Falkenjagd gehen! Ich begleite euch und helfe, wo ich nur kann. Ihr seid der Beste – Ihr findet sicher welche!«

Runa lachte auf und warf die Gräten in die Glut, wo sie zischend verglommen.

»Seht, ich habe Geld!«, rief Simon unbeirrt und zog seinen Geldgürtel heraus.

Argwöhnisch blickte Alvar ihn an. »Woher hast du das? Gestohlen?«

Simon war in seinem Stolz getroffen. »Mein Vater war einer der reichsten Kaufleute Lübecks.«

»War?«

Der prüfende Blick verunsicherte ihn. Das war ja wie ein Verhör! »Jetzt leitet mein Schwager die Geschäfte. Erst einmal allein, also mit meiner Schwester, bis ich meine Ausbildung beendet habe.«

»Du bist also noch ein Lehrling. Weiß dein Schwager, was du tust?«

»Natürlich! Er hat mich ja geschickt ... Zumindest wollte er, dass ich Falken kaufe.« Unter den durchdringenden Blicken fügte er hinzu: »In Bergen.« Lügen oder Heimlichkeiten würden ihn hier nicht weiterbringen, das spürte er.

»Und dann bist du einfach so hierhergesegelt?«

»Ich wollte auch Skreith kaufen. Unsere Ladung Stockfisch ist gestohlen worden. Aber offenbar haben die norwegischen Büttel nichts unternommen.«

Alvar nickte düster. »Die Norweger wollen herrschen, aber nichts tun. Sie wollen unsere besten Falken, unser bestes Land. Sie verbieten euch Händlern, nach Island zu reisen. Wie es uns geht, interessiert sie nicht. Wir haben kaum Getreide, kein Malz, keine Werkzeuge. Früher waren wir wenigstens frei!« Ein plötzlicher Hustenanfall krümmte den mageren Körper. Als der Alte sich wieder beruhigt hatte, meinte er: »Du hast also Geld. Woher willst du wissen, dass ich es nicht wie Dagur mache: dich in die Wildnis führe und es dir abnehme?«

»Ihr habt mich gerettet – warum solltet ihr mich berauben? Ihr bekommt das Geld ohnehin – wenn ich die Falken habe!«

»Gleich mehrere sollen es sein, wie?« Verspottete ihn Alvar nun auch?

Simon ballte die Hände. »Zwei oder drei wären schön.«

»Du weißt, dass in unserem Land auf das Töten eines Falken der Tod steht?«

»Ich werde sie selbst zur Marienburg bringen. Ihnen wird nichts geschehen.«

Einar und Alvar sahen sich an. Der Alte hustete heftig, dann spuckte er aus. »Du, zur Marienburg?«

»Ich bin ja auch hierhergekommen – oder etwa nicht?«

»Ha! Und jetzt sollen wir dich für deine Dummheit belohnen?«, warf Runa ein.

Ihr Vater blickte sie strafend an. »Gerfalken könnten wir dir ohnehin nicht beschaffen. Der König hat verordnet, dass alle Gerfalken zunächst ihm zum Kauf angeboten werden müssen, sogar die, die auf den Ländereien der Kirchen gefangen werden. Er ist gierig! Dabei gehört ihm alles – von Grönland im Norden bis zu den Orkneys im Süden!« Alvar presste die Hand auf seine

Brust und unterdrückte den erneuten Hustenreiz. »Wie auch immer. Zunächst musst du ins Dorf. Der Witwe sagen, was geschehen ist. Und warten, was passiert. Wenn du danach wieder hierherkommen solltest ...«

Einer Frau vom Tod ihres Mannes erzählen. Simon verließ bei der Vorstellung beinahe der Mut.

Der nächste Tag war furchtbar. Die jammervollen Schreie der Ehefrau. Vorwürfe und hasserfüllte Blicke. Beschimpfungen. Wenn er Einar nicht als Übersetzer und Beschützer an seiner Seite gehabt hätte, wäre er vermutlich angegriffen worden, dachte Simon. Womit hatte er nur das Vertrauen und die Hilfe des Steuermannes verdient? Alle Bewohner des Dorfes waren zusammengeströmt und diskutierten. Ihre Stimmen klangen aufgewühlt und zornig. Verständlicherweise, denn sie hatten einen der ihren verloren. Simon hatte die Vorgänge ausführlich geschildert, aber vor allem die Witwe und ein Mann, der Dagur wie aus dem Gesicht geschnitten war, auch wenn er jünger und sein Haupthaar noch dichter war, schienen ihm nicht zu glauben. Einar zeigte die Pilze, die Simon in Dagurs Sack gefunden hatte und die offenbar zu Sinnestäuschungen und sogar zum Tode führen konnten, doch sie ließen sich nicht überzeugen. Die ganze Szene wirkte so einschüchternd auf Simon, dass er am liebsten davongelaufen wäre. Schließlich nahm Einar die beiden Hauptankläger beiseite. Die Dorfbewohner scharten sich um sie. Ganz allein blieb Simon zurück. So musste sich ein Ausgestoßener fühlen ...

Am Rand des Dorfes sah er Alvar und Runa auf einem Felsen sitzen. Warum waren sie noch nicht fort?

Einar kam zurück, das Gesicht wie versteinert. »Jón will, dass du Blutgeld zahlst für den Tod seines Bruders.«

Simon zögerte. »Aber ich habe Dagur nicht umgebracht.«

»Das habe ich auch gesagt. Dann will Jón einen Kampf. Mann gegen ... Mann.« Der Isländer wirkte zerknirscht.

Simon war in seinen Augen wohl noch kein richtiger Mann. Dabei hatte er schon viel erdulden müssen. Dass er zu kämpfen wusste, war nur seinem Wunsch geschuldet, sich nie wieder ausgeliefert zu fühlen. Doch dieses Mal würde er unterliegen, das stand fest. Sein Körper war erschöpft und geschwächt. Und sein Geist ...

Ein Sühnegeld zu entrichten, wäre die einfachste Lösung gewesen, um die Situation zu befrieden. Es wäre jedoch ein Eingeständnis einer Schuld, die er nicht auf sich geladen hatte. Nicht so, zumindest. Aber jetzt zu kämpfen, in diesem Zustand? Ihm würde wohl nichts anderes übrig bleiben.

»Ist das denn rechtens? Ist die Angelegenheit damit geklärt?«, fragte Simon.

Jón, der diese Worte gehört hatte, schnaubte verächtlich. Drohend kam er näher. Ein isländischer Wortschwall prasselte auf Simon nieder. Einar trat zwischen sie.

»Was hat er gesagt?«, erkundigte sich Simon besorgt.

»Da hört man den feinen Bürgerjungen heraus, meint Jón, den Hansen. Und das hat er nicht nett gemeint.« Einar blies ratlos die Wangen auf. »Auf Island gilt zwar das Recht des norwegischen Königs, aber wir sind es gewöhnt, unsere Angelegenheiten allein zu regeln. Auf dem Allthing, durch Vermittlung eines Priesters oder ...«

Dagurs Bruder zischte etwas. Einar übersetzte ruhig. »Du sollst kämpfen. Oder ihm all dein Geld geben.«

Sein Gegner brannte offenbar darauf, endlich loszuschlagen. Schweren Herzens willigte Simon ein. »Das Geld kann ich ihm nicht geben.«

Es dauerte nur einige wenige Schläge, bis er am Boden lag. Er wurde hochgerissen, unter dem Beifall der Dorfbewohner erneut niedergeschlagen. Dann trafen ihn Tritte, immer und immer wieder. Gott musste der Meinung sein, dass er diese Strafe verdient hatte, dachte Simon. Er hatte gelernt, Schläge auszuhalten.

Aber dieses Mal schaffte er es nicht. Er weinte und flehte um Gnade. Und er schämte sich dafür. Er wollte noch nicht sterben! Ein Tritt gegen den Kopf machte seinen Schreien ein Ende. Noch bevor seine Stimme verklang, war er in Schwärze getaucht.

17

Träumte er? Die dunkelbraunen Augen mit dem gelben Ring waren durchdringend. Der Falke legte den Kopf schief, er schien ihn fragend anzusehen. Auf der Kleiderstange trat er von einem Fuß auf den anderen. Simon wollte den Kopf drehen, um ihn besser beobachten zu können, zuckte aber bei dem Versuch zusammen. Zischend sog er die Luft ein. Überall schmerzte es. Sein Leib pochte, in seinem Kopf stach es, und seine rechte Gesichtshälfte war geschwollen. Hatte er sein Auge noch? Von plötzlicher Panik erfasst, führte er die Hand an sein Gesicht. Das Auge schien noch da zu sein. Oh Gott, hab Dank ...

Ein Geräusch – der Falke stob auf. Er kam jedoch nicht weit, denn er war mit einem Lederband an der Stange befestigt. Simon wandte sich zur Tür. Erst jetzt bemerkte er, dass die Wände des Hauses seltsam erdig wirkten. Sie bestanden offenbar aus Schichten von Grastorf und wurden nur durch einige große Feldsteine gestützt. Runa stand im Eingang und musterte ihn ebenso prüfend wie der Vogel. Sie löste den Riemen und nahm den Vogel auf ihre Faust. Simon konnte ihn jetzt besser erkennen: Er hatte eine graubraune Oberseite und eine weißliche Brust mit kräftigen braunen Längsflecken.

»Ich dachte ... ihr habt keine Falken«, brachte Simon mühsam hervor.

Statt einer Antwort rief Runa nach ihrem Vater. Nach einer Weile kam er Alte.

»Du bist also bei Bewusstsein, das ist gut. Ich hatte schon gefürchtet, Jón hätte es tatsächlich geschafft, dich totzuschlagen.« Alvar ließ sich auf die Holzkante des Lagers sinken. »Runa nimmt es mir übel, dass Einar und ich dich gerettet haben«, sagte er und hüstelte. »Sie will nichts mit den Leuten aus dem Dorf zu tun haben. Je mehr wir für uns bleiben, umso weniger Streit gibt es, meint sie.«

Simon wollte sprechen, doch der Schmerz ließ ihn schwindeln. Er presste die Zähne aufeinander. »Ich … bin Euch zu Dank …«, brachte er mühsam heraus.

»Jaja, schon gut. Immer die Form wahren, was?« Alvar umfasste seine Bartspitze und zupfte daran. »Frigg zählt nicht. Sie steht nicht zum Verkauf.«

Simon brauchte etwas, bevor er verstand, dass Alvar von dem kleinen Falken sprach, und versuchte zu nicken. Da kitzelte etwas auf seiner Schläfe. Mühsam rieb er darüber. Es war feucht – Blut. Er war zu zerschlagen, sich darüber zu beunruhigen. Alvar rief jedoch nach seiner Tochter. Runa kam und löste das Tuch um Simons Stirn. Als sie sich über ihn beugte, lenkte ihr Duft ihn etwas von seinen Schmerzen ab. Sie trug den Geruch des Windes im Haar. Ihre Haut war leicht gebräunt und glatt, die Lippen voll. Verwirrt schaute Simon beiseite, blieb dabei jedoch an ihrem Ausschnitt hängen, der sich im Vornüberbeugen einen Spalt geöffnet hatte, was ihr nicht entging. Ihr funkelnder Blick brachte ihn vollends aus der Fassung. Noch nie war er einer Fremden so nah gekommen. Selbst zu Katrine, zu der er sich hingezogen fühlte, wahrte er stets einen schicklichen Abstand. Runa schien seine Nähe genauso unangenehm zu sein. Jede ihrer Berührungen, jeder Blick schien ihm zu sagen, dass er nicht willkommen war. Dennoch war er froh darüber, dass sie ihm half.

Schon am nächsten Morgen zwang sich Simon, aufzustehen. Er war wackelig auf den Beinen. Seine Prellungen hatten sich blaurot verfärbt und schmerzten, aber er bedurfte Runas Hilfe nicht mehr. Anscheinend würde er glücklicherweise keine bleibenden Schäden davontragen. Sobald er konnte, machte er sich im Haushalt des Falkenmannes ein bisschen nützlich. Auch wenn er als Städter beileibe kein Experte für Landwirtschaft war, erschienen ihm die meisten Tätigkeiten einfach. Die Grassodenhäuser waren primitiv, und es gab kaum Holz- oder Metallwerkzeuge. Ein Knecht, der wohl ebenso betagt war wie Alvar, versorgte ein paar Hühner, zwei kleine Pferde, ein Schwein und die Schafe. Was der Hof abwarf, dürfte gerade so zum Überleben reichen. Die Mahlzeiten waren ärmlich. Gekocht wurde selten, Brot gab es gar nicht, stattdessen Trockenfisch, der mit einem Hammer weich geklopft wurde. Dafür war die Umgebung umso schöner. Die Felskanten schützen die umliegenden Wiesen vor Wind und Sturm, sodass Gras und kleine leuchtend-bunte Blumen gediehen. Bäume gab es hingegen kaum. Wenn Runa die Feuerstelle überhaupt anheizte, dann verwendete sie dafür getrockneten Seetang und Torf.

Gerade jetzt hatte Simon etwas Seetang aus dem Schuppen geholt, in dem die zerteilten Fische auf Gestellen hingen, und auch Flechte und Moose zum Trocknen lagen. Er wollte sich nützlich machen, denn der Gedanke, dass sie ihn zurückschicken würden, flößte ihm Angst ein. Würde Jón ihn noch einmal angreifen? Wer würde ihn nach Bergen zurückbringen, jetzt, wo Dagur tot war? Würde ihm überhaupt jemand Fisch verkaufen, oder hatte er sich vergeblich in dieses Abenteuer gestürzt?

Als er um die Ecke des Schuppens bog, erblickte er Alvar und seine Tochter im Streit. Sofort zog er sich wieder zurück, doch es war zu spät.

»Komm ruhig heraus. Wir sprechen ohnehin über dich«, wechselte Runa in seine Sprache.

Simon trat beschämt vor und hielt sich an dem Seetangbündel fest.

»Wir können ihn nicht mitnehmen«, wandte sie sich wieder an ihren Vater, aber jetzt so, dass er es verstehen konnte. Bei Gelegenheit musste er sie unbedingt einmal fragen, wieso sie seine Sprache beherrschte.

»Er ist gesund genug.«

»Er wird unsere Geheimnisse verraten! Sie werden alle Falkennester plündern, bis zum letzten!«

Das Lachen ihres Vaters ging in Husten über. »An wen soll er sie schon verraten? Aus dem Dorf wird niemand mehr mit ihm sprechen. Für die ist er tot.«

»Er ist uns ein Klotz am Bein.« Die Stimme der Siebzehn- oder Achtzehnjährigen klang hart. Simon zuckte zurück. Er wollte nichts mehr hören.

»Im Gegenteil. Er kann uns nützlich sein.«

»Ich weiß nicht, warum du ihm hilfst.«

»Und ich weiß nicht, warum du ihn so ablehnst, Tochter. Wo ist dein Mitgefühl geblieben? Du sorgst dich mehr um Frigg als um deine Mitmenschen.«

»Das stimmt nicht!«

Sie war ein widerspenstiges vorlautes Ding, dachte Simon. In Lübeck dürften sich Töchter einen derartigen Ton ihren Vätern gegenüber nicht erlauben.

»Ach nein?« Alvar klang liebevoll, aber prüfend. »Simon hat Geld, und wir können es gebrauchen. Wir haben die Hälfte unserer Schafe verloren.«

»Verloren? Jón hat sie vertrieben, sage ich! Er hat sie sich unter den Nagel gerissen! Er hat es auf deinen Hof und unsere Weidestellen abgesehen, Vater. Hunger leidet ein Hof, der keine Schafe hat! Ein Streit mit uns käme ihm gerade recht.«

Jón? Dagurs Bruder also?

»Wir können uns keine Fehde leisten, also bleibe ich dabei: Die Schafe sind verschwunden. Die Brut der Falken ist geschlüpft. Wir können uns also daranmachen, die Jungtiere zu fangen. Der Hanse kann lernen, sie aufzuziehen, dann wird er sie auch heil zu ihrem Ziel bringen.«

Simon war während des Wortwechsels nervös von einem Fuß auf den anderen getreten. Er wollte sie nicht in Gefahr bringen. Aber er wollte auch unbedingt, dass sie für ihn Falken fingen. »Wenn ich die Falken habe, reise ich unauffällig ab. Vielleicht könnt ihr mich ja zu einem anderen Hafen bringen. Ich bezahle euch auch dafür.«

Runa lachte auf. »So viele Häfen gibt es hier nicht! Und so viel Geld hast du nun auch wieder nicht!«

»Dann schicke ich euch Waren zum Lohn, Werkzeuge oder Getreide! Von Bergen aus – ich verspreche es!«

Runa kniff die Augen zusammen, als sie sah, dass ihr Vater von seinem Entschluss nicht abzubringen war. Dennoch machte sie einen letzten Versuch.

»Und wenn Dagurs Bruder erfährt, dass wir ihn gerettet haben? Ich will nicht, dass dir etwas geschieht, Vater.«

Sie hatte die Stimme gesenkt. Simon hörte, wie besorgt sie war.

»Das wird er nicht. Morgen in aller Frühe wandern wir los«, beendete Alvar die Diskussion. »Wir sollten heute alle zeitig zu Bett gehen, damit wir ausgeruht sind.«

In der kurzen Zeit der Dämmerung, in der das Abend- und das Morgenrot ineinanderflossen, brachen sie auf. Die kleinen Pferde waren mit Säcken, Decken und jeweils zwei Holzkäfigen bepackt. Stämmig und kräftig wie sie waren, zottelten sie stetig hinter ihnen her. Wie Simon es beinahe erwartet hatte, schlugen sie eine völlig andere Richtung ein, als Dagur es getan hatte. Er hatte nie vorgehabt, ihn zu den Falken zu bringen.

Alvar ging, auf einen Stock gestützt, voraus und rief Simon an seine Seite; Runa führte die Pferde hinterher, was ihr nicht unbedingt zu gefallen schien. Der alte Mann fragte Simon über sein Leben und seine Familie in Lübeck aus. Nach einer Weile nutzte Simon eine Gesprächspause, um zu fragen, warum Alvar so gut seine Sprache beherrschte. Der alte Mann blieb stehen und verschnaufte. Auch Simon tat das Innehalten gut, sein ganzer Körper schmerzte von dem Kampf mit Jón. Er bemerkte jetzt einen Kettenanhänger aus poliertem Bein, den Alvar an einem Lederband um den Hals trug.

»Ich war Falkner am Hofe des Herzogs von Mecklenburg. Albert hieß ich eigentlich, aber die Isländer verstehen Alvar besser.« Er schmunzelte wehmütig. »Mein Herr liebte die Beizjagd und wünschte sich neue Falken, doch immer, wenn er welche bekommen sollte, starben sie bereits auf der Überfahrt oder kurz danach. Das grämte ihn sehr. Also sandte er mich aus, um sie gesund zu ihm zu bringen. Als ich hierherkam, lernte ich meine spätere Frau kennen, die zauberhafte Skadi. Pflichtbewusst brachte ich die Falken zu meinem Herrn. Ich fuhr mit den Fängern des norwegischen Königs. Neunzig Falken hatten wir an Bord, außerdem acht Ochsen und hundertsechsunddreißig Schafe, um sie zu verpflegen.« Er lachte auf, es musste ein beeindruckender Anblick gewesen sein. »Nach dieser Fahrt verließ ich den Hof und kehrte zu Skadi nach Island zurück. Wir heirateten und bekamen zwei Kinder. Ich habe es nie bereut. Nun sind sie tot, Skadi und unser Junge. Einzig Runa ist mir geblieben.« Er setzte sich wieder in Bewegung, als könne er die Erinnerung an den Verlust abschütteln. Hadernd fügte er hinzu: »Vielleicht hätte ich meine Familie nach Mecklenburg holen sollen. Das wäre ein leichteres Leben gewesen.«

»Niemand weiß, ob er die richtigen Entscheidungen fällt«, sagte Simon und fühlte sich ungewohnt weise. Auch er haderte mit seinem Entschluss, nach Island gereist zu sein. Dann dachte er an Alvars kargen Hof und seinen Streit mit Jón. »Es ist sicher nicht einfach hier«, gab er zu.

Der alte Mann hob wieder zu sprechen an. Es schien ihm gutzutun, sich die Gedanken von der Seele zu reden. »Meine Frau starb im Winter. Ein Pferd war fortgelaufen, als ich im Dorf war.

Skadi wollte es suchen. Als ich sie fand, war sie weiß wie Eis, und die Kleidung war an ihrem Leib festgefroren. Unser Sohn wurde wenig später von einer Geröllawine verschüttet. Das Elend hätte mich längst in den Tod getrieben, wenn Runa nicht wäre. Ich muss für sie sorgen.« Er tastete nachdenklich nach einer Kette, die er um den Hals trug. »Gutes Weideland wird von den übertretenden Flüssen weggeschwemmt. Es regnet und regnet. Wo sind die trockenen Sommer geblieben?«

»Gibt es deshalb Streit mit Jón? Geht es um Weideland?«

»Mein Hof ist beliehen. Wenn ich nicht mehr bin, will er ihn sich unter den Nagel reißen. Aber jetzt kann es ihm anscheinend gar nicht schnell genug gehen. Er braucht Geld oder Land, denn er will Dagurs Frau heiraten.«

Überrascht sah Simon ihn an.

»Jeder weiß, dass sie die Finger nicht voneinander lassen können, wenn Dagur auf See ist ... auf See war, meine ich. Kann sein, dass Dagur das Kopfgeld wollte, um woanders neu anzufangen.«

Sie traten in eine Ebene. Die Sonne wurde von Wolken verschluckt, und Nieselregen umwehte sie. Sorgenvoll musterte Alvar den Himmel und verlangsamte den Schritt. »Die letzten Winter waren hart. Die Fjorde waren voller Packeis. Etwas weiter im Norden brachte eine Eisscholle einen der gewaltigen weißen Bären mit. Zehn Männer versuchten ihn zu erlegen, aber einem riss er mit einem Tatzenhieb den Leib auf. Die verbliebenen Männer kriegten sich später über den kostbaren Pelz in die Haare. Die Isländer streiten gern.«

In diesem Moment zog Runa mit den Pferden an ihnen vorbei. Sie hatte offenbar nur die letzten Worte verstanden, denn sie sagte: »Deshalb finden die meisten von uns ja auch die Geschichten aus der Bibel so langweilig. Zu wenig Fehden, zu wenig Mord und Totschlag. Da sind die alten Götter anders.«

»Auch in der Bibel gibt es etliche Geschichten, die blutig enden«, merkte Simon an und zählte einige auf.

»Du scheinst dich ja gut auszukennen für eine Krämerseele.« Runa lächelte entschuldigend, als sie sah, wie brüskiert Simon war. »Schon gut, du hast es ja gehört, wir streiten gern …«

Gegen Mittag machten sie Pause. Alvar wirkte erschöpft, als er sich mit Simon auf die Suche nach Vogelnestern machte, um Eier zu sammeln. Bedauernd blickte Simon zurück zu Runa, die ihren Falken von seiner Haube und seinem Riemen befreite und in die Lüfte warf. Mit kräftigen Schwingen stieg Frigg auf und schwebte schließlich über ihnen im blauen Himmel. Sie war zwar klein, aber ungeheuer schnell und wendig. Doch Simon hatte keine Zeit, sie bei der Jagd zu beobachten. Obgleich sie aus jedem Nest immer nur ein Ei entfernten, hatten sie bald zwei Handvoll zusammen. Alvar konnte von jedem sagen, zu welchem Vogel es gehörte. Simon schoss durch den Kopf, dass er noch viel zu lernen hatte, wenn er die Falken gesund nach Hause bringen wollte. Er fing am besten schnell damit an …

Alvar führte ihn zu einer nahe gelegenen Senke, die dicht mit Moos und Flechten bewachsen war und in der ein zarter Nebel hing. Dort legte er die Eier auf die Erde. Neugierig trat Simon näher. Plötzlich spürte er, wie der Boden unter ihm nachgab und seine Füße einsanken. Heißes Wasser durchnässte die Ledersohlen seiner Schuhe. Unbeholfen hüpfte er von einem Bein auf das andere. Wie heiß das war! Erst neben Alvar fand er wieder festen Boden unter den Füßen. Hinter sich hörte er leises Lachen. Es war Runa. Simon wollte sie schon anblaffen – auslachen ließ er sich von niemandem! –, als er bemerkte, dass sie gar nicht hämisch wirkte. Ihre Augen strahlten glücklich. Sie hielt in der einen Hand ein Rebhuhn, das Frigg offenbar geschlagen hatte, und in der anderen eine mannshohe, hellgrüne Pflanzenstaude, wie sie überall an den Berghängen in der Nähe zu finden war.

»Wir brauchen kein Holz und kein Torf, verehrter Kaufmann, um Eier zu kochen.«

Verblüfft beugte Simon sich vor und sah, wie die Eier in blubberndem Wasser auf und ab waberten. »Ist das nicht Teufelswerk?«, fragte er unsicher.

Alvar lachte. »Der Teufel hat damit gar nichts zu tun. Es ist ein Geschenk der Natur. Oder unserer Götter.«

»So wie dieses schöne Huhn ein Geschenk unserer Göttin Frigg ist«, fügte Runa hinzu. Fragend sah Simon sie an. »Frigg. Göttin der Asen. Sie kann sich in einen Falken verwandeln, so wie ihr Mann Odin ein Adlerkleid anlegen kann.« Sie sprach zu ihm wie zu einem Kleinkind. »Kennt ihr Hansen denn die alten Götter nicht?«

Als Simon verneinte, schüttelte Runa nur ungläubig den Kopf und rupfte das Huhn. Alvar forderte ihn auf, die Staude zu zerschneiden, während er die Eier aus dem Wasser fischte. Simon wusste nicht, wo anfangen. Er trennte die Blätter und weiß duftenden Blüten ab und zerschnitt die Stängel in fingerlange Stücke. Runa schien zufrieden zu sein, denn sie schnürte aus dem ausgenommenen Huhn, Stängeln und Blättern ein kleines Paket und versenkte es ebenfalls in der Erde. So machten sie es auch mit den zwei weiteren Moorhühnern, die Frigg erjagt hatte. Als sie später die köstlich gegarten Hühner und auch das schmackhafte Grünzeug verspeist hatten, erzählte Alvar von den alten Göttern, die viel früher auf Island gewesen waren als der Christengott. Satt und zufrieden hörte Simon zu. Er wusste nicht, ob Alvars Geschichten sündig oder gotteslästerlich waren, aber auf jeden Fall waren sie faszinierend.

»Dagur sagte, in einem der Berge befindet sich der Höllenschlund«, sagte er schließlich.

Runas Augen blitzten. »Unsinn! Auf einem Berg weiter im Landesinneren befindet sich Asgard, der Sitz der Götter. Wenn sie uns zürnen, lassen sie Feuer und Rauch auf uns niedergehen«, sagte sie, bevor Alvar die gekochten Eier einpackte und zum Aufbruch mahnte.

Simon nahm seinen Hudevat. »Ich weiß nicht, welche Vorstellung ich beunruhigender finde«, murmelte er.

Noch stundenlang liefen sie, so lange, dass Simon jegliches Zeitgefühl verlor. Regen setzte ein. Im glitschigen Moos kamen sie schlecht voran, während es den Pferden nichts auszumachen schien. Alvar machte die Feuchtigkeit zu schaffen, sein Husten verschlechterte sich.

Schließlich hielt Runa an. »Wir sollten einen Umweg machen. Etwas Wärme dürfte dir guttun.«

Alvar winkte ab. »Wir haben die Falkenfelsen in ein paar Stunden erreicht.«

Simon hätte lieber auf den Umweg verzichtet, doch der Zustand des alten Mannes bereitete ihm Sorgen.

»Es kommt nicht auf einen Tag an«, meinte er und fing Runas dankbaren Blick auf.

»Was nützt es uns, wenn du die Falken mit deinem Husten verschreckst?«, sagte sie sanfter.

Der alte Mann zog die Schultern hoch, stimmte aber zu.

Wenig später hatten sie ihr Ziel erreicht. Es war ein natürliches Wasserbecken im Grünen, dampfend wie der Ort, an dem sie die Eier gekocht hatten, aber größer, wie ein Badezuber. Trotz des noch immer strömenden Regens entkleidete sich Alvar und stieg hinein. Zu Simons Erschrecken legte auch Runa ihr Kleid ab und sprang hinterher. Wie schön sie war, so nackt! Ihre Haut war glatt, die Glieder wohlgeformt. Und die kleinen Brüste ... Mit einem Schlag hochrot, wandte er sich ab.

»Komm mit in die heiße Quelle! Es ist kein Höllenpfuhl, ich schwöre es dir. Und nass bist du ohnehin!«, rief sie ihm zu.

Obwohl eine innere Stimme ihm riet, auf das Angebot einzugehen, war Simon nicht in der Lage, seine Scheu zu überwinden. Er setzte sich mit dem Rücken zu ihnen ins Moos und wartete darauf, dass sich seine Erregung legte. Noch nie hatte er so gefühlt! Zuhause war doch immer alles so sittsam abgelaufen, so ruhig und gemäßigt. Sicher kamen einige Männer in Badehäusern mit Frauen zusammen, aber dabei handelte es sich um lose Weiber – genauso wie bei den Huren in Bergen. Das konnte man von Runa nicht sagen, wenn sie auch anders war als alle Frauen, die er kannte. Er dachte an Katrine. Manches Mal hatte er sich dabei ertappt, sich vorzustellen, wie wohl ihr Körper aussah, und sich stets dafür gescholten. Sie war so unschuldig! Diese Intimität stand aus seiner Sicht nur Eheleuten zu. Sich mit Huren abzugeben, wie es andere Lehrgesellen taten, kam für ihn nicht infrage.

Nachts weckte ihn mehrfach Alvars Husten. Als es an der Zeit war, aufzustehen, kam der Alte nicht hoch. Runa wollte ihm helfen, musste jedoch feststellen, dass er fieberte. Simon schlug vor, einen geschützten Ort zu suchen, wo sie für eine Weile lagern konnten, bis es ihm besser ging. Sie setzten Alvar auf eines der Pferde und suchten eine geschützte Höhle, in der der Kranke sofort einschlief. Ihren Falken, der in einem der Käfige gestanden hatte, schickte Runa wieder auf die Jagd. Sie ging mit Simon hinaus, um Frigg nachzuschauen. Dem Vogel schien der Regen nichts auszumachen.
»Mich wundert, dass Frigg nicht öfter fliegt. Ich dachte, so ein Vogel müsste immer in der Luft sein«, merkte Simon an.
»Du verstehst wirklich nicht viel von Greifvögeln, wie?« Runa schmunzelte. »Greifvögel sind faul. Sie schonen sich, bis sie jagen müssen. Manchmal essen sie tagelang nichts. Aber wenn sie jagen, dann schlagen sie mit ganzer Kraft zu. Nicht wie manche Menschen, die immer hundert Sachen tun, aber keine davon so richtig.«
»Das klingt, als ob du die Menschen nicht magst«, sagte Simon.
»Sie ängstigen mich. Ein Falke schlägt ein Huhn oder einen Lemming, weil er fressen will. Der Mensch schlägt oft aus nich-

tigen Gründen zu. Zu viele sterben, weil es um Land geht, um Geld oder auch nur um ein hübsches Kleid.«

Simon hatte in der Nähe eine der großen Stauden entdeckt. »Soll ich …?«

»Engelwurz, gerne.« Auch Runa zog ihr Messer hervor und schnitt einige Kräuter. Bedrückt fügte sie hinzu: »Wenn mein Vater eines Tages nicht mehr ist, werde ich einen von diesen Menschen heiraten müssen. Allein kann ich den Hof nicht halten.«

Simon wollte sie trösten. »Er wird sich erholen«, sagte er zuversichtlicher, als er es fühlte.

»Vielleicht. Dieses Mal. Aber dann …« Sie sah ihn vorwurfsvoll an. »Deshalb wollte ich, dass er sich schont!«

»Ich habe ihn nicht gezwungen, auf Falkenfang zu gehen!«, verteidigte Simon sich.

Runa lächelte frech. »Ich weiß. Wie könntest du auch jemanden zwingen …« Sie nahm ihm die Staude ab und ging zur Höhle zurück.

Simon wusste nicht, wie sie ihren letzten Satz gemeint hatte. Nahm sie ihn nicht ernst? Er würde ihr beweisen, was in ihm steckte! Vor der Höhle stand Frigg und tat sich an einem mausgroßen Tier gütlich, dessen Fell sie bereits mit ihrem scharfen Schnabel zerrupft hatte.

»Sie kommt immer zu mir zurück«, sagte Runa gedankenverloren. »Ich habe sie als Nestling gefunden und aufgezogen. Sie liebt die Freiheit nicht …«

Leise bereiteten sie aus ihren Funden und dem Proviant eine Mahlzeit. Dann flößte Runa ihrem Vater frisches Quellwasser ein und brachte ihn dazu, ein wenig zu essen. Während Alvar wieder schlief, blieben sie in der Nähe der Höhle. Simon fragte Runa nach dem Verhalten und den Gewohnheiten der Falken aus. Sicher, es waren unwirtliche Umstände, aber die Wildnis und all die neuen Erfahrungen, die er machte, gefielen ihm.

Das war etwas anderes, als immer nur den ganzen Tag zwischen Kontor und Speicher herumzuhetzen und eine Zahl hinter die nächste zu setzen! Und, wenn er es sich eingestand, mochte er Runa auch.

Am folgenden Tag hatte Alvars Fieber zwar nachgelassen, aber der Husten war heftiger geworden. Der alte Mann stand mühsam auf und verkündete zu ihrer Überraschung, dass er zurück nach Hause reiten würde. Runas Protest unterband er von vorneherein.

»Der Husten wird immer schlimmer.« Wie zum Beweis hüstelte er und bellte dann regelrecht. »Falken sind empfindlich, vor allem wenn sie Nestlinge haben. Ich verschrecke sie nur. Ihr geht lieber allein.«

»Aber Vater, ich …«, begann Runa nun doch.

»Ich will nichts hören. Du bist eine ausgezeichnete Falkenkennerin.« Er fasste Simon am Arm. »Du versprichst mir doch, auf meine Runa aufzupassen?« Empört schnappte sie nach Luft. »Der junge Herr Simon wird dir schon nichts tun. Eher tust du ihm was …« Sie sog die Luft ein, aber ihr Vater legte einen Finger über die Lippen und lächelte schwach. »Fangt die Falken. Ich reite zurück und bereite die Käfige und Tücher für die Reise vor.«

Runa und Simon schulterten ihre Säcke und führten das verbliebene Pferd mit den Käfigen hinter sich her. Glücklicherweise hörte es auf zu regnen. Die Sonne brachte die Tropfen auf den Pflanzen zum Glitzern. Es war ein bezaubernder Anblick, der nur durch Runas Stimmung gestört wurde, denn sie schwieg Simon so deutlich an, dass es in seinen Ohren dröhnte. Machte sie ihm etwa noch immer zum Vorwurf, dass ihr Vater krank war?

Schließlich hielt Simon es nicht mehr aus.

»Dein Vater sagte, die Gerfalken seien dem norwegischen König vorbehalten. Was für Falken gibt es denn noch?«, fragte er, um sie auf andere Gedanken zu bringen. Ein großer Greifvogel zog über ihnen seine Kreise. Das Zwitschern der kleinen Vögel im Moos verstummte. Spürten sie, dass der Adler – oder was es auch war – nach ihnen suchte? »Und taugen auch andere Vögel zur Jagd?«

Eine schier endlose Weile gingen sie weiter, immer bergauf, bevor die junge Frau innehielt und ihn lange ansah. »Ich frage mich, ob es dich wirklich interessiert. So viele erkennen die Schönheit dieser Vögel nicht – sie denken nur ans Geschäft«, sagte sie frei heraus.

»Ich schätze die Vögel. Ich hatte nur bislang ... Ich habe etliche Falken gesehen, die zum Verkauf bestimmt waren. Es sind wunderbare Geschöpfe, die allerdings in ihren Käfigen einen traurigen Eindruck auf mich gemacht haben. Und jetzt, wo ich sie in der Weite dieser Landschaft erlebe, verstehe ich sie auch. Wer einmal die Unendlichkeit dieses Himmels gekostet hat ...« Simon staunte selbst darüber, was auf einmal aus ihm herausbrach. »Und nur ums Geschäft geht es mir wirklich nicht. Ich will zum Deutschen Orden. Mit den Schwertbrüdern für die Ehre eintreten, den rechten Glauben. Buße tun für Dagurs Tod. Sie sind die letzten Ritter unserer Zeit. Ihre Falknerei ist die beste, die es gibt!«

Nachdenklich blickte Runa ihn an. Die Sonne hatte ihr dunkles Haar getrocknet, das nun kastanienrot schimmerte. Er bemerkte, dass ihre Augen haselnussbraun waren, warm und doch rätselhaft, ganz so, als wäre ihr wahres Ich in ihnen verborgen.

»Die Gerfalken treten in verschiedenen Farben auf. Die Weißgefiederten sind die begehrtesten. Aber so viele wurden schon gefangen, dass man sie kaum noch findet. Frigg gehört zu einer der kleinsten Falkenarten.« Runa blieb stehen. »Wir sind da.«

Simon sah sich um. Vor ihnen tat sich ein weites Flusstal auf, das an einer Seite von schroffen Felshängen abgeschlossen wurde. Sie waren stetig bergan gegangen, aber er hatte gar nicht wirklich wahrgenommen, wie sich die Landschaft verändert hatte. Der

Bewuchs war karg, oft brachen nackte Felsen durch die Erde. Runa ging zum Flussufer hinunter und pflockte das Pferd an einem langen Seil fest.

»Hier lagern wir. Jetzt beginnt der anstrengende Teil unserer Wanderung«, erklärte sie fröhlich.

Simon konnte sich seines Respekts nicht erwehren, Runa war ausdauernd und zäh. Aber ihm selbst saßen wohl noch immer die Schläge in den Knochen. Er versuchte, sich nichts anmerken zu lassen, und lud die Käfige vom Pferderücken ab.

Nachdem sie eine kurze Rast eingelegt hatten, verbrachten sie die nächsten Stunden damit, die verschiedenen Nester in den hohen Felswänden auszuspähen. Sie beobachten Zwergfalken wie Frigg, aber auch zwei gewaltige Gerfalken, die mit ihren armlangen Flügeln die Lüfte durchschnitten. Ihr tiefes »Kjak-kjak-kjak« hallte von den Felswänden wider, gefolgt von den kehligen Rufen der Jungvögel. Fasziniert beobachtete Simon, wie sie jagten, indem sie manchmal andere Vögel in der Luft schlugen, manchmal aber auch dicht über den Boden flogen und die Beute mit sich rissen. Es wunderte ihn nicht, dass sie so begehrt waren, sie boten einen majestätischen Anblick und waren äußerst geschickt.

»Denk nicht einmal daran. So viel Ärger kannst nicht einmal du wollen«, deutete Runa seinen Blick.

»Die kleinen Falken sind auch sehr schön«, sagte Simon, wenngleich er beobachtet hatte, dass sie zwar blitzschnell herabstießen, aber dafür viel öfter ihr Ziel verfehlten.

Mit bloßen Händen und Füßen kletterte Runa eine schroffe, steil aufragende Felswand empor. Simon wusste nicht, was sie vorhatte, und sah ihr nach, doch da rief sie schon, dass er auch hinaufkommen solle.

»Was gibt es dort zu sehen?«, fragte Simon zögernd und hörte sogleich Runas leises Lachen.

»Traust du dich etwa nicht?«

Angestachelt suchte er in den Felsen nach einem ersten Halt und setzte den Fuß auf. Das konnte auch nicht schwieriger sein, als einen Mast zu erklettern, dachte er und zog sich hoch. Die Kanten waren jedoch schmal und rau. Aber er gab nicht auf. Schließlich hatte er Runa erreicht. Ganz klein wirkte ihr Pferd in der Tiefe. Nur nicht hinuntersehen! Nachdem er einmal durchgeatmet hatte, ließ er den Blick schweifen und spürte, wie die Schönheit der Landschaft ihm das Herz aufgehen ließ. Runa bewegte sich so locker in der Felswand, als hätte sie nie etwas anderes getan. Sie neigte ihren Kopf, und er folgte ihrem Blick. In einiger Entfernung befand sich eine weiß befleckte Felsnische. Darin hockten, klein und flaumig, vier Jungvögel. Die Schnäbel hatten sie weit aufgerissen. Plötzlich spürten Runa und Simon einen leichten Windzug, und ein Schatten zog über sie hinweg. Durchdringende Alarmrufe durchbrachen die Stille. Es war ein Falke, größer als Frigg, aber kleiner als die Gerfalken.

»Den Eltern gefällt es nicht, dass wir hier oben sind«, meinte Runa und tastete mit einem Fuß nach unten. Auch Simon wollte nun hinunter. Seine Knie zitterten, und auch seine Hände waren verkrampft. Ob er genügend Halt fand? Aufkeimende Angst niederkämpfend, starrte er in die Ferne. Was waren das für helle Flecken, dort hinten in der Felswand? Er fixierte sie. Vögel konnten es nicht sein, sie bewegten sich nicht. Vorsichtig stieg er hinab, rutschte ab, riss sich Hände und Fußsohlen auf. Endlich hatte er mit butterweichen Beinen und Armen wieder glücklich den Boden erreicht. Er machte Runa auf seine Beobachtung aufmerksam. Sie rannte ein gutes Stück die Steilküste entlang, bis sie unter den hellen Tupfern angekommen waren. Als Simon sie erreichte, hatte sie sich hingehockt und starrte nach oben. Vor ihr lagen weiß-braun gestreifte Federn.

»Diese Verbrecher!«, stieß sie hervor. Simon verstand nicht. »Wir müssen hoch!«

»Jetzt?«

»Nachher kann es schon zu spät sein!«

Wieder kraxelte sie den Felsen hoch, Simon notgedrungen hinterher. Die Felskante war noch schwieriger zu erklettern, sodass er in einiger Entfernung zurückblieb.

»Stümpernde Fallensteller!«, rief Runa ihm zornig zu. »Der Falke hat sich in der Schlinge verfangen und ist qualvoll verendet. Ein Junges ist ebenfalls schon gestorben. Drei leben noch – aber nur noch gerade so.« Simon stieß die Luft aus. Seine Muskeln brannten von der ungewohnten Anstrengung. Was sollten sie tun?

»Gibt es noch ein … Elterntier?«

»Sieht nicht so aus. Die Jungen sind fast verhungert.«

»Was können wir tun?

»Sie retten!«

Sie schleppten einen Weidenkäfig und Tücher heran und erkletterten ein ums andere Mal die Felskante. Runa gelang es, einen Ast in eine Felsspalte zu klemmen, über den sie ein Seil laufen lassen konnten. Simon band ein Tuch zu einem Säckchen und zog es hoch, während Runa Nestling um Nestling aus dem Nest hob und in den Sack legte. Behutsam ließ Simon die Vögel hinunter und setzte sie in den Käfig. Wie zart sie waren! Schließlich schnitt Runa den toten Vogel von dem Seil ab und löste es aus dem Astgewirr, damit sich nicht noch einmal ein Tier darin verhedderte. Als sie endlich neben den Vögeln auf der Erde standen, waren sie beide am Ende ihrer Kräfte. Vor ihnen lag der Kadaver, die Flügel schlaff ausgebreitet und zerzaust. Die Jungtiere waren ganz zusammengesunken.

»Wir können ihn nicht hier liegen lassen. Er könnte Hirten auf die Nester aufmerksam machen«, sagte Runa etwas atemlos.

Simon beruhigte es, dass sie ebenfalls erschöpft war. Die Wunden an seinen Händen und Füßen pulsierten, und er wollte sie gern im Fluss auswaschen. Ein hoher Schrei durchbrach die Stille.

»Frigg!«

Runa hatte ihren Falken zum Jagen abgeworfen. Die junge Frau suchte den Himmel ab. Bald hatten sie sie entdeckt. Frigg wurde von einem Gerfalken verfolgt, der sie entweder als Bedrohung oder aber als Beute ansah. »Wir müssen Abstand gewinnen! Frigg wird uns folgen, wenn sie kann!«

Runa deckte ein Tuch über den Käfig mit den Jungvögeln und hob ihn hoch. Simon schnappte sich das Seil, das Tuch und den Kadaver und folgte ihr. Sie liefen, so schnell es ihnen noch möglich war, am Fluss entlang. Immer wieder sah Runa sich nach Frigg um und rief ihren Namen, aber von dem Zwergfalken war nichts zu sehen. Schließlich erreichten sie ihr Lager. Simon legte alles ab und half Runa mit dem Käfig. Am liebsten hätte auch er sich auf der Erde abgelegt, aber stattdessen hielt er mit seiner Gefährtin nach ihrem Falken Ausschau und versuchte, ihn anzulocken. Endlich schoss der zierliche Vogel heran und landete neben ihrem Pferd. Runa kniete sich neben Frigg und bot ihr etwas von den Fleischbrocken an, die sie in einer Tasche trug. Gierig schnappte der Vogel danach.

»Gut, dass du wieder da bist. Ich hatte nur gehofft, du würdest etwas Frisches für die Nestlinge mitbringen«, murmelte Runa.

»Fressen sie denn nicht diese Brocken?«

»Wir können es versuchen.«

Simon fiel auf, dass sie die ganze Zeit schon »wir« gesagt hatte, und freute sich darüber. Vorsichtig hoben sie das Tuch, um die Vögel nicht zu verschrecken. Die Nestlinge boten einen jammervollen Anblick. Zusammengesunken lehnten sie aneinander, eines war umgefallen. Ihre Körper waren an einigen Stellen kahl, viele der zarten Federn waren gebrochen. Runa hielt ihnen das Fleisch hin, auf das sie gar nicht reagierten, stupste schließlich damit an ihren Schnabel. Nichts. Sie legte ihnen das Fleisch vor die Füße und hob das umgefallene Junge aus dem Käfig. Struppig-weiß lag es in ihrer Hand, leblos und tot. Der jungen Frau standen Tränen in den Augen. Simon wollte sie trösten, wagte jedoch nicht, sie zu berühren. Als er schließlich doch unsicher eine Hand auf ihre Schulter legte, ließ Runa sich gegen ihn sinken und weinte. Es verwirrte ihn, sie zu spüren, aber insgeheim genoss er es auch.

»Ich fürchte, wir müssen ein kleines Tier fangen und das Fleisch hacken. Oder möchtest du es roh vorkauen, wie die Eltern es für die Jungtiere machen?« Traurig lächelte sie ihn an.

Simon schüttelte bei der Vorstellung nur den Kopf. Die Zeit drängte, das wussten sie beide. Ohne viele Worte zu machen, gingen sie auf die Jagd. Trotz müder Körper und Augen fingen sie zwei Lemminge und ein Moorhuhn. Sie schnitten das Fleisch ganz klein und versuchten die Nestlinge damit zu füttern, aber nur wenige Brocken wurden vertilgt. Vielleicht waren sie zu spät gekommen ...

Als Simon am nächsten Morgen aufwachte, bemerkte er einen Körper neben sich – Runa! Sie musste im Schlaf neben ihn gerollt sein. Er wollte von ihr abrücken, um keinen falschen Eindruck zu erwecken, doch sie streckte die Hand aus und hielt ihn fest. Also blieb er liegen und genoss das ungewohnte Gefühl, einen weiblichen Körper neben sich zu fühlen. Wie gut Runa roch, wie warm und weich sie war. Simon spürte eine Sehnsucht in sich aufsteigen. Ein noch nicht gekanntes Ziehen und Sehnen. Eine unbekannte Lust. Dabei waren er und Katrine doch so gut wie einander versprochen! Abrupt löste sich Simon von Runa. Sie seufzte leise im Schlaf.

Er stand auf und ging etwas bang zu dem Käfig. Gestern hatten sie den Gerfalken und sein Junges unter Steinen begraben. Es war ein trauriger Anblick gewesen, der sie aber auch wütend gemacht hatte. Die beiden übrigen Nestlinge hatten kaum gefressen. Ob sie die Nacht wohl überlebt hatten? Er hob das Tuch ein Stück – ihre zarten Brüste bebten. Simon nahm die Fleischbrocken und hielt sie ihnen hin.

»Du bist gestern sehr mutig gewesen, das hätte ich gar nicht von dir erwartet.« Runas Stimme ließ ihn herumfahren. Simon spürte, wie sich seine Wangen röteten. »Sie werden das Fleisch von gestern nicht essen. Wir müssen jagen.«

Sie zauste sich durch das Haar, und obgleich sie verschlafen wirkte und ihr Kittel knitterig war, fand er sie seltsamerweise schön. Bei seiner Ehre, das durfte er nicht! Außerdem war er durch ihr Lob ganz durcheinander.

»Ich gehe schon vor zu der Erdhöhle, aus der gestern die Lemminge gekrochen sind«, murmelte er und machte sich davon.

Gemeinsam fingen sie Kleintiere und boten sie ihnen an, aber die Nestlinge pickten kaum davon. Die junge Frau wirkte bedrückt und machte keine Anstalten, weitere Falken zu fangen. Simon drängte sie nicht, er war selbst nicht mehr ganz von seinem Vorhaben überzeugt. Runa war freundlicher zu ihm, der Umgang mit ihr unkomplizierter. Es schien, als akzeptierte sie ihn nun. Sie erklärte ihm viel über das Verhalten der Greife, zeigte ihm Tiere und Pflanzen, die er noch nicht bemerkt hatte. Sie setzte sogar einmal Frigg auf seine Faust und erklärte ihm, wie er sie zur Jagd abwerfen könne. Es war ein erhebendes Gefühl, den Falken aufsteigen zu sehen. Simon war auf einfache Art und Weise glücklich. Hier gab es niemanden, der etwas von ihm erwartete. Niemand, dem er etwas beweisen musste. Nicht einmal sich selbst. Runa war wie ein Freund für ihn – nur, dass sie kein Freund war. Es fiel ihm leicht, sie gern zu haben, weil sie ehrlich und ungekünstelt war. Er fühlte sich sehr zu ihr hingezogen. Gerade deshalb achtete er am Abend darauf, Abstand zwischen sich und sie zu bringen, damit es nicht zu einer verfänglichen Situation kommen konnte.

Am Morgen wurden sie durch ein mitleiderregendes Krächzen geweckt, das Simon durch Mark und Bein ging. Mit einem Sprung war er auf und stürzte gleichzeitig mit Runa zum Käfig. Als sie hineinsahen, jubelte die junge Frau. Mit weit aufgerissenen Schnäbeln reckten sich die zwei verbliebenen Nestlinge!

»Sie sind hungrig! Das ist ein gutes Zeichen!« Unvermittelt fiel Runa Simon um den Hals und küsste ihn. Simon wusste gar nicht, wie ihm geschah. Sie duftete so gut! Ihre Lippen waren weich und zart wie Seide. Und da war ihr Körper. Deutlich spürte er ihre Rundungen an seinem Leib. Simon zuckte zurück, hin- und hergerissen zwischen der Freude über die neue Lebenskraft der Falken und dem Verlangen, das urplötzlich in ihm aufbrandete. Ein Verlangen, das nicht da sein durfte!

»Wie munter sie ausschauen! Wir sollten sie Hugin und Munin nennen, wie die beiden Kolkraben, die Odin zur Erkundung der Welten ausschickt! Die Namen bedeuten ›der Gedanke‹ und ›der sich Erinnernde‹!« Runa strahlte ihn noch immer an. Alles in ihrem Gesicht schien zu lachen. Simon glaubte, noch nie etwas Schöneres gesehen zu haben. Da zögerte sie. »Freust du dich denn nicht?«

»Doch ... doch natürlich«, stammelte er.

Ihr Lächeln verblasste. »Ich verstehe: Du willst mich nicht. Ich bin dir nicht fein genug. Nur ein einfaches Bauernmädchen! Grob und ungebildet! Du bist Besseres gewöhnt!«

Die Verletzlichkeit in ihrem Blick tat ihm weh. Er streckte seine Hände nach ihr aus, doch dieses Mal wich sie zurück. Simon wurde von seinen Gefühlen fortgerissen. Da er keine Worte für das fand, was er fühlte, trat er zu ihr, nahm kurzerhand ihr Gesicht in seine Hände und drückte seine Lippen auf die ihren. Er kam sich unbeholfen und grob vor, doch Runa erwiderte seinen Kuss. Ihre Zungenspitze kitzelte an seinen Lippen und öffnete sie leicht. Er tat es ihr nach, und bald schon versanken sie in einem Kuss, wie Simon noch keinen erlebt hatte ...

Zwei ruhige, friedliche Tage folgten. Es war der Beginn einer langsamen, behutsamen Annäherung zwischen Simon und Runa. Er liebte es, sie zu berühren und zu küssen, und ihr schien es ähnlich zu gehen. Sie sprachen nicht über ihre Gefühle, und Simon bemühte sich, nicht allzu viel darüber nachzudenken. Runa war jetzt – was im nächsten Monat war, wer wusste das schon? Vor allem schob er jeden Gedanken an Katrine zurück. Was sich so gut anfühlte, konnte doch einfach nicht falsch sein …

Sie päppelten die Nestlinge und freuten sich an ihrer Gesundung. Als Hugin und Mugin die Schwingen erprobten und im Käfig so etwas wie Bocksprünge machten, setzten sie sie auf die Erde und sahen ihnen zu. Nun waren die Jungvögel kräftig genug für den Transport. Sie kamen überein, dass Simon die beiden Gerfalkenjungen mitnehmen sollte. Solange sie klein waren, würde vielleicht niemand bemerken, was sie wirklich waren. Er musste nur noch lernen, sie zu versorgen. Runa war eine geduldige und kundige Lehrmeisterin, doch es gab so vieles, das er noch lernen musste, und der Rückweg erschien ihm auf einmal viel zu kurz. Dennoch brachen sie ihr Lager am Flussufer ab, beluden das Pferd und machten sich auf den Weg zurück.

Simon erkannte die Stelle wieder, an der sie von der heißen Quelle gekommen waren, und hielt inne. So froh er auch war, dass er nun doch zu Gerfalken gekommen war, so wehmütig war er auch. Schon bald wäre dieses Abenteuer zu Ende. Der Gedanke, dass er sich von Runa trennen und sie nie wiedersehen würde, versetzte ihm einen Stich.

Runa drehte sich zu ihm um. »Nur ein paar Stunden noch, dann sind wir zu Hause. Vater wird sicher schon die Käfige fertig haben«, sagte sie ungewohnt scheu.

Was würde ihr Vater dazu sagen, dass sie sich geküsst hatten? Würde er es überhaupt erfahren? Ob Runa ihr Verhalten inzwischen bereute?

»In dieser Richtung liegt die heiße Quelle, oder?« Simon machte eine vage Handbewegung.

Ein Lächeln breitete sich auf dem Gesicht seiner Gefährtin aus. »Niemand sollte Island verlassen, ohne einmal in einer heißen Quelle gebadet zu haben«, sagte sie und reichte ihm die Hand. Gemeinsam führten sie das Pferd in die entsprechende Richtung.

Schnell entledigte sich Simon seiner Kleidung und stakste furchtlos in den Teich. Flechten stachen in seine Fußsohlen, und Blasen stiegen auf. Ein eigentümlicher Geruch lag in der Luft. Das Wasser prickelte auf seiner Haut. Er lachte auf.

»Bist du sicher, dass das kein Höllenpfuhl ist?«

Runa warf ihr Kleid ins Moos. Langsam ging sie auf ihn zu. Simon spürte, wie sein Blut in Wallung geriet, und setzte sich eilig hin. Das Wasser ging ihm bis zur Brust. Er hielt ihr die Hand hin, damit sie guten Halt auf dem weichen Boden hatte. Sie tauchte ein, bewegte sich zu ihm. Simons Kopf glühte, und auch sonst war ihm ganz heiß. Bestimmt war es verboten, was er tat. Bestimmt war es sündhaft ... und doch. Da näherte sich schon ihr Gesicht dem seinen. Ihre Hände umfingen ihn. Simon zitterte innerlich, und gleichzeitig hätte er jauchzen mögen.

»Ganz sicher«, flüsterte sie, bevor ihre Lippen die seinen fanden. Als Simon das Gefühl hatte, sich nicht mehr im Zaum halten zu können, machte er sich von ihr los. Er war ein ehrenhafter junger Mann, und er würde sich auch so benehmen! Er durfte Runa ihre Ehre nicht nehmen!

»Ich ... wir ... dürfen das nicht«, sagte er atemlos.

Runas lächelte ihn halb enttäuscht, halb liebevoll an. »Dein Herz sagt etwas anderes. Fühlst du das denn nicht?«

»Natürlich! Aber ich ...« Simon sprang auf, doch Runa nahm seine Hand und zog ihn zurück; er ließ es geschehen. »Ich habe deinem Vater versprochen, auf dich aufzupassen!«

»Mein Vater vertraut mir, und das solltest du auch tun. Es ist nichts falsch an dem, was wir tun. Wir können jederzeit aufhören.«

Ein halbes Lächeln zeichnete sein Gesicht. »Genau darüber bin ich mir nicht so sicher! Was mich angeht, zumindest ...«

»Dann ist es ja gut, dass du mich hast.«

Wieder trafen sich ihre Lippen. Simon ließ sich von seinen Gefühlen hinwegtragen, er konnte gar nicht anders. Und er wollte es auch nicht ...

Hand in Hand gingen sie später weiter. Sie waren so langsam, wie sie es gerade noch vor Runas Vater verantworten konnten. Simon hatte sich noch nie einem Menschen so nah gefühlt. Dabei waren sie in der heißen Quelle nicht einmal bis zum Äußersten gegangen. Obgleich er sich nur mit Mühe im Zaum halten konnte, hatte er ein weiteres Mal ihrem Liebesspiel ein vorzeitiges Ende gemacht. Alles andere hätte seinem Ehrenkodex widersprochen.

Obgleich sie sich nicht beeilten, erreichten sie am nächsten Tag Runas Zuhause. Doch als sie die letzte Biegung des Weges hinter sich gebracht hatten, stockte ihnen vor Entsetzen der Atem. Runas Heim gab es nicht mehr. Statt ihres kleinen Hofs war da nur noch ein schwarz verkohlter Fleck im frischen Grün der Wiesen. Ein Feuer hatte die Ställe und Holzteile der Hütten weggefressen, die Lehmmauern waren zusammengesackt. Kein Lebewesen war zu sehen, sogar die Vögel waren verstummt.

Simon war wie erstarrt. Erst Runas durchdringendes Schluchzen brachte ihn wieder zu sich.

18

Nur schwer hatte er Runa beruhigen können. Ohne Zögern hatte sie zu den Trümmern stürzen wollen, doch kein Rauchfähnchen stieg auf, deshalb wusste Simon, dass sie nach so langer Zeit kein lebendiges Wesen mehr finden würden. Außerdem: Wer den Hof angezündet hatte, könnte auch ihnen etwas tun. Denn dass dies das Werk eines Brandstifters war, stand für beide ohne Zweifel fest. Runas Vater war ganz sicher kein Herdfeuer außer Kontrolle geraten. Sie versteckten das Pferd in einer Felsspalte, dann wollte Runa hinuntergehen. Simon bot an, sie zu begleiten, doch sie lehnte ab. Ihr Gesicht war verweint, aber gefasst. Es war, als habe sie ihre Trauer in sich eingeschlossen. Simon umarmte sie zum Abschied fest und mahnte sie, vorsichtig zu sein. Sie hatte nur ihren Dolch dabei. Er bewunderte sie für ihren Mut. Sie schien mindestens ebenso stark wie er, was ihm unglaublich vorkam, da die Frauen doch das schwache Geschlecht waren. Aber Runa war ohnehin anders als alle Frauen, die er kannte …

Kaum mochte er sie aus den Augen lassen, als sie die Trümmer durchsuchte. Nach einer schier endlosen Zeit kam sie zurück. Sie trug etwas wie eine Kostbarkeit in den Händen. Es war ein poliertes Stück Walrosszahn mit eingeritzten Strichen darauf.

»Vaters Kettenanhänger mit einer Schutzrune. Er hat ihn immer um den Hals getragen. Die Kette war von meiner Mutter«, sagte sie mit erstickter Stimme, und ihr Blick loderte.

Simon versuchte alles, um Runa zu trösten, aber er hatte selbst seinen Vater verloren und wusste, dass kein gutes Wort den Schmerz zu stillen vermochte. Außerdem hatte Runa mit dem geliebten Vater auch alles andere verloren, was sie je besessen hatte. Sie hatte nun nicht einmal mehr ein Heim, in das sie zurückgehen konnte. Und daran hatte auch er einen gewissen Anteil. Wenn sie und ihr Vater ihn nicht gerettet, sich um ihn gekümmert hätten ... Ein unbändiger Zorn erfüllte Simon, und er sprang auf.

»Ich gehe jetzt ins Dorf und stelle diesen Jón zur Rede!«

Runa packte seinen Arm. »Nein, nicht, Simon! Dieses Mal schlägt er dich wirklich tot.«

»Aber es ist meine Schuld. Wenn ihr nicht ...« Die Stimme versagte ihm. Er wollte sie umarmen, doch sie hielt ihn auf Abstand.

»Wir müssen klug sein«, sagte sie fest. »Wie die Krieger Odins. Ich gehe ins Dorf und finde heraus, was geschehen ist.«

Sie erhob sich, steckte ihren Dolch in den Gürtel und zog los, ohne ihn noch einmal in die Arme geschlossen zu haben. Simon blieb mit seinen Schuldgefühlen zurück. Einmal mehr konnte er sie nur für ihren Mut bewundern.

Runa war wie betäubt, als sie den Geröllweg hinab ins Dorf wanderte. Ihr Vater tot. Das Haus abgebrannt. Das Vieh verschwunden. Jemand hatte es weggetrieben, das hatte sie an den Spuren erkannt. Was würde nun aus ihr werden? Am liebsten würde sie Rache nehmen, so blutig, wie es seit Jahrhunderten in Island Sitte war. Aber das würde sie nicht überleben. Und sterben, nein, das wollte sie noch nicht. Sie dachte an ein altes isländisches Lied, in dem es hieß:

»Der Hinkende reite, der Handlose hüte,
Der Taube taugt noch zum Kampf.
Blind sein ist besser, als verbrannt werden:
Der Tote nützt zu nichts mehr.«

Ihr Tod musste warten – jetzt, wo sie die Liebe gekostet hatte. Sie dachte an Simon, und die Mischung aus Verliebtheit und Gram, die in ihr aufbrandete, brachte sie beinahe zum Platzen. Wäre er nicht gewesen, würde sie noch immer ruhig und friedlich mit ihrem Vater hier leben. Aber noch im selben Moment wusste sie, dass dieser Vorwurf gegen ihn falsch und ungerecht war. Auch wenn ihr Vater und sie nie darüber gesprochen hatten, hatten sie gewusst, wie krank er war. Und Jón, der Schuft, hatte ihnen schon länger das Leben schwer gemacht. Er und Dagur hatten sich als Herren des Dorfes aufgespielt. Sie hätten ihnen keine Ruhe gelassen, bis sie endlich verschwanden und ihnen ihre Weideplätze überließen – auch ohne Simon. Sie sah den jungen Mann vor sich, stattlich und scheu zugleich. Der dunkle Schopf, die Grübchen im schmalen Gesicht, die nur zu sehen waren, wenn er lachte. Sie kannte ihn erst so kurze Zeit, und doch waren ihre Gefühle tief. Sie liebte ihn, wusste aber, dass diese Liebe keine Zukunft hatte. Er würde zurück nach Lübeck gehen und sie wahrscheinlich vergessen. Sicher würde er dort bald eine reiche Bürgerstochter ehelichen. Und sie würde einen der Grobiane aus dem Dorf heiraten müssen. Dann doch lieber sterben. Grimmig umklammerte Runa den Knauf ihres Dolches, als sie den Lichtern der kleinen Häuseransammlung näher kam.

Die Arme selbstgefällig ausgebreitet, lehnte Jón sich gegen das Eisbärenfell, das seinem Bruder gehört hatte. An einem Tisch in der Nähe saßen einige von Jóns Vertrauten und würfelten. Es waren bärenstarke Kerle, die ihr Auskommen im Fischfang und auf See fanden.

»Wer hat unseren Hof angezündet? Wo ist mein Vater?«, fragte Runa geradeheraus. Sie hoffte, dass nur sie bemerkte, wie ihre Stimme zitterte.

»Ich weiß nicht, wovon du sprichst.« Jón lächelte maliziös. Er winkte lässig mit der Hand. Dagurs Witwe schenkte ihm Met in ein Horn ein, aber sie boten Runa nichts an. »Guck nicht so blöd – es ist völlig normal, dass sich ein Mann der Witwe seines Bruders annimmt.«

»Die Leiche deines Bruders ist noch nicht einmal kalt«, brach es aus Runa heraus.

Jón war mit einem Satz auf den Füßen. Er war ihr gefährlich nahe. »Und der Mörder ist noch immer auf freiem Fuß. Wo hast du den Knaben versteckt? Du hast es schon mit ihm gemacht, oder?«

Impulsiv versetzte Runa ihm eine Ohrfeige. Jóns Männer waren im Nu bei ihr.

»Ich lasse mich nicht von dir beleidigen!« Schon wurde sie an den Armen gepackt.

Jón fasste sich ans Kinn. »Eine Waise, wie? Ein Wildfang. Würde sie dir gefallen, Björn? Oder dir?«, sprach er seine Männer an. Die lachten unheilvoll. Auf einmal packte Jón ihr grob in den Schritt. Runa zuckte zusammen. Sie bekam es nun doch mit der Angst zu tun. »Wenn dein Vater fort ist und du die Schulden nicht zahlen kannst, gehört das Land mir. Und wenn du eine Waise bist, bist du Freiwild. Überlege dir also, was du sagst.« Er stieß sie weg. »Schafft sie in den Stall, bis sie zu Sinnen kommt. Dann schauen wir mal, wer sie bekommt. Das könnte einen hübschen Kampf geben ...«

Jón lachte scheppernd, und seine Vertrauten stimmten ein; Runa glaubte die Vorfreude in ihren Stimmen zu hören und erschauderte. Sie war wohl doch nicht so klug gewesen.

Luft, sie bekam keine Luft! Mit Händen und Füßen hatte sie sich gewehrt, als die Männer sie zu dem am Rande des Dorfes gelegenen Schuppen brachten. Schon bevor sie drin war, wusste sie, was sich darin befand. Der Gestank des Eishais war infernalisch und unverkennbar. An Balken hingen die Fleischstücke von der Decke, aus denen grün-gräuliche Soße auf den Boden tropfte. Dieser Hai war ungenießbar, es sei denn, man wartete, bis er verwest war. Diese Entdeckung hatten sie ihren Vorfahren, den Wikingern, zu verdanken, die in Zeiten größter Not darauf gekommen waren. Vergammelt konnte man das Fleisch verdauen, wenn man es denn herunterbekam und nicht vorher wieder erbrach. Deshalb wurden die Fleischlappen des Hais zunächst in Sand eingegraben und mit Torf bedeckt. In regelmäßigen Abständen stach man mit dem Messer hinein. Wenn das Fleisch weich genug war, wurde es gewaschen und aufgehängt.

Runa tastete, nach Luft ringend, die Wände der Hütte ab, aber sie waren massiv. Die Luftspalten zu schmal, um sich hindurchzuzwängen, auch der Boden war steinhart. Es gab keinen Ausweg. Sie konnte nur abwarten, bis man sie holte, um sie wie eine Siegertrophäe an den Stärksten zu verschachern. Es sei denn, ihr Vater lebte noch. Es sei denn, Simon würde kommen. Aber nein, sie hatten doch eine Abmachung getroffen ...

»Runa?« Eine leise, nur zu bekannte Stimme.

Runas Herz tat einen Sprung. Sie stürzte zur Tür. Schon wurde der Riegel beiseitegeschoben, und sie rannte hinaus. Im beginnenden Dämmerlicht standen Simon und Einar.

»Ich bin dir gefolgt. Ich habe Einar gesucht. Er hatte gesehen, wo sie dich hingebracht haben. Jetzt ...«

»Verschwindet!«, unterbrach Einar sie. »Ich mache das Schiff bereit und komme morgen in die Bucht östlich von hier.«

Ohne zu zögern, nahm Simon Runas Hand und zog sie mit sich fort. Im Weglaufen hörten sie, dass Einar den Riegel wieder vorschob.

Als sie ihr Versteck erreicht hatten, sprudelte Simon heraus: »Einar hat mir alles erzählt: Jón ist vor ein paar Tagen mit seinen Männern zur Hütte deines Vaters gegangen. Sie wollten die Schulden eintreiben. Als dein Vater nicht zahlen konnte, haben sie den Stall angesteckt. Der Knecht hat die Tiere vor den Flammen gerettet, aber zu Jón gebracht – die beiden stecken wohl unter einer Decke. Dein Vater hat versucht, die Diebe aufzuhalten, wurde aber mit einem Schlag niedergestreckt. Einar hat aus seinem Versteck heraus nicht sehen können, wer es getan hat, und war viel zu weit entfernt, um noch einzuschreiten.« Simon nahm ihre Hand, sie war eiskalt. »Er war wohl sofort tot. Das Feuer hatte in der Zeit um sich gegriffen. Sie konnten es nicht mehr löschen, diese Dummköpfe. Der Körper deines Vaters verbrannte, meint Einar. Seine Überreste haben sie nachher in den Fluss geworfen.«

Runa machte sich von ihm los. Tränen liefen über ihre Wangen. Er wollte sie wieder anfassen, aber sie hob abwehrend die Hand. Einen Augenblick stand er hilflos neben ihr. Dann band er die Käfige mit den Falken und ihre Habseligkeiten wieder auf den Rücken des Pferdes.

»Wir müssen los. Wenn sie feststellen, dass du nicht mehr da bist ...«

Sie folgte ihm hinaus und sah noch einmal auf die Ruinen des Hauses. »Und die Falken?«, fragte sie unvermittelt.

»Ich habe sie gefüttert, Frigg und die Ästlinge. Und nun komm, nur du kennst den Weg.«

Um Worte ringend, saßen sie in der Bucht nebeneinander. Simon hätte gerne den Arm um sie gelegt, um sie zu trösten, aber Runa suchte Abstand. Sicher bereute sie, was sie getan hatten. Sicher gab sie ihm die Schuld. Wie würde es Runa ergehen, wenn er fort war? Sollte er sie fragen, ob sie ihn begleiten wollte? Aber was dann? Er konnte sie nicht heiraten, noch nicht, selbst wenn sie ihn wollte. Er war nur ein Kaufgeselle und noch nicht einmal volljährig. Wenn nur das Schiff bald käme. Wenn es überhaupt käme. Jón war schlau, er konnte sich sicher denken, dass Einar ihnen zu helfen versuchte. Wenn Jón und seine Männer sie zuerst fanden, war es um sie geschehen, um sie beide. Ihn würden sie totschlagen, und Runa … er mochte gar nicht daran denken.

19

Mecklenburg

Wigger schlägt seinem Pferd die Sporen in die Seiten. So lange galoppiert er schon durch die Nacht, dass Schaumfetzen aus dem Maul des Rosses fliegen. Sein Arm ist heiß. Die Wunde vergiftet ihn langsam. Erbitterung treibt ihn an. Diese verdammten Vanderens! Inzwischen wünschte er, er hätte den Auftrag und das Geld nicht angenommen. Erst die Pleite auf dem Schiff, dann der vereitelte Brandanschlag. Wie hätte er ahnen können, dass das Feuer so schnell auffallen würde? Die Gegenwehr des Kaufmanns war ebenso unerwartet gewesen wie das plötzliche Eingreifen der Nachbarn.

Wie ein Versager kommt er sich vor. Aber er ist eben kein Söldner, kein Gewohnheitsmörder, er ist ein Mann von Stand! Zu Höherem geboren! Er hasst es, sich mit Nichtigkeiten wie der Geldbeschaffung abgeben zu müssen. Er verschwendet sein Leben! Jetzt würde er einen neuen Plan schmieden müssen. Aber erst einmal will er nach Hause. Kaum kann er es erwarten, sein Adelsgut zu erreichen und zu sehen, wie weit sein Traum gediehen ist. Damit er vor Augen hat, wofür er diese Plackerei auf sich nimmt ...

Endlich zeichnen sich zwischen den Bäumen die Umrisse ab. Er hat das alte Adelsgut vor einigen Jahren an sich gebracht. Der letzte Besitzer war ein Greis gewesen, dessen Stammbaum lang und edel war, der aber alle seine Nachkommen überlebt hatte. Völlig verarmt war seine Linie mit ihm ausgestorben. Wigger hatte diesen Vorgang nur ein bisschen beschleunigt ...

Sofort bemerkt er, dass das Dach noch nicht ausgebessert ist. Was tut sein Verwalter denn überhaupt? Er will hier schon bald Gäste empfangen! Und warum schlagen die Hunde nicht an? Ein kleines Vermögen hat er für die Wach- und Jagdhunde ausgegeben! Zorn prickelt in seinem Nacken. Aus Erfahrung weiß er, dass es nützlich ist, den eigenen Schutz zu überprüfen. Von der Nachlässigkeit anderer in diesen Dingen profitiert er schließlich oft genug.

Abgesessen und zur Palisade geschlichen. Immerhin die hat sein Verwalter fertigstellen lassen. Die angespitzten Holzpfähle sind ein kleiner Schutz vor Eindringlingen, denn er kann ja nicht immer hier sein. Und wehrfähige Männer zur Bewachung zurückzulassen, wagt er nicht. Nur Greise und Knaben dürfen auf seinem Hof Dienst tun, denn zu verlockend ist seine Prinzessin.

Mit einem Sprung hängt er an den Pfählen, gekonnt schwingt er sich hinüber. Ein Hund schlägt an. Aber wo sind die anderen? Mit wenigen Schritten ist Wigger am Zwinger. Da liegen die Tiere, rings um den Hundeburschen – und schlafen! Grob zerrt er den Jungen hoch und versetzt ihm eine Ohrfeige, die ihm das Blut aus der Nase schießen lässt. Und was tun seine teuren Jagdhunde? Kläffen wie Schoßhündchen! Der nächste Schlag wirft den Jungen in das verkotete Stroh. Was für ein Dreck! Und das in seinem Stall!

Plötzlich ein Luftzug in seinem Nacken, dazu die Drohung: »Verschwinde, oder du wirst Bekanntschaft mit diesem Schwert machen!« Eine Altherrenstimme hinter ihm.

Er fährt herum und herrscht sein Gegenüber an: »Was ist das für eine Schlamperei! Ich werde einen besseren Verwalter in meinen Dienst nehmen und dich das Brot der Armut fressen lassen!«

Obgleich nur eine Fackel den Zwinger erhellt, kann er das wechselvolle Mienenspiel seines Gegenübers erkennen: Erschrecken, Furcht, Demut. Krock ist wahrhaft alt geworden! Als er noch seinem Vater diente, hatte er die Zügel nicht so schleifen lassen.

Der Alte verneigt sich tief. »Edler Herr, Ihr seid es! Wir haben nicht mit Euch gerechnet. Kommt ins Haus, ich lasse das Feuer schüren und Euch ein Mahl bereiten«, sagt Krock unterwürfig.

Noch immer zornig, geht Wigger an ihm vorbei. »Ein Bad. Und meinen Sohn«, fordert er.

»Aber Herr, es ist mitten in der Nacht ...« Ein Blick reicht aus, um den Alten in die Schranken zu weisen. »Wie Ihr wünscht, edler Herr.«

»Holt mein Pferd herein. Und lass die Hunde hungern, ich will bald jagen.«

In der Halle ist es klamm. Ein Knabe kommt, um den Kamin anzufeuern. Weil es Wigger nicht schnell genug geht, fährt er ihn an; der Junge duckt sich weg. Wigger sieht sich um. Wie kahl es hier ist! Ganz und gar nicht standesgemäß. Das wird er ändern! Und wenn sein Vater ihn eines Tages hier besuchte, würde die Pracht seines Haushaltes ihn blenden, und er würde erkennen, endlich erkennen ...

»Herr Vater, Ihr habt nach mir geschickt?«

Sein Sohn ist so leise in die Halle getreten, dass er ihn gar nicht bemerkt hat. Erst will er wieder wütend werden, doch dann obsiegt der Stolz. Diese Gewandtheit hat der Junge von ihm. Außerdem rührt ihn der Anblick des Kindes – ihn, den sonst nichts rühren kann. Kay ist fünf Jahre alt und pausbäckig. Das Gesicht gerötet, die hellblonden Locken verstrubbelt. Noch schlaftrunken in die feinen Kleider gestopft und das Holzschwert in den Händen. Ob er damit geschlafen hat? Der Kleine ist wie ein Engel. Es ist ein Wunder für ihn, dass so ein schlechter Mensch wie er etwas so Reines hervorgebracht hat.

»Berichte mir, Sohn«, sagt er und erschrickt über den weichen Klang seiner Stimme. Er räuspert sich: »Was hast du gelernt, während ich fort war?«

Der Junge reibt sich mit der Faust über die Augen, dann hebt er sein Schwert. »Krock hat mir dieses Schwert geschnitzt und bemalt und mir gezeigt, wie die Ritter kämpfen, Herr Vater.«

Unsicher erst, aber dann immer heftiger schwingt Kay das Schwert. Wigger sieht ihm zu und erkennt die Mutter in dem Kind. Kay fuchtelt und sticht in die Luft, als wolle er sie bezwingen. »Ha!«, ruft der Junge und »Hab ich dich!« Einen richtigen Gegner, das braucht er!

Wigger kommt auf die Füße und zieht seinen Zweihänder. Furcht lässt den Jungen zurückweichen. »Weiter! Mach schon, Sohn!«, feuert Wigger ihn an. Endlich wagt er es! Hohl klingt das Holzschwert auf seinem Eisen. Der Eifer des Jungen reizt ihn zum Lachen. Doch dann springt das Kind vor – es soll wohl ein Ausfallschritt sein – und trifft ausgerechnet seinen verletzten Arm. Fluchend vor Schmerz schlägt Wigger zu. Das Holzschwert bricht entzwei und fliegt dem Jungen aus der Hand. Mit aufgerissenen, tränenüberschwemmten Augen starrt der Fünfjährige ihn an. Er versetzt ihm eine Maulschelle.

»Heul nicht!«

Die Lippe des Jungen ist aufgesprungen. Das geschieht ihm recht.

»Das wird dich die nächsten Tage daran erinnern, wie du dich deinem Vater gegenüber verhalten sollst!«

Krock eilt herbei. »Das Bad ist bereit, edler Herr!«, sagt er und hat doch nur Augen für das Kind. Der Alte ist weich geworden. Der Diener packt den weinenden Jungen um die Hüfte und trägt ihn hinaus. Unterwegs bückt Krock sich immer wieder, um die Teile des Holzschwerts aufzuheben.

Da betritt sie den Saal. Wie stets trägt sie herrschaftliche Haltung und feine Kleider zur Schau. Sein Junge himmelt sie an. So sehr er dagegen ankämpft, ergreift auch ihn die übliche Verwirrung. Sie beeindruckt, verzaubert, schüchtert ein. Man fühlt sich klein und unbedeutend neben ihr. Genau aus diesem Grund wollte er sie. Sie soll ihn zum Strahlen bringen. Dass sie nicht wirklich eine Prinzessin ist, was macht das schon? Wer kennt sich schon bei den Adelshäusern im Osten aus? Er erinnert sich daran, wie er ihr das erste Mal begegnete. Gemeinsam mit den Piraten hatte er eine Kogge aus Dorpat aufgebracht. Die Mannschaft hatte das Schiff bis aufs Blut verteidigt, aber sie massakrierten einen nach dem anderen. Die letzten Überlebenden hatten sich schließlich um das Achterkastell geschart, als befände sich darin ein Schatz. Die Piraten und er hatten gewetteifert, wer die Kostbarkeit erringen würde. Als er schließlich über die niedergestreckten Freibeuter stieg und die Tür eintrat, stand sie in der Kammer, als gewähre sie eine Audienz. Eine Schönheit. Ihre Dienerin hatte sich schluchzend hinter ihr verborgen. Sie aber schien keine Furcht zu kennen. Seit diesem Moment hatte er sie gewollt – und bekommen. Die Seeräuber, die sie ihm streitig machen wollten, waren bald mit dem Bauch nach oben auf dem Meer getrieben. Sie hatte in gebrochener Sprache gedroht, dass sie auf einer Pilgerfahrt sei und ihr Vater sie retten würde, aber nichts war geschehen. Er hatte sie erkämpft, verschleppt und hier eingesperrt. Wie sie sich gewehrt hatte! Aber er hatte sie bezwungen, wieder und wieder. Die Geburt ihres gemeinsamen Kindes hatte sie gefügiger gemacht, aber nicht weniger arrogant. Auch jetzt sieht sie ihn von oben herab an. Warum glaubt sie ihm nicht, dass er ehrlichen Geschäften nachgeht?

»Wolltet Ihr uns nicht feine Tapisserien und gute Weine bringen, damit wir Hof halten können? Was ist mit der Festgesellschaft, die Ihr mir versprochen habt? Der gebildeten Gesellschafterin? Kameraden für Euren Sohn? Und Euer Vater – sollte ich nicht längst den Herren von Bernevur kennengelernt haben?«

Keine liebevolle Begrüßung, keine Achtung, nur Forderungen. Er kocht innerlich und wirft sich in seinen Armlehnenstuhl. Es ist ein großer Stuhl mit feinen Schnitzereien, den er beim Überfall auf eine Burg geraubt hat – fast ein Thron.

»Bring mir gewürzten Wein, Weib. Und dann versorge meine

Wunde.« Sie gibt dem Knaben einen Wink, doch er fährt dazwischen. »Ich wünsche, dass *du* deinen Herrn bedienst.«

»Ich bin keine Magd.« Sie spuckt die Worte aus. »Oder vielleicht doch. Seit meine einzige Magd Berthe weg ist, wasche ich selbst meine Hemden aus. Jetzt bin ich die Magd. Und als mein Mann seid Ihr wohl der Knecht.« Höhnisch lacht sie.

Er stemmt sich aus seinem Stuhl. Er sieht ihrem Blick an, dass sie weiß, was jetzt kommt. Mit gleichgültig-hochmütiger Miene nimmt sie hin, dass er sie unterwirft, jetzt, hier in der großen Halle. Er ist der Stärkere, das hat er sie gelehrt. Jeden ihrer Fluchtversuche hat er vereitelt, jeden Brief aufgehalten, jeden vermeintlichen Boten getötet. Bewegungslos liegt sie unter ihm. Wartet, bis er keuchend über ihr zusammensinkt. Dann steht sie auf, glättet ihren Rock und sagt: »Ihr stinkt. Euer Badewasser wird kalt.«

Sie will sich zurückziehen, doch er zwingt sie mit sich in die Badestube. Befiehlt ihr, ihn auszuziehen, die Wunde zu reinigen, ihm den Rücken zu schrubben. Jedes Mal, wenn sie gehorcht, ist es für ihn ein kleiner Sieg, der ihn die Schmach der letzten Wochen vergessen lässt. Er will sich belohnen. Was tut er nicht alles, um seiner Familie ein besseres Leben zu ermöglichen! Sie sollte dankbarer sein! Er trinkt mehr Wein, als ihm guttut. Die Berührung ihrer zarten Finger auf seiner Haut stachelt ihn an. Sie soll ihm zu Willen sein, wann und wo er es bestimmt. Gierig schiebt er die Hände unter ihren Rock, doch da klopft es an der Tür. Sogleich entzieht sie sich seiner Berührung.

»Edler Herr, ein Besucher.« Krocks gedämpfte Stimme hinter der Tür.

Er setzt sich auf, für einen Moment alarmiert. Wer kann das sein? Niemand weiß, wer in diesem abgelegenen Adelsgut lebt. Also nur ein Reisender …

»Schick ihn weg.«

»Herr, er sagt …«

Er schreit: »Du sollst ihn wegschicken!«

Hört denn niemand auf ihn? Seine Prinzessin steht an der Tür, bereit, sich hinauszuschleichen. Er sieht die Hoffnung in ihrem Blick. Der Wanderer – kann er ihr vielleicht helfen, aus dem Gut zu fliehen? Kann er einen der Briefe an ihren Vater, die sie wieder und wieder schreibt, und die er wieder und wieder vernichtet, herausschmuggeln? Er lehnt sich zurück und spürt, wie das warme Wasser seinen Körper umschmeichelt.

»Und du kommst her«, fordert er sie auf. Sie zögert. Jetzt hat er genug: »Komm her, sag ich!«

Als sie nahe genug am Badezuber ist, packt er ihren Arm und zerrt sie hinein. Im Nu ist ihr Kleid durchnässt. Dieses Mal wehrt sie sich, was ihm noch besser gefällt ...

Als Wigger in die Halle geht, hört er seinen Sohn sprechen. Er feuert sich an, wie vorhin – aber wieso? Das Feuer im Kamin lodert jetzt hell. Sein Junge steht vor dem Tisch und schwenkt das geflickte Schwert erneut. Dann bemerkt er in seinem Armlehnenstuhl den Besucher. Als er ihn erkennt, durchzuckt es ihn. Bei allen Teufeln!

»Ihr habt einen feinen Jungen. Erstaunlich.« Der Bärtige lächelt hämisch.

Was macht sein Auftraggeber hier? Wigger sucht Krock, doch der Verwalter ist verschwunden. Wo sind die Wachhunde? Sind da Schritte auf der Treppe? Was geht hier vor? Stolz ob des Lobes sieht sein Sohn ihn an. Der Schein des Feuers bricht sich in seinen blonden Locken und lässt seine geröteten Wangen noch mehr leuchten.

»Komm her, Junge«, fordert Wigger mit weinschwerer Zunge, von ungewohnter Sorge erfasst.

»Ich möchte dir etwas zeigen, was du noch nie gesehen hast«, lockt der Bärtige das Kind.

Der Kleine nähert sich ihm neugierig. Mit einer schnellen Bewegung zieht der Bärtige den Jungen auf seinen Schoß. Er holt einen verzierten Dolch hervor und legt ihn dem Jungen zu dem Holzschwert in die Hände. Die scharfe Schneide auf der Kinderhaut blitzen zu sehen, versetzt Wigger ein unbekanntes flaues Gefühl in der Magengegend.

»Lasst ihn sofort los!« Doch der Mann beachtet ihn nicht.

»Nicht, bevor Ihr mir glaubhaft erklärt habt, warum Ihr meinen Auftrag noch immer nicht ausgeführt habt. Warum habt Ihr noch nicht …«

Wigger braust auf. Sein Sohn darf nicht erfahren, was für Geschäfte er betreibt. Er versteht es noch nicht!

»Er muss das nicht hören. Lasst ihn gehen«, fährt er dazwischen.

»Nicht hören, was sein Vater tut? Schämt Ihr Euch etwa dafür?« Der Fünfjährige, der fasziniert den Dolch begutachtet hat, sieht nun auf.

»Mein Vater ist der Herr von Bernevur. Er stammt aus einem alten Rittergeschlecht, genau wie ich. Er wird unser Haus zu früherer Größe bringen. Dafür betreibt mein Herr Vater seine Geschäfte«, plappert Kay nach, was ihm nur die Magd Berthe in ihrer grenzenlosen Naivität gesagt haben kann.

»So ist das also …«

Grinsend umfasst der Bärtige den Jungen fester; allmählich scheint Kay sich unwohl zu fühlen. Er will aufstehen, doch der Mann lässt ihn nicht. Wiggers Zähne mahlen. Worauf hat er sich nur eingelassen? Notgedrungen muss er sich erklären. Vielleicht kann er auch gleich diese unselige Angelegenheit beenden.

»Ich habe es versucht, aber die Gegenwehr war überraschend stark. Auf Gotland …« Ein Ruck scheint durch den Bärtigen zu gehen.

»Was war auf Gotland?«, fällt er ihm ins Wort.

Wie es aussprechen, ohne zu viel zu verraten? »Die Vanderens waren dort auf der Suche nach einem Familienmitglied. Ich habe sie in ihrem Haus aufgesucht.«

»In der Strandgatan?«

Warum lässt er ihn nicht ausreden? Wigger kann seine Wut kaum noch bezwingen. Dem Kind den Dolch entreißen und in den Leib des Bärtigen stoßen, ginge schnell – aber zwischen ihm und dem Eindringling ist ja noch sein Sohn. Er sollte den Mann und seinen unglückseligen Auftrag so schnell wie möglich loswerden!

»Ja, natürlich dort – wo denn sonst?«

Der Bärtige flucht, Wigger weiß nicht, warum. Er will es auch nicht verstehen. »Aber ich konnte dort nichts ausrichten. Ich bin wohl doch nicht so gut für diesen Auftrag geeignet«, umschreibt Wigger sein Scheitern. »Ihr müsst Euch einen anderen suchen. Ich gebe Euch das Geld zurück.« Irgendwo würde er es schon auftreiben, und sei es bei einem Seeraub. »Ich muss mich um mein Gutshaus und meine Familie kümmern.«

Schritte auf der Treppe lassen ihn herumfahren. Endlich kommt Krock! Gemeinsam würden sie dem Bärtigen das Kind entwinden und ihn unschädlich machen. Doch es ist nur der Handlanger, den er bereits in Schonen gesehen hat. Ist er bei der Prinzessin gewesen? Eifersucht durchzuckt ihn. Am liebsten würde er den Bärtigen angreifen, doch das blanke Messer ruht noch immer in den Händen seines Sohnes. Ein Griff, ein Stich, und es wäre um Kay geschehen.

»Ich bin enttäuscht. Ich hatte mehr von Euch erwartet. Aber ich will Euch noch eine Chance geben. Doch dieses Mal werde ich Eurer Entschlossenheit ein wenig nachhelfen«, sagt der Bärtige. »Damit Ihr Euch mit ganzer Kraft meinem Auftrag widmen könnt, entbinde ich Euch vorerst der großen familiären Verantwortung, die Ihr so rührend beschworen habt.«

Er hebt den Jungen hoch, als wiege er nichts, und reicht ihn seinem Handlanger. Kay schreit und strampelt, kann aber nicht verhindern, dass der Mann ihn über die Schulter wirft. Ungerührt hält der Handlanger ein Messer an den zarten Hals des Kindes. Kays angstgeweitete Augen suchen Wiggers Blick. So oft hat er diesen Ausdruck schon im Gesicht seiner Opfer gesehen. Wie falsch kommt es ihm vor, dass jetzt seinen Sohn diese Angst plagt! Er darf sich nicht anmerken lassen, was der Kleine ihm bedeutet! Doch der Bärtige scheint es ohnehin zu wissen. Seine Anweisungen sind klar und knapp. Wenn er den Auftrag erledigt, wird er seinen Sohn wiedersehen. Wenn nicht … Er solle eine Nachricht in die Strandgatan nach Gotland schicken, wenn die Familie ausgelöscht ist, dann würde er erfahren, wo sein Sohn steckt, und seinen Lohn bekommen. Aber warum gerade dorthin?

Wigger muss die Männer ziehen lassen. Greift er ein, bringen sie seinen Stammhalter um. Machtlos und wutbebend muss er zusehen, wie ihm das Einzige, das er liebt, genommen wird. Zuletzt sieht er noch Kays kleine Faust, die nach wie vor den Griff des Holzschwertes umklammert hält. Wäre er nur allein geblieben! Dann hätte er nichts zu verlieren gehabt als sein Leben, durchzuckt es ihn kurz. Aber nun ist es zu spät. Ihm bleibt keine Wahl. Er muss schnell und entschlossen handeln, damit er seinen Sohn zurückbekommt …

20

Lübeck

»Du hast Simon nach Island fahren lassen? Bist du denn von allen guten Geistern verlassen?!« Lautstark machte Adrian seiner Empörung Luft.

Liv breitete verlegen die Trockenrochen aus, als wolle er zeigen, dass er nicht mit leeren Händen gekommen war. »Ihr wisst doch, wie er ist, Herr. Wenn Simon sich etwas in den Kopf gesetzt hat ...«

»Du bist für ihn verantwortlich! Wenn ihm etwas geschieht, ziehe ich dich dafür zur Rechenschaft!«, donnerte Adrian.

Liv zuckte zusammen. Henrike hätte mit dem jungen Mann Mitleid haben können, wenn es nicht um Simon gegangen wäre. Sie hatte ihren Halbbruder immer geliebt. Als er nicht nur seine Mutter, sondern sie beide ihren Vater verloren hatten, war das Band zwischen ihnen noch enger geworden. Fahrig strich sie sich den Schweiß von der Stirn. Die Seebrise war angenehm gewesen, aber schon auf der Trave hatte die Hitze zugenommen. Der heiße Sommer hatte viele Felder um die Stadt ausdörren lassen. In Lübecks Gassen stand die schwüle Luft, der Gestank des Straßenkots war kaum zu ertragen.

»Was kann ich denn schon ...«

»Nicht nur, dass er die Gesetze des norwegischen Königs bricht – du lässt ihn auch noch mit einem Wildfremden diese Seereise ins Nordmeer unternehmen! Hast du denn nie an die Seeungeheuer gedacht, die dort lauern? An den Mahlstrom! An die Eisbären!«, brach es aus ihr heraus.

Während sie all die Gefahren benannte, schien ihr Herz zu schrumpfen. Die Ereignisse der letzten Wochen hatten ihre

Angst verstärkt, auch wenn sich Adrian überzeugt gab, dass es sich bei dem Angriff auf dem Schiff und dem Brand in Wisby um Zufälle gehandelt haben musste. Jetzt berührte er sie beruhigend, doch Henrike schüttelte ihn ab.

»Selbst wenn es ihm gelingen sollte, das alles zu überstehen, bricht er mit dieser Reise das Gesetz. Auch das hättest du verhindern müssen!«, rief sie aus. Fahrig fächelte sie sich Luft zu; der Gestank und die Sonnenglut setzten ihr zu.

»Ich habe mich umgehört. Viele machen es so! Es muss ja niemand erfahren …«, verteidigte sich Liv.

»Und wenn schon! Simon …« Henrike stutzte. »Was machen viele?«

Adrian nahm einen Rochen auf und drehte ihn zwischen den Fingern. Was für einen Geruch diese Fische verströmten! Hoffentlich konnten sie sie bald an den Mann bringen!

»Viele Hansen umgehen das Verbot des norwegischen Königs, gen Norden zu segeln. Gerade von Hamburger Schiffern hört man es immer wieder. Auch die Engländer fahren regelmäßig nach Island«, erklärte Adrian. »Man darf sich nur nicht erwischen lassen.«

»Nur weil andere es auch machen, ist es noch lange nicht gut! Simon riskiert sein Leben für ein paar Falken!«

Ihr Mann legte den Trockenfisch wieder zu den anderen; richtig zufrieden schien er nicht damit zu sein. Dennoch hatte sich seine Erregung etwas gelegt, denn er meinte gelassener: »Wenn er mit Falken und Stockfisch zurückkommt, war seine Mission ein Erfolg.«

Ungläubig musterte Henrike ihren Mann. Sie entdeckte etwas Unerwartetes in seinen Zügen. »Du heißt es doch nicht etwa gut?«, fragte sie fassungslos.

Er lächelte. »Natürlich hätte dein Bruder es nicht tun dürfen. Und natürlich hätte Liv einschreiten müssen.« Er bedachte den Gehilfen noch einmal mit einem strafenden Blick. »Aber Simon ist ein besonnener junger Mann, und er muss seine eignen Erfahrungen machen. Wir können ihn nicht immer an der kurzen Leine halten.«

»Du heißt es tatsächlich gut!« Das war ja nicht zum Aushalten! Wütend stürmte Henrike hinaus.

Sie fand Katrine in der Küche. Grete hatte der jungen Frau eine Schale Sommersuppe hingestellt, die aus Branntwein, zerbröckeltem Honigkuchen und Wasser bestand. Katrine hatte sich während der Seereise etwas beruhigt, starrte jetzt jedoch trübsinnig in die Suppe.

»Es ist eine Schande, dass Liv ohne den jungen Herrn zurückkehrt ist! Er sollte sich schämen!«, rief Grete entrüstet aus.

»Das sollte er«, stimmte Henrike zornig zu. Es war gut, dass sie die beiden Männer allein gelassen hatte – sonst hätte sie vielleicht noch etwas gesagt, das sie später hätte bereuen müssen. Ungeduldig zupfte sie an ihrem Kragen. Es juckte sie. Das war nach der Seefahrt allerdings auch kein Wunder. Ein Bad wäre schön. Aber erst einmal musste sie im Haus nach dem Rechten sehen und für Katrines Zimmer sorgen. Sie bat Grete, von den Geschehnissen während ihrer Abwesenheit zu berichten. Es schien nichts Besonderes vorgefallen zu sein.

»Berthe fasst gut mit an«, berichtete Grete pflichtschuldig, eilte sich jedoch hinzuzufügen: »Aber ich glaube nicht, dass wir sie auf Dauer brauchen.«

Jetzt fiel auch Henrike die Magd aus Wismar wieder ein. Auch darum würde sie sich kümmern müssen. Ihr Blick fiel auf Katrine, die noch immer nichts gegessen hatte. Dabei hatte sie es bitter nötig, dünn wie sie war. Sie zügelte ihre Ungeduld und setzte sich zu ihr.

»Jetzt leiste ich dir erst einmal Gesellschaft, und wenn du aufgegessen hast, richten wir dir eine Kammer ein. Das ist am wichtigsten.«

Sie gingen in den Flügelanbau und suchten für Katrine eines der Gästezimmer aus. Laut hechelnd tapste Laurin ihnen hinterher. Der Wolfshund ließ Henrike nach ihrer Abwesenheit nicht mehr aus den Augen. Drei hübsche Kammern standen immer für befreundete Kaufleute bereit, und in dieser hatte Katrine schon einmal mit ihrer Mutter übernachtet. Oder würde sie die Erinnerung zu sehr aufwühlen? Aber Katrine schien sich in der Kammer wohlzufühlen. Sie ließ sich aufs Bett sinken.

»Als ich Simon das letzte Mal gesehen habe, war er schon ein richtiger junger Herr. Hoffentlich lässt Gott nicht zu, dass auch ihm etwas geschieht« sagte sie leise.

Henrike nahm neben der Freundin Platz. Auch Laurin rollte sich zu ihren Füßen zusammen.

»Adrian ist sicher, dass er heil zurückkommen wird.«

Geistesabwesend kratzte Katrine sich am Handgelenk. Wann hatte sie sich denn die Haut dort aufgeschürft? Um sie zu beruhigen, nahm Henrike ihre Hand.

Scheu sah Katrine sie an. »Bist du sicher, dass dein Mann einverstanden ist, dass ich hier wohne? Ich will euch nicht zur Last fallen.«

»Du fällst uns nicht zur Last! Ich bin froh, dass du hier bist!«, versicherte Henrike ihr.

Sie wollte das Thema jedoch nicht vertiefen. Adrian war es schwergefallen, Katrines Ausbrüche zu tolerieren. Auf dem Schiff hatte er daher ihre Gesellschaft oft gemieden, was Henrike bedauerte. Sie hoffte, dass sie nun wieder zu einem ruhigeren Miteinander finden würden.

Lächelnd sprang sie auf. »Und jetzt komm! Wir wollen deine Kiste herbringen lassen und die Kammer mit Sticktüchern und Blumen verschönern.«

›Natürlich nur mit unverfänglichen Sticktüchern‹, fügte sie in Gedanken hinzu.

Die Knechte schleppten Eimer heran und kippten das Wasser in den Bottich. Henrike und Adrian nutzten zwar auch die Badehäuser der Stadt, doch manchmal betrieben sie den unerhörten Aufwand, sich im eigenen Haus ein Bad bereiten zu lassen. Nach der Zeit in der Enge des Schiffes war sie jetzt froh, allein zu sein. Immerhin musste das Wasser heute nicht so stark erhitzt werden – draußen war es heiß genug. Henrike dankte den Knechten und verriegelte die Tür. Sie freute sich darauf, den Schmutz der Reise abzuwaschen. Heute war sie nicht einmal dazu gekommen, ihr Reisekleid abzulegen – so viel war zu tun gewesen! Wenn Adrian und sie nicht im Hause waren, blieb einiges liegen. Viele Geschäfte waren zu groß, als dass Cord darüber entscheiden konnte. Adrian hatte den ganzen Tag die Briefe und Geschäftseintragungen gelesen, die in ihrer Abwesenheit aufgelaufen waren, und einige Besuche in der Stadt unternommen. Gesprochen hatten sie kaum.

Gedankenverloren zog sie ihr Kleid aus und hängte es über eine Stange. Sie war froh, dass sie wieder zu Hause waren; jetzt würde Ruhe in ihr Leben einkehren, und sie könnten ihre Angelegenheiten ordnen. Dazu gehörte auch, dass sie sich Gedanken über die Verwaltung von Astas Hof machen mussten.

Ein Klopfen ließ sie zusammenfahren. »Wartest du etwa nicht auf mich?« Adrians Stimme klang selbst durch die Tür entrüstet.

Henrike hüllte sich in ein Tuch und öffnete; sie hoffte, dass sie sich versöhnen würden. In letzter Zeit waren zu viele Spannungen zwischen ihnen gewesen.

»So allein? Brauchst du keine Magd, die dir zur Hand geht? Wo ist Katrine?«

»Sie hat sich in ihre Kammer zurückgezogen. Laurin bewacht sie, zumindest tut er so.« Sie lächelte in sich hinein. »Ehrlich gesagt bin ich nach der Zeit auf dem Schiff froh, mal allein zu sein.«

»Und jetzt mache ich dir das Bad streitig? Wo du ohnehin den ganzen Tag mit mir geschmollt hast.«

Er hatte den Vorwurf mit einem Lächeln hervorgebracht, und doch fühlte sie sich ertappt. Es stimmte schon, sie war ihm aus dem Weg gegangen. Jetzt, wo sie mit ihm allein war, kam sie sich kindisch vor.

»Wie könnte ich schmollen, wo du uns doch so ein wunderbares Bad bauen ließest!«

Adrian berührte sacht ihre unter dem Tuch verborgene Taille. »Du liebst mich nur meines Geldes wegen, stimmt's?«, fragte er mit sanftem Spott.

»Natürlich nicht! Ich liebe dich für das, was du bist.«

»Warum vertraust du mir dann nicht?« Sein Blick wurde etwas ernster. »Simon wird diese Situation bewältigen. Du musst ihn ziehen lassen, Henrike! Er ist kein Kind mehr. Ich werde Liv zurück nach Bergen schicken, sobald die Waren, die er auf der *Cruceborch* gebracht hat, versorgt sind. Er muss ohnehin weiteren Stockfisch holen und wird mit Simon zurückkommen.«

Henrike schluckte ihre Antwort hinunter. Loszulassen fiel ihr schwer. Sie hatte manchmal das Gefühl, Dinge verliefen nur gut, wenn sie dafür sorgte. Sie ging zum Bottich und steckte prüfend den Fuß ins Wasser; die Temperatur war genau richtig. Langsam ließ sie sich hineingleiten. Auch Adrian zog sich nun aus und folgte ihr. Er lehnte sich zurück und legte die Ellenbogen über den Bottichrand. Sie robbte an ihn heran und strich über die Narbe auf seiner Brust, die ein Enterhaken bei einem Piratenangriff dort hinterlassen hatte. Es war ihr lieber, das Thema zu wechseln.

»Was stand Wichtiges in den Briefen? Gibt es schon Ergebnisse des Hansetages?«, wollte sie wissen, aber Adrian antwortete nur mit einem amüsierten Blick.

»Müssen wir wirklich jetzt über das Geschäft sprechen?«, fragte er, bevor er sie küsste.

Henrike ließ sich nur zu gerne ablenken.

Grete bereitete alles für das Bierbrauen vor, und alle gingen ihr zur Hand. Es war früher Morgen, und Henrike fühlte sich wie zerschlagen. Was für eine Nacht! Erst hatte sie die Hitze nicht einschlafen lassen, dann hatte Katrine geschrien. Laurin, der in ihrem Zimmer wachte, hatte Alarm geschlagen und das ganze Haus zusammengebellt. Es war nur ein Albtraum gewesen ... Aber sie hatte Katrine versprechen müssen, heute mit ihr zur Beichte zu gehen. Noch wollte sie sie jedoch nicht wecken. Der Schlaf würde ihr guttun.

Gerade wollte sie zu Adrian in die Scrivekamer gehen, als Berthe, ihre neue Magd, sie ansprach. »Herrin, auf ein Wort. Seid Ihr zufrieden mit mir? Ich habe Euch treu und fleißig gedient, während Ihr fort wart. Grete und Cord können es bezeugen. Ihr werdet mich doch nicht wegschicken, nicht wahr, Herrin?«

Henrike zögerte. Grete wollte die neue Magd nicht um sich haben. Außerdem war nun ja auch noch Katrine im Haus, die die eine oder andere Arbeit übernehmen könnte.

In diesem Moment hob Grete einen schweren Sack an. Laut genug, dass sie es hören konnten, murmelte sie: »Wir kommen auch so klar.«

Henrike meinte, schon die Knochen der alten Frau knacken zu hören, doch da eilte Berthe bereits, um ihr zu helfen. Eigentlich wussten sie alle, dass Grete für manche Arbeiten zu alt war. Berthe wandte sich ihr wieder zu.

»Wir sind zufrieden mit dir. Ich werde mich mit meinem Ehemann besprechen«, sagte Henrike unverbindlich, wusste aber, dass sie es allein würde entscheiden müssen. Adrian würde sich bedanken, wenn sie ihn auch noch mit Gesindegeschichten belästigte. Er war schon im Morgengrauen an den Schreibtisch gegangen.

Sie fand ihren Mann auf dem obersten Speicherboden neben dem Windenrad. Er sprach mit Liv und Claas, während diese Säcke anbanden und nach unten abseilten. Henrike hielt Abstand zu der Luke, durch die das Seil führte. Sie hatte einmal miterleben müssen, wie jemand gestolpert und durch den Lastenaufzug hinuntergestürzt war, das reichte ihr.

»Also, wie besprochen: Alle Kornsäcke nach Bergen. Wir werden bald Nachschub aus Pommern und Preußen bekommen. Die Hitze hat das Getreide vor der Zeit reifen lassen.« Er wandte sich Henrike zu. »Und du nimmst dich der Wolle an, die wir aus Gotland mitgebracht haben?«

»Gerne.«

Er ließ ihr an der schmalen und steilen Treppe den Vortritt.

»Aber was unternehmen wir wegen Asta?«, hakte sie nach.

»Schreib du bitte an Hem. Er verwaltet den Hof gut und soll alles erst einmal so weiterführen, wie es ist. Ich will ohnehin im Rat vorstellig werden. Erst der Überfall auf Tymmos Schiff und dann der Brandanschlag. Wir brauchen mehr Sicherheit, nicht zuletzt im Sinne des Handels! Bei dieser Gelegenheit werde ich auch Astas Verschwinden ansprechen.«

Henrike wusste nicht genau, was das bringen sollte, aber es war vielleicht besser, als nichts zu tun. Am wichtigsten war ohnehin, dass Erik in Wisby die Augen und Ohren für sie offen hielt.

»Soll ich im Katharinenkloster wegen der Rochen nachfragen? Bei den Beginen? Und im Heilig-Geist-Spital? Ich gehe ohnehin später mit Katrine zur Beichte.«

»Ja, tu das«, sagte Adrian. Er sah aus, als wolle er noch etwas hinzufügen, aber er schwieg. Vermutlich dachten sie beide dasselbe: Hoffentlich würde die Beichte Katrines Seele entlasten und sie von den Albträumen befreien. Dann hellten sich seine Züge auf. »Ich will erst einmal ins Tuchlager. Ich habe Nachricht vom Verwalter des schwedischen Reichsdrostes. Mal sehen, ob wir mit dem mächtigsten Mann Schwedens nach dem König ins Geschäft kommen können …«

Das Tuchlager war das Herzstück ihres Hauses, schließlich hatten sie stets etwa vierzig Sorten aus beinahe zwanzig Herstellungsorten vorrätig. Es war ein hoher Raum, in dem es immer angenehm kühl, aber nicht zu feucht war. Die Tür war stets gut verschlossen, denn die Waren in diesem Lager waren ein kleines Vermögen wert. Auch musste unbedingt verhindert werden, dass Ungeziefer eindrang und die Tuche verdarb. An den Regalseiten hingen Lavendelbüschel. Messingleuchter standen bereit. Auf dem großen Tisch in der Mitte, der zum Zuschneiden der Stoffe benötigt wurde, lagen funkelnde Scheren, verschiedene Stockmaße, ein Foliobuch und Wachstafelbüchlein.

Für Bo Jonsson aus dem Adelshause der Grip brauchte Adrian ausgefallenere Stoffe. Alles, was gut und teuer war. Bo Jonsson war als höchster Beamter des schwedischen Königs Albrecht von Mecklenburg in den Besitz umfangreicher Ländereien gekommen. Man sagte, ihm gehöre ganz Finnland. Seine Macht sei so groß, dass selbst der König nicht dagegen ankomme. Wenn es Adrian gelänge, in den Kreis seiner Lieferanten aufgenommen zu werden, wäre es leichter, beispielsweise eine dauerhafte Einigung mit dem Bergwerk von Dalarna zu erzielen.

Adrian prüfte die Stapel einfacher Tuche für die Bergarbeiter und schrieb die Menge, die verladen werden sollte, in das Wachstafelbüchlein. Es wäre besser, genügend dabei zu haben, wenn er erst in Schweden war. Dann ging er weiter zu den kostbaren Stoffen. Zuoberst lag schwerer italienischer Seidensamt, in den mithilfe von Wasser Muster eingeprägt worden waren. Es war einer der teuersten Stoffe überhaupt. Darunter stapelten sich Zendalseide aus Lucca und Brüsseler Scharlach in Braun, Weiß und Rot. Bagdadseiden bestachen mit grüner Musterung auf rotem Grund, venezianische Atlasseiden schimmerten mit sarazenischen Seiden um die Wette. Damast und Brokat lagen gesondert. Dazu kamen weitere Stoffe aus Flandern, dem Hennegau und Brabant.

Die Stapel waren erstaunlich leer. Was war hier los? Hatte Lambert noch immer nicht geliefert? Am Tisch schlug er das Foliobuch auf und stutzte. Seine Fingerspitze wanderte die Zeilen entlang, Seite für Seite – nichts von Lambert. Er konnte sich nicht daran erinnern, bei seiner Post einen Brief seines Bruders gesehen zu haben. Verzögerte sich die Lieferung nur etwas oder gab es weiterhin Schwierigkeiten in Brügge? Hatte der Rat noch immer nichts getan? Er musste also fast alles, was da war, verschiffen lassen. Vielleicht konnte er ja in der Tuchhalle noch etwas zukaufen. Abreisen würde er so bald wie möglich.

Der Ausflug nach Gotland hatte viel Zeit gekostet und wenig eingebracht. Jetzt würde er diese Zeit wieder einholen müssen, denn schnell nahte der Winter, und die Reisezeit der Kaufleute war vorüber. Er hatte in diesem Jahr vieles angeschoben, aber noch zu wenig Ertrag eingefahren. Wieder schrieb er etwas ins Wachstafelbüchlein. Cord und Liv könnten anfangen zu packen, wenn er im Rathaus war.

Noch immer war das Rathaus für den Hansetag geschmückt. Als Adrian ins Obergeschoss gehen wollte, hielten ihn die Wachen auf; es wurde noch getagt. Er würde es später noch einmal versuchen. Spätestens morgen würde er Symon Swerting oder Hermanus von Osenbrügghe treffen können; am Sonntag würden die Verhandlungen ruhen.

Auf dem Weg zurück begegnete er Ricardo. Der Italiener war gerade aus der Ratskanzlei gekommen. Die Freunde begrüßten sich herzlich und tauschten Neuigkeiten aus.

»Ein Durcheinander darin! Alle Ergebnisse so einer Tagfahrt zusammenzutragen ist ja anscheinend gar nicht so einfach. Da bleibt für unsereinen wenig Zeit.«

»Du hast also ein Geschäft abgeschlossen?«, wollte Adrian wissen.

»Ich werde meinen Gehilfen Tieri hier lassen. Er soll mir

eine Filiale aufbauen. Außerdem wird dein Nachbar Hinrich für mich das eine oder andere Geschäft übernehmen. Seine Tochter Oda und Henrike sind gut bekannt, hörte ich.«

Adrian überspielte seine Enttäuschung; hatten nicht auch Ricardo und er ein Geschäft geplant?

Sein Freund schien seine Gedanken zu erraten und schlug ihm aufmunternd auf die Schulter. »Aber unsere Zeit kommt schon noch, warte ab!«, versprach er.

»Ich wünsche dir alles Gute für deine Pläne«, sagte Adrian ehrlich.

Ricardo dankte ihm.

»Ich plane ein Abschiedsfest in einer Woche. Ihr kommt doch? Ohne euch würde mir das Feiern schwer fallen.«

Natürlich sagte Adrian zu; auch wenn Henrike vermutlich nicht nach Feiern zumute war, schien es ihm wichtig, den Alltag wieder aufzunehmen.

Katrine krallte sich in Henrikes Armbeuge, als sie die Fleischhauerstraße hinaufliefen. Obgleich die meisten Besucher der Tagfahrt inzwischen abgereist waren, war es doch voll auf den Straßen. Fahrig wedelte Katrine eine Fliege weg, die sie umschwirrte, und hielt dann ein Tuch vor das Gesicht.

»Was stinkt denn hier so?«, fragte sie.

Henrike wies auf das Ende der Straße. »Da hinten am Fluss sind die Schlachtplätze. Die Backes leben im Armenviertel. Aber sie sind gute Menschen, du wirst sehen.«

Sie bogen in eine enge Gasse ab und klopften an einem kleinen Hinterhaus. Ein etwa achtjähriges Mädchen in einem sauberen Kittel öffnete.

»Frau Henrike! Ich hole die Herrin sogleich!«, begrüßte sie die Besucherinnen artig.

Sie traten in das Dunkel des Hauses. Katrine neigte sich zu Henrike. »Ist sie eine der Waisen?«, fragte sie leise.

»Sie hat mit ihrer kleinen Schwester und der Mutter bei uns um Almosen gebettelt. Aber eines Tages kamen die Kinder allein. Als ich die Almosenschale hinausbrachte, habe ich sie nach ihrer Mutter gefragt. Sie war gestorben. Ich konnte sie ja nicht auf der Straße lassen. Und die Backes haben sie gerne aufgenommen.«

»Gibst du ihnen Geld dafür?«

»Natürlich. Für jeden Witten, den wir einnehmen, lege ich etwas zurück. Es gibt zu viel Elend in Lübeck und zu wenig Armenhäuser. Die Beginen im Spital und bei der Aegidienkirche können auch jede Spende gebrauchen. Die Backes haben zwei eigene Kinder und freuen sich über das Kostgeld für die zwei Mädchen genauso wie über meine Aufträge. Mal sehen, was sie zu der Gutaschaf-Wolle sagen.«

Vom Fluss drang das panische Quieken der Schweine zu ihnen; die Küter hatten sich an die Arbeit gemacht. Henrike merkte, wie ihre Freundin sich versteifte.

»Kennst du die Geschichte, wie das Filzen erfunden wurde?«, nahm sie eine Gewohnheit auf, die Adrian pflegte: Menschen mit einer Geschichte zum Lachen zu bringen oder zu trösten. Sie selbst hatte manches Mal davon profitiert, warum sollte es ihr bei Katrine nicht ebenfalls gelingen? »Auf Gotland haben sie es mir erzählt: Damit es trotz Sturm und Regen auf der Arche angenehm war, legte Noah die Planken mit der abgezogenen Wolle der Schafe aus. Durch die Feuchtigkeit, die Wärme und das Trampeln der Füße entstand die erste Filzmatte der Welt.«

Katrine lächelte zaghaft, immerhin.

Im gleichen Augenblick trat die Weberin zu ihnen, die offenbar Henrikes letzte Worte gehört hatte, denn sie ergänzte: »Manche sagen auch, dass der heilige Clemens, der Schutzpatron der

Schuhmacher, das Filzen erfand, als er sich einige Wollfetzen in die Sandalen legte.«

Jetzt legte Katrine die Hände zusammen und senkte den Blick. »Was der Allmächtige und die Seinigen nicht alles für uns tun! Wir armen Sünder stehen in ihrer Schuld!«

Die Filzerin nahm mit einem zustimmenden Nicken die Worte der jungen Frau zur Kenntnis, ging aber nicht darauf ein. Stattdessen berichtete sie vom Fortgang ihrer Arbeit und der Entwicklung der Mädchen, die bereits fleißig halfen. Die Wolle aus Gotland untersuchte sie genau.

»Zum Spinnen ist sie ungeeignet. Zu verknotet! Aber zum Filzen ist sie tatsächlich wunderbar«, urteilte sie.

»In Gotland stellen sie oft Umhänge und Reisedecken daraus her.«

»Das kann ich mir vorstellen! Die Fasern sind stark und wärmen gut. Auch hält der Filz sicher lange Wasser ab.«

»So wollt Ihr Euch daran versuchen?«

»Nur zu gern, Frau Henrike.« Die Frau zeigte sich begeistert.

Henrike versprach ihr, demnächst einen Sack Wolle vorbeibringen zu lassen.

Als sie wieder hinaustraten, gellten noch immer die Tierschreie durch die Straße. Schon trugen die Knochenhauer die ersten Schweinehälften vorbei. Katrine war blass geworden und bekreuzigte sich.

»Können wir jetzt bitte zur Beichte gehen?«

Henrike hätte gerne noch wegen des Verkaufs der Dörr-Rochen angehalten, aber sie wollte ihre Freundin nicht unnötig strapazieren, also brachte sie sie auf direktem Wege zum Katharinenkloster. Glücklicherweise hatte Bruder Detmar Zeit für sie. Henrikes Vater hatte bei dem Franziskaner stets seine Beichte abgelegt und ihn später auch für eine kurze Zeit als Lehrmeister für seine Kinder gewinnen können. Von Bruder Detmar hatte Henrike fast alles gelernt, was sie über Lübecks Geschichte wusste. Jetzt hatte Detmar das Amt eines Lesemeisters bei den Minderbrüdern inne und nahm nur noch selten die Beichte ab. Aber für Henrikes Familie machte er eine Ausnahme. Henrike ließ ihrer Freundin den Vortritt. Katrine beichtete lange und ausführlich, danach zog sie sich zum Gebet zurück. Nachdem auch Henrike förmlich gebeichtet hatte, sprach sie an, was ihren Geist schon lange beschäftigte. Es fiel ihr schwer, ihre intimsten Gedanken preiszugeben, aber es musste wohl sein.

»Die Freude am ehelichen Verkehr ist nicht in sich lasterhaft, sondern natürlich und von Gott eingesetzt«, sagte Bruder Detmar gelassen, als müsse er sich täglich mit derartigen Fragen auseinandersetzen.

Etwas beruhigt berichtete Henrike noch von Astas Verschwinden und ihrer Suche. »Ich weiß nicht, wie wir uns verhalten sollen. Wenn meine Tante tot ist, müssten wir für ihr Seelenheil sorgen und Fürbitten sprechen lassen. Aber ich wünsche mir so sehr, dass sie noch am Leben ist! Ich möchte sie nicht totsagen.«

»Das müsst Ihr auch noch nicht. Betet für Ihre Seele und Ihr Wohlergehen. Gottes Wege sind unergründlich. Wir müssen hoffen, dass Eure Tante zum Allmächtigen zurückgefunden hat und ihre Verirrung nicht ebenso groß ist wie die Eurer Base.«

Also hatte Katrine auch von der Faszination für die heidnischen Götter erzählt.

»Ich musste Ihr eine schwere Buße auferlegen, die sie hoffentlich zur Besinnung bringen wird«, setzte Bruder Detmar ernst hinzu.

Als Henrike das Haus betrat, hörte sie aufgeregte Rufe aus der Küche. Grete lag auf dem Boden, sie wirkte verwirrt. Während die beiden Mägde ihr Luft zufächelten, versuchte Cord ihr etwas Wasser einzuflößen. Henrike kniete sich neben sie.

»Die Hitze hat sie geschafft!«, meinte Cord besorgt.

Allmählich kam die alte Frau wieder zur Besinnung. Sie trugen sie in ihre Kammer, obgleich Grete protestierte. Aus dem Augenwinkel sah Henrike, wie Katrine im Flügelbau verschwand. Die Freundin würde ihr im Haushalt keine große Hilfe sein. Aber sollte sie wirklich Berthe behalten, wenn Grete sich so dagegen sträubte?

»Ich wollte ihr noch zur Hand gehen. Aber sie musste den schwere Kessel ja alleine heben!«, sagte Berthe. Flehend blickte sie Henrike an. »Ihr seht doch, Ihr braucht mich! Bitte, entlasst mich nicht! Ich weiß doch nicht wohin.«

Henrike sah Tränen in ihren Augen stehen. So dünnhäutig hatte die Magd nicht gewirkt, als sie den kleinen Dieb gefangen hatte. Aber hier ging es ja auch um ihr Leben. Sie tat Henrike leid.

»Es ist gut. Du kannst bleiben«, sagte sie schließlich. Grete würde schon noch einsehen, dass es so am besten war.

Die Anspannung in der Ratskanzlei war mit den Händen zu greifen. Neben der üblichen Korrespondenz mit den Hansestädten und der Buchhaltung der Stadt musste der Hanserezess, der Bericht über den Hansetag, geschrieben und für die Teilnehmer vervielfältigt werden. Alle Schreiber saßen tief über ihre Pulte gebeugt, während Helfer für Tinte und Pergament sorgten.

Adrian hatte wiederholt jemanden angesprochen, aber niemand fühlte sich für ihn zuständig. Da kam der Protonotar vorbei, der die Arbeiten der Kopisten kontrollierte. Adrian redete ihn höflich an.

»Verzeiht, verehrter Herr. Ist denn mein Bericht aus Wisby an Bürgermeister Swerting angekommen? Der Bürgermeister hatte mich in einer wichtigen Frage um Auskünfte aus Wisby gebeten.«

Ob der Wichtigkeit des Adressaten beauftragte der Protonotar einen der Schreiber mit der Prüfung. Dieser stellte fest, dass der Brief eingegangen und sogleich weitergeleitet worden war. Adrian nutzte die Gelegenheit, gab seine Beschwerdebriefe ab und bat ihn, zwei Schuldscheine zu löschen, die in der Zwischenzeit bezahlt worden waren. Danach ging er zum Ratssaal zurück. Die Gespräche dauerten noch an.

Noch ein paar Mal versuchte er an diesem Tag, zwischen seinen Geschäften einen seiner Vertrauten aus dem Rat zu erwischen – vergeblich. Wie viel Zeit diese Verhandlungen auffraßen! Und wie kläglich die Ergebnisse oft waren! Glücklicherweise war morgen Sonntag, und er wusste, wo er die Räte auf jeden Fall antreffen würde …

Sie warteten das Ende der Mittagshitze ab, bevor sie ihren Sonntagsspaziergang begannen. Henrike und Adrian schlenderten auf dem Treidelpfad am Fluss entlang. Laurin tobte durch die Uferböschung und labte sich am Flusswasser. Katrine hatten sie eingeladen, sie zu begleiten, aber die junge Frau hatte es vorgezogen, im Haus zu bleiben. Das Feiertagsvergnügen im Hopfengarten fiel aus, denn Grete ging es noch immer schlecht. Die Magd Windele wachte bei ihr.

Im Schatten einer Weide pausierten sie. Henrike setzte ihren Strohhut mit der breiten Krempe ab und legte ihren Kopf in Adrians Schoß. Eine Weile genossen sie die Zweisamkeit.

»Ich erwarte heute Abend Besuch«, sagte Adrian plötzlich. »Jost kommt. Er wird Telse mitbringen.«

Henrike setzte sich überrascht auf. Jost war der wichtigste Gehilfe ihres Vaters gewesen. Sie hatte ihm stets vertraut, aber dann war ihr Verhältnis kompliziert geworden. Jost hatte ihr Avancen gemacht, und Henrike hatte ihn zurückgewiesen. Seit ihrer Heirat standen sie nur noch sporadisch in geschäftlichen Verbindungen.

»Wir haben lange nichts von ihm gehört«, sagte sie unverbindlich.

»Er ist seit Kurzem wieder in Lübeck und sucht Arbeit. Wir können Hilfe gebrauchen, jetzt, wo Simon in Island ist, Liv noch einmal nach Bergen aufbricht, und ich …«

»… und du nach Schweden fährst«, vervollständigte Henrike seinen Satz. Sie wollte es ihn nicht spüren lassen, aber sie bedauerte es, dass ihre gemeinsame Zeit schon wieder ein Ende hatte. »Ich habe es mir gedacht, seit du von dem Brief des schwedischen Verwalters erzähltest.«

»Es ist eine äußerst günstige Gelegenheit! Währenddessen soll Jost für uns zum schonischen Markt fahren und den Heringskauf übernehmen. Das hat er schon für deinen Vater getan, damit kennt er sich aus.«

»Aber wie kann Telse ihn begleiten? Sie ist doch mit einem Böttchermeister in Stralsund verheiratet.«

Henrike verspürte einen leichten Stich, als sie an ihre letzte Begegnung mit ihrer Base zurückdachte. Es war am Grab von Telses Mutter Ilsebe gewesen. Wie hasserfüllt Telse gewesen war! Sie hatte Henrike die Schuld an ihrem Unglück gegeben. Wenig später war auch Telses Vater Hartwig gestorben; er war bei einem Brand im Gefängnis umgekommen. Henrike bedauerte den Bruch mit ihrer Base, auch wenn sie heute noch genauso handeln würde. Telses Eltern waren Henrikes und Simons Vormünder gewesen, hatten jedoch skrupellos ihr Erbe verschleudert. Natürlich hatte Henrike sich gewehrt. Hartwig und Ilsebe hatten daraufhin gedroht, Simon und sie umzubringen. Dafür hatten sie letztlich ihre Strafe bekommen.

»Nicht mehr. Der Böttchermeister ist gestorben. Telse zieht nun mit ihren Kindern nach Lübeck zurück. Jost und sie wollen nach Ablauf der Trauerzeit heiraten.«

Ein wenig freute sich Henrike für ihre Base. Auch Telse hatte unter ihren Eltern gelitten. Obgleich sie Jost liebte und mit einem Kind von ihm schwanger gewesen war, hatte sie nach Stralsund heiraten müssen. Darüber war sie todunglücklich gewesen. Dass sie so schnell daran dachte, wieder zu heiraten, war nur natürlich; sie hatte Kinder zu versorgen. Aber wie dem auch sei: Henrike hatte ihren Hass damals jedenfalls nicht verdient.

»Telse braucht mein Einverständnis nicht«, sagte sie brüsk.

»Als ob sie das nicht wüsste! Sie will sich mit dir versöhnen, sagt Jost.«

»Und wenn ich nicht will?«

Adrian erhob sich und reichte ihr die Hand. Sie riefen nach Laurin, der pitschnass angelaufen kam und sich vor ihnen schüttelte. Die Tropfen flogen nur so um ihn herum und hüllten auch sie in einen Schauer. Unwillkürlich musste Henrike lachen; Adrian schien froh darüber.

»Was hast du zu verlieren? Du musst sie ja nicht wieder zu deiner Vertrauten machen. Aber nun lass uns weiter. Ich möchte noch ein paar Neuigkeiten erfahren.«

Die Festwiese vor der Olafsburg, dem Lustschloss des Rates zwischen Hüxtertor und Mühlentor, glich einem kleinen Turnierfeld. Zielscheiben aus Stroh waren aufgestellt worden, Diener spannten Bögen und fiederten Pfeile. Die Ratsspielleute musizierten. Auf einer Tafel standen Krüge und Becher. Schaulustige wurden von Ratsdienern in geziemender Entfernung gehalten. Zwei Handvoll fein gekleideter Männer übten sich im Bogenschießen, während ihre Frauen unter einem eigens aufgestellten Baldachin Schutz vor der Sonne suchten. Auch die Kinder waren in Sonntagsstaat, stellte Henrike fest. Sie fand es immer wieder erstaunlich, wie aufwendig die Feiertagsvergnügungen der Räte waren; ihr genügten ein Beisammensein mit Familie und Freunden und ein vergnügliches Kegelspiel. Einige Ratsmänner sahen nur kurz auf und steckten dann weiter die Köpfe zusammen, auch luden die Frauen Henrike nicht ein, sich zu ihnen zu gesellen; sie gehörte eben nicht dazu.

Bürgermeister Swerting allerdings kam auf sie und Adrian zu. Er hielt einen erstklassigen Bogen in den Händen.

»Habt Dank für Eure Nachricht aus Wisby. Und der gotländische Honig ist wirklich köstlich! Allerdings sind die Wisbyer Gesandten dickköpfig wie ein Schiffssteven! Noch immer verhandeln wir und kommen doch zu keiner Einigung. Sogar Jacob wird schon ungeduldig. Das will etwas heißen«, plapperte er los. »Wie hat Euch Wisby sonst gefallen? Etwas rückständig, wie?«

»Wisby hat noch immer viel zu bieten, wenn es auch eine andere Rolle als in der Vergangenheit übernehmen wird. Die Lage der Insel ist unvergleichlich«, sagte Adrian und wechselte das Thema. Bürgermeister hatten nie viel Zeit, selbst am Sonntag nicht. »Gehen denn die Brügger Angelegenheiten voran?«

Lambert hatte geschrieben, dass ihre Waren am Zoll wieder freigegeben worden waren; der Brief der Gesandten hatte also Wirkung getan. Allerdings hatte sein Bruder weitere Komplikationen erwähnt.

»Auch hier ist keine Einigung in Sicht. Über kurz oder lang werden wir eine Gesandtschaft nach Flandern schicken müssen.«

»Hoffentlich schon bald. Die Handelshemmnisse könnten uns ein Vermögen kosten. Und die Friedekoggen?«

Swerting warf einen Blick auf die Räte, die sich an den Zielscheiben aufstellten. Sie warteten offenbar schon auf ihn. Ein beleibter Ratsherr in kostbarer Kleidung und mit einem silberbeschlagenen Bogen winkte seinen Diener heran und gab ihm harsch einen Befehl. Der Junge eilte das kurze Stück heran, um Swerting zu holen.

»Sogleich, Dominus Wulflam!«, rief Swerting zurück und wandte sich noch einmal ihnen zu. »Ihr wisst, dass ich Euch keine Auskünfte über den genauen Verlauf der Verhandlungen geben darf.«

Adrian lächelte verbindlich, aber Henrike warf ein: »Was für wunderbare Kirchen Wisby hat! Wir haben übrigens ein paar Kerzen am Swerting-Altar gestiftet und für Eure Familie gebetet.«

»Dank Gott Euch dafür!«, sagte der Bürgermeister und neigte sich noch einmal zu Adrian. »Kommt heute Abend bei mir vorbei, dann ist der Spuk hier vorüber, und wir können sprechen.«

Auf dem Weg zurück ereiferte sich Adrian über die Unhöflichkeit. »Sie hätten dir wenigstens einen Platz im Schatten anbieten können!«, schimpfte er, als sie an der Brauwasserkunst am Hüxtertor entlanggingen.

Nur schwach plätscherte der Fluss über das Wasserrad und durch die durchbohrten Pipen in die Stadt.

»Vielleicht hätten wir auf Pferden mit kostbaren Satteldecken anreiten sollen? Mit unserem eigenen Privatbaldachin«, schmunzelte Henrike, die keinen Wert auf gespielte Freundlichkeit legte. Sie hatten nach dem Besuch auf dem Festplatz den direkten Weg durch das Burgtor eingeschlagen. Auch in der Stadt herrschte friedliche Sonntagsstimmung.

»Wenn sie dich nicht respektieren, respektieren sie mich auch nicht!«

Henrike sah ihn von der Seite an, es war ihm ernst. »Vermutlich werden sie dich erst als ebenbürtig ansehen, wenn du im Rat bist.«

»Dafür müsste ich erst einmal die Mehrheit des Rates hinter mich bringen. Und das gelingt Speichelleckern nun mal besser.«

Sie lehnte den Kopf sacht an seine Schulter. »Ich bin froh, dass du keiner bist. Auch, wenn ich dich als Ratsmitglied öfter um mich hätte.«

Sie hatten ihr Haus erreicht und gingen direkt in den Hinterhof. Auf einer Bank saßen Katrine und Liv. Als er sie sah, sprang der junge Mann eine Spur verlegen auf.

»Ich habe nur ... Sie war so unglücklich. Ich musste sie einfach ablenken«, entschuldigte sich Liv.

Katrine sah verweint aus. Henrike setzte sich zu ihr und nahm ihre Hand. Um Katrine auf andere Gedanken zu bringen, erzählte sie von dem Spaziergang am Fluss.

»Und wie geht es Grete?«, fragte sie schließlich.

Ihre Freundin senkte den Blick. »Ich ... weiß nicht. Windele ist bei ihr.«

»Lass uns nach ihr sehen!«

Gemeinsam gingen sie zu Gretes Kammer. Schon bevor sie eintraten, hörten sie leises Lachen. Neugierig öffneten sie die Tür und beobachteten Windele, wie sie mit ein paar Eiern jonglierte und dabei immer wieder so tat, als ließe sie eines fallen. Grete saß aufrecht im Bett und amüsierte sich offenbar. Auch Henrike klatschte begeistert in die Hände. Das alles reichte ihr als Sonntagsvergnügen völlig, da brauchte sie keine Diener und keinen Baldachin.

»Musst du wirklich schon gehen?«

»Swerting wartet«, sagte Adrian und legte seinen Alltagsumhang um.

»Aber Jost und Telse waren noch gar nicht da.«

»Du weißt doch, was zu sagen ist. Den genauen Ablauf bespreche ich später mit Jost.«

Henrike schürzte schmollend die Lippen. Sie hatte den Besuch nicht eingeladen, und jetzt würde sie die beiden auch noch allein empfangen müssen.

»Es geht also nur darum, gut Wetter zu machen, damit Jost für dich arbeitet.«

Adrian strich zart über ihre Wange. »Für uns arbeitet, genau. Geht es nicht immer auch darum, gut Wetter zu machen? Was meinst du, warum ich Swerting mit dem Brief ein Töpfchen vom besten gotländischen Honig habe überreichen lassen?« Er küsste sie zum Abschied. »Sei milde. Ich hatte den Eindruck, das Gespräch ist Telse wirklich ein Anliegen.«

Telse war etwas in die Breite gegangen, aber der harte Zug um den Mund, den sie schon als Jugendliche gehabt hatte, wurde durch die Weichheit ihres Gesichts gemildert. Jost hingegen, der seine hohe Gestalt leicht krumm hielt, wirkte noch schmaler als früher. Der Ausschlag, der ihn geplagt hatte, schien jedoch verschwunden. Trotz des körperlichen Gegensatzes wirkten die kleinen Gesten, mit denen sie einander bedachten, sehr innig. Sicher, sie waren noch nicht verheiratet und mussten Gerede vermeiden, aber die Art, wie Jost ihr die Tür aufhielt oder den Stuhl hinschob, schien fürsorglich, und Telse blickte ihn oft liebevoll an. Henrike bot ihnen etwas zu trinken an, und die beiden entschieden sich für Gretes gutes Bier, das sie noch von früher kannten.

»Adrian musste zu einer Besprechung zum Bürgermeister«, entschuldigte sie ihren Mann und nahm Telses Hand, eine Geste, die sie Überwindung kostete. »Wir möchten dir unser Beileid zum Tod deines Ehegatten aussprechen. Gott gebe ihm eine fröhliche Auferstehung.«

Telse sah sie offen an. »Du magst es merkwürdig finden, dass ich nun mit Jost hier sitze. Aber du sollst wissen, dass ich meinem Mann sehr zugetan war. Als ich ihn besser kennenlernte, habe ich seine Stärken erkannt. Er ist mir ein treuer Gefährte gewesen. Sein Tod war ein Schlag für uns, für mich und unsere vier Kinder.«

Vier? Henrike stutzte. Sie glaubte, sich zu erinnern, dass der Böttcher schon drei Kinder aus einer früheren Ehe gehabt hatte. Dazu kam das Kind, das Telse von Jost bekommen hatte. Also war sie von dem Böttcher nicht schwanger geworden?

»Dennoch sehe ich es als Zeichen des Himmels an, dass auch Jost noch ungebunden ist und wir unserer Zuneigung nachgehen können.« Telse wirkte so glücklich, dass auch für Henrike jegliche Zweifel ausgeräumt waren. Dass sie erneut heiraten musste, um ihre Kinder zu versorgen, stand außer Frage. Warum also nicht einen Mann, den sie liebte? Allerdings stand die Entscheidung eigentlich ihrem Vormund zu, und das war Telses Bruder Nikolas.

»Was sagt Nikolas dazu?«, fragte Henrike, denn es war immer gut, über seine Feinde Bescheid zu wissen.

Telses Blick wurde hart. »Ich habe meinen Bruder nicht um Erlaubnis gebeten. Ich habe die Schuldigkeit an meiner Familie getan – mehr als das.«

Jost klatschte in die Hände, als könne er damit böse Geister verscheuchen. Die Handflächen aneinanderreibend, fragte er hoffnungsfroh: »Und Ihr könnt Hilfe gebrauchen?«

»Ja; du könntest für uns die nächste Schonenfahrt übernehmen.«

»Sehr gern, damit kenne ich mich aus, das wisst Ihr ja.«

Henrike ließ ihren Blick einen Augenblick auf ihm ruhen. Sie kannte ihn schon lange. Ihr Vater hatte Jost als Kind von der Straße geholt und ihm eine Chance gegeben; Jost hatte ihn nicht enttäuscht. Durch Onkel Hartwigs Intrigen hatte er allerdings einen schwierigen Start als Kaufmann gehabt.

»Was machen deine eigenen Geschäfte?«, fragte sie nach.

»Es wird jedes Jahr mehr. Aber da ich bald eine große Familie um mich habe, bin ich froh über einen Zusatzverdienst.«

Sie hielt ihm die Hand hin. »Dann soll es so sein. Du kannst in den nächsten Tagen losfahren. Alles Weitere wird Adrian mit dir besprechen.« Jost schlug ein.

Sie erinnerte sich noch gut an seine verliebten Blicke und war erleichtert, dass er sie heute ganz normal ansah.

Im Aufstehen ergriff Telse noch einmal das Wort. »Wenn du

einmal Heilkräuter benötigen solltest, stelle ich dir gerne eine Mischung zusammen«, bot sie an.

Nur mühsam konnte Henrike ihre Überraschung niederkämpfen. Bevor sie etwas sagen konnte, warf Jost ein: »Sie hat heilende Hände, wirklich. Nicht wie ihre Mutter ... Telse hat schon vielen geholfen.«

Henrike schluckte einen bitteren Kommentar hinunter. Telses Mutter hatte Henrikes Vater vergiftet! Sie würde nie Kräuter von ihr annehmen!

»Sollte es nötig sein, werde ich mich an dich wenden«, sagte sie nur knapp, doch Telse ergriff ihre Hand.

»Du kannst mir vertrauen.«

21

Als Henrike am folgenden Morgen mit ihrer Magd Windele zu den Litten der Knochenhauer ging, hing sie ihren Gedanken nach. Gerade erst hatte sie sich mit Adrian über den gestrigen Abend austauschen können. Der Bürgermeister war im vertrauten Rahmen seines Hauses in der Breiten Straße auskunftsfreudiger gewesen. Offen hatte er über die Ergebnisse der Tagfahrt gesprochen. »Alle sind überzeugt, dass schon im nächsten Monat der Waffenstillstand zwischen den Mecklenburgern und den Dänen geschlossen wird und wir keine Friedeschiffe mehr benötigen!«, berichtete Adrian.

Wie Henrike war er jedoch der Auffassung, dass eine Unterschrift auf einem Pergament die Piraten nicht von einem Moment auf den anderen zu friedlichen Seefahrern machte. Für die nächsten Schiffsreisen würden sie besondere Vorsichtsmaßnahmen treffen müssen.

Wie so oft hatten andere Ratsleute, die ebenfalls an dem vertraulichen Gespräch teilnahmen, versucht, Adrian über seine Geschäfte auszufragen. Es war ihm jedoch nicht schwergefallen, sich über das Ziel seiner nächsten Reise und seine Pläne auszuschweigen. Jeder fuhr zu den großen Handelsmessen – aber kein Kaufmann wollte, dass ein anderer ein geplantes Vorhaben durchkreuzte, deshalb hielt man sich sogar unter Vertrauten bedeckt.

Erfreulicherweise hatte Adrian vereinbaren können, dass Liv auf Hermanus von Osenbrügghes Schiff mit nach Bergen reisen konnte; hoffentlich würde er dort direkt auf Simon treffen und nicht noch nach ihm suchen müssen. Hermanus schickte ebenfalls einen Gehilfen; er war zwar wieder genesen, aber vollauf mit Ratsgeschäften und der Verwaltung der Ernte in seinen Dörfern Moisling, Niendorf und Reecke beschäftigt, die er erst kürzlich gekauft hatte. Jost würde auf der *Gotthilf*, der Kogge, die Henrike und Simon von ihrem Vater geerbt hatten, nach Schonen fahren. Die *Cruceborch* würde für Adrians Reise ausgerüstet werden. Für den Proviant zu sorgen, war Henrikes Aufgabe. Bei den Knochenhauern musste Fleisch und Lebendvieh bestellt werden, bei den Bäckern Twebacken Brot und Schiffsbier bei einem Brauer. Anschließend könnte Henrike sich endlich wieder um ihre eigenen Geschäfte kümmern. Unbedingt wollte sie nachfragen, wie der Handel ihrer Freundin Tale voranging und ob die Brauttruhe für Oda fertig war. Sie hatte beide seit ihrer Ankunft noch gar nicht wiedergesehen.

Der Geruch von gebratenem Fleisch hing über dem Markt. Henrike und Windele schlugen einen Bogen um die Feuerstelle, über der ein Ferkel am Spieß gedreht wurde; in seinem Maul steckte ein Rosmarinzweig. Auf der Westseite des Markts stand eine Frau im Kaak und wurde verhöhnt. Ihr Blick war starr zu Boden gerichtet, als wünschte sie sich, unsichtbar zu sein. Zimbelklänge mischten sich in Lachen und Schimpfen. Henrike bemerkte, wie neugierig Windele an ihrer Seite alle Eindrücke in sich aufsog. Sie war ein aufgewecktes Mädchen. Wenn Henrike daran dachte, wie verschlossen sie gewesen war, als sie sie vor zwei Jahren aufgenommen hatten! Am liebsten war die damals Zwölfjährige im Haus geblieben, ähnlich wie jetzt Katrine. Aber auch heute blieb Windele noch stets nah bei Henrike, als fürchtete sie, ihre Herrin zu verlieren. Sie hatte nie darüber gesprochen, was sie als Straßenkind durchgemacht hatte. Ihr abgemagerter Körper, ihre Narben und blauen Flecken waren Erklärung genug gewesen.

»Willst du den Gauklern zusehen?«, bot Henrike an, doch wie gewohnt lehnte Windele ab.

Sie hatten die Fleischschrangen erreicht und machten einem Mann Platz, der mit einer Rinderhälfte auf einem Karren ihren Weg kreuzte. Vor den Litten der Knochenhauer standen die Menschen Schlange. Henrike fragte sich, warum etliche der etwa hundert Verkaufsstände nicht besetzt waren, wenn so ein Andrang herrschte.

Endlich waren sie an der Reihe. Das Fleisch sah zwar frisch aus, wurde jedoch von dicken Brummern umschwirrt. Der Knochenhauer ihres Vertrauens, vor dessen keilförmiger Figur sich Henrike klein wie ein Kind fühlte, machte sich nicht die Mühe, die Fliegen wegzuwedeln, was bei dieser Hitze wohl auch vergebliche Liebesmühe wäre. Wie viele Knochenhauer war auch Meister Zwagher wohlhabend, was er selbst bei der Arbeit an einem dicken Goldring erkennen ließ.

»Schön, dass Ihr wohlbehalten aus Gotland zurück seid. Das war ja wohl ein Ding mit Eurer Überfahrt«, begrüßte er Henrike munter.

»So hat es sich schon herumgesprochen, Meister Zwagher?«, sagte Henrike und lachte. »Beim nächsten Mal lasse ich mir die Vorräte des Schiffskochs zeigen, bevor ich mitfahre.«

»Besser wär's schon. Aber wollen würden die das nicht. Ich lass mir ja auch nicht gerne ins Handwerk pfuschen.«

»Bei Euch besteht ja auch keine Gefahr«, lobte Henrike. »Aber was ist eigentlich los hier? Warum sind so viele Litten leer? Haben die Fleischermeister keine Lust zu arbeiten?«, fragte sie verwundert.

Ein halbes Rind wurde von zwei Gehilfen auf den Tisch hinter der Verkaufsfläche gewuchtet. Während er antwortete, zerteilte Meister Zwagher das Fleisch mit Beil und Messer, und je mehr er sich in Rage sprach, desto rabiater wurden die Schläge. Wie gut, dass das Tier schon tot war, dachte Henrike.

»Ein paar altgediente Meister sind verstorben.« Er säbelte ein Stück ab. »Aber der Rat hat angeblich so viel zu tun, dass er nicht dazu kommt, neue Meister zu ernennen und die Litten neu zu vergeben.« Tief fuhr das Messer ins Fleisch. »Früher durfte unser Amt selbst bestimmen, wer Meister wird. Wer eine Litte bekommt. Aber jetzt müssen wir warten, bis der Rat sich bequemt.« Er schlug so wuchtig zu, dass die Schneide seines Messers bis ins Holz drang. »Keine anderen Handwerkerämter sind so sehr vom Rat abhängig wie die Lohgerber, Bäcker und Fleischhauer. Schon lange wollen wir die olde rechticheyt zurück!« Er warf Henrike einen Fleischbrocken hin. »Hier ist schon mal ein schöner Braten. Den wolltet Ihr doch sicher, oder?«

Henrike zuckte unmerklich zusammen. Sie wusste, dass es zwischen den Handwerkern und dem Rat kriselte, aber seine Erbitterung erschreckte sie dennoch.

»Gerne, danke. Vor allem aber wollte ich Proviant für die *Cruceborch* bestellen.« Sie zählte auf, was für die Seereise nötig war, und Zwagher notierte sich die Angaben in einem Wachstafelbüchlein. Es würde einige Tage dauern, bis er Fleisch und Vieh bereithatte.

Am Ende ihres Gesprächs war Gleichmut in seine Züge zurückgekehrt. »Ihr müsst das verstehen. Diese Abhängigkeit vom Rat ist unerträglich für uns! Die Räte sind unberechenbar. Wer weiß, ob mein Jüngster, Coneke, je Knochenhauer werden kann.« Er blies ungehalten die Wangen auf. »Ich sollte ihn wohl besser als Lehrjungen in den Handel geben – dann wäre er ein freier Mann und nicht von dem Wohlwollen der Räte abhängig.«

Adrian hatte von Coneke erzählt. Zwaghers Filius war ein robuster und gutwilliger junger Mann.

»Ich habe nur Gutes von Eurem Jüngsten gehört. Schickt ihn zu uns, wir nehmen ihn gern als Lehrjungen auf.«

Meister Zwagher lachte. »Im Moment ist er auf dem Viehtrieb nach Lübeck – junge Männer brauchen ja Beschäftigung! Ich könnte ihn hier gut gebrauchen – wenn der Rat es denn erlauben würde …«

Nach diesem Gespräch gingen Henrike und ihre Magd noch einmal über den Markt. Einen Augenblick blieben sie bei den Gauklern stehen, die die Marktbesucher mit Kunststücken und Gesang unterhielten. Windele lachte unbeschwert. Henrike ließ ihren Blick über die Menge schweifen. Unter den Zuschauern waren auch etliche herumstreunende Kinder. Sie musste an den Diebstahl neulich denken und legte die Hand über ihren Geldbeutel. Da, war da nicht …? Die kleine Gestalt kam ihr bekannt vor. Der Junge lief auf einen schmalen dunklen Gang zu. War das etwa der Dieb? Eine Hand fuhr aus dem Schatten und packte ihn am Kragen. Jetzt konnte sie sein Gesicht sehen – er war es! Henrike tat ein paar Schritte, unentschlossen, ob sie die Büttel rufen oder selbst hingehen sollte. Ein Mann trat ins Licht. Er griff in das Hemd des Jungen, holte etwas heraus und versetzte ihm Backpfeifen. So wütend Henrike auch über den Jungen war, das war brutal! Neben ihr versteifte sich Windele. Sie hatte es auch gesehen. Alle Freude war aus dem Gesicht des Mädchens gewichen.

»Das ist … der Mann, der die Kinder zum Betteln und Stehlen schickt«, stammelte sie.

»Komm!« Henrike nahm ihre Hand und zog sie in Richtung des Ganges.

Windele sträubte sich. »Nein! Frau Henrike! Er ist böse!«, rief sie angstvoll.

»Wir müssen ihn aufhalten!«

Henrike lief ein Stück durch die Menge in Richtung des Ganges, dann tat sie, als ob sie schlendern würde. Windele folgte ihr widerwillig. Der Mann war verschwunden. Der Junge kauerte jetzt an der Hausecke, den Kopf hatte er zwischen den Knien verborgen. Niemand nahm Notiz von ihm. Er war nur ein Bettelkind von vielen. Henrike hockte sich neben ihn und berührte seinen Arm. Sein Kopf ruckte hoch, die Wangen von Blut und Rotz verschmiert. Als er sie erkannte, wollte er aufspringen.

»Ich tue dir nichts! Wenn ich es wollte, hätte ich schon längst die Büttel geholt«, redete Henrike sanft auf den Kleinen ein. »Wo ist deine Familie?«

Trotzig starrte er sie an. »Ich habe keine.«

Henrike hatte diese Antwort beinahe erwartet. »Du musst nicht stehlen und dich nicht schlagen lassen. Ich helfe dir. Komm zu mir in die Mengstraße. Ich bringe dich zu einer Familie, die dich aufnimmt.«

»Warum sollte jemand das tun?«

Henrike hatte noch nie bei einem Kind so viel Erbitterung gesehen. »Weil ich sie dafür bezahle.«

Der kleine Dieb kam auf die Füße. Seine Nase schwoll bereits an. »Ihr lügt! Ihr bringt mich zu den Kinderhändlern, die mich als Sklaven verkaufen.«

Jetzt mischte Windele sich ein, die hinter Henrike gewartet hatte. »Das sagt der Mann nur, um euch Angst zu machen.«

»Woher willst du das denn wissen?«, fuhr der Junge sie an.

Einen Augenblick herrschte Stille. Windele senkte den Blick. »Weil er es auch zu mir gesagt hat«, gestand sie. »Aber Frau Henrike und Herr Adrian haben mich aufgenommen.«

»Ihr lügt doch beide!« Mit diesem Satz fuhr er herum und war im Handumdrehen in der Gasse verschwunden.

»Überleg es dir!«, rief Henrike ihm nach.

In den nächsten Tagen waren sie damit beschäftigt, die Handelswaren für Liv und Jost zu packen und die Gehilfen auf die Reise zu schicken. Sie warteten noch immer auf die neueste Lieferung aus Brügge, doch die Tuche kamen einfach nicht an, sodass Adrian sich mit den Waren aus ihrem Lager behelfen musste. Das Ziel seiner Reise hatten sie auch weiterhin geheim gehalten; Adrian fürchtete, dass andere Kaufleute ihm bei den Schweden zuvorkommen könnten.

Schließlich kam der Proviant für die *Cruceborch* an und wurde von ihrem Kapitän Bosse und seinen Männern verstaut. Adrian machte seine Unterlagen bereit und sprach mit Henrike durch, worauf sie in den nächsten Wochen achten musste. Sie wusste nicht warum, aber es fiel ihr dieses Mal besonders schwer, ihn ziehen zu lassen. Sie hatte sich dabei beobachtet, noch vorsichtiger als üblich zu sein. Tatsächlich aber hatte es seit ihrer Rückkehr keine merkwürdigen Ereignisse mehr gegeben. Das würde auch so bleiben, wenn Adrian fort war, hoffte Henrike. Sogar Grete ging es besser, und sie hatte ihre Arbeit wieder aufnehmen können. Nichts gegen Berthe, aber Gretes Küche war unerreicht.

Gerade jetzt half ihr Windele beim Schnüren des Kleids. Heute war Ricardos Abschiedsfest, und Henrike freute sich darauf. Musik, Tanz, gute Gespräche – das war eine willkommene Abwechslung. Natürlich beunruhigte sie das Verschwinden ihrer Tante nach wie vor, aber das Gespräch mit ihrem Beichtvater hatte sie darin bestärkt, weiter an Astas Rückkehr zu glauben. Mit Katrine konnte sie sich allerdings nicht darüber austauschen. Ihre Freundin zog sich immer mehr zurück. Lange hatte Henrike sie zu überreden versucht, sie zu begleiten, aber Katrine mied die Gesellschaft Fremder weiterhin.

Henrike steckte ihre Haare hoch und legte Schmuck an. Sie suchte Adrian, doch er war noch in ein Gespräch vertieft. Also hatte sie Zeit, beim Verteilen der Almosen zu helfen. Berthe und Windele waren schon dabei, Essen in Schalen zu füllen und Würste in Stücke zu schneiden. Zum Schutz ihres Seidenkleids legte Henrike eine Schürze um. Wie viele wohlhabende Lübecker verteilten auch sie und Adrian täglich Speisen von ihrem Tisch an die Armen. Henrike war es ein Anliegen, ihren Wohlstand zu teilen, gleichzeitig beruhigte es sie, dass die Notleidenden sie in ihre Gebete einschließen würden.

»Berthe, nimm du den Krug. Windele das Brot und ich nehme Bratenscheiben und Wurst«, wies Henrike den Mägden die Aufgaben zu. Als sie die Tür öffnete, warteten bereits etliche Erwachsene und Kinder. Kaum war sie auf die Straße getreten, streckten sich schon Hände nach ihren Gaben aus. Am Rande entdeckte Henrike den kleinen Dieb. Sie lächelte ihm zu, und er hob leicht seine Hand. Da wanderte sein Blick weiter, seine Augen weiteten sich – und urplötzlich rannte er davon. Henrike sah sich um. Wovor hatte er Angst? Hinter ihr waren doch nur Windele und Berthe. Dann fiel ihr ein, dass es Berthe gewesen war, die den Jungen nach seinem Diebstahl gepackt hatte. Sicher hatte er sich daran erinnert. Vielleicht hätte sie ihn vorwarnen sollen … Bedauernd verteilte sie die letzten Almosen, gab ihren Mägden für den Rest des Abends frei und ging dann erneut in die Scrivekamer.

Ricardo hatte den Saal im Gasthof Zum Löwen gemietet und schmücken lassen. Zahllose Kerzen erhellten die festlich gedeckten Tische. In einer Nische standen die Ratsspielleute und musizierten. Allein ihr Lohn würde reichlich zu Buche schlagen. Adrians Freund unterhielt sich bereits mit einigen Kaufleuten. Er war so prächtig gekleidet, als ob er alle ausstechen wollte.

Adrian schien das Gleiche zu denken, denn er neigte sich zu Henrike: »Von unserem italienischen Freund können wir ungehobelten Hansen noch eine Menge lernen«, flüsterte er lächelnd.

»Er will offenbar, dass man ihn in guter Erinnerung behält«, gab Henrike zurück.

Der Freund eilte ihnen entgegen und begrüßte sie herzlich. »So sehr ich es bedaure, aber meine Zeit in Lübeck geht dem Ende entgegen. Die Geschäfte in Brügge warten, und vor allem meine geliebte Frau. Cecilia schreibt mir beinahe täglich, wie sehr sie mich vermisst.«

»Ich hoffe, sie ist wohlauf«, sagte Henrike.

»Ihre Schwangerschaft schreitet voran«, lächelte Ricardo.

»Frauen in diesem Zustand sind ja immer besonders anhänglich, non è vero? Als Paten werdet ihr uns doch hoffentlich bald besuchen kommen?«

»Sobald das Kind da ist und es unsere Geschäfte zulassen, selbstverständlich«, versprach Adrian.

»Ich höre, auch du bereitest deine Abreise vor. Wohin soll es denn gehen?«

»Gen Norden«, sagte Adrian vage.

Ricardo lachte. »Traust du nicht einmal deinem besten Freund?«

»Natürlich vertraue ich dir! Zunächst einmal geht es nach Schonen«, sagte er.

»Hast du denn keinen Gehilfen zur schonischen Messe geschickt?«

»Doch, schon. Aber gerade erst ist das Salz aus Lüneburg eingetroffen. Ich nehme es mit auf den Weg.«

»Also geht es danach weiter?«, hakte Ricardo nach.

In diesem Moment kam ein rundlicher Mann mit Knubbelnase in Begleitung einer jungen Frau auf sie zu. Es war ihr Nachbar Hinrich von Coesfeld, wie man ihn nach dem Herkunftsort seiner Familie nannte, mit seiner Tochter Oda.

»Später verrate ich dir mehr, unter vier Augen«, vertröstete Adrian seinen Freund lachend.

Henrike bezweifelte jedoch, dass Adrian tatsächlich alle seine Pläne verraten würde. Sie kannte ihren vorsichtigen Mann. Und jeder Kaufmann kannte den Grundsatz: Willst du nach Nowgorod, dann sage, dass du nach Lödöse fährst – dann kann dir kein Wegelagerer auflauern. Man wusste nie, wer alles mithörte. Sie selbst hielt es für falsch, auf dem Weg nach Stockholm noch in Schonen haltzumachen, aber Adrian war davon nicht abzubringen. Und es stimmte schon: Den besten Preis für Lüneburger Salz bekam man dort auf dem Heringsmarkt.

Henrike wurde von ihrer Freundin Oda umarmt.

Auch Ricardo hieß die Neuankömmlinge willkommen und erklärte: »Hinrich wird meinen Gehilfen Tieri von Zeit zu Zeit unterstützen. Vor allem aber hat er, wie du natürlich weißt, ausgezeichnete Verbindungen zu den Paternostermachern. Diesen Handel möchte ich mir zunehmend erschließen.«

Hinrich grinste selbstgefällig. »Wir machen Euch also Konkurrenz, Vanderen. Aber macht Euch nichts draus.«

Adrian lächelte verbindlich. »Dagegen habe ich gar nichts. Es gibt genügend Jahre, in denen die Nachfrage nach Rosenkränzen aus Bernstein kaum zu befriedigen ist. Wir wollen doch verhindern, dass die Kunden auf Korallenketten ausweichen, oder?«

Sein Gegenüber rieb sich die Nase, die unter dem Druck hin- und herwackelte. »Ricardo und ich werden sogar den Bedarf befriedigen, von dem wir heute noch nicht einmal wissen, dass er da ist!«, erklärte Hinrich überzeugt.

»Aber es gibt doch auch eine Paternostermacher-Zunft in Brügge«, wunderte sich Adrian.

»In Brügge ist die Konkurrenz der Käufer zu groß – hier ist doch alles etwas beschaulicher«, erklärte Ricardo.

Adrian wünschte ihm Glück. Er nahm es gelassen; er hatte langfristige Abmachungen mit den Paternostermachern in Lübeck getroffen, auf die selbst Hinrich mit seinen guten Verbindungen – sein Vater war selbst Paternostermacher gewesen – keinen Einfluss haben würde.

Immer mehr Gäste trafen ein. Es waren herausgeputzte Kaufleute und Handwerker, aber keine Ratsmitglieder, wie Henrike feststellte.

»Komm, wir sehen uns ein wenig um«, forderte Oda ihre Freundin auf.

»Ich habe noch gar nicht nachprüfen können, ob deine Hochzeitstruhe schon fertig ist. Es ist so viel zu tun!«, sagte Henrike entschuldigend.

Oda kontrollierte tastend den Sitz ihrer um den Kopf gelegten und festgesteckten Zöpfe und ließ ihren Blick durch die Menge wandern, als ob sie etwas suchte.

»Das macht nichts. Vater hat meine Hochzeit ohnehin verschoben. Erst müssen seine Geschäfte anlaufen, sagt er. Als wüsste ich nicht, dass er sich schon wieder verspekuliert hat! Er war so glücklich, auf eine Partie besonders günstigen Hering gestoßen zu sein – nur um herauszufinden, dass die Hälfte verdorben war.«

»Oh nein, das tut mir leid für dich. Für deinen Vater natürlich auch«, meinte Henrike mitfühlend.

Warenfälschungen waren ein ernstes Problem. Wenn man nicht bei jedem Handel aufpasste, konnte man leicht übers Ohr gehauen werden, das war eine der ersten Lektionen gewesen, die sie als Kauffrau hatte lernen müssen.

Jemand räusperte sich vernehmlich, und sie wandte sich um. Hinter ihr stand der Kaufgehilfe Amelius mit seiner Herrin, der Kauffrau Tale von Bardewich. Erfreut begrüßte Henrike die ältere Freundin. Tale konnte gerade noch andeuten, dass sie mit Henrike wegen eines großen, wichtigen Geschäfts sprechen wolle, als die Musiker einen Tusch spielten und Ricardo das Wort ergriff. Nach seiner Rede wurde der Tanz eröffnet, und Adrian und Henrike ließen sich nicht lange bitten. Es war der letzte Abend vor seiner Abreise, und sie hatten vor, ihn auszukosten ...

Als Berthe durch die Tür des Gasthofs tritt, packt Wigger ihren Arm und schiebt sie durch die Hintertür in den Stall. Nachdem er sich vergewissert hat, dass kein Stallbursche in der Nähe ist, zieht er die Magd in eine Pferdebox. Ihre Wangen sind vor Aufregung gerötet, und ihr Busen bebt. Auch blickt sie ihn so ehrfürchtig an, wie es ihm zusteht, was ihm außerordentlich gefällt. Diesen Blick bekommt er von seiner Prinzessin nicht, auch deshalb hat er Berthe aufgenommen. Dass sie simpleren Gemüts ist, kommt ihm nur entgegen. Sie hat nie angezweifelt, dass er als Adeliger viel auf Reisen sein und Geschäfte machen würde. Treuherzig berichtete sie ihm nach seiner Abwesenheit immer, wie es seiner Frau ergangen war. Auch den Auftrag, sich in das Haus der Vanderens einzuschmuggeln, hat sie ohne Zögern angenommen. Es ist ihr lediglich schwergefallen, sich von Kay zu trennen. Aber wem ginge das nicht so? Sein Hals wird eng – eine gefühlsduselige Reaktion, für die er sich hasst. Vor über einer Woche hat der Bärtige seinen Sohn verschleppt. Er muss Kay retten! Aber er weiß weder, wo sein Sohn steckt, noch, wie der Kerl heißt. In den vergangenen Tagen hat er sich überall nach ihm umgehört, aber niemand scheint ihn zu kennen.

Seinen Zorn lässt er an Berthe aus, die ihn hat warten lassen – eine unverzeihliche Verfehlung.

»Warum kommst du erst jetzt? Du musst meine Nachricht schon vor Tagen erhalten haben!«, blafft Wigger.

Eingeschüchtert sieht sie ihn an. »Ich konnte nicht fort, edler Herr …«

»Scht! Niemand braucht zu wissen, wer ich bin!«

Berthe blinzelt verwirrt. »Sie wollten mich erst nicht dabehalten, die Vanderens …«

»Du hast dich dumm angestellt!«

Ihre Augen werden feucht. »Nein, edler Herr! Ich konnte nichts dafür. Die Köchin ist krank geworden, und ich habe sie vertreten. Dafür konnte ich aber das Haus nicht verlassen! Erst jetzt …«

»Schon gut! Was haben die Vanderens vor? Sie wollen doch nicht für ewig zusammen in ihrem Haus bleiben?«

Er hat das Kaufmannshaus und seine Umgebung erkundet. Dass es ausgerechnet die Mengstraße sein muss! Da dort auch Bürgermeister und Ratsmänner wohnen, lungern ständig Ratsdiener und Boten vor den Häusern herum. Unauffällig einzubrechen ist beinahe unmöglich. Er hat sich sogar als Kunde ausgegeben und in den Kaufkeller der Vanderens gewagt. Ein kräftiger Glatzkopf, der allerdings hinkt und auch sonst ziemlich langsam wirkt, hat ihn bedient. In dem Haus herrscht ein ständiges Kommen und Gehen, etliche Gehilfen und Knechte hat er gesehen. Der Hinterhof ist durch eine hohe Glintmauer begrenzt, dazu kommen die Wachhunde. Sich hineinzuschleichen, Adrian und Henrike Vanderen umzubringen und wieder ungesehen zu verschwinden, ist riskant. Er muss warten, bis sie sich trennen, und dann jeden einzeln erledigen.

Berthe reißt ihn aus seinen Gedanken. »Der Herr geht auf Reisen, morgen schon.«

Unbeherrscht braust Wigger auf. »Das sagst du mir erst jetzt, du dummes Ding!«

Berthe weint heftig und wirft sich zu seinen Füßen. Sein Zorn verblasst, und er genießt ihren flehenden Blick. Endlich hat jemand gebührenden Respekt vor ihm.

»Ich konnte doch nicht weg! Ich wusste auch nicht, dass es so eilig ist! Die Reise geht wohl nach Schonen. Das Schiff heißt *Cruceborch*. Kostbare Waren hat es geladen, Tuche vor allem. Ich habe es aus dem Gespräch mit dem Kapitän herausgehört. Bitte seid mir nicht böse, wohledler Herr!«

Kniend drückt sie feuchte Küsse auf seine Hand. Er zwingt den Impuls nieder, den Handrücken zu säubern. Deutlich kann er die schwellende Brust in Berthes Ausschnitt sehen und spürt ein Ziehen in seinen Lenden.

»Habe ich es gut gemacht? Darf ich jetzt endlich heim zur Herrin und Eurem Sohn, Herr?«

Trotz des süßen Gefühls der Macht versucht er nachzudenken. Um den Kaufmann zu erledigen, braucht er die Hilfe der Seeräuber. Mit den kostbaren Waren kann er die Piraten leicht ködern. Danach die Frau zu töten, dürfte ein Leichtes sein. Er muss den Rest der Familie ausfindig machen, und dann wäre er am Ziel. Er muss sich sofort auf den Weg machen, sofort ... Doch ein paar Minuten kann er sich noch gönnen.

Mit der linken Hand zerrt er an seinem Hosenbund, mit der anderen packt er Berthe im Nacken und zieht sie an sich. Ihr furchtsamer Blick erregt ihn noch mehr.

»Meine Geschäfte sind noch nicht erledigt, ich brauche dich noch dort. Du bist eine große Hilfe für mich. Aber jetzt musst du erst mal deine Versäumnisse wiedergutmachen ...«

22

Nordmeer

Der Mond spiegelte sich im Wasser, blendend, wie der silber beschlagene Schild eines Kriegers. Der Umriss von Runas schlanker Gestalt teilte den Horizont. Reglos stand sie auf dem schwankenden Schiffsdeck, ihren Falken auf der Faust. Simon kam beinahe um vor Sehnsucht. Er wollte sie umarmen, sie streicheln und küssen. Er wollte sie trösten, sie zum Lachen bringen, ihr Hoffnung geben. Aber sie waren nie allein. Auch jetzt spürte er Einars Blick in seinem Nacken. Die Matrosen ließen Runa ohnehin nie unbeobachtet. Sie fürchteten eine Frau an Bord und begehrten sie zugleich. Runa schien es nicht zu bemerken. Ihre ganze Aufmerksamkeit galt den Nestlingen, die unter ihrer unermüdlichen Fürsorge gediehen.

Als habe sie gespürt, dass Simon aufgewacht war, wandte die Isländerin sich um. Simons Herz weitete sich, und das Sehnen in ihm wurde unerträglich. Der Ausdruck in ihren Augen war der eines weidwunden Tieres. So fremd sich ihr Falke auf See zu fühlen schien, so heimatlos wirkte sie selbst. Simon wäre am liebsten zu ihr gestürzt. Doch das ging nicht. Er hätte auch nicht gewusst, was er ihr hätte sagen können. Trotz aller Liebe, die er für sie empfand, war ihm doch klar, dass er nur ein Jüngling war. Ihm stand es nicht frei, zu heiraten. Er musste seine Ausbildung abschließen. Auf eigenen Füßen stehen. Und er wollte zum Ritterorden. Abrupt zerriss er das unsichtbare Band zwischen ihnen und ging zu Einar ans Steuerruder.

Der Seemann hatte sie, wie versprochen, in der Bucht abgeholt. Nur eine Handvoll Matrosen hatte er bei sich gehabt, darunter den Freund, dem das Schiff gehörte. Einar hatte von Jóns

Zorn berichtet. Davon, wie er seine Männer ausgeschickt hatte, um sie zu finden. Wie er geschworen hatte, Runa zu unterwerfen, Simon zu töten und jeden zu strafen, der ihnen Hilfe leiste. Trotz dieser Gefahr hatte Einar sogar Schaffleisch als Proviant für Mannschaft und Falken organisiert. Simon wusste nicht, wie er sich je dafür erkenntlich zeigen sollte.

Ein Windstoß zauste Simons Haare. Die Spiegelung des Mondes zerbrach, wie Scherben glitzerte sie nun auf den Wellen. Einar justierte das Steuerruder nach.

»Wir werden Bergen noch heute erreichen. Was wirst du jetzt tun? Ich könnte Runa mit zurücknehmen. Aber ich kann nicht für ihre Sicherheit bürgen.«

»Ich weiß, ich …« Simon wusste nicht, was er sagen sollte.

»Du musst mit ihr sprechen. Jetzt.« Gefasst nickte Simon.

So sehr er sich wünschte, mit Runa zu reden, so sehr fürchtete er das Gespräch auch. Er ging zwischen den schlafenden Matrosen und den Stapeln Stockfisch hindurch, für die Einar ebenfalls gesorgt hatte.

Die junge Frau kniete neben dem Käfig und zerteilte eine Möwe, die sie an Deck mit einer Schlinge gefangen hatte; das Schaffleisch war längst vertilgt. Er war erleichtert, dass Runa sich um die Ästlinge kümmerte. Sie verstand so viel davon! Wer wusste schon, ob die Jungvögel unter seiner Obhut überlebt hätten …

Runa sah auf. Ihre Augen brannten. Er kniete sich neben sie. Überdeutlich nahm er die Wärme ihres Körpers wahr. Er bräuchte nur die Hand auszustrecken … Die lang gezogenen Bettelrufe der Vögel waren eine willkommene Ablenkung. Langsam beugte er sich vor, um sie nicht zu erschrecken.

»Denen kann man ja beim Wachsen zusehen!«, staunte er lächelnd.

Die Falken waren größer und kräftiger geworden. Sie hüpften und versuchten, ihre Schwingen auszubreiten. Runa nahm die beiden Hälften der Möwe und warf sie den Falken hin. In Streifen geschnitten wollten sie das Fleisch nicht mehr. Gierig pickten sie mit ihren scharfen Schnäbeln hinein, rissen Stücke ab und schlangen es hinunter. »Sie sind ja schon richtige Greifvögel! Das hätte ich ohne dich nie geschafft.«

»Es liegt noch viel Arbeit vor dir. Die Falken müssen weiter versorgt werden. Du musst sie abtragen, also zähmen. Dazu gehört auch, sie an Hauben und Lederriemen zu gewöhnen und mit dem Federspiel für die Beizjagd zu üben.«

»Macht das nicht der Falkner des Ritterordens?«

Runa schnalzte missbilligend. »So schnell wirst selbst du nicht zur Marienburg kommen! Die ersten Monate sind sehr wichtig bei der Erziehung der Falken. Bei Frigg war es zumindest so, und auch mein Vater hat seine Jagdfalken immer so erzogen. Du musst ihnen viel Zeit schenken.«

Simon wurde das Herz schwer. »Heißt das, du gehst zurück? Einar sagt, wir erreichen Bergen noch heute.«

»Zurück?« Runa blinzelte, aber Simon sah die Tränen, die sie zu verbergen suchte. »Wohin soll ich schon zurück?« Heftig schüttelte sie den Kopf. »Nein, das will ich nicht.«

Er umschloss ihre Hände mit den seinen – egal, ob die Berührung ihren Unmut weckte!

»Willst du mit mir kommen?« Wie sehr er es sich wünschte – und zugleich fürchtete!

»Als deine Frau?« Hoffnungsvoll sah Runa ihn an, doch dann verschattete sich ihr Blick. »Oder als deine Geliebte?« Er spürte ihren Atem auf seinem Gesicht, wie eine süße Verlockung.

»So gern ich dich heiraten würde, ich kann es nicht. Wenn ich erst Kaufmann wäre …«

»Außerdem willst du zu deinen Rittern. Selbst einer werden. Da kannst du keine isländische Wilde gebrauchen.«

Ihr Ton war scharf. Runa war verletzt, und er verstand sie gut. Zärtlich strich er über ihren Handrücken. Die anderen beobachteten sie, er wusste es, aber es machte ihm nichts aus. Runa riss ihre Hände zurück. Ohne ihre Berührung fühlte er sich plötzlich verloren.

»Du bist die beste Falknerin, die ich kenne. Es wäre eine Ehre für mich, dich an meiner Seite zu wissen. Wenn du nur keine Frau wärst …« Er hatte die letzten Worte gesprochen, ohne darüber nachzudenken. Runa legte das Tuch über den Käfig. Dann sah er sie an, das Gesicht unbewegt. Auf einmal war es, als habe sich eine Wand zwischen sie geschoben. »Ich meine …«, versuchte Simon den letzten Halbsatz zurückzunehmen.

»Ich habe dich schon verstanden«, fiel Runa ihm eisig ins Wort. »Als Frau willst du mich nicht, aber als Falknerin schon. Dabei bin ich nicht mal eine richtige. Aber gut – das sollst du bekommen. Ich habe ja ohnehin keine Wahl.«

Sie ließ ihn am Käfig zurück. Simon wusste nicht, was Runa vorhatte. Wenn sie ihn begleiten würde, wäre es wunderbar – und gleichzeitig gefährlich. Er fürchtete, dass es zwischen ihnen nie wieder so werden würde, wie es gewesen war. Aber vielleicht ging es einfach nicht anders.

Als sie in die Bucht von Bergen einfuhren, hatte Runa ihre langen Haare abgeschnitten und trug einfache Männerkleidung, die sie von einem Matrosen bekommen hatte. Simon hatte versucht, sie aufzuhalten, als sie das Messer angesetzt hatte, aber Runa hatte nicht mit sich reden lassen. Die Brüste hatte sie eingeschnürt. Wer sie nicht kannte, würde sie jetzt für einen fremdartigen jungen Mann halten. Auch Einar hatte nach einem Schockmoment gelächelt und gemeint, immerhin sei Runa ein Name, den Jungen und Mädchen tragen könnten. Er bedeute Geheimnis oder Mysterium – und das sei Runa ja tatsächlich. So konnte sie Simon begleiten, und er war froh darüber. Gleichzeitig wusste er aber auch, dass er sie nicht in der Tyskebrygge unterbringen konnte. Der Umgang dort war zu rau, die Gemeinschaft zu eng.

Jederzeit könnte sie als Frau enttarnt werden, und dann gnade ihr Gott! Sie bei seinem Freund Bernhard Steding einzuquartieren, wagte er ebenfalls nicht. Zu leicht könnte es Gerede geben. Blieben nur Tymmo und Ellin ...

Der Anker fiel, und das Beiboot wurde zu Wasser gelassen. Simon ging zu Einar. Obgleich Simon nicht klein war, blickt der Hüne doch auf ihn hinab. Die Zeit des Abschieds war noch nicht gekommen, doch Simon hatte das Gefühl, Einar schon mal danken zu müssen. Kurz entschlossen umarmte er ihn. Seine Füße lösten sich von den Planken, als Einar ihn drückte. Lächelnd ließ der Steuermann ihn los.

»Ich weiß nicht, womit ich deinen Mut und deine Hilfe verdient habe. Aber ich stehe tief in deiner Schuld«, sagte Simon.

»Kümmere dich um Runa. Ihr Vater war ein Freund. Und vergiss uns nicht. Du hast gesehen, wie wir leben. Der norwegische König hält uns kurz.«

»Das werde ich nicht. Ich will gleich nach Liv sehen. Er hat sicher Waren, die wir euch überlassen können. Außerdem komme ich wieder, versprochen.«

Auf dem Anleger herrschte das übliche Gewimmel. Die Zollbeamten begutachteten die Ware. Simons Atem stockte. Was sollte er ihnen sagen? Würde seine verbotene Reise nach Island jetzt auffliegen? Was war die Strafe für diesen Verstoß? Würde er in einem Kerker der Festung Bergenhus landen? Er schüttelte diesen Gedanken ab. Es würde schon alles gut gehen. Und dann würde er endlich herausfinden, wer das Kopfgeld auf ihn ausgesetzt hatte. Ob es wirklich sein Vetter Nikolas gewesen war, der Dagur auf ihn gehetzt hatte? Der Tod des Isländers lastete schwer auf seiner Seele, genau wie der Mord an Alvar.

»Wo sollen wir den Skreith hinbringen?«, riss Einar ihn aus dem Grübeln.

Simon überlegte kurz. Dagurs Schuppen sollten sie besser

meiden. »Wir treiben mit einem Norderfahrer hier Handel. Ich zeige es euch«, sagte er. »Aber erst mal müssen wir am Zoll vorbei. Nicht, dass sie Runa und mich in Ketten legen. Oder die Falken beschlagnahmen.«

23

Lübeck

Nikolas Vresdorps Handlanger lud einen Sack vom Pferdewagen und warf ihn sich über die Schulter. Darin zappelte und wimmerte es. Nikolas hob seinen silberbeschlagenen Stock und drosch auf den Sack, bis er erschlaffte. Seit zehn Tagen schleppte er nun schon seine Geisel herum, aber er hatte auf dem Weg eben Geschäfte erledigen müssen.

Trotz der Hitze zog Nikolas seine Kapuze tief über das Gesicht. Er durfte nicht erkannt werden. Angeekelt wich er dem Schweinekot am Flussufer aus; die Wunde an seinem Bein nässte mal wieder, und er humpelte. Wenn das so weiterging, würde er die Verletzung erneut ausbrennen lassen müssen … Das Grunzen und Quieken der Schweine war unerträglich, ebenso wie der Gestank, der vom Fluss aufstieg. Als sie noch in der Fleischhauerstraße gewohnt hatten, waren sie wenigstens am feineren Ende gewesen, in der Stadtmitte, nahe der Münze. Aber Telse hatte sich nach ihrer Rückkehr wohl nichts Besseres leisten können. Was wollte seine Schwester überhaupt hier? Warum war sie nicht in Stralsund geblieben, wo er unerkannt ein- und ausgehen konnte? Lübeck war ein gefährliches Pflaster für ihn. Seine Base Henrike und ihr hochnäsiger Adrian durften nicht erfahren, dass er hier war. Sie sollten ihn vergessen bis … der richtige Zeitpunkt käme.

Endlich hatten sie die Pfahlbauten auf den Stegen hinter sich gelassen, in denen die Küter ihre Schweine schlachteten und die Aale sich im Fluss darunter an Blut und Eingeweiden mästeten.

»Hier muss es sein.«

Sein Handlanger wies auf eine windschiefe Bude, die etwas

abseits stand und vor der mehrere Kinder mit einer aufgeblasenen Schweinsblase spielten. Was für ein Lärm! Es wurde Zeit, dass er Telse wieder verheiratete. Mit dieser Bruchbude war sie ja eine Schande für die Familie! Was wollte sie überhaupt mit diesen ganzen Blagen? Andererseits: noch eins mehr fiel gar nicht auf. Und er konnte den Kleinen nicht mehr ewig verstecken. Er riss einen der Jungen an den Haaren aus der Spielrunde.

»Bring mich zu deiner Mutter.«

Der Junge kam jammernd seinem Befehl nach und führte sie zu einem Holzverschlag, der an der Hinterseite der Bude lehnte. Dort legte Telse gerade etwas in eine Kuhle. Als sie ihren Bruder sah, entgleisten ihr sichtlich die Züge. Überraschung, Angst, aber auch Abscheu zogen über ihr Gesicht.

»Lass meinen Sohn los!«, forderte sie mit bebender Stimme.

Nikolas gefiel es, dass er seine Schwester nach so langer Zeit noch immer in Schrecken versetzte. Sie würde es nie wagen, ihn zu verraten. Er löste die Hand aus dem Haar des Jungen, der sich sofort davonmachte.

»Willst du mich nicht hereinbitten?«

Telse deckte die Kuhle mit einer Strohmatte ab und legte Steine darauf. Was hatte sie darin? Vermutlich irgendein Getier, dass sie für ihre Heiltränke brauchte. Unwillig ging seine Schwester ihm voraus in die Bude. Sein Handlanger folgte ihnen. Es war ein kleiner Raum mit zwei großen Betten. Kräuter, Hölzer und getrocknete Tiere hingen an den Wänden. Auf einem Regal standen Tontöpfe.

»Was ist darin? Eingelegte Eidechsen? Gift? Sonstiges Teufelszeug? Gibt es dir nicht zu denken, dass du deinen eigenen Mann nicht vor der Pest retten konntest? Warum umgarnst du nicht einen verwitweten Kaufmann und wirst wieder anständig? Das hier ist doch lächerlich!«, spottete Nikolas.

Telse blickte ihren bösartigen Bruder an. Auf einmal fühlte sie sich ihm überlegen. »Auch wenn du daran zweifelst: Ich habe meine Bestimmung gefunden. Soll ich mir deine Wunde mal ansehen?«

Nikolas schnaubte bitter. »Du kannst mir auch nicht helfen.«

Gleichgültig zuckte sie mit den Schultern. »Auch gut, dann hat zumindest das Bedrängen unschuldiger Frauen ein Ende. Derartige Wunden schwächen meist die Manneskraft.«

Seine Ohrfeige traf Telse unerwartet. Sie wusste allerdings jetzt, dass sie mit ihrer Vermutung recht gehabt hatte, und konnte sich ein Lächeln nicht verkneifen. Ihr Bruder hatte so vielen Frauen Schande angetan, dass diese Strafe mehr als angemessen war. Telse setzte sich, als sei nichts gewesen, weil sie ihm nicht die Genugtuung verschaffen wollte, sie leiden zu sehen.

»Im Übrigen: Ich werde Jost heiraten.«

Jetzt lachte ihr Bruder laut. »Diesen mittellosen Kaufgesellen? Sicher nicht! Du wirst deine Pflicht gegenüber unserer Familie erfüllen.«

Sie schluckte das Blut hinunter, das aus der Platzwunde in ihrer Mundhöhle quoll. »Er ist ein Kaufmann. Und ich liebe ihn! Ich habe schon mehr als genug für diese Familie getan.« Immer hatte sie zurückgesteckt, hatte sich von ihren Eltern und ihrem Bruder drangsalieren lassen, hatte einen Mann geheiratet, den sie nicht kannte, um ihrer Familie zu helfen. Jetzt war Schluss damit!

Nikolas hielt den Griff seines Stockes fest umschlossen. Telse wusste, dass er keinerlei Skrupel haben würde, sie damit zusammenzuschlagen. Doch er schien sich dagegen zu entscheiden.

»Wen du liebst oder was du willst, interessiert niemanden. Du wirst noch mehr für unsere Familie tun.«

Er gab seinem Handlanger ein Zeichen. Dieser ließ den Sack auf die Erde fallen. Ein leises Stöhnen war zu hören.

»Was ist das?«, fragte Telse angespannt.

»Etwas, worauf du aufpassen wirst, bis ich es wieder abhole.«

Er wandte sich der Tür zu, offensichtlich unter starken Schmerzen im Bein. Noch einmal drehte er sich um. »Wenn du brav bist, sprechen wir bei meinem nächsten Besuch noch einmal über deine Heiratspläne. Vielleicht kannst du mich ja überzeugen«, presste er heraus. »Ich muss mich jetzt um Wichtigeres kümmern.«

Als er endlich gegangen war, öffnete Telse vorsichtig den Sack und schnappte nach Luft: Ein hellblond gelockter Schopf kam zum Vorschein.

24

Ostsee

Der erste Pfeil durchschlug das Segel der Kogge. Sie hatten das Schiff bereits am frühen Abend am Horizont ausgemacht. Es war verdächtig schnell näher gekommen. Mit dem Kreuz am Masttop hatte es sich als Kauffahrer getarnt. Doch jetzt, wo sich die Sonnenscheibe ins Meer senkte, gab es keinen Zweifel mehr, mit wem sie es wirklich zu tun hatten. Ein Piratenangriff in der Dämmerung – oder noch schlimmer, in der Dunkelheit –, das hatte gerade noch gefehlt! Adrian fluchte. Erst hatte sich die Abreise um einen Tag verzögert, weil ein übereifriger Zollbeamter sein Schiff bis in den letzten Winkel durchsucht hatte, dann hatte der Wind sie vom Kurs abgebracht – und jetzt auch noch Seeräuber! Hätte er vielleicht doch besser auf ein weiteres Schiff gewartet, das die gleiche Route einschlug? Aber wer wusste schon, wie lange das gedauert hätte. Seine Geschäfte duldeten keinen Verzug. Da keine Friedekoggen mehr unterwegs waren, hatten sie sich noch besser als sonst auf einen Überfall vorbereitet. Adrian hatte seine fünfzehnköpfige Mannschaft mit fünf wehrfähigen Männern aufgestockt. Einige hielten ständig mit ihren Armbrüsten auf dem Vorder- und Achterkastell Wacht, an die anderen waren Waffen und Harnische ausgegeben worden. Auch die zwei Handrohre wurden nun aufgestellt. Die Fracht war zu kostbar, um sie kampflos den Freibeutern zu überlassen.

Bogenschützen hatten sich auf dem Deck des Piratenschiffes aufgepflanzt, andere schwangen schon die Seile mit den Enterhaken. Sie schrien und johlten, peitschten sich auf und feuerten sich an. Auch das war Teil ihrer Einschüchterungstaktik. Es würde nicht mehr lange dauern, bis sie nahe genug an der *Cruceborch* waren.

Adrian spannte seine Armbrust. Er hatte sich aus Italien eine Arbalest beschafft, die sich schneller laden ließ und eine höhere Feuerkraft hatte, weil sie teilweise aus Stahl gefertigt wurde. Im selben Moment sah er zu seinem Kapitän. Bosse war zwar schon alt, aber noch rüstig genug, um als Schiffer zu arbeiten; außerdem verfügte er über einen unvergleichlichen Erfahrungsschatz. Dennoch hatte er sich in den letzten Jahren einen Nachfolger gesucht und bildete ihn aus; während Bosse seinen Männern Anweisungen zurief, bediente der junge Folkmar das Steuerruder. Der künftige Kapitän stammte aus einer friesischen Schifferfamilie und hatte Meersalz im Blut. Auch sein merkwürdiger Dialekt hatte sich schon abgeschliffen. Zumindest verstanden sie ihn inzwischen …

Die Jungen hängten die Schutznetze auf. Sein Lehrjunge Claas war dabei genauso flink und gewandt wie die Bootsjungen, auch wenn er eher schwächlich wirkte.

Adrian löste den Schuss, der Bolzen schlug jedoch nur in die Planken ein. Die Entfernung, das Zwielicht und die kabbelige See machten das Zielen schwer. Die Freibeuter kamen näher. Adrian haderte mit seinem Schiff. Koggen waren durch ihren dickbauchigen Rumpf gute Lastschiffe, aber ihre Segeleigenschaften ließen zu wünschen übrig. Mit nur einem Mast und einem Rahsegel waren sie einfach zu unbeweglich. Gut, dass er einen Schiffsbaumeister mit dem Entwurf eines neuen Schiffes beauftragt hatte! Die hochbordige Holk hatte einen größeren Laderaum, war dabei aber gut zu verteidigen und galt als leichter zu manövrieren.

Eine Enterdregge wurde in ihre Richtung geworfen. Adrian machte sich bereit, sie abzuwehren. Seit ein scharfer Haken einer solchen Enterdregge sich in seine Schulter gebohrt hatte, trug er bei Gefahrensituationen stets einen Brustpanzer. Doch die

Dregge verfing sich in einem der Netze, die seine Mannschaft zum Schutz aufgespannt hatte. Seine Gefolgsmänner hatten endlich die Handrohre auf die Holzgabeln gestellt und mit Bleikugeln und Pulver geladen. Einer der Schützen entzündete die Lunte. Zischend löste sich ein Schuss und durchschlug die Reling des gegnerischen Schiffes. Der zweite Schuss traf das Segel. Ein wütender Aufschrei folgte. Die Piraten verloren an Fahrt. Adrians Männer hingegen jubelten. Sie hatten auf jeden Fall Zeit gewonnen …

»Ein einfacher Kauffahrer, wie? Ein pralles Lasttier, das wir nur noch schlachten müssen? Ha! Ein Schlachtschiff ist das wohl eher!«

Henneke van Oertzen ist stinksauer. Auch Wigger hat mit einer derartigen Gegenwehr nicht gerechnet. Erst der Schwertkampf in Wisby und nun das … Adrian Vanderen ist ein ungewöhnlicher Kaufmann! Trotzdem ist ihr Sieg unausweichlich. Fortuna muss doch mal wieder auf seiner Seite stehen!

»Das bisschen Gegenwehr schreckt dich doch nicht etwa ab? Und du willst ein Freibeuter sein? Wenn ich gewusst hätte, was für ein Angsthase du bist, hätte ich mir einen anderen gesucht, der dieser Ladung wert ist«, stachelt er den Anführer der Piraten jetzt an.

Der Ritter packt ihn am Kragen und schüttelt ihn. »Du bist schon genauso ein Großmaul wie dein Vater! Du Bastard!«

Wigger bleibt nach außen hin ganz ruhig. Er kennt Henneke seit der Kinderzeit und weiß um sein Temperament. Die Adelsfamilien haben sich damals regelmäßig getroffen. Hennekes Familie ist eine der ersten gewesen, die durch ihre verzweifelte wirtschaftliche Lage zu Raubrittern wurden. Bereits vor einiger Zeit hat sich Henneke auf den Seeraub verlegt. Er hat einen Teil seines Landes verkauft und von dem Geld ein Schiff erworben. Das blutige Handwerk überlässt der feine Herr jedoch seinen Männern. Von Wiggers mörderischem Talent weiß Henneke natürlich nichts. Wigger gibt ihm ab und zu lukrative Hinweise, ist bei den Schiffsüberfällen dabei und bekommt seinen Anteil. Ein Geschäft auf Gegenseitigkeit. Auch jetzt hat er erst den Lübecker Zöllner bestochen, um für eine Verzögerung von Vanderens Abreise zu sorgen, und dann Henneke aufgesucht. Glücklicherweise ist der Raubritter ohne Zögern auf den Vorschlag eingegangen und hat sofort ablegen lassen.

»Das mag sein. Aber immerhin ziehe ich nicht den Schwanz ein.« Wigger grinst. »Du wirst doch nicht etwa aufgeben? Es ist ein sehr guter Tipp, so wie du ihn von mir gewöhnt bist. Wir werden alle reich!«

Der Ritter zögert. Wigger kann ihm förmlich beim Denken zusehen. »Hinterher, Männer! Nun macht schon! Oder muss ich euch kielholen lassen?«, ruft er schließlich. »Wer es schafft, die Handrohre unschädlich zu machen, bekommt eine Belohnung!«

Pfeile prasselten auf die Kogge nieder. Der erste Matrose war verwundet. Eine Enterdregge hatte sich in ihrem Schutznetz verfangen. Das Messer zwischen den Zähnen, versuchte ein Pirat an dem daran befestigten Seil hinüberzuklettern. Mit einem Schwertschlag durchtrennte Adrian das Seil, und der Mann landete im Wasser. Aber schon zischten weitere Enterhaken durch die Luft. Der nächste Schuss aus dem Handrohr leuchtete hell auf. Noch hielt sich ein orangeroter Streifen am Horizont, aber bald würde es völlig dunkel sein. Und dann? Würden sie die Piraten abwehren können? In der Ferne leuchteten weiße Klippen. War das die Insel Møn? Dann würden sie auf die vorgelagerten Sandbänke achtgeben müssen.

»Sie drängen uns ab! Wir kommen zu nah an die Küste!«, bestätigte Bosse seine Befürchtung. Der Kapitän führte jetzt selbst das Steuerruder. »Hier wird's gefährlich. Überall Sandbänke. Aber wenn wir wieder auf See hinausfahren, können sie uns leicht rammen – der Wind ist gegen uns.«

»Kannst du an den Sandbänken entlangnavigieren?« Adrian legte den nächsten Bolzen in die Armbrust. »Vielleicht läuft ihr Schiff ja auf. Dann sind wir sie los.«

»Ich kann's versuchen.« Bosse gab dem Steuermann Anweisungen. »An den Bug mit dir! Halt nach Sandbänken Ausschau, die können sich seit dem letzten Mal verschoben haben.«

Sogleich eilte Folkmar an die vordere Spitze des Schiffes. Er würde die Farbe des Meeresgrunds und die Beschaffenheit der Wellen kontrollieren. Dort war er jedoch relativ ungeschützt. Adrian rief einem der Matrosen zu, dass er den Steuermann schützen solle, und löste erneut seine Armbrust aus. Endlich traf er einen der Piraten!

Die Verfolgungsjagd ging weiter. Der Abstand zwischen den Schiffen war manchmal größer, manchmal geringer. Brandpfeile schossen die Freibeuter aber nicht. Wussten sie etwa, dass die Kogge kostbare Tuche geladen hatte? Plötzlich wurde einer der Männer neben Adrian getroffen. Sein Lehrjunge Claas und ein Bootsjunge huschten über das Deck. Sie zerrten den schreienden Mann in den Schutz des Achterkastells und versuchten, den Pfeil aus seinem Fleisch zu ziehen. Der Pfeil war nicht aus Richtung des feindlichen Schiffes gekommen. Aber woher …? Adrian fuhr herum. Sofort sah er den Piraten, der ihr Achterkastell erklettert hatte. Die Kleidung war meernass und dunkel, aber das Gesicht leuchtete in der aufziehenden Nacht. Ein Matrose hatte ihn jetzt auch bemerkt und wollte ihn überwältigen. Dem Piraten gelang es jedoch noch, einen weiteren Schuss abzufeuern. Adrians Warnschrei hallte über das Deck, doch es war zu spät – Bosse bäumte sich auf. Der Pfeil war aus kurzer Distanz im Rücken des Kapitäns eingeschlagen und durch den Leib gefahren. Unter seinem Herzen breitete sich ein dunkler Fleck aus.

Unbändige Wut und Schmerz schnürten Adrian ein wie eine Faust. Bosse, der treue Gefährte vieler Reisen! Der Mann, der Geschichten erzählen konnte wie kein Zweiter! In den Gesichtern der Matrosen, die Bosses Tod bemerkt hatten, flackerten Entsetzen, Trauer und Zorn auf. Adrian musste ihnen ein Vorbild sein. Ihre Kampfeswut durfte nicht erlahmen.

»Folkmar, ans Steuer! Ein anderer übernimmt am Bug!«, befahl Adrian heiser.

Gleichzeitig mit seinem Lehrjungen stürzte er zu Bosse. Claas hatte noch nicht begriffen, dass der Schiffer tot war. Fest presste er die Hand auf Bosses Wunde. Der Junge war blass, nur seine Ohrmuscheln spitzten durch die dünnen Haare.

»Ihr schafft das, Kapitän«, murmelte er, während er das Blut aufzuhalten versuchte.

Vom Deck waren Schreie und das Klirren der Säbel zu hören. Adrian packte Claas' Schulter.

»Es ist zu spät. Wir können nichts mehr für ihn tun. Wir werden woanders gebraucht ...«

Schritte hinter ihnen. Adrian sprang auf – keine Sekunde zu früh. Ein Freibeuter preschte auf sie los. Den Zweihänder hochgerissen – die Wucht des Zusammenpralls brachte Adrians Arm zum Beben. Mit aller Kraft warf sich der Pirat gegen ihn. Adrian hielt dagegen. Scharf kratzten die Schwertscheiden aneinander. So nah waren sie sich, dass Adrian die nasse Kleidung seines Gegners spüren konnte. Doch in den Augen des Piraten lag keine Kampfeswut, kein Hass – nur Kälte. Diesen Blick hatte er schon einmal gesehen ...

Ein Ruck. Der Pirat geriet ins Straucheln. Claas war gegen seine Beine gerannt und hatte ihm die Knie weggeknickt! Der gute Junge! Adrian setzte nach. Versuchte, seinen Gegner zu entwaffnen. Doch der Pirat konnte kämpfen. Der Umgang mit der

Waffe war geschickt, seine Bewegungen gewandt. Das war kein einfacher Seeräuber ...

»Was bist du? Ein Ritter? Soldat?«, fragte Adrian beim nächsten Hieb. Der andere schwieg und kämpfte verbissen weiter. Deutlich fühlte sich Adrian an seinen letzten Kampf erinnert, auf Gotland. Er war es! Der Mann, der ihr Haus in Brand gesetzt und ihn angegriffen hatte! Was tat er hier? Verfolgte er ihn etwa? Aber warum?

»Du warst das doch in Wisby?« Noch ein Hieb, abgewehrt. Der Konter. Adrian schwang sein Schwert erneut. Das Eisen klirrte. »Und das auf dem Schiff warst du auch! Was willst du von uns?«

Jetzt grinste sein Gegner. Es war die erste deutliche Regung in dem aalglatten Gesicht. Seiner Kampfeswut tat das aber keinen Abbruch. Adrian verdrängte die Trauer über Bosses Tod ebenso wie die Gedanken über seinen Kontrahenten. Konzentration war nötig. Bei dem heftigen Kampf musste er all seine Kraft und Geschicklichkeit aufwenden. Aus den Augenwinkeln sah er, dass auch auf dem Rest des Schiffes Gefechte tobten. Doch die aufsteigende Nacht machte das Kämpfen schwer. Immer mehr Piraten waren hinübergeschwommen und hatten die *Cruceborch* erklettert.

Ein Schrei gellte über das Deck. »Sie wollen uns rammen!«

Die Piratenkogge hielt direkt auf sie zu. Doch der Stoß, der sie von den Füßen riss, kam nicht aus Richtung des gegnerischen Schiffes. Die Planken der *Cruceborch* knirschten. Adrian taumelte und fiel. Waren sie auf Grund gelaufen? Hatte das Schiff ein Leck? Waren Mannschaft und Ladung in Gefahr? Er rappelte sich hoch. Sie waren ganz in der Nähe des Landes! Hatte denn niemand aufgepasst? Er sah jetzt, dass auch Folkmar mit einem Seeräuber rang. Im gleichen Augenblick schrammte die Piratenkogge an ihrem Achterkastell entlang und zerfetzte einen Teil der Reling. So würden sie nicht mehr über freie See fahren können!

In diesem Moment der Unachtsamkeit wurde Adrian das Schwert aus der Hand geschlagen. Verdammt – er hatte nur kurz nicht aufgepasst! Schon holte der Angreifer zum tödlichen Streich aus. Instinktiv trat Adrian gegen dessen Schwertarm. Damit hatte sein Gegner nicht gerechnet. Der Arm gab nach, aber die Hand ließ den Zweihänder nicht los. Adrian setzte hinterher, trat noch einmal zu. Der Mann mit den kalten Augen schwankte. Einer seiner Matrosen hatte hinter ihnen gerade seinen Gegner besiegt. Jetzt kam er Adrian in einem Überraschungsangriff zu Hilfe und schlug dem Angreifer das Schwert aus der Hand. Der Pirat zog blitzschnell einen Dolch, kreiselte herum und stach zu – Adrians Helfer brach zusammen. Seinen Einsatz hatte er teuer bezahlt! Das würde der Halunke büßen! Adrian reckte sich nach seinem Schwert. Er musste diesen Mann zur Strecke bringen! In Windeseile zog der Pirat einen weiteren Dolch aus dem Gürtel und zielte auf Adrian. Der Kaufmann warf sich zur Seite. Aber nicht schnell genug. Der Dolch stak in seinen Arm. Adrian schnappte zischend nach Luft. Jetzt aber das Schwert … Ein Kinnhaken brachte Adrians Kiefer zum Knacken. Die Wunde brannte furchtbar, als der Pirat seinen Dolch herausriss. Beim nächsten Stich wäre er tot … Wo war nur das verdammte Schwert? In höchster Not bekam Adrian mit der anderen Hand den Knauf zu fassen und riss das Eisen hoch. Auf Rippenhöhe traf er seinen Gegner, der, plötzlich einen verblüfften Ausdruck im Gesicht, zurücktaumelte und über den Matrosen stolperte, den er niedergestochen hatte. Der Matrose stöhnte – immerhin lebte er noch! Doch sogleich hatte sich der Angreifer wieder gefangen und setzte zur nächsten Attacke an. Mit dem Dolch holte er aus, suchte immer wieder eine Lücke in Adrians Deckung.

»Da kommen Schiffe vom Land! Wir kriegen Hilfe! Hierher, schnell!«

Claas hatte den Masttop erklettert und feuerte die nahenden

Helfer an. Eine Bewegung am Heck – ein Pirat schoss einen Pfeil gegen den Jungen ab!

»Deckung, Claas!«, schrie Adrian.

Doch sein Ruf kam zu spät. Der Pfeil traf den Jungen in der Schulter, schleuderte ihn zurück, sodass er das Gleichgewicht verlor und von der Mastspitze hinunterfiel. Wie eine Puppe kreiselte er in der Luft. Mit einem dumpfen Krachen traf der schmale Körper auf den Planken auf. Adrians Hals wurde eng. Claas war sein Schutzbefohlener gewesen, er hatte die Verantwortung für ihn getragen und versagt ...

Gleichzeitig regte sich etwas hinter ihnen – der Matrose hatte sich wieder aufgerappelt. Mit letzter Kraft warf er sich auf Adrians Angreifer – der völlig überrascht wurde. Jetzt konnte Adrian dem Kaltäugigen den Dolch aus der Hand treten. Dieser stemmte sich hoch und packte Adrian. Sie rangen über die Planken. Da schleuderte ein Tritt Adrian beiseite. Ein Mann zog den Angreifer hoch, bevor Adrian noch reagieren konnte.

»Es sind zu viele, verflucht!«

Der Pirat mit dem kalten Blick wollte sich von seinem Kompagnon losreißen. »Ich mache ihn fertig«, schrie er, doch der andere hatte mehr Schwung und riss ihn mit sich über die Reling.

Überrumpelt vom Ablauf der Ereignisse, konnte Adrian ihnen nur noch nachsehen. Schon hatten die ersten Freibeuter das Piratenschiff wieder klargemacht. Mithilfe langer Ruder und gehisster Segel setze es sich in Bewegung.

Auf der anderen Seite der *Cruceborch* hatten die Festlandsbewohner das Schiff erklettert. Es waren an die zwanzig Mann. Sie trugen Messer, Bootshaken, Knüppel oder Fackeln. Adrian orientierte sich kurz. Auch auf ihren Ruderbooten waren Fackeln, aber über den Kalkklippen – es war wohl Møn – war kein Leuchtfeuer zu erkennen. Hätte dort nicht eines als Warnung vor den Sandbänken leuchten müssen? Warum war es erloschen?

Überall an Deck lagen Verwundete und Tote. Noch konnte

er nicht überblicken, wie viele Männer seiner Besatzung es getroffen hatte. Allein dass Bosse tot war, empfand er als unersetzlichen Verlust. So viele Jahre war er mit seinem Kapitän unterwegs gewesen, hatte ihm in allen Belangen vertraut. Und da lag Claas, Arme und Beine merkwürdig verdreht. Der Pfeil ragte aus seiner Schulter. War auch er tot? Oder hatte seine Hand eben gezuckt? Könnte er den schweren Sturz überlebt haben? Adrian stolperte zu dem Jungen, berührte ihn. Tatsächlich – er atmete noch! Er musste so schnell wie möglich versorgt werden!

»Wer hat hier das Sagen?« Eine tiefe Stimme fordere Aufmerksamkeit.

Adrian wandte sich den Besuchern zu. Kein Wunder, dass die Piraten geflohen waren: Die Männer wirkten im Schein der Fackeln wie Wilde. Ihr Anführer war ein feister Kerl mit einem eisenbeschlagenen Knüppel, der jetzt seinem Trupp befahl, die Ladeluken zu öffnen. Was sollte das? Adrian eilte ihm entgegen. Ihm zu danken und gleichzeitig Einhalt zu gebieten, würde gar nicht so einfach werden. Trotzdem brauchten sie die Hilfe, wenn sie von der Sandbank wieder herunterwollten …

»Die Ladeklappen bleiben zu! Ich bin Adrian Vanderen, der Besitzer dieses Schiffes …«

Der Feiste ließ Adrian nicht ausreden. Wortlos hob er seinen Knüppel und schlug unvermittelt zu. Einen Lidschlag lang fürchtete Adrian, sein Schädel würde bersten. Dann nahm er nichts mehr wahr.

25

»Herr Vanderen!«
Eine Hand klopfte unsanft auf Adrians Wange. Was war los? Wo war er? Um ihn drehte sich alles. Ihm war übel. Sein Magen war ein einziger Klumpen. Seine Lider fühlten sich so schwer an! Warum lag er? Er zwang den Oberkörper hoch, die Augen auf. Gesichter, der Himmel, der Mastkorb des Schiffes – alle Dinge verschoben sich ineinander, als tanzten sie einen Reigen. Adrians Magen krampfte. Er würgte, schmeckte jedoch nur Galle in seinem Mund. Sein Kopf dröhnte wie noch nie – der Knüppel! Wasser wurde über sein Gesicht gegossen, und er prustete. Mit einem Mal fiel ihm alles wieder ein. Endlich gelang es ihm, die Augen zu öffnen. Helligkeit blendete ihn. War nicht eben noch Nacht gewesen?

»Die Ladeluken – nein! Das sind meine Waren!«, schrie er.

Folkmar blickte ihn ernst an. Der Steuermann wirkte unverletzt. »Zu spät ... Alles ist weg.«

Adrian schoss erschrocken hoch – und sank stöhnend wieder zurück. Abrupte Bewegungen machte sein Kopf nicht mit.

»Wie ... kann das sein?«

»Wir wollten sie aufhalten, aber dann haben sie uns mit ihren Knüppeln geschlagen! Manchem Matrosen ist es ergangen wie Euch, Herr. Sie haben uns mit den Verletzten im Achterkastell eingesperrt. Wir konnten uns nicht mehr wehren! Die Piraten hatten uns schon zu stark zugesetzt. Die meisten Schiffskinder sind verletzt, drei sind tot. Noch einen Kampf – das ging nicht!«

Adrian hob die Hand. »Schon gut! Ich ... weiß. Ihr habt tapfer gekämpft.«

»In aller Seelenruhe haben sie die Waren abgeladen. Keinen Fetzen haben sie dagelassen! Erst jetzt ist es uns gelungen, die Tür aufzubrechen«, sagte Folkmar verbittert.

Langsam richtete Adrian sich auf. So war der Schwindel einigermaßen erträglich. Er hatte das ganze Deck im Blick. Die Ladeluken standen klaffend offen. Einem Matrosen wurden Pfeilsplitter aus der Brust gepult, einem anderen der Arm geschient. Verletzte dämmerten vor sich hin. Die drei Toten lagen beieinander. Adrian packten Erbitterung und Trauer.

»Bosse ... Und wer sind die anderen, die wir verloren haben?« Er erfuhr die Namen eines Bootsjungen und eines altgedienten Matrosen. Adrian sprach ein Stoßgebet für sie. »Wir werden sie später bestatten. Was ist mit Claas?«

Ein Schatten legte sich über Folkmars Gesicht. »Der Junge lebt, aber er ist schwer verletzt. Ein Arm und der Unterschenkel sind gebrochen. Wir wollten den Pfeil aus seinem Fleisch ziehen, aber die Spitze brach ab, also mussten wir ... Kurz: wir haben ihn versorgt, aber eigentlich braucht er einen Medicus ...« Er stockte, kam aber dann noch einmal auf die Räuber zurück: »Die Plünderer redeten von Seewurf und Strandgut.«

Das Schiff bewegte sich nicht, sie saßen also noch immer fest. »Die Waren haben sie an Land gebracht. Und uns haben sie hier sitzen gelassen. So konnten wir sie nicht aufhalten«, sagte Adrian ernüchtert.

Folkmar war wütend: »Wir dachten, sie wollten uns helfen! Dabei sind sie genau solche Banditen wie die anderen!«

Adrian überlegte. Dass Waren über Bord geworfen wurden, geschah allenfalls in Gefahrensituationen bei schwerer See. Strandgut durfte zwar im Allgemeinen vom Finder behalten werden, davon ausgenommen waren jedoch ausdrücklich Kaufmannswaren, wie sich die Hansen immer wieder verbriefen ließen.

»Wir werden uns die Waren zurückholen. Und einen Medicus finden wir auch«, sagte er entschlossen.

Zunächst kontrollierten sie die Scharte, die das Piratenschiff in die Reling geschlagen hatte. Weit würden sie es damit nicht schaffen. Wenn das Schiff in diesem Zustand bei einem Sturm über Wellenberge fuhr, würde es vermutlich zerbrechen. Sie müssten einen Hafen aufsuchen und die Scharte verschließen. Immerhin war ein Matrose an Bord, der sich mit Zimmermannsarbeiten auskannte. Danach untersuchten sie von innen den Rumpf des Schiffes. Glücklicherweise war er anscheinend heil. Die Leere der Laderäume war beklemmend für Adrian. Wenn er die Waren nicht wiederbekäme, verlöre er Hunderte Goldtaler. Sein Geschäft würde in eine gefährliche Schieflage geraten. Er müsste die Waren neu kaufen, doch dafür fehlte ihm das Geld. Das Silber, das er hatte, wäre bald als Anzahlung für die Holk fällig. Wie die meisten Kaufleute hatte er nur wenig Bares, das Vermögen steckte in Sachwerten oder wurde gleich wieder investiert. Ein Kaufmann konnte steinreich sein – und doch nicht genügend Bargeld für seine Hochzeit aufbringen.

Wenn Adrian aber nicht liefern konnte, würde er wortbrüchig werden, und sein Ruf würde leiden. Ohne diese Waren brauchte er gar nicht erst nach Schweden fahren. Das Geschäft mit dem Verwalter des Königs und dem Bergwerk würde nie zustande kommen. Er hatte keine Wahl – er musste die Waren wiederbeschaffen, koste es, was es wolle!

Wieder an Deck, sammelte er die Matrosen um sich, die kaum oder gar nicht verletzt waren. Bosse hätte jetzt gewusst, was zu tun war, so aber beratschlagten sie gemeinsam, wie sie vorgehen sollten. Schließlich sprangen einige kräftige Männer auf die Sandbank und prüften, wie weit das Schiff eingesunken war. Andere spannten das Segel so, dass der Wind es von der Sandbank treiben konnte. Stundenlang schaufelten sie Sand vom Kiel, schoben und drückten die *Cruceborch* von der Sandbank. Das war der einzige Vorteil der Plünderung, dachte Adrian: Das Gewicht des Schiffes hatte sich verringert, sodass es leichter bewegt werden konnte. Seine Gedanken wanderten immer wieder zu dem Mann mit den kalten Augen zurück. Was hatte es mit diesem Fremden aus Wisby auf sich? Was hatte er mit den Piraten zu tun? Und warum nur hatte er es auf ihn abgesehen? Oder konnte das alles nur ein gespenstischer Zufall sein?

Endlich löste sich die *Cruceborch* seufzend aus dem weichen Ostseesand. Adrian ließ zunächst Kurs auf die offene See nehmen. In einer stillen Zeremonie wurden die Leichen in einfache Tücher eingeschlagen – Flicken für Segel waren alles, was ihnen geblieben war – und auf einer Planke von Bord gelassen. Jeden seiner Männer würdigte Adrian mit einigen persönlichen Worten, danach sprachen sie gemeinsam ein Gebet. Als er zu Bosse kam, versagte ihm die Stimme. So heftig musste er sich räuspern, dass sein Kopf erneut dröhnte und ihm schwarz vor Augen wurde. Er würde herausfinden, wer die Seeräuber waren, woher sie gekommen waren und ob sie einen Kaperbrief besaßen – und dann würde er Rache für Bosse nehmen!

»Kyrie eleison ...« Eine helle Stimme begann das »Herr erbarme dich« zu singen. Der letzte Bootsjunge stand zwischen den Männern. Die Kinder hatten genauso tapfer gekämpft wie die Männer. Wie Claas. Jungen, die durch die Härten der Seefahrt und die Gefahren des Handels vor ihrer Zeit erwachsen wurden. Wenn Claas die Wunde und den Sturz überhaupt überlebte ...

Als Erster stimmte Adrian in den Gesang mit ein, dann folgten seine Männer einer nach dem anderen seinem Beispiel, bis der Trauerchor das Pfeifen des Windes und das Schlagen der Wellen übertönte.

Als sie wieder auf die Küste zufuhren, hielt jeder nach Sandbänken Ausschau. Sie fuhren in den schmalen Sund südlich der Insel Møn ein, von wo die Plünderer gekommen waren, und gingen vor Anker. Adrian ließ das Beiboot heranholen, das im

Kielwasser hinter der Kogge trieb. In Begleitung einer Handvoll unverletzter Männer setzte er über. Er würde Hilfe brauchen, um den Plünderern beizukommen, da er selbst noch immer von Schwindelanfällen übermannt wurde. Auch lastete die Hitze schwer auf ihnen. In der Bucht lagen etliche Ruderboote an Land, die Schleifspuren waren im Sand noch zu erkennen. Von seinen Waren war nichts zu sehen. Die großen Tuchballen und Fässer konnten aber nicht einfach so verschwunden sein! Unzählige Fußspuren führten zu einem kleinen Fischerdorf. Auf den Wegen spielten Kinder, eine alte Frau verbrannte Algen, um daraus Salz zu gewinnen.

»Wo ist der nächste Vogt?«, sprach Adrian die Alte auf Dänisch an. Da er wusste, dass es von Vorteil war, die Sprache seines Handelspartners zu sprechen, hatte er in den letzten Jahren ein wenig Schwedisch und Dänisch gelernt.

»Keine Ahnung. Bin froh, wenn ich mit dem nichts zu tun habe«, sagte die Frau unfreundlich.

»Gibt es einen Medicus hier?« Die Alte schnaubte nur. »Einen Warenspeicher?«

Sie blies die schlaffen Wangen auf und pustete ins Feuer. »Hab nichts gesehen.«

Natürlich hatte sie gesehen, wohin seine Waren verschwunden waren. Sie wollte es aber nicht sagen. Auch wenn Adrian sie am liebsten geschüttelt hätte, um die Information aus ihr herauszuholen – was er natürlich nie tun würde –, konnte er sie doch verstehen. Der Anführer der Plünderer schreckte vermutlich vor nichts zurück. Um Adrian drehte sich alles, und er legte für einen Moment die Hand auf Folkmars Schulter.

»Zur Kirche. Der Priester muss uns helfen.«

Doch auch der Priester schaltete auf stur. Er gab ihnen keine Auskunft und sträubte sich zunächst sogar, für die toten Seeleute Seelenmessen zu lesen. Es schien, als ob er sie am liebsten gar nicht in die Kirche hätte lassen wollen. Erst als Adrian ihm eine reichliche Entlohnung versprach, sagte er die Gebete zu. Von Plünderern oder geraubten Waren wusste er angeblich nichts. Es gebe nur rechtschaffene Menschen in seiner Gemeinde. Schließlich wache der Herr von Vordingborg über sie. Adrian konnte es kaum aushalten. Diese ignoranten Hinterwäldler! Heuchler und Plünderer allesamt! Ganz sicher hatten sie absichtlich das Seezeichen gelöscht, und vermutlich steckte der Priester mit ihnen unter einer Decke.

Vor der Kirche blickte er am Gotteshaus empor. Gut möglich, dass es hier einen Speicherboden gab, auf dem Waren gelagert wurden. Seine Waren. Er gab seinen Männern ein Zeichen und wollte um das Gotteshaus herumgehen, um seinen Verdacht zu überprüfen. Als sie um die Ecke bogen, kam ihnen der feiste Plünderer mit einem Dutzend Männer entgegen. Abrupt hielt Adrian inne.

»Hansen haben hier nichts zu suchen. Und Hansen ohne Waren schon gar nicht«, sagte der Feiste grinsend.

Adrian stellte sich schützend vor seine Männer. Einen Kampf zu riskieren, wäre lebensgefährlich. Sie hatten, angeschlagen wie sie waren, keine Chance gegen diese Übermacht.

Dennoch konnte Adrian sich eine Entgegnung nicht verkneifen: »Die Waren sind mein Eigentum. Und ich werde sie mir zurückholen.«

Drohend kamen die Männer näher. Da gebot eine dünne Stimme ihnen Einhalt – der Priester war aus der Kirchenpforte getreten. Ihm war sichtlich unwohl dabei.

»Gott duldet keine Schandtaten vor seinem Haus.«

Mühsam beherrscht ging Adrian rückwärts. Klein beigeben zu müssen, jetzt, wo sie die Waren gefunden hatten – was für eine Demütigung! Auch seine Matrosen zogen sich zurück. Halb enttäuscht sahen die Plünderer ihnen nach. Sie hätten offensichtlich nichts dagegen gehabt, ihnen eine Abreibung zu erteilen.

Sie segelten ein Stück weiter und konnten nun die Burg sehen, von der die Dorfbewohner gesprochen hatten. Vordingborg, den Namen hatte Adrian schon einmal gehört. Die imposante Ringmauer und die zahlreichen Türme sprachen dafür, dass es sich um eine bedeutende Festung handelte. An einer windgeschützten Stelle ankerten sie, sodass trotz der Scharte in der Reling keine Gefahr drohte. Adrian legte saubere Kleider an, seine Reisetruhe hatten die Plünderer zum Glück übersehen. Den Beistand der Burgherren zu gewinnen, würde ohnehin schwer genug sein, und ohne ein makelloses Aussehen sanken die Chancen gegen null. Nur einem wohlhabenden Kaufmann würde man vielleicht entgegenkommen. Um Mitleid betteln würde er keinesfalls.

Trotz des Friedens von Stralsund waren die Dänen mit den Hansen verfeindet. Die dänische Krone verlor viel Geld, weil die Hansen die schonischen Schlösser und den Schonenmarkt kontrollierten. Noch sechs Jahre lief der Vertrag, aber das dänische Königshaus drängte schon länger auf eine vorzeitige Rückgabe und nutzte jede Gelegenheit, die Hansen unter Druck zu setzen. Plünderern und Seeräubern freie Hand zu lassen, ging jedoch eindeutig zu weit!

Bevor Adrian wieder ins Beiboot kletterte, sah er noch einmal nach Claas und den anderen Schwerverletzten. Der Junge und ein weiterer Matrose fieberten. Dazu kamen einige böse Schnittwunden. Es wurde Zeit, dass er einen Medicus fand. Auf der Burg würde man ja wohl einen Heilkundigen haben ...

Die Sonne stand bereits tief. Über den Turmzinnen zogen Raben ihre Kreise. Adrians Ungeduld wurde beinahe übermächtig. Schon den ganzen Tag war ihm übel. Immer wieder wurde ihm schwarz vor Augen. Aber das war nicht das Schlimmste. Es war ein verlorener Tag. Verlorene Leben. Verlorene Waren. Warum tat Gott den Menschen so etwas an, würden sich andere vielleicht fragen. Aber Adrian wusste, dass Gott damit nichts zu tun hatte. Die Menschen sorgten selbst für die Umstände, unter denen das Böse gedieh! Eigentlich müssten die Vögte das Plündern unterbinden. Die Kirche dürfte nicht zulassen, dass Verbrecher ihre Räume missbrauchten. Die Herrschenden müssten die Sicherheit ihres Landes und ihrer Seewege gewährleisten. Sie müssten Verträge einhalten. Und in diesen Verträgen war auch die Unversehrtheit des Handels festgehalten. Aber niemand tat, was er sollte – nichts davon!

Die Zugbrücke war hochgezogen. Vor dem Tor taten zwei Wachleute Dienst. Adrian sammelte sich. Er stellte sich höflich vor und bat darum, zum Verwalter des Schlosses vorgelassen zu werden.

»Die hohen Herrschaften sind nicht anwesend. Kommt morgen wieder«, wies einer der Wachhabenden ihn ab.

»Dann lasst den Medicus rufen. Wir benötigen seine Hilfe.«

Der Mann schüttelte den Kopf. Adrian hörte das Murren seiner Männer im Rücken. Er fasste nach seinem Geldbeutel.

»Euer Geld nützt Euch nichts«, hielt sein Gegenüber ihn auf. »Auch der Medicus ist nicht da. Alle sind unterwegs. Kommt morgen wieder, sage ich.«

Ehe Adrian ihn aufhalten konnte, schoss Folkmar vor. Sogleich reckten die Wachen ihre Spieße gegen ihn. »Morgen ist es zu spät! Unsere Schifferbrüder brauchen jetzt Hilfe!«

Adrian konnte seinen Ausbruch verstehen, es brachte jedoch nichts, die Wachen gegen sie aufzubringen.

»Einen Schritt noch, und wir werfen euch alle in den Kerker!«, warnte die Wache Folkmar erwartungsgemäß.

Aufgebracht schrien die Raben hinter der Burg. Ein Horn erklang. Adrians Schädel brummte, und er blinzelte die Schwärze vor seinen Augen weg. Seine Gedanken waren schleppender als üblich. Quälend langsam sogar. Aasfresser. Ein Horn. Alle ausgeflogen. Jagd!

»Kommt, Männer!« Er eilte los. Immer an der Burgmauer entlang.

»Ihr könnt nicht dorthin!«, schrien die Wachen ihnen nach. Adrian ließ sich nicht beirren. Er hörte noch, wie zu den Waffen gerufen wurde.

Kurz bevor die Bogenschützen auf den Zinnen in Stellung waren, hatten sie das freie Feld hinter der Burg erreicht. Es war eine weite, hügelige Ebene, die von Bäumen und Büschen eingefasst wurde. Er hatte den richtigen Riecher gehabt. Eine festliche Gesellschaft hatte sich offenkundig bei der Jagd vergnügt. Mehrere Zelte und Baldachine waren in Burgnähe aufgebaut. Dazwischen hatte man die Tiere auf Strecke gelegt. Hirsche, Wildschweine, Rehe. Zufrieden standen die Jäger dabei. Pferden wurde der Schweiß abgerieben. Jagdhunde kläfften.

Adrian spürte seinen Puls im Hals. Er wusste, dass jeden Moment auf sie geschossen werden könnte. Das Stampfen vieler Füße dröhnte hinter ihnen. Was sollte diese Aufregung, wenn ein einfacher Burgverwalter sich vergnügte, fragte er sich, als ihm nun auch Männer von den Zelten her entgegenstürzten. Sie wurden ja wie eine Räuberhorde behandelt! Dabei war ihnen übel mitgespielt worden! Heiß vor Zorn ging sein Temperament mit ihm durch.

»Geht man so mit Handelspartnern um? Sollen meine Freunde in Lübeck, einflussreiche Bürgermeister und Ratsherren erfahren, dass Hansen beraubt, bedroht, ausgeplündert und massakriert werden? Sind das die Dänen, die unsere Freundschaft, unseren Frieden wollen?«, brach es lautstark aus ihm heraus.

Schon wurden seine Männer zu Boden geworfen und er selbst von Bewaffneten ergriffen.

Ein Edelmann trat auf ihn zu. Er war Mitte fünfzig und ergraut. Auf seine feine Kleidung war ein Wappen gestickt. Ein Junge, vielleicht zehn Jahre alt, kam hinterher, hielt jedoch Abstand. Er trug noch sein blutverschmiertes Messer in den Händen. Beide betrachteten sie, als wären sie Wilde! Auch andere Höflinge kamen nun heran.

»Werft sie in den Kerker!«, befahl der Edelmann.

Adrian schnaubte, beinahe hätte er höhnisch gelacht.

»Ich habe drei gute Männer an Piraten verloren, die in Euren Gewässern ungehindert ihr Unwesen treiben! Mehrere meiner Männer ringen noch mit dem Tod, genau wie ein halbwüchsiger Lehrjunge, dem Ihr die Hilfe eines Medicus verweigert! Eure Landsleute löschen die Seezeichen und locken Schiffe auf Sandbänke, um sie auszurauben. Wir wurden auf eine Sandbank gedrängt, mein Schiff wurde zudem gerammt – und statt uns zu helfen, wurden wir bestohlen! Tuche im Wert von Hunderten Gulden sind verschwunden. Feinste Brabanter Stoffe aus Brüssel, Leuven und Mechelen! Italienische Seide, Damast und Brokat! Und jetzt wollt Ihr uns in den Kerker werfen lassen! Gibt es denn keine Ehre mehr unter den Dänen?«

Der Mann ohrfeigte ihn. Adrian verlor für einen Moment das Bewusstsein. Nur halb spürte er, wie die Soldaten an ihm zerrten. Gleich wäre er im Kerker. Wie sollte er da jemals wieder herauskommen? Wie sollte Henrike erfahren, wo er war, um ein Lösegeld zahlen zu können? Woher sollte sie das Geld nehmen? Aber ihr würde schon etwas einfallen, Henrike fiel immer etwas ein …

»Haltet ein!«

Eine Frau hatte gesprochen. Adrian konnte sie nicht sehen, aber alle gehorchten. Die Höflinge bildeten eine Gasse. Sie war etwa Mitte zwanzig und hochgewachsen, mit einem klaren ebenmäßigen Gesicht. Weich waren ihre Wangen und Lippen, durchdringend ihr Blick. Ihre Kleidung war kostbar, aber mit Blutflecken besprizt. Sie war offenkundig am Töten beteiligt gewesen. Adrian aufmerksam musternd, kam sie näher.

Da schob der Edelmann sich halb vor sie. »Eure Hoheit, er …«

Sie hob nur leicht die Hand, doch diese Geste reichte aus, um den Mann zum Verstummen zu bringen. »Ich will hören, was er zu sagen hat. Wenn er mein Volk beschimpfen will, soll er es mir ins Gesicht sagen. Und dann soll er für seine unverschämten Verleumdungen sterben.«

Dieses Mal schaltete Adrian glücklicherweise schnell. Auf einmal ergab die erhöhte Wachsamkeit der Soldaten und die aufwendige Jagdgesellschaft einen Sinn. Es konnte nur Königin Margarethe sein, die Tochter Waldemar Atterdags, mit ihrem Sohn Olaf. Er senkte den Blick und warf sich auf die Knie, was ihn erneut zum Schwanken brachte.

»Er ist betrunken, Hoheit! Gebt Euch nicht mit ihm ab!«, bat der Edelmann sie.

Adrian eilte sich, den Verdacht zu zerstreuen: »Nein, Eure königliche Hoheit. Wie könnte ich es wagen, sonst vor die Regentin von Dänemark, die Königin von Norwegen und Schweden zu treten? Ich bin noch nie so klaren Kopfes gewesen. Mir ist schwindelig, weil ich einen Schlag auf den Schädel bekommen habe. Von einem Vertreter Eures Volkes.«

Es gefiel ihr offenbar, dass er sie erkannt hatte und ehrerbietig mit ihr sprach, denn sie fragte: »Was habt Ihr dem Mann getan, dass er Euch schlug?«

»Nichts, Eure Majestät, ich schwöre es bei Gott.« Er sah auf. »Erlaubt Ihr mir zu sprechen?« Hoheitsvoll nickte sie. »Ist es gestattet, mich zu erheben?« Wieder ein Nicken. Adrian stand auf, wurde jedoch sogleich wieder von den Wachen gepackt. Derart umklammert, berichtete er von den Ereignissen, von seinem Hilfeersuchen im Fischerdorf und der erneuten Bedrohung.

»Es ist eine ungeheuerliche Anschuldigung, die Ihr da aussprecht.«

Die Sonne schien Adrian nun direkt ins Gesicht. Er blinzelte. Der Druck in seinem Kopf nahm zu. Augen zu und schlafen bis der Schwindel vorbeiging, nichts anderes wünschte er sich. Aber das ging nicht. Das Schicksal hatte ihm eine kaum noch erwartete Chance geboten und er fühlte die Pflicht, sie bestmöglich zu nutzen.

»Ich weiß es, Eure Hoheit. Ich hörte von Eurer großen Weisheit und Eurem politischen Geschick, deshalb konnte ich nicht glauben, dass Euer Gemahl, der verehrte König Håkon, Gott schütze ihn, und Ihr, ein solches Unrecht zulassen würdet.« Adrian merkte, wie ihm die Knie wegsackten. Hätten die Wachen ihn nicht gehalten, wäre er gefallen.

»Den Medicus!«, forderte die Königin. Schon rannte ein Diener zur Burg zurück.

Adrian versuchte den Schwindel abzuschütteln und straffte sich wieder. »Nicht für mich ... Schickt ihn zu meinem Schiff, meine Männer müssen versorgt werden. Vor allem mein Lehrjunge Claas. Er stand auf dem Masttop, als der Piratenpfeil ihn traf. Dreizehn Jahre ist er alt. Wenn er nicht bald Hilfe bekommt, wird er als Krüppel enden oder gar sterben.«

Sie wandte sich an den Edelmann: »Der Medicus soll die Verletzten versorgen. Schickt ein paar Männer zur Kirche, sofort. Prüft nach, ob die Anschuldigungen der Wahrheit entsprechen, und wenn ja, lasst die Waren hierherbringen.« Dann richtete sie noch einmal das Wort an Adrian: »Ihr werdet sehen, nicht alle Dänen sind unehrenhaft. Jetzt werden wir abwarten müssen, ob das auch für die Hansen gilt«, schloss sie kühl. Noch im Weggehen befahl die Königin, sie in den Kerker zu bringen.

Adrian und seine Männer wurden abgeführt. Inzwischen bereute er, dass er vorhin seinem Temperament freien Lauf gelassen hatte. Sonst hatte er sich stets im Griff. Aber unter diesen Umständen ... Was, wenn er sich geirrt hatte? Wenn sich die Waren nicht unter dem Dach der Kirche befanden? Was, wenn die Plünderer sie längst verteilt hatten? Würde die Königin ihn wirklich töten lassen?

In den Kerkern der Burg war von der Sommerhitze nichts zu spüren. Feuchtigkeit klebte an den Wänden. In den Ritzen wuchs Moos, das Stroh auf der Erde war verschimmelt. Dennoch legte

Adrian sich hin. Er musste den Schwindel so schnell wie möglich überwinden! Die Stunden schleppten sich dahin. Jemand brachte ihnen Brot und Wasser. Adrian konnte vor Ungeduld nicht schlafen. Als des Nachts die Ratten über sie hinwegkrochen, sprang er auf. Seine Männer versuchten, die Tiere zu töten, aber die Biester waren schneller. Also hielten sie abwechselnd Wache.

Noch vor dem Morgengrauen waren sie alle wach. Adrian fühlte sich besser, wenn man von dem drückenden Kopfschmerz und einer heftigen Beule am Schädel absah. Einer seiner Männer betete leise, ein anderer summte vor sich hin. Folkmar und Tore schimpften auf die Seeräuber, die Plünderer und die Wachen. Gelassen hörte Adrian ihnen zu, doch dann fingen sie an, über die Königin zu sprechen.

»Frau König nennt man sie auch. Sie hat die Hosen an. Und ihr Mann ...«, begann Tore.

»Sei still!«, befahl Adrian. »Es fehlt noch, dass sie einen von uns wegen Majestätsbeleidigung belangen!«

»Ein hübsches Frauenzimmer ist sie jedenfalls, das darf man doch sagen, oder?« Tore grinste.

»Ehrlich gesagt, würde ich mich an deiner Stelle überhaupt nicht über die Königin äußern«, meinte auch Folkmar. »Die Piraten dagegen – sie kamen aus dem Mecklenburgischen, da wette ich für. Wenn man sie so reden hörte ...«

»Soweit ich weiß, hat keiner unserer Männer einen der Seeräuber erkannt. Trotzdem müssen wir diese Halunken für den Tod unserer Kameraden irgendwie zur Rechenschaft ziehen«, sagte Adrian.

Ein großes Problem war, dass oft irgendjemand den Seeräubern Unterschlupf gewährte, weil sie Herrschern oder Fürsten bei der Zermürbung ihrer Gegner nützlich waren. Ob Königin Margarethe tatsächlich die Freibeuter tolerierte? War ihr das zuzutrauen? Natürlich wusste er um die Gerüchte. Mancher Rat einer Hansestadt fand es befremdlich, dass König Håkon seiner jungen Frau einen Teil seiner Geschäfte überließ. Es hieß, der norwegische König sei nicht gesund, aber unter welcher Krankheit er litt, wusste man nicht. Sie hatte entschlossen gehandelt, aber wie eine Königin ausgesehen hatte sie nicht. Bei manchen Bürgerinnen in Brügge oder Venedig hatte er prächtigere Kleider gesehen. Oder brauchte eine Königin bei der Jagd nicht zu repräsentieren? Sein Freund Hermanus hätte es gewusst. Er hatte schon öfter mit dem norwegischen Königshaus zu tun gehabt.

Immer wieder musste Adrian an Henrike denken. Dass er den Angreifer wiedererkannt hatte, beunruhigte ihn sehr. Der Fremde hatte das Feuer in Wisby gelegt und auf der Fahrt nach Gotland Henrike über Bord gestoßen, da war er sich jetzt sicher. Hatte er es etwa auf sie beide abgesehen? Aber warum? In wessen Auftrag handelte er? Sicher, im Handel kam es immer wieder zu Zwistigkeiten, aber Adrian konnte sich kaum vorstellen, dass er jemanden so gegen sich aufgebracht hatte, dass dieser ihn tot sehen wollte. Die Einzigen, die ihn wirklich gehasst hatten, waren Henrikes Onkel Hartwig und dessen Sohn Nikolas gewesen, denn schließlich hatte Adrian dazu beigetragen, ihre Machenschaften zu vereiteln. Doch Hartwig war auf grausige Weise im Kerker verbrannt, und Nikolas wagte sich nicht mehr nach Lübeck zurück. Aber könnte er vielleicht einen Mörder beauftragt haben? Nur mit welchem Geld? Der Zweig der Familie hatte doch alles verloren. Allerdings konnte man nie wissen … Er musste Henrike warnen. Seine Frau war stark, verlässlich und vorsichtig. Aber wenn der Attentäter sie allein zu Hause überfiele, würde sie es nicht überleben. Adrians Brust wurde eng. Henrike war die Liebe seines Lebens, ihr durfte nichts passieren.

Er versuchte, sich von der Sorge um seine Frau abzulenken, und dachte über Königin Margarethe nach. Viel wusste er nicht über sie. Nach dem Tod ihres Vaters vor etwa vier Jahren hatten Margarethe und ihre Schwester Ingeborg für ihre Söhne um den dänischen Thron gekämpft. Beide Frauen hatten in dieser Situation große Entschlossenheit bewiesen, was wenig verwunderte, wenn man bedachte, dass der gefürchtete Waldemar Atterdag sie aufgezogen hatte. Die inzwischen verstorbene Ingeborg war mit dem Herzog zu Mecklenburg verheiratet gewesen. Den Thronanspruch ihres Sohnes hatte sogar Kaiser Karl unterstützt. Die Hansen hatten sich aus den Streitigkeiten offiziell herausgehalten. Da jedoch auch in Schweden bereits ein Mecklenburger den Thron erobert hatte, fürchteten sie insgeheim eine zu starke Konzentration der Macht. Königin Margarethe hatte den dänischen Reichsrat auf ihre Seite bringen können. Dieser hatte ihren damals fünfjährigen Sohn Olaf zum König bestimmt und sie als seinen Vormund. Weil ihr Mann Håkon auf Schweden ebenfalls einen Erbschaftsanspruch erhob, nannte sie sich zudem Königin von Schweden. Die Machtverhältnisse waren kompliziert ...

Von draußen hörte man Schritte. Adrian sprang auf und klopfte sich das Stroh von der Kleidung.

»Auf mit euch!«, trieb er seine Männer an. »Wir werden hier nicht herumliegen, als verdienten wir dieses Schicksal. Ich bin ein ehrenwerter Kaufmann, und ihr seid anständige Matrosen. So sollten wir auch auftreten!«

Zustimmend murmelnd taten seine Männer es ihm nach. Als der Edelmann vor dem Kerker stand und die vergitterte Tür öffnen ließ, boten sie einen einigermaßen manierlichen Anblick. Adrian fühlte, wie sich Nervosität in ihm breitmachte. Ob sie die Waren gefunden hatten? Wie ging es den Verletzten?

Der Edelmann legte die Hände an seinen breiten Ledergürtel und blickte ihn prüfend an. »Da war nichts in der Kirche. Der Dachboden war wie leer gefegt.«

Adrians Herz stolperte. Er sah sich schon in diesem Kerker versauern und seine Männer am Galgen baumeln. Das durfte nicht passieren! »Aber sie müssen dagewesen sein! Ihr müsst mir glauben!«

Sein Gegenüber zog einen Mundwinkel zusammen und schnalzte, als behagte ihm nicht, was er zu sagen hatte. »Der Priester hat Euren Verdacht bestätigt. Er hat eine Vermutung angestellt, wohin die Waren gebracht wurden. Ich soll Euch mitnehmen. Draußen warten schon meine Männer mit ein paar Pferden.«

Er machte die Kerkertür frei, sodass sie hinaustreten konnten. Voller Anspannung folgte Adrian ihm. Mit dieser Hilfe und etwas Glück würde er seinen Besitz zurückbekommen!

26

Ihr habt verdammtes Glück, dass die Königin zufällig hier ist und Eure Unverschämtheit duldet. Manche kreiden ihr diese Langmut als Schwäche an«, sagte der Edelmann, der sich inzwischen als Henning von Putbus vorgestellt hatte.

Natürlich hatte Adrian diesen Namen schon gehört. Der Adelige von der Insel Rügen hatte schon König Waldemar gedient. Jetzt hatte er als Reichsdrost ein bedeutendes Amt im Königreich Dänemark inne, galt als Vertrauter der Königin und hatte viele Verhandlungen mit den Hansen geführt. Er war also nicht der Burgherr, sondern begleitete die Königin. Womit Adrian allerdings seine Aufmerksamkeit verdiente, hatte er noch nicht herausgefunden.

»Ich halte ihre Reaktion nicht für Schwäche, sondern für den Ausdruck einer wahrhaft königlichen Eigenschaft: des Gerechtigkeitssinns«, gab Adrian zurück.

Wie der Wind waren sie mit einem Trupp Soldaten zu einem Landgut in der Nähe des Dorfes geritten. Dort hatten sie nicht nur den Feisten und seine Bande, sondern auch Adrians Waren gefunden, die gerade aufgeteilt werden sollten. Als sie die Übermacht erkannten, hatten die Plünderer zu fliehen versucht, waren jedoch nach einem Handgemenge dingfest gemacht worden. Der dänische Hauptmann hatte Packwagen heranschaffen und die Ballen und Fässer aufladen lassen. Jetzt waren sie auf dem Weg zurück zum Schiff. Adrian hatte bereits erfahren, dass der Medicus die Verletzten behandelt hatte. Claas war in den Krankentrakt des Schlosses gebracht worden, weil sein Zustand kritisch war. Der Königin würde er für ihre Hilfe ein großzügiges Geschenk zukommen lassen.

Als sie den Abzweig zur Bucht erreicht hatten, wollte er danken. Henning von Putbus schickte die Packwagen jedoch in die andere Richtung weiter.

»Mein Schiff liegt hier«, merkte Adrian angespannt an.

Henning von Putbus lächelte verbindlich. »Ihr wisst, dass dem Finder ein Zehntel des Strandguts zusteht. Wir möchten die Waren sichten und unseren Anteil bekommen.«

»Es handelt sich nicht um Strandgut«, stellte Adrian klar und konterte mit einer Gegenfrage: »Was gedenkt Ihr eigentlich gegen die Piraten zu unternehmen?«

»Ich fürchte, da sind wir machtlos. Wenn der schwedische König erst den Friedensvertrag unterzeichnet, werden seine mecklenburger Verbündeten den Piraten schon die Kaperbriefe entziehen. Dann herrscht auch wieder Friede auf See.« Henning von Putbus vertiefte sein Lächeln noch. »Wartet auf dem Schiff! Ich schicke Euch die Waren zurück. Bewacht, natürlich.«

Die Soldaten hatten die Pferdewagen in ihre Mitte genommen. Es würde Adrian und seinen Matrosen kaum gelingen, sie an sich zu bringen. Und selbst wenn, würde das nur weiteren Ärger bedeuten. Adrian erinnerte sich jetzt, in welchem Zusammenhang er den Namen Henning von Putbus auch gehört hatte: Vor zwei Jahren war ein Schiff mit Stoffen aus Flandern im Sund gestrandet. Der größte Teil der Ladung war geborgen und in das Schloss von Helsingborg gebracht worden. Dort forderte Henning von Putbus die Hälfte von den dreizehn Ballen mit fast tausend Ellen einfachem Stoff und den beinahe hundertfünfzig Stück Wollstoff aus dem französischen Arras – Adrian konnte sich wahrlich auf sein Gedächtnis verlassen! Bis heute war es nicht gelungen, den Streit zu schlichten. Die Waren lagerten weiter ein, und der Kaufmann war beinahe pleite. War das der Grund, warum sich der Reichsdrost persönlich um Adrians Waren kümmerte?

Adrian wies seine Männer an, zum Schiff zurückzukehren,

und entgegnete Henning von Putbus nicht ohne Ironie: »Ihr werdet sicher Verständnis dafür haben, dass ich mein Eigentum nicht mehr aus den Augen lassen möchte – auch wenn ich es nur mit ehrenhaften Dänen zu tun habe.«

Auf Henning von Putbus' Anweisung war die Ladung in einen Saal im hinteren Teil der Burg gebracht worden. Der Reichsdrost hatte Adrian Wein und Käse reichen lassen und ihm erlaubt, seine Waren auszubreiten. Adrian hatte sich in sein Schicksal gefunden. Letztlich befand er sich nun erneut in einer Art Gefangenschaft, nur unter besseren Bedingungen als im Kerker. Immerhin konnte er den Zustand seiner Waren kontrollieren. Die Brokatstoffe waren beim Transport wohl feucht geworden. Er hatte sie ausgebreitet und hoffte, dass sie keine Wasserränder behielten. Die empfindliche Seide, der kostbare Scharlach und der Damast waren glücklicherweise unversehrt. Das Grauwerk war robust, bei ihm hatte er sich lediglich vergewissert, dass die Menge stimmte. Jetzt wollte er noch in die Fässer hineinschauen.

Als er den ersten Deckel mit seiner eingehauenen Merke öffnete, tobten zwei Windhunde kläffend und tänzelnd in den Saal. Gerade noch konnte Adrian sich mit ausgebreiteten Armen vor die geöffneten Tuchballen stellen und sie durch laute Rufe davon abhalten, mit ihren schmutzigen Pfoten über die kostbare Ware zu trampeln. Hinter ihnen stürzte der Prinz herein. Lachend rief er die Hunde zu sich, die an ihm hochsprangen und über das Gesicht schleckten. Als er Adrian bemerkte, warf er Wurststücke hinter sich und kam neugierig näher. Doch die Jagdhunde hatten sie im Nu hinuntergeschlungen und bettelten erneut. Er befahl ihnen zu warten, und zu Adrians Erstaunen gehorchten die Hunde.

»Mein Wolfshund Laurin hört nicht halb so gut auf mich. Ihr müsst mir bei Gelegenheit Eure Tricks verraten«, sagte er lächelnd.

»Jagt Ihr mit ihm?«, wollte der Junge wissen.

»Mit Laurin? Gott bewahre!« Adrian lachte. »Ich fürchte, meine Frau und ich haben ihn zu sehr verhätschelt. Er ist es gewöhnt, bei uns im Haus zu sein. Zum Schutz haben wir deshalb weitere Wachhunde.«

»Auch Wolfshunde? Sehen sie wirklich wie Wölfe aus?«

»Ein wenig schon. Vor allem wenn sie anschlagen oder knurren, sind sie furchterregend. Laurin hingegen ist eher ein gemütliches Fellknäuel.«

Adrian nahm den Jungen in Augenschein. Prinz Olaf war schlank. Seine Schultern versprachen, breit zu werden, aber noch hatte er die mageren, langen Gliedmaßen der Heranwachsenden. Er lief unruhig auf und ab, als könne es ihn nicht auf einer Stelle halten. Unverstellt und neugierig war sein Blick, der Tonfall ohne Dünkel. Vermutlich hatte Prinz Olaf viel Freude an körperlicher Ertüchtigung und pflegte mit Vorliebe Umgang mit seinen handfesten Lehrmeistern und den Stallburschen. Er erinnerte Adrian an Henrikes Bruder Simon.

»Ich wäre zu gern dabei gewesen, als ihr die Plünderer zur Strecke gebracht habt. Oje«, der Prinz wurde rot, »das hätte ich wohl nicht sagen sollen. Mein Lehrmeister sagt immer, ich solle nachdenken, bevor ich spreche.«

Lächelnd beruhigte Adrian ihn: »Die Wahrheit auszusprechen, kann nicht falsch sein. Ansonsten habt Ihr nicht viel verpasst. Als die Plünderer erkannten, mit wem sie es zu tun hatten, streckten sie schon beinahe die Waffen.«

»Beinahe?«

»Es gab nur ein kleines Handgemenge.«

»Trotzdem wäre ich gern dabei gewesen!«

Bewundernd strich der Junge über ein Stück Brokat. »Diese Stoffe wären sicher etwas für meine Mutter! Sie liebt feine Brokate und kräftige Muster. Aber unser Hofmeister meint, sie seien nur schwer zu bekommen«, sagte er.

Adrian wunderte sich. Gut, es waren kostspielige Stoffe, aber für ein Königshaus dürfte der Preis doch keine Rolle spielen. Allerdings hatte König Håkon, so erinnerte er sich jetzt, vor einigen Jahren schon mal seine Krone verpfänden müssen. Unglaublich, sollte man denken. Aber tatsächlich war das auch bei anderen Königshäusern schon häufiger vorgekommen.

»Für meinen Vater allerdings ist das nur weltlicher Tand«, fügte der Prinz hinzu.

»Ist der König auch hier?«, fragte Adrian interessiert.

Olaf schüttelte den Kopf. »Vater ist in der Festung Akershus. Er konnte auch bei dem Danehof in Nyborg ...« Er wandte sich zu einem Geräusch um.

Die Königin war in Begleitung einer Hofdame eingetreten. »Olaf, was tut Ihr hier? Der Scholar sucht Euch! Der arme Mann ist bis zum Hundezwinger gelaufen! Ihr wisst, wie er das verabscheut!«

Adrian verbeugte sich vor ihr. »Prinz Olaf hat meine kostbaren Tuche vor den dreckigen Pfoten dieser Untiere hier gerettet«, sagte er und bereute seine Formulierung sogleich, mit der er den Jungen hatte in Schutz nehmen wollen.

Tatsächlich ließ die spitzfindige Antwort nicht auf sich warten: »So haben Wir Euch gleich zweimal gerettet«, stellte die Königin befriedigt fest. Sie wandte sich an ihren Sohn: »Ihr dürft Euch zurückziehen. Geht zu Eurem Scholar. Ihr habt noch viel zu lernen. Denkt daran: Eines Tages werdet Ihr über Dänemark, Norwegen und Schweden herrschen.«

Prinz Olaf blies unwillkürlich die Wangen auf, den Seufzer verkniff er sich gerade noch. Dennoch deutete er eine Verbeugung an und ging mit den Hunden hinaus.

Die Augen der Königin wanderten über die Stoffe. Adrian, der nun ihre Vorlieben kannte, fragte sie, ob er ihr einige zeigen dürfe. Er konnte der Möglichkeit nicht widerstehen, der Königin seine Waren anzupreisen. Es wäre reizvoll, mit ihrem Hause ins Geschäft zu kommen. Die Hofdame war schon näher an die Stoffe herangetreten, während die Königin weiter Abstand hielt.

»Ich bekomme nur sehr selten eine so große Ansammlung schöner Stoffe zu sehen«, gab sie zu.

»Was eine Schande ist! Für eine Königin sollte nur das Beste gut genug sein. Wenn ich das gewusst hätte, hätte mich mein Weg schon längst an Euren Hof geführt!«

Er wusste, dass Hermanus von Osenbrügghe bereits an König Håkons Verwalter geliefert hatte, aber vielleicht hatte er keine ansprechende Auswahl an Stoffen geboten. Er nahm ein besonders teures und seltenes Stück auf und erzählte ihr einiges über die Herkunft, die Besonderheiten der Fabrikation und in welchem Schnitt es getragen wurde; Letzteres schrieben ihm regelmäßig seine Schwestern, die sich für Putz aller Art begeisterten. Die Königin schien angetan.

»Ihr könnt Uns den Ballen hierlassen, da Uns ohnehin ein Teil dieser Waren zusteht«, sagte sie.

Adrian spürte, wie Groll in ihm aufstieg. Die Selbstverständlichkeit, mit der er hier um sein Eigentum gebracht wurde, erzürnte ihn.

»Wenn Ihr erlaubt, Eure Hoheit, handelte es sich nicht um eine Strandung, sondern einen Raub. Ein winziges Detail, das jedoch weitreichende Konsequenzen hat.«

»Verweigert Ihr mir etwa mein Gut? Feilscht Ihr mit mir, Kaufmann?«, zürnte sie. »Habe Ich Euch nicht in meiner Güte angehört und Euch geholfen, wieder in den Besitz Eurer Waren zu kommen?«

Er senkte den Blick. War er zu weit gegangen? Aber Recht musste Recht bleiben! »Dafür bin ich Euch auch über alle Maßen dankbar. Es wird mir ein Vergnügen sein, Euch kostbaren Brokat oder Scharlach aus Brüssel zu schenken. Ihn gegen meinen Willen einzufordern, ist Eurer nicht würdig, Majestät.«

In diesem Augenblick kam ein Diener hereingestürzt. »Eure

Hoheit, der Drost bittet Euch zu kommen. Ein Bote ist mit einer wichtigen Nachricht eingetroffen!«

Die Königin würdigte Adrian keines Blickes mehr. Er war sicher, ihre Gunst endgültig verspielt zu haben.

Adrian wälzte sich auf der Pritsche herum. Der Kopf brummte ihm noch immer, und der Mangel an Schlaf hatte es nicht besser gemacht. Da er seine Waren nicht verlassen wollte, war ihm am Abend eine Kammer zugewiesen worden. Er hatte nach Claas gesehen, den der Leibarzt der Königin höchstselbst versorgt hatte; es war eine Sonderbehandlung, die er sich nicht so recht zu erklären wusste; vielleicht hatte sie einfach nur Mitleid mit dem Jungen, der nur wenig älter als ihr eigener Sohn war. Immer wieder zogen die Bilder des Seeräuberangriffs vor seinem inneren Auge auf, und ihn quälte die Frage, ob er den Tod seiner Männer hätte verhindern können. Es waren gute Männer gewesen, und alle ließen Familien zurück. Sie würden nicht einmal an den Gräbern ihrer Lieben beten können – und das hatten sie nur den Piraten zu verdanken! Andererseits hatte jeder von ihnen um die Gefahren der Seefahrt gewusst. Er würde den Angehörigen etwas Geld zukommen lassen, das war das Mindeste, was er für sie tun konnte. Und auch er würde für ihre Seelen beten. Trauer und Erbitterung trieben ihn aus dem Bett. Er hatte doch gestern das Türmchen der Schlosskapelle gesehen ...

Die Gänge des Schlosses waren nur spärlich von vereinzelten Fackeln erleuchtet. Einsame Wächter saßen an den Eingängen und dösten. Es war eine Ruhe in den Räumen, als ob das Schloss selbst schliefe. Bis zur Morgenmesse würde es vermutlich noch einige Stunden dauern.

Draußen schien der Mond hell über das Burggelände, er war beinahe voll. Die Kapelle war in eine Ecke zwischen Schloss und Mauer gedrängt. Würziger Duft hing über dem Weg, in der Nähe musste ein Kräuterbeet sein.

Er öffnete die Tür zur Kapelle und trat in den kühlen Raum ein. Mondlicht malte schmale Streifen auf den Kirchenboden. Das ewige Licht brannte, und dieses Zeichen der beständigen Gegenwart Gottes tröstete Adrian etwas. Er schlug das Kreuz vor Brust und Stirn. Bedächtig kniete er sich hin und faltete die Hände. Still sprach er Gebete für die Lebenden und die Toten. Als er sich wieder erhob, überraschte ihn eine Stimme. Am Rande des Kirchenschiffs, vor einem kleinen Altar, kniete die Königin. Neben ihr, schlafend in sich zusammengesunken und an einen Pfeiler gelehnt, saß eine ihrer Hofdamen. Adrian war verwirrt. Er hatte sie gar nicht bemerkt. Der Altar musste bei seinem Eintreten noch im Schatten gelegen haben. Die Königin wirkte klein und einsam im Dunkel.

Er verneigte sich tief. »Eure Hoheit, ich habe Euch nicht bemerkt. Ich hätte nicht gewagt …«, wollte er sich entschuldigen. Hätte nicht eine Wache vor der Kapelle die Anwesenheit der Königin anzeigen müssen?

»Schon gut«, hielt sie ihn auf. »Ein jeder, der bei Gott Zuflucht sucht, sollte willkommen sein. Erst recht, wenn ihn sein Kummer des Nachts aus dem Bett treibt.«

»Ich bete für das Seelenheil meiner Männer.«

»Auch ich habe sie in meine Gebete eingeschlossen.«

»Das ist zu großzügig von Euch, Hoheit.«

Margarethe richtete ihren Blick versonnen auf das ewige Licht. »Es ist ein Trost, findet Ihr nicht?« Sie sprach sehr leise und mit dünner Stimme, ganz anders, als er sie vorher erlebt hatte. »Bei Tage wird nicht mehr die Sonne dein Licht sein«, zitierte sie die alttestamentarischen Zeilen, »und um die Nacht zu erhellen, scheint dir nicht mehr der Mond, sondern der Herr ist dein ewiges Licht, dein Gott dein strahlender Glanz. Deine Sonne geht nicht mehr unter und dein Mond nimmt nicht mehr ab; denn der Herr ist dein ewiges Licht, zu Ende sind deine Tage der Trauer.«

Sie machte Anstalten, sich zu erheben. Adrian näherte sich ihr, aber er wusste nicht, ob es schicklich war, ihr die Hand zu reichen, wie er es bei jeder anderen Frau getan hätte. Sie könnte natürlich auch ihre Hofdame wecken; allein, sie tat es nicht. Als sie ihre Hand suchend ausstreckte, hielt er die seine hin, und sie stützte sich auf ihm ab. Sie war eine junge Frau, aber die Art, wie sie aufstand, zeigte, dass sie schon lange gekniet haben musste. Schnell zog Adrian seine Hand wieder zurück und senkte den Blick. Er hatte noch nie mit einer Königin zu tun gehabt. Sie war blass und wirkte sorgenvoll. Er sollte vermutlich lieber gehen. Doch sie richtete noch einmal das Wort an ihn und blickte ihn offen an.

»Die edle Brigitta, deren Heiligkeit bald, so Gott will, allgemein gerühmt werden wird, erhielt in ihren Visionen auch Einsichten über das Leben der Adeligen. Sie sagte: Von je höherem Adel und Reichtum du bist, umso strengere Rechenschaft wird von dir gefordert werden, und ein umso schweres Gericht wird auf dich warten, weil du mehr empfangen hast. Glaubt Ihr, sie hat recht?«

Adrian hatte schon von der schwedischen Visionärin Brigitta reden hören, die von den Höchsten anerkannt wurde und zu der viele schon jetzt beteten. Die Frage schien Königin Margarethe sehr zu beschäftigen, eine Antwort wollte gut abgewogen werden. »Ein Hirte achtet nur auf seine Herde. Als Kaufmann habe ich Familie, Gehilfen und Gesinde, für das ich sorgen muss. Ein Adeliger hat für die Menschen auf seinen Ländereien Sorge zu tragen. Aber ein König – mit einem Federstrich kann er ganze Heere in Bewegung setzen.« Nur in Gedanken fügte er hinzu: Oder Piraten freie Hand lassen. »Mir scheint, je höher ein Mensch steigt, desto größer ist die Verantwortung, die er trägt. Es gibt so viele Unschuldige, die von seinen Entscheidungen betroffen sein können. Wenn ich an die Familien meiner Seeleute denke oder an die Frauen und Kinder, die bei einem Krieg leiden.«

Königin Margarethe schlug das Kreuz vor ihrer Brust, flüsterte etwas und richtete ihren Blick auf das Altarkreuz. Adrian spürte, dass er jetzt besser gehen sollte. Er verneigte sich noch einmal und zog sich zurück. Bevor er die Kapelle verließ, sah er noch, wie sie die Schulter ihrer Hofdame vorsichtig anstupste und diese dennoch hochschreckte.

27

Lübeck

... muss ich dir leider mitteilen, lieber Bruder, dass ich dir bislang nur einen kleinen Teil der Tuche schicken konnte. Sie müssten in den nächsten Tagen via Oldesloe bei dir eingehen. Es fällt mir schwer, es dir einzugestehen, aber es hat wieder Beschlagnahmungen am Zoll gegeben, von denen auch wir betroffen waren. Weder Briefe noch Drohungen oder gute Worte haben dieses Mal geholfen, die Lieferung auszulösen. Brokat, Damast – alles hängt fest! Ich habe mich auch schon an die Älterleute des Hansekontors gewandt, aber die sind wohl mit anderen Aufgaben überlastet.

Was noch viel schlimmer ist – ich wage kaum, es zu schreiben –: Piraten haben anscheinend deine letzte Lieferung geraubt. Auch hier tut das Hansekontor nichts, obgleich ich Klage eingereicht habe. Ich bin verzweifelt und bitte dich inständig, mir eine weitere Pelzladung zu schicken, damit ich sie hier zu Geld machen kann. Anderenfalls sehe ich meine Kreditwürdigkeit in Gefahr – und du weißt, was das bedeutet.

Ich bin in Schulden geraten. Auch Ricardo hat mir bereits kurzfristig ausgeholfen, aber selbst vor ihm darf ich die Schande nicht eingestehen! Nochmals Bruder, ich bitte dich: Schicke Pelze oder Silber, Geld, komm meinetwegen selbst, falls du mir nicht mehr vertraust – aber hilf!

Dein getreuer Bruder Lambert

Henrikes Finger bebten, als sie den Brief faltete. Sie legte ihn schnell in ihr Kästchen aus Ahornholz und verschloss es sorgfältig. Fahrig wischte sie sich den Schweiß von der Stirn. Diese drückende Hitze – und nun noch das! Was für ein Unglück! Ihr

Hals wurde eng. Was war denn nur mit ihr los? Sie wollte nicht weinen! Sie musste einen klaren Kopf behalten! Was in dem Brief stand, durfte keinesfalls bekannt werden! So oft hatte sie schon erlebt, wie ein Gerücht die Runde machte, immer weiter aufgebauscht wurde und schließlich ganze Handelshäuser in den Ruin trieb. Wenn doch nur Adrian da wäre! Er würde wissen, was zu tun war. Sogleich würde sie ihm zu seiner Zwischenstation nach Schonen und auch nach Stockholm schreiben. Sie wusste, in welchen Gasthöfen er absteigen würde. Einer der beiden Briefe würde ihn hoffentlich erreichen. Allerdings konnte es Wochen dauern, bis sie eine Antwort von ihm bekäme … Das aber wäre zu spät. Nein, die Verantwortung lastete auf ihr. Was sollte sie nur tun?

»Kommt Ihr, Herrin?« Cord stand in der Tür. Der Gehilfe trug eine Art Sonnenhut auf dem kahlen Schädel und sein Wachstafelbüchlein in der Hand. Sie wollten zum Hafen gehen und die Waren der neu eingetroffenen Schiffe in Augenschein nehmen.

»Sofort.« Henrike schob das Kästchen mit den Briefen und Notizzetteln in den Schrank. »Weißt du zufällig aus dem Kopf, was mein Mann zuletzt zu Lambert nach Brügge schicken ließ?«, fragte sie, als sie ihren Hut nahm und Cord hinausfolgte.

Auf dem Weg die Mengstraße hinunter zählte der Gehilfe im Groben die Pelze und Felle auf, die per Frachtschiff nach Brügge gegangen waren. Es war eine gewaltige Ladung gewesen – und nun sollte alles fort ein? Sie konnte es nicht glauben! Ein flaues Gefühl machte sich in ihr breit.

Matt fragte sie: »Wer hat die Waren begleitet? Mit wem hat Adrian sie geschickt?«

»Er hat sie Hinrich von Coesfeld mitgegeben, der ohnehin auf dem Weg nach Brügge war. Er ist gemeinsam mit anderen Kaufleuten gereist. Im Konvoi ist der Seeweg eigentlich sicher.« Cord sah sie von der Seite an. »Ist Euch nicht wohl, Herrin? Ich kann auch allein zum Hafen gehen!«

»Die Hitze. Es geht schon«, sagte sie fest und schritt durch das Tor in der Stadtmauer, das auf das Hafengelände führte.

Cord schob sich vor sie und bahnte ihr den Weg zwischen den Trägern und Karrenführern, den Pferdewagen und Warenstapeln hindurch zum Anleger. Um zwei Männer, die handgreiflich wurden, machten sie einen Bogen. Die drückende Hitze der letzten Zeit machte viele streitsüchtig.

»Habt Ihr Nachricht aus Brügge bekommen? Sind die Waren wohlbehalten angekommen?«, wollte Cord wissen.

»Später«, sagte Henrike knapp, denn sie hatte ihre Freundin Tale von Bardewich entdeckt.

Die Kauffrau stand mit ihrem Gehilfen Amelius und einem fremden Mann zwischen einer Reihe Fässer. In der einen Hand hielt sie ihr Augenglas, in der anderen eine Weinpipe. Als Henrike sie erreicht hatte, hielt die alte Frau ihr zur Verwunderung des Händlers die Pipe hin. Tale von Bardewich wirkte in ihrer schwarzen Kleidung und mit dem Gebende, das keine Haare erkennen ließ, streng. Aber als sie sprach, breiteten sich wellenartig Lachfalten auf ihrem Gesicht aus. Ihr schien die drückende Witterung nichts auszumachen.

»Gott gröte ju, Henrike. Rotwein aus La Rochelle, möchtest du kosten? Ich werde sicher nicht alle Fässer kaufen, so gut er auch ist.«

»Danke, Cord kann das übernehmen«, meinte Henrike abwehrend.

Sie gab ihrem Gehilfen einen Wink. Cord ließ sich nicht zweimal bitten. Die Kauffrau senkte die Pipe noch einmal in das Fass und trank.

»Gut ist der!«, freute sie sich. »Amelius, wir nehmen fünf Fässer – aber lass dich nicht übervorteilen!«

Amelius, der beileibe kein Anfänger war, nahm den Ratschlag ungerührt an, aber als Tale von Bardewich Henrike beiseitenahm, sah diese, wie sich die beiden Gehilfen einen kurzen Blick zuwarfen. Die Kauffrau führte seit dem Tod ihres Mannes den Kaufhandel allein weiter und war gewieft, aber es fiel ihr schwer, anderen zu vertrauen. Henrike hatte schon manches Geschäft mit ihr gemacht und sie dabei als übervorsichtig kennengelernt. Üblicherweise gab sie der Kauffrau Sendgut mit, das diese verkaufte, um Henrike danach ihren Gewinn auszuzahlen.

»Ich wollte schon länger mit dir sprechen. Ich hatte doch vor einigen Monaten einige deiner verzierten Messingschalen und etliche Hansekannen mitgenommen, du erinnerst dich? Sie sind bei meinen Geschäftspartnern in der Rús sehr gut angekommen. Ich habe für sie Höchstpreise erzielt. Später kann ich dir deinen Anteil auszahlen. Mit welchem Messingschläger arbeitest du noch?«

Henrike zögerte. Sie würde niemandem den Namen eines guten Handwerkers verraten, den sie an der Hand hatte – nicht mal ihrer Freundin. Im Zweifelsfall hätte er dann bald so viel zu tun, dass für sie keine Zeit mehr blieb. Ihrerseits wollte sie aber ebenfalls nachhaken, denn es hörte sich so an, als ob Tale die Auszahlung des Gewinns aus diesem Sendeve-Geschäft verzögert hatte.

Aber schon machte Tale von Bardewich eine wegwerfende Handbewegung. »Du wirst es sicher nicht preisgeben, das wäre ja auch dumm! Ich würde dir dieses Mal zehn Stück abnehmen. Dazu dreißig von deinen bestickten Gürteln und Taschen, die kommen auch gut an. Und einige geschnitzte Brauttruhen.«

Henrike schob den Finger unter ihren Gürtel. Sie fühlte sich eingeschnürt. Der Schweiß lief ihr den Rücken hinunter. Wie sie sich darauf freute, im Hause ein leichteres Kleid anzuziehen! Vor ihnen hatte nun auch Cord sein Geschäft mit dem Weinhändler abgeschlossen.

»Ich werde vieles davon in Auftrag geben müssen. Zahlst du mir vorher einen Teil des Geldes für die Herstellung?«

»Das wird mir leider nicht möglich sein. In Preußen erwartet man eine Rekordernte, und ich habe alles Geld in Roggen und Weizen gesteckt.«

War das eine Ausrede? Aber warum? War Tale etwa auch knapp bei Kasse? Henrike beobachtete, wie Cord zum nächsten Händler ging und sich etwas aus einem Sack zeigen ließ. Es war Ingwer.

»Handarbeit hat ihren Preis. Und Messing erst recht. Adrian ist unterwegs. So stark kann ich nicht in Vorleistung gehen.«

»Du wirst es müssen. Andernfalls kommen wir nicht ins Geschäft. Du bist doch ein frowken van eventur«, neckte Tale von Bardewich in breiter Mundart, aber Henrike wusste, dass es ihr ernst war. Sie würde die Waren auch woanders finden. Ohne eine gewisse Härte bestand man nicht in dieser Männerwelt.

Besorgt dachte Henrike an Lamberts Brief. Sie würde genau durchrechnen müssen, ob und wie sie ihm helfen könnte. Das Geschäft mit Tale war verlockend, aber gerade das eventur, das Risiko, machte ihr Sorgen.

»Ich hole mir später mein Geld ab, und dann sehen wir weiter«, versprach sie und wandte sich Cord zu. Der Ingwer musste ebenfalls probiert werden, vielleicht würde er auch an Land gegen Übelkeit helfen. Und sicher warteten auch noch andere Spezereien darauf, geprüft zu werden …

Wind frischte auf. Er trieb dicke, schwefelgelbe Wolken vor sich her und riss an den Segeln der Schiffe, die im Hafen von Lübeck dümpelten. In der Ferne grollte es schon. Henrike und Cord eilten sich, die Geschäfte abzuschließen. Bei einem Gewitter wollten sie nicht mehr im freien Hafengelände sein.

Als sie mit einem Karren voller Säcke bei ihrem Haus ankamen, entdeckte Henrike den kleinen Dieb an einer Hausecke. Ihre Müdigkeit verdrängend, schickte sie Cord durch den Warenkeller ins Haus. Die Verhandlungen am Hafen waren lang gewesen. Der Ingwer war gut, hatte aber offenbar auf dem

Transport an Gewicht verloren. Dennoch hatte der Händler auf seinem ursprünglich festgelegten Preis beharrt. Sie hatten weitere Spezereien in Augenschein genommen, und erst als sie auch noch Anis, Pfeffer und Lakritz dazukaufen wollte, war er ihnen entgegengekommen. Henrike hatte sich bemüht, charmant und beharrlich zu verhandeln, und letztlich hatten sie sogar noch ein Säckchen Mandeln als Upgift bekommen. Sie konnte also mit sich zufrieden sein. Doch dieser Erfolg wurde von ihren Sorgen über die Neuigkeiten aus Brügge überschattet.

Langsam ging sie auf den Jungen zu. Er lief nicht weg. Als sie ihn erreicht hatte, bemerkte sie Prellungen an seinen Armen. Er blickte sich misstrauisch um.

»Wo ist die Magd? Nicht die junge …«, fragte er.

»Berthe? Sie ist im Haus, denke ich.«

Henrike wunderte sich über die Frage. Sie wollte ihm sagen, dass Berthe ihm nichts tun würde, doch der Dieb kam ihr zuvor: »Gilt das Angebot noch?«

»Natürlich. Aber warum bist du neulich weggelaufen?«

Er verschränkte die Arme vor der Brust und sah sie durchdringend an, als fragte er sich, ob er ihr vertrauen könne. Schließlich seufzte er schwer. »Diese Berthe … Sie hat mich gezwungen, Euren Geldbeutel zu stehlen«, brachte er endlich heraus.

Henrike kniff die Augenbrauen unwillkürlich zusammen. Log er sie an? Konnte sie ihm vertrauen? Aber warum sollte er Berthe anschwärzen?

»Was für einen Grund sollte sie dafür gehabt haben?«, zweifelte sie.

»Sie wollte Euch kennenlernen, schätze ich. Vor Euch gut dastehen. Ist ihr ja auch gelungen«, sagte er. »Wenn ich sie verraten würde, würde ihr Herr mich dafür hart bestrafen, hat sie gedroht.«

»Ihr Herr? Wer soll das sein?«

»Keine Ahnung.« Der Junge zuckte zerknirscht mit den Schultern, als fürchte er eine harsche Reaktion auf seine Unkenntnis.

Henrike beruhigte ihn. »Nicht schlimm! Danke, dass du es mir gesagt hast. Vor allem aber bin ich froh, dass du wiedergekommen bist. Wie heißt du eigentlich?«

»Pieter ist mein Name«, sagte er scheu.

Ganz leicht legte die sie Hand auf seine Schulter. »Dann komm mal mit, Pieter«, forderte sie ihn freundlich auf.

Sie überlegte kurz, entschloss sich dann jedoch, nicht mehr ins Haus zu gehen. Es war vermutlich besser, wenn er Berthe nicht begegnete. Gemeinsam machten sie sich auf zu den Filzern, wo er bis auf Weiteres ein Zuhause finden würde. Danach würde sie seinen verstörenden Worten nachgehen.

Als sie Berte etwas später auf seine Anschuldigungen ansprach, ließ die Magd vor Schreck den Kupferkessel fallen, den sie gerade poliert hatte. Die Tränen schossen ihr in die Augen, und sie sprudelte heraus: »Der Junge lügt! Er ist sauer, weil ich ihn damals gefangen habe! Jetzt will er mich aus Rache anschwärzen! Ihr glaubt ihm doch nicht etwa?«

Henrike hatte Pieter vor Augen, wie sie ihn verlassen hatte. Allein, in vorsichtigem Abstand neben der Familie stehend, aber die beiden Mädchen, die wie er von der Straße kamen, neugierig beäugend. Der Junge hatte viel durchgemacht und würde einiges dafür tun, in Sicherheit zu sein. Seine Lüge konnte jedoch keine Finte sein – Henrike hatte schließlich schon vorher angeboten, ihm zu helfen.

Grete und Windele kamen hinzu. Berthe sah sie bittend an, aber Henrike schickte sie nicht weg. Die beiden sollten ruhig hören, worum es ging.

»Warum sollte er lügen?«

»Was weiß ich? Er ist ein Strauchdieb! Seine Seele ist schon verloren!« Berthe nahm Henrikes Hand, die Finger der Magd waren feucht von Schweiß. »Bitte, hört nicht auf ihn!«, weinte sie. »Schickt mich nicht weg!«

Dieses Mal ließ Henrike sich nicht anrühren. Sie musste vorsichtig sein. »Wer ist dein Herr? Wer hat dich hierhergeschickt? Der Junge sagte, du hättest gedroht, dein Herr würde ihn strafen, wenn er dich verrät.«

Die Augen der Magd wurden groß, und ihr pockennarbiges Gesicht wurde noch etwas röter. Sie schluchzte. »Ich weiß nicht, wovon er spricht! Ich habe keinen Herrn! Ich habe nur Euch!« Sie sank auf den Boden und umklammerte die Beine ihrer Herrin.

Henrike war das sehr unangenehm, und sie versuchte, sich loszumachen. Als es ihr nicht gelang, fassten Grete und Windele mit an. Die Köchin war schon die ganze Zeit dagegen gewesen, Berthe im Haus zu behalten. Möglicherweise hatte sie gespürt, dass mit der Magd etwas nicht stimmte. Dieses Mal würde sie kein Risiko eingehen, beschloss Henrike.

»Ich werde dir den verbleibenden Lohn auszahlen, und du wirst unser Haus verlassen. Was auch hinter den Anschuldigungen steckt – ich kann dir nicht mehr vertrauen«, sagte sie entschieden.

So viel Merkwürdiges war in letzter Zeit geschehen. Bislang hatten sie Glück gehabt. Aber Fortuna konnte sie auch irgendwann verlassen. Wenn sie an Lambert dachte – vielleicht war die Glücksgöttin schon dabei, sich abzuwenden …

Wenig später verließ Berthe das Haus. Der Wind hatte Blätter von den Bäumen gerissen und trieb sie die Straße hinauf. Noch immer weinte die Magd. Es fiel ihr leicht, die Tränen zum Strömen zu bringen. Natürlich sorgte sie sich um eine Unterkunft für die Nacht, aber in einem einfachen Gasthof würde sie schon ein

Bett bekommen. Sie würde in den nächsten Tagen noch ein paar Mal zum Haus der Vanderens gehen und um Wiederaufnahme bitten. Schließlich wollte sie ihren Herrn nicht erzürnen. Danach würde sie diese – wie hatte ihr Herr es genannt? – Mission wohl aufgeben müssen. Endlich könnte sie zurück zu Kay, ihrem blond gelockten Engel. Sie liebte ihn nun mal, genau wie seinen Vater. Seine Mutter, diese Möchtegern-Prinzessin, konnte ihr gestohlen bleiben. Aber der Herr! Wigger von Bernevur war zwar manchmal grob, aber er war auch stark und entschlossen. Milde hatte in ihm keinen Platz. Aber Milde hatte sie in ihrem ganzen Leben noch von keiner Menschenseele erfahren – warum sollte sie sie also von ihm erwarten? Für ihren Herrn und seinen Sohn würde sie alles tun.

28

Die Waage mit den Silbermünzen neigte sich zur Tischplatte. Henrike notierte das Gewicht in ihrem Büchlein. Tale von Bardewich hatte nicht zu viel versprochen. Der Gewinn aus dem Geschäft in Nowgorod war wirklich erfreulich gewesen. Sie hatte bereits Vereinbarungen mit den Messingschlägern und den Holzschnitzern über die weiteren Arbeiten getroffen; auch Katrine hatte sich mit Eifer an die Stickereien gemacht. Für ihre Freundin war es gut, dass sie gebraucht wurde. Ständig um ihre Mutter zu trauern und zu beten, half ihr auf Dauer nicht weiter. Zumal im Haushalt nach Berthes Rausschmiss ein weiteres Paar Hände nützlich war. Noch ein paar Mal hatte die Magd um Wiederaufnahme gebeten, aber Henrike war hart geblieben.

Henrike kippte das Silber in das verborgene Fach ihrer Geldtruhe. Jetzt hatten sie eine ansehnliche Summe in ihrem Geheimversteck. Es war ungewöhnlich, dass Adrian so viel Silber angespart hatte. Vermutlich hatte er es für das Schiff zurückgelegt. Sie hoffte nur, dass die Anzahlung noch nicht fällig war, denn es könnte sein, dass sie das Silber benötigte. Und beraten konnte sie sich mit ihrem Mann ja nicht.

Vor drei Tage war der Brief aus Brügge gekommen, und obgleich sie Adrian sofort geschrieben und ihre Nachrichten Schiffern mitgegeben hatte, die nach Schonen und Stockholm fuhren, würde es Tage dauern, bis sie überhaupt dort ankamen. Noch immer war keine Tuchladung aus Brügge bei ihnen eingetroffen. Dafür ein weiterer Brief von Lambert, der noch dringlicher klang.

Sie hatte so viele Pelze zusammenpacken lassen, wie sie entbehren konnte, ohne bereits geschlossene Abmachungen zu gefährden. Dazu Wachs und Honig aus der Rús, Pottasche aus Danzig und Waid aus Erfurt; Letztere waren zur Tuchherstellung nötig und in Flandern sehr gefragt. Sobald alles verpackt und mit ihren Kaufmannsmerken versehen war, würde sie es nach Brügge schicken lassen. Fragte sich nur, wer die Waren begleiten sollte. Cord konnte sie nicht entbehren, und alle anderen waren noch unterwegs ...

Sie versteckte die Geldtruhe und sah hinaus. Ein Blitz zerteilte den Himmel. Es grollte in der Ferne, wie seit Tagen schon. Noch immer hatte es nicht geregnet. Jedes Gewitter war vorbeigezogen. Ein wenig Trockenheit im Sommer war gut, aber zu viel ließ die Ernte verdorren. Schon jetzt hieß es auf dem Markt, dass die Beeren vertrockneten. Sie würden mehr Weine als üblich einkaufen müssen, wenn die Ernte im Norden mager ausfiel.

Henrike schloss das Fenster der Scrivekamer und ging in die Diele. Bei offener Tür saßen Katrine, Grete und Windele auf der langen Bank und stickten. Cord und die Knechte wetteiferten im Murmelspiel und tranken Dünnbier. Der Hund sprang auf und kam ihr schwanzwedelnd entgegengetapst. Henrike kraulte Laurin wehmütig hinter den Ohren. Am Tag hielten die Geschäfte sie auf Trab, aber an Abenden wie diesen vermisste sie Adrian und Simon sehr. Wie es den beiden wohl ging? Wann sie wohl nach Hause kämen? Sie setzte sich neben Katrine auf die Bank und sah der Freundin eine Weile zu. Ruhig fuhr ihre Nadel in den Stoff. Winzig und genau waren ihre Stiche, war das Muster, das sie mit Garn in das Leinen flocht. Ein Lamm, ein Kreuz und ein Spruch: »Wenn Gott für mich ist, wer soll da gegen mich sein?«

»Das hatte ich Simon auch auf seine Tasche gestickt. Hoffentlich bringt es ihm Glück«, sagte Katrine leise. »Meinst du, er und Liv sind bald wieder hier?«

»Liv wird, je nach Wind, zwischen dreißig und neunzig Tagen nach Bergen benötigen. Es wird einige Tage dauern, bis alle Waren getauscht sind. Und dann geht es in zehn bis dreißig Tagen zurück«, schätzte Henrike. Sie freute sich, dass sich Katrine nach ihrem Bruder erkundigte. Das bewies, dass die Freundin wieder auf andere Gedanken kam. Neckend fügte sie hinzu: »Simon wird dich schon nicht zu lange warten lassen.«

Katrine wurde so rot, dass ihre Sommersprossen kaum mehr zu erkennen waren.

»Das meinte ich nicht … Ich wollte nur … Ich bin froh, wenn die Familie wieder zusammen ist. Seit meine Mutter …« Ihr Blick verschwamm.

Henrike wollte Katrine ablenken und lächelte: »Du brauchst dich nicht zu schämen. Simon und du, ihr seid einander doch schon so gut wie versprochen.«

Abwesend strich die Freundin über den Stoff. »Ich weiß ja nicht einmal, ob er mich will«, sagte sie leise.

»Warum sollte er dich nicht wollen – du bist …«

In diesem Moment kläfften die Wachhunde los. Katrine zuckte zusammen. Es würde dauern, bis sie ihre Angst überwunden hatte.

»Sicher nur ein Bote«, beruhigte Henrike sie und folgte Cord zum Eingang.

Wind peitschte durch die Straßen. Dunkelgraue Wolken hingen über der Stadt. Eine Böe ließ den Umhang des Boten hochflattern. Direkt über ihnen blitzte und donnerte es. Ein ungutes Gefühl beschlich sie. Hoffentlich schlug der Blitz nirgends ein, dachte Henrike schaudernd und reichte dem Boten seinen Lohn. Nach der Trockenheit würden die Häuser brennen wie Zunder. Besorgt las sie den Absender: Wieder ein Brief aus Brügge.

Beim Lesen hielt Henrike unwillkürlich die Luft an, und ihr wurde schwummrig. Cord führte sie zu einem Stuhl. Die Frauen aus ihrem Haushalt bestürmten sie mit Fragen. Henrike hob nur die Hand. Wie betäubt zog sie sich in die Scrivekamer zurück. Sie musste einen Augenblick allein sein.

Als sie sich beruhigt hatte, rief sie nach Cord. Sogleich stand er in der Tür. Er musste auf dem Schemel daneben gewartet haben. Sorgenfalten furchten seine Stirn. Es blitzte und donnerte heftig.

»Setz dich«, bat Henrike ihn. Schweigen brachte sie nicht mehr weiter. Sie würde Unterstützung benötigen. »Es ist ein Hilferuf. Martine hat aus Brügge geschrieben«, begann sie. Er strich sich ratlos über die Glatze.

»Martine, aber ... Ist etwas mit Herrn Lambert? Ist er krank?«

Henrike schüttelte, noch immer fassungslos, den Kopf. Es fiel ihr schwer, es auszusprechen. »Er wurde verhaftet.« Sie wartete einen Moment, damit Cord die unglaubliche Nachricht sacken lassen konnte. »Er hat wohl Schulden gemacht, die sie nicht bezahlen können, und wurde in den Stein geworfen.« Schon bei dem Wort grauste es ihr. Der Stein war Brügges gefürchtetes Schuldgefängnis. »Die Gläubiger bedrängen Martine. Sie wollen alle verbliebenen Tuche beschlagnahmen und die Familie aus dem Haus werfen. Lambert geht es im Kerker schlecht. Sie haben kein Geld, um ihm die Haft zu erleichtern. Martine ist verzweifelt, sie weiß sich keinen Rat.«

»Kann nicht Herr Ricardo helfen?«

Das hatte sich Henrike auch schon gefragt. »Anscheinend nicht«, sagte sie bedrückt. »Wir müssen die Waren nach Brügge schaffen, so schnell wie möglich. Und das erforderliche Geld, um Lambert auszulösen.«

»Der Rat will eine Gesandtschaft nach Brügge entsenden. Bürgermeister Plescow reist höchstselbst. Vielleicht kann er sich für Euren Schwager einsetzen.«

»Das könnte er ... möglicherweise. Wenn ihm Zeit dafür bleibt, was nicht sicher ist. Aber dann würde alle Welt erfahren, wie es um unsere Geschäfte steht. Das können wir nicht riskieren.«

Cord kam mit einem Sprung auf die Füße. »Ich kann gleich morgen abreisen.«

Henrike strich über den Brief, als könne sie die Nachricht ausradieren und damit auch die Verhaftung ungeschehen machen. Von draußen war das Pladdern des Regens zu hören. Endlich ...

»Daran habe ich auch schon gedacht.«

»Ich gehe zum Hansekontor und wenn nötig in den Kerker und hole Herrn Lambert heraus!«

Nachdenklich öffnete sie das Säckchen mit ihren Handelsmerken und nahm eine in die Hand. Diese Merken waren ein Beweis des Vertrauens, das Adrian in sie setzte. Sie würde ihn nicht enttäuschen. Sie würde tun, was nötig war. Ein Gedanke war in ihr gekeimt und schnell zur Gewissheit geworden. Es würde nicht anders gehen.

»Es wird nicht funktionieren. Du kannst nicht für unsere Familie sprechen. Du bist nur ein Gehilfe, kein Verwandter.«

»Dann müssen wir auf Herrn Adrian warten. Oder Herrn Simon.«

»Dann wird es zu spät sein.« Sie warf die Handelsmerke zurück ins Säckchen und erhob sich. »Bürgermeister Plescow wird nach Brügge reisen, sagst du ...«

Der Bürgermeister ruhte bäuchlings auf einem Lager. Bis auf ein Tuch über die Hüfte war er nackt. Schröpfgläser waren auf seinen Rücken gepfropft. Blutblasen hatten sich bereits darunter gebildet. Üblicherweise wurde in den Badehäusern geschröpft, aber für einen Bürgermeister machte der Bader wohl eine Ausnahme.

Plescow hob den Kopf, der zwischen seinen Armen geruht hatte. »Ich sagte doch, niemand soll mich stören!«, fauchte er und sah auf. Als er Henrike erkannte, wollte er aufspringen, doch der Bader hielt ihn davon ab. Der Diener war hinter Henrike in den Raum geeilt.

»Sie hat gesagt, Ihr seid früher ihr Vormund gewesen, und hat sich nicht aufhalten lassen!«, versuchte sich der Diener zu entschuldigen.

Henrike starrte mit schamrotem Gesicht auf die Steinfliesen. Regentropfen rannen ihr über das Gesicht. Das Kleid klebte ihr am Körper, obgleich sie in der Mengstraße nur ein paar Häuser weit gelaufen war. Das also hatte der Diener damit gemeint, als er sie an der Tür abwimmeln wollte und gesagt hatte, der Bürgermeister dürfe nicht gestört werden. Es war ein Schock, den alten Mann so zu sehen – schmal und halb nackt, ganz ohne die Bürgermeisterkette und andere Insignien seiner Macht. Aber ihre Angelegenheit duldete nun mal keinen Aufschub.

»Verzeiht, ehrwürdiger Herr Bürgermeister. Ich hätte Euch nicht gestört, wenn es nicht dringend gewesen wäre. Wenn ich geahnt hätte …« Es war ihr wirklich peinlich, aber jetzt war sie hier, jetzt musste sie auch weitermachen. Bevor er sie noch hinauswerfen konnte, sprudelte es aus ihr heraus, dass sie in einer Angelegenheit auf Leben und Tod ihre Familie in Brügge besuchen müsse. Das war etwas übertrieben, aber über den wahren Grund ihres Besuchs durfte nichts bekannt werden. Im Nu wäre auch Adrians Ruf ruiniert, und niemand würde mehr mit ihm Handel treiben wollen oder unverschämte Preise verlangen. »Ich flehe Euch an, bitte lasst mich die Gesandtschaft begleiten. Ich werde Euch nicht stören! Ihr werdet mich gar nicht bemerken, ich verspreche es! Nur eine Magd und ich. Wir fallen gar nicht auf. Wir fallen Euch auch nicht zur Last!«

»So, wie Ihr jetzt gar nicht stört? Wie Ihr mir jetzt nicht zur Last fallt?«, fragte er scharf. »Ihr könnt Euch glücklich schätzen, dass mein Eheweib bei Verwandten ist. Sie hätte Euch wegen Eures ungebührlichen Verhaltens die Leviten gelesen!«

Henrike faltete ihre Hände, um wenigstens ein wenig den

Eindruck der Sittsamkeit zu erwecken. »Ich schäme mich sehr, dass ich nicht mehr Geduld bewiesen habe. Aber es geht um Leben und Tod. Bitte erlaubt es mir, um meines seligen Vaters willen!«

»Dass Ihr es wagt, Euren ehrwürdigen Vater in dieser Situation anzurufen!«

»Mein Vater wäre auch seiner Familie zu Hilfe geeilt, wenn es nötig gewesen wäre, das wisst Ihr so gut wie ich. Ihr habt ihm selbst in höchster Not beigestanden.«

Nach der Flucht aus Wisby und dem Tod ihrer Mutter wäre ihr Vater beinahe verzweifelt. Es waren auch seine Freunde von Gotland gewesen, die Wisbyer, wie er sie genannt hatte, die ihn gestützt hatten.

»Warum reist Herr Adrian nicht? Oder Euer Bruder?«

Henrike berichtete von den Reisen der beiden. »Es ist ungewiss, wann sie zurückkommen. Nur ich kann helfen, ich allein.«

»Was ist denn nur passiert?«

Ihre Gedanken überschlugen sich. Wie konnte sie die dramatische Lage beschreiben, ohne zu viel zu verraten? »Mein Schwager ist außer Gefecht gesetzt; es ist fraglich, wann er wieder arbeiten kann. Zu seinem Hausstand gehören seine Frau, die kleinen Kinder und eine Schwester. Sie alle sind krank vor Kummer und Verzweiflung. Sie brauchen dringend meine Hilfe.« Sie biss sich auf die Lippen. »Wenn Ihr mir nicht helft, werde ich allein reisen müssen.«

»Überschätzt Euch nicht, junge Frau.« Finster blickte Jacob Plescow sie an. »Außerdem darf ich in einer solchen Angelegenheit gar nicht alleine entscheiden. Der Gesandtschaft gehören zahlreiche hohe Herren an.«

Noch einmal fasste Henrike sich ein Herz. »Wenn ihr so viele seid, fallen wir doch gar nicht auf! Ihr seid der Bürgermeister, Euer Wort hat Gewicht!«

Jacob Plescow seufzte. »Ich darf nicht zulassen, dass Ihr Euch ins Unglück stürzt, das bin ich Eurem Vater schuldig«, sagte er. »Wenn Ihr zu diesem Irrsinn entschlossen seid, dann begleitet uns. Besser mit der Gesandtschaft als allein. Wir besteigen irgendwann in den nächsten Tagen das Schiff nach Oldesloe. Haltet Euch bereit.«

Er ließ den Kopf auf das Lager sinken und befahl dem Bader, noch mehr Schröpfköpfe aufzusetzen. Henrike konnte kaum hinsehen. Als sie hinausging, stöhnte der Bürgermeister; es klang beinahe wohlig. »Vielleicht kommt bis dahin ja auch Euer Mann zurück, das wäre das Beste. Und jetzt hinaus mit Euch!«, hörte sie ihn noch murmeln.

29

Dänemark

Adrian sah zu, wie ein Teil seiner Waren ohne ihn davonfuhr. Seit vier Tagen war er nun schon auf Schloss Vordingborg. Kurz nach ihrem Gespräch hatte er der Königin etliche Ellen des Brokats geschickt, der ihr so gut gefallen hatte; ein Geschenk, natürlich. Zu einer Einigung mit dem Hofmeister war es jedoch noch immer nicht gekommen. Die Königin hatte er ab und zu lediglich im Kreise ihrer Räte vorbeiziehen sehen. Es gab ständig wichtige Besprechungen. Der Friedensvertrag zwischen Dänemark und Mecklenburg schien so gut wie unterschrieben zu sein. Vom König war bei der ganzen Angelegenheit nie die Rede. Er fragte sich inzwischen, wie krank Håkon wirklich war.

Immerhin hatte er Holz kaufen können, um die *Cruceborch* zu reparieren. Auch hatte er aushandeln können, dass das Lüneburger Salz für die schonische Messe verschickt wurde. Im Hafen von Vordingborg hatte er einen Schiffer gefunden, der ohnehin nach Schonen fuhr, und Folkmar mitgeschickt. Es war nur eine kurze Seereise von Seeland nach Schonen; schon übermorgen konnte sein Mann zurück sein. Er hatte einen Brief an Henrike geschrieben, den Folkmar in Schonen einem Schiff mit dem Ziel Lübeck mitgeben sollte. Es war ihm wichtig, dass seine Frau von dem bisherigen Verlauf der Reise erfuhr. Auch liebte er es, ihr zu schreiben. Er fühlte sich ihr dann auch in der Ferne nah.

Schwermut überfiel ihn, als er die Segel der Schnigge am Horizont verschwinden sah. Seine Reisepläne verzögerten sich immer weiter. Es war Anfang August, und die sichere Handelszeit näherte sich dem Ende; schon in einigen Wochen würden die ersten Herbststürme aufziehen. Hätte er doch einen Teil seiner

Güter einfach hier lassen sollen? Mit Warten verlor er nur noch mehr Zeit.

Reiter trabten auf dem Uferpfad heran. Als sie die Kuppe erreichten, auf der Adrian stand, erkannte er Prinz Olaf und Henning von Putbus. Der Drost brachte sein Ross neben Adrian zum Stehen; der Prinz tat es ihm nach. »Ein Kaufmann ohne Waren ist wie ein Reiter ohne Ross«, sagte Henning von Putbus statt einer Begrüßung.

»Natürlich wäre mir lieber, meine Waren und ich würden auch davonsegeln. Habt Ihr bereits eine Entscheidung bezüglich der Stoffe gefällt?«, wollte Adrian wissen.

»Auch wenn es sich ein Kaufmann vermutlich nicht vorstellen kann: Es gibt wichtigere Dinge für eine Königin als Stoffe«, sagte der Reichsdrost von oben herab.

Adrian mühte sich um Freundlichkeit. »Geht es um den Waffenstillstand mit dem Hause Mecklenburg?«

Henning von Putbus sprang von seinem Pferd. Der Mann war für sein Alter noch erstaunlich agil. »Was wisst Ihr darüber?«

»Die einen sagen, dass ein Mecklenburger dem anderen in den Rücken fällt. Die anderen, dass endlich die Vernunft waltet. Wie auch immer: Zum Wohle des dänischen Königshauses ist es so oder so.«

Aufmerksam musterte der Ältere ihn. »Ihr seid nicht im Lübecker Rat, sagtet Ihr?«

»Man muss nicht im Rat sein, um derartige Dinge zu wissen. Man muss lediglich Augen und Ohren offen halten. Auch wenn Ihr nicht viel von meinem Berufsstand zu halten scheint, sind Kaufleute doch darin besonders geübt.«

»Ihr macht mich neugierig. Was hörtet Ihr über die schonischen Schlösser?«

Es schien, als prüfte ihn der Drost. Adrian musste abwägen, wie viele seiner Informationen er preisgeben wollte. Das Pferd des Prinzen tänzelte nervös.

»In erster Linie, dass König Håkon und Königin Margarethe die Schlösser zurückwollen, und zwar vor der vereinbarten Zeit.«

»Es war unrecht, dass die Hansen sie uns überhaupt genommen haben!«, mischte der Prinz sich ein und hielt die Zügel kurz, um sein Ross zur Ruhe zu bringen.

»Mit Verlaub, Eure Majestät. Wenn ich mich recht erinnere, unterlag Euer Großvater den Hansen im Krieg. Sie konnten den Frieden diktieren, der in Stralsund geschlossen wurde. Wenn sie gewollt hätten, hätten sie auch ganz Schonen nehmen können.«

Der Prinz warf dem Reichsdrost einen empörten Blick zu.

»Die Verhandlungen waren hart. Wir hätten auch mehr verlieren können«, musste von Putbus zugeben. »Wie sich das Blatt wendet! Dänemark war einst unschlagbar. Selbst Lübeck war vor etwa hundertfünfzig Jahren dänisch – und es ging der Stadt gut dabei. Später kam es immer wieder zu kriegerischen Auseinandersetzungen. Auch 1365 haben die Dänen über die Hansen gesiegt. Vernichtend haben sie die Hanseflotte unter Führung des Lübecker Bürgermeisters Johann Wittenborg geschlagen. Dafür machten die Hansestädte ihn einen Kopf kürzer. Und wo wurde damals der Friedensvertrag geschlossen?« Er wandte sich dem Prinzen zu, als sei er sein Lehrer.

»In Schloss Vordingborg natürlich!«, wusste der Junge.

Henning von Putbus nickte zufrieden. »Aber zurück zu den Sundschlössern. Was halten die Lübecker Ratsmitglieder von ihrer Verwaltung?«

Allmählich musste Adrian aufpassen, was er erzählte. »Zu kostspielig, bringt zu wenig ein.« Er ging in die Offensive: »Auch ist man unzufrieden über die vielen Handelshemmnisse in Schonen. Die Seeräuber sind ohnehin eine Plage. Manche munkeln gar, das Königshaus hält schützend seine Hand über sie und öffnet für die Freibeuter die Häfen. Ich kann mir aber kaum vorstellen, dass sich gekrönte Häupter mit Gesetzlosen gemeinmachen.«

Der Prinz protestierte: »Nie würden meine Eltern das tun!« Henning von Putbus blickte ihn strafend an.

»Es würde auch wenig bringen. Wenn der Handel leidet, leidet letztlich auch das dänische Volk. Und wenn die Piratenpest nicht aufhört, werden nur wieder Friedeschiffe ausgerüstet. Hohe Kosten für wenig Ertrag. Mir ist es andersherum lieber«, sagte Adrian.

»Für wen sind die Tuche eigentlich bestimmt?«, fragte von Putbus jetzt nach.

»Ihr kennt ihn sicher: Bo Jonsson Grip. Hat er nicht in Schweden ein ähnliches Amt wie Ihr inne? Sein König will seinem Hausstand neues Ansehen verschaffen – und dazu gehören natürlich auch entsprechende Gewänder«, übertrieb Adrian.

Prinz Olaf ließ die Zügel seines Pferdes locker, das unruhig mit den Hufen scharrte. »Aber er ist unser Feind!«, rief der Junge aus. »Wisst Ihr es denn nicht? Bo Jonsson Grip hat 1364 mit seinen Mannen meinem Vater den schwedischen Thron geraubt. Aber wir werden ihn uns zurückholen!«, sagte der Junge entschlossen, wendete sein Pferd und galoppierte davon.

Henning von Putbus schwang sich eilig in den Sattel, um ihm nachzusetzen.

Adrian blieb allein zurück. Er ärgerte sich über sich selbst. Hatte er nicht immer gesagt, zur Arbeit eines Kaufmanns gehöre vor allem diplomatisches Gespür? Wie hatte er so ins Fettnäpfchen treten können?

Nachdem er seinen Lehrburschen Claas aufgesucht hatte – der Junge hatte ein schlechtes Gewissen, weil er ihn aufhielt, aber Adrian versicherte ihm, dass das Schiff noch gar nicht repariert sei –, konnte er den Leibarzt der Königin in ein Gespräch verwickeln. Sie unterhielten sich über die Gewürze und Spezereien, mit denen der Medicus seine Patienten versorgte. Adrian versprach ihm, ein Fässchen französischen Rotweins vom Schiff holen zu lassen, der sich gut zum Anrühren von Tränken eignete. Im Gegenzug konnte Adrian aus ihm einiges über die Geschichte des Schlosses und des Königshauses herauskitzeln. Er erfuhr beispielsweise, dass die Königin auf Vordingborg geboren worden war. Auch war König Waldemar hier bestattet worden, bevor man vor zwei Jahren seinen Leichnam in die Klosterkirche von Sorø überführt hatte. Besonders zu belasten schien die Königin eine Prophezeiung der Visionärin Brigitta, die anscheinend tatsächlich bald vom Papst heiliggesprochen werden würde. Brigitta hatte bei der Hochzeit Königin Margarethes mit König Håkon vorausgesagt, dass aus dieser Ehe nichts Gutes hervorgehen und sie keinen Erben hervorbringen werde. Obgleich zumindest Letzteres ja nicht stimmte – Prinz Olaf erfreute sich guter Gesundheit –, nahm die Königin die Prophezeiung ernst. Das Gespräch mit dem Medicus würde er in den nächsten Tagen häufiger suchen, nahm Adrian sich vor …

Anschließend ging er zur Schlosskapelle. Vor der Kapelle stand jedoch ein livrierter Wächter und hielt ihn auf. Adrian wartete im Schatten der Mauern. Nach einiger Zeit trat Königin Margarethe in Begleitung des Reichsdrostes aus der Kirchentür. Henning von Putbus wollte achtlos an Adrian vorbeigehen, doch sie wandte sich ihm zu. Auch wenn ihr nächtliches Zusammentreffen in der Kirche nie erwähnt werden würde und wenn vermutlich niemand davon wissen durfte, schwang es für Adrian doch in ihren Worten mit.

»Wie geht es Euren Männern? Ich habe sie auch heute wieder in meine Gebete eingeschlossen.«

Er neigte das Haupt. »Eure Anteilnahme ist zu gütig, Majestät. Gerade wollte ich für sie in der Kapelle beten. Dank Eures Medicus' sind die meisten wieder wohlauf. Sogar mein Lehrjunge erholt sich langsam. Er hat heute das erste Mal wieder gelacht. Ein Knecht erzählte uns Geschichten. Nur über die des Gänseturmes schwieg er sich aus.« Er dehnte die Wahrheit; er wollte verhindern, dass es hieß, der Medicus plaudere Geheimnisse aus.

Das Gesicht der Königin hellte sich auf. »Mein Vater liebte diese Burg. Vom höchsten Turm aus pflegte er die Hansen als Schar schnatternder Gänse zu verspotten, die alle durcheinanderreden.«

Adrian lachte. Er nahm die Anekdote leicht. Die Hansestädte waren sich tatsächlich oft uneins. »Nicht sehr schmeichelhaft. Nun verstehe ich, warum der Knecht sich zierte, die Geschichte zu erzählen.«

Königin Margarethe lächelte verschmitzt. »Ich spiele mit dem Gedanken, zur Erinnerung daran eine goldene Gans auf dem Turm anbringen zu lassen.«

»Wenn es Euch zur Erheiterung dient, warum nicht? Ich kann Euch das Gold dafür beschaffen. Ich verfüge über gute Verbindungen nach Nürnberg, wo das Gold aus dem Inneren Afrikas gehandelt wird. Auch die Lübecker Münze kauft dort ein.«

Nun schritt Henning von Putbus ein: »Genug, Vanderen. Ihr seid hier nicht auf dem Markt.«

»Lasst ihn nur. Er stammt aus dem Kaufmannsadel, hat Humor und ist zielstrebig, das gefällt mir«, sagte die Königin. »Seid Ihr Euch mit meinem Hofmeister einig geworden?«

»Leider noch nicht, Majestät.«

»Dann müsst Ihr bleiben. Bald wird ein weiterer Teil meines Hofstaates hier eintreffen. Einige meiner Hofdamen werden Euch sicher gerne Tuche abnehmen. Wir müssen doch verhindern, dass sie den Mecklenburgern in die Hände fallen, die Unser liebes Schweden ausplündern. Oder diesem Gauner Grip ...«

Henning von Putbus hatte also von seinen Plänen berichtet. Da weder seine Männer gesund genug noch die *Cruceborch* repariert war, konnte Adrian ohnehin noch nicht abreisen. Also nahm er die Einladung an. Er würde das Beste aus dieser Situation machen müssen.

30

Bergen

Simon und Liv hatten die Øvregate erreicht und gingen in das umliegende Vergnügungsviertel. Ein Mann kam aus einer Schenke getaumelt und fiel ihnen fast vor die Füße, den Bierkrug noch in den Händen. Huren warteten vor den Häusern oder saßen in den Fenstern und stellten ihre Reize zur Schau. Sie bogen in eine schmale Gasse ab und folgten ihr. Immer finsterer wurde die Gegend, aber Simon wusste, dass sie richtig waren. Tymmo hatte ihm den Weg beschrieben. Vor ein paar Tagen hatte der Norderfahrer wieder in Bergen angelegt. Nachdem ihm Simon von seinen Erlebnissen berichtet hatte, hatte er sich sogleich umgehört. Jetzt hatten Simon und Liv genügend Stockfisch, um erhobenen Hauptes nach Lübeck zurückkehren zu können. Nur eines blieb zu erledigen ... Noch einmal dachte Simon an die letzte Woche zurück. Kurz nach seiner Rückkehr aus Island war auch Liv wieder in Bergen eingetroffen. Simon hatte sich sehr gefreut, seinen Freund wiederzusehen, aber Livs Begrüßung war geradezu überschwänglich gewesen. Adrian und Henrike hatten ihm wegen Simons eigenmächtiger Entdeckungsfahrt wohl die Hölle heißgemacht. Jetzt, wo Simon wieder wohlbehalten in Norwegen angekommen war, kamen ihm viele Sorgen der letzten Wochen übertrieben vor. Er war in Island gewesen – was für ein Abenteuer! Und er hatte zwei gesunde Gerfalken mitgebracht!

Der Gedanke an Runa allerdings versetzte Simon wie immer in Aufruhr. Es war beinahe unerträglich für ihn, sie zu sehen und nicht zu ihr eilen zu können. Noch mehr bedrückte ihn ihre Kälte. Die Isländerin verhielt sich ihm gegenüber reserviert und kümmerte sich nur um die Falken. Es war, als ob er ihre Liebe nur geträumt hätte. Andererseits machte ihn der Gedanke an die Zukunft ratlos. Sollte er Runa wirklich mit nach Lübeck nehmen? Aber was wäre dann? Wo würde sie leben? Und wovon? Als Einar abgereist war – sie hatten dem Isländer noch viele der Waren mitgegeben, die Liv gebracht hatte –, hatte der Steuermann Runa ein letztes Mal gefragt, ob sie mit zurückwolle. Sie hatte abgelehnt. Simon war hin- und hergerissen. Sollte er sie doch jetzt heiraten – aber was war dann mit seinen Zielen, mit seinen Träumen? Und was war mit Katrine? Liv hatte ihm von Astas Verschwinden und Katrines seelischer Zerrüttung berichtet. Katrine tat ihm sehr leid, aber er war sich über seine Gefühle ihr gegenüber unklar. Noch vor einigen Wochen hatte er geglaubt, sie zu lieben. Aber jetzt ...

Nicht einmal mit Liv wagte er, über seine Gewissensnöte zu sprechen. Hinzu kam seine Reue über Dagurs Tod. Mehr denn je wünschte er sich, im Dienst der Schwertbrüder Buße zu tun ...

In der Nähe einer baufälligen Schenke, vor der sich unzählige Männer drängten und sich die verschiedensten Sprachen mischten, hielten sie an.

»Hier ist es?«, fragte Liv. Es klang nicht gerade begeistert.

»Hier ist es.«

»Und wenn sie dich angreifen?«

Simon legte den Arm um den Hals seines Freundes und zwinkerte ihm zu. »Das ist doch Sinn der Sache.«

Sie taten, als wären sie angetrunken und schwankten Arm in Arm auf die Schenke zu.

»Bier! Ein Bier für meinen Freund Simon Vresdorp! Wir müssen ein gutes Geschäft feiern!«, grölte Liv lachend.

Ein paar Männer gratulierten ihnen in der Hoffnung, einen Krug spendiert zu bekommen. Sie wurden nicht enttäuscht. Ausgiebig redeten, lachten und feierten die Freunde. Als schließlich die Schatten länger wurden, verabschiedeten sie sich bei den neuen Trinkkumpanen und verließen das Lokal wieder. Kaum hatten sie zwei Abbiegungen genommen, wurden sie auch schon hinterrücks angegriffen. Simon hatte darauf geradezu gehofft. Jemand war auf seinen Rücken gesprungen und klammerte sich an seinen Hals. Ein anderer versuchte, Liv umzustoßen. Simon stemmte sich nach hinten und spürte, wie er gegen die Wand knallte. Der Angreifer stöhnte auf. Nun entwand Simon sich dem Klammergriff und riss den Mann über die Schulter. Wild schlug dieser um sich. Simon packte ihn am Kragen und presste ihn gegen die Mauer. Noch kurz sah er nach Liv, der auf dem Boden in ein Handgemenge verwickelt war, jedoch die Oberhand hatte. Er brauchte keine Hilfe.

»Nun erzähl mir mal, wer euch auf die Idee gebracht hat, mich anzugreifen«, forderte er.

Zu seinem Erstaunen hatte er einen verwahrlosten Jugendlichen vor sich, der heftig durch seine schartigen Zahnlücken pustete. Fast hatte Simon Mitleid mit ihm. Aber nur fast. Noch einmal rüttelte er ihn durch.

»Wer hat dir gesagt, dass du Simon Vresdorp töten sollst? Wer hat euch Geld versprochen?«

»Ich weiß nicht, was du meinst.«

Simon hörte Liv hinter sich fluchen. Dem anderen war es gelungen zu fliehen. Sogleich stürzte der Freund zu ihm. Drohend hielt er dem Gefangenen die Faust ins Gesicht.

»Antworte meinem Herrn, sonst setzt es was!«

Der Jugendliche leckte sich über die abgebrochenen Zähne. »Schon länger heißt es, wer Simon Vresdorp aus Lübeck zur Strecke bringt oder die Vanderens schädigt, bekommt einen Haufen Geld.«

»Von wem?«

»Ich weiß nicht mehr … Einer erzählt's dem anderen. Wie man so redet.« Er senkte die Stimme: »Geh zum südlichen Ende der Bucht, da liegt eine Kogge mit einem besoffenen Wächter.

Die Bäckerin bei der Marienkirche versteckt ihr Geld unterm Backtrog. Inge Krummrücken macht's dir umsonst. Schlag Simon Vresdorp tot, dann gibt's 'ne saftige Belohnung. Was man eben so sagt.«

»Von wem sollt ihr das Geld bekommen?«, wiederholte Simon die Frage.

Der Jugendliche wich aus. »Ich bin nur ein armer Schusterlehrling. Mein Meister hält mich kurz. Die Hansen beuten mich aus – schaut mich doch an«, quengelte er.

Jetzt verpasste Liv ihm tatsächlich einen Schlag. »Antworte!«

Der Jugendliche keuchte. »Er hieß Nikolas. Wie der Patron der Seemänner und Kaufleute. Nikolas Pfre…, Frep…«

»Vresdorp«, half ihm Simon.

»Genau! Der war's!« Er versuchte Simons Hände von seinem Hals zu lösen. »Lasst Ihr mich jetzt gehen?«

Simon war erleichtert. Endlich hatte er Gewissheit. Feige und hinterrücks, das passte zu seinem Vetter. Er packte den Schusterjungen am Unterarm.

»Erst einmal begleitest du uns.«

Durch das hintere Tor traten sie in die Tyskebrygge. Obgleich es Abend war, herrschte in den schmalen Gängen zwischen den Speichern reges Treiben. Juli und August waren die geschäftigsten Monate in Bergen, weil der Großteil des Winterfanges von den Lofoten und den Vesterålen in die Stadt gebracht wurde. In der deutschen Brücke war nun jedes Bett belegt. Von vier Uhr morgens bis neun Uhr abends hallten Befehle zwischen den geteerten Wänden. Die Glocke, die mit einer unterschiedlichen Anzahl von Schlägen die Lehrjungen und Gesellen eines bestimmten Kaufmanns zu sich rief, läutete unaufhörlich. Der junge Schuster war wie zerschmettert. Immer wieder bat er Simon, ihn nicht dem Vogt zu übergeben. Er habe aus einer Notlage gehandelt. Simon ließ sich nicht erweichen.

»Wo sind die Oldermänner?«, wollte Simon von einem Stubenjungen wissen.

»In der Schötstube«, meinte der und eilte mit Bierkrügen in beiden Händen an ihnen vorbei.

Tatsächlich hielten offenbar gerade zwei der sechs Oldermänner des Hansekontors in dem Versammlungsraum eine Besprechung ab. Auf dem Tisch vor ihnen lagen verschiedene Norderfahrerkladden, in die Händler ihre Geschäfte eingetragen hatten. Es war kühl in der Stube, dennoch war der Kamin aus; man fürchtete in der Tyskebrygge, diesem großen Gebäudekomplex aus Holz, das Feuer.

Simon entschuldigte sich für die Störung und berichtete den Ältermännern von Nikolas' Auftrag. Zunächst wollten sie ihm nicht glauben, als aber der Schusterjunge Simons Worte bestätigte, wurden sie ernst. Sie notierten sich die Namen auf einer Wachstafel und versprachen, bei Nikolas' nächstem Aufenthalt in Bergen gegen ihn vorzugehen. Offenbar hatte der Beschwerdebrief, den Adrian Liv mitgegeben hatte, seine Wirkung getan; sie wollten sich nach dem Schiffsraub im Hafen nichts mehr vorwerfen lassen müssen.

»Und was ist mit dem hier? Hat er Euch etwas getan? Sollen wir ihn vor Gericht stellen? Oder bestrafen?« Einer der Ältermänner nahm den Ochsenziemer von der Wand und wies auf den Schusterjungen. Das dicke Tau war mit einem Knoten am Ende versehen, in den Nägel eingeschlagen waren. Es wurde zum Bestrafen der Lehrjungen und Gesellen verwendet; auch Simon hatte schon Bekanntschaft mit ihm machen müssen. Die Erinnerung daran ließ einen Schauer über seinen Rücken laufen. Er spürte, wie der Jugendliche in seinen Händen zu zittern begann.

»Er soll überall unter seinesgleichen bekannt machen, dass Nikolas Vresdorp für seine Untat bestraft und nicht mehr in der Lage sein wird, das Kopfgeld zu zahlen. Damit wäre mir am meisten geholfen«, meinte Simon.

Abwägend berührte der Ältermann die Nagelspitzen, die aus dem Knoten ragten. Schließlich sagte er zu dem Schusterlehrling: »Wenn du noch ein einziges Mal Hand an einen Hansebruder legst, dann Gnade dir Gott.«

Sie ließen von dem Schusterjungen ab, und er floh hinaus. Simon und Liv folgten ihm. Vor der Schötstube stoben ein paar junge Männer auseinander, die offenbar gelauscht hatten. Darunter war auch Rulf, der stämmige Lehrling, mit dem sich Simon zu Beginn seines Aufenthalts geprügelt hatte. Als er Simon sah, hob er abwehrend seine Hände und rief: »Ich habe nichts damit zu tun, ich schwöre es!«

Simon fand es merkwürdig, dass jemand so ängstlich auf ihn reagierte; er fand sich überhaupt nicht furchterregend.

»Nein, ich weiß, du schikaniertest gerne Neukommers. Aber damit ist es doch vorbei, oder?«

Rulf nickte heftig.

Als sie am nächsten Tag Ellin davon berichteten, war die Frau des Norderfahrers beunruhigt. Sie war allein im Haus und knüpfte ein Netz, auch ihr Sohn Henk war fort.

»Es gefällt mir nicht, dass die Oldermänner ihn nicht bestraft haben. Bis sich die Warnung der Hansen herumspricht, wird es dauern. Euer Vetter darf damit nicht durchkommen!«, sagte sie und zupfte nervös einen Knoten aus dem Band.

Simon wusste, dass Ellin ihren Mann liebte, also musste Nikolas sie damals mit Gewalt genommen haben. Bei dem Gedanken daran ballte Simon unwillkürlich die Fäuste. Er hasste Nikolas, doch gleichzeitig hatte er auch Gewissensbisse ihm gegenüber. Als sie vor drei Jahren nach Bergen gereist waren, hatte Nikolas ihn wochenlang schikaniert, gequält und ihm schließlich gedroht, ihn bei den nächsten Bergener Spielen umzubringen. Mithilfe seiner Freunde war es Simon gelungen, den Spieß umzudrehen: Als der Tag des Staupspiels kam, an dem die Neulinge betrunken gemacht wurden und in einem kleinen Lederzelt im Schütting, das Paradies genannt wurde, von den Gesellen und älteren Lehrjungen verprügelt wurden, hatten sie Nikolas überwältigt, ihm einen Sack über den Kopf gezogen, wie es üblich war, und ihn an Simons Stelle in das Zelt gestoßen. Simon erinnerte sich an diesen Abend wie an einen bösen Traum. Die anfeuernden Rufe. Das Singen und Lachen. Das Dröhnen der Trommeln und Beckenschläger, um die Schmerzensschreie zu übertönen. Der verkleidete Narr hatte gekreischt:

»*Ehre sei Gott, Ehre sei Gott,*
das red' ich wahrlich ohne Spott.
Ei, kriech nur ins heilige Paradeis,
da wirst du schmecken das Birkenreis.
Birkenreis in solchem Haufen,
dass die 24 Bauern dein Hinterteil staupen.«

Viele hatten den Tausch mitbekommen und umso beherzter zugeschlagen; es schien ihnen eine Freude, Nikolas für seine Arroganz zu strafen. Angeekelt und schockiert über den Ausbruch der Gewalt hatte Simon sich abseits gehalten. Er hatte sie nicht aufgehalten. Immer hatte er denken müssen, dass auch Nikolas kein Mitleid mit ihm gehabt hätte. Doch als sie den leblosen Leib aus dem Zelt zogen, war da nur Reue in ihm gewesen, keine Genugtuung. Gesicht und Rücken seines Vetters waren blutig gewesen, ein schartiger Knüppel hatte eine Furche in seinen Oberschenkel gerissen. Nikolas war zuvor ein eitler junger Mann gewesen – von diesem Tag an war er fürs Leben gezeichnet.

»Ich wäre auch für eine Abreibung gewesen«, riss Liv ihn aus seinen Gedanken. Simon schüttelte den Kopf, um wieder klarer zu werden.

»Hoffen wir, dass der Schusterjunge sich besinnt und auf den rechten Pfad zurückfindet.«

»Da spricht der edle Ritter«, spottete Liv freundlich.

Edler Ritter? Ob Simon wirklich einmal einer werden würde? Oder war das nur ein Hirngespinst? Er ging nicht darauf ein. Noch immer war er mit den Gedanken woanders. »Wir müssen den Oldermännern vertrauen. Sie haben uns ihr Wort gegeben, dass sie Nikolas zur Rechenschaft ziehen werden, sobald er hier aufkreuzt. Wo ist eigentlich Runa?«

Ellin sah auf. »Er ist mit Tymmo und Henk auf die Felder vor der Stadt gefahren. Sie haben die Falken mitgenommen.«

Simon erhob sich. Er sehnte sich nach Runa. »Dann lass uns mal schauen, was für Fortschritte sie machen«, forderte er Liv auf, der wohl lieber hier bei Frau Ellin geblieben wäre.

Ellin begleitete sie zur Tür. Als Liv schon auf die Straße getreten war, hielt sie Simon auf und neigte sich zu ihm. »Sie kann hier bleiben. Ich habe es ihr schon gesagt. Sie kann für uns arbeiten. Wir werden sie schon durchkriegen«, flüsterte sie hastig.

Simon hatte geahnt, dass Ellin Runas Tarnung durchschauen könnte, dennoch zögerte er. »Aber sie will nicht! Redet ihr ins Gewissen, Herr Simon! Was soll sie in Lübeck – so weit weg von zu Hause? In Bergen findet sie immer ein Schiff, das sie mit zurücknimmt.«

Simon wusste nicht, ob er es zugeben durfte. Ob Liv sie hörte. Je weniger von Runas Geheimnis wussten, desto besser. Ellin nahm seine Hand und drückte sie fest.

»Ihr wisst nicht, was es für eine Frau bedeutet, ehrlos zu sein! Lasst das nicht zu! Sie ist ein gutes Mädchen!«, sagte sie eindringlich. Ihre Sorge rührte ihn an.

»Ich würde nie zulassen, dass sie ihre Ehre verliert!«, versicherte er ihr.

Doch als Ellin seine Hand losließ, wirkte sie bedrückt. »Ihr werdet nicht immer da sein, Herr Simon. Ihr werdet nicht immer da sein.«

Sie wusste, wovon sie sprach.

Runa stand in der Mitte eines Feldes vor der Stadt. Hinter ihr erhoben sich die graugrünen Berge, die die Stadt einfassten. Auf ihrer Faust saß, wild mit den Flügeln schlagend, Hugin. Manchmal fiel er von der Faust, hing kopfüber am Riemen und schlug so lange mit den Flügeln, bis er wieder obenauf war. Neben Runa befand sich der Käfig. Darauf stand, die Lederhaube auf dem Kopf, der Falke Mugin. Simon konnte die beiden Falken auch von Weitem gut unterscheiden. Hugin war etwas kleiner als das Weibchen und etwas anders gemustert. Das Gefieder der Gerfalken war oberseits einfarbig graubraun, unterseits auf hellem Grund dunkel längs gestreift. Beide hatten inzwischen eine stattliche Größe erreicht. Über ihnen kreiste Runas Zwergfalke Frigg im Wind. In einiger Entfernung hatten Tymmo und Henk auf dem Gras Platz genommen. Der Junge schichtete Steine aufeinander.

»Das macht er schon die ganze Zeit. Er zappelt und wehrt sich. Wie eine Wildkatze. Aber Runa hat keine Angst. Er ist mutig«, sagte der Vierjährige bewundernd.

»Ja, das ist er«, bestätigte Simon schmunzelnd.

Wie viel beeindruckter Henk wohl wäre, wenn er wüsste, dass es sich um eine Frau handelte. Simon warf Tymmo einen kurzen Blick zu. Ob der Norderfahrer wohl auch um Runas Geheimnis wusste? Doch Tymmo kaute arglos auf der Spitze eines Grashalms.

»Muss langsam zurück. Hab einen Bärenhunger. Jetzt, wo ihr da seid, kann ich ja los«, murmelte er und erhob sich. Nun blickte er Simon in die Augen. »Allein lassen würde ich so einen Schatz nämlich nicht.«

Der Kaufgeselle hielt dem Blick stand, spürte aber, wie sich die Röte auf seinem Gesicht ausbreitete. »Wir passen schon auf«, versprach er.

Henk wollte bleiben, und so beobachteten sie eine Weile, wie Runa mit den Falken arbeitete. Es ging wohl darum, sie an den

Fausthandschuh und die Leine an ihren Füßen zu gewöhnen. Schließlich setzte sie die Falken in den Käfig und holte das Tuch. Für heute war es genug.

»Ich helfe ihm«, sagte Simon und sprang auf. Als Liv hinterherkommen wollte, hielt er ihn zurück. »Lass gut sein. Achte du lieber auf Henk.«

Sichtlich enttäuscht gehorchte der Freund. Falken waren deutlich aufregender als ein kleiner Junge.

Als Simon sich Runa näherte, schlug sein Herz bis zum Hals. Sie trug die Weste, die er für sie hatte nähen lassen, und die ihren Brustkorb unauffällig umspielte. Er half ihr mit dem Tuch und berührte dabei zufällig ihre Hand. Es durchfuhr ihn wie ein Schlag. Wie sollte er jemals normal mit ihr umgehen? Runas Hände wanderten am Tuchsaum weiter, sorgten für Abstand. Gemeinsam breiteten sie das Tuch über den Käfig.

»Wir werden morgen abreisen, du weißt es«, begann Simon.

Runa wollte den Käfig heben, aber Simon kam ihr zuvor. »Lass das, ich bin der Knecht!«, protestierte sie.

Er lächelte sie an – er konnte nichts dagegen tun. »Aber ich bin stärker«, sagte er schlicht. Er rief Liv und Henk zu, dass sie vorausgehen sollten, und wandte sich wieder Runa zu. »Ellin hat angeboten, dass du hier bleiben kannst. Sie weiß, dass du eine Frau bist«, sagte er leise.

»Du willst mich loswerden, jetzt, wo es zu deiner Katrine zurückgeht, was?« Runas Worte trafen Simon unerwartet. Noch mehr aber verletzte ihn ihr schroffer Ton. »Woher ich von ihr weiß? Glaubst du, dein Freund Liv kann den Mund halten, wenn es um Frauen geht?«

Sie packte die Karrengriffe und schob los. Trotz ihrer offenkundigen Wut achtete sie darauf, durch kein Schlagloch zu fahren, um die Falken nicht zu erschrecken. Simon eilte ihr hinterher und berührte ihren Ellenbogen, um sie aufzuhalten.

»Aber lass mich doch erklären. Mit Katrine …«

»Ich will nichts von ihr hören!«, fiel Runa ihm ins Wort. Ihre Augen blitzten vor Enttäuschung und Zorn. »Diese Falken sind alles, was mir geblieben ist. Ich werde sie nicht verlassen. Auch wenn ich dich dafür ertragen muss!«

31

Gotland

Kratzen und Schaben hallte von den Höhlenwänden wider. Der Gang wurde schmaler. Nikolas musste sich ducken, um nicht an die Felsdecke anzustoßen. Sein Bein und sein Rücken schmerzten in dieser gekrümmten Haltung noch mehr als sonst. Aber er hatte seine Qualen auch schätzen gelernt. Der Schmerz rüttelte ihn auf. Er hielt ihn wach. Er erinnerte ihn daran, wer für sein Elend verantwortlich war. Nikolas dachte an die Bergener Spiele zurück, die ihn seine Gesundheit gekostet hatten, und seine Narben begannen zu jucken. Damals hatte er gehofft, sein Vetter Simon würde totgeprügelt. Als aber das »Paradies« errichtet war und der Suff die Stimmung anheizte, hatte er sich plötzlich selbst mit einem Sack über dem Kopf in dem Zelt wiedergefunden. Wie war er verdroschen worden! Wie nahe war er dem Tod gewesen. Wie hatten die Schläge ihn entstellt! Sein Gesicht war vernarbt, genau wie sein Rücken. Und das Bein ... Die Wunde, die sich von der Hüfte über den Oberschenkel zog, hatte sich nie mehr ganz geschlossen. Unsummen hatte er inzwischen für Heilkünste ausgegeben, aber kein Medicus, kein Apotheker und keine Kräuterfrau hatte ihm helfen können. Wochenlang hatte er in Bergen dahinvegetiert. Und als er endlich in der Verfassung gewesen war, nach Lübeck zu reisen, hatte er feststellen müssen, dass nicht nur seine Gesundheit, sondern sein ganzes Leben zerstört war. Simon und Henrike hatten seiner Familie alles genommen. Seine Mutter in den Tod getrieben, den Vater ins Gefängnis gebracht, die vermeintlichen Verbrechen aufgedeckt. Diese verfluchten Heuchler! Wer ließ sich denn nichts zuschulden kommen? Jeder Kaufmann wurde schuldig, auf die eine oder andere Art!

Jedes Mal, wenn die Qual unerträglich wurde, wenn die Wunde in seinem Bein wieder ausgebrannt werden musste, weil sie schwärte, hatte er sich seine Rache ausgemalt. Ganz langsam war ein Plan in ihm gereift. Ungeheuren Aufwand hatte er betrieben, um ihn auszuführen. Und jetzt drohte ausgerechnet sein eigener Vater, diesen ganzen schönen Plan zunichtezumachen …

Fackelschein nach der Biegung des Tunnels ließ Nikolas schneller gehen. Er konnte es nicht erwarten, seinen alten Herrn zur Rechenschaft zu ziehen.

»Was zum Teufel tust du hier? Ich dachte, du hast es dir in unserem Haus gemütlich gemacht. Und jetzt finde ich dort einen Kaufmann und ein schwangeres Weib vor!«, fauchte Nikolas sogleich los.

Hartwig Vresdorp fuhr, den Spaten gereckt, herum. Das Gesicht war hager und verdreckt, der Blick ein wenig irre. Er war selbst für seinen Sohn kaum wiederzuerkennen. Die letzten Jahre hatten Hartwig gezeichnet. Bevor man ihn wegen Betruges verhaftet und anschließend zum Tode verurteilt hatte, war er von einem Leben in Suff und Völlerei feist und aufgedunsen gewesen. Im Kerker war er zusammengebrochen und hatte das Essen verweigert. Wenn Nikolas an diese Zeit dachte, loderte der Hass heiß in ihm auf. Es war eine Qual gewesen, sich nicht gleich an seiner Base Henrike und dem grässlich eitlen Adrian Vanderen rächen zu können. Im Schutz bedeutender Männer hatten sie gestanden, bei Bürgermeister und Räten hatten sie sich eingeschleimt.

Die Zeit der Vollstreckung kam, und obgleich Nikolas seinen Vater hasste – er hatte ihn zu dem gemacht, der er war –, wollte er ihn nicht vor dem Scharfrichter sehen. War es ein Rest kindlicher Liebe gewesen, der ihn zum Handeln getrieben hatte? Nein! Die Schande der Hinrichtung hätte die Familie auf ewig gezeichnet. Mit Telses Hilfe – wie ihre Mutter hatte sie das Zeug zur Giftmischerin – hatte sich Nikolas Zugang zum Kerker verschafft, Feuer gelegt und seinen Vater befreit. Später war nur eine verkohlte Leiche gefunden worden. Außer ihm wusste niemand, dass es sich dabei um einen Bettler handelte und nicht um den früheren Kaufmann Hartwig Vresdorp. Im Laderaum eines Schiffes hatte er seinen Vater nach Gotland geschafft. Dort war ihre Familie ruhmreich gewesen, dort würden sie wieder zu ihrer früheren Bedeutung gelangen. Sie hatten erst einmal die Lage sondiert. Schließlich war es ihnen gelungen, Hartwig in ihrem Packhaus in Wisby einzuquartieren. Ein alter Händler hatte es von Adrian Vanderen gepachtet. Es war ein Hohn! Das Haus gehörte Vanderen nicht! Hartwig und Konrad Vresdorp, Henrikes Vater, waren Brüder gewesen. Nach Konrads Tod – an dem Nikolas' Mutter nicht ganz unschuldig war – hätte es Hartwig zufallen müssen, und nicht Henrike und Simon! Als Nikolas seinem Vater zum letzten Mal begegnet war, hatte er sich von dem alten Pächter aushalten lassen.

Sein Vater riss ihn aus dem Gedankenfluss. »Das Haus, tja ... Unsere liebe Verwandtschaft war dort!«, brummte Hartwig ironisch und schaufelte weiter. Hart fiel Nikolas ihm in den Arm. Hartwig starrte an ihm vorbei. »Nachdem der Alte tot war, blieb die Pacht aus. Da haben sie Lunte gerochen. Erst kam Asta, diese Furie, und dann ...«

»Wie ist er gestorben, der Pächter? Warum hast du mir nicht davon geschrieben?«, unterbrach Nikolas ihn.

»Hat betrogen, das Aas. Den Pächter meine ich. Beim Würfeln. Beim Kampf brach das Feuer aus.«

Keinerlei Schuldbewusstsein war in Hartwigs Äußerung zu erkennen. Das wunderte Nikolas nicht. Sein Vater war brutal und aufbrausend, das hatte er als Kind oft genug erfahren müssen.

»Du hättest dich beherrschen müssen. Nur einmal in deinem verdammten Leben hättest du dich im Zaum halten müssen!

Die Zeit der Rache ist da! Ich sorge dafür!« Er schnaubte. »Und Asta?«

»Hab versucht, sie aus dem Haus zu treiben. Wäre beinahe gelungen. Hab gepoltert, als wäre ich ein Geist. Bin ich gewissermaßen ja auch.« Hartwigs Lippen hoben sich amüsiert.

Wut prickelte in Nikolas' Nacken. Da gab er sich so viel Mühe, um ihr Erbe wiederzuerlangen und um ihre Feinde auszuschalten, und was machte sein Vater?!

»Ich hab dir gesagt, dass du dich ruhig verhalten sollst! Ruhig und unauffällig! Dass du das Haus an dich bringen sollst! Niemand hätte dich wiedererkannt! Aber du …« Unbeherrscht packte er ihn am Kragen und schüttelte ihn. »Schaufelst dir hier dein eigenes Grab!«

Sein Vater kicherte jetzt. »Du begreifst nichts, was? Bei Odin, was habe ich für einen Dummkopf großgezogen!«

»Bei Odin? Wer soll das sein? Du bist doch verrückt!«

Hartwig stieß ihn zurück und ohrfeigte ihn. Trotz seiner Magerkeit war er überraschend stark. Nikolas riss ihm den Spaten aus der Hand und holte aus. Ein Schlag nur, und er wäre ihn ein für alle Mal los! Was hielt ihn nur zurück? Er verstand es selbst nicht! Er warf den Spaten an die Wand. Das Scheppern hallte in der Höhle wider. Seelenruhig hob Hartwig sein Werkzeug wieder auf. Er hielt den Spaten hoch, als wäre es eine Reliquie. Gespenstisch zeichnete sich sein Schatten an der Wand ab. Wie ein Kreuz bei der Karfreitagsprozession.

»Was habe ich gebetet! Zu dem Allmächtigen, zu Maria und Jesus, zu jedem verdammten Heiligen. Was hat es mir genützt? Nichts! Mit Schimpf und Schande haben sie mich überschüttet. Aber kaum war ich hier, habe ich mich erinnert. Gotland war einst mächtig. Stark durch die alten Götter! Und ich werde es mit ihrer Hilfe auch sein! Odin, Thor, Loki – sie sind es, die mir helfen werden. Ich bringe ihnen Opfer dar – und sie werden mir den Weg zum Gold zeigen, zu Waldemar Atterdags Gold! Auch

Astas Familie hat hier ihr Silber versteckt! Die Alte hat es mir verraten, bevor …«, Hartwig brach ab und lachte hämisch. »Du wirst sehen, die Opfer zahlen sich aus!«

Von was für Opfern sprach er? Meinte er Asta? Sein Vater war wirklich irre geworden. Warum wunderte ihn das nicht? Sollte er ihn doch einfach hier versauern lassen. Aber in ihrem Haus in Wisby lebten Fremde, und sie hatten Waren – Waren, die er zu Geld machen könnte!

»Bei dir spukt's ja im Kopf! Du solltest dich lieber bei dem Kaufmann einnisten und ihn und seine Metze aus dem Haus treiben. Verkauf statt seiner die Waren und bezahl die Pacht davon, dann fällt auch niemandem etwas auf.« Wenn seine lübische Verwandtschaft erst tot war, würde ihnen ohnehin niemand mehr das Packhaus streitig machen.

Hartwig stieß den Spaten in die Erde. Er bückte sich und suchte etwas zwischen den Steinen. Als er sich wieder aufrichtete, trug er eine Beckenhaube auf dem Kopf. Sein Gesicht war durch den Kettenschutz kaum zu erkennen. Nikolas wich zurück. Was für eine Maskerade war das?

»Es ist schon der zweite Helm, den ich hier gefunden habe. Die Legende besagt, dass König Waldemars Schiff mit Wisbys Gold gesunken ist. Ich aber weiß es besser. Schließlich habe ich das Gemetzel beim Sturm auf Wisby dank eines Kniffs deiner Mutter überlebt.« Hartwigs Stimme klang dumpf durch das Metall. »Ich sah, wie nur ein Teil des Goldes auf die Schiffe verladen wurde. Der andere Teil, heißt es, ist in diesen Höhlen verborgen. Dieser Helm hier, der einem dänischen Söldner gehörte, beweist, dass ich richtig liege. Ich muss nur etwas graben. Dann finde ich Wisbys Goldschatz und werde Rache nehmen.« Sein Vater trat näher. Hartwigs Stimme klang drohend, und fauliger Atem schlug Nikolas entgegen. »Ich werde Simon die Brust aufreißen, wie Odin es mit seinen Feinden getan hat! Ich werde Adrian mit seinen eigenen Därmen binden, wie die Götter es mit

Loki taten, und ich werde Henrike in eine Schlangengrube werfen!«

Nikolas wich zurück. Ihm schauderte. Er erkannte den gleichen Hass in seinem Vater, der auch in ihm schäumte. Würde er in zehn, zwanzig Jahren auch so sein – verrückt und verzweifelt? Schäbig und abscheuerregend? Nein! Er war dabei, das Rad des Glückes herumzureißen! Er hatte einen Plan entworfen, einen mörderischen Plan. Er würde die Vanderens auslöschen. Und dann würde er seiner Familie den Stand verschaffen, der ihr rechtmäßig zustand. Er würde sich die besten Ärzte leisten können. Die Frau, die dabei an seiner Seite sein sollte, hatte er auch schon kennengelernt. Er begehrte sie, wie er nie eine Frau begehrt hatte. Sie würde ihn wieder zu dem Mann machen, der er gewesen war ...

Sein Plan würde aufgehen. Seinen Handlanger hatte er ausbezahlt, seinen Vater zur Ordnung gerufen. Als Nächstes würde er nach Brügge reisen, zu seinem Geldgeber bei diesem Komplott und zu seiner Geliebten. Den Rest würde dieser skrupellose Adels-Bastard schon für ihn erledigen. Schon bald wäre alles gut. Wenn nur sein Vater hier nicht vorher für Aufsehen sorgte ...

32

Lübeck

Bis zuletzt hatte Henrike gehofft, dass Adrian überraschend zurückkehren würde. Vermutlich hatte er ihre Briefe nicht bekommen. Wenn Wind und Wetter gegen sie waren, konnten die Briefe auch noch irgendwo über die Ostsee schippern.

Die ersten zehn Tage des Monats August waren vergangen und es war Zeit für ihre Abreise. Sie schloss den doppelten Boden der messingbeschlagenen Kiste, unter der sich der Großteil ihres Silbers befand, und legte zwei zusammengefaltete Kleider, zwei lange Hemden und einen Umhang darüber. Es war beängstigend, mit diesem Vermögen unterwegs zu sein; sie würde die Kiste nicht aus den Augen lassen. Auch würde sie die Waren, die sie für Brügge bereitgelegt hatte, mitführen. Aber wenn sie überhaupt irgendwo sicher waren, dann bei der Gesandtschaft. Neben Bürgermeister Plescow gehörten ihr die Ratsherren Johann Cordelitz aus der Ordensstadt Thorn und Evert Wystrate aus Dortmund an, Ludolf Holdenstede würde in Hamburg zu ihnen stoßen. Die Sendboten der Vläminger, die zum Hansetag nach Lübeck angereist waren, schlossen sich ihnen ebenfalls an. Daneben gab es jede Menge Ratsdiener und Wachen. Sie selbst hatte die Magd Windele als Begleitung gewählt; Katrine konnte sie die Reise nicht zumuten. Auch hatte sie den Knochenhauer Meister Zwagher aufgesucht und um die Hilfe seines Sohnes gebeten. Sie brauchte einen jungen Mann, der das Verladen ihrer Waren beaufsichtigte und sie zur Not beschützen würde. Von Coneke hatte sie nur Gutes gehört, und wenn er ohnehin gerade nach Beschäftigung suchte …

Sie hatte Meister Zwagher in seinem Haus angetroffen, das

so gut gepflegt und ausgestattet war, dass es jedem Kaufmann zur Ehre gereicht hätte. Der Vieh- und Fleischhandel schien lukrativ zu sein. Der Knochenhauer war einverstanden gewesen, seinen Jüngsten mit nach Flandern zu schicken. Als er Coneke rief und ihm von dem Vorhaben erzählte, war der junge Mann begeistert gewesen; es musste bedrückend sein, wenn man nicht wusste, ob man in dem vorgesehenen Beruf ein Auskommen finden würde.

Henrike legte das Säckchen mit ihren Handelsmerken in die Kiste, vielleicht würde sie sie benötigen. Anschließend verabschiedete sie sich von Katrine, Grete und dem Rest ihres Hausstandes. Grete hatte noch versucht, ihr die Reise auszureden, aber Henrike hatte sich nicht davon abbringen lassen. Sie konnte ihre Familie nicht im Stich lassen.

Cord brachte sie zum Binnenhafen, von wo das Schiff nach Oldesloe abgehen würde. Schon von Weitem sah sie Coneke, der aufgeregt nach ihnen Ausschau hielt. Mit seiner kräftigen Gestalt, dem hellblonden Schopf und seinem roten Gesicht überragte er die anderen Wartenden. Die kindliche Freude in den Zügen des Achtzehnjährigen und seine vielen Sommersprossen kontrastierten mit seinem muskulösen Körper. Er mochte unerfahren sein, aber er würde sich nicht scheuen, sie zu schützen, dessen war Henrike sich sicher.

»Ich habe noch nie eine so weite Reise gemacht!«, sagte Windele und warf Coneke einen scheuen Blick zu. »Warum fahren wir nicht mit einem der großen Schiffe?«

»Wenn man über die Ostsee nach Flandern fährt, muss man durch den Sund und um Dänemark herum. Wegen der Piraten ist diese Ummelandfahrt unsicherer, und man ist stärker von der Witterung abhängig. Deshalb werden fast alle Tuche aus Flandern über Hamburg und Oldesloe geschickt«, erklärte Henrike. Dass auch in der Elbmündung und im Ärmelkanal die Seeräuber ihr Unwesen trieben, verschwieg sie lieber.

Das Schiff der Gesandtschaft wurde gerade beladen. Auch Henrikes Waren fanden an Bord Platz. Der erste Teil der Reise würde gemächlich verlaufen. Von Lübeck würden sie auf der Trave bis Oldesloe fahren. Von dort aus ging es auf dem Landweg über Bargteheide nach Hamburg.

Die hohen Herren warteten ebenfalls am Anleger; sie waren in Gespräche vertieft. Bürgermeister Plescow nickte ihr knapp zu.

»Ihr seid also unsere weibliche Gesellschaft!«, stellte ein junger hochgewachsener Mann fest, der die ehrwürdige Tracht eines Kanonikers trug. »Albert Rodenborch, Domherr und Notarius«, stellte er sich vor. »Der Bürgermeister hat mir bereits von Ihnen erzählt.«

Rodenborch gab sich so ungezwungen und zugleich so geschliffen, dass sie ihn nie für einen Geistlichen gehalten hätte. Er gab den Ratswachen ein Zeichen, dass Cord und Coneke die Kisten an Bord tragen durften.

»Und Ihr werdet den Verlauf und die Ergebnisse dieser Gesandtschaft festhalten, vermute ich?«

»Bei diesen Gelegenheiten wird so viel verhandelt, dass es sich ein Einzelner gar nicht merken kann. Außerdem kommt es ja bei den Abkommen oft auf den exakten Wortlaut an.«

Henrike lächelte. »Das kenne ich auch von unseren Kaufmannsverträgen. Es ist eben etwas anderes, ob man eine Last oder ein Liespfund Salz bestellt.«

Henrike entschuldigte sich, um mit Cord zum letzten Mal die dringlichsten Aufgaben durchzusprechen, vor allem erinnerte sie ihn an die Nachrichten aus Gotland, die sie beunruhigten. Gestern erst hatte Eriks Brief sie erreicht. Der junge Kaufmann hatte geschrieben, dass es noch immer keine Spur von Asta gebe. Er hatte von einer neuen Ladung Gotlandwolle berichtet, dem Gesundheitszustand seiner Frau – der Zeitpunkt der Geburt nahte – und von ihrem neuen Hausgast. Der Gehilfe sei mit einem Empfehlungsbrief aus Lübeck gekommen.

Er sei ein älterer Mann und oft unleidlich, hatte Erik geschrieben: »*Aber da er von Euch kommt, behandeln wir ihn mit der gebotenen Ehrerbietung, auch wenn er es uns manchmal mit seinem – Ihr entschuldigt die Offenheit – fast unverschämten Benehmen schwermacht.*«

Einen Namen hatte er nicht erwähnt, und so hatte Henrike keine Ahnung, um wen es sich handelte. Adrian musste vergessen haben, ihr von dem neuen Gehilfen zu erzählen, und auch Cord wusste nichts, was sehr ungewöhnlich war.

»Ich weiß wirklich nicht, wen Adrian nach Wisby geschickt haben könnte«, schloss sie besorgt.

Sie durfte nichts ungeprüft lassen. Lange hatte sie die Häufung merkwürdiger Vorkommnisse für Zufall gehalten, aber so langsam kam sie nicht umhin sich einzugestehen, dass mehr dahinterstecken konnte. Hatte es jemand auf sie abgesehen? Aber warum? Was hatte es mit diesem neuen Gehilfen in Gotland auf sich? Und vor allem: Was war der nächste Schritt in diesem Plan?

33

Gotland

Hartwig fegte den Holzteller vom Tisch. »Immer nur diese Safranpfannkuchen! Gibt es denn hier nichts Vernünftiges zu essen?!«

Die Frau des Kaufmanns drehte sich erschrocken um. Gunda war blass, die Schatten unter ihren Augen tief. Die Hand hatte sie auf ihren schwangeren Leib gelegt. Mühsam bückte sie sich, um den Teller aufzuheben. Das spröde Holz war gesprungen.

»Als Kaufmannsgehilfe solltet Ihr dankbar für das sein, was Eure Gastgeber Euch bieten. So kenne ich es zumindest von meinem Mann«, sagte Gunda mit zittriger Stimme.

Mit einem Satz war Hartwig auf den Füßen. Er sollte die beiden aus dem Packhaus treiben, hatte Nikolas gesagt. Oder ob es ihm inzwischen an Durchsetzungsvermögen mangele, hatte sein Sohn gehöhnt. Langsam ging Hartwig auf sie zu und freute sich daran, wie sie zurückwich. Schon hatte sie den Herd erreicht; sie konnte nicht weiter.

»Dein Mann sollte dich auf den Markt prügeln, statt selbst zu gehen! Ich frage mich, wie er überhaupt zum Kaufmann geworden ist, dieser Schwächling!«

»Wie könnt Ihr nur so über ihn reden! Wenn das Euer Meister wüsste! Herr Adrian ist ein ehrenhafter Mann! Ich werde meinen Mann bitten, Herrn Adrian von Eurem Benehmen zu schr...«

Hartwigs Hand schoss vor. Brutal legten sich seine Finger um den Hals der Frau. Er spürte ihren geschwollenen Bauch an seinem. Ihre Augenbrauen waren hochgerissen. Hinter ihr züngelte das Herdfeuer.

»Gar nichts wirst du! Einen schönen Braten wirst du mir bereiten, und sonst nichts.« Er drückte sich an sie. Mühsam sog sie die Luft ein. »Sonst geht es dem Braten in deinem Leib an den Kragen.« Er lachte über seine Formulierung. Überhaupt: Waren Säuglinge nicht eine beliebte Opfergabe für die Götter? Gewiss würde Odin sich mit diesem Opfer günstig stimmen lassen. Es war ja bald so weit …

Hartwig stieß sich von ihr ab. Ihr Keuchen und Wimmern kümmerte ihn nicht. Nikolas hin oder her – er hatte Wichtigeres zu tun, als dieses Paar zu schikanieren. Waldemars Gold wartete.

34

Hamburg

Ihre erste Nacht in Oldesloe hatte Henrike wachend verbracht. Obgleich Coneke vor ihrer Tür gelagert hatte und sie mit Windele eine Kammer teilte, hatte sie vor Furcht kein Auge zugetan. Was, wenn Diebe es auf ihr Silber und ihre Güter abgesehen hatten? Wenn jemand Coneke unschädlich machen und in ihre Kammer einbrechen würde? Ihren Dolch in der Hand, hatte sie in die Dunkelheit gestarrt. Auch in Hamburg hatte sie zunächst nicht schlafen können. Doch das Warten auf ihr Schiff zog sich hin, und Coneke bewies seine Wachsamkeit. Inzwischen schlief sie besser, wenn sie auch immer wieder des Nachts hochschreckte.

Hamburg mit den verschiedenen Häfen, dem Kran und den Kanälen, die bei Ebbe trocken fielen, hatte sie beeindruckt. Ihr Gasthof lag in der Nähe des Binnenhafens. Bei den Spaziergängen zum Gottesdienst hatte Henrike aber auch die Handels- und Handwerkerviertel in Augenschein genommen. Außerdem hatte sie ihre frühere Bekannte Mette besucht, die in Hamburg einen florierenden Gasthof betrieb. Mette hatte ihr viel über den hamburgischen Handel erzählt. Die Konkurrenz der Hansestädte Hamburg und Bremen im Biergeschäft war Henrike bewusst, und doch war sie erstaunt gewesen, wie viele Bierfässer hier täglich gen Flandern und Holland verladen wurden. Was für ein gewaltiges Geschäft das war! Und warum war Lübeck nicht stärker daran beteiligt? Vielleicht sollten sie Äcker pachten und noch mehr Hopfen anbauen lassen. Von ihrem eigenen Grutbier, das mit Gagelkraut und Rosmarin gebraut wurde, hatten die Flamen anscheinend die Nase voll; das schmackhaftere und haltbarere Hopfenbier wollten sie.

Abends hatten sie gemeinsam mit der Gesandtschaft gespeist, genau genommen hatten die Herren an einem Tisch getafelt und sie mit Windele und Coneke an einem anderen. Sie wurde weitgehend ignoriert, aber das war ihr auch recht so. Einzig Albert Rodenborch unterhielt sich mit ihr. Er hatte an der Universität von Prag studiert, war Kanoniker des Stiftes Ramelsloh bei Harburg gewesen und schließlich Domherr zu Lübeck geworden. Als Ratsnotar hatte er schon die eine oder andere diplomatische Mission unternommen. Auch hatte sie oft den Unterhaltungen der Herren am Nebentisch folgen können. Tatsächlich war der Friedensvertrag zwischen Dänemark und Mecklenburg so gut wie unterzeichnet. In Flandern hingegen schien die Lage unruhig, weshalb sich Graf Ludwig auch zu keiner Einigung mit den Hansen durchringen konnte. Auch in England gab es Ungemach, da der neue König die Privilegien der hansischen Händler nicht bestätigte. Ohne sie war jedoch kein sicherer Handel möglich.

Ein wenig fürchtete Henrike sich vor der eigenen Courage. Hätte sie doch lieber in Lübeck bleiben und abwarten sollen? Was, wenn man sie überfallen würde? War Coneke zu jung, um sie zu beschützen? Würde sie in Brügge wirklich etwas ausrichten können? Bürgermeister Plescow zumindest ließ sie deutlich spüren, dass er ihre Reise für einen Fehler hielt. Aber sie hatte Freunde in Brügge. Ricardo und Cecilia würden ihr sicher helfen. Und dann waren da ja auch die Älterleute des Hansekontors. Ihre Gedanken wanderten immer wieder zu ihrer Familie. Wie ging es wohl Lambert und Martine? Wenn Adrian oder Simon jetzt in Lübeck ankämen, würden sie ihr doch sicher nachreisen? Sie würden sich denken können, dass sie noch nicht sehr weit gekommen war. Aber bald ginge ihre Reise weiter. Es war geplant, dass sie am 23. August eine Kogge besteigen und nach Brügge fahren würden.

35

Dänemark

Noch nie hatte Adrian das Leben an einem Königshof erlebt, und er war beeindruckt. Die Königin hatte guten Willen gezeigt, sich mit ihm zu einigen. Ihr Hofmeister hatte etliche der herrlichsten Stoffe erworben. Die Bezahlung war allerdings hinausgeschoben worden, das war bei Adeligen so üblich. Beinahe täglich kamen nun Hofdamen an, die sich ebenfalls für seine Waren interessierten. Mit den Damen und weiteren Gesandten nahmen die gesellschaftlichen Vergnügungen zu. Gesellschaftsspiele, Beizjagd und Tanz sorgten für Abwechslung, zu denen Adrian wegen des Standesunterschiedes jedoch nicht geladen wurde.

Er forcierte seine Abreise nicht. Die *Cruceborch* war wieder repariert, aber Claas und die anderen Matrosen waren noch immer nicht genesen. Die Reise nach Stockholm führte zwar an der dänischen und schwedischen Küste entlang, wenn sie aber in einen Sturm gerieten, würden sie diesem mit der restlichen Mannschaft kaum standhalten können.

In der Wartezeit machte Adrian Geschäfte und war im Dienste des Hansebundes tätig. Regelmäßig gelang es ihm, mit der Königin oder dem Reichsdrost zu sprechen. Königin Margarethe war eine entschlossene junge Frau mit einem starken Gespür für Diplomatie. Ihr gegenüber hatte er sich für die Einhaltung des Seerechts stark gemacht. Zudem hatte er öfter mit den Hofdamen und dem Medicus geplaudert und dabei Weiteres über die Königin herausgefunden, etwa über die Entzweiung der Schwestern durch den Thronstreit, den Margarethe nun, nach dem plötzlichen Tod Ingeborgs, sehr bedauerte. Welchen

Mangel sie in Norwegen in den ersten Jahren ihrer Ehe gelitten und wie ihr deutsche Kaufleute – von denen auch König Waldemar viel hielt – geholfen hatten. Henning von Putbus hingegen versuchte anscheinend für seine Söhne und andere Verwandte Stellen und Pfründe zu beschaffen. Aber wer würde das in seiner Position nicht tun?

Adrian hatte einem Schiffer, der über Schonen fuhr, einen weiteren Brief an Henrike mitgeben können. Wie schön wäre es, wenn er eine Antwort erhielte! Noch aber schien Henrike nicht zu wissen, wo er war und wenn er bald abreiste, kämen ihre Briefe zu spät. Er vermisste sie sehr. Wenn sie erfuhr, dass er mit dem dänisch-norwegischen Königshaus ins Geschäft gekommen war, wäre sie stolz auf ihn. Schließlich bestand die Möglichkeit, dass er Hoflieferant des dänischen Königshauses wurde. Die Bezeichnung bedeutete ihm nichts, die mögliche Größenordnung der Aufträge hingegen schon. Außerdem könnte eine derartige Geschäftsbeziehung von langer Dauer sein. Königshäuser starben nicht so schnell aus. Für Taufen, Hochzeiten und Beerdigungen gekrönter Häupter wurden Unmengen Stoffe benötigt, und wenn er erst an die vielen Bediensteten dachte, die eingekleidet werden mussten ...

Henrike würde es allein im Kaufmannshaus allerdings nicht leicht haben. Aber vielleicht waren Simon und Liv ja schon wieder in Lübeck und unterstützten sie. Adrian hoffte, dass in seiner Heimat alles in guter Ordnung war.

36

Lübeck, Ende August

Simon und Liv trugen den Falkenkäfig an Land. Simon hatte Runas Staunen bei der Anfahrt auf Lübeck beobachtet und war besonders stolz auf seine Heimatstadt. Lübecks fünf Türme erschienen ihm nach all der Zeit auf See auf einmal doppelt so hoch, die Stadtmauern doppelt so trutzig. Er hatte gar nicht darüber nachgedacht, dass Runa ja noch nie eine derart große und prächtige Stadt gesehen hatte. Wie würde sie sich nur in Lübeck zurechtfinden? Noch einmal wurde ihm die Verantwortung bewusst, die er für die junge Isländerin trug. Auch durch seine Schuld hatte sie ihr Heim verloren. Er würde dafür sorgen, dass es ihr gut ging – jetzt und so lange, wie sie es wollte.

»Wo bringen wir die Falken hin? Und wo bringst du Runa unter?«, fragte Liv, als sie den Käfig behutsam auf dem Anleger absetzten. Runa hockte sich sogleich daneben und lupfte das Tuch, um zu schauen, wie es den Vögeln ging. Obgleich sie so tat, als ob sie nicht zuhörte, wusste Simon es doch besser.

»Zu uns in die Mengstraße. Runa bekommt eines der Fremdenzimmer im Flügelanbau«, sagte er und fügte hinzu, als er die Überraschung seines Freundes über die Sonderbehandlung bemerkte: »Wenn er beim Gesinde schlafen würde, wären die Falken unbewacht. Und bei so kostbaren Vögeln ist es besser, sie immer im Blick zu behalten.«

Diese Erklärung, die Simon sich während der Schiffsfahrt zurechtgelegt hatte, schien Liv zu befriedigen, denn er sagte nichts mehr. Ohnehin hatten sie genügend zu tun; schon standen die Zollbeamten bereit, um die Frachtzerter zu prüfen. Jetzt würde es nicht mehr lange dauern ...

Simon konnte es kaum erwarten, in die Mengstraße zu kommen. So lange war er von zu Hause fort gewesen! Was Adrian und Henrike dazu sagen würden, dass es ihm tatsächlich gelungen war, Gerfalken mitzubringen? In Hochstimmung eilte er den Karrenführern voraus und in den Kaufkeller hinein. Stürmisch begrüßte er Cord, der ungewöhnlich erleichtert schien, ihn zu sehen. Nach einigen Augenblicken wusste Simon auch, warum …

»Wie lange ist es her, dass Henrike abgereist ist, sagst du? Knapp drei Wochen? Dann ist es zu spät. Ich werde sie kaum in Hamburg einholen können«, grübelte er. »Und Adrian? Sein Schiff wurde in Dänemark überfallen und Bosse getötet? Was für eine furchtbare Nachricht«, sagte er erschüttert.

»Immerhin wird Claas wohl wieder gesund«, brummte Cord.

Simons Hochstimmung war verflogen. Er dachte an die Falken und seinen Plan, direkt zum Deutschen Orden weiterzureisen. »Wir werden also hier die Stellung halten müssen.«

Cord nickte heftig. »Alle sind ausgeflogen. Wir kommen mit der Arbeit kaum nach. Allein das Korn, das aus dem Osten geliefert wird! Die Heringe, die Jost aus Schonen schickt …«

»Jost?«, wunderte sich Simon; er hatte den früheren Gehilfen des Vaters schon lange nicht mehr gesehen.

»Ja, Herr Adrian hat ihn beauftragt. Und noch andere neue Gehilfen. Ich sage doch, wir kommen mit der Arbeit gar nicht nach«, meinte Cord ungewohnt düster.

Bevor sie weiterreden konnten, stürzte Katrine herein und fiel Simon schluchzend in die Arme. Völlig überrumpelt ließ er es geschehen. Noch nie war er ihr so nah gewesen. Kaum wagte er es, seine Hände auf ihre bebenden Schulterblätter zu legen. Brennend heiß spürte er Runas Anwesenheit hinter sich. Er warf einen kurzen Blick über die Schulter, doch die Isländerin starrte mit roten Wangen zu Boden. So schnell sie hereingekommen war, so schnell machte Katrine sich auch wieder los. Ihre Augen schwammen vor Tränen.

»Oh, Simon, hast du schon gehört, was geschehen ist? Meine Mutter ist verschwunden! Wahrscheinlich ist sie tot! Unser Knecht Sasse auch! Wir wurden von bösen Geistern verfolgt. Die Teufel haben uns gejagt. Sie haben uns in Versuchung geführt. Jetzt halte ich sie mit meinen Gebeten auf Abstand. Außerdem bist du ja jetzt endlich da!«

Sie strahlte unvermittelt. Wie mädchenhaft sie mit ihren langen Zöpfen und den Sommersprossen wirkte! Zugleich konnte Simon ihr ansehen, wie sehr sie die Ereignisse verwirrt hatten.

»Ich habe es schon gehört, Liv hat mir alles erzählt. Es ist schrecklich mit Asta. Ich wünschte bei Gott, sie würde wieder auftauchen! Wir dürfen die Hoffnung nicht aufgeben.«

Jetzt erst schien Katrine die anderen Anwesenden zu bemerken. Scheu lächelte sie Liv zu. Runa hingegen beäugte sie misstrauisch. Simon eilte sich, seinen vermeintlichen neuen Knecht vorzustellen.

»Wir haben zwei Falken mitgebracht, Hugin und Mugin.«

»Was sind das denn für komische Namen?«, wunderte sich Katrine.

Simon warf Runa einen schnellen Blick zu; die Erklärung könnte Katrine verstören.

»Aus meiner Heimat«, sagte Runa schroff.

»Wir können sie euch später zeigen, wenn ihre Aufregung sich etwas gelegt hat. Es sind scheue Tiere«, fügte Simon hinzu und wandte sich an Cord: »Lass bitte eine Kammer im Flügelanbau herrichten, dort werden wir Knecht und Falken unterbringen, bis unsere Reise zum Deutschen Orden beginnt.«

»Du willst wieder los?« Katrine war enttäuscht.

»Natürlich. Die Falken können hier nicht bleiben. Sie kommen aus den Weiten Islands. In der Stadt werden sie sich eingeengt fühlen. Für dieses Leben sind sie nicht bestimmt.«

Schon an diesem Abend überfiel Simon eine plötzliche Schwermut. Er hatte sich, wie stets, auf sein Zuhause gefreut. Doch die schlechten Nachrichten hatten den Alltag schneller als üblich einkehren lassen. Und der Alltag eines Kaufmanns langweilte ihn nun mal. Das Horten verschiedenster Tuchsorten und Pelze, das ständige Sammeln von Informationen, das penible Kalkulieren eines Preises – das alles hatte er schon lange genug gehabt. Er hatte auch kein Interesse an Reichtum. Geld bedeutete ihm nichts. Was die Gier nach Geld mit einem Menschen machen konnte, hatte er an seinem Onkel Hartwig und seinem Vetter gesehen. Er sehnte sich nach anderen Dingen. Er wollte Abenteuer und Erfüllung. Er wollte an seine Grenzen gehen und sie sogar überschreiten. Seine Kaufmannswelt war so klein – dabei gab es viel mehr zu entdecken, das hatte er auf Island gesehen.

Katrine sprach von ihren unheimlichen Erlebnissen, von den Sorgen über die fremden Götter und die Zeit ihrer Buße, als ob es nichts anderes gäbe. Nur, wenn Liv von ihrer Reise berichtete und kleine Ereignisse lustig nachspielte, war sie abgelenkt; dann war sie beinahe wieder die alte. Noch immer spürte Simon Zuneigung zu Katrine. Heller flammten jedoch seine Gefühle, wenn er an Runa dachte. Die Isländerin aber hatte das Gespräch gemieden und sich sogleich mit den Falken zurückgezogen. Grete hatte ihr etwas zu essen in die Kammer bringen lassen. Der Junge leide auch an Land noch an der Seekrankheit, war sie überzeugt. Grete, die gute …

Die nächsten Tage vergingen wie im Flug. Die Stockfische und der Tran aus Bergen wurden eingelagert oder zu den Käufern weitergeschickt. Neue Güter kamen an, wurden geprüft, geschätzt und gelistet. In der Tuchhalle versuchte Simon Nachschub für ihr ausgeplündertes Tuchlager zu finden. Wo blieb denn nur Lamberts jüngste Lieferung – oder war sie ebenfalls geraubt worden? An den Sommerabenden ging er mit Runa und den Falken vor die Tore der Stadt, um ihr den Hopfengarten und die Auen zu zeigen. Obgleich die Luft lau war, blieb die Stimmung zwischen ihnen kühl und distanziert; er bedauerte das sehr.

Der Sommer war so heiß, dass es nun immer wieder in der Stadt brannte. Selbstverständlich schloss er sich den Löschtrupps an. Bei der Trockenheit könnte ein einziger Funke ganze Stadtviertel vernichten. Sie hatten beim Brand ihres Elternhauses in der Alfstraße selbst erleben müssen, wie schlimm es war, alles zu verlieren. Dazu kamen der Gestank, den die Hitze aus den Kloaken aufsteigen ließ, und das Ungeziefer, das sich rasend schnell vermehrte. Mäuse und Ratten gediehen anscheinend besonders gut, weshalb er bei einem Straßenhöker noch zwei Katzen erstand.

Erst nach einer Woche hatte er einige Stunden Zeit, um das zu tun, was er von Anfang an vorgehabt hatte: die Vertretung des Deutschen Ordens aufzusuchen.

Als er am Burgkloster vorbeiging, erregte spöttisches Gelächter seine Aufmerksamkeit. Neben einem Brunnen standen zwei Gesellen, wohl so alt wie er, die sich mächtig viel auf ihren Stand einzubilden schienen. Sie strichen um einen dicklichen jungen Mann, dessen rote Haare wie ein Helm um seinen Kopf lagen. Er trug ein schlichtes Hemd und einfache Hosen, aber Simon sah, dass sie aus gutem Leinen geschneidert waren.

»Was hat er gesagt? Ich habe es immer noch nicht verstanden!«, kicherte der eine.

»Er sucht irgendwas! Aber was, weiß ich auch nicht. Sag es noch mal, Dickerchen!«

Übermütig schlug der Geselle seinem Gegenüber den Sack unter dem Arm weg, und als der junge Mann ihn aufheben wollte, gab er ihm einen Stoß. Tollpatschig taumelte der Füllige zurück.

»Ihr sucht etwas, mein Herr?«, mischte Simon sich ein.

Die beiden Gesellen lachten Simon an, als wolle er sich mit ihnen verbünden. Der Angesprochene zögerte kurz, doch dann sagte er etwas, das tatsächlich nicht zu verstehen war.

Brüllendes Gelächter brandete auf. Simon blieb ganz ruhig. Aufmunternd lächelte er den Fremden an, der kurz davor schien, die Fassung zu verlieren.

»Verzeiht, Herr. Ihr sprecht doch sicher Latein? Oder eine andere Sprache, die mir geläufig ist?«

Sein Gegenüber öffnete erstaunt den Mund, als sei er noch gar nicht auf diesen Gedanken gekommen. Stotternd, aber in vollendetem Latein erkundigte er sich nach dem Weg zum Deutschen Orden. Simon bot ihm nicht halb so geschliffen in lateinischer Sprache an, ihn zu begleiten; sie hätten das gleiche Ziel, und es sei nicht mehr weit.

Befremdet ob des Sprachwechsels blickten die Gesellen ihnen nach. Damit hatten sie nicht gerechnet.

Der Deutsche Orden besaß in Lübeck das Godesritterhus, in dem sich die Pilger und Schwertbrüder sammelten, die weiter ins Ordensland reisten. Regelmäßig gingen von hier Schiffe nach Danzig, Elbing, Thorn, Königsberg oder zur Marienburg ab.

Als sie das Ordenshaus in der Nähe des Burgklosters erreicht und um Einlass gebeten hatten, wurde der junge Mann freundlich begrüßt und weggeleitet. Simon hingegen wollte man schnell wieder loswerden. Er hatte sich wenig Gedanken darüber gemacht, wie er ins Ordensland kommen sollte; seine Aufmerksamkeit hatte zunächst den Falken gegolten.

»Ich habe zwei Gerfalken, die ich dem Orden verkaufen möchte.« Der Graumäntler, einer der Laienbrüder, die sich dem Orden angeschlossen hatten, musterte ihn misstrauisch.

»Du willst dir wohl einen Spaß mit mir erlauben! Hinaus mit dir, aber flugs!«, schimpfte er.

»Es stimmt wirklich! Ich bin als Kaufgeselle für den Lübecker

Bürger Adrian Vanderen tätig! Die Falken befinden sich in unserem Haus.«

»Dann bringe sie zu unserem Lieger. Er wird sie dir abnehmen und dir Geld dafür geben.« In der Liegerei des Ordens tätigte ebenfalls ein Laienbruder Geschäfte für den Orden; Simon kannte Hermann von Warendorp flüchtig.

»Ich möchte sie selbst zur Marienburg bringen!«

Der Graumäntler wies ihm die Tür. »Das wird kaum möglich sein. Verkaufe sie unserem Lieger, das ist alles, was einer wie du tun kann.«

Simon blieb nichts anderes übrig, als zu gehen. Er wollte die Schwertbrüder nicht gegen sich aufbringen. Die Falken würde er auf keinen Fall verkaufen. Sie waren gewissermaßen sein Empfehlungsbrief für die Ordensburg. Nur mit ihnen würde er sich überhaupt Zugang verschaffen können. Und dann ... würde er weiter sehen. Wozu sollte er sich jetzt schon den Kopf darüber zerbrechen? Nun müsste er erst mal zurück zum Kaufmannskontor. Wenn er wieder Zeit hatte, würde er herausfinden, wie er zur Marienburg kam.

Einige Tage später war Simon mit Runa auf einer Wiese vor der Stadt und ließ die Falken mit dem Federspiel jagen. Runa wäre wohl lieber allein gegangen und beschränkte ihre Rede auf das Nötigste. Simon aber wollte sie nicht allein lassen; es könnten sich Strauchdiebe vor den Stadttoren herumtreiben. Auch war sie schon öfter angefeindet worden. Entweder beschwerte man sich, weil ein einfacher Knecht mit Falken umging, oder man versuchte dreist, ihr die Greifen abzunehmen. Es war seltsam: Auch wenn Simon unter der Eiseskälte litt, die zwischen ihnen herrschte, konnte er doch nicht aufhören, an Runa zu denken und ihre Nähe zu suchen.

Plötzlich hörten sie ein Rascheln im nahen Wäldchen. Es war der dickliche junge Mann, den Simon vor den Gesellen beschützt hatte und der jetzt gemächlich auf sie zuwanderte. Er führte einen einfachen Ast als Wanderstock mit sich, der ihn schwerfällig wirken ließ. Im Gegensatz dazu standen seine feine, offensichtlich neue Kleidung und der breite Silbergürtel. Simon ging ihm ein Stück entgegen, weil er die Sorge hatte, der Fremde könnte die Falken nervös machen.

»Wer Falken hat, muss sie auch fliegen lassen. Ich dachte mir, dass ich Euch früher oder später hier antreffen würde«, sagte der Wanderer scheu lächelnd. »Neulich habe ich alle Gesetze der Höflichkeit außer Acht gelassen und mich nicht einmal bedankt. Ubbo Abdena von Emeden mein Name, Pilger im Namen des Herrn.« Noch immer sprach er mit seinem ungewöhnlichen Zungenschlag, wenn er auch inzwischen etwas besser zu verstehen war.

Simon neigte das Haupt und stellte sich ebenfalls vor.

»Ich hoffe, Ihr konntet Euer Anliegen beim Orden zu Eurer Zufriedenheit vortragen«, fügte Ubbo hinzu.

»Leider noch nicht. Ich möchte diese beiden Gerfalken zur Marienburg bringen – aber anscheinend lässt man mich nicht. Ihr klingt fremd. Darf ich fragen, woher Ihr stammt, Herr Ubbo?«

»Mein Vater ist Hovetlinge to Emeden.« Als er Simons verständnislosen Blick bemerkte, erklärte er: »Häuptling – so nennt man bei uns die Adeligen. Ich wurde ausgesandt, um den Ruhm meiner Familie zu mehren und dabei zu helfen, die Sarazenen des Nordens zu bekehren. Wie Ihr vielleicht wisst, stellte der Papst den Litauerkreuzzug dem ins Heilige Land gleich.« Nur einer seiner Mundwinkel wanderte zu einem Lächeln hoch; er wirkte nicht gerade glücklich über diese Mission. Tatsächlich sah er nicht so aus, als ob er im Kampf mit den Ungläubigen das Schwert führen könnte. »Ich habe ältere Brüder – mich können sie zu Hause leichter entbehren.«

Simon hatte von Emeden noch nie gehört. Meinte sein Gegenüber Emden in Ostfriesland? Aber andere Fragen brannten ihm mehr auf den Lippen: »Werdet Ihr das nächste Schiff ins Ordensland nehmen? Wann geht es ab?«

Verlegen kratzte Ubbo mit der Stockspitze ein Muster in die Erde. »Man reist im Allgemeinen zum Winter dorthin. Unglücklicherweise ist ein Teil meiner Ausrüstung auf der Reise verloren gegangen. Ich war wohl etwas zu gutgläubig.« Zerknirscht berichtete er von einem lustigen Abend mit zwei Fremden im Gasthof. »Es gab gutes Hopfenbier aus Wismar und sauer eingelegten Rindsbraten«, sagte er entschuldigend. »Ich sprach dem Bier wohl stärker zu, als mir guttat ... Und am nächsten Morgen waren meine Reisetruhe und meine Oberkleidung weg. Immerhin haben sie mir den Silbergürtel nicht abgenommen. Ich musste an meinen Vater, den Herrn Capitanei, schreiben und die Erlaubnis erbitten, hier in Lübeck auf seine Rechnung das Fehlende nachzukaufen. Aber bis seine Antwort eintrifft, wird das nächste Schiff wohl schon fort sein.«

»Dafür habt Ihr gute Gesellschaft im Ordenshaus.« Simon dachte an die edlen Ritter und ihre sicher tiefsinnigen Tischgespräche.

Ubbos Verlegenheit verstärkte sich noch. »Die Gesellschaft ist ausgezeichnet. Ich lausche gern. Allerdings sprechen die Ritter kaum mit mir. Ich glaube, sie halten mich für zu jung, um an ihrer Konversation teilzunehmen. Sie nehmen mich nicht für voll. Die meisten haben ein großes Gefolge und etliche Pferde. Ich habe bislang ... nichts. Mein Herr Vater müsste mir Geld schicken oder Wechselbriefe, auch wenn's nicht so viel sein muss, wie bei einem gewissen Jean de Blois, von dem hier erzählt wird. Er soll in einem halben Jahr mit sechzig Pferden auf Preußenreise gewesen sein. Allein sechs Pferde waren nötig, um seinen Geldwagen zu ziehen. Insgesamt soll er 16 200 Florenen ausgegeben haben.«

Simon staunte. So viele florentinischen Goldmünzen! Das war

eine unvorstellbar hohe Summe. Ihm tat der junge Ostfriese leid, doch auf der anderen Seite machte er ihn auch neugierig. »Sollte es Eure Zeit erlauben, so lade ich Euch herzlich ein, mich in der Mengstraße zu besuchen. Dann könnt Ihr von Eurer Heimat berichten und von Eurem Reisevorhaben.«

Nur zu gerne nahm Ubbo diese Einladung an. Sein Blick wanderte an Simon vorbei zu Runa. »Das sind sehr schöne Falken, die ihr da habt. Mit guter Zucht werden sie Euch Ehre machen. Euer Falkner stellt sich geschickt an. Bei uns zu Hause wurden Falken stets härter angefasst.«

»So kennt Ihr Euch mit Falken aus?«

»Ein wenig. In der Theorie zumindest. Ich habe mich oft mit unserem Falkner unterhalten. Die Beizjagd haben dann eher meine älteren Brüder übernommen.«

»Erzählt mir davon, Herr Ubbo!«, lud Simon ihn ein.

37

Mecklenburg

Wigger springt in Wismar an Land. Wochenlang sind sie über die Ostsee gekreuzt, ohne auf ein Handelsschiff zu stoßen. Nach dem Debakel mit Vanderens Schiff und der schmachvollen Flucht vor den Plünderern hat der Kapitän ihn nicht von Bord gelassen. Henneke war eisig gewesen und hat ihn beinahe kielholen lassen, weil er ihm diesen faulen Tipp gegeben hatte, der etliche seiner Männer das Leben gekostet und sein Schiff ramponiert hat. Nur eine Mischung aus Schmeichelei, Drohungen und der Erinnerung an vergangene Zeiten haben den Freibeuter von der drakonischen Strafaktion abgehalten. Schließlich haben sie doch noch Koggen aufgebracht, die voll beladen auf dem Weg zur schonischen Messe waren. Wigger kämpfte wie noch nie, denn er wusste: Je eher sie fette Beute machen würden, umso eher könnten sie in ihren Heimathafen zurückkehren.

Sein Anteil war nicht zu verachten. Tuche, Tapisserien und Salz lassen sich gut verkaufen. Wenn der Preis stimmt, fragt niemand danach, ob die Waren aus einem Schiffsraub stammen. Und dem schönen Wandteppich sieht man nicht an, dass er Diebesgut ist. Er wird eine hübsche Summe dafür bekommen. Doch Geld bedeutet ihm ausnahmsweise nichts. Er will sein Kind zurück, und zwar so schnell wie möglich. Beinahe sechs Wochen ist der kleine Engel schon in der Gewalt seines Auftraggebers, und Wigger hofft inständig, dass es Kay gut geht. Jetzt wird er nicht mehr fackeln. Auf nach Lübeck – in das Haus eindringen und alle Familienmitglieder meucheln, das ist sein Plan. Schnell und brutal. Zunächst wird er allerdings seinen Anteil an der Beute versilbern müssen, um genügend Geld für ein Pferd zu haben.

38

Brügge

Am 23. August hatten sie in Hamburg abgelegt, und am 7. September beinahe ihr Ziel erreicht. Die Schifffahrt an der Küste entlang nach Flandern war ohne Zwischenfälle verlaufen. An der Mündung des Meeresarms Swin waren die Älterleute des Hansekontors zu Brügge an Bord gekommen, um sie zu begrüßen. Schon hier, im tiefen Gewässer bei Sluis, lagen viele Großschiffe. Auf den Flussufern thronten starke Befestigungen, an die sich Lastadien anschlossen, in denen Schiffe auf Kiel lagen.

Sie fuhren in den Flusslauf des Swin hinein, der nach Brügge führte, und Henrike beobachtete fasziniert das Schauspiel, das sich ihnen bot. Wie verschiedenartig doch die Schiffe waren, die den Fluss nutzten! Es waren Hunderte! Manche hatte sie noch nie gesehen, wie das Schiff mit den unzähligen langen Rudern, das gerade an ihnen vorbeifuhr. Es musste eine der berühmten venezianischen Galeeren sein. Das Land war sehr flach, schon konnte sie in der Ferne die Umrisse Brügges erkennen.

Bei den hohen Herren war ein lautstarker Wortwechsel aufgebrandet. Besonders die Vertreter der lübischen Gesandtschaft schienen erregt. Henrike näherte sich der Gruppe und stellte sich neben den Ratsschreiber.

»Die Älterleute bringen schlechte Nachrichten. Die Genter Weber haben sich vor einigen Tagen erhoben. Ein Aufstand droht sich aufs ganze Land auszubreiten«, sagte Albert Rodenborch leise zu ihr und lauschte wieder Bürgermeister Plescow.

Henrike wurde übel, wie so oft auf dieser Reise. Ein Aufstand? Hoffentlich war ihrer Familie nichts geschehen! Einen Moment haderte sie mit sich. Ach, wäre sie doch zu Hause geblieben! Sie begab sich mit dieser Reise sicher in große Gefahr. Aber ihr Wissensdurst siegte. Sie schob sich zwischen die Gesandten, die sich um den Bürgermeister geschart hatte, um Genaueres zu erfahren.

»Was ist geschehen? Warum gibt es einen Aufstand?«, wollte sie wissen.

Bürgermeister Plescow sah ernst in die Runde. »Es heißt, Ludwig II. von Male, der Graf von Flandern, wollte für sein großes Pfingstturnier in Gent eine besondere Steuer erheben. Als die Genter sich weigerten, wandte er sich an ihre Konkurrenten, die Bürger der Stadt Brügge. Die Brügger wollten die Steuer sofort bewilligen, wenn der Graf ihnen dafür den Bau eines Kanals zwischen Swin und dem Fluss Leie gestattete. Als jetzt mit den Bauarbeiten begonnen wurde, griffen die Genter zu den Waffen. Sie fürchten, dass der Kanal die gesamte Handelsschifffahrt nach Brügge führen und Gent dadurch wirtschaftlich ruinieren wird. Noch hat Gent das Stapelrecht für Getreide, aber wer weiß, wie lange das so bleibt.«

Erregt redeten die Gesandten durcheinander. »Aber die Kämpfe sind doch in Gent? Uns wird nichts geschehen, oder?«, warf Henrike ein.

Plescows Blick war finster. Sie schluckte trocken. Vorwürfe konnte sie jetzt nicht auch noch gebrauchen. Sein Blick schien zu sagen: Hatte ich Euch nicht von dieser Reise abgeraten? Hättet Ihr nur auf mich gehört! Aber Plescow beherrschte sich: »Nein, anscheinend ist in Brügge noch alles ruhig. Aber Brügge und Gent sind seit jeher Rivalen. Und es ist von Gent aus ja nur eine Tagesreise nach Brügge ...«

Sie legten im Hafen von Damme an. Die vielfältigen Eindrücke lenkten Henrike für einen Moment von den Gedanken an ihre Familie ab. Galeeren der Republik von San Marco wiegten sich neben Flotten von vierzig Schiffen und mehr im Wasser.

Am Zoll herrschte ein so reges Treiben, wie Henrike es selbst zu Stoßzeiten in Lübeck noch nie erlebt hatte. Auf den Anlegern waren Hunderte Menschen beschäftigt. Und dieses Gewirr verschiedener Sprachen! Das Völkergemisch! Es war erstaunlich. Da ein Teil der Grafschaft Flandern zu Frankreich gehörte – genauer gesagt zum Herzogtum Burgund – und ein anderer Teil zum Heiligen Römischen Reich, wurden ohnehin Französisch und Niederländisch gesprochen, hinzu kam das Mittelniederdeutsch der hanseatischen Kaufleute, natürlich Latein, aber Henrike hörte auch Englisch, Italienisch und Spanisch.

Im Beisein der Älterleute wurden sie zügig abgefertigt. Die Reisenden stiegen an der Schleuse von Damme in ein Fährboot um, die Waren wurden in Leichter geladen. Der Fluss Reie, der in die Stadt führte, war für große Schiffe nicht passierbar.

Die trutzigen Stadtmauern waren jetzt immer besser zu erkennen. Davor war ein Wall aufgeschüttet, um den sich ein Wassergraben zog. Auf dem Wall fingen Windmühlen die Seebrise ein. Über die Mauerkrone spitzten unzählige Türme.

Sie fuhren durch ein Stadttor mit Fallgitter. Gleich hinter den Mauern wurde erneut ein Zoll kassiert. Gab es in Lübeck auch noch Fachwerkbauten, so waren hier fast alle Häuser aus Backstein. Vom Boot aus nahmen sie sich teilweise riesenhaft hoch aus. Und erst die vielen Kirchen mit ihren himmelhohen Türmen! Henrike gefiel es, so in eine Stadt hineinzuschippern. Wie praktisch diese Wasserwege waren, die sich durch Brügge zogen! Und die vielen Brücken! Manche wurden für sie hochgeklappt, unter anderen mussten sie sich ducken, um sich nicht die Köpfe zu stoßen. Es gab einfache Brücken aus Holz und aufwendige aus Stein mit kunstvollen Statuen. Manche waren mit Wein bewachsen, neben anderen paddelten Schwäne.

»Sicher hat Brügge seinen Namen von den vielen Brücken«, staunte Coneke. Der junge Mann wusste anscheinend nicht, wo er zuerst hinschauen sollte.

»Möglicherweise«, sagte Albert Rodenborch, der hinter ihnen gestanden hatte. »Manche meinen aber auch, dass die Stadt nach der Burg benannt wurde. Brügge ist ja sehr alt. Schon die Römer trieben hier Handel.«

Die Straßen und Gassen waren sehr belebt. Reiter, Kutschen, Karren, Sänften und dazwischen Fußgänger – das Gewimmel war unglaublich. Hoffentlich würde Henrike sich hier zurechtfinden, falls sie auf eigene Faust ihren Waren nachforschen musste. Sie passierten einen Kran, in dessen großem Antriebsrad mehrere Männer liefen, um das Ausladen schwerer Lasten zu erleichtern.

Der Fluss führte zu einem großen Gebäude, das die gesamte Breite des Wasserlaufs überspannte. Bevor Henrike wusste, wie ihr geschah, waren sie unter das Gebäude gefahren. An dem überdachten Anleger stiegen sie aus und warteten, bis ihre Waren abgeladen wurden. Wie praktisch das alles war! Kräne und diese Wasserhalle, in der auch bei schlechtem Wetter die Güter umgeschlagen werden konnten. In den Arkaden an der Längsseite der Wasserhalle wurden Tuche verkauft, auch Geldwechsler hatten dort ihre Stände. Ein wenig verstand Henrike jetzt, dass Kaufleute mit Ehrfurcht von Handelsstädten wie Brügge, Gent oder Venedig sprachen. Brügge schien doppelt so groß wie Lübeck zu sein. Ihre Heimat kam ihr dagegen richtiggehend provinziell vor. Umso mehr schüchterte sie die Aufgabe ein, die sie sich selbst auferlegt hatte. Würde sie sich wirklich in dieser Stadt zurechtfinden? Würde sie Lambert freibekommen und ihre Geschäfte wieder ins Rollen bringen?

Der Ratsdiener, der sich die ganze Reise über um Henrikes Gepäck und ihre Güter gekümmert hatte, half ihnen auch jetzt, Karrenfahrer zu finden.

Sie traten aus der Wasserhalle auf einen weitflächigen Marktplatz, an den ein auffallend großes, aber verspielt gestaltetes Gebäude mit einem verschachtelten Turm grenzte. Henrike erfuhr, dass es sich um die Tuchhalle mit dem Belfried handelte. Wenn man diese Tuchhalle sah, konnte man keinen Zweifel mehr daran haben, dass Brügge der bedeutendste Handelsort nördlich der Alpen war. Auf dem Weg ertappte sie sich immer wieder dabei, dass sie innehielt. Sie hätte am liebsten die Muße gehabt, das Gewirr auf den Straßen in aller Ruhe auf sich wirken zu lassen. An vielen Orten wurden neue Häuser oder Kirchen gebaut. Höker priesen Orangen und Zitronen aus Kastilien oder Gewürze aus Alexandria an. Damen flanierten über das Pflaster, in feinerer Kleidung als Henrike sie je gesehen hatte. Vor Weinschenken hatten sich Kaufleute versammelt und verhandelten ebenso lautstark wie vielsprachig.

»Ist das hier immer so?«, fragte Henrike den Karrenführer.

Ausspuckend murrte er: »Ihr müsst mal den Platz vor der Herberge der Familie van der Beurze sehen! Wie in einem Taubenschlag! Den Hansekaufleuten geht's zu gut, wenn Ihr mich fragte. Alles auf unsere Kosten!«

Henrike fragte lieber nicht nach, was er damit meinte. Sie fing ja gerade erst an, diese Stadt kennenzulernen.

Endlich hatten sie das Haus am Crommen Ghenthof nahe der Spiegelreie erreicht. Anscheinend waren sie mit dem Boot vorhin ganz in der Nähe vorbeigefahren, aber die Älterleute hatten wohl bewusst den Hauptplatz angesteuert. Die Spiegelreie ging von dem zentralen Wasserweg ab. Sie war ein vielbefahrener Seitenkanal mit einer gleichnamigen Straße, an der viele imposante Gebäude standen. Parallel dazu verlief die Straße, die Crommer Ghenthof genannt wurde. Das Haus ihres Schwagers war ein hoher Bau mit Arkaden zum Handelskeller und einem spitzen Eckürmchen. Adrian hatte ihr viel davon erzählt. Die Brüder hatten es bei ihrer Ankunft in Brügge gemietet, und nachdem Lambert eine Einheimische geheiratet hatte, konnte er es kaufen. Doch warum waren die Läden verschlossen? Kamen sie zu spät? Waren Martine und ihre Kinder schon vertrieben worden? Sie betätigte aufgeregt den Türklopfer. Wachsam blieben Coneke und Windele bei den Karren stehen.

»Martine? Ich bin es, Henrike!«

Ein Riegel wurde bewegt, ein Schlüssel gedreht. Henrike stand einer ungläubig dreinblickenden zierlichen Frau gegenüber. Ihre blasse Haut kontrastierte mit den schwarzen, penibel aufgesteckten Haaren. Das wässerige Hellblau ihrer Augen unterstrich ihr mattes, angespanntes Aussehen noch.

»Martine?«, fragte Henrike. Sie hatte ihre Schwägerin noch nie gesehen. Die Frau fiel ihr in die Arme. Wie dünn und wie leicht sie war! So gar nicht, wie man sich eine zupackende Kaufmannsfrau und Mutter von vier Kindern vorstellte.

»Du bist hier! Ich kann es nicht fassen! Kommt herein!«, forderte Martine sie auf.

»Ich habe noch etwas mitgebracht«, lächelte Henrike und wies auf die Karren, die mit Fässern und Ballen beladen waren. Martines Lippen zitterten, als würde sie gleich weinen. Schließlich beruhigte sie sich so weit, dass sie Coneke zeigen konnte, wo die Güter verwahrt werden konnten. Der junge Mann machte sich sogleich an die Arbeit.

»Ich konnte leider unseren Gehilfen Xaver nicht mehr behalten«, sagte Martine entschuldigend.

Eine junge hübsche Frau trat zu ihnen und musterte sie neugierig. Alles an ihr schien rund zu sein: die geweiteten Augen mit den langen Wimpern, der volle Mund, die Stupsnase und vor allem ihre Figur.

»Du musst Lucie sein!«, mutmaßte Henrike. »Genauso hat Adrian dich beschrieben! Ich bin Henrike, deine Schwägerin.«

Adrians jüngste Schwester begrüßte sie stürmisch.

Als Coneke und der Karrenführer fertig waren, gab Henrike dem Mann widerstrebend sein Geld. Wenn er sich seinen Unterhalt mit ihnen verdiente, sollte er nicht so schlecht über die

Hansen sprechen, fand sie. Coneke stapelte die Güter, und Lucie half ihm dabei.

Henrike trat mit Windele ins Haus. Es war sehr dunkel in der Diele. Nur durch die Fenster zum Hinterhof fiel Licht. Henrike entdeckte jetzt auch die Kinder, die an der Dielentür standen. Sie hatten ihre Begrüßung beobachtet und blickten nun viel zu ernst für ihr Alter am Türrahmen vorbei. Henrike konnte nicht anders, sie musste sie einfach aufheitern.

»Lasst mich raten: Du bist der Erstgeborene Joris«, blinzelte sie den Kleinsten an, obgleich er das Nesthäkchen Gossin sein musste. Die Kinder wirkten verdattert. »Dann musst du der kleine Gossin sein«, sagte sie zu Joris. Die ersten grinsten. »Und ihr seid die Zwillinge Cornelis«, sie wies auf das Mädchen, »und Agniete«, sie sprach den Jungen an. Die Kinder kicherten jetzt. Henrike machte große Augen. »Oder bin ich etwa durcheinandergekommen?«

»Aber Tante Henrike! Ich bin doch Gossin«, erklärte der Sechsjährige. »Joris ist der Große, er ist schon zehn. Und Cornelis und Agniete hast du vertauscht, die sind acht.«

Auch Martine lächelte; seit sie ihr letztes Kind bei der Geburt verloren hatte, war sie nicht wieder schwanger geworden.

»Danke, das ist lieb von dir, Gossin. Das habe ich wohl vertüddelt«, sagte sie norddeutsch. Wieder kicherten die Kinder.

Henrike holte ihr Begrüßungsgeschenk heraus, etwas Lübecker Konfekt. Sie bemerkte mit Kummer, dass die Kinder es kaum abwarten konnten, sich davon zu nehmen. Hatten sie Hunger? Mitleid überfiel sie. Unbedingt wollte sie dafür sorgen, dass es der Familie besser ging! Doch dann kam ihr wieder der Gedanke, dass sie sich zu viel vorgenommen haben könnte. Hoffentlich konnte sie hier etwas ausrichten!

Martine nahm ihre Hand und führte sie in die Küche. Kein Feuer brannte im Herd und keine Lebensmittel waren zu sehen. Vielleicht war aber auch nur alles in der Vorratskammer …

»Dass du hier bist, mon Dieu! Wo ist Adrian? Er kommt sicher gleich nach?«, redete Martine in einem weich klingenden Singsang los. Ihre Familie stammte aus dem französischen Teil von Flandern. Sie waren Weber und hatten ihre Stoffe an Adrian und Lambert verkauft. Lambert hatte sich in die Tochter des Hauses verliebt und sie geheiratet, obgleich sie weder große Güter noch Geld in die Ehe einbrachte. Adrian hatte als älterer Bruder der Verbindung zugestimmt, weil er um Lamberts Gefühle wusste. Einige Jahre hatten sie gemeinsam unter diesem Dach gelebt, doch dann war Adrian nach Lübeck gegangen.

Henrikes Mut sank. Am besten sagte sie gleich, wie es war: »Adrian ist in Schweden. Ich habe ihm geschrieben, konnte ihn aber so schnell nicht erreichen.«

Martines Enttäuschung war groß, auch wenn sie sich bemühte, sie zu verbergen. Henrike wollte sie nicht brüskieren, aber dennoch musste sie es fragen: »Ich habe etwas Geld mitgebracht. Sollen wir einkaufen, bevor wir reden?« Die Kinder hatten das Konfekt fast verputzt.

Martine schüttelte den Kopf. »Wir haben alles. Ich ... bereite euch eine Suppe.«

»Wie wäre es mit etwas Käse? Brot und Gemüse? Fleisch? Wenn wir hier zu dritt deinen Haushalt belasten, möchte ich auch etwas dazu beitragen.«

»Das kommt nicht infrage!«

Henrike drückte leicht ihre Hand. »Aber ich bitte dich!«

Endlich war Martine einverstanden. Henrike gab Windele ein paar Münzen. Die Magd ging mit Lucie und den Kindern los. Coneke war noch immer im Warenkeller.

Kaum, dass sie allein waren, brach Martine in Tränen aus. Beschämt schlug sie die Hände vors Gesicht. Es musste sie enorme Überwindung gekostet haben, in Anwesenheit ihrer Familie gefasst zu bleiben. Henrike schloss sie in die Arme.

»Ich kann euch nicht einmal etwas Vernünftiges zu essen anbieten. Was für eine Schande!«, brachte Martine tränenerstickt heraus.

»Jeden kann das Glück einmal verlassen«, tröstete Henrike sie.

»Ich weiß gar nicht, wie das geschehen konnte! Auf einmal waren wir vom Pech verfolgt. Der Zoll war gegen uns, andere Händler auch. Dann die vielen Überfälle! Wenn der Graf nur nicht die Genter gegen sich aufgebracht hätte! Jetzt zünden sie Schlösser und Webereien an, machen die Straßen unsicher und schädigen damit nur uns! Der Graf lacht doch darüber, der ist reich!«, brach es aus Martine heraus. Sie schniefte. Henrike suchte in ihrem Beutel nach einem Schnaubtuch und reichte es ihr. Dankbar tupfte sich die Schwägerin die Augen ab. Martine war eine feine Dame, und sie trug das Herz am rechten Fleck. Es war furchtbar, sie so leiden zu sehen.

»Am besten erzählst du mir alles, von Anfang an ...«

Angefangen hatte alles mit einer großen Ladung Tuche, die von minderer Qualität gewesen war. Lambert hatte sie zurückgehen lassen, doch der Weber hatte die Zahlung einbehalten. Umgehend wurde ein Schöffe eingeschaltet. Er entschied, dass Lambert sein Geld zurückerhalten sollte, doch auf einmal hatte der Weber kein Geld mehr. Auf der Suche nach einem Bürgen verging Zeit. Die Tuche mussten neu beschafft werden, also griff Lambert ihre Rücklagen an. Eine Ladung Tuche aus Poperingen wurde auf dem Weg geraubt. Als Nächstes wurde eine Lieferung aus Venedig am Zoll beschlagnahmt. Eine weitere aus Saint Omer wurde aus dem Zollhaus gestohlen. Ihr Erspartes war aufgebraucht, und Lambert hatte Geld aufnehmen müssen. Schneller als üblich saßen ihnen die Gläubiger im Nacken. Irgendetwas hatte mit den Verträgen nicht gestimmt. Martine rang die Hände. Ihr Freund Ricardo hatte ausgeholfen, aber es hatte nicht gereicht. Die Büttel hatten Lambert verhaftet und in den Stein geworfen, das berüchtigte Schuldgefängnis. Seitdem ließen ihnen die Gläubiger keine Ruhe. Ihre Lager waren leer, das Geld beinahe ausgegeben. Ohne Lambert war Martine hilflos. Sie konnte zwar Waren verkaufen, aber den Einkauf und das Verbuchen der Ein- und Ausgaben hatte stets Lambert übernommen. In den Geschäftsbüchern fand sie sich einfach nicht zurecht. Erneut brach Martine in Tränen aus. Wo sollten sie denn hin, wenn man sie aus ihrem Haus vertrieb?

In diesem Augenblick kamen die Kinder mit Henrikes Magd und Lucie zurück. Aufgekratzt plappernd trugen sie Brot, Käse, einige Eier, Äpfel und Würste in ihrem Korb. Windele musste den Ernst der Lage bemerkt haben, denn sie jonglierte mit Äpfeln und lenkte so die Geschwister ab, bis Martine die Fassung zurückgewonnen hatte. Eilig deckten sie den Tisch. Joris holte Coneke aus dem Keller; der junge Knochenhauer schien ebenfalls hungrig zu sein. Die Kinder lauschten ungeduldig, bis ihre Mutter das Tischgebet gesprochen hatte, und langten dann zu. Während des Mahls überlegte Henrike, wo sie anfangen sollten. Es war so viel zu tun ...

»Als Erstes machen wir das Geschäft wieder auf. Niemand soll auf die Idee kommen, dass ihr in Schwierigkeiten steckt! Ich sehe mir die Geschäftsbücher an. Und dann holen wir Lambert aus dem Stein.«

Martine hörte ihr mit offenem Mund zu. Die Hoffnung war in ihren Blick zurückgekehrt.

39

Lübeck

Im Ringen und im Schwertkampf und allem, worin sich die Friesen so üben, war ich immer der Schlechteste. Dafür konnte ich Latein und habe ein gutes Gedächtnis für Gedichte. Ein Talent, das allerdings zu Hause wenig geschätzt wurde.« Ubbo verzog bedauernd das Gesicht.

Sie hatten sich schnell angefreundet. Seit Simons Einladung besuchte der Friese beinahe täglich das Haus in der Mengstraße. Oft saßen sie des Abends im Hinterhof zusammen und unterhielten sich. Inzwischen leisteten ihnen auch Katrine und Liv Gesellschaft, und manchmal kam sogar Runa dazu, wie heute, an diesem schönen Sonntagabend Anfang September. Ihr Zwergfalke stand auf dem windgeschützten Gesims des Flügelanbaus, der sich zu Friggs Lieblingsplatz entwickelt hatte.

»So gebt uns eine Kostprobe Eurer Kunst, wohledler Ubbo!«, forderte Simon den Friesen gespielt gestelzt auf; tatsächlich waren sie schnell übereingekommen, einander zu duzen.

Ubbo drückte sich von der Holzbank hoch und räusperte sich. Er legte die Hand auf seine Brust, richtete die Augen gen Himmel und deklamierte:

»Ich zog mir einen Falken
Wohl länger denn ein Jahr,
doch als er nun gezähmet war,
und ich ihm sein Gefieder
mit Gold gar schön umwand,
da schwang er sich zur Höhe
und flog in fremdes Land.«

Simon musste lachen, aber Katrine und Liv schienen beeindruckt zu sein.

»Wie wunderschön!«, lobte Katrine. »Wisst Ihr noch mehr derartige Gedichte?«

Ein himbeerroter Schimmer überzog das Gesicht des jungen Friesen. »Ich könnte noch den ganzen Abend rezitieren«, sagte er stolz. »Dabei bin ich höchst ritterlich. Wenn ich dagegen mit dem Schwert um Eure Gunst kämpfen müsste, meine Dame, fürchte ich, ich würde versagen.«

Simon verschlug es ob dieser galanten Worte die Sprache. Er spürte einen Hauch Eifersucht. Was ging hier vor? War Katrine nicht für ihn bestimmt? Er hatte sich, ehrlich gesagt, ihr gegenüber nicht übermäßig ausgezeichnet. Das Selbstmitleid, in dem sie sich weidete, stieß ihn ab. Aber vielleicht war das nur eine Phase? In seinem Nacken prickelte es. Instinktiv sah er zu Runa, die schnell den Blick senkte. Konnte sie gespürt haben, was er dachte? Ahnte sie etwa seine Gedanken? Nun schoss ihm die Röte ins Gesicht.

»So gebt noch ein Stück zum Besten, Herr Ubbo, derweil ich die Holzschwerter hole«, sagte er, seine Verlegenheit überspielend. Ubbos Augen wurden groß.

»Muss ich mich etwa im Kampf mit Euch messen? Wehe mir!«

Simon lachte. Ein Kampf wäre eine gute Möglichkeit zu glänzen. Das wäre aber nur ein billiger Triumph. »Das nicht. Ich will dir einige Finten und Tricks zeigen, die dir später im Ordensland nützlich sein können.«

Der Freund räusperte sich. »Wenn es denn sein muss ... Nun denn, die zweite Strophe:

Darauf sah ich den Falken
in Schönheit stattlich fliegen,
ich sah um seine Füße
sich seidne Riemen schmiegen,

es glänzte sein Gefieder
ihm ganz von rotem Gold, –
Gott bringe sie zusammen,
die gern sich wären hold.«

Simon lauschte seinen Worten und holte dann die Holzschwerter.

»Warum geht es in diesen Gedichten um Falken?«, hörte er Katrine fragen.

Und vernahm Ubbos Antwort: »Sie stehen für das liebende Herz, das dem Geliebten zufliegt – frei und gebunden zugleich.«

Berthe blickte zur Tür, wie sie es immer tat, seit sie sich in dem Gasthaus angedient hatte. Dieses Haus war ihr einziger Halt, und jedes Mal, wenn jemand hereinkam, hoffte sie, dass es ihr Herr wäre. Einige Tage nachdem Henrike sie entlassen hatte, war Berthe zum Adelshof im Mecklenburgischen zurückgekehrt. Was für ein Schock war es gewesen, zu erfahren, dass der junge Engel geraubt worden war! Der arme Kay! Voller Entrüstung hatte Krock ihr berichtet, was vorgefallen war. Sie hatte entsetzlich um den Jungen geweint, den sie liebte wie einen Sohn. Doch als Krock nebenbei erwähnte, dass die Entführung etwas mit den Vanderens aus Lübeck zu tun hatte, hatte sie sich sogleich entschlossen, zurückzukehren. Seitdem wartete sie in dem Gasthof, in dem sie ihren Herrn zum letzten Mal gesehen hatte, auf ihn.

Sie stellte gerade einen Bierkrug auf einen Tisch und ließ es zu, dass der Gast dabei ihren Hintern betatschte, als die Tür wieder aufschwang. Endlich – da war er! Hitze stieg in ihr auf. Wie schneidig er war! Ein echter Herr von Bernevur!

Er entdeckte sie sofort, als habe er gewusst, dass sie da sein würde. Vielleicht war er am Gutshof gewesen, und Krock hatte von ihrem Vorhaben erzählt. Noch immer wusste sie nicht, was er mit der Lübecker Familie zu tun hatte und wie es dazu kommen konnte, dass der Junge entführt worden war, aber sie war ja auch nur eine Magd. Bevor jemand sie ansprechen konnte, eilte sie zur Hintertür. Sie hörte seine Schritte hinter sich. Aufgeregt lief sie in die Pferdebox. Hier war sie ihm beim letzten Mal zu Diensten gewesen. Berthe genoss ihre Erregung. Wie zufrieden sie mit sich war! Sie hatte sich etwas überlegt, und ihr Plan war aufgegangen. Jetzt war ihr Herr da, jetzt würden sie den kleinen Engel zurückbekommen.

Er stürzte herein und schlug die Tür hinter sich zu. Sie konnte seinen Atem auf ihrem Gesicht spüren und schauderte.

»Wieso arbeitest du hier und nicht mehr bei den Vanderens?«, fuhr Wigger von Bernevur sie an.

Oh ja, ihr Herr war streng. Und immer wollte er es genau wissen. Aber es ging ja auch um seinen Sohn! Ihre Stimme zitterte, als sie ihm alles erzählte. Prompt versetzte er ihr eine Ohrfeige. Er tat recht daran. Sie hatte sich zu dumm angestellt! Eilig nahm sie seine Hand und küsste sie.

»Verzeiht, edler Herr. Wenn ich gewusst hätte, dass es um Euren Sohn geht!« Sie schluchzte.

Er zog seine Hand nicht weg, also küsste sie weiter, kam sogar noch näher und spürte seinen Handrücken an ihrem Busen. Wie gut das tat ...

»Hast du das Haus wenigstens beobachtet?«

»Natürlich. Herr Adrian ist noch unterwegs. Aber Frau Henrike muss da sein. Allerdings habe ich sie länger nicht gesehen. Außerdem ist ein junger Mann gekommen, das muss ihr Bruder sein.«

»Wenigstens etwas«, knurrte er.

Also war er zufrieden mit ihr. Wie erleichtert sie war! Ihr Herr würde sie irgendwann belohnen, das wusste sie. Vielleicht würde er sie zur Erzieherin seines Sohnes machen. Oder gar heiraten. Warum nicht? Träumen durfte sie ja. Mutig legte sie die Handfläche auf die Schwellung seiner Hose.

»Wollt Ihr, dass ich es wieder gutmache, Herr?«

Schon nestelte er an seiner Hose. Sie hatte nichts dagegen.

»Kannst du mich hineinbringen?« Er drehte sie um und zog ihr den Rock hoch. »Ins Haus … Gleich …?«

»Ja, Herr«, keuchte sie, als sie ihn in sich spürte. »Ich weiß einen Eingang … der sich leicht öffnen lässt.«

Wenig später tobten Simon, Ubbo und Liv mit den Holzschwertern über die Wiese im Innenhof. Katrine hatte sich ihre Stickarbeit geholt. Sie saß mit Grete und Cord auf der Bank und sah ihnen amüsiert zu. Zum ersten Mal wirkte sie wieder unbeschwert. Runa hatte sich bereits in ihre Kammer zurückgezogen. Dabei hätte Simon sie gerne als Zuschauerin gehabt. Es schmerzte ihn, wie traurig die Gefährtin wirkte, und sein schlechtes Gewissen wurde übermächtig. Da tat es gut, sich auszutoben! Nachdem sie die Schwerter geführt hatten, rangen sie wie übermütige Jugendliche. Es zeigte sich, dass Ubbo wirklich kein großes Talent im Kampf hatte, seine Niederlagen aber gefasst nahm und sich beim Erlernen der Finten wissbegierig zeigte. Als die ersten Sterne am Himmel leuchteten und Katrine und Grete die Fackeln entzündeten – die neue Magd und der Knecht besuchten an diesem Sonntag ihre Familien –, labten sich die jungen Männer am Dünnbier. Es versprach, eine herrliche Sommernacht zu werden!

Cord kam aus dem Haus und gesellte sich zu ihnen. »Ich habe die Türen kontrolliert. Ich dachte, ich hätte ein Geräusch gehört«, sagte der Gehilfe.

»Sicher nur die Katzen. Die haben viel zu tun«, lächelte Simon und schenkte auch ihm ein. »Im Gegensatz zu uns. Wir dürfen uns vergnügen. An die Schwerter, Männer!«

Er schlug Liv mit der Breitseite des Holzschwertes auf den Hintern. Der kreischte übertrieben laut und versteckte sich hinter Ubbo. Eine wilde Verfolgungsjagd entbrannte. Kopfschüttelnd, aber schmunzelnd nahm Cord seinen Becher und setzte sich auf einen Schemel neben der Bank, auf der Katrine wieder Platz genommen hatte; Grete hingegen zog sich zurück.

Unvermittelt erklangen gellende Schreie, die alle fröhlichen Stimmen zum Verstummen brachten. Die jungen Männer fuhren herum. Katrine war aufgesprungen und taumelte auf sie zu. Sie hatte die Hände vor das Gesicht geschlagen. Achtlos lag ihre Stickarbeit am Boden. Was war los mit ihr? Im Dunkel war nichts zu erkennen. Vielleicht nur eine Ratte, dachte Simon, eilte ihr aber mit den anderen beiden entgegen. Was er sah, ließ ihm das Blut in den Adern gefrieren. Blutüberströmt saß Cord da, ein tiefer Schnitt klaffte von einer Seite seines Halses zur anderen. Kein Leben war mehr in ihm. Irgendjemand hatte ihn hinterrücks ermordet.

»Oh Herr im Himmel«, stammelte Ubbo neben ihm.

Simon fühlte sich vor Entsetzen und Trauer wie betäubt. Gleichzeitig aber war sein Geist hellwach. »Wer immer das getan hat, er ist noch hier«, flüsterte er finster.

Sie hatten nicht einmal richtige Waffen. Die hingen im Rauchaufzug in der Küche. Instinktiv scharten sich die drei um die schockstarre Katrine.

Aus dem Schutz des Stalles beobachtet Wigger die Reaktion der jungen Leute. Er kocht vor Wut. Warum hat Berthe nicht auf ihn gehört? Diese dumme Gans! Nachdem sie ihn eingelassen hat – ein lockerer Fensterladen zum Keller – hat er sie weggeschickt. Die Magd ist ihm jedoch gefolgt und hat, als er dem Alten den Hals durchschnitt, entsetzt aufgeschrien. Nur deshalb hat die junge Frau es zu früh bemerkt und ebenfalls gekreischt – dabei hat er auch sie lautlos erledigen wollen! Jetzt kann Berthe ihm zumindest nicht mehr in die Quere kommen – er hat sie mit einem Faustschlag niedergestreckt und an die Mauer Richtung Tor geschleppt. Was sind das alles für Männer und Frauen? Und warum sieht er diese Henrike Vanderen nicht? Heftig haut er Feuerstein und Schlageisen gegeneinander. Endlich springt der Funke über und entzündet das Stroh im Stall. Die Pferde wittern es sofort. Angstvoll wiehern und tänzeln sie. Seine Opfer können kommen …

»Lasst uns fliehen!«, rief Ubbo.

»Und Runa und Grete dem Mörder überlassen? Nein!«, protestierte Simon. »Wir müssen in die Küche und Waffen holen!«

Warum wieherten die Pferde so laut? Warmer Schein fiel durch die Ritzen des Holzschuppens.

»Es brennt – im Stall brennt es!«, schrie Liv.

»Kommt!«

Simon stürzte voraus. Fluchend folgten ihm die beiden jungen Männer. Ihre Holzschwerter reckten sie vor sich – besser als nichts. Kaum dass sie den Stall betreten hatten, ratterte ihnen mit großer Wucht ein Holzkarren entgegen. Sie taumelten zurück. Ubbo schlug gegen einen Holzpfeiler. Simon und Liv konnten sich fangen und warfen sich einen kurzen Blick zu, um sich abzustimmen. Dann stürzte Simon in die Richtung, aus der der Karren gekommen war, und Liv eilte zur Tränke, um das Feuer zu löschen. Bis in die Haarspitzen gespannt, starrte Simon in den schattenhaften Stall. Verbarg sich der Mörder zwischen den Pferden? Oder dort hinter dem Strohhaufen? Aus dem Augenwinkel bemerkte er ein Blitzen in der Luft und fuhr herum. Dumpf knallte der Dolch gegen sein Holzschwert. Glück gehabt! Schon sprang der Fremde ihm auf die Brust und holte mit dem Dolch aus. Jetzt, dachte Simon, ist es um mich geschehen! Er riss die Augen auf. Er wollte das Gesicht dessen sehen, der ihn töten würde. Doch der Mann trug eine tief herabhängende Gugel. Da warf Ubbo sich dem Mörder in den Arm. Hell schrie der Friese auf. War er getroffen worden, tödlich womöglich? Simon bäumte sich auf. Halb konnte er sich aus seiner Zwangslage befreien. Heftig schlug er dem strauchelnden Angreifer in den Bauch. Als er zusammensackte, kam Simon frei. Nun konnte er ihm in den Leib treten. Der Angreifer krachte gegen die Stallwand. Simon sah zwei weitere Dolche in seinem Gürtel stecken und wollte gerade einen an sich nehmen, als er durch den plötzlichen Tritt seines Gegners weggestoßen wurde. Wie schnell der Angreifer war! Auch Ubbo war wieder auf den Beinen. Der Fremde rappelte sich hoch, hechtete durch die Stalltür und verschwand im Dunkeln. Simon atmete heftig. In der Schulter des Freundes steckte der Dolch. Kurz entschlossen zog Simon ihn aus der Wunde. Ubbo stieß einen hellen Laut aus. Was war mit Liv? Noch immer versuchte er, mit Pferdedecken das aufflammende Feuer zu ersticken. Eine Flammenzunge leckte bereits am Tragebalken.

»Wir müssen ihm nach!«

Wieder ein Schrei. Hinaus! Vor dem Flügelanbau standen zwei Menschen. Simons Herz setzte einen Schlag aus. Der Eindringling hatte Runa gepackt und hielt ihr den Dolch an den Hals. Die Isländerin musste die Schreie und den Kampflärm gehört haben und deshalb in den Garten gekommen sein.

»Wer von euch ist Simon Vanderen?«, verlangte der Mörder zu wissen.

»Ich bin es!« Simon trat vor.

»Lass den Dolch fallen und komm her!«, befahl der Mann.

Simon tat wie geheißen. Er hatte keine andere Wahl. Nie würde er zulassen, dass der Mörder Runa etwas antat. Er ging auf sie zu, da näherte sich aus dem Anbau ein Schatten. Eine kleine, gebeugte Gestalt. Grete – mit einem Schürhaken in den Händen. Der Mörder hatte sie auch bemerkt. Er stieß Runa so heftig von sich, dass sie gegen die Mauer krachte und leblos liegen blieb, dann wirbelte er blitzschnell herum und stach zu. Die alte Frau sackte zusammen.

»Grete!«, schrie Simon verzweifelt.

Aus dem Stall war ein dumpfes Ächzen zu hören. Instinktiv fuhr Simon herum – und wurde von den Füßen gerissen. Schon spürte er die kalte Dolchspitze an seinem Hals. Nur mit letzter Kraft konnte er den Arm des Angreifers davon abhalten, zuzustechen. Er wollte noch nicht sterben! Wo waren nur Liv und Ubbo? Waren sie vom Tragebalken erschlagen worden?

»Hilfe!«, schrie er.

Vom Hoftor schrillte eine fremde Frauenstimme. »Edler Herr! Was tut Ihr denn da?«

Wer zum Teufel war das? War etwa noch jemand in ihr Haus eingedrungen? Auch der Angreifer war einen Lidschlag lang irritiert. Da – eine Bewegung! Der Schürhaken krachte mit voller Wucht gegen den Kopf des Mörders. Lautlos wurde er zur Seite gerissen. Simon schwang sich auf seine Brust und fixierte mit seinen Knien die Arme des Mannes. Im gleichen Moment sah er, dass keine Gefahr mehr von ihm drohte. Aus einer klaffenden Schläfenwunde rann ihm Blut über das Gesicht. Wer hatte ihm den tödlichen Streich versetzt? Jetzt erst bemerkte er Katrine. Ihre Schultern hingen tief herab. In der Hand der Schürhaken, als wäre er bleischwer. Ihre Brust pumpte. Das Gesicht versteinert. Er hatte ihr sein Leben zu verdanken.

Jemand kam quer über den Hof gerannt und warf sich aufheulend über den Schwerverletzten. Er kannte die Frau nicht. Wer war sie? Was machte sie hier?

»Edler Herr, was macht Ihr denn? Lasst das doch! Steht doch auf! Wir müssen Euren Sohn suchen, den kleinen Engel! Wir müssen Kay finden!«

Der Mann schien etwas sagen zu wollen. Doch stattdessen bäumte er sich auf. Ein Schwall Blut schoss aus seinem Mund. Gurgelnd war seine Stimme zu vernehmen.

»Der Hinkende hat ihn … muss … nach Gotland.«

Die fremde Frau beugte sich über ihn. »Welcher Hinkende? Sprecht doch, edler Herr!«

»Mit dem Silberstock … dem Adlerkopf«, brachte er noch hervor. Dann ging ein Zucken durch ihn. Er war tot.

Sie bahrten Grete und Cord im Hinterhof auf. Die Leiche des Mörders wickelten sie in einen Sack; sie wollten ihn nicht ansehen müssen. Das Feuer war gelöscht. Im Dach des Stalls klaffte ein Loch. Liv hatte Verbrennungen davongetragen, Ubbo hatte eine Fleischwunde in der Schulter, Runa eine Platzwunde am Kopf. Katrine war in eine Starre gefallen, die erschreckender war, als es jeder Tränenausbruch hätte sein können. Ihre Handgelenke waren blutig – wie das geschehen war, konnte Simon sich nicht erklären. Die Magd Berthe, die Liv schließlich erkannt hatte, lag in Fesseln. Zum Glück war Simon bis auf ein paar oberflächliche Schnitte wie durch ein Wunder unverletzt geblieben.

Er stand in der Mitte des Hinterhofs und begriff einfach nicht, was geschehen war. Grete war tot? Die Frau, die ihn wie eine Mutter umsorgt hatte? Und Cord, der treue Gehilfe und Freund der letzten Jahre? Konnte das wirklich wahr sein? Er fühlte sich zerschmettert.

»Wir müssen einen Priester holen. Und einen Medicus«, sagte er tonlos.

»Aber erst mal müssen wir verstehen, was eigentlich los ist!« Mit schmerzverzerrtem Gesicht packte Liv die Magd. Er konnte nur eine Hand benutzen, denn der andere Arm war von den Fingerspitzen bis zum Ellenbogen von Brandblasen übersät. »Wer war der Mann? Und was hat er hier gewollt?« Berthe weinte still. Liv versetzte ihr eine Ohrfeige. »Glaub mir, wir haben keine Geduld für Spielchen!«, sagte er mit zusammengebissenen Zähnen.

»Das war mein Herr. Der edle Wigger von Bernevur. Was er hier gewollt hat, weiß ich nicht«, schniefte sie.

Liv hob erneut die Hand, aber Simon hielt ihn auf. »Der Scharfrichter kann es aus ihr herauskitzeln. Der hat schon seine Methoden.«

Berthe bebte. »Nur das nicht! Jemand hat seinen Sohn entführt, den kleinen Kay. Unseren kleinen Engel. Blond gelockt und süß. Jeder liebt ihn. Wie kann man ihm das nur antun?« Sie hielt inne und sagte versonnen, als tröste sie der Gedanke: »Als ich ihn letztes Mal sah, hat er so schön mit seinem Holzschwert geübt. Schon wie ein rechter Ritter.«

Liv schüttelte sie. »Von welchem Mann hat er gesprochen? Was ist in Gotland?«

»Ich weiß es doch auch nicht!«, schrie sie. Es klang ehrlich verzweifelt. »Mein Herr, mein guter Herr! Der süße Kay!« Wieder weinte sie.

Mit schmerzverzerrtem Gesicht biss Liv die Zähne zusammen. »Sie ist verrückt geworden. Vollkommen irre«, sagte er gepresst.

Ratlos hob Simon die Schultern. Seinem Freund ging es schlecht. Er brauchte dringend medizinische Hilfe. Er musste sich endlich darum kümmern! Aber irgendetwas kam ihm bei der ganzen Sache seltsam vor. Der Mörder hatte etwas gesagt, das ihm zu denken gab. Was war es nur? Es wollte ihm einfach nicht einfallen. »Passt auf sie auf. Ich hole Hilfe.«

Als er wiederkam, war die Magd verschwunden. Während Runa notdürftig Ubbos und Livs Wunden versorgt hatte, war es Berthe gelungen, ihre Fesseln zu lösen und zu fliehen. Würden sie nun je erfahren, was den Mörder angetrieben hatte? Dieser Wigger von Bernevur hatte nach ihm gefragt. Konnte Nikolas ihn geschickt haben? Hatte sein Vetter einen Mörder auf ihn angesetzt, wie in Bergen? Auf sein Leben einen Preis ausgesetzt? Wie konnte sich ein Adeliger für so eine Schandtat hingeben? Hinkend und mit einem silbern beschlagenen Stock – das passte! So hatte Nikolas ausgesehen, als er ihn das letzte Mal gesehen hatte! Aber was hatte sein Vetter mit Gotland zu tun? Simons Gedanken überschlugen sich. Astas Verschwinden. Der Brief des neuen Wisbyer Geschäftspartners mit den Klagen über den unflätigen Gesellen. Konnte Nikolas sich dort eingeschlichen haben? Aber warum?

Doch er konnte im Moment nicht weiter darüber nachdenken. Eine andere Pflicht lag vor ihm, eine traurige Pflicht.

Noch in der Nacht sprach der Priester die Gebete über den Leichnamen von Grete und Cord. Gemeinsam beteten sie für ihre Seelen. Sie würden gleich morgen beerdigt werden; bei der Hitze durfte man die Toten nicht lange aufbahren. Inbrünstig sprach Katrine die Worte mit. Sie war völlig in sich gekehrt und mied jeden Blickkontakt. Liv und Runa hatten sich hingegen an Simons Seiten gestellt. Auch Ubbo trauerte mit ihm.

Simon ließ seinen Tränen freien Lauf. Grete und Cord waren schon alt gewesen, aber sie hätten noch gute Jahre vor sich gehabt. Sie hatten sterben müssen, weil es jemand auf ihn abgesehen hatte! Schuldgefühle und Erbitterung mischten sich in ihm. Leicht spürte er Runas Handrücken an dem seinen; absichtlich oder nicht – die Berührung war ihm ein Trost.

Am nächsten Tag wurden Grete und Cord beigesetzt. Mithilfe seiner Freunde improvisierte Simon einen Leichenschmaus, an dem auch viele Nachbarn teilnahmen, die die beiden seit Jahren gekannt hatten. Er kaufte Braten von einem Garbereiter und frisches Brot, auch holte er ein Fass von Gretes selbst gebrautem Bier aus dem Keller. Nie wieder würden sie es so gut haben wie unter Gretes fürsorglicher Obhut! Die neue Magd und der Knecht hatten den Dienst quittiert; in einem Haus, in dem das Gesinde gemeuchelt wurde, wollten sie nicht bleiben. Es würde neue Dienstboten finden müssen. Nachdem er seinen Gastgeberpflichten Genüge getan hatte, füllte Simon einen Teller für Liv, der das Bett hüten musste. Einige der Brandwunden waren schwer.

»Zu schade, ich verpasse ein Fest!«, sagte Liv gequält. »Grete hat es immer zum Lachen gebracht, wenn ich bei einem Leichenschmaus auf dem Tisch getanzt habe!«

Simon lächelte traurig. Er half seinem Freund zu essen und flößte ihm den Kräutersud ein, den der Medicus angerührt hatte.

Als Liv wieder einnickte, schlich Simon hinaus. Aus dem Haus drang der Lärm der Trauergäste, die offenbar Bier und Wein schon reichlich zugesprochen hatten. Er wollte jedoch lieber allein sein. Liv konnte seine Trauer mit Feiern und Trinken verjagen, Katrine betete, aber ihm ging zu viel im Kopf herum. Noch immer konnte er den Flecken sehen, den Cords Blut auf dem Gras hinterlassen hatte. Nein, in der Diele sitzen, als sei nichts geschehen – das konnte er nicht. Er ging zum Apfelbaum und kletterte an seinen starken Ästen hinauf in die Krone. In einer Astgabel nahm er Platz. Hier konnte er in Ruhe nachdenken. Die Früchte hingen an den Ästen, schon groß, aber noch sauer und hart. Es würde eine reiche Ernte werden. Was hätte Grete alles damit zaubern können: Apfelkompott, Apfelkuchen, Huhn gefüllt mit Äpfeln und Rosinen ...

Ein Geräusch ließ ihn hinabsehen. Schon schwang Runa sich an den Ästen empor. In der Astgabel ihm gegenüber setzte sie sich. Ihre Gegenwart tat ihm wohl.

»Du wirst den Bärtigen finden müssen«, sagte sie unvermittelt.

»Ich kann hier nicht weg. Ohne Grete und Cord ... ohne Magd und Knecht. Ich werde hier gebraucht ...« Er zögerte. »Vor allem weiß ich nicht, wie ich es Adrian und Henrike erklären soll.«

»Sag ihnen einfach, was geschehen ist.«

Simon sah sie aus brennenden Augen an. »Mir ist, als wäre alles meine Schuld.«

»Das darfst du nie denken! All dieses Elend ist einem verrückten Geist entsprungen. Du bist ein Opfer, wie Grete und Cord auch.« Sie stieß sich ab und landete mit einem Satz wieder auf der Erde. Noch einmal sah sie zu ihm hoch. Wie viel Raum zwischen ihnen war. Dabei hätte er gerade jetzt ihre Nähe gebraucht!

»Du musst den Hinkenden zur Strecke bringen. Sonst wirst du keine Ruhe finden.«

Katrine zog die Ärmel über ihre aufgekratzten Handgelenke. Nach ihrem Unfall auf Gotland hatte sie die Erfahrung gemacht, dass der äußere Schmerz den inneren dämpfte. Sorgfältig legte sie ihr Wechselkleid und ihre Hemden zusammen. Sollte sie die Kleidung überhaupt mitnehmen? Ob sie sie dort benötigte, wo sie hingehen würde, wusste sie nicht. Aber verschenken konnte sie sie immer noch … Sie hatte schon lange darüber nachgedacht, aber seit sie ihren Entschluss gefasst hatte, war sie innerlich ganz ruhig. Sicher, Simon könnte ihre Hilfe gebrauchen. Sie aber hielt es einfach nicht mehr hier aus. Ihr Gewissen quälte sie. Sie musste ihren Glauben über ihre Liebe stellen, wenn es denn Liebe war, die sie für Simon empfand. Er hatte sich verändert …

Sie schob den Gedanken fort. Sie sah es jetzt ganz klar: Wenn ihre Mutter nicht in Gotland die heidnischen Götter angebetet hätte, wäre das alles nicht geschehen. Asta hatte Gottes Zorn auf sich gezogen – und sie selbst hatte nichts dagegen getan! Sie hatte mit ihren Bildern sogar noch zu diesem Götzendienst beigetragen. Sie hatte sich blenden lassen von der Fremdartigkeit dieser Götter. Die Gebete der letzten Wochen waren nicht genug gewesen. Gott wollte mehr von ihr. Das hatte er ihr jetzt gezeigt. Er wollte sie ganz. Dass sie nicht schon früher von ihrem Irrweg abgebogen war! So war sie schuldig geworden. Sie hatte einen Menschen auf dem Gewissen. Auch wenn es ein schlechter Mensch gewesen war, hatte es ihr nicht zugestanden, ihm das Leben zu nehmen. Als Simon ihr dafür gedankt hatte, hatte es sie gequält. Scham und Reue ließen erneut bittere Tränen in ihr aufsteigen. Gott musste ihr verzeihen! Sie würde ihm dienen, und dafür würde er vielleicht ihre Familie in Ruhe lassen.

Katrine nahm ihren Stickrahmen und packte ihn zuoberst in den Beutel mit ihren Habseligkeiten. Darauf würde sie hoffentlich nicht verzichten müssen. Schließlich verdienten die Beginen ihren Unterhalt oft durch Handarbeiten. Und waren ihre Stickereien nicht eine wunderbare Möglichkeit, Gott zu preisen? Eines der fünf Beginenhäuser Lübecks würde sie hoffentlich aufnehmen, auch ohne ein Eintrittsgeld.

Simon konnte Katrine gerade noch an der Tür abfangen. Ihr Plan, ins Konvent zu gehen, warf ihn vollends aus der Bahn. Er berührte ihren Arm, als könne er sie damit zur Besinnung bringen, doch sie zuckte zurück.

»Katrine, bitte, wirf doch nicht dein Leben weg! Die Ereignisse sind furchtbar, ich weiß, aber das ist eine weitreichende Entscheidung.«

»Wie kannst du mir vorwerfen, ich würfe mein Leben weg, wenn du doch selbst zu den Schwertbrüdern willst? Steht es dir mehr zu, Buße zu tun, als mir?«, fragte sie ungewohnt heftig.

Erschrocken zog er seine Hand zurück und senkte die Stimme. »Das meine ich nicht, aber du … Du kannst doch nicht allem Weltlichen entsagen! Du bist jung und hübsch, jeder Mann wäre froh, dich an seiner Seite zu haben.«

»Aber du willst mich anscheinend ja nicht!« Sie umklammerte ihre Unterarme. »Ach, was rede ich da! Nichtiges Zeug! Grete und Cord sind tot, und ich bin schuld daran.«

Sie stürzte hinaus. Simon konnte gerade noch ihr Handgelenk umfassen. Sie verzog das Gesicht, schnell ließ er sie wieder los. »Du bist doch nicht schuld daran! Wenn hier einer schuld ist, dann bin ich das! Katrine, du bist wunderbar, aber ich ...« Er verstummte, unsicher, was er sagen wollte.

Überraschend küsste sie ihn auf den Mund – dann war sie fort. Verwirrt blieb Simon zurück. Er merkte nicht, dass Runa sie die ganze Zeit beobachtet hatte.

40

Dänemark

Am Abend bevor Adrian mit der *Cruceborch* ablegen wollte, klopfte es an der Tür seiner Kammer. Zu seinem Erstaunen war es der Prinz.

»Ihr müsst sofort zur Königin kommen!«, rief Olaf erregt.

Adrian folgte ihm nervös zum Saal. Der Hof war im Aufbruch begriffen. Henning von Putbus war bereits abgereist. Unter den Höflingen hieß es, der Zustand König Håkons habe sich verschlechtert, weshalb die Königin morgen nach Norwegen reisen würde.

Im Saal herrschte ungewöhnliche Leere. In einer Ecke saß nur eine alte Hofdame und stickte. Die Windhunde des Prinzen bewachten offenbar einen Jungen, der in der Mitte des Saales kniete – es war Claas. Was war hier los?

»So dankt Ihr Uns also unsere Mildtätigkeit und Güte«, redete Königin Margarethe ihn sogleich an.

Adrian verstand nicht, wovon sie sprach.

»Er ist hier herumgeschlichen und hat gelauscht. Natürlich müssen wir ihn dafür bestrafen.«

Adrian blickte seinen Lehrjungen forschend an, doch Claas wirkte wie ein Häufchen Elend auf ihn. Also trat er näher.

»Stimmt das, Junge?«, fragte er eindringlich.

Claas rang die Hände. »Ich wollte mich bei dem Medicus bedanken, aber ich fand ihn nicht. Da habe ich Stimmen gehört. Irgendwie bin ich hinter die Vorhänge geraten ... Ich wusste nicht, dass es der Thronsaal ist.«

»Die Strafen für Spione sind hart«, kündigte die Königin an.

Claas begann zu weinen. Adrian bemerkte den Gesichtsausdruck des Prinzen. Er war erschrocken, deshalb hatte er ihn wohl geholt.

»Er ist noch ein Kind!«, verteidigte Adrian seinen Lehrjungen.

»Er ist alt genug, um zu wissen, dass es Unrecht ist.«

Nun sank auch Adrian auf die Knie. Er musste sich demütig zeigen. »Verzeiht, Eure Hoheit, wenn der Junge eine Unvorsichtigkeit begangen hat. Er hat bestimmt gar nichts verstanden.«

»Das hat er schon!«, entgegnete die Königin. Claas sank noch weiter in sich zusammen; offenbar hatte sie recht.

»Und wenn er etwas gehört hat, wird er darüber schweigen. Du versprichst es doch, Claas? Schwörst du es auf die Heilige Schrift?«

Der Junge nickte, und Tränen tropften auf seine Hose.

Schon holte Prinz Olaf die kunstvoll geschmückte Bibel von einem Holzgestell. Claas legte die Hand auf die Bibel und schwor.

»Und nun hinaus mit ihm! Mein Sohn, seht zu, dass er die Burg wirklich verlässt!«, herrschte sie die Jungen an.

Kläffend liefen die Windhunde mit.

Adrian war erneut allein mit ihr. Sie blickte ihn lange an, dann sagte sie: »Er hörte, dass wir unsere Schiffe vor Schweden sammeln wollen.«

Verwirrt kniff Adrian die Augen zusammen. Warum verriet sie ihm das? Und was war mit dem Waffenstillstand?

»Der Waffenstillstand gilt bis auf Weiteres«, fuhr sie fort, als hätte sie seine Gedanken gelesen. »Aber natürlich können wir auf Dauer nicht dulden, dass der Mecklenburger unrechtmäßig Unseren Thron besetzt. Immer mehr Adelige aus Mecklenburg überschwemmen unser Land, erhalten Besitzungen und beuten es aus. Dagegen müssen wir etwas tun.«

»Warum sagt Ihr mir das, Majestät? Werdet Ihr mich nun auch auf die Bibel schwören lassen?«

Sie lächelte rätselhaft. »Tragen wir nicht die Verantwortung für diejenigen, die uns anvertraut sind? Ihr werdet schweigen und darauf achtgeben, dass er nicht ausplappert, was er gehört hat. Es ist in Eurem eigenen Interesse. Gelingt das, gestatte ich Euch, bei Gelegenheit wieder bei Hofe vorstellig zu werden«, sagte Königin Margarethe.

Wollte sie ihn prüfen? Aber warum? Sie rief nach ihrer Hofdame, und diese kam mit einem Brief in der Hand heran.

»Ich würde Euch gern einen Brief an einen schwedischen Adeligen mitgeben, der sich zurzeit in Stockholm aufhält. Es macht Euch doch nichts aus?«

Warum schickt ihr nicht einen Boten, ihr habt doch genug, wollte Adrian fragen, hielt sich aber zurück.

»Natürlich nicht. Ich kann ohne weiteres Euren Brief mitnehmen, wenn es Euch ratsam erscheint, ihn mir mitzugeben.«

»Ihr fragt Euch sicher, warum ich keinen eigenen Boten schicke. Aber glaubt mir, ich kann es nicht verraten. Der Brief selbst muss ein Geheimnis bleiben. Ich kann Euch doch vertrauen?« Sie hielt ihm den versiegelten Umschlag hin.

»Selbstverständlich, Hoheit«, versprach Adrian und nahm ihn an sich.

»Wie Ihr wisst, stehe ich auch mit anderen hansischen Händlern und Räten in Kontakt, manche sind aus Eurer Stadt. Myn vrouwe nennen sie mich – als wäre ich ein dahergelaufenes Weib!«, rief sie erbost. Doch sogleich hatte sie sich wieder im Griff. »Von einigen kaufen Wir sogar. Doch ihre Stoffauswahl erscheint mir gegen Eure eher kümmerlich.«

Adrian verneigte sich tief. »Ihr seid zu gnädig, Majestät.«

War die Herablassung der anderen Räte ein Grund dafür, dass sie ihn schätzte? Also zahlte es sich aus, dass er Lambert hinter den edelsten flämischen und brabantischen Tuchen herjagen ließ. Hoffentlich war die neue Lieferung seines Bruders endlich in Lübeck eingetroffen.

Die Königin wandte sich ab. »Ihr dürft Euch zurückziehen.

Und bringt Eurem Lehrjungen besseres Benehmen bei«, sagte sie.

Rückwärts gehend zog er sich zurück. Derartiges Verhalten war für einen Kaufmann ungewohnt, wenn nicht gar erniedrigend. Wie er es genoss, bei seiner Arbeit niemandem untertan zu sein!

Adrian stand am Bug des Schiffes und sah auf die See hinaus. Sie würden nicht mehr in Schonen haltmachen – das Salz hatte er ja vorausgeschickt –, sondern gleich nach Stockholm fahren. Immer wieder kreisten seine Gedanken um die Information, die er von der Königin bekommen hatte. Was sollte er nur damit anfangen? Glücklicherweise hatte er ein paar Tage Zeit, es sich zu überlegen. Wenn er daran dachte, was in den vergangenen sechs Wochen alles geschehen war! Fast hätte er sich von dem unheilvollen Überfall und dem skrupellosen Raub niederschmettern lassen. Doch er hatte nicht resigniert, sondern war für sein Recht eingetreten. Er hatte gute Geschäfte gemacht und vor allem eine Geschäftsbeziehung von unschätzbarem Wert aufgebaut. Heute war er stärker als je zuvor.

Sie kamen gut voran. Nach einer Woche hatten sie Stockholm erreicht. Er hoffte darauf, dass er im Gasthof endlich einen Brief von Henrike vorfinden würde. Auch freute er sich auf den Austausch mit anderen lübischen Kaufleuten, die es in Stockholm in großer Zahl gab. Wie die Handelsstadt Kalmar im südlichen Schweden galt auch Stockholm als halb deutsch. Unzählige Kaufleute und Handwerker waren hier sesshaft geworden, und einige von ihnen saßen sogar im Stockholmer Stadtrat. Stockholm war Hauptumschlagplatz für das gesamte Mälargebiet, die Ostküste Schwedens und Finnland. Die wichtigsten Handelsgüter aus dem Hinterland waren Pelze, Felle, Häute, Butter, Talg, Speck und Tran, nicht zu vergessen Eisen und Kupfer. Bedarf gab es hingegen an flandrischen Tüchern, Salz und Spezereien.

Viele Lübecker handelten deshalb auf der Linie Stockholm – Lübeck – Brügge, wie auch Adrian.

Was er mit den Informationen über einen erneuten Krieg anstellen sollte, wusste er noch immer nicht. Hatte er die Pflicht, König Albrecht oder dessen Drost Bo Jonsson Grip zu warnen? Aber dann stünden er und Claas als Verräter da. Er hatte der Königin sein Wort gegeben. Außerdem könnte er dann nie wieder auch nur einen Stoffballen an das dänisch-norwegische Königshaus verkaufen. Wenn König Håkon und Königin Margarethe siegten, würden sie über Dänemark, Norwegen und Schweden und damit über einen Gutteil des Ostseeraums herrschen. Das betraf auch den Handel mit Stockfisch. Ihre Macht wäre ungeheuer. Sie könnten Handelsbeschränkungen verhängen, neue Zölle erheben und weitere Steuern für Kaufleute einführen – das konnte nicht im Sinne der Hanse sein. Sollte er an den Lübecker Rat schreiben? Auch dann könnte durchsickern, von wem die Information kam. Darüber hinaus würde es nichts ändern. In einen erneuten Krieg zwischen Dänemark und Schweden würde sich Lübeck kaum einmischen. Aber verhandeln konnte man schon. Er beschloss, zunächst abzuwarten, den Brief zu überbringen und sich auch in Stockholm umzuhören.

Nach den Zollformalitäten ließ er sein Gepäck in den Gasthof bringen. Ob seine Handelspartner noch in der Stadt waren?

»Da seid Ihr ja endlich, Herr Vanderen. Man hat nach Euch gefragt. Außerdem liegen hier etliche Briefe für Euch«, begrüßte der Wirt ihn. Adrian dankte ihm mit einem Handgeld und nahm die Briefe an sich.

Als er sie durchsah, erschrak er zutiefst. Alle Briefe waren von Henrike. Warum hatte sie so oft geschrieben? War irgendetwas Schlimmes geschehen? Hatte der Angreifer wieder zugeschlagen? War Henrike etwa ... Seine Brust wurde eng. Bitte nur das nicht! Noch im Schankraum riss er den ersten Brief auf. Er überflog ihn, nahm den nächsten, öffnete auch ihn. Ein Lübecker

Kaufmann hatte ihn bemerkt und wollte ihn auf ein Bier einladen, doch Adrian winkte nur ab und lief hinaus. Tief atmete er die Hafenluft ein. Es gelang ihm kaum, sich etwas zu beruhigen. Am liebsten würde er sofort sein Schiff wieder klarmachen lassen und Kurs auf Lübeck nehmen …

41

Brügge

Henrike hatte noch die halbe Nacht hindurch Lamberts Geschäftsbücher durchgesehen. Sie waren sehr ordentlich geführt, und auf den ersten Blick konnte sie keine Unregelmäßigkeiten entdecken. Am Morgen hatten sie die Waren ausgepackt und gesichtet. Die Arbeit lenkte sie ab, denn merkwürdigerweise hatte die Seekrankheit sie begleitet. Noch immer schwindelte ihr, und ihr war übel. Erste Geschäfte hatte sie getätigt. Normalerweise mussten sich fremde Kaufleute einen Makler in Brügge suchen, aber da Martine eine Einheimische war, war das nicht nötig.

Nun ging Henrike in Begleitung von Martine und Coneke an einem der vielen Kanäle entlang. Martine wäre lieber zu Hause geblieben, aber der Aussicht, ihren Mann zu sehen, hatte sie nicht widerstehen können. Lucie wäre am liebsten auch mitgekommen, musste aber gemeinsam mit Windele auf Haus und Kinder aufpassen. Martine wies auf ein großes Kirchengebäude zu ihrer Linken jenseits einer Brücke.

»Das ist das Karmeliterkloster, in dem sich die Hansekaufleute treffen. Wir haben einen kleinen Umweg gemacht, damit du weißt, wo es sich befindet.«

»Gibt es denn kein festes Hansekontor, so wie in Bergen?«, wunderte sich Henrike.

»Ich glaube nicht, aber es ist besser, du fragst Lambert«, wich Martine aus.

Sie war sehr freundlich, aber auch unsicher und stets bemüht, nichts falsch zu machen. Martine führte sie über die Steinbrücke. Sie zeigte ihnen den Oosterlinge Plein, den Platz der Kaufleute aus dem Osten, der Hanseaten, und den Platz Ter Ouder Beurze. So früh am Morgen war jedoch vor den Weinschenken noch nichts los. Sie waren an vielen hohen Türmen vorbeigekommen, einer der höchsten zeichnete sich am Ende der nächsten Gasse ab – sie hatten wieder den großen Marktplatz mit Belfried und Wasserhalle erreicht.

»An der Seite befindet sich der Eingang zur Burg, dem gräflichen Sitz mit dem Stadthuis und anderen wichtigen Gebäuden ... wie dem Stein.« Letzteres auszusprechen, fiel Martine schwer.

Gern wäre Henrike in die Tuchhalle gegangen, von der Adrian so viel erzählt hatte – aber ihr Schwager ging vor. Eine Mauer trennte das Burggelände vom Rest der Stadt. Innerhalb der Mauern gab es zwei Kirchen – eine war die achteckige Kathedrale Sint-Donaas – sowie einige Häuser und die Baustelle des neuen Rathauses, wie Martine erklärte. Nun verstand Henrike auch, warum man das Gefängnis den »Stein« nannte. So massiv war das Gebäude, dass es sicher unmöglich war, daraus zu fliehen. Und so groß! Die filigrane Kirche daneben, von unzähligen Gläubigen, Bettlern und Händlern umlagert, sah im Vergleich dazu regelrecht zierlich aus. Wenn sie dagegen an den kleinen Lübecker Kerker dachte! Alles schien hier andere Dimensionen zu haben ...

Gleich war jedoch die Bestechlichkeit der Beamten. Mit weiblicher Besorgnis – die sie nicht spielen mussten – und etwas Geld bekamen sie Zugang zu dem Gefängnis. Über schier endlose Gänge und Treppen wurden sie zu Lamberts Zelle gebracht. Kalt war es hinter den dicken Mauern. Kein Wunder, dass sie trotz der Sommerhitze aus jedem Loch Husten hörten.

Gegen ein weiteres Handgeld öffnete der Wärter ihnen die Kerkertür. Auch Lambert war erkältet. Die fleischige Nase war rot. Als er sie erblickte, stand ihm die Enttäuschung ins Gesicht geschrieben.

»Henrike, du …?«, fragte er heiser und hüstelte trocken.

Die beiden Brüder waren sich recht ähnlich, groß und schwarzhaarig mit blauen Augen. Aber Lambert war stets erheblich breiter um die Hüften gewesen; das Zeichen der Sesshaften, hatte er in seinen Briefen gescherzt. Jetzt wirkten seine Wangen jedoch schlaff und seine Hosen zu weit.

Martine stürzte in seine Arme und weinte lautlos. Er hielt sie ganz fest und flüsterte ihr beruhigend ins Ohr. Dann holte Martine das Essen heraus, das sie mitgebracht hatten. Lambert freute sich sehr darüber. Die Verpflegung im Gefängnis war sehr teuer. Genüsslich trank er einen guten Schluck Wein und wartete, bis seine Frau ihm kalten Braten und Käse klein geschnitten hatte.

Henrike erklärte, warum Adrian nicht hatte kommen können, und stellte ihm Coneke vor. »Was können wir tun, um dich hier herauszuholen?«, fragte sie schließlich.

Lambert kratzte über die Bartstoppeln auf seiner Wange. »Wenn ich das wüsste …«, seufzte er mit kratziger Stimme.

»Es muss doch Gesetze geben!«, rief Henrike ungeduldig aus.

Er nickte schwer. »Natürlich gibt es die. Jede Menge sogar. Die Hansen unterstehen der Gerichtsbarkeit des Hansekontors. Ansonsten sind die Schöffen zuständig. Normalerweise kann man bei Schulden einen Bürgen stellen oder sich freischwören. Dann ist man als Kaufmann schnell wieder frei. Gegen mich wurde aber Klage beim gräflichen Gericht erhoben.«

»Hat denn der Kläger etwas mit dem Grafen zu tun?«

»Überhaupt nicht. Sie ist eine stinknormale Geldverleiherin. Demiselle van de Corpe ist ihr Name. Sie muss irgendwie an Schuldscheine von mir gekommen sein, denn eigentlich hatte ich gar nicht so viel von ihr geliehen.«

Henrike war erbost: »Wenn das nicht erlaubt ist, müssten die Älterleute doch etwas tun können!«

Lambert bat Martine, ihr ein Stück Brot abzuschneiden. Er biss ab und sagte: »Das haben die Älterleute auch versucht. Es passt ihnen natürlich nicht, wenn das gräfliche Gericht eingeschaltet wird. Hansesachen sollen von Hansen behandelt werden. Hilft aber nichts.« Er hustete wieder, und Martine begann, ihm zärtlich den Nacken zu kraulen; es schien ihn zu trösten. »In letzter Zeit hat sich überhaupt niemand mehr bei mir gemeldet. Die scheinen zu viel zu tun zu haben«, krächzte er.

Henrike schob ungeduldig eine widerspenstige Haarsträhne hinter ihr Ohr. »Dann werde ich eben mal im Karmeliterkloster nachfragen.«

Coneke und sie brachten Martine nach Hause und gingen in die Carmersstraat. Windele hatte mit den Kindern gespielt, Lucie war nirgends zu finden. Der junge Knochenhauer war ein angenehmer, wenn auch schweigsamer Reisebegleiter. Nur einmal hatte er sich wortreich darüber gefreut, dass er für diese Reise sogar noch bezahlt wurde; er wäre wohl auch so mitgekommen.

In den Gängen des Karmeliterklosters, dem Treffpunkt der Hansen, standen Kaufleute in Grüppchen beieinander und unterhielten sich. Auch hier hörte sie wieder viele fremde Sprachen. Die Ordensbrüder ließen sich nicht von ihnen stören. Henrike wurde neugierig beäugt, aber toleriert. Auch wenn nur selten Kauffrauen den Weg ins Karmeliterkloster fanden, konnte es doch vorkommen. Auch schlossen sich Frauen dem Karmeliterorden an.

Die Türen zum Refektorium standen offen. Eigentlich war es der Speisesaal der Mönche, aber an der Wand hing nicht nur ein Bild der Jungfrau Maria vom Berg Karmel – das Mariensymbol der Stella Maris, der das Kloster gewidmet war –, sondern auch Wandteppiche mit Abbildungen des Kaisers und der Kurfürsten. Neben der Tür waren die Abmachungen des Kontors mit den Tuchstädten Sankt Omer und Poperinge angeschlagen.

Henrike entdeckte den Ratsschreiber Rodenborch im Gespräch mit einem anderen Mann. Als die Unterhaltung beendet war, sprach sie ihn an. Sie konnte es kaum erwarten, ihre Angelegenheiten voranzutreiben. Sicher wusste er, ob hier eine offizielle Versammlung stattfinden würde oder Probleme erörtert werden konnten.

»Gleich beginnt die tägliche Morgensprache der Hansen. Sie ist morgens um elf, die Nachmittagsversammlung ist im Sommer um sechs«, erklärte er.

Sie dachte an die hohe Gelehrsamkeit des Mannes und nutzte die Gelegenheit, um ihn auf die Geschichte des Hansekontors anzusprechen. »Die Männer aus meiner Familie waren recht häufig im norwegischen Bergen, wo die Kaufleute alle in der Tyskebrygge wohnen müssen. Das scheint ja in Brügge nicht der Fall zu sein.«

»In London und Nowgorod müssen die Kaufleute ebenfalls an einem Ort zusammen wohnen. Ich vermute, damit die Obrigkeit sie besser unter Kontrolle hat. Soweit ich weiß, gestattete die damalige Gräfin von Flandern es den Hansen vor hundert oder hundertfünfzig Jahren, bei Damme ein eigenes Hansekontor einzurichten, aber dazu ist es nie gekommen. Deshalb leben die Kaufleute hier über die Stadt verstreut. Sie wohnen bei Hosteliers, die zugleich Makler sind, oder mieten Häuser. Schon lange sind wir den Karmelitern verbunden. Die Mercatores de Hansa stiften regelmäßig Messen und viele werden auch hier bestattet. Außerdem wird im Schlafsaal der Karmeliter unser Schrein mit den geeichten Gewichten aufbewahrt. Wichtige Unterlagen sind in einer Holzkapsel beim Prior eingeschlossen.«

»Ich habe auf dem Gang aber auch Spanisch und so etwas ähnliches wie Englisch gehört«, sagte sie.

Albert Rodenborch schmunzelte. »Die Engländer haben bei den Karmelitern eine Kapelle, die Thomas Becket gewidmet ist, und die Schotten beten hier zum heiligen Ninian. Aber auch die Katalanen kommen an diesen Ort, um ein Gebet zu sprechen.«

»Das ist ja sehr großzügig von den Karmelitern.«

»Sie bekommen dafür als Gegenleistung allein von uns jährlich mehrere Tonnen Fisch und reichlich Altarkerzen. Die anderen Kaufleute werden sich ebenso erkenntlich zeigen. Aber dafür haben wir in der Fremde auch einen Ort, an dem wir zusammenkommen und uns begraben lassen dürfen. Das ist viel wert.«

Immer mehr Männer setzten sich im Refektorium an die große Tafel vor dem Pult. Henrike hörte, wie jemand im Gang die Kaufleute zum Eintreten aufforderte. »Es geht los«, erklärte Albert Rodenborch. »Der Diener der Älterleute ruft zur Versammlung. Wenn man zu spät kommt, muss man einen flämischen Gros in die Kasse zahlen. Also gehen wir besser hinein.«

Auch Jacob Plescow und die anderen Gesandten kamen nun den Gang herunter. Der Ratsschreiber schickte sich zum Gehen an.

Henrike sah sich um. Wie so oft bei Handelsgeschäften war sie die einzige Frau. »Meint Ihr, ich darf?«, fragte sie unsicher.

Nur kurz sah Rodenborch sich zu ihr um. »Ich denke schon. Ihr seid doch Kauffrau, oder etwa nicht?«

Sie setzte sich auf eine Bank am Rande des Saals. In der Mitte der Tafel hatten sechs Männer Platz genommen, vermutlich die Älterleute. Soweit sie wusste, war die Gemeinschaft der Kaufleute in Drittel aufgeteilt: das lübisch-sächsische, das westfälisch-preußische und das gotländisch-livländische. Jedes Drittel durfte zwei Älterleute stellen, die über die Politik der Kaufleute entschieden und Verhandlungen führten.

Ein Ältermann schlug ein dickes Buch auf und erhob sich. »Im Namen des Herrn, Amen. Ich eröffne die heutige Versammlung der vereinigten Kaufleute des Römischen Reiches von Deutschland. Zunächst möchte ich unsere hohen Gäste begrüßen …«

Er stellte die Gesandtschaft um Jacob Plescow vor und erteilte dem Lübecker Bürgermeister das Wort. Plescow berichtete vom Pult aus ausführlich über die Ergebnisse des Lübecker Hansetages. Henrike hörte aufmerksam zu. Andere schien diese Zusammenfassung jedoch nicht zu interessieren. Einige Sitze weiter tuschelten zwei Kaufleute. Plötzlich hallte das Klopfen eines Hammers durch die Halle – die Plauderer wurden zur Zahlung einer Strafe von einem Gros verurteilt. Als ein Kaufmann zu spät in den Saal kam und so die Versammlung störte, wurde ihm gleich eine Strafe von fünf Sous de gros aufgebrummt. Henrike fand das streng, aber anders ließen sich die Hansen, die zu Hunderten das Kontor aufsuchten, wohl nicht zur Ordnung rufen.

Nach Plescows Rede wurden sechs große Zinnkannen in den Saal getragen. Ein Mann stellte sich als Vertreter der Brügger Schöffen vor und begrüßte die Gesandtschaft; der Wein sei ein Willkommensgeschenk und zugleich eine Entschuldigung, denn die Verhandlungen müssten wegen des Aufstands, den man hoffentlich bald unter Kontrolle habe, verschoben werden. Bürgermeister Plescow und die anderen Gesandten wirkten ob der Verzögerung konsterniert, nahmen das Geschenk jedoch dankend an. Unvermittelt war die Sitzung vorbei – und Henrike hatte keine Gelegenheit gefunden, ihre Fragen zu stellen! Viele Männer eilten hinaus. Andere vertieften sich in Einzelgespräche oder wandten sich den Weinkannen zu, aus denen ausgeschenkt wurde. Enttäuscht wollte Henrike schon gehen.

Wer könnte ihr nur helfen? Albert Rodenborch streute gerade Sand auf das Papier, denn er hatte eifrig mitgeschrieben. Henrike gesellte sich zu ihm und berichtete offen über die Umstände von Lamberts Verhaftung.

»Da die Verhandlungen der Gesandtschaft noch nicht beginnen, kann ich mich gerne für Euch umhören«, bot Albert Rodenborch an.

»Dafür wäre ich Euch sehr dankbar«, sagte Henrike aufrichtig. Hoffentlich würde der nächste Tag mehr bringen!

Am nächsten Morgen tilgte sie erste kleinere Schulden, löste beim Zoll einen Terling Tuche aus und verkaufte etwas Wachs. Unterstützt wurde sie von Xaver. Ihre Schwägerin hatte den heringsdürren älteren Gehilfen wieder herbeiholen lassen.

»Das ist ja eine Überraschung! Was treibt dich her? Warum hast du uns nicht gleich eine Nachricht geschickt, dass du hier bist, carissima amica?« Ricardo stürmte in den Kaufkeller und begrüßte Henrike mit einem Handkuss. »Ist Adrian nicht dabei? Wie schade! Du musst uns unbedingt besuchen! Cecilia ist wieder auf dem Wege der Besserung, sie hat eine Tochter entbunden. Ginevra ist ein liebliches kleines Ding!«

Überrumpelt lächelte Henrike ihn an. »Habt Ihr sie schon taufen lassen? Wünscht Ihr, dass ich die Patenschaft übernehme? Adrian ist leider nicht hier.«

Ricardo schlug theatralisch die Hände zusammen. »Ich weiß! Was für ein Jammer! Ich hatte euch geschrieben, aber es hätte zu lange gedauert! Wir haben sie taufen lassen und notgedrungen andere Paten gefunden. Bei so kleinen Würmchen weiß man nie, ob es sie auf der Erde hält! Wir haben Ginevra schon zur Amme gebracht. Aber beim nächsten Kind müsst ihr Paten werden! Ihr steht im Wort!«, rief er aus und fügte sogleich hinzu: »Allora, du musst wirklich bei uns vorbeikommen! Ich werde ein Essen für dich ausrichten lassen! Gleich morgen kommst du, versprochen?«

Er sprach so eindringlich, dass Henrike gar nicht anders konnte als zuzusagen. Aber sie wollte Ricardo auch noch befragen. Kunden waren in den Kaufkeller gekommen, und so nahm sie ihn ein Stück beiseite.

»Du weißt es vermutlich: Lambert sitzt im Stein. Ich versuche es noch immer zu verstehen. Es ist alles etwas merkwürdig. Du hattest ihm doch auch Geld geliehen, meine ich?«

»Ich habe ihm etwas ausgeholfen, wie es sich unter Freunden gehört. Aber dann habe ich den Schuldschein weiterverkauft, mit anderen zusammen. Ein bedauerliches Versehen! Zerbrich dir doch nicht dein reizendes Köpfchen darüber! In einem solchen Fall kannst du leider nichts machen.«

»Als Frau meinst du …?«

»Nein, Kauffrauen und Händlerinnen gibt es hier genug. Auch Hostels und Wechselstuben werden von Frauen betrieben. Brügge ist da etwas offener als anderswo.« Er lächelte stolz. »Ich meine, du kannst nichts gegen das Recht tun. Es ist ein Mysterium. Am besten wartet ihr die derzeitigen Tumulte ab, dann werden sie mit sich reden lassen, so oder so. Wer will schon Ärger mit dem Hansekontor riskieren? Also, ist es versprochen? Morgen Abend bei uns?«

»Ich freue mich darauf.« Und ein wenig stimmte es auch. Sie hatte schon so viel von Ricardos Domizil und seiner Frau Cecilia gehört.

Die zehn Webstühle bildeten eine Reihe. Jeweils zwei Männer arbeiteten daran. Auf der anderen Seite des Raumes waren Stoffstapel, Wollsäcke und ein Platz für die Spinnerinnen. Das Weben klang beinahe wie eine schnarrende Musik. Eine Weile beobachtete Henrike, wie geschwind der Faden verarbeitet wurde.

»Erstaunlich – ein so dünner Faden, und er reißt doch nie!«, sagte sie beeindruckt zu Lisebette.

Adrians und Lamberts älteste Schwester betrieb mit ihrem Mann eine Saye-Weberei am Brügger Stadtrand. Der Stoff war eine Brügger Spezialität. Aus bester Lammwolle hergestellt und auf einer Seite geglättet, diente Saye meist als Unterfutter. Henrike schätze Saye sehr, es trug sich angenehm auf der Haut.

»Das ist gutes Handwerk!«, lachte Lisebette und stemmte dabei die Hände in die Hüften. Sie war eine kantige Frau mit lustigen Augen; ihr Mann wirkte gegen sie geradezu zierlich. »Unsere Weber müssen zunächst beweisen, dass sie mit einfacher Wolle umgehen können. Erst dann lassen wir sie an die Herstellung von Saye. Du kannst dir denken, dass sich in dem glatten Stoff die Knoten zerrissener Fäden nicht verbergen lassen – das Tuch ist dann nur die Hälfte wert.«

Henrike sah sich noch einmal um. »Es ist so schön zu sehen, wo die Stoffe herkommen, mit denen wir Handel treiben!«, freute sie sich.

Lisebette runzelte die Stirn. »Ihr solltet euch besser gut damit eindecken. Wenn es so weitergeht, dauert es nicht lange, und es gibt eine Tuchknappheit«, meinte sie. »Der Graf will die Weber für seine Truppen haben. Andere schließen sich den Aufständischen an. So oder so könnte die Arbeit liegen bleiben. Und wer weiß, ob wir genügend Lammwolle bekommen, wenn die Handelswege noch unsicherer werden.«

»Mal sehen, wie die Lage ist, wenn ich wieder heimreise. Wenn alles gut läuft, decke ich mich gerne mit euren Tuchen ein. Aber erst einmal müssen wir Lambert wieder aus dem Stein holen«, sagte Henrike.

»Wenn du mich fragst, hat Lambert auf zu vielen Hochzeiten gleichzeitig getanzt und den Überblick verloren«, erklärte Lisebette geradeheraus. »Wir wollen ja auch nicht auf einen Schlag noch fünf andere Stoffarten herstellen.«

Henrike lächelte unverbindlich. Vermutlich verstand Lisebette nicht viel vom Kaufmannsgeschäft. Aber vielleicht war Lambert wirklich überfordert gewesen. Dass er seine Fehler zunächst verschwiegen hatte, sprach ja dafür, dass er nicht immer einen kühlen Kopf bewahrt hatte – und den brauchte ein Kaufmann unbedingt.

Auf dem Weg zurück gab sie der Verlockung nach und suchte mit Coneke die Tuchhalle auf. Sie war beeindruckt. Sicher, die meisten Stoffsorten kannte sie aus Lübeck, und viele davon führten sie sogar im eigenen Sortiment. Die Tuche aber hier in Massen zu sehen, in allen Farben des Regenbogens, erschlug sie förmlich. Kurz überlegte sie, ob sie sich ein paar Seidenbänder kaufen sollte, um sich für den Besuch bei Ricardo und Cecilia fein zu machen. Da aber das Geld an anderer Stelle dringender gebraucht wurde, widerstand sie der Versuchung.

Ricardos Haus war groß und sehr gepflegt, und offenbar waren auch viele andere Gäste geladen. Paare ließen sich in Kutschen vorfahren. Sie waren so exquisit gekleidet, dass Henrike sich in dem besten Kleid, das sie mitgebracht hatte, beinahe bäuerlich vorkam. Es gab lange Schnabelschule und tief herabhängende Ärmel, wie sie sie aus Lübeck kannte, aber hier glänzten sie mehr; die Brügger schienen gerne zu zeigen, was sie hatten. Jeder schmückte sich mit Edelsteinen und Geschmeide, auch Männer trugen unzählige Ringe und Armreife. Golddurchwirkte Tücher und Pelze waren ebenfalls zu sehen. Sie bat Coneke, beim Gesinde zu warten, und trat ein.

Eine leichte Melodie wehte an ihr vorbei auf die Straße hinaus. Überall brannten Kerzen in Messingleuchtern. Silberkannen und Schalen reflektierten das Licht. An den Wänden hingen Tapisserien, eine kunstvoller als die andere. Sogar Ricardos Bedienstete trugen feinsten Zwirn.

Ricardo eilte ihr entgegen. Eine sehr sinnlich wirkende Frau, deren wallendes blondes Haar mit einem golddurchwirkten Schleier umwölkt war, hatte ihre Hand grazil in seine gelegt. Cecilia trug ein Kleid aus weiß marmorierter Seide mit aufgestickten Weinblättern und blauen Trauben. Der Kragen war mit Pelz verbrämt. Zu dem opulenten Kleid war sie geschmackvoll geschminkt. An ihre Schwangerschaft erinnerten nur noch der etwas ausladende Busen und die Rundungen ihres Leibes. Ein feines Duftwasser kitzelte Henrikes Nase, als Cecilia sie in die Arme schloss.

»Endlich sehen wir uns! Ich habe so viel von dir gehört, dass es mir vorkommt, als ob wir schon lange Freundinnen wären!« Sie lachte und enthüllte dabei eine Lücke zwischen den Vorderzähnen, die sie reizend wirken ließ. »Und ich hoffe, das werden wir: Freundinnen.«

»Sehr gerne«, sagte Henrike und reichte ihr ein Begrüßungsgeschenk, über das sich Cecilia ausnehmend freute. »Ich hoffe allerdings, dass Ricardo nicht die Geschichte mit den Biberfellen und dem Goldprobierstein ausgeplaudert hat.«

Cecilia lachte. »Oh, doch, das hat er! Wie charmant und ungewöhnlich. Was für ein schönes Kleid du trägst! In Lübeck geschneidert?«, schmeichelte sie, doch Henrike fürchtete, dass es reine Höflichkeit war. Was Kleidung anging, hatten die Brügger den Lübeckern einiges voraus.

»Trink etwas und erzähle mir von Adrian. Zu schade, dass er dich nicht begleiten konnte. Aber er kommt doch hoffentlich nach! Wie geht es ihm?«, plauderte Cecilia und führte Henrike in einen festlich geschmückten Saal.

›Der ist ja beinahe so groß und prächtig wie der Ratssaal in Lübeck‹, schoss es Henrike durch den Kopf. Dabei hatte Cecilia gesagt, es handle sich nur um einen kleinen Empfang! Wie sah dann ein großer Empfang wohl aus?! So ausführlich es ging, beantwortete sie Cecilias Fragen und versuchte gleichzeitig, die vielfältigen Eindrücke in sich aufzunehmen.

Nach einer Weile bat ein Diener zu Tisch. Henrike bekam den Ehrenplatz neben Cecilia. Am anderen Ende des Saals entdeckte sie Hinrich von Coesfeld, ihren Nachbarn aus der Mengstraße, der ihre Waren nach Brügge gebracht hatte. Freundlich grüßte er zu ihr herüber. Wenn das Essen vorbei war, musste sie zu ihm gehen, um mehr über die Umstände des Raubes herauszufinden.

Der erste Gang wurde aufgetragen. Henrike gingen die Augen über. Gebratener Pfau, den man wieder mit seinem Federkleid dekoriert hatte, wurde serviert, gefolgt von gesottenen Schwänen und einem feuerspeienden Spanferkel. Und das im Haushalt eines Kaufmanns – nicht eines Herzogs oder Grafen!

Nachdem alle Gänge verspeist waren, wurde getanzt. Henrike wollte zunächst nicht, doch Ricardo forderte sie auf, und sie mochte nicht ablehnen. Natürlich glänzten auch die Gastgeber im Schreittanz – sie waren ein schönes Paar. Trotz der bedrückenden Umstände, die sie an diesen Ort geführt hatten, amüsierte sich Henrike, und allmählich wuchs ihre Hoffnung, dass sie die Probleme in Brügge schon irgendwie bewältigen könnte. Als sie jedoch mit Hinrich von Coesfeld sprechen wollte, war dieser schon fort. Einen Moment lang war sie verblüfft, dass ihr Nachbar einfach ohne ein Wort gegangen war, doch dann wischte sie ihren aufkeimenden Unmut beiseite und widmete sich dem Fest.

Henrike übergab sich in einen Eimer. Dabei hatte sie doch gestern kaum Wein getrunken! Sie hatte sich etwas schwummrig gefühlt, als Coneke sie nach Hause gebracht hatte, aber das hatte sie eher der Müdigkeit zugeschrieben.

»Pauvre petite! Hast du dir gestern den Magen verdorben?« Martine strich Henrike behutsam über den Kopf.

»Ich glaube nicht. Es gab anschließend feinste Speisen. Nur verdünnten Wein habe ich getrunken.«

Wieder würgte sie. Als sich der Krampf legte, richtete Henrike sich auf und wischte sich den Mund mit dem Tuch ab, das Martine ihr fürsorglich hingehalten hatte. Jetzt lächelte ihre Schwägerin sie an und strich zärtlich über ihre Wange. »Oder bist du guter Hoffnung, Liebes?«

Eine plötzliche Welle aus Überraschung, Hoffnung und Glück überschwemmte Henrike. Auf diesen Gedanken war sie bei all der Aufregung der letzten Wochen ja noch gar nicht gekommen! Könnte das tatsächlich wahr sein? Endlich, nach so langer Zeit des Hoffens und Wartens? Henrikes Herz hämmerte vor Aufregung.

42

Stockholm

Adrian sah zu, wie mithilfe der Mastwinde das Stangeneisen an Bord der *Cruceborch* gehievt wurde. Er hatte weniger einkaufen können als erhofft. Überhaupt war dieser Stockholm-Aufenthalt eher unerfreulich gewesen. Bei dem Abschluss mit Bo Jonsson Grip war ihm Hermann Dartzow zuvorgekommen. Er hatte den Lübecker Kollegen noch im Gasthof getroffen. Dartzow hatte so getan, als ob es ihm leidtäte, aber letztlich wussten beide, dass es keine Freunde gab, wenn es ums Geschäft ging. Wie man hörte, war Hermann Dartzow einer der Kaufleute gewesen, die in letzter Zeit die größten Umsätze mit Stockholm gemacht hatten. Gut, dass er an Margarethes Königshof schon einige der teureren Stoffe abgesetzt hatte, dachte Adrian. Vielleicht sollte er eine Filiale in Stockholm einrichten. Dann könnte ihm ein Geschäft nicht so leicht weggeschnappt werden, und er hätte bessere Verbindungen zu den wichtigen Käufern und Verkäufern. Immerhin war er sich mit Aeffrika Aeffrikasson vom Kupferberg, wie sich Ewerard de Monte, der Hardeshauptmann von Dalarna, nannte, einig geworden, auch wenn sie keine dauerhafte Vereinbarung getroffen hatten. Der Graustoff würde also nicht wieder mit zurück nach Lübeck gehen, dafür aber Osmund und Kupfer.

Was im Brief der Königin gestanden hatte, wusste er nicht. Der schwedische Adelige hatte bei seinem Besuch allerdings noch eine Weile die Politik König Albrechts kritisiert, als stünde Adrian auf seiner Seite. Ob der Adelige die Unterstützung für König Håkon und Königin Margarethe in Schweden organisierte? Die Stimmung in der deutschen Gemeinschaft in Stockholm war gut. Alle Händler und Handwerker schienen erleichtert über den Friedensschluss. Wenn sie wüssten …

Zu Hause würde er als Erstes das Gespräch mit den Bürgermeistern suchen und sie im Geheimen vorwarnen. Und dann musste er vor allem so schnell wie möglich nach Brügge. Nicht per Schiff, das barg zu viele Unwägbarkeiten, sondern mit dem Pferd. So könnte er die Strecke zwischen Lübeck und Brügge in zehn bis zwölf Tagen zurücklegen. Aber erst einmal musste er nach Lübeck kommen …

43

Lübeck

Jost ließ die Heringsfässer abladen und in die Mengstraße bringen. Er freute sich darauf, Telse wiederzusehen. Bald wären sie verheiratet, dann hätte ihre Heimlichtuerei ein Ende. Wie sehr es ihn quälte, nicht zu seiner Geliebten und seiner Tochter Abele stehen zu können! Trotz Telses Ehe waren sie über all die Jahre eng verbunden gewesen. Er wusste, dass sie eine Todsünde begangen hatten, aber sie konnten einfach nicht voneinander lassen. Bald wäre das Versteckspiel vorbei.

»Jost! Da bist du endlich!«, begrüßte Simon ihn.

»Das wirkt ja so, als hättet Ihr auf mich gewartet, Herr Simon«, freute sich Jost.

Obgleich Simon jünger war als er und sie sich schon viele Jahre kannten, fand Jost nichts dabei, die höfliche Anrede zu benutzen. Der junge Mann wirkte jedoch ungewohnt ernst.

»Das habe ich auch. Während du weg warst, sind hier furchtbare Dinge passiert.« Simon erzählte und zeigte dabei deutlich, wie nah ihm der Tod von Cord und Grete ging. Auch Jost war schockiert. »Wie ist es: Könntest du für einige Zeit hier die Geschäfte übernehmen? Ich muss dringend nach Gotland, um meinen Vetter ausfindig zu machen, aber ich komme so schnell wie möglich zurück. Liv geht es schon besser, er kann dich unterstützen.«

Jost versuchte, Simon diese Reise auszureden. Viel zu gefährlich war das. Er sollte diese Nachforschungen lieber Herrn Adrian überlassen. Aber Simon war fest entschlossen. Also sagte Jost zu, ihn bis auf Weiteres zu vertreten. Das Geld konnte er gut gebrauchen, wenn Telse und er endlich heiraten würden …

44

Brügge

Henrike quälte sich mit der Suppe. Aber sie musste essen! Aufmunternd blickte Martine sie über den Tisch hinweg an. Sie hatten vereinbart, über Henrikes Schwangerschaft zu schweigen, bis sie ganz sicher sein konnten. Oft hatte Henrike darüber nachgedacht, ob es wirklich wahr sein konnte. Zwischen Adrians Rückkehr von der Handelsreise Ende Juni und seiner neuerlichen Fahrt Anfang August war sie einige Male mit ihm beisammen gewesen. Jetzt war Mitte September, es wäre also tatsächlich gut möglich, dass sie empfangen hatte. Ihren Monatsfluss hatte sie seitdem zumindest nicht mehr gehabt.

»Möchtest du noch etwas Dünnbier, Coneke?«, fragte Lucie.

Der junge Mann stammelte hochrot ein Dankeschön. Lucie war höflich, aber sie genoss es offenkundig auch, Coneke zu verwirren. Henrike hatte beobachtet, dass es Lucie ebenfalls sehr gefiel, wenn ein Kunde ihr im Laden Komplimente machte. Nicht, dass sie unverdient wären – doch gerade deshalb würden Adrian und Lambert ihre jüngste Schwester bald verloben müssen, bevor sie leichtfertig werden konnte.

Lucie lächelte. »Danke, ja? Oder danke, nein?«

»Nein! ... Danke.« Coneke gelang ein Lächeln.

Da stürzte Xaver herein. »Herrin, der Tuchhändler aus Brüssel ist da! Er will sein Geld für die letzte Lieferung.«

Martine wurde blass. »Er hat mir hart zugesetzt – dabei hatte ich doch nichts! Ich weiß nicht einmal, ob jetzt genügend Geld da ist, den Scharlach zu bezahlen. Wir müssen ja auch etwas für Lambert zurückhalten ... damit er endlich aus dem Stein herauskommt!«

Entschlossen stand Henrike auf. »Lass mich das machen«, sagte sie zuversichtlicher, als sie sich fühlte.

Der ältere Mann stand im Gewölbekeller und sah sich um, als gehöre ihm hier alles. Die Hände hatte er auf den Rücken gelegt. Er wippte auf den Fußballen auf und ab. Als er sie herannahen hörte, schnarrte er, ohne sich nach ihr umzusehen: »Ihr habt also neue Waren bekommen. Dann habt Ihr auch genügend Geld, um zu zahlen, was mir zusteht!«

Als er sich umdrehte, lächelte Henrike in sein hartes Gesicht, das durch einen streng gestutzten Bart bestimmt war. Sein Wams hatte einen altmodischen Schnitt, war einst aber sicher teuer gewesen. Es war nicht ungewöhnlich, dass Reiche ihre Kleidung auftrugen, um Geld zu sparen; das kannte sie von wohlhabenden Lübeckern auch.

»Willkommen, mein Herr. Ich habe die Waren frisch aus Lübeck mitgebracht, sie gehören dem Bruder Eures Geschäftspartners.«

»Na und? Dann muss eben ein Bruder für den anderen haften!«

Weiter hielt sie das Lächeln, obgleich es sie Mühe kostete. »Seid versichert, das wird er auch. Ich hole mir nur schnell das Geschäftsbuch meines Schwagers heran.«

»Wo steckt Lambert Vanderen?« Sein Mund verzog sich verächtlich. »Stimmt es, dass sie ihn in den Stein gebracht haben?«

Henrike blätterte in dem Foliobuch und sah auf. »Selbst wenn es so wäre, wäre es für Euch kein Grund zum Frohlocken. Zu leicht könntet Ihr einen Geschäftspartner verlieren.«

Ihr Gegenüber ließ die Luft durch die Lippen entweichen. Es klang wie ein Furz.

»Lasst sehen...« Ruhig zählte sie auf, wie viel Scharlach Lambert von diesem Mann in den vergangenen Jahren gekauft und wie viel er dafür bezahlt hatte. »Eine ganze Menge, findet Ihr nicht?« Sie legte den Finger auf eine Zeile. »Ich sage es Euch ehrlich: Wir sind nicht in der Lage, die kompletten Schulden bei Euch zu tilgen. Aber ich will Euch ein Angebot machen ...«

Als der Scharlachhändler wenig später das Haus verließ, war er zufrieden – und Henrike war es auch. Es würde ihnen noch genug Geld für etwaige Rettungsaktionen bleiben.

Albert Rodenborch fing sie an der Tür des Hansekontors ab. »Ich habe mich für Euch erkundigt. Tatsächlich sind die Älterleute über das Verhalten der Geldwechslerin erbost. Sie hätte nie die Gerichtsbarkeit des Kontors übergehen dürfen. Sie fürchten, dass dieses Vorgehen einreißt – dann würde es die Hanse Macht und Einfluss kosten.«

»Eben deshalb müssen die Oldermänner doch tätig werden!«

»Das würden sie auch, wenn Ihnen Zeit dafür bliebe. Aber der Genter Aufstand greift um sich. Der Gräfliche Bailli ist getötet und das Schloss Wondelghem angezündet worden. Die Weißmützen ...«

»Weißmützen?«

»So nennen sich die Männer, die die Kanalbauarbeiten verhindern wollen. Sie wiegeln die Genter Schiffer und Weber auf. Alle fürchten, dass die Stadt den Getreidehandel verliert und im Nichts versinkt. Und jetzt haben sie auch noch Männer entsandt, die Brügger Handwerker zum Aufstand anstacheln sollen! Man hat schon den gräflichen Sitz in Brügge mit faulen Eiern beworfen. Das könnte nur der Anfang sein.«

Wie es sich anhörte, würde Henrike vom Hansekontor wohl keine Hilfe erwarten können. Rodenborchs nächste Worte bestätigten ihren Verdacht.

»Es kommt nicht einmal zu Gesprächen mit unserer Delegation. Jeden Tag werden die Bürgermeister aufs Neue vertröstet.«

Henrike sank auf eine Truhe, die an der Wand stand. Mit einem Mal fühlte sie sich ganz schwach. »Also kann ich nichts tun? Nur warten?«

»Ganz so ist es nun auch nicht. Die Geldgeberin muss die Schuldscheine vorlegen, um den Gläubiger weiter im Kerker zu halten. Wenn sie das nicht kann, muss die Klage fallen gelassen werden.«

Henrike richtete sich auf. »Ich muss also herausfinden, was Demiselle van de Corpe tatsächlich gegen Lambert in der Hand hat ...« Sie nahm die Hand des jungen Mannes und schüttelte sie überschwänglich. »Habt Dank für Eure Hilfe!«

Röte huschte über Albert Rodenborchs Wangen. »Das war doch ... nur eine Kleinigkeit«, sagte er.

Henrike strahlte ihn frech an: »Wenn das so ist, frage ich Euch nächstes Mal wieder!«

»Gerne!«

Als sie ging, musste sie über sich selbst schmunzeln. Was war denn nur los mit ihr? Zu derartigen Gefühlsumschwüngen neigte sie doch sonst auch nicht!

Im Stein verging ihr die gute Stimmung jedoch schnell. Lamberts Zustand hatte sich verschlechtert. Die Nase triefte, und er hustete ständig. Sie mussten ihn hier herausbekommen! Besorgt rührte Martine für ihren Mann Kräuter mit Fett an und rieb ihm mit der Salbe die Brust ein. Die Frau aß vor Sorge immer weniger – dabei musste sie doch an ihre vier Kinder denken! Henrike nahm sich vor, in den nächsten Tagen darauf zu achten, dass Martine wieder etwas zu Kräften kam. Es half niemandem, wenn sie zusammenklappte. Lambert hingegen wirkte schon jetzt lethargisch.

»Denk dir nur, Henrike hat eine Einigung mit dem grässlichen Scharlachhändler erzielt!«, versuchte Martine ihn aufzumuntern.

»Wie das?«, brummte Lambert mit belegter Stimme.

»Ich habe ihm einen Teil seines Geldes gegeben, etliche Pelze und Bibergeil. Auf den Rest wird er bis Lichtmess warten.«

Lambert schnäuzte sich. Seine Augen waren blutunterlaufen. »Er hat uns doch so zugesetzt«, meinte er bitter.

Seine Frau senkte betreten den Blick.

»Ich habe ihm mit Martines Hilfe deutlich gemacht, dass es ihm mehr nützt, wenn er uns im Geschäft behält, als wenn du den Geloven verlierst. Dafür reichte eine einfache Rechnung aus.«

Ihr Schwager nickte matt. »Also haben wir etwas Zeit gewonnen. Hoffentlich hat sich unser Geschäft bis Februar wieder erholt.«

»Als Nächstes werde ich mich um Demiselle van de Corpe kümmern. Wie viele Schuldscheine hast du ihr unterschrieben?«

»Nur einen.«

»Und damit konnte sie dich verhaften lassen?«

»Anscheinend schon.« Er sah beschämt zu Boden. »Die Geschäfte liefen schlecht, und ich wollte mir vor Adrian keine Blöße geben. Ihm als großem Bruder gelingt immer alles, und mir …«, er brach ab.

»Du bist zu streng mit dir! Dir ist auch schon so viel gelungen, Lieber! Denk daran, was du alles geschafft hast!«, versuchte Martine ihn aufzubauen.

»Aber in diesem Fall habe ich wohl danebengehauen«, meinte Lambert geknickt und ergänzte: »Allerdings hieß es bei der Anklage, sie habe mehrere Schuldscheine vorliegen.«

»Diese Demiselle hat wohl einen von Ricardo gekauft«, berichtete Henrike.

Ihr Schwager nickte düster. »Wenn das so ist …«

Sie versuchten Lambert wieder etwas Hoffnung zu vermitteln, aber der Mann wirkte gebrochen. Es wurde Zeit, und zwar allerhöchste Zeit, hämmerte Henrike sich ein.

Als sie auf dem Heimweg über den Großen Markt gingen, herrschte dort noch mehr Betrieb als üblich. An der Westseite war eine Menschenmenge zu sehen. Plötzlich waren Schreie zu hören. Etliche Männer rannten an ihnen vorbei und rempelten sie an. Coneke versuchte die Frauen zu schützen, aber gegen diesen Ansturm war er machtlos.

»Lass uns gehen, schnell!« Martines Stimme klang ängstlich. Sie umklammerte Henrikes Arm und zog sie mit sich.

Henrike folgte ihr. Da entdeckte sie an der Gassenmündung vor einer Weinschenke Hinrich von Coesfeld. Sie machte sich von ihren Begleitern los und sprach ihn an, aber der Kaufmann hörte ihr kaum zu. Immer wieder reckte er sich nach den Geschehnissen auf dem Platz. Trotzdem wollte sie von ihm wissen, wo ihre Waren geraubt worden waren und was genau passiert war. Er berichtete abgelenkt von den Warenhäusern am Zoll in Damme, wo er übernachtet habe. Am nächsten Morgen seien die Waren einfach fort gewesen.

»Habt Ihr denn niemanden am Speicher gesehen? Gab es Spuren? Hat jemand etwas beobachtet?« Henrike konnte sich kaum vorstellen, dass so eine große Ladung unbemerkt verschwinden konnte.

»Nicht, dass ich wüsste«, sagte er zerstreut. »Ich habe schließlich geschlafen.« Wieder reckte er sich, um die Geschehnisse auf dem Markt zu verfolgen.

Nun sah auch Henrike sich um. Eine Massenschlägerei war ausgebrochen. Über die Ecke des Platzes waberte ein Knäuel von Menschen. Immer wieder brachen Männer aus, schleuderten Steine oder hieben blindlings drauflos. Langsam kamen sie näher. Henrike bekam es nun auch mit der Angst zu tun. Martine war kalkweiß, wagte aber offenbar nicht, alleine fortgehen.

»Was ist denn da nur los?«, fragte Henrike Hinrich von Coesfeld noch schnell.

»Der Graf will Brügger Handwerker für seine Truppen im Kampf gegen die Genter zwangsverpflichten. Aber die wollen wohl nicht«, sagte er.

Da krachte plötzlich ein Pflasterstein neben ihnen an die Mauer, sodass sie sich schnell wegducken mussten.

»Verdammte Hansen!«, schrie jemand.

»Henrike! Lass uns gehen!« Martine kreischte fast.

Flugs nahm Henrike ihre Hand und lief los.

»Wenn Ihr Euch in Damme umhören wollt, komme ich gerne mit!«, rief Hinrich von Coesfeld ihnen noch nach.

Die Gasse vor ihnen war ebenfalls durch Prügelnde versperrt. Zwei taumelten um sich schlagend auf sie zu, doch Coneke konnte sie mit einem Stoß abwehren; Henrike war froh, dass sie ihn bei sich hatten.

»Du musst uns den Weg weisen! Wie kommen wir am schnellsten zu euch?«

Martine bog in die nächste Gasse ab. Sie rannten – doch dann kam ihnen ein Pulk Männer entgegen, die knüppelschwingend auf dem Weg zum Großen Markt waren. Grob wurden die Frauen beiseitegestoßen. Als Coneke sie schützen wollte, traf ihn ein Faustschlag ans Kinn, und er krachte mit dem Kopf gegen eine Mauer. Im Nu schoss hellrotes Blut aus einer Wunde. Wutentbrannt wollte er dem Mann nachsetzen, doch Henrike beschwor ihn: »Coneke – nicht! Bring uns nach Hause!«

»Wo ist Lucie? Sie soll Kräuter, Branntwein und Tücher holen!«

Kaum dass Martine die Tür geöffnet hatte, rief sie ihre Anweisung auch schon. Windele sprang vom Boden auf. Sie hatte mit den Kindern Murmeln gespielt.

»Ich weiß nicht, wo sie ist, Herrin. Aber wenn Ihr mir sagt, wo ich alles finde …«

Als sie Coneke sah, schlug das junge Mädchen die Hände vor den Mund. Inzwischen war sein halbes Gesicht blutüberströmt. »Was ist denn nur geschehen?«

»Tücher und Kräuter – im Schrank in meiner Kammer! Ich hole den Branntwein!«

Martines Anweisungen waren präzis. Obgleich sie so scheu und zierlich war, tat sie doch das Erforderliche. Sie überwand sich selbst, das bewunderte Henrike. Windele eilte los. Die Kinder sahen den jungen Mann so erschrocken an, dass Henrike kurzerhand ihren Rockzipfel nahm und einen Teil des Blutes abtupfte, damit er nicht ganz so arg aussah.

»Nicht, der schöne Stoff! Das bekommst du nur schwer wieder raus, das müsstest du doch wissen!«, schalt Martine sie, und Henrike fühlte sich an ihre Amme Grete erinnert. Wie es der guten Alten wohl ging?

Schon war ihre Magd mit den Tüchern und den Kräuter zurück. Martine rührte schnell etwas an. Dann reinigte sie vorsichtig Conekes Wunde. Der junge Mann presste die Lippen zusammen, sodass seine Kiefer mahlten, gab aber keinen Laut von sich.

»Das würde Lucie besser hinbekommen. Wo steckt sie nur, das dumme Ding?«, murmelte Martine.

Es war eine große Platzwunde, aber glücklicherweise war sie nicht tief. Sorgfältig verarztete Martine den jungen Gehilfen.

»Wenn ich den erwischt hätte, dem hätte ich alle Knochen gebrochen«, zischte Coneke, als sie fertig war.

»Das glaube ich dir sogar«, sagte Henrike ernst. Gut, dass es dazu nicht gekommen war, dachte sie still.

45

Gotland

Der Säugling schrie herzzerreißend, obgleich Gunda ihn sanft an ihrer Brust wiegte.

Simon versuchte, das Geschrei zu übertönen. »Wo ist er hin, sagtet Ihr? Und wie sieht er aus? Wir können uns alle nicht erklären, wer er ist und warum er bei Euch eingezogen ist.«

Noch einmal sah er sich um. Das Packhaus gefiel ihm gut. Überhaupt hatte die ganze Insel einen sehr ansprechenden Eindruck auf ihn gemacht. Schade nur, dass er keine Zeit haben würde, sie zu erkunden. Es war schon viel von Liv und Jost verlangt gewesen, das Geschäft allein zu führen. Auch hatte er Runa im Haus zurückgelassen.

Müde rieb Erik sich über die Augen. »Er geht jeden Tag weg. Mal kommt er abends wieder, mal nachts. Mal bleibt er auch für länger fort. Er kam mir gleich komisch vor. Welcher Gehilfe verhält sich denn so? Aber wenn Herr Adrian ihn geschickt hat, dachte ich, wird es schon seine Richtigkeit haben.«

»Ich vermute, Adrian weiß davon genauso wenig wie ich.«

»Habt Ihr denn nicht mit Herrn Adrian gesprochen?«

Simon schüttelte den Kopf. »Ich konnte ihn nicht erreichen.«

Er erzählte von dem Piratenangriff und Adrians Fahrt nach Stockholm. Als Erik den Mann beschrieb, erinnerte er Simon an niemanden. Nikolas konnte es auf keinen Fall sein – das Alter stimmte überhaupt nicht.

»Am besten warte ich hier auf ihn. Ich verstecke mich und dann stelle ich ihn zur Rede.«

Hartwig stützte sich auf seine Schaufel. Nun hatte er schon beinahe die ganze Höhle durchsucht. Er glaubte fast, jeden Stein mehrfach umgedreht zu haben. Nichts. Kein Silber, kein Gold. Nur Staub und Dreck. Lediglich den Teil, in dem die Leichen waren, hatte er gemieden. Hatten denn diese zwei Opfer nicht gereicht? Wollte Odin mehr Blut? Das nervtötende Geschrei des Säuglings fiel ihm ein. So oft hatte er sich ekelhaft benommen oder das Weib bedrängt, aber das Paar war einfach zu dickfellig! Es war nicht so einfach, sie aus dem Haus zu treiben, wie Nikolas meinte. Wenn er aber das Kind rauben würde ... Er hätte sich den Säugling längst geschnappt, aber dieses Weibsstück trug ihn immer herum. Sogar im Schlaf hatte sie ihn an ihrer Brust. Er müsste es geschickt anstellen. Aber erst einmal müsste er abwarten, dass es Nacht war. Sein Kommen und Gehen erregte Aufmerksamkeit, vor allem bei diesem neugierigen Alten, der schon früher seine Nase in fremde Angelegenheiten gesteckt hatte. Odin musste noch etwas warten ...

Simon schreckte aus dem Schlaf. Das Herz schlug ihm bis zum Hals. Ein Tapsen! Wo war der Eindringling? Plötzlich schwang der Türflügel auf, und jemand huschte hinaus. Verdammt, er hatte zu tief geschlafen, sodass er das Kommen des Mannes überhört hatte! Die Tür fiel ins Schloss. Mit einem Satz war Simon auf den Füßen, hatte sein Schwert ergriffen und rannte hinterher. Da durchbrach ein Schrei die Stille.

»Mein Kind!«

Vor dem Haus starrte Simon in die Nacht. Nichts zu sehen. Er lauschte, doch Gundas und Eriks Schreie lenkten ihn ab. Also nach rechts, auf gut Glück. Er war gerade losgerannt, da hörte er von links ein Scheppern und fuhr herum. Das musste er sein! Er musste das Kind zurückholen!

In einem schmalen Gang entdeckte er zwei Männer, die keuchend miteinander rangen. Der eine hielt den Säugling an seine Brust gepresst. Aber er war so alt! Egal – er musste es sein! Simon wollte sich gerade mit seinem Schwert auf ihn stürzten, da blickte er in das Gesicht des anderen Mannes. Auch wenn er geschrumpft schien wie eine vertrocknete Pflaume, erkannte er ihn sofort.

»Onkel Hartwig!«, rief Simon wie vom Blitz getroffen. »Ich dachte du bist …«

Sein Gegenüber lachte wild. »… auferstanden von den Toten.«

Hartwig stürzte sich auf den Alten und versuchte, ihm den Säugling zu entreißen. Ein Handgemenge entbrannte, während das Kind schrie wie am Spieß. Kurzerhand hieb Simon seinem Onkel mit dem Schwertknauf auf den Schädel. Beinahe lautlos sackte Hartwig in sich zusammen.

Erik und Gunda stürzten um die Ecke, nur in Hemden und Nachthauben. Sogleich nahm Gunda dem alten Mann das Kind ab und herzte es tränenüberströmt. Simon packte seinen Onkel am Kragen. Jetzt hatte er erst mal einen Augenblick, um seine Gedanken zu sortieren …

Sie fesselten Hartwig Vresdorp an einen Stuhl. Immer wieder musterte Simon das Gesicht des bewusstlosen Mannes. Er war älter geworden und abgemagert, aber er war ohne Zweifel sein verhasster Onkel. Wie war er dem Gefängnisbrand entronnen? Vermutlich hatte Nikolas ihm geholfen.

Auf einem anderen Stuhl saß der alte Mann und nippte an dem gewärmten Wein, den Gunda ihm bereitet hatte.

»Was für ein Glück, dass Ihr ihn und unseren kleinen Goldschatz gesehen habt!«, dankte sie dem Nachbarn überschwänglich.

Der Mann nahm einen Schluck und spülte damit seinen beinahe zahnlosen Mund, bevor er den Wein hinunterschluckte. »Obgleich es Jahrzehnte her ist, habe ich Hartwig gleich erkannt. Ich habe nie vergessen, was er uns angetan hat! Deshalb habe ich das Haus beobachtet, Tag und Nacht.« Die Stimme des Alten zitterte.

»Euch hat er auch etwas angetan?«, hakte Simon nach. »In Lübeck hatte man ihn zum Tode verurteilt. Ich weiß nicht, wie er aus dem Gefängnis hat fliehen können. Wir hielten ihn für tot.«

»Wenn ich das gewusst hätte, hätte ich schon früher eingegriffen.« Der alte Mann schüttelte den Kopf, als könne er es nicht fassen. Stockend begann er zu sprechen. »Es war in der Nacht, in der Waldemars Dänen die Stadt einnahmen. Wir waren Nachbarn, wie heute. Hartwig war krank, also nahmen wir ihn und seine Familie bei uns auf. Wir versteckten uns in unserem Keller. Wir dachten, gemeinsam wären wir sicherer.« Er starrte in seinen Becher. Gunda wollte ihm nachschenken, aber er hatte nur wenig getrunken. »Es ging das Gerücht, dass die Bauern, die Wisby verteidigen sollten, niedergemetzelt wurden und dass die Bürgermeister die Stadttore verschlossen hielten. Konrad und Clara Vresdorp ...«

»Mein Vater und seine erste Frau«, ergänzte Simon gebannt.

»... hielten ebenso wie ich diese Grausamkeit nicht aus! Die Tore sollten geöffnet werden, damit sich wenigstens die Kinder retten konnten!« Der Alte stürzte den ganzen Becher hinunter und hielt Gunda den Becher hin, damit sie neuen Wein einfüllte. »Wir zogen los. Aber als ich zurückkam ... war unser kleiner Sohn tot.«

Die Gestalt auf dem Stuhl bewegte sich plötzlich. Hartwig ächzte, als habe er die letzten Worte genau gehört. »Jeden Moment ... konnten die Dänen kommen. Sie sollten ... uns nicht finden. Aber dieses Gör ... hat die ganze Zeit gebrüllt. Es hätte uns verraten.«

»Er war doch noch so klein! Nur ein paar Wochen alt!«, schrie der Alte außer sich.

»Und wenn schon! Er sollte still sein! Deshalb haben wir ihm den Mund zugehalten«, sagte Hartwig mitleidslos. Er ruckte an seinen Fesseln, kam aber nicht los.

Der alte Mann weinte jetzt. Gunda legte ihm die Hand tröstend auf die Schulter. Simon war erschüttert. Er fühlte sich von dem Bericht und den aufbrechenden Gefühlen überrollt. »Er war noch so winzig. Ein ganzes Leben hätte vor ihm gelegen«, schluchzte der Mann. »Dann starb etwas später auch noch meine Frau. Hab mit niemandem mehr was zu tun haben wollen. Hab so getan, als wäre ich schwerhörig, nur um nicht reden zu müssen.«

Der Stuhl wackelte, als Hartwig an den Fesseln riss. »Was für ein Gewäsch! Gegen unser Leben war das des Kindes ein Nichts!«, verteidigte er sich.

Erik versetzte ihm eine Ohrfeige. »So wie unsere Tochter? Was hattest du mit ihr vor, du Scheusal?«

Hartwig grinste. »Die Götter gnädig stimmen, damit sie mir Gold und Silber schenken. In meiner Höhle.«

»Und Asta?«, fragte Simon.

»Auch in der Höhle. Die musste auch immer ihre Nase in anderer Leute Angelegenheiten stecken. So wie du!« Er spuckte in Richtung des alten Mannes aus.

»Ist sie tot?«

»Was denkst du denn? Glaubst du, ich halte mir die Alte als Liebchen?« Hartwig lachte.

»Bring mich in die Höhle«, forderte Simon.

Sein Onkel blickte ihn scheel an. Simon dachte daran, wie Hartwig ihm die Finger blutig geschlagen hatte, als er ein Lehrjunge gewesen war, nur weil er etwas falsch geschrieben hatte. »Und dann lässt du mich gehen, oder Simon? Du bist doch ein guter Junge?«

»Ich bringe dich den Bütteln.«

»Bitte! Ich zeige dir die Höhle, und du lässt mich gehen!«, flehte Hartwig. »Ich zeige dir auch, wo Asta und ihr Kerl liegen, versprochen!«

Gleich in der Früh band Simon seinen Onkel vom Stuhl, fesselte dessen Hände auf den Rücken und wickelte ihm ein Seil um den Leib. Hartwig durfte keine Gelegenheit zur Flucht bekommen. Beim Hinunterklettern zur Höhle mussten sie Hartwigs Handfesseln lösen, aber sogleich legten sie diese wieder an. Der Gefangene führte Simon und Erik durch die Höhle und zeigte ihnen selbstzufrieden, wo er überall gegraben hatte. Seine Lage und das Unglück, das er über andere gebracht hatte, schien ihn nicht im Mindesten zu interessieren. Schließlich kamen sie an einen unterirdischen Fluss, der im Schein der Fackeln glitzerte. Hartwig wies auf ein Geröllfeld am anderen Ufer.

»Dort hat Asta versucht, mich zu erledigen. Einen Erdrutsch hat sie ausgelöst. Aber die Einzige, die dabei verletzt wurde, war sie selbst.« Er grinste schadenfroh. »Hab sie dann zum Lager geschleppt. Dachte, sie berappelt sich noch mal. Aber nein, die hat ihr Geheimnis mit ins Grab genommen!«, schimpfte er.

»Welches Geheimnis?«, wollte Simon wissen.

»Na, wo ihre Familie das Silber versteckt hat.«

»Vielleicht wusste sie es nicht.«

»Ja, das hat sie auch immer behauptet. Aber hat doch gelogen, die alte Schachtel!«

Simon ignorierte die folgende Hasstirade und forderte seinen Onkel auf, sie zu diesem Lager zu bringen.

Das sogenannte Lager war das Ende eines Ganges, das eine kleine Höhlung mit verschiedenen Ebenen bildete. Als sie mit ihren Fackeln den Raum erhellten, entdeckten sie zwei Körper. Sie lagen etwas voneinander entfernt, hatten aber die Hände zueinander ausgestreckt. Asta und Sasse. Trotz der Wunden auf ihrer wächsernen Haut wirkten sie friedlich.

»Rührend, nicht?«

Simon achtete gar nicht auf Hartwig, sondern fiel auf die Knie. Er war im Tiefsten getroffen. Was für ein Drama sich hier abgespielt hatte! Warum hatte Katrine keine Hilfe für ihre Mutter geholt? Vielleicht wäre Asta zu retten gewesen! Erik sank neben ihm zu Boden. Gemeinsam sprachen sie ein Gebet für die Toten.

Sie holten Hartwig am Ausgang der Höhle ein, wo er versuchte, sich die Fesseln an einer Felskante aufzuscheuern. Simon würde ihn direkt ins Gefängnis bringen. Danach würden sie die Toten bergen und anständig bestatten. Die Insel würde er erst verlassen, wenn Hartwig hingerichtet worden war. Und dieses Mal wollte er sehen, wie sein Onkel starb.

Gut eine Woche später stand Simon auf dem Galgenberg von Wisby und sah Hartwig Vresdorps Leiche im Wind schaukeln. Schon lauerten die Raben auf ihr Mahl. Das Urteil war ohne Verzug vollstreckt worden. Asta und Sasse hatte er auf dem Friedhof der Marienkirche zur letzten Ruhe betten lassen, nebeneinander, so wie sie es sicher gewünscht hätten. Nach Lübeck und Brügge hatte er Briefe geschrieben, um Adrian und Henrike vor Nikolas zu warnen. Beim Blick auf Stadt und Meer dachte er an sein letztes Gespräch mit Hartwig zurück. Es war im Kerker von Wisby gewesen. Bis zuletzt hatte Hartwig gehofft, er würde davonkommen. Immer wieder faselte er von dem Racheplan, den Nikolas ausgetüftelt hatte und der Simon und seine Familie zu Fall bringen würde. Simon hatte gefragt, welche Botschaft Hartwig denn dem Mörder Wigger von Bernevur nach ihrem Tod hätte übermitteln sollen. Aber da redete Hartwig nur wirres Zeug über etwas, das bei Telse in Lübeck versteckt sei. Simon würde gleich nach seiner Rückkehr zu ihr gehen.

Zuletzt hatte Simon Hartwig verraten, dass sie doch noch Silber in der Höhle gefunden hatten. Als sie die Leichen abtransportierten, hatte etwas in großer Höhe geglitzert. Silberketten und Münzen waren auf einem Felsvorsprung in einer Schale versteckt gewesen. Hartwig war ob dieser Enthüllung in wildes Kreischen ausgebrochen. Er hatte auf Odin geflucht und alle anderen Götter – sogar auf solche, von denen Simon noch nie gehört hatte.

Ob es wirklich Astas Familienschatz war? Wie auch immer: Simon wollte ihn nicht, das Silber würde ihnen bestimmt kein Glück bringen. Er hatte es der Kaufmannskirche für die Armenspeisung geschenkt.

Jetzt musste er auf dem schnellsten Wege nach Hause zurück. Er würde Nikolas zur Strecke bringen und den teuflischen Plänen seines Vetters ein Ende bereiten. Aber wo sollte er bloß anfangen, nach ihm zu suchen?

46

Lübeck

Adrian betete in der Marienkirche für Gretes und Cords unsterbliche Seelen. In der Weite des Kirchenschiffs hatte er für einen Augenblick das Gefühl, gegen den Wind anzurennen. So schnell er auch ging, so beherzt er seine Hacken in den Sand stemmte, kam er doch nicht schnell genug voran. Immer verpasste er etwas, oder etwas Schlimmes war in seiner Abwesenheit geschehen, wie jetzt …

Grete und Cord waren ein gutes Gespann gewesen. Jeder von ihnen hatte auf seine Weise zu ihrem Familienleben beigetragen. Jeder von ihnen war ein großer Verlust.

Auf dem Weg hinaus sprach Adrian noch vor der Steinfigur des heiligen Olafs ein Stoßgebet. So etwas würde ihm nicht noch einmal passieren! Dieses Mal würde er nicht zu spät kommen! Bald wäre er in Brügge bei Henrike!

Vorher jedoch gab es noch einiges zu tun. Gut, dass sie Liv und Jost hatten. Livs Brandwunden waren einigermaßen verheilt, und auch Jost packte fleißig mit an. Simon hatte eine neue Köchin und einen neuen Knecht eingestellt, die sich auch gut machten. Dass Katrine zu den Beginen gegangen war, bedauerte Adrian nicht sehr. Sicher war es das Beste für sie, und er hoffte, dass sie im Kloster endlich ihren Frieden wiederfinden konnte. Und da war dieser Knabe mit den Falken, den Simon aus Island angeschleppt hatte. Obgleich er über die eigenmächtige Expedition des Jungen noch immer verärgert war, musste er doch anerkennen, dass Simon ein unglaublicher Streich gelungen war. Nach Island zu reisen und Gerfalken mitzubringen! Dennoch würde er ihm eine gehörige Standpauke halten müssen. Etwas

Wagemut war gut für einen Kaufgesellen – aber zu viel durfte es auch nicht sein. Und mit seiner Reise nach Gotland riskierte er jetzt aufs Neue sein Leben. Simon hätte das Handeln ihm, dem Familienvorstand, überlassen müssen!

»Zu Bürgermeister Swerting, bitte!«, sprach Adrian die Ratswache an. Er hatte Glück, der Bürgermeister war im Rathaus, und so wurde er eingelassen. Sie nahmen auf hohen Armlehnenstühlen Platz. Nach einer knappen Begrüßung berichtete er Symon Swerting von dem Gerücht, dass die Dänen demnächst Schweden wieder angreifen würden.

»Und du darfst nicht verraten, vom wem du es hast?«

Adrian schüttelte den Kopf. »Es muss dir reichen, dass ich am Hof der Königin in Vordingborg gewesen bin. Auch bitte ich dich um größte Verschwiegenheit. Ich vertraue dir als einem ehrenwerten Mann und Waffenbruder. Mein Name darf nicht genannt werden.«

»Selbstverständlich. Du kannst dich darauf verlassen«, versprach Swerting. »Ich werde eine Vredekogge abkommandieren und sie vor Stockholm unauffällig patrouillieren lassen. Es ist wichtig, dass wir wachsam sind. Außerdem werden wir den diplomatischen Verkehr der beiden Königshäuser auf Anzeichen von Aufrüstung untersuchen.«

Auf dem Gang des Rathauses traf Adrian den Ratsherrn Gerhard Dartzow. Er hatte das Gespräch mit dem Bürgermeister so hastig beendet, wie es gerade noch schicklich war, und wollte jetzt weitere Verzögerungen vermeiden. Seinen Proviant hatte er bereits zusammenstellen lassen. Er musste nur noch auf sein Pferd steigen und losgaloppieren. Schon überlegte er, wie weit er heute wohl noch kommen könnte. Es war Ende September und noch immer trocken – glücklicherweise musste man sagen, denn Regenfälle würden seine Reise erschweren.

»Wohin so eilig, Herr Vanderen?«, erkundigte sich Dartzow.

Adrian konnte ihn nicht einfach so stehen lassen. Die Höflichkeit gebot ein kurzes Gespräch. »Ich bin gerade aus Stockholm zurück, wo ich übrigens Euren Bruder getroffen habe.«

»Ja, er schließt gerade ein großes Geschäft mit Bo Jonsson Grip ab. Grip ist der ...«

»Ich weiß«, fiel Adrian ihm ungeduldig ins Wort. Schließlich hatte Hermann Dartzow ihm dieses Geschäft weggeschnappt. Und das nur, weil Adrian zu spät in Stockholm gewesen war.

»So, das wisst Ihr also«, sagte Gerhard Dartzow säuerlich. Adrian wollte schon weitergehen, doch Dartzow fuhr fort: »Ihr habt übrigens etwas versäumt. Wir haben Anfang September endlich die Zirkelgesellschaft gegründet. Die feinste Vereinigung Lübecks. Wir hätten Euch gerne dabei gehabt, aber Ihr ...«

Adrian hielt es nun nicht mehr aus. »Verzeiht, Consul, aber wichtige Geschäfte rufen mich ab. Bitte berichtet mir nächstes Mal von Eurer löblichen Gesellschaft«, sagte er und klopfte dem Ratsherrn versöhnlich auf die Schulter.

Gerhard Dartzow sah ihm kopfschüttelnd nach.

47

Brügge

Sicher wunderst du dich jetzt nicht mehr, dass man Brügge den Stapel der Christenheit nennt. An manchen Tagen verlassen siebenhundert Schiffe die Stadt. Über dreißig Nationen kommen in dieser Stadt zusammen, um Handel zu treiben. Die Hälfte davon hat Genossenschaften gebildet und Faktoreien gegründet. Die wichtigsten sind natürlich die Herren des Mittelmeeres – die Kaufleute aus Venedig, Genua und Florenz«, sagte Ricardo.

»Natürlich«, schmunzelte Henrike.

Hatte er sich in Lübeck nicht noch über ihre Heimatliebe lustig gemacht? Andererseits konnte sie froh sein, dass er sie zu der Geldwechslerin begleitete. Zweimal hatte sie schon das Gespräch mit Demiselle van de Corpe gesucht, aber nie war sie vorgelassen worden. Also hatte sie Ricardo um Hilfe gebeten, der sich sogleich bereit erklärte, mitzukommen.

»Und dann folgen natürlich die Hansen, die Herren über die Ostsee. Der Kaufmannsstand in Brügge ist so vielfältig! Engländer, Schotten und Iren bringen Wolle hierher – es sei denn, es gibt wieder einmal eine Handelssperre –, Friesen das Vieh, aus La Rochelle und Bayonne kommt der Wein, die Spanier und Portugiesen bringen Südfrüchte und Wolle. Wir haben Viertel, in denen zeitweise nur Spanisch oder Englisch gesprochen wird, das finde ich herrlich!«, schwärmte er weiter.

»Manche scheinen die Vielfalt des Handels nicht so gut zu finden. Neulich warf jemand einen Stein und schimpfte dabei auf die Hansen.«

»Viele Handelsnationen haben Privilegien ausgehandelt, von

denen Brügger Bürger nur träumen können. Aber die Hansen sind besonders dreist. Andauernd fordern sie Entschädigungen für verloren gegangenes Gut – dabei sind sie an dem Verlust oft schuld! Die Wirte sollen haften, wenn bei ihnen eingelagerte Kaufmannswaren verloren gehen – das treibt manche in den Ruin. Für Seeraub in gräflichen Gewässern verlangen die Hansen ebenfalls Schadensersatz – auch, wenn gar keine Vläminger beteiligt waren!«

Sie gingen die Vlamingstraat hinunter, eine wichtige Handelsstraße mit vielen Hostels und Geschäften, vor denen Bierverkäuferinnen warteten; dieses Mal stand vor der Herberge Ter Beurze tatsächlich eine Menschenmenge, aus der lautstark italienische Sprachbrocken aufbrandeten. Vor einem Stand baumelten an einer Leine Strumpfhosen im Wind; die Brügger Hosen waren im ganzen Hanseraum begehrt. Henrike überlegte, auch ein paar zu kaufen und nach Lübeck zu schicken. Sie blieb bei den Andachtsbildern aus flämischer Produktion hängen, die gleich fassweise gehandelt wurden. Auch die würden einen schönen Gewinn bringen, wenn sie einige davon mit nach Lübeck nähme … Sofern ihr denn Geld bliebe. Ihr Silbervorrat ging schneller zur Neige, als ihr lieb sein konnte.

Schließlich erreichten sie die Räume der Geldwechslerin. Auf Tischen standen Waagen in allen Größen, es gab Goldprobiersteine, Rechenteppiche und Wachstafelbücher. An kleinen Pulten saßen Männer beisammen; offenbar hatte Demiselle van de Corpe viele Gehilfen, die einen Teil der Geschäfte übernahmen. An einem Tisch erkannte Henrike Ordensritter in Tracht. Aus einem Hinterzimmer wurde eine verschleierte Dame geführt. Es herrschte eine ruhige, konzentrierte Atmosphäre. Jemand fragte nach ihrem Begehr. Ricardo nannte seinen Namen, und der Mann bat sie, zu warten.

Ricardo neigte sich zu ihr. »Hier werden nicht nur die verschiedensten Währungen getauscht, sondern auch Schmuckstücke beliehen, Wechsel ausgestellt oder eingelöst sowie Seeversicherungen abgeschlossen. Demiselle van de Corpe hat gerade bei den Adeligen einen guten Ruf. Sie ist diskret, auch wenn die Edelleute Juwelen verpfänden müssen.«

»Seeversicherungen? Was soll das sein?« Davon hatte Henrike noch nie gehört.

»Das kennst du nicht?« Ricardo lächelte, weil er sich offenbar in seinem Vorurteil über das provinzielle Lübeck bestätigt sah. »Du zahlst vor einer Handelsreise Geld – und wenn das Schiff kentert oder von Piraten überfallen wird, bekommst du eine Entschädigung. Es ist also nicht alles verloren.«

Henrike war verblüfft. Wie viele Kaufleute hätten nach einem Schiffsunglück ihren Geloven behalten, wenn sie eine derartige Versicherung abgeschlossen hätten!

»Eine gute Einrichtung!«, staunte sie.

Statt einer Antwort neigte Ricardo dieses Mal nur lächelnd das Haupt.

Der Diener führte sie in eines der Hinterzimmer. Eine feingliedrige Frau mit schmalem Gesicht thronte dort auf einem hohen gedrechselten Stuhl. An ihren Fingern trug sie mehrere edelsteinbesetzte Ringe. Sie machte sich nicht die Mühe, zur Begrüßung aufzustehen. Mit einem knappen Blick maß sie Henrike, Ricardo nickte sie halbwegs freundlich zu und plauderte ein wenig mit ihm.

»Das ist Henrike Vanderen. Es geht um Eure Klage gegen ihren Schwager Lambert.«

Die Frau stocherte geziert mit einer Goldnadel zwischen ihren Zähnen. »Wie unerquicklich. Ich wundere mich, Euch in dieser Angelegenheit hier zu sehen, mein Herr«, sagte sie schließlich.

»Sie ist die Ehefrau eines Freundes«, erklärte Ricardo wortkarg.

Die Geldverleiherin seufzte. »Ich habe natürlich gehört, dass die Familie wieder Waren anbietet, und sogleich einen meiner Männer hingeschickt. Aber selbst wenn ich diese Waren komplett beschlagnahmen würde, wäre nur ein Bruchteil der Schulden getilgt. Also habe ich es ihnen gelassen.«

Henrike stutzte. Einer ihrer Männer hatte ihre Waren geschätzt? Warum hatte sie nichts davon mitbekommen? Wie gnädig von Demiselle van de Corpe, es ihnen zu lassen! Diese Heuchlerin! Aber Lambert in den Kerker bringen!

»Auf wie viel belaufen sich die Schulden meines Schwagers insgesamt?«, fragte Henrike beherrscht.

Die Demiselle nannte eine schwindelerregende Summe.

»Dürfte ich wohl die Schuldscheine sehen?«

Als würde sie dieses Gespräch so ermüden, dass sie ihr Haupt nicht mehr halten könnte, stützte Demiselle van de Corpe die Ellenbogen auf den Tisch und legte ihr Kinn auf die gefalteten Hände.

»Glaubt Ihr wirklich, ich öffne für Euch meine Geschäftsbücher? Da muss ich Euch enttäuschen«, leierte sie.

Henrike ärgerte sich über diesen demonstrativen Ausdruck von Langeweile. Es ging hier um ihre Familie!

»Dann müsste ich wohl dafür sorgen, dass ich die Schuldscheine zu sehen bekomme.«

Die Demiselle lächelte schmallippig. »Das könnt Ihr gerne tun. Dann würde ich allerdings Eure kümmerlichen Waren beschlagnahmen lassen, und Ihr müsstet das Geschäft schließen. Leider spricht sich eine Pleite ja so schnell herum!«

Henrike senkte den Blick. Nein, das konnten sie nicht riskieren.

Demiselle van de Corpe gab ihrem Diener einen Wink. Der junge Mann öffnete die Tür. Henrike ging einige Schritte voraus, und als sie sich noch einmal umwandte, sah sie, wie Ricardo und die Geldverleiherin sich leise unterhielten. Hoffentlich bekam der Freund ihretwegen nicht auch noch Schwierigkeiten!

Als sie vor die Tür traten, fragte sie besorgt: »Hat sie dir auch gedroht?«

Ricardo schüttelte den Kopf, wirkte jedoch ernst. »Das kann sie nicht. Aber es ist eine unangenehme Lage! Ich weiß euch wirklich nichts zu raten! Am besten reist du zurück nach Lübeck, carissima, und überlässt alles andere dem Lauf der Zeit.«

So unangenehm die Lage auch war, das konnte sie nicht tun. Sie konnte doch ihre Familie nicht im Stich lassen!

Am Nachmittag suchte Henrike erneut das Gespräch mit Albert Rodenborch im Hansekontor. Sie fand den Ratsschreiber jedoch nicht – dafür aber Hinrich von Coesfeld. Er erklärte sich bereit, am nächsten Tag mit ihr nach Damme zu fahren, um ihr zu zeigen, wo die Ladung verschwunden war. Er mochte zwar in Geschäftsdingen nicht immer geschickt sein, aber er war ein guter Mensch.

Mit einem kleinen Boot ließen sie sich nach Damme schippern. Henrike wurde, wie stets, von Coneke begleitet, dessen Wunde am Kopf schon beinahe wieder verheilt war. Noch in Brügge sahen sie vom Wasser aus, wie wieder gräfliche Truppen gegen Weber vorgingen.

»Ich hoffe, diese Kämpfe sind bald vorbei«, sagte Henrike bedrückt.

»Solange die Kämpfe in und um Gent nicht aufhören, wird auch hier keine Ruhe einkehren. Der Graf braucht Männer, und er will sie unter den Webern rekrutieren. Die aber wollen sich nicht gegen ihre Standesgenossen stellen. Im Gegenteil, die Weber wollen mitreden, und das ist ja auch gut so. Dem Grafen gefällt das nicht. Er versucht anscheinend alles, um die Macht in seine Hände zu bekommen.«

»Viele Handwerker sind unzufrieden. In Lübeck ist es auch so. Zum Beispiel dein Vater, Coneke, und seine Standesgenossen«, erinnerte sich Henrike.

Sie mussten sich ducken, weil sie unter einer Brücke hindurchfuhren. Hinrich von Coesfelds Stimme wurde von den Wänden zurückgeworfen. »Überall gärt es. Ob in Brügge, Braunschweig oder Lübeck. Auch aus England hört man von drohendem Aufruhr. Das ist natürlich unschön und beeinträchtigt den Handel. Es ist aber auch nicht richtig, dass die Handwerker einen Großteil der Arbeit tun und ihre Steuern zahlen, an der Regierung aber nicht beteiligt werden.«

Henrike nickte nachdenklich. Hoffentlich würde es nicht auch in Lübeck eines Tages zu einem Aufstand kommen!

Sie passierten das Stadttor und fuhren die Reie hinauf. Im Hafen von Damme herrschte Gedränge, aber auch in den Gassen der Stadt war viel los. Hier wurden hauptsächlich französischer Wein, Metallwaren wie Glocken und Scheren sowie Gewürze gehandelt.

Sie hielten an einem Gasthof, und Hinrich von Coesfeld zeigte ihr den anliegenden Speicher. Wenn darin mehrere Kaufleute ihre Waren zwischenlagerten, konnte es leicht zu Diebstählen kommen. Kein Wunder, dass die Hosteliers nicht mehr haften wollten! Nichts gegen Hinrich von Coesfeld, aber vielleicht hätte man einen Gehilfen mitschicken sollen, der neben den Gütern nächtigte. Sie befragte den Schankwirt zu dem Diebstahl, aber er wies alle Schuld von sich. Bemerkt habe er auch nichts. »Wie denn auch, bei so viel Kundschaft!«, verteidigte er sich entrüstet.

Henrike sank der Mut. Alles schien sich gegen sie verschworen zu haben! Sie würden weder den Diebstahl aufklären noch die Waren wiederfinden! Wenn sie Klage gegen den Hostelier einreichte, könnte die Urteilsfindung ewig dauern. Wie sollte es nur mit Lamberts Geschäft weitergehen, wenn die Familie nach Tilgung der Schulden vor dem Nichts stand?

Wieder im Boot redete sie sich ihre Gedanken von der Seele und erzählte von den mysteriösen Vorkommnissen der letzten

Zeit. »Wenn ich nur wüsste, wer dahintersteckt! Aber wir haben niemandem ein Leid getan!«, rief sie aus.

»Ein Kaufmann macht sich immer Feinde. Außerdem: hattet Ihr nicht vor ein paar Jahren Schwierigkeiten mit Euren Verwandten?«, fragte ihr Begleiter.

»Schon«, gab Henrike zu. »Aber mein Onkel Hartwig ist tot und mein Vetter Nikolas fort.«

Mitleidig blickte Hinrich sie an. »Dann ist es wohl einfach Pech.«

Am nächsten Tag machte Henrike sich besonders sorgfältig zurecht. Martine hatte nach Henrikes Rückkehr aus Damme berichtet, dass Lambert jetzt auch noch fieberte. Daraufhin hatten sie einen verzweifelten Plan entwickelt.

Beim Anziehen spürte sie, wie ihr Kleid spannte, und freute sich. Wenn ihre Brüste größer wurden, war das sicher ein gutes Zeichen! Wenn sie es doch nur Adrian sagen könnte. Sie sehnte sich so nach ihm! Ob er wohl aus Stockholm zurück war? Für einen Augenblick hoffte sie, dass er sich auf den Weg nach Brügge machen würde, um sie zu sehen, aber dann schob sie den Gedanken weg – er hatte doch so viel zu tun!

Windele steckte Henrike die Haare hoch, und beide halfen anschließend Martine, die Kinder herauszuputzen. Jetzt galt es!

48

Nordhorn

Adrian gab dem Stalljungen eine Münze, damit er sein Pferd gut versorgte. Das Ross war ausgepumpt, und auch Adrian taten Hintern und Rücken weh. Dafür hatte er aber auch bereits die Hälfte der Strecke zurückgelegt. Die nordwestfälisch-flämische Straße führte von Lübeck über Wildeshausen und Cloppenburg nach Nordhorn und dann über Deventer, Arnheim und Antwerpen bis nach Brügge. Obgleich es Anfang Oktober war, regnete es nur selten. Auf den Feldern wurde gepflügt und Wintergetreide ausgesät. Er hatte Bauern beim Viehtrieb gesehen, aber auch viele Pilger. Missernten, Seuchen und der anhaltende Glaubensstreit trieben die Menschen auf die Straße.

Er trat in den Schankraum. Sogleich kam ihm ein fettiger Geruch entgegen. Hoffentlich gab es etwas Vernünftiges zu essen! Leider wurde nur Eintopf angeboten, aber Adrian blieb wohl nichts anderes übrig. An diesem Wegstück waren kaum Gasthöfe gewesen. Dafür war er aber bislang auch von Straßenräubern verschont geblieben.

»Gott zum Gruß, Ihr Herren«, sagte er und fragte die Gäste, ob er sich zu ihnen setzen dürfe, was ihm gerne gestattet wurde. Adrian bekam seinen Eintopf, in dem hauptsächlich undefinierbare Fleischstücke und Fettaugen schwammen. Vorsichtshalber spülte er jeden Löffel mit einem Schluck Bier hinunter. Schließlich schob er die Schale von sich, nur eine kleine Feder und eine Hühnerkralle blieben darin, die offenbar mitgekocht worden waren. Auf Reisen durfte man eben nicht zimperlich sein.

Die Männer tauschten aus, woher sie kamen, wie die Reiseverhältnisse gewesen waren und sprachen über die Neuigkeiten, die sie unterwegs aufgeschnappt hatten. Adrian erzählte, dass er auf dem Weg nach Flandern war.

»Dann gebt gut acht«, sagte ein Mann. »Ich hörte vom Aufstand der Genter Weber. Auch heißt es, in Brügge habe es Straßenschlachten gegeben.«

Alarmiert hakte Adrian nach, aber keiner der Männer wusste Genaueres zu berichten. Es drängte ihn, sogleich weiterzureiten, um schneller zu Henrike zu kommen, doch sein Ross brauchte ein paar Stunden Pause.

Noch in der Nacht brach er wieder auf.

49

Brügge

Coneke und Xaver stützten Lambert bis zu seinem Bett. Damit er das Fieber ausschwitzen konnte, deckte Martine ihn sogleich fest zu. Henrike war euphorisch. Ihr Plan war aufgegangen!

Die Frauen des Hauses waren gemeinsam mit den Kindern zum Hansekontor gegangen und hatten im Karmeliterkloster für einiges Aufsehen gesorgt. Sie hatten ihren Mut zusammengenommen und von der Geldverleiherin berichtet, die die Schuldscheine offenbar nicht vorweisen konnte, und von Lamberts schwacher Gesundheit. Martine hatte vor Aufregung und Sorge geweint, was sicher nicht geschadet hatte; auch der Anblick der vier Geschwister, die ihren Vater schmerzlich vermissten, hatte die Männer weich gestimmt. Man sagte den beiden Frauen zu, am darauffolgenden Tag mit Demiselle van de Corpe zu sprechen.

Tatsächlich konnte die Geldverleiherin die angegebenen Schuldscheine nicht vorweisen. Sie hatte wohl darauf spekuliert, mehr Geld herauszuschlagen, als ihr zustand. Henrike war vorbereitet und hatte die tatsächlich ausstehende Summe mit ihrem letzten Silber beglichen. Die Demiselle hatte sich beherrscht, aber Henrike sah ihr an, wie es sie innerlich zerfraß. In diesem Fall hatte sie sich wirklich eine Feindin gemacht – und was für eine! Die Männer des Grafen hatten dem Wunsch der Hansen auf Freilassung Lamberts stattgegeben; sie waren verhandlungsbereit, seit Graf Ludwig aus Furcht vor den Aufständischen nach Lille geflüchtet war.

Jetzt war kein Geld mehr vorhanden für Adrians neues

Schiff ... Doch er würde darüber sicherlich nicht erzürnt sein. Denn dafür hatten sie vermutlich Lamberts Leben gerettet! Und wenn es Lambert besser ginge, könnte Henrike endlich nach Hause zurück.

Henrike ging in die Küche, um eine Kleinigkeit zu essen; ständig hatte sie Hunger. Windele brachte gerade die Kinder aus Lamberts Zimmer; der Vater brauchte Ruhe. Henrike fragte nach Lucie. »Sie wollte nur noch etwas Brot besorgen«, berichtete ihre Magd.

War das junge Mädchen wieder allein unterwegs? Hatte Martine der jungen Frau denn nicht ins Gewissen geredet? Aber vermutlich hatte sie es über ihre Sorgen um Lambert vergessen. Auf dem Tisch entdeckte Henrike neben dem Stickzeug einen Brief. Windele sagte, dass ein Bote ihn abgegeben habe, während sie Lambert abholten.

»Von Simon, aus Lübeck!«, freute sich Henrike, als sie die Schrift erkannte. »Mein Brüderchen ist wieder zurück!«

Hastig öffnete sie das Wachssiegel. Doch mit jedem Wort, das sie las, war ihr, als würde ihr ein Stück Boden unter den Füßen weggerissen. Die Trauer wallte in ihr auf wie eine Sturmflut, die alles zu überschwemmen drohte. Sie weinte haltlos. Sofort waren Martine, Windele und die Kinder da, um sie zu trösten, auch wenn sie gar nicht wussten, worum es ging. Nur langsam bekamen sie es aus Henrike heraus: Cord und Grete waren tot. Henrike fühlte sich, als ob sie ihre Großeltern verloren hätte. Glücklicherweise war der Mörder tot, es war ein Adeliger namens von Bernevur gewesen. Ob er derjenige war, der sie über Bord gestoßen hatte? Der ihr Haus in Wisby angezündet hatte? Wenn sie ihn im Sommer doch nur gefangen hätten! Dann könnten Grete und Cord noch leben ...

Vor seinem letzten Atemzug hatte der Mörder offenbar eine schwer verständliche Nachricht hinterlassen. Eine Spur führe nach Gotland, hatte Simon geschrieben, und angekündigt, dorthin zu reisen. Hoffentlich war er vorsichtig! Der Feind schien keine Skrupel zu kennen. Sie wollte ihren Bruder nicht auch noch verlieren. Wenigstens war sie hier sicher …

≈

Noch einmal wandte Lucie sich dem Mann zu. Sein Bart kitzelte, aber seine Lippen waren kundig. Er drängte sie nicht, sondern überließ ihr die Initiative, was ihr gefiel. Mit Komplimenten hielt er sich dagegen nicht zurück, charmant war er und Geschenke brachte er. Da störte es nicht, dass er kein schöner Mann war.

Sie hatte ihn oft in der Nähe ihres Hauses gesehen, wo er seinen Geschäften nachging. Eines Tages war er in ihren Kaufkeller gekommen, und sie hatte ihn bedient. Sie waren ins Plaudern gekommen. Reizende Komplimente hatte er ihr gemacht. Immer öfter hatte sie mit ihm gesprochen. Er strahlte so etwas Geheimnisvolles aus! Seine Worte und seine markante Ausstrahlung hatten sie beinahe verrückt gemacht. Aber dann war er für längere Zeit fort gewesen. Wie hatte sie gelitten! Kein anderer war ihr recht gewesen. Was wollte sie mit Jüngelchen, wenn sie diesen gestandenen Mann haben konnte? Als er wieder aufgetaucht war, hatte sie geglaubt, das Herz müsse ihr im Leib zerspringen. Sie sehnte sich danach, sich an seine breite Brust zu schmiegen und ihn zu küssen. Sie war seiner Einladung in sein Haus gefolgt, ohne es ihrer Schwägerin Martine zu verraten. Wie aufregend es war, mit ihm allein zu sein! Niemand durfte von ihren Treffen wissen, da waren sie sich einig. Wie immer, wenn sie ihn besuchte, hatte er seinen Gehilfen weggeschickt, einen düsteren, vierschrötigen Mann.

Von der Straße waren Protestschreie zu hören, aber Lucie ließ sich nicht ablenken, sondern gab sich ihrem Kuss hin. Schließlich löste sie sich von ihm.

»Meine Geliebte! Mit deiner Anmut verzauberst du mich«,

sagte er und ließ seine Finger über ihren Hals bis zum Schlüsselbein wandern. Eine Gänsehaut zog über ihren Leib. »Deine Schönheit lässt mich alles Böse dieser Welt vergessen. Und deine Unschuld heilt mich.«

Wie schön das war! Sie könnte ihm stundenlang zuhören! Doch die Schreie auf der Straße ließen nicht nach. Was war da los? Mühsam tauchte sie aus ihrer Verzückung auf und trat an das kleine Fenster seines Hauses. Wieder waren Krawallmacher unterwegs.

»Es dunkelt bereits – ich sollte besser gehen. Ich habe gesagt, dass ich nur schnell Brot hole. Martine fällt meist gar nicht auf, dass ich länger fort bin. Aber seit Kurzem ist meine zweite Schwägerin bei uns, und ich fürchte, sie achtet sehr darauf«, sagte Lucie bedauernd.

Sie hörte, dass er zu ihr ans Fenster kam. Dann spürte sie hinter sich seine Anwesenheit, wie ein Prickeln, dem sie nicht widerstehen konnte. Sie drehte sich erwartungsvoll um, doch er umfing sie nicht. Noch einmal nahm er ihre Hand und strich wie beiläufig über den Armreif, den er ihr geschenkt hatte. Leider würde sie ihn verstecken müssen, wie seine anderen Geschenke auch. Vorerst zumindest.

»Deine zweite Schwägerin?«, fragte er leise.

Ihr fiel auf, wie hellwach seine Augen wirkten, als nehme er sie ganz wahr. »Ja, Henrike aus Lübeck. Aber sie lulle ich auch noch ein!«, rief Lucie, stellte sich auf die Zehenspitzen und küsste ihn.

Dann rannte sie zur Tür und sah sich noch einmal zu ihm um. Er war ein Bild von einem Mann. Wenn man ihn so stehen sah, ahnte man nicht, dass sein Bein krank war und er humpelte. Aber das war nur ein kleiner Mangel. Er bewies auch Geschmack, fand Lucie. Sie mochte besonders seinen silberbeschlagenen Stock mit dem Adlerkopf.

Adrian hatte Antwerpen bereits passiert. Jetzt war es nicht mehr weit bis Brügge – bis zu Henrike. Er ritt wie der Wind. Jede schlechte Nachricht, die Reisende aus Flandern brachten, trieb ihn mehr an. Wenn alles gut ginge, könnte er morgen Brügge erreichen ...

50

Brügge

Das Kirchengebäude neben dem Schuldgefängnis war die Sankt-Blasius-Kapelle. Filigrane vergoldete Verzierungen brachten ihre graue Steinfassade zum Leuchten. Durch die Kapellenpforte strömten Gläubige, etliche von ihnen waren Pilger, wie Henrike unschwer an den Pilgerabzeichen erkennen konnte. Sogleich wurden sie von Bettlern umschwärmt. Cecilia holte Münzen aus ihrem Almosenbeutel und verteilte sie. Geld schien für sie keine Rolle zu spielen, dachte Henrike, und drückte ihrerseits einem Bettler ein wesentlich kleineres Geldstück in die Hand. Er steckte es ein und bettelte gleich darauf bei Cecilia, doch deren Vorrat war nun erschöpft.

Henrike hatte Ricardo und Cecilia aufgesucht, um von Lamberts Freilassung zu berichten, war aber dabei in Tränen ausgebrochen. Die Trauer um Grete und Cord hatte sie wieder eingeholt. Obgleich sie schon in der Kirche des Karmeliterklosters Kerzen für die Verstorbenen gestiftet hatte, überzeugte Cecilia sie, auch noch die Heilig-Blut-Basilika aufzusuchen. Es sei die mächtigste Pilgerstätte Brügges, weil darin ein Tropfen von Christi Blut aufbewahrt wurde. Ein flandrischer Graf habe die Reliquie von einem Jerusalem-Kreuzzug mitgebracht.

An einem Stand kauften sie Kerzen und gingen ins Innere des Gotteshauses. Da es sich um eine Doppelkapelle handelte, mussten sie erst in die Sankt-Blasius-Kapelle und dort einer Treppe in das obere Geschoss folgen. Die Lichter auf den Altären reflektierten das Gold der Leuchter und Kruzifixe. Es roch durchdringend nach Weihrauch und den Ausdünstungen der vielen Menschen. Henrike spürte, wie ihr wieder übel wurde.

»Wenn am Himmelfahrtstag das Blut Christi durch die Stadt getragen wird, kann man hier vor Menschen kaum gehen«, flüsterte Cecilia ihr beim Hinaufgehen zu. »Es ist ein prachtvoller Anblick! Ratsherren, die Vertreter der Gilden und Zünfte sowie Soldaten führen die Prozession durch die Stadt, auf dass die Reliquie Brügge schützen möge. Ich erinnere mich besonders an ein Jahr, in dem ich gemeinsam mit Adrian und Ricardo die Prozession besuchte – das war wunderbar!«

Sie hatten die Basilika betreten, und Cecilia verstummte. Die Reliquie war in einem Schrein verborgen, der von Betenden umlagert war. Henrike fühlte sich durchdrungen von der andächtigen Atmosphäre, die im Kirchenschiff herrschte. Während sie ihre Kerzen entzündete und ihre Gebete sprach, liefen ihr Tränen über die Wangen; sie war im Moment aber auch außergewöhnlich rührselig! Außerdem machten die aufdringlichen Gerüche ihrem Magen zu schaffen. Sie berührte Cecilia am Arm.

»Können wir bitte hinausgehen?«, bat sie matt.

Cecilia führte sie vor die Tür. Mit einer Hand stützte sich Henrike an der Kirchenmauer ab und atmete tief durch.

»Es ist aber auch sehr viel für dich gewesen, du Arme! Für diese Art Geschäfte sind wir einfach nicht geschaffen!«, rief Cecilia aus. Als ob sie Henrike ablenken wollte, erzählte sie weiter von der Prozession. »Es war ein heißer Maitag. Das Gedränge auf den Straßen war fürchterlich. Und dann stürzte auch noch ein Baugerüst um, das an einem Haus lehnte, an dem wir vorbeigingen. Panik brach aus. Fast wäre ich niedergetrampelt worden, aber Adrian rettete mich. Er zog mich in eine Gasse, in der wir mit Ricardo den Tumult abwarten konnten.«

Henrike sah es förmlich vor sich. Es passte zu Adrian, dass er in dieser Situation so geistesgegenwärtig reagiert hatte. Cecilias Ton ließ jedoch Eifersucht in ihr keimen – wie sie über Adrian sprach! Dabei hatte ihr Mann ihr doch versichert, dass zwischen ihnen nichts gewesen war.

»Ich freue mich schon auf zu Hause. Sobald es Lambert besser geht, reise ich ab«, lenkte Henrike ab.

»Es ist zu schade, dass Adrian nicht mitgekommen ist! Ich hätte ihn gerne mal wieder gesehen«, bedauerte Cecilia.

Henrike sagte lieber nichts dazu.

Als sie zurück im Haus war, teilte Martine ihr mit, dass ein gewisser Hinrich von Coesfeld dagewesen sei und sie dringend habe sprechen wollen. Sie könne ihn heute Abend im Hansekontor antreffen. Henrike überschlug die Zeit. Wenn sie sich beeilte, könnte sie es schaffen. Sie wusste zwar nicht, was er von ihr wollte, aber wenn er so auf die Zusammenkunft drängte, musste er einen Grund haben. Sie bat Coneke mitzukommen und machte sich auf den Weg.

Der Diener lief bereits durch den Gang des Karmeliterklosters, um die Kaufleute zusammenzurufen, als sie eintrafen. Henrike fand Hinrich von Coesfeld, der gerade hineingehen wollte, sich jetzt jedoch zu ihr neigte und flüsterte: »Wir haben doch neulich über Euren Vetter gesprochen, Nikolas Vresdorp? Ich habe ihn gesehen, in der Nähe des Ghistelhofs, bei den vielen Badehäusern. Zumindest glaube ich, dass er es war. Ich dachte, das solltet Ihr besser wissen.«

Henrike dankte leise. Sie war völlig überrumpelt. Nikolas in Brügge? Was hatte er hier zu suchen? Ihre alte Furcht wallte auf, sie konnte es nicht verhindern. Nikolas hatte ihr zu viel angetan. Könnte er etwas mit dem Raub ihrer Waren zu tun haben? Zuzutrauen war es ihm. Und sie hatte nicht einmal ihren Dolch dabei! Dafür hatte sie Coneke. Vielleicht aber hatte sich Hinrich geirrt, ganz sicher war er nicht gewesen. Sie musste sich selbst davon überzeugen, dass es Nikolas war. Sonst hätte sie keine ruhige Minute mehr.

Nikolas Vresdorp beobachtete, wie Henrike und der junge Mann aus dem Karmeliterkloster traten. Unauffällig folgte er ihnen, stets darauf bedacht, seinen Stock lautlos auf das Pflaster zu setzen. Gut, dass es langsam dunkel wurde; so würde er noch weniger auffallen. Wieder spürte er den Zorn durch seine Adern jagen. Als Lucie ihm von Henrike erzählt hatte, hatte er es kaum glauben können. Was tat Henrike hier? Warum lebte sie überhaupt noch? Er war sicher gewesen, Wigger von Bernevur genügend Anreiz gegeben zu haben, sie aus dem Weg zu schaffen. Und jetzt tauchte sie plötzlich hier auf! Seitdem hatte er Henrike beobachtet, wann immer es seine Zeit zuließ. Seinen Handel in Brügge betrieb ohnehin hauptsächlich sein Gehilfe Rotger. Der Mann hatte früher für seinen Vater gearbeitet, er war verlässlich und verschwiegen. Stück für Stück verschacherte Rotger die Waren, die sie den Vanderens geraubt hatten. So langsam war eine hübsche Summe zusammengekommen. Mit einem Teil des Geldes hatte er sich die besten Ärzte gekauft, aber keiner hatte ihm auf Dauer helfen können. Von dem anderen Teil hatte er Wigger und andere Handlanger bezahlt. Sein Kompagnon hatte zwar auch einiges springen lassen, ihm war es jedoch nur darum gegangen, die Vanderens in den Ruin zu treiben. Nikolas aber wollte mehr. Er wollte die Familie tot sehen. Dabei hatte es viele Hindernisse gegeben. Eines war gewesen, dass er sich in Lucie verguckt hatte. Sie war so süß und so arglos! Vor allem aber fühlte er sich in ihrer Gegenwart besser; als heile sie mit ihrer Unschuld seine Wunden. Es war ein Wunder. Deshalb ließ er sich, entgegen seiner Gewohnheit, Zeit mit ihr, wollte nichts überstürzen; auch wollte er nicht riskieren, dass seine Manneskraft ihn im Stich ließ und er sich vor ihr lächerlich machte. Auch für Lucie hatte er sich einen Plan bereitgelegt. Wenn die Lübecker tot waren und ihre restliche Verwandtschaft am Boden lag, würde niemand etwas dagegen einwenden, dass er – dann wohlhabend – sie zur Frau nahm.

Henrike und ihr Begleiter näherten sich dem Viertel, in dem er wohnte. Gerade gingen sie an den Webereien vorbei, vor denen die Leute aufgeregt palaverten. Was wollten sie denn ausgerechnet hier? Aber wie auch immer; es war eine gute Gelegenheit, sie im Schutz der Dämmerung zu beseitigen. Der Jüngling dürfte kein allzu großes Hindernis darstellen.

Adrian ritt in die Stadt ein. Die Wege rund um Gent waren von Soldaten besetzt gewesen, die seit Tagen in der Region zusammengezogen wurden. Auch an Brügges Stadttor hatte man den Wachtdienst verschärft und ihn ausführlich nach dem Zweck seines Besuches befragt. Aber letztlich hatte er den misstrauischen Wächter doch überzeugen können, dass keine Gefahr von ihm ausging.

Vor Lamberts Haus band er sein Pferd an einen Pfosten. Ein Knecht konnte sich darum kümmern – wenn sein Bruder denn noch Gesinde hatte. Den ganzen Weg über war Adrians Kummer gewachsen. War es vielleicht möglich, dass Lambert einfach nicht zum Kaufmann geboren war?

Er stürzte ins Haus. Martine fiel ihm um den Hals und brachte ihn gleich zu seinem Bruder. Was er sah, ließ seinen Zorn verrauchen; Lambert schien sehr krank. Aber welche Freude, dass er wieder frei war! Seine Schwägerin gab ihm eine Kurzfassung der Ereignisse, und Adrian musste sich zwingen, sich seine Ungeduld nicht anmerken zu lassen. Dann wurde ihr Gespräch auch noch unterbrochen, weil Martine Lucie und Windele losschickte, um für den Abend ein paar Hühner zu kaufen; Adrians jüngste Schwester verließ willig das Haus.

»Wo steckt Henrike denn nun?«, drängte er Martine.

Er wollte endlich seine Frau wiedersehen! Ihm erschien es, als könne er keinen Augenblick mehr ohne sie aushalten. Wie sehr er sie liebte! Sie hatte klug gehandelt und Lamberts Ruin abgewendet. Er war unendlich stolz auf sie, auch das wollte er ihr sagen.

»Sie ist noch einmal zum Hansekontor gegangen. Hinrich von Coesfeld wollte sie sprechen.«

Sogleich machte Adrian sich auf den Weg. »Dann hole ich sie dort ab!«

Henrike und Coneke hatten den Ghistelhof erreicht. Es war eine finstere Gegend. Die Häuser waren klein und schäbig. Neben den üblichen Weinhäusern gab es Spelunken, vor denen um Geld gespielt wurde, Badehäuser und Frauen, die ungeniert Männer ansprachen. Das Pflaster wies große Schlaglöcher auf und war mit Pferdeäpfeln besudelt. Reiter preschten vorbei. Kutschen jagten den Stadttoren entgegen. Die Kinder, die die Passanten anbettelten, konnten oft erst im letzten Augenblick aus dem Weg springen.

Henrike war mulmig zumute; vielleicht sollten sie doch lieber bei Tageslicht zurückkommen. Außerdem liefen verdächtig viele mit Fackeln und Knüppeln bewehrte Männer über die Straßen. Es sah aus, als gäbe es bald wieder Tumulte.

»Wollen wir nicht lieber zurückgehen, Herrin?«, fragte Coneke vorsichtig.

»Gleich«, sagte Henrike abgelenkt. Sie wollte nur einen Augenblick die Häuser beobachten. Tief in ihrem Inneren hoffte sie, dass ein Mann aus einem der Häuser treten würde, der Nikolas zum Verwechseln ähnlich sah. Falscher Alarm wäre ihr am liebsten. Dann könnte sie beruhigt nach Hause gehen. Wenn ihnen nur nicht ständig Reiter und Kutschwagen die Sicht versperren würden!

Mit einem Schlag brachen mehrere Dinge über sie herein. Coneke wurde von hinten gestoßen und stürzte direkt auf die Straße. Erschrocken schrie der junge Mann auf. Er wollte sich hochrappeln, doch da schoss schon eine Kutsche auf ihn zu. Der Kutscher riss an den Zügeln. Die Pferde stiegen – und trampelten doch über ihn hinweg. Der Wagen rumpelte, als er über Conekes Beine fuhr. Schmerzensschreie übertönten den Straßenlärm. Henrike stand unter Schock. Wie hatte das geschehen können? Wer hatte ihm den Stoß versetzt? Sie wollte zu ihm stürzten, doch da packte sie jemand um die Hüfte und presste eine Hand auf ihren Mund. Panisch versuchte sie, um sich zu schlagen und in die Hand zu beißen. Vergebens. Der Griff war eisern. Niemand nahm Notiz von ihr, als sie davongezerrt wurde. Alle achteten auf Coneke, der noch immer brüllte. Hoffentlich half ihm jemand! Aus dem Augenwinkel sah sie in der Hand, die sie umklammert hielt, das silberne Blitzen eines Stockknaufs. Sie fühlte, dass ihr Angreifer humpelte. Und ahnte Fürchterliches.

Kaum, dass Adrian das Refektorium des Karmeliterklosters betreten hatte, wurde er auch schon dazu verdonnert, eine Strafe für Zuspätkommen zu zahlen. Er setzte sich verärgert hin und suchte die Reihen der Anwesenden ab. Henrike war nicht zu sehen. Wo steckte sie nur? Eine düstere Vorahnung ergriff von ihm Besitz. Seine Frau war zuverlässig. Wenn sie sagte, sie ginge zum Hansekontor, dann tat sie das auch. Aber sie war nicht hier ... Wenn ihr nur nichts zugestoßen war!

Zwei Reihen weiter vorne entdeckte er Hinrich von Coesfeld. Rastlos mit dem Bein wippend, wartete Adrian den Schluss der Versammlung ab, doch sie wollte einfach nicht enden. Bürgermeister Plescow stand am Pult und kündigte an, dass die Gesandtschaft ihre Pläne geändert habe. Da es wegen des Aufstands vorerst keine Verhandlungen mit Brügge gebe, würde ein Teil der Gesandten nach England reisen und ein anderer nach Holland, um dort ihre Angelegenheiten voranzutreiben. Zu diesem Vorhaben gab es zahlreiche Wortmeldungen. Adrian hielt es nicht mehr auf dem Sitz. Er erhob sich und lief geduckt durch die Bankreihen. Leise sprach er Hinrich von Coesfeld an – und kassierte prompt wieder eine Strafe wegen Störens. Jetzt war es aber genug! Immerhin erfuhr er, was er wissen musste …

Nikolas hatte Henrike ins Hinterzimmer seines Hauses geschleppt und auf seinem Bett festgebunden. Jedes ihrer Hand- und Fußgelenke war an einen Pfosten gefesselt. Mit gespreizten Armen und Beinen lag sie da. Panik schnürte ihr den Hals ein. Ihr Herz schien im ganzen Leib zu Hämmern. Das war Nikolas, ohne Frage, wenn er auch mit seinem Vollbart fast unkenntlich war. Es hatte ihm Freude gemacht, sie zu fesseln. Ihre Gegenwehr hatte er mit Hieben quittiert. Mit einem Knebel hatte er ihr das Schreien unmöglich gemacht. Sie schmeckte Blut in ihrem Mund. Die geschwollene Haut über ihren Wangenknochen pochte. Doch diese Art von Schmerz schreckte sie nicht. Er könnte ihr etwas anderes antun … Bilder schossen in ihren Kopf. Nikolas hatte sie schon früher bedrängt und einmal sogar versucht, sie gewaltsam zu nehmen. Wenn Asta sie nicht gerettet hätte …

Jetzt wirkte er siegesgewiss, als würde er dieses Mal ganz sicher an sein Ziel kommen. Das durfte er nicht! Sie wollte Nikolas um Gnade bitten, für sich und ihr ungeborenes Kind – und brachte nur ein Schnaufen hervor. Ihr Vetter zog noch einmal die Fessel an ihrem Fuß nach. Dann kniete er sich zwischen ihre Schenkel. Genüsslich ließ er seine Finger an ihrem Bein entlangwandern. Stück für Stück schob er den Stoff ihres Kleides hoch, erreichte ihr Knie, strich über die Innenseite ihres Oberschenkels. Ihr Magen verkrampfte sich. Aber nein, übergeben durfte sie sich keinesfalls, dann könnte sie ersticken! Gleich würde er das Dreieck ihrer Scham erreichen. Seine Augen leuchteten, und er lachte plötzlich auf. Deutlich konnte sie die Ausbeulung seiner Hose erkennen. Grob griff er in ihren Ausschnitt und riss Kleid und

Hemd auseinander, sodass ihre Brüste zum Vorschein kamen. Er zog einen Dolch aus seinem Hosenbund und legte ihn neben sie.

»Für später«, sagte er und grinste. »Da dieser Adelsbastard Bernevur derart versagt hat, muss ich mir wohl selbst die Finger schmutzig machen. Hat er überhaupt versucht, dich zu töten? Oder tut er gar nichts für sein Geld?«

Henrikes Gedanken rasten. Also hatte Nikolas tatsächlich den Mann engagiert, der sie angegriffen hatte! Aber er schien nicht zu wissen, dass dieser Bernevur tot war! Zumindest hatte Simon das geschrieben. Doch sie konnte nicht weiter darüber nachdenken. Schon nestelte ihr Vetter an seinem Hosenbund. So viel war sicher: Er wollte sie nicht nur schänden, sondern auch töten. Auch der arme Coneke war sicher schon tot. Verzweifelt riss sie an den Fesseln. Sie spürte, wie die Seile tief in ihre Haut einschnitten, sich aber kein bisschen lösten. Hilflosigkeit und Angst trieben Tränen in ihre Augen.

Im gleichen Augenblick klopfte es vorne an der Tür zur Straße.

Adrian und Hinrich von Coesfeld rannten die Straße entlang. Gleich hätten sie ihr Ziel erreicht. Da bemerkten sie einen Auflauf auf der Straße. Um eine Kutsche hatte sich eine Menschentraube gebildet. Ob Henrike einen Unfall gehabt hatte? Sorgen schnürten Adrians Brust ein.

»Der Arme, er ist noch so jung!«, sagte eine Greisin, die ihnen entgegen kam. Er? Adrian drängte sich durch die Menge. Ein junger Mann lag auf dem Boden, die Gliedmaßen verdreht. Aus seinem blutverschmierten Gesicht war ein schmerzerfülltes Wimmern zu hören. Adrian hockte sich neben ihn.

Jetzt erst erkannte er den Sohn des Knochenhauers.

Fluchend nestelte Nikolas die Hose wieder zu und steckte seinen Dolch in den Bund. Endlich hatte sich seine Männlichkeit wieder einmal gezeigt, und da wurde er gestört! Aber Henrike lief ihm ja nicht weg. Er grinste. Seine Liebe zu Lucie war heilsam und gut, doch das hier … belebte ihn mehr. Er ging ins Vorderhaus und öffnete die Tür. Im Hintergrund konnte er den Menschenauflauf beim Unfall sehen.

»Lucie?« Seine Überraschung war groß. Die junge Frau lächelte ihn scheu an. Nikolas nahm Lucies Hand und zog sie mit einem Handkuss hinein.

»Ich konnte einfach nicht mehr warten! Ich habe Windele nach den Hühnern geschickt und gesagt, ich wolle in die Kirche gehen, um für die glückliche Ankunft meines Bruders zu danken.« Sie kicherte mädchenhaft über ihr Geschick. Nikolas wusste nicht, wovon sie sprach. Was sollte das heißen …

»Dein Bruder?«

»Ja, Adrian heißt er. Du wirst meine Familie ja sicher sehr bald schon kennenlernen.«

»Das würde mich sehr freuen«, heuchelte Nikolas geistesgegenwärtig, dachte aber: Wenn du wüsstest. Bald wäre Henrike erledigt, und dann würde er Adrian ins Jenseits befördern. Er wusste schon nicht mehr, warum er Wigger von Bernevur überhaupt engagiert hatte. Aber ja: Eine Familie in den Ruin zu treiben und dann auszulöschen, wäre wohl ein bisschen viel gewesen, noch dazu in Lübeck, wo er sich nicht mehr sehen lassen konnte. Er würde sich von Wigger sein Geld zurückholen. Noch hatte er ja dessen Sohn in der Gewalt, Telse gab sicher gut auf das Kind acht. Sie tat doch immer, was er wollte. Nikolas lächelte in sich hinein. Er fühlte sich großartig.

Lucie sah zu ihm auf. Ihr Gesichtsausdruck sprach Bände. Sie fürchtete, dass er sie verführen würde – und hoffte es zugleich. Warum auch nicht? Seine Beinwunde nässte kaum noch. Nikolas küsste die Innenseite ihres Handgelenks, dort, wo das Pulsieren ihres Blutes seine Lippen kitzelte. Ihre Brust hob sich, und er liebkoste sie mit seinem Blick.

»Du bist so rein, dass es nur das Beste in mir zum Vorschein bringt«, sagte er und ließ seine Fingerspitzen über die zarte Mulde in ihrer Halsbeuge wandern.

Die Gänsehaut, die sich auf ihrer Haut zeigte, bewies, wie sehr es ihr gefiel. Sollte er es wagen, ausgerechnet heute? Der Gedanke an Henrike, die im Nebenzimmer um ihr Leben bangte, heizte ihn an. Er zog Lucie forscher an sich als üblich. Gerade wollte sie ihre Lippen auf seine pressen, als ein Schrammen zu hören war. Er hatte Henrike doch gut gefesselt?

»Oh! Dein Gehilfe arbeitet noch?«, fragte Lucie erschrocken.

»Nein, das Geräusch muss aus dem Nebenhaus gekommen sein«, log er. Vielleicht war es doch sicherer, wenn er Lucie loswurde und sich erst Henrike widmete. »Aber ich fürchte, es ist besser, wenn du gehst, Liebste. Ich weiß nicht, ob ich deinem Liebreiz heute widerstehen kann.«

Geschmeichelt lächelte sie. Es war so einfach, junge Frauen zu verführen! Noch einmal küsste er ihre Finger. Dann öffnete sie die Tür und schlüpfte hinaus. Nur einen Lidschlag später hastete sie in das Zimmer zurück, die Augen weit aufgerissen.

»Mein Bruder Adrian steht auf der Straße! Er hilft dem armen Mann, den die Kutsche erwischt hat. Ich konnte erst nicht hinschauen, deshalb habe ich ihn nicht früher bemerkt. So viel Blut! Wenn er mich nun sieht!« Ihre Stimme klang ängstlich. »Hat das Haus einen Hinterausgang?«

Schon, aber zu dem kam man nur durch das Hinterzimmer, und da lag Henrike. Was tun? Er wollte nicht riskieren, dass Lucie aufflog. Ihr Beisammensein tat ihm so gut! Sie war seine Heilerin. Und wenn er wieder ganz gesund wäre, würde er sie zu seiner willigen Gespielin machen.

Er legte ihr einen Umhang um und zog sich eine Gugel über den Kopf. Dann sah ihr fest in die Augen.

»Wir gehen an der Häuserfront entlang und gleich in die nächste Gasse. Ich zeige dir den Weg.« Unauffällig verließen sie das Haus.

Henrike hatte vor Schreck den Atem angehalten und sog nun mühsam durch den Knebel die Luft ein. Das war doch Lucies Stimme gewesen! Aber was hatte sie hier zu suchen, bei Nikolas? War er etwa der Grund dafür, dass sie öfter für längere Zeit verschwand? Das durfte nicht sein! Sie musste Lucie vor ihm schützen! Erneut versuchte Henrike mit aller Macht, sich zu befreien. Vorhin hatte zumindest einmal das Bett geruckelt …

Adrian bat Hinrich, Coneke schnellstmöglich zu einem Medicus bringen zu lassen, er werde später dafür aufkommen. Sogleich versuchte Hinrich, die Umstehenden zur Hilfe zu bewegen. Adrian machte sich unterdessen auf die Suche nach Henrike. Er war nun überzeugt, dass ihr etwas Furchtbares zugestoßen war. Die Bewohner glotzten auf die Straße, um nichts zu verpassen, was mit dem Unfall zu tun hatte. Jeden von ihnen fragte er nach Nikolas Vresdorp und beschrieb sein Aussehen. Niemand hatte ihn gesehen. Er wollte schon verzweifeln. Schließlich fand er doch eine Frau, die meinte, der Gesuchte wohne der Unfallstelle direkt gegenüber. Er sei ein Kotzbrocken, und der Gehilfe sei noch schlimmer.

Adrian klopfte erst. Als sich nichts rührte, riss er kurzerhand die Tür auf und stürmte hinein. Warenstapel überall. Niemand zu sehen. Aber da war eine Hintertür. Er öffnete sie.

Nikolas brachte Lucie ein Stück, dann entschuldigte er sich. Er habe vergessen, die Tür abzuschließen. Sie sei ja außer Gefahr und könne allein weitergehen. Natürlich hatte sie Verständnis. Wieder zurück, bemerkte er sofort die offene Haustür. Von dem Unfall war auf der Straße kaum noch etwas zu sehen. Auch Adrian war verschwunden. Er zog seinen Dolch und schlich auf Zehenspitzen hinein. Eine Stimme drang aus dem Hinterzimmer. Vorsichtig spähte er durch den Türspalt. Adrian löste gerade den Knebel in Henrikes Mund. Er wandte ihm den Rücken zu. Henrike bemerkte, wie Nikolas leise in die Kammer schlich und wollte ihren Mann noch warnen, doch er war schneller. Mit voller Wucht fuhr sein Dolch in Adrians Rücken.

51

Lübeck

Am Fluss vor Telses Bude schwangen Kinder Holzschwerter. An einem anderen Tag hätte Simon vielleicht darüber geschmunzelt, heute aber hatte er keinen Sinn für Spielereien. Die Tür zum Haus stand offen, deshalb trat er ein. Seine Base hielt in jeder Hand eine schwarze Schlange. Die Tiere zuckten hin und her, aber Telse hatte sie so fest im Griff, dass sie zwar das Maul aufsperrten, sie aber nicht beißen konnten.

Simons Base wunderte sich über seinen Besuch, den er Jost gegenüber bewusst nicht angekündigt hatte. Er wollte in Telses Gesicht lesen, wenn er ihr erzählte, was vorgefallen war, um herauszufinden, ob sie in die Verschwörung verwickelt war.

Seit gestern war er aus Gotland zurück. Als Erstes war er zu den Beginen gegangen, um Katrine mitzuteilen, dass ihre Mutter gestorben und christlich bestattet worden war. Er hatte nur kurz mit ihr sprechen dürfen. Es war ungewohnt, sie mit kurz geschnittenen Haaren und im schlichten Kleid der Beginen zu sehen.

Telse brachte die Schlangen in den Nebenraum.

»Wofür brauchst du die?«, fragte Simon, als sie zurück war.

»Ich benötige ihr Gift für Theriak. Man kann sie melken, wie Kühe. Eine weise Kräuterfrau in Stralsund hat mir die Rezeptur verraten. Der Sud heilt jede Krankheit. Benötigst du etwas?«

»Nein, das nicht. Ich möchte mit dir reden.« Er nahm auf einem Schemel Platz und bat auch sie, sich hinzusetzen.

»Ich war auf Gotland und habe dort deinen Vater gesehen«, begann er geradeheraus.

Telse erbleichte. Während seines Berichts sank sie zusehends in sich zusammen. Ihre Stimme klang dünn, als sie zu reden begann. »Ich will dir die Wahrheit sagen. Ich habe geholfen, meinen Vater aus dem Gefängnis zu befreien. Nikolas hat mich dazu gezwungen. Du weißt, wie er ist.« Sie stand auf, nahm einen Löffel und wollte etwas von einem Kräutersud darauf tropfen lassen, doch ihre Finger zitterten zu sehr. Simon nahm ihr den Löffel ab und half ihr. »Wenn ich gewusst hätte ... Ich würde es heute nicht mehr tun, das musst du mir glauben!«

Flehend blickte sie ihn an. Simon glaubte ihr. Telse erschien ihm ehrlich erschrocken. »Was hat Nikolas zu dir gesagt, als er dich zuletzt aufsuchte?«, wollte er wissen.

Seine Base sah ihn gefasster an. Die Tinktur schien sie zu beruhigen. »Er hat mir vor allem etwas gebracht.« Sie ging zur Tür und rief hinaus. »Kay! Komm doch mal her!«

Ein kleiner Junge mit blonden Locken kam zögernd heran. Er wirkte sehr ernst und hielt sein Holzschwert wie ein richtiger Krieger. Simon wusste sofort, mit wem er es zu tun hatte. Lächelnd hockte er sich neben ihn. Auch Kay konnte ja nichts für seinen Vater.

»Du bist Kay von Bernevur, stimmt's?«

52

Brügge

Kühl war seine Hand, und so blass, als wäre alles Blut daraus entwichen. Nicht einmal Tintenflecken waren mehr zu sehen. Dabei hieß es doch, es stehe einem Kaufmann gut an, an den Fingern stets Tintenflecke zu haben, dachte Henrike traurig.

Vier Tage war der Angriff her, und Adrian rang noch immer mit dem Tod. Die Wunde in seinem Rücken war tief, und er hatte viel Blut verloren. Es war ein Wunder, dass Nikolas ihn nicht umgebracht hatte. Aber auch die Behandlung war brutal gewesen. Heißes Öl hatte der Medicus in die Wunde geträufelt und anschließend die Wundränder ausgebrannt. Seitdem hielt er Adrian mit einem starken Gebräu in einem tiefen Schlaf. »Sollte Euer Mann überhaupt überleben, dann nur, wenn sein Körper völlig zur Ruhe kommt«, hatte er gemeint.

Der Schreck über den unglückseligen Tag saß Henrike noch immer in den Knochen. Wenn sie nur an Nikolas' Gewalt ihr gegenüber dachte! Die Erleichterung, als Adrian aufgetaucht war, um sie zu retten. Dann der Schock über die hinterhältige Bluttat. Ihr Mann war wie ein gefällter Baum umgestürzt. Als Adrian leblos am Boden lag, war Nikolas mit dem Dolch auf sie losgegangen.

In diesem Moment jedoch war Hinrich von Coesfeld mit ein paar Webern hereingestürzt und hatte Nikolas aufgehalten. Hinrich hatte den Arzt holen lassen, der gerade Coneke versorgte. Wenn der Medicus nicht in der Nähe gewohnt hätte, wäre Adrian wohl an Ort und Stelle gestorben.

Ihr Vetter war leider bei dem folgenden Kampf entkommen,

aber immerhin hatten sie Klage gegen Nikolas erheben können. Die Älterleute hatten versprochen, sich dafür einzusetzen, dass ihr Vetter schnell gefunden und eingekerkert wurde. Er würde aus der Gemeinschaft der Kaufleute ausgeschlossen werden.

In Nikolas' Haus hatten sie einen Teil der verschwundenen Güter und etwas Geld gefunden. Lamberts Gehilfe Xaver hatte in den folgenden Tagen mit ein paar Helfern das Haus überwacht. Es war ihnen gelungen, Rotger gefangen zu nehmen. Der Gehilfe ihres Vetters hatte ihnen den Weg zu einem weiteren Teil der Waren gewiesen. Ein paar ihrer Merken steckten noch darin. Der Rest war offenbar schon verkauft. Inzwischen saß Rotger im Stein. Man würde ihn wegen mehrfachen Diebstahls verurteilen.

Erst gestern war Simons Brief eingetroffen, in dem er von Hartwigs Tod berichtete und vor Nikolas warnte. Wäre die Nachricht bloß schneller hier gewesen!

Der sechsjährige Gossin brachte Henrike einen Krug frischen Wassers. Bei drei kranken Männern im Haus mussten alle mit anfassen, sogar der Kleinste. Glücklicherweise war Lamberts Genesung so weit vorangeschritten, dass er bald wieder würde aufstehen können. Um Coneke, der mehrere Brüche und etliche Wunden vom Unfall davongetragen hatte, kümmerten sich vor allem Lucie und Windele. Lucie hatte eine strenge Strafpredigt über sich ergehen lassen müssen. Lambert hatte ihr verboten, das Haus zu verlassen. Das wenige, was Henrike ihrer Schwägerin über Nikolas berichtete, hatte die junge Frau zutiefst schockiert. Sie hofften darauf, Lucies mädchenhafte Schwärmerei auf einen passenderen Mann lenken zu können und sie baldmöglichst zu verheiraten.

Gossin wollte unbedingt helfen, Adrian etwas zu trinken einzuflößen. Henrike ließ ihn das Tuch an das Kinn ihres Mannes halten, da stets Wasser danebenlief.

Kummervoll strich sie über Adrians unbewegte Züge. Sie

wollte nicht schon wieder weinen! Der Junge nahm ihre andere Hand, aber die Berührung des Kindes vermochte sie nicht zu trösten. Würde Adrian aus dieser Welt scheiden, ohne zu wissen, dass sie schwanger war, dass ein Teil von ihm weiterleben würde? Seit ein paar Tagen spürte sie deutlich, wie das neue Leben in ihr heranwuchs.

Martine rief nach ihrem Sohn, und Gossin lief hinaus. Fest drückte Henrike Adrians Finger. Er sollte spüren, dass sie da war, Tag und Nacht.

Henrike träumte. Hände griffen nach ihr, packten sie. Sie konnte sich nicht wehren. Ihr Körper gehorchte ihr nicht. Also wollte sie schreien – aber kein Ton verließ ihre Kehle. Nein! Sie schreckte hoch. Ihr Nacken schmerzte. Sie war im Sitzen eingeschlafen, mal wieder. Seit einer Woche wachte sie nun schon an Adrians Bett. Inzwischen verabreichte der Medicus weniger Heiltränke. Aber Adrian blieb ohne Bewusstsein.

Da! Plötzlich tasteten Finger nach ihr.

»Rikchen ...«

Adrian war erwacht! Am liebsten hätte sie sich auf ihn gestürzt. So aber bedeckte sie nur seine Hände und sein Gesicht mit Küssen.

»Du bist ... in Sicherheit!« Seine Mundwinkel zuckten zu einem Lächeln.

»Ja, wir sind bei Lambert.« Sie musste sich bremsen, um nicht alles sofort herauszuprudeln. Adrian war noch immer schwer krank und musste geschont werden. Aber eines konnte sie beim besten Willen nicht mehr für sich behalten. »Ich bin so glücklich, dass du uns gerettet hast.«

»Uns?«

Henrike legte seine Hand auf ihren Bauch. Er verstand sofort. Sein Lächeln wurde breiter, obgleich es ihn viel Kraft zu kosten schien. In seinem Augenwinkel schimmerte eine Träne. Henrike umarmte ihn so vorsichtig, als wäre er aus Glas. Er musste einfach wieder ganz gesund werden!

Nikolas versteckte sich im Schatten eines Mauervorsprungs. Als eine Frau in die Gasse trat, zog er seine Gugel tiefer ins Gesicht. Was hatte sie da in ihrem Korb? Brot? Ohne zu zögern, packte er den Korb und stieß die Frau weg. Sie schrie auf, doch er drohte ihr mit der Faust, und so machte sie sich lieber davon. Gierig schlang er das Brot hinunter. Seit er aus seinem Haus vertrieben worden war, musste er sich verstecken. Er hatte etwas Geld gestohlen, ein paar Lebensmittel. Aber die Leute waren vorsichtig geworden. Nur selten fand man so arglose Passanten wie die Frau eben. Er warf den Korb in den nahe gelegenen Kanal und fixierte wieder den Hauseingang. Sein Kumpan musste doch irgendwann einmal herauskommen!

Voller Bitterkeit dachte er an die letzten Tage zurück. Überall schienen Büttel nach ihm zu suchen, zumindest kam es ihm so vor. Henrike musste das gesamte Hansekontor gegen ihn aufgewiegelt haben. Glücklicherweise waren die Büttel derzeit so mit den Aufständischen beschäftigt. Das Haus eines Handwerkers war angesteckt worden – und prompt hatte sich eine Menge zum Aufstand versammelt. Das hatte es in letzter Zeit öfter gegeben.

Feucht klebte die Hose an seinem Oberschenkel. Seine Wunde nässte wieder und brannte grauenhaft. Er hatte Lucie aufgelauert, doch sie hatte in der ganzen Zeit nicht ein Mal das Haus verlassen. Wie sollte es nur mit ihm weitergehen, ohne sie? Er würde nicht in Brügge bleiben können …

Seit Stunden wartete er auf den Mann, der ihm Geld gegeben hatte, um Adrian Vanderen und seine Familie in den Ruin zu treiben. Er dachte an ihre erste Begegnung zurück. Schon damals hatte der Wunsch nach Rache heiß in ihm gebrannt. Da er wusste, dass er in Lübeck so schnell nichts ausrichten konnte, hatte er sich auf Brügge konzentriert. Von hier kam ein Gutteil des Reichtums der Vanderens. Hier war die Wurzel ihres Erfolgs. Er hatte das Haus der Familie beobachtet und herausgefunden, mit wem sie handelten. Auch hatte er so getan, als wolle er Adrian kennenlernen und sich nach ihm umgehört. Als er wieder einmal mit einem Geschäftsfreund Adrians sprach, hatte er Verärgerung herausgehört. Er hatte den Mann in einen Gasthof eingeladen und betrunken gemacht. So fand er heraus, dass der vermeintliche Freund in Wahrheit einen tiefen Groll gegen Adrian hegte. Ihn davon zu überzeugen, selbst die Initiative zu ergreifen, hatte dennoch einige Zeit in Anspruch genommen.

Endlich kam sein Kumpan aus dem Haus. Er war allein! Nikolas schlich ihm nach und stellte ihn in einer Gasse.

Der Mann war entsetzt, ihn zu sehen. »Was tust du hier? Du wirst gesucht, stupido!«

Nikolas packte ihn am Kragen und warf ihn gegen die Wand. »So redest du nicht mit mir! Ich habe schließlich in deinem Auftrag gehandelt!«

Der Italiener zappelte unter seinen Händen. »Ich wollte ihn am Boden liegen sehen – nicht tot! Er sollte nur von seinem hohen Ross herunter. Du solltest niemandem etwas antun, du ...« Dieses Mal beherrschte Ricardo sich.

»Du musst mir Geld geben!«

»Ich habe dir schon mehr als genug gegeben! Ich habe nichts mehr! Sei froh, wenn ich dich nicht auch noch anschwärze!«

»Das Gleiche könnte ich mit dir tun!«

»Und was meinst du, wem wird man mehr glauben? Einem Dieb und Mörder oder einem angesehenen Kaufmann?«

Vermutlich hatte dieser Ricardo recht. Und dennoch würde er so leicht nicht davonkommen! Nikolas schlug ihn zusammen, und er ließ sich Zeit dabei. Jedem Körperteil widmete er sich ausführlich. Dann nahm er Ricardo alles ab, was er zu Geld machen konnte, und verschwand im Schutz der Nacht. Er würde nach Gent gehen. In den Wirren des Aufstands würde er den einen oder anderen Raub verüben können, bis er genug Geld für die Rückreise beisammenhatte. Dann würde er Wigger von Bernevur finden und sich das Blutgeld zurückholen. Und einen neuen Racheplan schmieden.

53

Mecklenburg, Ende Oktober

Das hier sollte ein Adelsgut sein? Es war schäbig und das Dach löchrig wie ein Sieb. Es war schon verrückt. Mancher Kaufmann war so reich, dass er in einer Art Palast lebte, und doch hatte noch der heruntergekommenste Edelmann einen höheren gesellschaftlichen Rang.

»Das ist unser Haus«, bestätigte Kay. »Dort hinten sind die Hunde. Krock kümmert sich um sie.«

»Krock war es auch, der dir das Schwert geschnitzt hat, nicht wahr?«, erinnerte sich Simon. Der Junge nickte stolz; auch jetzt trug er das Holzschwert am Gürtel. Es war inzwischen nicht nur geflickt, sondern auch schartig. Simon hatte ihm angeboten, ein neues zu schnitzen, aber Kay wollte lieber das alte behalten.

Seit ihrer ersten Begegnung bei Telse hatte Simon sich öfter mit dem Jungen unterhalten. Er hatte Kay erklärt, dass sein Vater tot war und er ihn zu seiner Familie zurückbringen werde. Kay hatte die Nachricht scheinbar unbewegt zur Kenntnis genommen. Anschließend hatte er mit Telses Kindern gespielt, als wäre nichts geschehen. Hatte Kay überhaupt verstanden, was das bedeutete?

Herauszufinden, wo Wigger von Bernevurs Haus war, hatte lange gedauert. Der Handel hatte Simon nicht viel Zeit für seine Nachforschungen gelassen; auch Nikolas blieb verschwunden. Es war Ende Oktober, und so kurz vor dem Winter kamen nochmals viele Schiffe in Lübeck an. In der letzten Woche hatte Simon schließlich den alten Herrn von Bernevur, den Vater des Mörders, ausfindig gemacht. Wie abfällig der Adelige über seinen Sohn gesprochen hatte, den missratenen Bastard! Er drohte

Simon an, ihn wegen des Todes seines unehelichen Sohnes zu belangen. Da Simon aber inzwischen immer mehr über die Untaten Wigger von Bernevurs herausgefunden hatte, hatte er davon absehen müssen. Der Ruf des Hauses sollte nicht beschädigt werden, indem alles herauskam.

Aber Kay zu dem boshaften Alten zu bringen – nein, das hatte Simon nicht übers Herz gebracht. Immerhin hatte der alte von Bernevur ihm gesagt, wo die Mutter des Jungen zu finden war. Von ihr sprach Kay nur mit Hochachtung. Besonders nah schien ihm allerdings die Magd Berthe zu stehen.

Sie durchschritten das Tor. Im Hof häufte sich verwehtes Laub, hier hatte schon lange niemand mehr gefegt. Blätter glitschten regennass unter ihren Füßen. Hunde kläfften. Hühner stoben aufgeregt gackernd davon. Ein Packwagen stand im Matsch.

Simon war unruhig. Was sie wohl erwarten würde? Ob überhaupt jemand da war? Ein alter Mann öffnete ihnen die Tür.

»Krock!« Kay streckte die Arme nach ihm aus, und der Alte nahm ihn lachend hoch.

»Der junge Herr von Bernevur ist wieder da!« Simon blickte er misstrauisch an.

»Ich bin Simon Vanderen.«

»Ich habe von Euch gehört«, sagte Krock finster. Als Nächstes kam Berthe heran. Kay flog ihr förmlich in die Arme. Für Simon hatte Berthe nur Verachtung übrig. Sollte er sie anklagen lassen, weil sie dem Mörder geholfen hatte? Aber dann würde Kay einen der wenigen Menschen verlieren, die er mochte. Der Junge hatte schon genug durchgemacht ...

»Was ist hier los?«

Eine hochgewachsene junge Frau schritt die Treppe herunter. Ihr Blick war streng. Hastig ließ Kay von der Magd ab.

»Frau Mutter.« Der Junge verbeugte sich steif.

»Bring ihn hinein. Er soll seinen künftigen Vater kennenlernen«, befahl sie mit einem merkwürdigen Akzent.

Kays Augen wurden weit. Doch da schob die Magd ihn schon in den Saal. Am Treppenkopf winkte Kay Simon noch einmal zu. Simon hob die Hand zum Abschiedsgruß. Der Junge würde es nicht leicht haben.

Als er aus dem Blickfeld war, richtete die Witwe das Wort an Simon: »Ich werde den Bruder meines verstorbenen Mannes heiraten. Wir werden dieses Gut verlassen und ein neues Kapitel unseres Lebens aufschlagen. Wir werden vieles vergessen, und das ist auch gut so.« Einen Moment ging ihr Blick in die Ferne, und Simon glaubte Erleichterung darin zu erkennen. Sie senkte die Stimme. »Aber eines werden wir nie vergessen: dass Ihr Wigger getötet habt.«

»Nicht ich ...«

»Das spielt keine Rolle«, unterbrach sie ihn schroff. »Es ist in Eurem Haus geschehen. Ihr tragt die Verantwortung dafür.«

Dann ließ sie ihm die Tür vor der Nase zuschlagen. Simon blieb entgeistert zurück. Hatte sie ihm gedroht? Oder ihm auf eine verquere Weise gedankt?

1380

Februar bis Dezember

54

Brügge, Februar 1380

Die Hälfte der Webstühle war mit Schutztüchern bedeckt. Eine Spinnerin holte Wolle aus einem der verbliebenen Säcke. Jakemes schnitt den Stoff aus dem Webrahmen und legte ihn zu den anderen. Henrike und Adrian standen mit Lisebette dabei. Henrike war nach wie vor schlank, allerdings zeichnete sich ein deutliches Bäuchlein unter ihrem Kleid ab. Auch ihre Brüste waren etwas größer geworden, was Adrian und ihr gefiel. Ihr Mann war drei Monate nach dem Angriff wieder im Vollbesitz seiner Kräfte gewesen. Allerdings wirkte er noch immer hagerer als früher und hielt sich auch weiterhin etwas steif.

»Habe ich nicht gesagt, ihr sollt reichlich einkaufen? Nun sind die Stoffe knapp«, sagte Lisebette trübsinnig.

»Ist denn keine Einigung in Sicht?«, fragte Adrian.

»Im Gegenteil. Es sieht so aus, als ob Graf Ludwig sich Hilfe aus Burgund holen könnte. Sein Schwiegersohn Philipp von Burgund soll ihn unterstützen.«

Anfang Dezember hatte es einen vorläufigen Friedensschluss gegeben, den ein erneuter Weberaufstand jedoch zunichtegemacht hatte.

Nun schaltete sich Lisebettes Mann Jakemes ein. »Das wird finster. Ludwig von Male ist grausam. Dabei hat er doch eine göttliche Mahnung erhalten!«

»Was für eine Mahnung?«, wunderte sich Henrike.

Jakemes wandte sich seinen Besuchern zu und hielt dabei seine Schere wie einen Dolch. »Als sich vor einigen Jahren ein Mann und dessen Sohn aus Gent gegen ihn auflehnten, wurden sie zum Tode verurteilt. Das Urteil sollte auf einer Brücke vollstreckt werden. Graf Ludwig verkündete in seiner Grausamkeit, wer von den beiden den anderen töte, dürfe überleben. Angeblich wollte er herausfinden, ob die Liebe der Eltern zu ihren Kindern stärker sei oder umgekehrt.«

»Was für eine schreckliche Wahl! Natürlich würde ich mein Leben für das meines Kindes geben! Kinder haben ihr ganzes Leben noch vor sich«, warf Henrike ein.

»Aber vielleicht ist der Vater erfahren und könnte noch viel Gutes in der Welt bewirken«, gab Adrian zu bedenken. »Tatsächlich, ein grausames Spiel ... Wie ging es aus?«

»Der Vater bat den Sohn, ihn zu töten, da er bereits alt sei. Der Sohn hob das Schwert – und es zerbrach in dem Augenblick, in dem er zuschlagen wollte. Ludwig von Male erkannte das Gotteszeichen und begnadigte beide. Dennoch nennen die Genter die Brücke heute Enthauptungsbrücke«, schloss Jakemes. »Graf Ludwig hat dieses Eingreifen Gottes rasch vergessen. Er geht leichtsinnig wie eh und je mit Menschenleben um. Wenn ihn jetzt auch noch die Burgunder unterstützen ...«

»Ich habe Lambert vorgeschlagen, ins holländische Dordrecht zu ziehen. Dort ist die Familie sicher und kann weiter Handel treiben. Schon früher sind die Hansen von Brügge nach Dordrecht geflohen. Die Stadt ist zwar kleiner, aber eine akzeptable Alternative«, sagte Adrian.

Als er wieder längere Zeit aufbleiben konnte, hatte Adrian seinen Bruder zu sich gebeten. Hinter verschlossenen Türen hatte es eine lange und manchmal lautstarke Auseinandersetzung über Lamberts Geschäftsgebaren gegeben. Denn es waren schließlich nicht nur Nikolas' Raubzüge gewesen, die das Geschäft des Bruders gefährdet hatten. Letztlich schienen sie sich aber wieder zu vertragen, was Henrike und Martine gleichermaßen beruhigte; Brüder sollten in Frieden miteinander leben. Aber Adrian hatte darauf bestanden, dass Lambert sich kundige Unterstützung holte.

Jakemes schnitt ein weiteres Stück Saye aus einem Rahmen. »Wir können nicht fliehen. Es ist auch unser Kampf«, sagte er ingrimmig.

»Wir sollten uns aus den Auseinandersetzungen heraushalten. Aber fliehen – unmöglich. Wir geben doch nicht alles auf, was wir hier haben!«, rief Lisebette aus.

»Wenn wir hierbleiben, müssen wir auch Position beziehen!«

»Untersteh dich!«

Eine heftige Diskussion entbrannte. Es war wohl nicht das erste Mal, dass die Eheleute darüber aneinandergerieten.

Henrike und Adrian bezahlten und verabschiedeten sich; dieser Streit ging sie nichts an. Xaver würde die Stoffe zu Lamberts Haus bringen, wo sich schon einige Waren stapelten, die sie mit nach Lübeck nehmen wollten. Schon in den nächsten Tagen würden sie sich auf den Weg machen. Auch Coneke hatte sich inzwischen erholt und lernte gerade, mit Krücken zu gehen. Seine Beine waren stelzendünn, aber wenn er fleißig übte, würde er schon in ein paar Monaten wieder laufen können. Henrike hatte den Verdacht, dass er manchmal nur so hilflos tat, weil er die Pflege durch Windele und Lucie genoss.

Henrike hakte sich bei Adrian ein. Zügig gingen sie durch die Stadt zu Ricardos Haus. Sie wollten auch den Freunden schon mal Lebewohl sagen. Sie fühlten sich nicht mehr sicher in Brügge. Die Stimmung auf den Straßen war angespannt. Lebensmittel waren teurer geworden, und viele Flüchtlinge aus Gent schliefen auf Brücken und in Hauseingängen. Diebstähle waren an der Tagesordnung. Der Handel war geschwächt, etliche Geschäfte vernagelt. Und weder im Hansekontor noch in der Tuchhalle herrschte so viel Trubel wie früher. Am schlimmsten war allerdings, dass man Nikolas bis zum heutigen Tage nicht hatte festsetzen können; er war wie vom Erdboden verschluckt. Sie wusste nicht, ob er überhaupt noch in Brügge war – doch sie wollte endlich wieder in ihre Heimat.

Ein Diener führte sie in Ricardos Schreibkammer. Die Züge des Freundes heiterten sich auf, doch sein Lächeln war schief. Er war vor einigen Wochen überfallen und zusammengeschlagen worden. Dabei war seine Nase gebrochen und nur langsam verheilt, was sein ganzes Gesicht in Mitleidenschaft gezogen hatte.

Cecilia kam hinzu. Sie begrüßte Henrike so knapp, dass es gerade noch als höflich durchgehen konnte, und wandte sich dann Adrian zu. Schnell hatte sie ihn in ein Gespräch verwickelt, wie stets, wenn sie ihn sah. Dieses Mal war Henrike nicht eifersüchtig. Adrian und sie waren so innig und verbunden miteinander wie noch nie, das ließ er sie jeden Tag spüren.

»Warum sieht Cecilia nur dich so an und mich nie?«, beschwerte Ricardo sich scherzhaft.

Adrian lachte auf. »Weil sie dich jeden Tag sieht und mich nur selten. Du solltest dich rarer machen ...«

»Aber dann würde ich ja ihre reizende Gesellschaft verpassen!« Ricardo gab seiner Frau einen Handkuss.

»Stimmt auch wieder! Dann musst du wohl damit leben. Aber keine Sorge: Wir sind bald weg. Wenn das Wetter mitspielt, reisen wir in wenigen Tagen ab.«

Cecilia war enttäuscht. »Ihr wollt uns wirklich schon verlassen?«

»Es muss sein. Wir können Simon nicht so lange allein lassen. Er ist schließlich noch ein Kaufgeselle.«

Henrike lächelte ihren Mann von der Seite an. »Obwohl er in dieser Zeit so viel gelernt haben dürfte, dass es für eine ganze Lehrzeit reicht.«

»Das wollen wir erst mal sehen«, sagte Adrian reserviert. Er war noch immer verstimmt über Simons eigenmächtiges Handeln im letzten Sommer. »Und ihr? Bleibt ihr hier?«

»Natürlich! Der popolo minuto, der Pöbel, wird sich schon wieder beruhigen. Er braucht alle paar Jahre einmal einen Tumult. Dann wird er wieder zurechtgestutzt, und wir können weitermachen wie bisher«, lautete Ricardos eigenwillige Ansicht. »Aber ich könnte Euch ein paar Tuche mitgeben. Dann kann ich sicher sein, dass sie gut bei meinem Gehilfen in Lübeck ankommen.«

»Wollte Hinrich von Coesfeld das nicht für dich übernehmen?« Sie hatten dem Lübecker Kaufmann nach dem Überfall für seine Hilfe gedankt, ihn seitdem aber nicht mehr gesprochen.

»Hinrich hat wohl noch in Brügge zu tun«, meinte Ricardo.

»Wir helfen natürlich gern«, sagte Adrian. »Gibt es inzwischen eine Spur von deinem Angreifer?«

Ricardo winkte ab. »Angeblich war es ein Flüchtling aus Gent, der auch andere Reiche angegriffen hat. Ein armer Teufel. Und bei euch? Hat man diesen Nikolas immer noch nicht gefasst? Mit seinem auffälligen Stock, dem Bart und dem vernarbten Gesicht müsste er doch gut zu erkennen sein.«

»Das sollte man glauben!«, rief Adrian unzufrieden aus. »Seitens der Stadt und des Hansekontors hat man alles Menschenmögliche getan. Aber er ist einfach nicht zu finden! Ich habe auch schon wiederholt an den Lübecker Rat geschrieben. Es wird Zeit, dass wir zurückkommen, damit ich unserer Angelegenheit Nachdruck verleihen kann.«

Mitfühlend blickte Cecilia Adrian an. »Bist du denn sicher, dass du deine Frau in diesem Zustand reisen lassen willst?«

Adrian lächelte. »Henrike gehört nicht zu den Frauen, die sich etwas verbieten lassen, und das ist auch gut so. Ich hoffe nur, unser Kind wird nicht ebenso dickköpfig.« Zärtlich nahm er Henrikes Hand. »Bei dieser Gelegenheit wollten wir euch auch fragen, ob ihr die Patenschaft für unser Erstgeborenes übernehmen möchtet. Es wäre uns eine Ehre.«

Henrike und Adrian hatten lange darüber gesprochen. Sie hätte sich lieber ausschließlich auf Lübecker Paten beschränkt, aber Adrian schien es wichtig zu sein, das Band zu dem alten Freund zu verstärken, also hatte sie zugestimmt.

»Und uns auch!«, strahlte Cecilia Adrian an.

Ricardo wirkte hingegen beinahe verlegen, doch schließlich räusperte er sich und sagte mit heiserer Stimme: »Du beschämst mich, mein Freund … Aber ja, natürlich gern.«

Fröhlich lachend klopfte Adrian ihm auf die Schulter. »Seht nur, wie gerührt er ist. Du wirst alt, mein Freund!« Dann aber drückte er Ricardo fest. »Ich bin froh über dein Einverständnis.«

55

Lübeck

Herr Simon, Eure Schwester und Herr Vanderen sind im Binnenhafen! Sie sind mit der Gesandtschaft aus Brügge zurückgekommen!«, rief der Junge aufgeregt. Sein Gesicht leuchtete rot vor Kälte, und an seiner Nase hing ein kleiner Tropfen. Für die frostigen Temperaturen trug er viel zu leichte Kleidung. Er gehörte zu den Kindern aus armen Familien, die sogar im Winter am Hafen herumlungerten, um sich ein paar Pfennige zu verdienen. Simon drückte ihm eine Münze in die Hand und schickte ihn in die Küche. Die neue Köchin bat er, dem Jungen einen Becher gewärmtes Bier und etwas zu essen zu geben. Außerdem wies Simon sie an, für den Abend ein üppiges Mahl zu bereiten. Er, Liv und der Rest des Gesindes waren in letzter Zeit mit einfacher Kost ausgekommen. Ihre Gemeinschaft war über den Winter immer kleiner geworden. Ubbo hatte das letzte Schiff vor den Winterstürmen zur Ordensburg genommen; sie hatten sich versprochen, sich dort in ein paar Monaten wiederzusehen.

Auch Runa war fort. Immer öfter war sie angefeindet und belästigt worden, vor allem von Bauern, die um ihr Kleinvieh fürchteten. Deshalb hatte Simon sie auf das Landgut bei Travemünde gebracht. Dort konnte sie die Falken in Ruhe ausbilden. Auch war sie nicht mehr seiner Gegenwart ausgesetzt, dachte Simon verletzt. Ihr Verhältnis hatte sich stetig verschlechtert, zuletzt hatte die Isländerin kaum noch mit ihm gesprochen. Ihn schmerzte diese Ablehnung sehr. Er wollte sie nicht unglücklich sehen. Simon hatte Runa angeboten, ihr Geld für eine Überfahrt nach Island zu geben, aber sie hatte abgelehnt. Sie wollte auf Gedeih und Verderb bei den Falken bleiben. Sobald das erste Schiff nach Danzig oder Königsberg ablegte, würde er sie abholen und mit ihr in Travemünde an Bord gehen. In der Zwischenzeit hatte er sie ein paar Mal kurz besucht, angeblich, um auf dem Gutshof Waren abzuholen.

Katrine sah er manchmal kurz, wenn er etwas zum Beginenhof lieferte, aber sie sprach nie mit ihm. Vielleicht wäre sie Henrike gegenüber zugänglicher. Er schien nicht gerade Glück mit Frauen zu haben, aber das war ihm angesichts seines Vorhabens einerlei.

Simon warf seinen Kamelhaarumhang über und schlidderte mehr zum Hafen, als dass er ging. Er freute sich auf seine Schwester. Der Begegnung mit Adrian sah er zögerlicher entgegen; der Kaufmann hatte Simons Verhalten in seinen Briefen deutlich gerügt.

Schon von Weitem sah er sie am Anleger des Binnenhafens stehen. Sie verabschiedeten sich gerade von den Gesandten um Bürgermeister Plescow.

Henrike wirkte außergewöhnlich unförmig in ihrem pelzbesetzten Umhang, Adrian ungewohnt schmal, genau wie Coneke. Den Männern war anzusehen, dass es keine leichte Zeit in Brügge gewesen war.

»Schön, dich gesund wiederzusehen!«, begrüßte Adrian seinen Schwager aufgeräumt und schloss Simon in die Arme. Henrike drückte ihn so fest an sich, dass er lachend um Luft rang. Erst jetzt bemerkte er ihren Bauch, der ihr Kleid deutlich ausbeulte. Was für eine Überraschung!

»Du bist ja guter Hoffnung!«

Sie strahlte ihn an. »Ich wollte es dir persönlich sagen.«

»Ich wünsche euch alles erdenklich Gute!«, freute sich Simon.

Auf dem Weg in die Mengstraße unterhielten sie sich über die lange Überfahrt bei schwerer See und die Erleichterung, nach so vielen Monaten endlich wieder daheim zu sein.

Vor der Tür ihres Hauses verabschiedete sich Coneke. Henrike umarmte den jungen Knochenhauer, dem das ausgesprochen peinlich zu sein schien.

»Ich danke dir für alles! Du warst mir eine große Hilfe«, sagte sie.

Auch Adrian dankte Coneke und bat ihn, morgen zu ihm zu kommen, um seinen Lohn in Empfang zu nehmen. »Ich hoffe, dein Vater verzeiht uns, dass wir dich einige Pfund leichter und mit ein paar gebrochenen Knochen zurückbringen. Ich werde mich dafür noch persönlich bei ihm entschuldigen.«

Coneke grinste. »Nicht nötig. Vater wird schon dafür sorgen, dass ich bald wieder der Alte bin.«

Aus dem Haus duftete es bereits nach einem deftigen Essen. Simon stellte ihnen die neue Köchin vor, die gerade Fisch in Kräutern und Zwiebeln anbriet; es war Fastenzeit. Henrike hieß die Frau willkommen, hatte dabei aber einen Kloß im Hals – in der gewohnten Umgebung überfiel sie die Trauer um Grete und Cord noch einmal mit voller Wucht. Aber Reden lenkte ab, und sie hatten sich so viel zu erzählen!

Sie nahmen zunächst vor dem Kamin Platz, wechselten dann zum Esstisch und später in die Scrivekamer – und hörten kaum einen Augenblick auf, sich über ihre Erlebnisse auszutauschen. Als sich Henrike erschöpft zurückzog, holten Adrian und Simon die Geschäftsbücher und die Schatulle mit den Briefen hervor, um wenigstens die wichtigsten Dinge schon einmal kurz zu besprechen.

Adrian nippte an seinem Kirschtrank und schob das Glas dann an die Tischkante, damit es, falls es umfiel, nicht das teure Papier aus der Lombardei beschmutzte. Hundemüde nahm er einen Stapel Briefe heraus. In seiner Abwesenheit war einiges aufgelaufen. Aber Simon hatte die Briefe offenbar sorgfältig bearbeitet, sortiert und mit den Vermerken »Erledigt« oder »mit

Adrian besprechen« versehen. Letzteren Stapel legte Adrian vor sich hin und wandte sich Simon zu. Er wusste, dass schwierige Gespräche nicht leichter wurden, wenn man sie hinausschob.

»Deine Reise nach Island kann ich ja noch tolerieren«, begann Adrian. »Ja, eigentlich müsste ich dir sogar gratulieren, wenn ich an die Falken denke. Wo sind sie eigentlich?«

Simon erzählte, dass er sie zum Gutshof gebracht hatte, den Astas Nachfolger Hem sehr gut führte.

»Aber deine Fahrt nach Gotland – das ist einfach zu viel! Du bist Henrikes Bruder und der Erbe der Vresdorps – du darfst dich nicht derart in Gefahr bringen!«

»Es ist doch alles gut gegangen«, verteidigte Simon sich. »Ich habe Hartwig seiner gerechten Strafe zugeführt. Und als Nächstes werde ich Nikolas suchen.«

Adrian brauste auf. »Auf keinen Fall! Ich habe alles in die Wege geleitet. Irgendwann wird Nikolas wieder auftauchen und sich verraten. Dann wird er festgesetzt. Du wirst deine Gesellenzeit fortsetzen! Du bist noch lange kein mündiger Kaufmann, abgesehen davon, dass du dich ganz und gar nicht wie einer benimmst.«

Simon versuchte den Vorwurf zu überhören. Er hatte ja auch andere Ziele. Entschlossen stützte er die Hände auf seine Knie und drückte den Rücken durch. Mit fester Stimme kündigte er an: »Ich habe andere Pläne. Ich werde mit dem ersten Schiff ins Ordensland fahren und die Falken persönlich zum Hochmeister bringen.«

»Das wirst du nicht«, sagte Adrian aufgebracht.

Mit diesem Widerstand hatte Simon gerechnet. Er hatte sich bereits eine Antwort zurechtgelegt: »Es wird unsere Geschäftsbeziehungen verbessern, wenn ich Auge in Auge mit den Ordensbrüdern verhandle.«

»Bist du sicher? Du, ein unmündiger Kaufmann? Du hast ja noch nicht einmal deine Gesellenzeit beendet. Was willst du überhaupt von den Ordensrittern? In meinen Augen sind sie Halunken im Namen Gottes!«

Simon hielt es nicht mehr auf dem Stuhl. »Wie kannst du das sagen?«

»Das Armutsideal der Kirche gilt für sie nicht, und das nutzen sie weidlich aus. Der Hochmeister ist ein Kaufmann geworden. Du willst Beispiele? Sie lassen es nicht zu, dass jemand anders mit Bernstein handelt, und treiben den Preis in die Höhe! Selbst das unerlaubte Sammeln von Bernstein wird mit dem Tode bestraft! Die Ordensbrüder zahlen wegen ihres Ansehens zum Teil keine Zölle, kassieren aber den Zehnten – und machen mit ihren Gütern uns Kaufleuten Konkurrenz! Noch dazu leiht der Orden Fürsten Geld – gegen Zinsen! Was für Beutelschneider!«

»Und doch treibst du Handel mit ihnen!«

Adrian zog kritisch die Augenbrauen zusammen. »Natürlich, was bleibt mir anderes übrig? Aber ich bewundere sie nicht – und das solltest du auch nicht tun. Du bleibst hier, und damit basta!«, erklärte er entschieden.

Simon zog sich grollend zurück. Er war siebzehn, und er würde seiner Bestimmung folgen. Adrian würde es schon sehen.

Henrike fand ihren Bruder am nächsten Morgen vor dem Rechenteppich. Er schob Rechenpfennige hin und her. Da er eine schwierige Berechnung aufzustellen schien, wartete sie einen Moment. Schließlich brauchte sie Ruhe, um ihm sein Vorhaben auszureden. Doch Simons Konzentration schien gar kein Ende zu nehmen.

»Ich wollte dir noch einmal sehr herzlich dafür danken, dass du Asta und Sasse gefunden und für ein christliches Begräbnis gesorgt hast«, riss sie ihn schließlich aus seinen Überlegungen. »Endlich können ihre Seelen Frieden finden.«

Nun sah ihr Bruder auf. Nachdenklich drehte er eine Münze zwischen den Fingern. »Ich kann nicht begreifen, wie Onkel Hartwig so handeln konnte. Hartherzig und gierig war er ja schon immer, aber sein Gerede von den alten Göttern – verrückt!«

»Vielleicht hat er ja auch nur sein eigenes Scheitern nicht ausgehalten«, überlegte Henrike laut.

»Aber wieso nicht? Er war doch selbst dafür verantwortlich! Er hätte doch anders handeln können! Jeder kann entscheiden, welchen Weg er geht«, sagte Simon im Brustton der Überzeugung.

Henrike nickte nachdenklich. »Genauso unglaublich erscheint es mir, dass Nikolas diesen Wigger von Bernevur angeheuert hat, um uns töten zu lassen! So eine Untat hätte ich selbst ihm nicht zugetraut. Und dem Edelmann sein Kind zu rauben – was für ein Unmensch!« Unwillkürlich fasste Henrike an ihren Bauch und ließ sich auf einen Stuhl sinken.

Simon schob die Rechenpfennige auf den Linien des Teppichs herum wie Spielsteine bei einem Brettspiel.

»Woher hatte Nikolas wohl das Geld? Abgesehen von unseren Waren schien er nicht viel in seinem Lager zu haben«, setzte Henrike neu an.

»Vielleicht hat er auch andere bestohlen.« Wieder schwieg er.

Henrike grübelte und blinzelte plötzlich. »Und Onkel Hartwig wollte wirklich dem Säugling etwas antun?« Das Unglück von Kindern war ihr stets nahegegangen, aber im Moment war sie besonders empfindlich. Hoffentlich ließen diese Gefühlswallungen nach der Geburt wieder nach! »Du wirst dagegen bestimmt ein großartiger Onkel!«

Simons Augen leuchteten. »Erinnerst du dich noch an unseren Onkel? Vaters Bruder? Wie er uns vom Leben der Schwertbrüder vorgeschwärmt hat …«

Sie lächelte wehmütig bei der Erinnerung daran. »Du hast es

als Schwärmen empfunden. Ich fand es weniger erstrebenswert, nicht heiraten zu dürfen und immer kämpfen zu müssen.« Eindringlich redete sie ihm ins Gewissen: »Was willst du da, Simon? Du gehörst hierher, zu uns! Ein anderes Leben ist für dich bestimmt!«

Die Ecken des Rechenteppichs, der zum Transport zusammengerollt wurde, bogen sich nach oben und warfen die Pfennige durcheinander. Simon sortierte sie schweigend neu.

»Ich habe so viel Furchtbares gesehen in den letzten Jahren. Die Gier nach Geld richtet so großen Schaden an! Und wir tragen unseren Teil dazu bei.«

»Wie kannst du das sagen! Unser Handel bringt den Menschen alles, was sie zum Leben und Überleben brauchen.«

»Wer braucht schon polierte Messingschalen? Wer seidendurchwirkte Kleider? Wer Konfekt? Wir könnten gut auch ohne diesen Plunder leben!«, gab Simon heftig zurück.

»Wenn deine Gesellenzeit beendet und du Kaufmann bist, kannst du handeln, womit du willst. Ich habe fassweise Andachtsbilder in Brügge gesehen.«

»Tand!«, rief Simon aus. Es war jetzt eine Verzweiflung in seinem Gesicht, die Henrike noch nicht an ihm kannte. »Verstehst du denn nicht – ich sehne mich nach anderen Dingen. Ich will Buße tun und meinen Frieden mit dem machen, was geschehen ist!«

Henrike erhob sich, es hatte im Augenblick keinen Sinn, weiterzureden. Er schien fest entschlossen zu sein. Glücklicherweise gingen derzeit noch keine Schiffe nach Preußen ab. Außerdem hatte er ja auch gar kein Geld für die Reise. Sie hoffte, dass sich seine Pläne von selbst wieder erledigen würden.

»Wenn du ein vollwertiger Kaufmann bist, kannst du tun, was du willst. Vorher nicht, das hat Adrian dir auch schon gesagt. Und er ist dein Vormund, bis du volljährig bist«, schloss sie.

Etwas schwerfällig schritt Henrike in Begleitung Windeles die Mengstraße entlang, bog rechts in die Straße Schlüsselbuden ab, lief über den Kohlmarkt weiter den Stadthügel hinauf und ging dann schließlich die Wahmstraße hinunter, die leicht bergab Richtung Wakenitz an den Werkstätten der Schuster und Pelzer vorbeiführte. Der Schneematsch auf dem Straßenpflaster machte das Gehen beschwerlich. Sie wandten sich erneut nach rechts. In dieser Gegend befanden sich viele Werkstätten, aber auch Ackergärten der Patrizier.

Der Beginenhof befand sich gegenüber der Aegidienkirche. Es war ein sauberer Backsteinbau, der durch die Almosen unzähliger Lübecker ausgebaut worden war. Schon vor dem Konvent erblickten sie viele der frommen Frauen in langen Kleidern, manche mit Hauben, andere mit bloßem Haupt. Da die Beginen kein kirchlicher Orden waren, trugen sie keine einheitliche Tracht. Sie taten viele gute Werke, denn sie betreuten Kranke und Sterbende. Die frommen Frauen lebten von ihrer eigenen Hände Arbeit und verkauften Kerzen, Seifen, Stoffe und Bier, weshalb sie von Handwerkern oft als unlautere Konkurrenz angefeindet wurden.

Als Simon ihr von Katrines Entscheidung erzählt hatte, war Henrike erschrocken gewesen. Die Beginen waren keine Klosterfrauen, denn sie legten nur ein Gelübde auf Zeit ab. Und doch entschieden sie sich für ein Leben ohne Ehemann und Familie. Dabei hatte Henrike sich für Katrine immer gewünscht, dass sie eines Tages ihren Kummer überwinden und glücklich werden würde – und dazu gehörten für Henrike eine Familie und Freunde.

Henrike fragte nach Katrine und wurde gebeten, in der Besuchskammer bei der kleinen Hauskapelle zu warten. Erst als Katrine vor ihr stand, erkannte Henrike sie. Die Freundin war in einen bodenlangen Kittel gehüllt. Ihr Gesicht war teilweise durch Haube und Schleier verdeckt. Ihren langen blonden Zöpfe hatte sie abgeschnitten. Um ihren Hals trug sie ein einfaches Holzkreuz. Mit einem aufrichtigen Lächeln gratulierte Katrine ihrer Freundin zur Schwangerschaft. Henrike sprach Katrine ihr Beileid zum Tod ihrer Mutter aus, und sie beteten gemeinsam für Asta und Sasse.

Katrines Worte bewiesen, dass ihre Veränderung nicht nur äußerlich war: »Dass meine Mutter in religiöser Verwirrung gestorben ist, macht mein Hiersein umso nötiger. Wenn du nicht gesagt hättest, dass du es bist, wäre ich nicht gekommen. Ich lebe in strenger Einkehr und sticke zum Ruhme Gottes. Ich möchte mein Herz befreien von dem Unkraut, das dem Geist Schaden zufügt«, sagte Katrine.

So ganz verstand Henrike nicht, was ihre Freundin damit meinte. Sie wandte sich praktischen Fragen zu: »Brauchst du etwas? Können wir dich irgendwie unterstützen? Musstest du ein Eintrittsgeld in den Konvent zahlen?«

Katrines Züge hellten sich auf. »Die Meisterin hat mir das Eintrittsgeld erlassen, weil sie meine Stickarbeiten so schätzt. Sie bringen dem Konvent gutes Geld ein, das wir heilbringend verwenden können.«

»Das freut mich für dich. Darauf bist du sicher stolz!«

Schnell war Katrines Lächeln wieder einem heiligen Ernst gewichen. »Stolz wäre eine eitle Sünde. Ich freue mich, dass ich Gott auf meine Art preisen kann. Seit der Papst unsere fromme Gemeinschaft verurteilt hat, bekommen wir weniger Almosen und sind mehr denn je auf unserer Hände Arbeit angewiesen.«

»Was hat der Papst gegen« – das »euch« wollte Henrike nicht über die Lippen kommen, also endete sie – »die Beginen?«

»Er meint, manche von uns täuschten unter dem Deckmantel der Heiligkeit das einfache Volk mit Irrlehren. In Wahrheit gefällt es ihm wohl nicht, dass einige von uns verdorbene Geistliche und Versäumnisse der Kirche anprangern. Umso dringender müssen wir in der Nachfolge des armen, nackten Christus wirken.« Dieser Satz schien sie daran zu erinnern, dass sie sich wieder zurückziehen sollte, denn sie schickte sich zum Gehen an.

»Wenn ihr Beginen Kranke und Sterbende pflegen dürft, könntest du mir doch auch bei meiner Geburt beistehen?«, eilte Henrike sich zu fragen.

Katrine zögerte. »Ich weiß nicht, ob ich in dieses Haus zurückkehren kann, das durch Hass und Blut befleckt wurde …«

Henrike kränkte diese Bemerkung. Auch sie schauderte bei dem Gedanken an den Mord an Grete und Cord, aber ihr Heim stand doch für so viel mehr! »Wir waren glücklich in unserem Haus – und sind es noch. Die Tat eines bösen Menschen darf doch nicht unser aller Leben vergiften!«, verteidigte sie es.

Doch Katrine ließ sich nicht von ihrer Meinung abbringen. »Ich kann nur für mich sprechen«, sagte sie, küsste das Kreuz an ihrer Kette und zog sich zurück.

Verwirrt ging Henrike hinaus. Vielleicht war es doch gut, dass Katrine sich für dieses Leben entschieden hatte; sie musste diese Entscheidung akzeptieren und sich um ihre eigenen Aufgaben kümmern.

Die nächsten Wochen vergingen in ruhigem Tempo, wie es im Frühjahr üblich war. Die Handelsschifffahrt war über den Winter beinahe ganz zum Erliegen gekommen und begann gerade erst wieder. Für Adrian war das gut, weil er Geschäfte und Korrespondenz aufarbeiten konnte, die während ihrer Zeit in Brügge aufgelaufen waren. Demnächst würde er den Hof von König Håkon und Königin Margarethe aufsuchen, um das Geld für seine Waren abzuholen und neue mitzubringen. Er hatte mit Bürgermeister Swerting vereinbart, sich bei dieser Gelegenheit auch gleich nach den Kriegsplänen umzuhören; bislang hielt der Frieden zwischen Dänemark und Schweden noch. Auch hatte er vielversprechende Nachrichten aus dem Stora Kopparbergt im schwedischen Dalarna erhalten, wo man mit seinen Stoffen zufrieden war.

In Lübeck war die Stimmung auf den Straßen angespannt. Viele Handwerker hatten im letzten Jahr zu wenig verdient, dafür waren die Steuern gestiegen. Auch die Vergabe der Knochenhauerlitten hatte erneut für Unfrieden gesorgt. Henrike hatte neben der Sorge für den Haushalt und das Gesinde genügend mit dem Anfertigen von Säuglingskleidung zu tun. Auch hatte sie bei dem Schreiner, der für sie Brauttruhen anfertigte, eine Wiege bestellt. Jetzt, wo die Zeit der Geburt näherrückte, wuchs ihre Sorge. Viele Frauen verloren ihr Leben oder das ihres Kindes bei der Niederkunft. Sie suchte die Hebamme auf, die offenbar eine kundige Frau war. Sie besaß einen Gebärstuhl und verkaufte ihr eine blaue Wachsscheibe mit dem Bild des Lamms Gottes, die Henrike um den Hals tragen sollte, um sie vor dem Tod im Kindbett zu schützen. Das Kind schien kräftig entwickelt, denn es strampelte ausdauernd in ihrem Leib.

Auch Simon schien sich wieder beruhigt zu haben. Wie gewohnt ging er seiner Arbeit nach, und das Thema Deutschorden hatte er nicht mehr angesprochen.

56

Der April war in diesem Jahr ungewöhnlich kalt. Selbst nachmittags schaffte es die Sonne kaum, die Luft zu erwärmen.

Kurz nach dem Osterfest glitt Henrike eines Tages auf dem Rückweg vom Markt auf dem überfrorenen Straßenpflaster aus und fiel hin. Prompt verlor sie Wasser, und die Wehen setzten ein. So schlimm hatte sie sich die Schmerzen nicht vorgestellt! Henrike geriet in Panik, doch ihre Magd Windele reagierte schnell und schickte in die Mengstraße um Hilfe. Nach kurzer Zeit kamen Adrian, Simon, Liv und Jost angelaufen. Sie hatten ein breites Brett und lange Tücher dabei; wohl, um sie darauf zu transportieren. Besorgnis lag auf ihren Gesichtern. Trotz der Schmerzen heiterte ihr Anblick Henrike auf.

»Und wer gibt auf das Geschäft acht, wenn ihr alle hier seid?«, fragte sie.

Adrian wirkte überrumpelt und hilflos. »Das Geschäft? Es muss warten!«, sagte er und nahm sie kurzerhand auf die Arme. »Außerdem sind Claas und der Knecht ja noch da …«

Er eilte zum Haus zurück, Simon, Liv und Jost liefen mit Brett und Tüchern nebenher. Hätte Henrike nicht das Gefühl gehabt, sie würde in der Mitte auseinanderreißen, wäre ihr dieses Aufsehen gewiss peinlich gewesen, doch dafür hatte sie momentan keinen Sinn. Schon kam Windele mit der Hebamme. Henrike wurde ins Schlafzimmer getragen, dann scheuchte die Hebamme die Männer hinaus. Was nun kam, war Frauensache. Henrike war das nur recht. Sie wollte sich nur ungern eine Blöße geben. Als sie aber mit Windele und der Wehmutter allein war, stöhnte und keuchte sie haltlos.

Etliche Stunden später war das Kind noch immer nicht da. Schon lange hatte die Hebamme verkündet, das Köpfchen sehen zu können, aber der Rest des Körpers kam nicht, so sehr Henrike auch presste. Inzwischen hing sie mehr in dem Gebärstuhl, als dass sie saß. Schmerz und Entkräftung übermannten sie.

»Ich kann nicht mehr«, weinte sie und schämte sich zugleich dafür. Fast jede Frau bekam Kinder – warum sollte sie es nicht schaffen? »Warum ist Katrine nicht hier, um mir beizustehen?« Sie hatte Windele doch nach der Freundin geschickt!

»Wenn es noch lange dauert, muss ich es mit der Zange herausholen«, sagte die Hebamme und zog das große Gerät aus ihrer Tasche.

Henrike grauste es. »Nur das nicht!«, schrie sie. Sie wartete auf die nächste Wehe und nahm noch einmal ihre ganze Kraft zusammen.

Adrian lief wohl zum hundertsten Mal um den großen Dielentisch herum. Er und Simon waren kreidebleich. Wieder schrie Henrike im Schlafzimmer verzweifelt.

»Warum dauert das so lange? Die Hebamme weiß doch eigentlich, was sie tut! Kann denn niemand helfen?«, fragte er erschüttert.

Jost rief den Knecht heran.

Als Telse in das Geburtszimmer trat, war Henrike am Ende ihrer Kräfte. Schweißgebadet und weinend lag sie noch immer in den Wehen. Die Hebamme blickte Telse misstrauisch an.

»Ich bin ihre Base und zugleich Kräuterfrau. Darf ich ihr einen Kräutersud geben? Vielleicht geht es dann leichter.«

Mit dem Handrücken wischte sich die Hebamme den Schweiß von der Stirn. Sie hatte alles versucht. »Ich habe ihr auch schon etwas verabreicht. Hat aber nicht geholfen. Jetzt kommt die Zange. Wird nicht anders gehen. Das Kind stirbt sonst, die Frau geht zugrunde oder gleich beide«, sagte sie.

Zu Tode verängstigt mischte Henrike sich ein. Ihre Erschöpfung wischte den Rest des Misstrauens gegen ihre Base fort. Auch hatte Simon erzählt, dass viele Telses Rat als Kräuterfrau suchten und dass sie den geraubten Adelssohn gut behandelt hatte.

»Ich bitte Euch, lasst sie es versuchen!«, flehte Henrike die Hebamme an.

Telses Trank war bitter, wirkte aber schnell.

»Wir halten dich«, sagte Telse und nahm ihre Hand. Sie gab Windele einen Wink, und die Magd nahm die andere. Die Hebamme presste von oben auf Henrikes Bauch. Nach einigen weiteren Wehen war das Kind endlich da. Sein heller Schrei durchbrach die Stille.

Die Hebamme wischte Blut und Schleim ab und schnitt mit der Schere die Nabelschnur durch.

»Sie ist zwar sehr rot, aber gesund!«, verkündete sie und wandte sich an Telse. »Vielleicht solltet Ihr mir öfter zur Hand gehen. So lange ihr kein Geld wollt …« Sie grinste verschmitzt.

Telse lächelte sie an. »Nein, behaltet nur Euren Lohn. Ich habe es für meine Base getan.«

Henrike lachte und weinte zugleich. Eine Tochter! Sie konnte es gar nicht erwarten, sie endlich in den Armen zu halten!

Schon stürzte Adrian herein, er musste das Schreien des Neugeborenen gehört haben. Angstvoll sah er nach seiner Frau und dann nach dem winzigen Wesen, das die Hebamme in dem mit Essenzen versehenen Wasser badete und das noch immer lautstark protestierte. Dann fiel er Henrike um den Hals. Zart umarmte und liebkoste er sie. Seine Hände waren eiskalt und zitterten. Als das Neugeborene in ein warmes Tuch gewickelt auf Henrikes Herzseite gelegt wurde, schaute es neugierig in die Welt und gab kleine Geräusche von sich. Obgleich ihr Unterleib brannte wie Feuer, strahlte Henrike in die Runde. Ihr Mann lächelte weich. Simon stand an ihrem Bett, scheu und zugleich schon ganz der stolze Onkel. An der Tür drückten sich Jost und Telse herum, denen Henrike zu Dank verpflichtet war. Windele trug gerade das kräftigende Mahl für sie herein.

»Die Kleine hat besser durchgehalten als ich«, gestand Henrike ein.

Adrian drückte ihr einen Kuss auf die Stirn. »Dann muss sie wohl unser beider Stärke haben ...«

Da es Henrike am nächsten Tag bereits gut genug ging, wurde ihr Schlafzimmer auf das Feinste herausgeputzt. Ab Mittag fanden sich die Gratulantinnen mit ihren Geschenken ein. Ihre Freundinnen Oda und Tale, neugierige Nachbarinnen, aber auch die Ehefrauen von Geschäftsfreunden und Räten, die es für ihre gesellschaftliche Verpflichtung hielten, der Wöchnerin ihre Aufwartung zu machen. Henrike nahm die Glückwünsche und Geschenke dankbar entgegen. Die Frauen saßen um ihr Bett zusammen, bestaunten das Neugeborene und griffen herzhaft bei den dargebotenen Speisen und Getränken zu. Immer wieder legte Henrike zwischendurch ihre Tochter an die Brust. Eine Nähramme hatte sie abgelehnt; stillte auf den Gemälden nicht auch die Muttergottes ihr Kind selbst? Obgleich der Trubel Henrike sehr anstrengte, freute sie sich doch. Sie konnte sich glücklich schätzen, Teil einer so freundlichen Gemeinschaft zu sein! Die richtige Feier würde jedoch noch kommen, denn die Taufe wurde stets groß begangen.

Am Sonntag nach ihrer Geburt wurde Henrikes und Adrians Tochter in der Kirche Sankt Marien auf den Namen Clara getauft, nach Henrikes Mutter. Die Paten waren der Ratsherr Hermanus von Osenbrügghe und ihr Brügger Freund Ricardo mit seiner Frau Cecilia, die in Abwesenheit benannt worden waren. Clara nahm Taufe und Glückwünsche recht gelassen entgegen, sie schien kein schreckhaftes Kind zu sein. Sogar den Priester hatte Clara angelächelt, als er ihr das eiskalte Wasser über das Köpfchen goss. Als sie hinausgingen, sah Henrike Mechthild Diercksen bei ihrem neuen Ehemann stehen, dem Pelzer Johan van Zoest. Ihre Tochter Drudeke war nach Hamburg verheiratet worden. Die Lästerzunge senkte den Blick; jetzt gab es nichts Schlechtes mehr zu reden.

Nach dem Gottesdienst platzte das Haus in der Mengstraße aus allen Nähten. Adrian hatte einen weiteren Koch und etliche Gehilfen zusätzlich engagiert, um nur feinste Gerichte auffahren zu können. Bald häuften sich die Geschenke auf der Anrichte in der hohen Diele, Geldgeschenke hingegen schloss Simon sogleich für sie weg. Bürgermeister und Räte, Freunde und Nachbarn kamen, um zu gratulieren. Besonders freute Henrike sich aber, dass Katrine vorbeischaute und Clara ein besticktes seidenes Wickeltuch zum Geschenk machte. Als die Freundin nach kurzer Zeit wieder gehen wollte, schickte Henrike Liv mit, damit Katrine sicher zum Beginenhof zurückkam.

Während Henrike mit den Frauen beisammensaß, plauderte Adrian mit den Männern.

In einem günstigen Moment nahm er Bürgermeister Swerting beiseite. »Gibt es etwas Neues vom Waffenstillstand zwischen Dänemark und Schweden?«, wollte er wissen.

»Im März berichtete unser Spion, dass die Flotte zusammengezogen werden sollte. Nichts geschah. Jetzt hört man, dass König Håkon wohl dem Tode nah sei.«

»Demnächst werde ich zum Königshof reisen. Ich hole mir mein Geld ab und liefere neue Tuche und Wein«, verriet Adrian. »Dann kann ich mich umhören.«

»Das wäre sicher gut«, bestärkte Symon Swerting ihn in seinem Vorhaben. »Aber beeil dich besser. Wenn Håkon stirbt, wird kein Geld mehr zur Verfügung stehen, um Schulden zurückzuzahlen. Dann muss der Thron gesichert werden ...«

Da trat Hermanus von Osenbrügghe hinzu. Der Ratsherr hatte sich dem Anlass entsprechend herausgeputzt. Sein silbriges Haar schimmerte im Kerzenlicht.

»Hast du eigentlich schon von der neuen Gesellschaft gehört, die in deiner Abwesenheit hier gegründet wurde?«, wollte er von Adrian wissen.

»Consul Dartzow erwähnte sie«, erinnerte Adrian sich. Damals hatte er das Gespräch mit dem Consul etwas unhöflich abgebrochen und seither nicht mehr mit ihm gesprochen ...

»Man nennt sie Gesellschaft vom Zirkel. Den Grund für diesen Namen habe ich noch nicht herausgefunden.«

»Mit dem Zirkel hat es folgende Bewandtnis«, erklärte Symon Swerting. »Wenn ein Mitglied aufgenommen wird, zieht man mit einem Zirkel einen Kreis um ihn und sagt dabei, dass der Zirkelbruder ebenso wie diese Linie ohne Mängel, ohne Gebrechen und ohne Fehl sein soll.«

Hermanus lachte. »Dann bin ich ja schon mal kein Kandidat. Gebrechen habe ich, wie alle alten Kerle.«

»Ihr gehört der Gesellschaft also nicht an?«, wollte Adrian wissen.

Beide verneinten.

»Ich halte sie für Zeitverschwendung. Oder soll sie eine Konkurrenz zum Rat sein?«, fragte Hermanus.

»Ich denke nicht. Es geht wohl eher um gesellschaftliche Vergnügungen und gemeinsames Totengedenken«, meinte der Bürgermeister.

Hermanus kratzte sich den gepflegten Bart. »Aber dafür haben wir doch die Bruderschaften!«

»Da sind die feinen Leute aber nicht unter sich.«

Alle drei lachten. »Stimmt auch wieder«, meinte Hermanus. In diesem Moment trat der Knochenhauer Henneke Zwagher mit seinem Sohn Coneke ein. Die beiden gratulierten Henrike und reichten ihr das Taufgeschenk. Adrian entschuldigte sich und ging zu ihnen.

»Wollt Ihr Euch zu uns setzen?«, lud er sie ein.

Meister Zwagher sah in die Runde. Er schien sich unwohl zu fühlen. Obgleich er ebenso fein gekleidet war wie die Patrizier und mehr Geld hatte als mancher von ihnen, gehörte er doch nicht dem gleichen Stand an.

»Ich denke nicht. Ich gehöre zwar nicht zu den lautstarken Protestierern, aber vermutlich könnte ich doch meinen Mund nicht halten, wenn ich mit dem Bürgermeister und Ratsleuten zusammen bin«, sagte der Knochenhauer.

»Hat es wieder Unstimmigkeiten gegeben?«, fragte Adrian.

»Und wie! Die Vergabe der Litten war eine einzige Katastrophe! Wir Knochenhauer haben protestiert, aber der Rat hört einfach nicht auf uns. Er macht, was er will. Manche meiner Amtsbrüder sagen schon, dass es so nicht weitergeht!«

»Was meinen sie damit?«

»Wenn ich das nur wüsste …« Meister Zwagher seufzte. »Meinen Sohn habt ihr übrigens für das Handwerk verdorben. Knochenhauer will er nicht mehr werden, sondern Kaufmann! Könnt Ihr Euch so was vorstellen?«

Adrian lächelte. »Es ist eben der schönste Beruf der Welt! Für Euch wäre es sicher von Vorteil, einen Kaufmann in der Familie zu haben. Da sind Absatz und Kauf von Waren garantiert.«

Henneke Zwagher kam ins Grübeln. »Und ich nehme Coneke gerne zum Kaufgesellen an. Er ist ein tüchtiger Junge«, fügte Adrian hinzu. Coneke strahlte über das ganze Gesicht.

»Ich werde darüber nachdenken«, sagte sein Vater. »Wenn es so weitergeht mit den Verkaufsplätzen ...« Er grollte wieder. »Es ist besser, wenn wir gehen.« Vater und Sohn gratulierten Adrian noch einmal zur Geburt seiner Tochter und verabschiedeten sich eilig.

Sie gaben Hermann von Warendorp die Klinke in die Hand. Sogar der Lieger des Deutschen Ordens in Lübeck machte ihnen eine Aufwartung, freute sich Adrian. Mit ihm hatte er ohnehin noch zu sprechen ...

Am nächsten Morgen stürzte Adrian wutschnaubend in das Wöchnerinnenzimmer. Nachdem er ein paar Schritte auf und ab gegangen war, setzte er sich auf den Bettrand und knetete seine Hände. Auf Henrikes Nachfragen schwieg er. Schließlich strich er sanft über das Gesicht ihrer Tochter, die auf Henrikes Brust eingeschlafen war.

»Ich habe in der Scrivekamer einen Brief von Simon gefunden«, sagte er konsterniert, holte ihn aus dem Wams und las vor:

Liebe Henrike, lieber Adrian,
ich habe gestern gehört, wie du, Adrian, mit Hermann von Warendorp über meine Falken gesprochen hast. Bevor du sie mir wegnehmen kannst, muss ich tätig werden. Verzeiht, dass ich mir einen Teil meines Erbes selbst ausbezahlt habe – den Nachweis über die Summe findest du in der Schatulle – aber ich benötige etwas Geld. Auch habe ich einige Waren und mein Pferd Brunus mitgenommen.
Ich bin auf dem Weg nach Travemünde und werde von dort aus mit Runa und den Falken ins Ordensland reisen. Versucht nicht, mich aufzuhalten! Ich muss es tun! Ich verspreche, euch keine Schande zu machen. Da niemand weiß, welches Schicksal mich in Preußen

ereilen wird, findet ihr anbei mein Testament. Bitte küsst meine Nichte Clara von mir,
Euer Simon

Adrian schimpfte leise. Er wollte seine Tochter nicht aufwecken, aber konnte doch nicht an sich halten. »Dieser dumme Junge! Denkt er, es ist ein Spaziergang ins Ordensland? Frühjahrsstürme sind wahrscheinlich, die Wege sind schlammig und tief. Ohne Geleit ist die Reise nicht sicher! Jeder andere würde ihn enterben! Verprügeln!« Er schnaufte verärgert. »Sich sein Erbe auszuzahlen – Diebstahl würden es manche nennen! Am liebsten würde ich ihm die Falken wegnehmen – er hat sie doch in meinem Auftrag beschafft!« Ein Ruck ging durch Adrian. »Wenn ich mich beeile, kann ich ihn vielleicht noch aufhalten. Oder ich schicke ihm die Büttel hinterher!«

Hin- und hergerissen zögerte Henrike. Auch sie war bestürzt über Simons Verhalten. Ihm musste doch klar sein, dass er Unrecht begangen hatte. Aber da war diese Verzweiflung in seinem Blick gewesen … Zugleich sorgte sie sich um ihn. Ob sie ihren Bruder je wiedersehen würde? Doch dann sagte sie: »Lass ihn, ich bitte dich! Wir können ihn nicht aufhalten. Er wird es nur wieder versuchen.«

»Wir können es ihm nicht durchgehen lassen! Was für ein Kaufmann soll denn aus ihm werden? Außerdem hätten wir das Geld dringend gebraucht – ich werde die Holk endlich anzahlen müssen!«

Claras Mund zuckte, und sie zog die Fäustchen näher an ihr Gesicht. Sie würde bald aufwachen.

Henrike konnte ihren Mann gut verstehen. Ihre Rettungsaktion in Brügge hatte ein tiefes Loch in ihre Kasse gerissen. Eine Besserung der Lage war nicht in Sicht. Noch immer herrschte Unruhe in der Stadt, hatte Lambert geschrieben. Viele Kaufleute waren bereits auf andere Städte ausgewichen.

»Er ist mir zu Gehorsam verpflichtet!«, beharrte Adrian.

Herzhaft gähnend riss ihre Tochter den zahnlosen Mund auf. Unwillkürlich musste Adrian lächeln.

Henrike seufzte. »Ich fürchte, Simon fühlt sich in erster Linie sich selbst gegenüber zum Gehorsam verpflichtet.«

57

Landgut bei Travemünde

Runa gab sanfte Laute von sich und hielt dem Gerfalken auf ihrer linken Faust das Zieget hin. Als Hugin kräftig an dem Hühnerbein zupfte, stieg sie auf den Stein und ließ sich von da aus auf das Pferd gleiten. Hem hatte ihr ein altes Ross zugeteilt, das auf dem Hof sein Gnadenbrot bekam. Es fürchtete sich nicht vor den Falken und wartete überall ruhig; genau das Richtige, um die sensiblen Vögel ans Reiten zu gewöhnen. Denn die Edelleute ritten gerne mit Falken zur Jagd, das hatte Ubbo ihr erzählt. Wie es dem Freund wohl ging?

Und Simon? Vor fünf Monaten hatte er sie hierher gebracht und seitdem einige Male für ein paar Stunden besucht. Meistens hatten sie geschwiegen. Noch immer empfand sie stark für ihn, aber er hatte ihr deutlich gezeigt, dass er sie nicht wollte. Wie hatte er sie verletzt! Sie sah den Tag der Beerdigung noch genau vor sich: In einem Augenblick teilte Simon noch seinen Kummer mit ihr, um im nächsten Katrine hinterherzulaufen. Sie hatte genau gesehen, wie sie sich zum Abschied auf den Mund geküsst hatten! Selbst wenn Katrine jetzt bei den frommen Frauen war – das musste ja nicht für immer sein. Nein, Simon und Katrine gehörten offenbar zusammen. Doch sie konnte sich noch so oft sagen, dass Simon sie nur wegen der Falken aufsuchte – wenn sie ihn sah, flammten ihre Gefühle für ihn jedes Mal wieder auf.

Langsam ritt sie los. Die Wolfshunde sprangen auf und begannen, die reifbedeckten Felder abzusuchen. Auf dem Gutshof gab es viele Wachhunde, und die meisten waren gut erzogen. Bis Runa die Auen erreicht hatte, hing sie ihren Gedanken nach. Eine frostige Brise strich über ihr Gesicht, aber die Aprilsonne war schon warm, und Bäume und Büsche zeigten erste grüne Knospen. Wie sie sich auf den Sommer freute! Doch der Winter schien einfach nicht weichen zu wollen ...

Runa bereute es nicht, mit Simon gegangen zu sein. In dieser lieblichen Landschaft vermisste sie Islands Wildheit zwar sehr, zugleich wusste sie, dass sie sich Jón nie hätte fügen können. Wäre sie auf Island geblieben, wäre sie schon tot, das stand für sie fest. Dann doch lieber leben! Natürlich wollte sie irgendwann zurückkehren, Vaters Schulden bezahlen und sein Land zurückfordern. Aber bis es so weit war, gedachte sie das Beste aus ihrer Situation zu machen. Hier, auf diesem Landgut in der Nähe des Meeres, fühlte sie sich wohl. Die Hofbewohner hatten sie sehr freundlich aufgenommen. Hem, der Verwalter, liebte das Schreiben mehr als die harte Arbeit und führte den Hof mit gelassener Voraussicht. Seine Frau Gesche kümmerte sich um die Kinder, das Gesinde und übernahm allerlei Arbeiten im Haushalt. Es gab eine kundige Viehmutter, viele Knechte und Mägde sowie Weberinnen, die Grauwerk herstellten.

Simon hatte Runa als seinen Falkenknecht vorgestellt und den Hofbewohnern gesagt, dass sie alles bekommen solle, was sie brauche. Seitdem wurde sie unterstützt und zugleich in Ruhe gelassen. Nein, es war mehr als das: Manchmal glaubte sie eine gewisse Hochachtung herauszuhören, wenn sie zu den Falken befragt wurde; das tat ihr gut. Sie hatte ja sonst nichts ...

Dabei war der Kontrast groß. Auf dem geschäftigen Hof herrschte ein Reichtum an Dingen, wie Runa ihn nie erlebt hatte. In was für einfachen Verhältnissen war sie auf Island groß geworden! Und doch hatte sie, als sie mit ihrer Familie die Berghütte bewohnte, nichts vermisst.

Ein Hund schlug an. Hatte er Fasane entdeckt? Glücklicherweise war hier weit und breit kein Mensch, der sich daran stören könnte, dass sie jagte. Sie nahm Hugin die Haube ab. Der Falke schüttelte das Gefieder. Er war in der ersten Mauser und sah scheckig aus, seinen Flugkünsten schien der Federwechsel jedoch keinen Abbruch zu tun. Kraftvoll strich Hugin gegen den Wind ab. Mit jedem Schwingenschlag gewann er an Höhe. Runa war es, als stiege ihr Herz mit ihm. Bald war er nur noch ein kleiner Fleck am Himmel. Sie blinzelte in die Sonne und beobachtete, wie er über ihr kreiste. Mit den beiden Gerfalken und ihrem Zwergfalken Frigg war sie gut beschäftigt; es machte sie glücklich, mit den Tieren umzugehen.

In diesem Augenblick kippte der Falke ab. Durch drei, vier kurze Schläge seiner weiten Schwingen beschleunigte er in den Stoßflug. Dann verschwand er hinter Büschen. Ein harter Schlag, Federn stoben auf. Runa eilte Hugin hinterher. Der Falke hatte den Fasan bereits getötet. Das Wort Beizjagd, hatte Ubbo erzählt, komme daher, dass Falken Bisstöter seien, während Adler die Beute mit dem Griff ihrer Finger und Krallen töteten.

Runa sorgte dafür, dass die Hunde sich in ihrer Nähe ablegten. In Ruhe ließ sie den Falken den Kopf des Fasans kröpfen. Dann deckte sie das geschlagene Tier ab und bot Hugin ein Hühnerbein an. Er sollte sich nicht satt fressen. Sie steckte den Fasan in ihre Satteltasche, legte Hugin die Haube an und stieg wieder mit ihm auf das Pferd. Sie wollte ans Meer.

Simon beobachtete, wie Runa, den Falken auf der Faust, das Pferd bestieg. Es war beeindruckend gewesen, Hugin jagen zu sehen. Und wie sicher die Isländerin mit den Wildvögeln umging! Wie schön sie war, wie gewandt! Sein Herz weitete sich vor Sehnsucht, aber er verbot sich diese Gefühle – es durfte nicht sein!

Immerhin hatte der Anblick ihn eine Zeit lang von seinen Gewissensbissen abgelenkt. Nie hätte er das Geld nehmen und einfach so verschwinden dürfen! Adrian und Henrike mussten schrecklich enttäuscht von ihm sein. Simon schämte sich für diesen Vertrauensbruch. Andererseits konnte er nicht zulassen, dass Adrian ihm die Falken abnahm. Nie wieder würde sich eine solche Gelegenheit bieten, ins Ordensland zu gelangen, davon war er überzeugt. Er hatte viel riskiert, um diese Chance zu bekommen! Ob Adrian ihn verfolgen ließ? Oder ob er sich selbst auf den Weg gemacht hatte, um ihn zurückzuholen? Wie gerne würde er Runa weiter zusehen, aber die Zeit drängte. Er musste herausfinden, ob sie ihm die Falken überlassen oder ihn begleiten würde. Beides erschien ihm unmöglich ...

Runa hatte Hugin vom Pferd aus abgeworfen. Hinter ihr glitzerte die Ostsee im Sonnenlicht. Der Wind spielte in ihrem kurz geschnittenen Haar. Simon blieb in der Uferböschung stehen. Jeder von ihnen sah von seinem Platz aus gebannt zu, wie Hugin einer Möwe hinterherjagte. Der flinke Vogel schlug Haken, drehte sich und taumelte, um dem Angreifer zu entgehen. Doch Hugin war nicht nur größer, sondern auch schneller und wendiger. Noch ein kräftiger Stoß seiner Schwingen – und seine Klauen senkten sich in das Fleisch der Möwe. Hugin ging mit seiner Beute zu Boden. Wieder eilte Runa ihm mit den Hunden nach.

Simon verließ das windgebeugte Buschwerk am Strandrand und ging zu ihr.

»Ein beeindruckender Anblick, auch wenn mir die Möwe ein wenig leidtut. Sie hatte keine Chance«, sagte er.

Die Überraschung war ihm gelungen. Ein Strahlen huschte über Runas Gesicht. Wie viele Männer wünschten sich wohl, nur einmal so von einer Frau angesehen zu werden! Was für ein Glück er hatte – und doch ...

Runa brauchte einen Moment, bis sie sich wieder in den Griff bekam und ihn so kalt anschaute wie eh und je.

»Ich denke, der Falkenmeister der Schwertbrüder wird erwarten, dass ein einjähriger Falke die Grundfertigkeiten der Beizjagd beherrscht«, sagte sie. »Geht es endlich los? Fahren wir mit dem Schiff?«

Überrumpelt zögerte Simon. Das hatte er nicht erwartet. »Willst du ... denn mit?«

»Du hast dich in den letzten Monaten nicht besonders bei der Falkenpflege ausgezeichnet. Denkst du, ich überlasse Hugin und Mugin dir?« Sie stieß ihm leicht den Ellenbogen in die Seite. »Ich müsste ja Angst haben, dass sie dich auf dem Weg verspeisen«, lächelte sie.

»Sei mal nicht so frech, Knecht«, feixte er und strubbelte ihr durch die Haare.

Runa knuffte ihn, und schnell waren sie in eine kleine Rangelei verwickelt. Schließlich hatte Simon sie gebändigt, aber beide lachten. Es tat gut, für einen Augenblick die Anspannung der letzten Monate zu vergessen. Ihr Gesicht war so nah, ihr Mund ... Simon hätte sie küssen mögen. Und ihr Körper ... Verwirrt ließ er sie los.

»Herrje – Hugin!«, rief Runa plötzlich und rannte los. Der Gerfalke kämpfte in der Luft mit einem Schwarm Möwen, die ihn von allen Seiten angriffen.

Vielleicht war Hugin durch die Mauser doch nicht auf der Höhe seiner Kraft. Falken- und Möwenfedern segelten durch die Luft. Schließlich hatte Hugin eine Möwe gekrallt. Runa ließ ihn wieder kröpfen, zog ihm dann aber die Haube über den Kopf.

»Er hat wohl doch noch einiges zu lernen«, befand sie und packte die Möwenkadaver ein.

Simon warf Steine nach den aufgebrachten Seevögeln, die noch immer über ihnen kreisten und schrill kreischten. Endlich gaben sie das Gezänk auf.

»Wir werden uns von Hem einen Wagen leihen. Der Handelsweg nach Danzig geht direkt an der Küste entlang. Das ist angenehmer als auf dem Schiff.«

Skeptisch blickte Runa ihn an. »Angenehmer? Im April? Sicher? Was mir Hem vom Tauwetter erzählt hat, klang anders.«

»Ja, stimmt«, gab Simon zu. Gerade Richtung Osten könnte ihnen das Tauwetter die Reise erschweren. »Aber uns können keine Piraten auflauern.«

»Dafür Straßenräuber.«

»Und die Falken finden es bestimmt auch besser auf Land als auf dem Wasser«, wandte er sich.

»Die Falken. Soso.«

Entnervt warf Simon die Hände in die Luft und stöhnte. Sie war unerbittlich. »Gut, ich geb's auf! Mein Schwager hat mir verboten, zu reisen. Er wird davon ausgehen, dass ich ein Schiff nehme, und die Schiffer warnen. An Land kann er mich dagegen nicht so leicht aufhalten.« Er ließ sich in den Sand plumpsen. »Jetzt ist es raus.«

Sie stellte sich so in den Wind, dass der Falke auf ihrer Faust geschützt war. »Wenigstens lügst du mich nicht mehr an.«

Simon sah zu ihr auf. »Wirst du mich trotzdem begleiten?«

Sie stieß ein trauriges Lachen aus. »Wo soll ich denn sonst hin? Ich kann nicht mehr zurück. Zumindest nicht in den nächsten Jahren.«

Auch Simon war bedrückt. Wenn ich jetzt gehe, kann auch ich nicht mehr zurück, dachte er. Entschlossen stemmte er sich hoch. Dann sollte es eben so sein.

Der Wagen war alt und klapprig, aber Hem konnte ihn entbehren und Simon war dankbar dafür. Der Gutsverwalter gab ihnen ein Pferd, das an das Reiten, aber auch an das Ziehen der Kutsche gewöhnt war, und ließ von seiner Frau Gesche ein großzügiges Verpflegungspaket zusammenstellen. Schließlich war Simon der rechtmäßige Erbe dieses Gutes, es stand ihm in ein paar Jahren ohnehin zu.

»Herr Adrian hat mir gar nichts von Eurer Reise geschrieben«, sagte Hem, als er Schaffelle aus einem Schrank nahm; Simon hatte seinen Hudevat dabei, aber Runa würde sie gebrauchen können.

Simon fühlte sich kurz ertappt, fing sich aber gleich wieder. So schnell konnte Adrian nicht geschrieben haben. »Die Reise hat sich kurzfristig ergeben«, sagte er wahrheitsgemäß.

Als Runa die Falkenkäfige auf den Wagen hob, wandte Hem sich ihm vertraulich zu. »Erlaubt mir die Bemerkung, aber er ist jung und schmächtig, Euer Knecht. Wie ein Mädchen, haben einige unserer Gesellen gespottet, bis ich ihnen Einhalt geboten habe. Wollt Ihr die Reise wirklich allein mit ihm wagen? Soll ich Euch nicht zusätzlich einen meiner Männer mitgeben?«

»Hab Dank, Hem. Aber zu zweit sind wir am schnellsten und unauffälligsten unterwegs.«

Als sie abfuhren, sahen Hem und Gesche ihnen noch lange nach.

Bereits am ersten Tag blieb ihr Wagen in einem Schlammloch stecken. Sie hatten in Travemünde mit der Fähre übergesetzt und waren dem Küstenweg gefolgt. An dieser Stelle war der Weg überfroren gewesen, deshalb hatte Simon, der die Zügel hielt, das Loch nicht sehen können. Die Pferde brachen durch die Eisdecke und tänzelten ängstlich. Simon versuchte noch auszuweichen, doch da geriet der Wagen schon in Schieflage und steckte fest. Fluchend sprang er ab. Ein Gutteil des Rades war im Schlamm versunken. Das sollte eine Handelsstraße sein? Ein Dreckloch war es! Was tun? Um diese Zeit waren so wenige Reisende unterwegs, dass sie schon viel Glück haben müssten, wenn gerade jetzt welche vorbeikamen und dann auch noch solche, die bereit waren, ihnen zu helfen.

»Wenn wir in Island Tauwetter haben, umfahren wir Schlammfurten lieber«, sagte Runa.

»Das hilft mir jetzt enorm!«, knurrte Simon, bereute es aber sofort. Als Kaufmann war er meist auf See unterwegs gewesen, mit unbefestigten Wegen kannte er sich nicht aus.

Runa überhörte seine Spitze. »Und wenn wir doch einmal stecken bleiben, versuchen wir, uns mithilfe von Brettern und Steinen zu helfen. Am besten gräbst du die Vorderseite des Rades schon einmal aus.«

Simon legte seinen Umhang und sein gutes Wams ab und begann mit dem Reisespaten den Schlamm aus dem Loch zu schaufeln. Schnell war er von oben bis unten verschmutzt und obendrein nass. Er fror erbärmlich, machte aber weiter. Hauptsache, sie bekamen den Wagen frei! Runa hatte die Pferde abgeschirrt und festgebunden. Sie sammelte Feldsteine und legte sie in das größer werdende Loch. Als das Rad einigermaßen freigeschaufelt war, schichtete sie die Steine davor in Reihen auf.

»Jetzt musst du nur das Brett von hinten gegen das Rad stemmen, bis es auf den Steinen Halt findet und aus dem Loch rollt«, sagte sie.

Gereizt strich sich Simon über das verschmierte Gesicht. »Geh du auf den Bock, ich schaffe das hier schon.«

Sie schirrten die Pferde wieder an. Während Runa die Zügel schnalzen ließ, stemmte Simon das Brett mit ganzer Kraft gegen das Rad. Immer wieder rutschte es über die glatten Steine, aber schließlich, als seine Muskeln schon brannten wie Feuer, gab es einen Ruck, und die Pferde konnten den Wagen weiterziehen. Der plötzliche Schub riss Simon in den Schlamm. Runa sprang vom Bock und half ihm hoch, konnte sich das Lachen jedoch kaum verkneifen.

»Ich glaube, heute Abend solltest du uns einen Gasthof spendieren.«

Es war bereits dunkel, als sie endlich einen Gasthof fanden. Auf den ersten Blick erkannte Simon, dass es sich um eine üble Spelunke handelte. Aber sie hatten keine Wahl. Simon wollte eine Kammer mieten, auch wenn der Preis haarsträubend hoch war.

»Viecher kommen mir nicht ins Haus. Die machen nur Dreck«, sagte der Wirt, als Runa die Käfige ablud.

Simon wollte schon etwas von kostbaren Falken sagen, aber dann verkniff er es sich doch. »Wo sollen die Käfige denn hin?«

»In den Stall, mit Eurem Burschen.«

Erst jetzt ging Simon auf, dass das Reisen mit Runa praktische Probleme mit sich brachte. Er konnte sie weder mit in seine Kammer nehmen noch allein im Stall lassen. Zu groß war die Gefahr, dass jemand sie angriff, sie enttarnte oder ihr etwas antat.

»Dann schlafe ich auch im Stall. Lasst mir ein Bad bereiten«, forderte Simon ganz weltmännisch.

Der Wirt musterte ihn. »So wie Ihr ausseht, ist das wohl auch besser. Kostet aber dasselbe.«

»Die Kammer kostet so viel wie ein Strohlager im Stall? Das ist ja Wucher!«

Sogleich hatte der Wirt ihn am Kragen gepackt. »Wollt Ihr mich beleidigen? Die nächste Herberge ist mindestens eine Tagesreise entfernt in Wismar. Nehmt den Stall oder lasst es bleiben!«

Simon machte sich beherrscht los. »Dann lassen wir es bleiben!«

Er stürzte hinaus und half Runa, die Käfige wieder aufzuladen. Finster blickte er sie an. »Frag nicht.«

Trotz der Kälte wusch Simon sich in einem Flusslauf. Runa hatte Holz gesammelt und neben ihrem Wagen ein kleines Feuer entzündet. Sie kochte eine Suppe, die sie von innen wärmte, doch wegen des kalten Windes froren sie trotzdem.

»Erzähl mir von den Ritterbrüdern«, bat Runa bibbernd.

Simon legte eine Decke um ihre Schultern und den Hudevat um ihre Knie. Sie hob einen Deckenzipfel an, und Simon kam ihrer Aufforderung nach und rückte zu ihr. Es tat ihnen gut, einander so nah zu sein.

Er zerbrach ein paar kleinere Äste und warf sie in die Flammen. Langsam begann er von seinem Onkel und dessen Geschichten zu berichten, vom Ritterspiel mit seiner Schwester Henrike und seinen Jugendträumen.

»Die Ordensritter kämpfen zum Schutz der Gläubigen und zur Bekehrung der Heiden. Sie treten mit dem Schwert für unseren Glauben ein und befreien die Ungläubigen aus ihrer Unwissenheit«, sagte er schwärmerisch. »Prussen und ein Teil Livlands gehören dem Deutschen Orden schon lange. Als der Kampf um das Heilige Land beendet war, verlegten die Deutschritter ihren Hochmeistersitz nach Preußen. In den Wäldern des Ostens hängen noch viele Menschen den alten Gottheiten an.«

»Der Orden macht aber auch Geschäfte. Ihr treibt Handel mit ihm. Wie passt das zusammen?«

»Der Papst hat es ihnen gestattet. Der Orden hat sehr viele Ländereien. Noch dazu ist der kostbare Bernstein aus dem Samland in seinem Besitz. Die Schäffer und Lieger – so heißen diese Männer – verkaufen die Güter des Ordens und kaufen für sie ein. Tuche, Wein, Falken – der Ritterorden braucht so allerlei.«

Runa schmiegte sich an ihn. Simon genoss ihre Nähe. Warum sollten sie auch frieren, redete er sich ein.

»Aber die Ritter sind doch adelig, oder? Du bist nicht von Stand. Werden sie dich überhaupt aufnehmen?«

Das hatte er sich auch schon gefragt. »Ich weiß es nicht«, sagte er ehrlich. »Ich denke mir aber, dass es Menschen geben muss, die für die Ritter sorgen. Die die Verwaltung übernehmen. Vielleicht kann ich mich hocharbeiten«, sagte er hoffnungsvoll. »Und für dich finden wir Beschäftigung in der Falknerei. Was du da alles lernen kannst!«

Sie gähnte. »Erst einmal müssen wir heil ankommen. Wir und die Falken …«

Müde erhob sie sich und legte sich in den Wagen neben die Käfige. Für Simon war dort kein Platz; er müsste zu nah bei Runa liegen, und das wagte er nicht. Führe mich nicht in Versuchung, dachte er, und rollte sich neben dem Lagerfeuer ins Gras. Sein Schwert behielt er in der Hand.

58

Danzig, Mai 1380

Ruckelnd brachte Simon den Wagen auf dem Hügel zum Stehen. Endlich konnten sie die Umrisse Danzigs sehen. Simon fühlte sich mit einem Mal von neuer Energie erfüllt. Am liebsten wäre er hingeflogen, wie die Vögel es taten. Die dreiwöchige Reise war strapaziös gewesen. Gegen verschlammte Wege, flohverseuchte Herbergen und einen Straßenräuber hatten sie ankämpfen müssen. In Wismar und Stralsund hatten sie einfache und saubere Gasthäuser gefunden, aber sogar dort hatte Simon im Stall geschlafen. Er wagte es nicht, Runa allein zu lassen – egal, was die anderen Kaufleute über ihn dachten. Mancherorts hatten nachts Ratten an ihren Zehen geknabbert, Flöhe hatten sie zerstochen, und zweimal hatten Stallburschen versucht, sie zu bestehlen. Sooft es das Wetter einigermaßen zuließ, hatten sie unter freiem Himmel übernachtet. Es schonte ihre magere Reisekasse und war gut für die Falken. Runa hatte sie täglich mit dem Federspiel jagen lassen. Wie vor bald einem Jahr in Island waren Runa und er ein gutes Gespann gewesen. Jetzt, im Ordensland, würde alles einfacher werden, dachte er. Mehr denn je brannte er darauf, die Schwertbrüder zu sehen. Er hatte mit Adrian einige Reisen unternehmen dürfen; aber in Danzig war er noch nie gewesen, obgleich die frühere Hauptstadt der Pomerellen der wichtigste Hafen der Region war und der Deutsche Orden als größter Schiffseigner der hansischen Welt galt. Vor allem Engländer fuhren nach Danzig, um hier Weizen oder Roggen zu kaufen. Dass Lübeck dabei als Zwischenhandelsplatz ausgeschaltet wurde, gefiel den dortigen Räten verständlicherweise nicht. Andererseits konnte Simon die englischen Kaufleute verstehen; jeder weitere Handelspunkt verteuerte die Waren und schmälerte den Gewinn.

Er schnalzte mit der Zunge und hoffte, die Pferde damit anzutreiben. Gemächlich setzten sie sich wieder in Bewegung. Der Weg führte durch einen bewirtschafteten Wald. Es gab weite, abgeholzte Flächen, und aus Köhlerhütten stieg Rauch auf.

Ihr Weg mündete in eine breite Handelsstraße. Simon fragte einen Wanderer, der in seiner Kiepe Bienenwaben auf dem Rücken trug, nach dem richtigen Weg. Kaum waren sie eingebogen und einige Minuten auf der Handelsstraße gefahren, als hinter ihnen das Hämmern unzähliger Pferdehufe die Erde erschütterte. Eine Trompetenfanfare erschallte. Noch bevor sie wussten, wie ihnen geschah, galoppierten Standartenträger an ihnen vorbei, bunte Wimpel und Flaggen in den Himmel reckend. Simon bemühte sich noch, den Wagen beiseitezulenken, aber da scheuten ihre Pferde schon, und die Karre rutschte in den Straßengraben. Runa versuchte die Pferde zu beruhigen. Gerade wollte Simon einen Satz auf die Straße machen und sich beschweren, da preschten die Ritter vorüber. Ihre Rüstungen glänzten im Sonnenlicht, bunt waren die Satteldecken, und auf ihren Köpfen wippten farbenprächtige Federn. Dass sie ein Fuhrwerk in den Graben gedrängt hatten, schien die Ritter nicht zu interessieren. Trotz aller Faszination war Simon wütend.

»He! Was ist das für ein Benehmen! Wir sind alle Pilger im Namen des Herrn! Wir haben alle das gleiche Ziel!«, rief er ihnen zu.

Doch niemand schien ihn zu hören. Den Rittern folgten Knappen, dann unzählige Wachen, Wagen und wieder Wachen. Als sich der Staub des letzten Reiters auf die Straße senkte, kehrte wieder Stille ein.

Der Bienenbeuter kam kopfschüttelnd heran. »Haben nur das Vergnügen im Sinn. Ritter eben«, sagte er und setzte wie selbstverständlich die Kiepe ab, um Simon zu helfen, den Wagen aus dem Graben zu schieben. Zum Dank boten die beiden an, ihn bis Danzig mitzunehmen.

»Dauert immer länger, bis ich genügend Honig zusammenbekomme«, klagte der Mann, als er auf den Wagen geklettert war. »Die Wälder verschwinden, einfach so, und mit ihnen die Waldbienen.«

»Holz für den Schiffbau?«, mutmaßte Simon.

»Für alles. Schiffe, Häuser, Wehrmauern, aber auch für die Ziegelbrennereien. Steine zum Bauen gibt es ja hier nicht. Muss alles herangeschafft oder hier hergestellt werden. Für Kalk fahren sie übers Meer, bis nach Gotland. Jetzt, wo ein neues Stadtviertel angelegt wird, ist noch mehr Wald weg – von einem Tag auf den anderen.«

»Dabei ist Honig doch auch ein wertvolles Handelsgut«, wunderte sich Simon.

Der Bienenbeuter zuckte resigniert mit den Schultern. »Anscheinend nicht wertvoll genug …«

Um Danzig herum breiteten sich Ackerfelder aus, auf den Flüssen waren Holzflöße und Transportschiffe unterwegs. Noch eine Weile klagte der Bienenbeuter über die Köhler und Waldarbeiter, die im Auftrag der Ordensbrüder die Bäume fällten.

Simon hingegen konnte sich der Bewunderung nicht erwehren. Der Deutsche Orden schien, soweit er es beurteilen konnte, weite Teile des Landes nutzbar gemacht zu haben. Überall wurden Felder bestellt. Schafe, Ochsen oder Rinder weideten auf saftigen Wiesen. Sie kamen an mehreren Pferdegestüten vorbei, wo vielleicht die Schlachtrosse der Ordensritter gezüchtet wurden. Es gab sogar Weinberge.

Als sie durch die Stadttore in die Stadt fuhren, verabschiedete sich der Bienenbeuter. Runa nahm Simon die Zügel ab; er konnte den Blick kaum auf der Straße halten. Überall waren Ritter und Edelleute zu sehen. Pferde mit wappengeschmückten Decken. Herolde, Knappen und Spielleute. Vor den Läden hingen Rüstungen aus, Schilde und Waffen. Die Geschäfte der Wappenmaler schienen besonders zu florieren, denn ihre Fertigkeiten wurden allerorten angepriesen.

»Wo müssen wir hin?«, wollte Runa wissen.

»Ich weiß es nicht genau«, gab Simon abgelenkt zurück. »Die ganze Stadt gehört ja dem Deutschen Orden. Ich werde mich umhören müssen. Vielleicht gehen wir erst einmal in die Kirche und danken dafür, dass wir heil angekommen sind.«

Sie fuhren an einer gewaltigen Baustelle vorbei. Stapelweise harrten Backsteine darauf, verarbeitet zu werden. Bauarbeiter wuselten herum. Mit einem Tretradkran wurden die Steine auf die Mauerkrone gebracht. Das würde eine besonders große Kirche werden, erfuhr Simon. Nachdem sie einen Augenblick zugeschaut hatten, hörten sie die Glocken zum Gottesdienst rufen. Schnell hatten sie eine Kirche gefunden. Auf dem Vorplatz scharrten die Ritterpferde auf dem Pflaster. Wachen hatten vor den Wagen ihrer Herren Aufstellung genommen. Auf einem Pritschenwagen waren Käfige befestigt. Trug dieser Trupp nicht das Wappen des Ritters, der sie so rüde zur Seite gedrängt hatte? Die Gläubigen strömten den Kirchenpforten zu. Aber was sollten sie mit ihrem Wagen tun? Sie konnten nicht riskieren, die Falken hier allein zu lassen!

»Geh du nur hinein, ich bete später«, schlug Runa vor.

Simon nahm ihren Vorschlag gerne an und eilte hinein. Schon auf der Kirchenpforte beugte er die Knie, um für ihre glückliche Reise zu danken. Flüchtig wanderten seine Gedanken zu Runa. Hatte sie in Lübeck eigentlich regelmäßig die Kirche besucht?

Ein ungewöhnlicher Anblick lenkte ihn ab: Hinter einem Ritter – an den bunten Federn auf seinem Helm erkannte Simon den Rüpel vom Hinweg – stand ein Diener, der einen Falken auf dem Arm trug, und ein weiterer, der Windhunde an der Leine hielt. Für die Danziger schien das kein ungewöhnlicher Anblick zu sein, denn sie reagierten gar nicht darauf. Simon fand es hingegen merkwürdig. Brauchten die Tiere des Ritters auch geistlichen Beistand?

Als er nach dem Gottesdienst aus der Kirche trat, nahm Simon seinen ganzen Mut zusammen, ging in die Nähe des Ritters und sagte höflich, aber laut: »Auch und gerade von einem edlen Herren dürfte man die Höflichkeit erwarten, andere Reisende nicht von der Straße zu drängen. Zumal, wenn sie das gleiche Ziel haben und die Ordensritter aufsuchen wollen.«

Ein Ritter in einfacher Rüstung trat vor Simon. »Wage es nicht, meinen Herrn anzusprechen, Knirps. Weißt du denn nicht, mit wem du es zu tun hast?«

Simon schob die Brust vor. »Ich muss gestehen, dass ich es tatsächlich nicht weiß. Ich bin Kaufmann und kein Herold. Aber ich weiß sehr wohl, was die Höflichkeit gebietet.«

»Du vorlauter ...«

Dumpfes Lachen erklang hinter ihnen. Leicht scheppernd näherte sich der federgeschmückte Ritter. »Lass ihn nur. In welcher Angelegenheit wirfst du uns Unhöflichkeit vor?«

Ein etwa vierzigjähriger Mann blickte Simon an. Er hatte ein ausdrucksstarkes Gesicht mit buschigen Augenbrauen und fleischig-roten, daumendicken Lippen.

»Euer Trupp hat meinen Wagen von der Straße gedrängt.«

»Das lässt sich nicht vermeiden. Wenn wir hinter jedem Lastesel herzotteln würden, wären wir im nächsten Winter noch nicht hier. Die *Voyage de Pruce* ist besonders wichtig, und ich fürchte, die Schwertbrüder warten nicht – nicht einmal auf mich.«

»Ihr werdet mit den Ordensrittern die Heiden bekehren, edler Herr?«, fragte Simon beeindruckt.

»Das hoffe ich doch sehr.«

Der Ritter wandte sich zum Gehen. Noch einmal wagte Simon es, ihn anzusprechen, und erntete dafür prompt den finsteren Blick des anderen Ritters.

»Ich werde dem Hochmeister zwei Gerfalken bringen, die ich aus Island geholt habe. Wir reisen zur Marienburg.«

Der Federgeschmückte drehte sich wieder zu ihm um. »Gerfalken?«, fragte er skeptisch.

»Ja, edler Herr.«

»Zeig sie mir!«

Simon führte ihn zu ihrem Wagen und bat Runa, die Falkenkäfige abzudecken. Interessiert begutachtete der Ritter die Vögel. »Du kannst mir die Falken verkaufen.« Er wollte schon seinen Falkner herbeiholen, doch Simon hielt ihn auf.

»Habt Dank für dieses Angebot, edler Herr. Aber ich möchte sie selbst dem Hochmeister bringen. Ich möchte einmal die Ordensburg sehen und Buße tun«, gestand Simon hochrot ein.

Der Ritter nickte. »Ich weiß zwar nicht, wofür ein Knirps wie du Buße tun will, aber der Wunsch ehrt dich sehr. Deshalb biete ich dir etwas an. Weil wir doch das gleiche Ziel haben: Schließt euch meinem Tross an. Fahrt mit eurem Karren hinter uns her, und niemand wird euch von der Straße drängen. Aber verliert nicht den Anschluss …«

Sie übernachteten im Stall des Gasthofs, in dem sich die Ritter einquartiert hatten. Simon machte kein Auge zu, denn die ganze Nacht über dröhnten Musik und Gelächter aus dem großen Saal. Als er den Stallburschen darauf ansprach, meinte dieser, das gehe fast immer so zu. Jeder Ritter wolle vor seiner Abreise mindestens einmal ein großes Bankett und ein Fest ausrichten. Für den Gasthof sei das gut und für die feinen Bürgertöchter der Stadt ebenfalls, denn sie wurden von den Edelleuten eingeladen und nahmen nur zur gern an den Vergnügungen teil; manche hatte auf diesem Wege schon eine ansehnliche Partie gemacht.

Unausgeschlafen, aber putzmunter warteten Runa und Simon am nächsten Morgen vor dem Gasthof, bis alle Reiter und Wagen eingetroffen waren und einen Zug gebildet hatten. Dann erschallten Posaunen und Pauken in der Straße, und der Herold kündigte seinen Herrn an. Simon bekam eine Gänsehaut.

Der Zug setzte sich in Gang, und sie mussten ihr Pferd ungewohnt hart antreiben, um hinterherzukommen.

Am Abend erreichten sie die Marienburg. Der mächtige Stein- und Ziegelbau lag günstig an der Überlandstraße und beherrschte die Flussniederung der Nogat. Den Kern der Anlage bildete das weinrote Schloss, um das sich weitere Gebäude gruppierten. An einer Seite des Schlosses waren Baugerüste zu sehen. Sie überquerten die lange Flussbrücke und fuhren durch das Tor in die Vorburg. Vor ihnen lag die Residenz des Hochmeisters. Simon war aufgeregt. Alles versuchte er sich genau einzuprägen. Offenbar stand der Federbusch-Ritter in hohem Ansehen, denn der Hochmeister selbst begrüßte ihn. Bevor die Ritter im Schloss verschwanden, konnte Simon einen kurzen Blick auf den Hochmeister werfen. Windrich von Kniprode war ein ehrwürdig wirkender alter Mann, der auf seinem Mantel nicht das einfache schwarze Kreuz trug, sondern einen goldenen, in Lilien endenden, mit einem schwarzen Rande eingesäumten Balken, der im Herzstück den einköpfigen goldenen Adler auf schwarzem Grunde trug. Weiße Vögel auf Rot ergänzten das Wappen. Weitere Ordensbrüder umstanden ihn. Die meisten waren schon alt. Aber gerade ihre weißen oder grauen Haare und Bärte verliehen ihnen ein würdiges Aussehen. Sie alle trugen den weißen Mantel der Ritterbrüder mit dem schwarzen Balkenkreuz. Er sah aber auch Halbbrüder, sogenannte Graumäntler, und Priesterbrüder.

Schließlich riss Runa ihn ungeduldig aus seinen Beobachtungen. »An wen sollen wir uns denn nun wenden?«

Simon fragte sich durch und fand schließlich einen Ordensbruder, der einem Knecht befahl, ihn und Runa zur Falknerei zu bringen. Langsam folgten sie dem Knecht mit ihrem Wagen durch die Vorburg und die kleine Stadt.

Die Falknerei befand sich im Steinhof außerhalb des Burggeländes, wo auch die Jagdhunde gehalten wurden. Schon sahen sie über dem Gelände Greifvögel aufsteigen. Auf Holzgestellen standen weitere. Es gab Gerfalken verschiedenster Schattierungen, kleinere Falken, Habichte, Sperber. In einem anderen Stall wurden anscheinend Beutevögel wie Reiher gehalten.

Sie stellten den Wagen ab und wurden zu dem größten der Häuser geführt, vor dem zwei Männer hitzig diskutierten. Neben ihnen, auf einem Reck, stand ein schneeweißer Gerfalke.

»Ich habe dir schon einmal gesagt, dass dieses Leder für die Hauben nicht geeignet ist! Sieh dir nur seinen Kopf an! Er hat sich wund gescheuert – das darf einem Falkner nicht passieren!«, hörten sie den älteren der beiden Männer den jüngeren rügen.

Als sich dieser verteidigen wollte, schnitt der Ältere ihm das Wort ab. »In diesem Zustand kann der Hochmeister ihn nicht verschicken, und einen anderen weißen Falken haben wir derzeit nicht im Haus. Ich werde es auf mich nehmen – aber es ist das letzte Mal!« Er entließ den beschämten Falkner und bemerkte sie endlich. »Wer seid ihr und was wollt ihr hier?«, fragte er barsch.

Simon stellte sich und Runa vor und berichtete von der weiten Reise, die sie hierher geführt hatte. Er spürte Runas Nervosität. Die Isländerin hielt den Blick gesenkt, doch ihre Hände zitterten.

Der ältere Mann stellte sich als Willem von Ghent, Falkenmeister des Ordens, vor. Er war wohl Ende vierzig, hochgewachsen und sehnig. Man sah ihm an, dass er sich viel im Freien aufhielt und jagte. Er hatte ein markantes Profil mit einem energischen Kinn. Kurzum: Er wirkte wie ein Mann, der wusste, was er wollte.

»Zwei Gerfalken aus Island? Am norwegischen König vorbei? Ihr und Euer kleiner Knecht? Zeigt mir Eure Geleitbriefe!«

»Ich habe keine.«

»Ohne Geleitbriefe bis nach Danzig?« Der Mann lachte, und

unzählige Falten bildeten sich auf seiner sonnengebräunten Haut. »Das hört sich an wie eine richtige Abenteuergeschichte!« Dann wurde er ernst. »Aber mehr auch nicht. Stehlt mir nicht meine Zeit!«

Nun sah Runa auf. »Aber es stimmt!«, rief sie aus. »Mein Vater war Falkner am Hof des Herzogs von Mecklenburg. Er hat mich ausgebildet. Wir haben die zwei Gerfalken gefunden. Ein stümperhafter Wilderer hatte ihre Eltern getötet! Ich habe sie aufgezogen und ausgebildet. Wenn Ihr uns schon nicht glaubt, dann schaut Euch wenigstens die Falken an!«

Ihre Worte schienen ihn neugierig zu machen, denn tatsächlich folgte er ihnen zu ihrem Wagen. Simon und Runa hoben die Käfige von der Ladefläche. Die Isländerin band sich ihre Falknertasche um, schlüpfte in ihren Stulpenhandschuh und öffnete den ersten Käfig. Leise pfeifend beruhigte sie den Falken und setzte ihm seine Haube auf. Dann erst holte sie ihn unter der Decke hervor. Stolz thronte Mugin auf ihrem Arm. Das Weibchen wirkte überhaupt nicht unruhig.

»Das ist Mugin. Sie und ihr Bruder schlüpften vor bald einem Jahr im Landesinneren Ost-Islands. Es gab noch zwei weitere Junge, aber die haben leider nicht überlebt«, sagte Runa beinahe zärtlich.

Simon hätte sie am liebsten geknufft. Wenn sie so sprach konnte jeder hören, dass sie eine Frau war!

Willem von Ghent rief einem seiner Helfer etwas zu, und dieser trug sogleich ein weiteres Reck heran. Runa ließ den Gerfalken auf das Querholz springen.

»Darf ich sie mir genauer anschauen?«, fragte der Falkenmeister Runa.

Sie nickte.

Vorsichtig näherte er sich dem Gerfalken und untersuchte Federkleid, Fänge und Schnabel. Dann löste er die Haube und betrachtete den Kopf. Mugin ruckte aufgeregt, doch als Runa ihr etwas Zieget gab, beruhigte sie sich schnell. Dennoch setzte sie dem Weibchen die Haube wieder auf, bevor sie Hugin aus seinem Käfig holte. Sie stellte den Falken ebenfalls vor, und auch Hugin wurde genau in Augenschein genommen.

Der Falkenmeister musterte Runa nun ebenso genau wie zuvor die Falken.

»Wie ist dein Name, Knecht?«, wollte er wissen.

Simon trat nervös von einem Fuß auf den anderen. Er schien gar nicht mehr zu existieren. Runa antwortete dem Mann.

»Das sind prächtige, sehr gepflegte Gerfalken, Runa. Das Gefieder liegt fest und glatt am Körper an. Sie stehen aufrecht, und die Deckfedern des Schwanzes liegen über den Steuerfedern. Alles so, wie es sich für gesunde Falken gehört. Du kannst stolz auf dich sein.«

Die junge Frau schlug die Augen nieder. Simon konnte die Röte auf ihren Wangen erkennen.

»Aber du hast die Falken nicht aufgebräut.«

Simon wusste nicht, wovon der Mann sprach. Runa schien ebenfalls unsicher zu sein.

»Hat dein Vater dir nicht gezeigt, dass man den Ästlingen die Lider zunäht, damit sie besser gezähmt werden können?«, wunderte sich der Falkenmeister.

Runa schüttelte den Kopf. »Ich habe sie einfach so gezähmt.«

»Sind sie abgetragen?«

Dieses Mal schien Runa zu wissen, was der Mann meinte. »Natürlich, sie sind völlig zahm.«

Willem von Ghent nickte. »Würdest du sie für mich jagen lassen?«

Beutevögel wurden herangebracht, und Runa machte die Falken zur Jagd bereit. Immer mehr Falkner und Gehilfen kamen heran oder sahen von ihrer Arbeit auf, um zu beobachten, wie dieser schmale Knecht, der beinahe noch wie ein kleiner Junge aussah, die Gerfalken aufsteigen ließ. Hugin und Mugin ließen sich von diesem Publikum nicht stören, es schien sogar, als ob sie die Aufmerksamkeit genössen. Nach einem kurzen Luftkampf schlug jeder der Falken seine Beute. Runa ließ sie in Ruhe kröpfen und brachte sie dann in ihre Käfige zurück.

Nun richtete der Falkner doch noch das Wort an Simon. »Natürlich kaufen wir sie Euch ab«, redete er ihn an. »Allerdings habe ich eine Bedingung: Ich möchte Euren Knecht dazu. Sein Umgang mit den Gerfalken ist für einen so jungen Mann erstaunlich. Er könnte hier sehr viel lernen. Ihr benötigt ihn ja ohnehin nicht mehr, wenn Ihr die Falken verkauft habt.«

Runa starrte die Männer an. Sie war blass geworden.

»Natürlich nur, wenn er in der Falknerei des Deutschen Ordens arbeiten möchte«, fügte der Falkenmeister hinzu.

Simons Herz setzte einen Schlag aus. Die ganze Zeit über war er so auf sein Ziel fixiert gewesen, dass er keinen Augenblick über die weitere Zukunft nachgedacht hatte. Nicht nur, dass er die beiden Gerfalken verlieren würde, deren Aufwachsen er verfolgt hatte. Er würde auch Runa verlieren! Denn es stimmte: Was sollte sie bei ihm, wenn die Falken weg waren? An seinem Stand hatte sich nichts geändert. Seine Aussichten hatten sich sogar verschlechtert. Eine Heirat wäre nach seiner unerlaubten Reise schwieriger denn je. Es war die Gelegenheit ihres Lebens, Falkner beim Ritterorden zu werden. Ein Teil von ihm freute sich enorm für sie. Er sah aber auch die Gefahr: Würde sie wirklich auf Dauer ihre Tarnung aufrechterhalten können?

Zögernd kam Runa näher. Er konnte die gleichen Gefühle in ihrem Gesicht sehen, die auch in ihm selbst tobten. Schnell sah er zur Seite, um sich nicht zu verraten.

»Ich«, begann er, aber seine Stimme brach, weshalb er sich räuspern musste. Gefasster sprach er weiter: »Es stimmt, ich habe keine Verwendung mehr für einen Falkner. Dennoch möchte ich Runa in meinen Diensten behalten. Da es jedoch ein ebenso großzügiges wie reizvolles Angebot ist, möchte ich meinem Knecht die Entscheidung überlassen.« Simon blickte den Falkenmeister ruhiger an. »Für den Verkauf habe jedoch auch ich eine Bitte: Legt ein gutes Wort bei Eurem Herrn für mich ein. Ich würde gerne für einige Zeit in den Dienst des Ordens treten. Ich kenne mich als Kaufmann mit Gütern aller Art, Währungen und auch der Buchhaltung aus.«

Wieder legte sich das Gesicht des Falkenmeisters in Lachfalten. »Ich sehe schon, es gibt Hoffnung, dass wir uns einig werden. Was sagt denn Euer Knecht dazu? Lass mich noch eines sagen, um dich zu überzeugen«, wandte er sich direkt an Runa. »Wenn es dir um das Wohl der Falken geht: Hugin und Mugin fällt die Eingewöhnung sicher leichter, wenn ihr Falkner in der Nähe ist.«

Runa warf Simon einen Blick zu, den er nicht zu deuten vermochte. Dann sagte sie: »Ich würde sehr gern in Euren Dienst treten, Herr. Aber nur, wenn ich meinen eigenen Falken, Frigg, behalten darf.«

»Daran soll es nicht scheitern.«

Simon fühlte sich verlassen und leer, als ein Knecht ihn mit dem Schreiben des Falkenmeisters zur Burg zurückführte. Ja, er hatte die Falken verkauft und war beim Deutschen Orden, aber er hatte Runa verloren. Da sah er die Ritter auf dem freien Feld vor der Burg. Sie übten sich im Schwert- oder Lanzenkampf und im Bogenschießen. Wie gerne würde er mitmachen! Er konnte es kaum fassen, dass er endlich hier war! Simon schob die Wehmut beiseite. Wenn man es genau nahm, hatte er geholfen, für Runa einen neuen Platz in der Welt zu finden. Bei den Falken würde sie glücklich sein. Und er bei den Schwertbrüdern hoffentlich ebenfalls ...

»Simon!« Ein rothaariger junger Mann in einfacher Tracht eilte ihm entgegen – es war Ubbo! Der Friese war in den letzten Monaten deutlich schlanker und muskulöser geworden. Als er

Simons Verwunderung bemerkte, sagte er: »Mir ging es noch nie so gut! Ich möchte das Kreuz nehmen. Ich glaube zwar nicht, dass mein Vater das gemeint hat, als er sagte, ich solle eine Zeit lang zum Deutschen Orden gehen. Aber Gott hat meine Schritte gelenkt, und so könnte es eine Entscheidung für immer werden.«

»Ich gratuliere dir!«, freute sich Simon mit und lächelte. »Ich kann es nicht fassen: Ich kenne bald einen echten Schwertbruder!«

»Wirklich und wahrhaftig«, grinste Ubbo. »Und du wirst noch mehr kennenlernen! Du bleibst doch hoffentlich, oder? Wo sind Runa und die Falken?«

Simon gab ihm eine Kurzfassung der Ereignisse und erzählte ihm auch von dem Empfehlungsschreiben.

Ubbo legte die Hand an Simons Ellenbogen. »Ich werde dich zu unserem Großschäffer Heinrich von Allen geleiten. Er ist ein guter Mann und wird sicher ein Plätzchen für dich finden. Schließlich gehören über zweihundert Menschen – die Ritter und ihr Gefolge nicht gezählt – dem Hofstaat des Hochmeisters an.«

Schon am Nachmittag trat Simon seinen Dienst als Hilfsschreiber des Großschäffers an.

59

Münsterland, Sommer 1380

Das glühende Eisen fuhr zischend in die Wunde. Es stank nach eitrigem, verbranntem Fleisch. Nikolas' Kiefer mahlten. Für einen Augenblick war da nur Schmerz. Als der Feldscher das Eisen wieder in die Flamme hielt, um es von Neuem zum Glühen zu bringen, versuchte Nikolas, all seine Gedanken auf seinen liebsten Tagtraum zu lenken. Er sah vor sich, wie er Henrike und Adrian töten würde. Für Simon würde er sich etwas Besonderes einfallen lassen … falls ihm Wigger von Bernevur nicht schon zuvorgekommen war! Sein Vater Hartwig war zwar verrückt, aber er hatte bestimmt längst das Haus in Gotland unter seine Kontrolle gebracht. Von da aus könnten sie, wenn die verhassten Verwandten erst tot waren, ihren Handel neu und ungestört aufbauen.

Noch einmal senkte der Mann das Glüheisen in das zischende Fleisch. Nikolas klammerte sich am Stuhl fest. Er hielt das nicht mehr aus! Als das Brennen endlich nachließ, wurde ihm kurz schwarz vor Augen.

Kritisch begutachtete der Feldscher die Wunde. Rot und fleischig leuchtete sie auf Nikolas' Oberschenkel. Wie lange brauchte sie denn noch zum Heilen?

Seit Nikolas' Verwandtschaft einen Keil zwischen Lucie und ihn getrieben hatte, schwärte die Wunde wieder. Es war der Beweis dafür, dass Lucies Unschuld tatsächlich eine heilende Wirkung auf ihn hatte! Jetzt war alles wie früher, nein, schlimmer noch. Die Wunde war größer geworden. Und er war am Ende. Gemeinhin als Verbrecher bekannt. Gescheitert. Ohne Hab und Gut. In Gent war es schwierig gewesen, durch Diebstähle zu Geld zu kommen. Viele Reiche waren geflohen oder ließen ihr Eigentum gut bewachen. Das Volk nagte am Hungertuch, denn der Getreidehandel war beinahe zum Erliegen gekommen. Noch einmal war er nach Brügge gegangen. Aber Lucie war verschwunden, und er hatte nicht herausfinden können, wohin; es hieß, sie sei mit einem Schneider verheiratet worden. Seine süße Lucie, seine Rettung ...

»Einmal noch. Sind böse Säfte drin«, brummte der Feldscher und rief ins Innere seiner Bude: »Bring mehr Holz, nun mach schon!« Das Feuer war zu schwach, um das Eisen noch einmal zum Glühen zu bringen. Nikolas unterdrückte ein Stöhnen.

Nachdem er einige Male erkannt und angesprochen worden war und sich nur durch waghalsige Fluchten hatte retten können, mied er die großen Handelsstraßen, aus Sorge, dort auf Lübecker Kaufleute oder ihre Gehilfen zu treffen. Er kehrte auch nicht in Gasthäuser ein und ging nicht auf Märkte. Erst, als er fürchtete, an Wundbrand zu krepieren, hatte er diesen Feldscher aufgesucht. Er musste wieder gesund werden! Es wurde Zeit, dass er den Norden erreichte und endlich seine Rache vollendete. Er wollte zu Wigger von Bernevur und zu seiner Schwester. Telse würde er lukrativ verheiraten, dann kam Geld herein. Wenn die Wunde erst ausgebrannt war, würde er auch wieder schneller vorankommen.

Ein Mädchen trat aus dem Inneren der Hütte, den Arm voller Holz. Sie war etwa vierzehn und wirkte so frisch und sauber, dass es kaum zu der armseligen Bude passte. Nikolas beobachtete, wie sie das Holz auf die Feuerstelle warf und mit einem Blasebalg die Flammen neu entfachte. Unter ihrem Kleid zeichneten sich bereits Rundungen ab. Ebenso verstohlen wie mitleidig sah sie ihn an. Ihr Blick bewies ihm, dass sie noch nichts Böses gesehen hatte. Als sich das Eisen wieder in sein Fleisch senkte, hielt er ihren Blick fest. Sie wurde bleich und schlug schließlich die Lider nieder. Beneidenswert, diese Unschuld. So selten wie heilsam ...

60

Lübeck, August 1380

Henrike wiegte sich mit Clara auf dem Arm im Rhythmus des Flötenspiels. Still lächelnd sah sie Telse und Jost zu, die sich im innigen Tanz drehten. Auch in diesem Jahr war Jost wieder für sie unterwegs gewesen, hatte aber auch eigene Geschäfte gemacht. Nachdem er mit seinen Gewinnen von der schonischen Messe zurückgekehrt war, hatte er sofort das Aufgebot bestellt. Telse war überglücklich gewesen. Jetzt, wo ihr Vater tot und ihr Bruder Nikolas als Verbrecher auf der Flucht war, konnte niemand mehr etwas gegen ihre Heirat einwenden. Das Paar war am Morgen in einer schlichten Zeremonie getraut worden, und Henrike hatte in ihrem Garten eine kleine Feier für die Base ausgerichtet. Es gab guten Wein, Brot und Konfekt, ein Spanferkel drehte sich am Spieß.

Telse löste sich von ihrem Mann und gesellte sich zu Henrike. Clara grinste sie an, und Telse schäkerte mit dem Säugling.

»Was deine Tochter für ein süßes Kleid anhat! Wie eine Prinzessin schaut sie aus!«, sagte sie bewundernd.

»Ein Geschenk von Ricardo und Cecilia zur Taufe.«

Die Freunde hatten an ihren Gehilfen in Lübeck ein Paket mit einem Brief gesandt. Der Weberaufstand war zwar niedergeschlagen und Brügge wieder eine grafentreue Stadt, hatten sie geschrieben, doch in Gent tobte der Tumult noch immer, und so blieb die Lage unsicher.

Telse sah sich um. »Das ist wirklich ein großzügiges Geschenk von euch! Wir hätten uns kein Fest leisten können!«, strahlte sie Henrike an. »Schade nur, dass Adrian nicht rechtzeitig von seiner Reise zurückgekommen ist.«

»Irgendetwas scheint ihn aufgehalten zu haben. Das kann immer vorkommen. Und vor seiner Abreise war eure Hochzeit ja noch gar nicht geplant.«

»Ich bin trotzdem froh, dass Jost endlich alles in die Wege geleitet hat. Ich hätte nicht noch länger warten mögen – und meine Kinder auch nicht.« Sie beobachtete Jost, der inmitten der Kinder stand und mit ihnen tobte; es schien keinen Unterschied für ihn zu machen, dass er nur von der etwa dreijährigen Abele der leibliche Vater war.

Clara hatte inzwischen ihre kleine Faust in den Mund geschoben und nuckelte daran.

Hinrich von Coesfeld und seine Tochter Oda betraten den Hinterhof. Sie gratulierten Telse und Jost und übergaben ihnen ein Geschenk. Auch Henrike grüßte den Nachbarn; sie würde nie vergessen, dass er Adrian und sie in Brügge gerettet hatte. Wo immer es ging, versuchten sie ihm in geschäftlichen Dingen entgegenzukommen. Auch hatte Adrian ihm Geld geliehen; als Sicherheit hatte er einen Schuldbrief auf Hinrichs Hopfengärten erhalten. Hinrichs Aufenthalt in Brügge war wohl doch nicht so lukrativ gewesen.

Schnell fanden die Männer einen Gesprächsstoff. Henrikes Freundin Oda hatte sich auf die Gartenbank gesetzt. Ihr herzförmiges Gesicht wirkte verkniffen. Was war nur mit ihr los? Hatte sie Kummer? Henrike setzte sich zu ihr.

»Schau, Clara, lächle doch die Oda mal an, sie ist gar nicht in Hochzeitsstimmung!«, scherzte sie.

Die Augen ihrer Tochter wurden groß, und sie verzog den Mund, als habe sie ihre Mutter verstanden. Jetzt konnte auch Oda nicht mehr an sich halten, und ihre Anspannung löste sich.

»In Hochzeitsstimmung bin ich schon lange – aber Vater lässt mich ja nicht!« Ihre Mundwinkel zuckten. »Nie findet er den Richtigen! Dabei gibt es genügend nette unverheiratete Kaufleute und Kaufgesellen!«

Ihr Blick fiel auf Liv und Conecke, die sich ebenfalls mit Hinrich von Coesfeld unterhielten, sogar der Flötenspieler hatte sich nun zu den Männern gesellt; im Frühsommer war der junge Knochenhauer in Henrikes und Adrians Dienste getreten.

»Gerade heute ist seine Laune wieder scheußlich!«

»Ist etwas Besonderes vorgefallen?«

»Es ist doch Hansetag. Vor dem Dom fand heute der Kniefall der Braunschweiger statt. Vater war dort und hat sich furchtbar aufgeregt. Wie all die anderen Handwerker. Vermutlich erzählt er gerade davon.«

Henrike hatte den Hansetag ganz vergessen. Er war sehr viel kleiner als der letzte in Lübeck, und außerdem hatte sie mit Clara, ihrem Haus und ihren Geschäften mehr als genug zu tun.

»Was ist denn passiert?«, wollte sie wissen.

»Der Lübecker Rat hat die Braunschweiger erniedrigt! Sie mussten auf die Knie fallen und ein ums andere Mal für die Braunschweiger Schicht Reue zeigen. Dabei gab es doch Todesurteile für die Aufständischen! Außerdem haben die Braunschweiger schon mehr als genug unter der Verhansung gelitten!«

Das Gespräch der Männer wurde laut. Jost versuchte zu beschwichtigen und wies den Flötenspieler an, wieder aufzuspielen.

»Aber jetzt wird die Verhansung aufgehoben?«

»So scheint es.«

»Endlich«, sagte Henrike.

Die Musik setzte erneut ein, und die ersten begannen zu tanzen. Auch Liv und Conecke sahen sich neugierig nach jungen Frauen um.

»Sie sind nett«, sagte Oda, während sie die jungen Männer versonnen beobachtete.

»Beide«, stimmte Henrike zu. »Ich zumindest hätte nichts dagegen, wenn du einen von ihnen heiraten würdest«, scherzte sie, setzte allerdings sogleich ernster hinzu: »Jetzt aber noch nicht. Wir brauchen sie dringend.«

Oda sah sie von der Seite an. »Keine Nachricht von Simon?«

Henrike schüttelte den Kopf. »Dabei habe ich nach Danzig, zur Marienburg, nach Elbing, Thorn und Königsberg geschrieben. Irgendwo muss Simon doch stecken! Oder ihm ist auf dem Weg etwas geschehen! Hoffentlich ist er nicht tot, und wir wissen es nur noch nicht.« Ihre Stimme stockte.

Da fühlte sie eine feuchte Patschhand auf ihrem Gesicht. Henrike küsste ihre Tochter auf die Wange.

»Ganz bestimmt nicht. Simon nicht!«, munterte auch Oda sie auf. Sie fing Coneckes Blick ein. Prompt kam der junge Knochenhauer auf Henrikes Freundin zu und fragte, ob sie tanzen wolle. Nur zu gerne ging Oda auf das Angebot ein.

Henrike blieb mit Clara auf der Gartenbank zurück. Wenn wenigstens Adrian bald zurückkäme …

61

Akershus, Norwegen

Adrian hielt den jungen Wolfshund fest an der Leine. Die Düsternis des Gebäudes machte das Tier, ein schwarzes Prachtexemplar, ganz unruhig. Akershus war ein richtiges Bollwerk. Auf einer Halbinsel am Oslofjord trotzte die Festung den Nordstürmen. Sie würde auch Feindesheeren lange standhalten. Kein Wunder, dass sie der bevorzugte Wohnsitz der norwegischen Könige war.

Wieder wurden andere Wartende aufgerufen, bald bliebe er allein in diesem Saal zurück. Die Königin hielt zum ersten Mal seit dem Tod ihres Mannes wieder Hof, und es gab sehr viele, die ihr Beileid bekunden wollten. Als Adrian ankam, waren gerade die Gesandten aus Frankreich in den Königssaal gelassen worden.

Notgedrungen wartete er und ließ die letzten Wochen noch einmal Revue passieren. Zunächst war er nach Stockholm aufgebrochen. Wieder hatte er Tuche an das Bergwerk von Dalarna liefern können und dafür Kupfer und Eisen bekommen. Auch war er mit dem Verwalter des schwedischen Königs ins Geschäft gekommen. Stoffe aus Brabant und Flandern waren knapp, und ihre Preise durch den Aufstand unverhältnismäßig gestiegen; wenn man also ein gutes Angebot machte, kam man auch zum Zug. Den schwedischen Adeligen, dem er vor knapp einem Jahr einen Brief der Königin gebracht hatte, hatte er ebenfalls beliefert. Als Adrian erwähnte, dass er den Hof der Königin aufsuchen würde, hatte der Adelige ihm seinerseits einen Brief mitgegeben. Nachdem Adrian seine schon lange geplante Reise zum dänischen Hof immer wieder hatte verschieben müssen, legte er auf dem Rückweg bei Schloss Vordingborg einen Halt ein. In Vordingborg hatte er jedoch vom Tod König Håkons gehört. War Håkons Krankheit der Grund dafür, warum der Krieg mit Dänemark nicht erneut aufgeflammt war? Und wie würde es jetzt weitergehen? Adrian war nach Norwegen aufgebrochen. Und die ganze Zeit über hatte er diesen Hund mitgeschleppt ...

Endlich hallte sein Name durch den Saal. Er hielt den Wolfshund kurz und ging hinein. Königin Margarethe war ebenso wie ihr Sohn in Trauer. Die Züge des Zehnjährigen hellten sich auf, als er den Hund an Adrians Seite erblickte. Er blieb jedoch in herrschaftlicher Haltung stehen; noch vor einem Jahr wäre er mit kindlicher Neugier auf das Tier zugestürzt, vermutete Adrian. Aber Kummer und Verantwortung machten eben schneller erwachsen.

Adrian fiel auf die Knie und sprach der Königin und ihrem Sohn sein Beileid aus. Nachdem er sich wieder erhoben hatte, ließ er der Königin durch einen Diener den Brief überreichen.

»Und für Euch, Hoheit, habe ich ein Geschenk mitgebracht«, wandte er sich nun an den Thronfolger. »Wenn Ihr erlaubt: Das ist Jago, aber Ihr könnt ihm selbstverständlich einen neuen Namen geben. Er gehorcht noch nicht so richtig, fürchte ich, aber Ihr und Eure Hundeführer könnt ihn sicher besser ausbilden. Wolfshunde sind sehr gelehrig. Er wird Euch ein treuer Gefährte sein.«

Olaf trat freudig auf ihn zu, aber seine Mutter gebot ihm Einhalt.

»Ich glaube kaum, dass Ihr als König von Dänemark und König von Norwegen Zeit finden werdet, Hunde zu dressieren.«

Olaf Håkonsson wandte sich zu ihr um. »Die Jagd ist das vornehmste Vergnügen eines Königs, das habt Ihr mich gelehrt, Mutter. Ich werde mich also dieses Hundes annehmen. Er wird meine Jagdhunde sicher gut ergänzen«, entgegnete er. Er ließ sich nicht beirren und griff nach der Leine. »Habt Dank für dieses Geschenk, Herr Vanderen.«

Die Königin erhob sich sichtlich indigniert. Auch ihre Hofdamen, die hinter ihr auf einer Bank gesessen hatten, sprangen nun auf. Adrian wollte sich schon rückwärts zurückziehen, doch dann sagte sie: »Das Wetter ist zu schön, um auch noch den Rest des Tages in diesem Gemäuer zu verbringen. Verschaffen Wir diesem Hund und Uns Auslauf. Die Sonne und die Nähe Gottes werden unsere düsteren Seelen erhellen.«

Sie gab Adrian zu seiner Überraschung einen Wink, und so schloss er sich ihnen an. Durch verwinkelte Gänge schritten sie hinaus. Auf dem Weg schlossen sich ihnen immer mehr Menschen an – Damen des Hofstaats, aber auch Wachen in Alarmbereitschaft. Der Kronprinz lief mit dem Wolfshund voraus.

Die Königin ließ sich zu Adrian zurückfallen.

»Wenn ich noch ein salbungsvolles und von gespielter Trauer triefendes Wort höre, werde ich verrückt! Und diese Festung – ich habe Akershus nie gemocht! Hier ist es düster und kalt wie in einer Gruft! Meine erste Zeit als junge Königin musste ich hier verbringen. Ihr mögt es nicht glauben, aber Uns mangelte es damals an Essen und Trinken – ich musste hansische Kaufleute um Abhilfe bitten und meinen Mann anflehen, dass er für meine Schulden aufkommt«, brach es aus ihr heraus.

Adrian wunderte sich, dass sie so offen zu ihm sprach. Die Trauer hatte sie vermutlich dünnhäutig gemacht. Aber vielleicht war es auch gerade der Standesunterschied, der sie freier sprechen ließ; egal, was er ausplauderte, sein Wort galt im nordischen Adelsstand ohnehin nichts.

Sie hatten den Garten erreicht, und die Königin blieb stehen. Als habe sie in dem Gebäude keine Luft mehr bekommen, atmete sie durch. Ihr war anzusehen, welche Kräfte der Kummer ihr abforderte. Langsam ging sie weiter.

»Mein Mann war ein guter König, aber auch ein unglücklicher.

Olafs Stand in Norwegen ist gesichert. Aber um den dänischen Thron werden Wir immer wieder bangen müssen. Der Streit um Schonen ist noch nicht beendet. Im Süden machen Uns die Grafen von Holstein das Land streitig. Und Ihr seht ja«, sie wies auf Olaf, der mit dem Wolfshund spielte, »er ist noch ein Kind!« Nichts Königliches war mehr an ihr. Sie wirkte so verzweifelt wie eine ganz normale Frau.

»Ihr seid König Waldemars Tochter – Ihr habt schon einmal den Thron für Euren Sohn gewonnen, und Ihr werdet ihn auch halten, daran habe ich keine Zweifel.«

»Ihr nicht!«, rief sie scharf, als wollte sie sagen: Wer seid ihr schon? Adrian schwieg brüskiert, doch da setzte sie ihre Rede schon fort. »Aber viele andere! Gerade erst hat sich mein Gaelker – der königliche Repräsentant in Schonen – mit Albrecht von Mecklenburg verbündet! Der dänische Adel fordert immer neue Zugeständnisse für seine Loyalität. Abgesehen davon, dass man mir zusetzen wird, mich erneut zu verheiraten. Ich sehe schon, wie die Schreiber an den Königshöfen die Feder spitzen!«

Sie hatten die Hundezwinger erreicht. Der Hundemeister inspizierte den Wolfshund und ließ dann die Jagdmeute hinaus. Knurrend sammelten sich die Hunde um Jago. Adrian begann bereits, um ihn zu fürchten. Doch dann fletschte der junge Wolfshund die Zähne und bellte sie weg. Ging es nicht immer darum, Stärke zu zeigen und neue Gefährten zu finden – im Tierreich wie bei den Menschen?

»Ein neues politisches Bündnis könnte zum Wohle Dänemarks und Norwegens sein und den Thron Eures Sohnes sichern, bis er alt genug ist.«

»Ihr redet schon wie mein Drost!«, meinte sie unwirsch. »Nein, eine Heirat kommt vorerst nicht infrage. Ich werde es aus eigener Kraft schaffen müssen. Eine Königin muss ein mannhaftes Herz haben. Gott hat mich an diese Stelle gesetzt, und ich werde meine Aufgabe annehmen.« Adrian nickte nur, wie er hoffte, ermutigend. »Aber es müssen Erfolge her. Meine Untertanen erwarten, dass ich unser Land zu alter Größe zurückführe. Was ist mit Schonen? Sind die Lübecker Räte endlich bereit, Uns die schonischen Schlösser zurückzugeben?«

Adrian zögerte überrumpelt. Aus sicherer Quelle wusste er, was im Rat besprochen worden war. Niemand dachte daran, die Schlösser vor der verabredeten Zeit zurückzugeben, auch wenn die Verwalter sich beklagten, dass der Unterhalt so hoch war. »Darüber kann ich Euch nichts sagen«, meinte er vage. »Ich weiß jedoch, dass die Schädigungen durch die Piraten noch immer die Gemüter erregen. Man hat Seeräuber gefasst, die eindeutig aus Dänemark kamen, und fordert weitere Entschädigungen.«

Außerdem sorgte man sich wegen der Holländer, die zunehmend in hansisches Gebiet eindrangen und Lübeck dabei einfach übergingen. Wenn Lübeck seine Stellung als Zwischenhandelsplatz verlor, wäre ein Großteil seiner Bedeutung dahin. Seit dem Stralsunder Frieden nutzten die Hansen die Macht über die Schonenschlösser auch, um die Konkurrenz aus England und Holland auszuschalten. Das musste die Königin aber nicht erfahren, denn sonst würde sie vielleicht die Holländer privilegieren, um den Hansen zu schaden und so kompromissbereiter zu machen.

Ungeduldig wedelte Königin Margarethe mit der Hand. »Dänische Piraten – das kann ich nicht glauben!«

Adrian hob leicht die Schultern. Er gab nur Informationen weiter!

Überraschend berührte sie seinen Arm. »Ihr habt schon einmal bewiesen, dass Wir Euch vertrauen können. Über unsere Pläne ist nichts bekannt geworden. Geht nach Lübeck und macht deutlich, dass nach dem Tod meines Mannes die hansischen Privilegien einer Bestätigung bedürfen. Wenn die Hansen weiter im norwegischen Bergen und anderswo Handel treiben wollen, sollten sie darüber nachdenken, wie wichtig ihnen die Schonenschlösser wirklich sind.«

Adrian hatte gefürchtet, dass die Königin die neuen Machtverhältnisse nach dem Tod ihres Mannes nutzen könnte, um die Hansen unter Druck zu setzen. Sie war zu sehr Herrscherin, um diese traurige Situation nicht nutzbar zu machen.

Margarethe rief ihren Sohn zu sich, der bedauernd die Hunde zurückließ, und wandte sich wieder der Festung zu. Beinahe vorwurfsvoll wanderte ihr Blick die massiven Mauern empor.

Noch einmal richtete sie das Wort an Adrian: »Lasst Euch von meinem Hofmeister Stangeneisen für die letzten Tuche geben. Und lasst Uns wieder eine Auswahl aus Eurem Sortiment da. Vor allem Stoffe, die sich für Trauerkleidung eignen. Ich vertraue Eurem Geschmack ...«

62

Marienburg

Mit einem krossen Krachen brach die Pastete auf. Mit gerecktem Holzschwert sprang der Zwerg heraus und hieb sogleich um sich. »Hab ich euch, ihr Wilden! Ich werde euch unterwerfen! Jawohl, das werde ich!«, schrie er. Die Ritter johlten. Der Ritter mit dem Federbusch, mit dem Simon und Runa zur Marienburg geritten waren, warf mit reifen Trauben und traf den Zwerg am Kopf. Dieser duckte sich händeringend weg. »Oh weh! Quält mich nicht, Ihr Ritter! Ich bin doch kein Heide!« Wieder brandete Lachen auf.

Simon ließ seinen Blick durch den Hochmeistersaal schweifen. Wichtige Besucher waren gekommen, weshalb der Hochmeister zu einem seiner seltenen Gastmähler geladen hatte. Für die Ritter war es ein besonderes Ereignis, denn anders als Simon gedacht hatte, waren sie nicht in der Ordensburg untergebracht, sondern mussten sich in der Vorstadt eine Unterkunft suchen. Anscheinend blieben die meisten nicht lange, denn es schien Teil der *Voyage de Pruce* zu sein, die wichtigsten Ordensburgen aufzusuchen. In Königsberg warteten sie dann, bis eine Sommer- oder Winterreise – wie der Einsatz im Heidengebiet genannt wurde – angesetzt wurden.

Simon wandte sich an Ubbo. »Wenn man nicht wüsste, welchen ernsten und ehrenhaften Zweck die Preußenreise hat, würde man denken, die Ritter seien zum Vergnügen hier!«, flüsterte er erstaunt über die kindliche Freude der Adeligen an diesem Spektakel.

Auch der Hof des Hochmeisters hatte ihn verblüfft. Wie an einem weltlichen Hof gab es Musiker, Gaukler, Bärenführer,

Herolde, einen Zwerg – Thomas hieß er –, und das Essen war ebenfalls üppig.

Die jungen Männer standen am Rande des Saals und hielten Kannen mit Wein und honigsüßem Met in den Händen; da einige der Diener krank waren, durften sie im Speisesaal der Ritter aushelfen.

»Im Speisesaal der Ordensbrüder geht es anders zu«, sagte Ubbo. »An drei Tagen der Woche essen die Brüder Fleisch, an drei Tagen Milch- und Eiergerichte und an den Freitagen Fastenspeisen. Während des Essens herrscht Stillschweigen. Nur manchmal liest bei der Mahlzeit ein Bruder aus einem erbaulichen Buch vor.«

Von Anfang an war Simon erstaunt darüber gewesen, wie unterschiedlich die Welten auf der Marienburg waren. Da waren zum einen die Ordensritter, die einem arbeitsamen, frommen Leben nachgingen. Sie versammelten sich ab Mitternacht alle drei Stunden zum Gebet in der Kapelle. Dann zog der tiefe, lateinische Männergesang durch die Gänge und Gewölbe des Schlosses. Die Halbbrüder, die man an ihrer grauen Tracht erkannte, gingen meist ihrer Arbeit in Haus und Garten nach. Die Priesterbrüder widmeten sich ihren Studien, Kanzleiarbeiten und dem Unterricht der Schüler.

Die Ritterbrüder übten sich unablässig im Gebrauch der Waffen. Öfter schon hatte Simon ihnen, verborgen in einem dem Kampfplatz nahe gelegenen Stall, zugeschaut. Sie lebten in ständiger Einsatzbereitschaft, denn die Grenze zum verfeindeten Königreich Polen war nicht sicher. Auch überfielen immer wieder Heiden die östlichen Grenzgebiete, plünderten Dörfer und mussten zurückgetrieben werden. Deshalb machten sich regelmäßig Schwertbrüder mit den Rittergästen ins Heidenland auf, um sie zurückzudrängen und zu taufen. Für manche Ritter schien die *Voyage de Pruce* nur ein Abenteuer zu sein – das jedoch oft genug tödlich endete.

»So ganz ohne Vergnügen leben die Schwertbrüder aber auch nicht. Sie reiten aus und begleiten die Jäger«, teilte Simon dem Freund seine Beobachtung mit.

»Weil sie nicht selbst jagen dürfen«, sagte Ubbo. Er schien diesen Umstand sichtlich zu bedauern. »Die Jagd gilt als einfache Schuld und ist mit drei Tagen Buße und einer Geißelung zu ahnden. Man darf höchstens mit Pfeil und Bogen ein paar Vögel schießen, um sich im Zielen zu üben.«

Es schien Simon absurd, dass der Deutsche Orden zwar über große Falknereien verfügte, die Brüder aber selbst keine Beizjagd betreiben durften. Die Falken dienten vor allem der Unterhaltung der Gäste, zum Handel und als Geschenke gekrönter Häupter. Auch Hugin und Mugin hatte der Falkenmeister schon verschicken wollen. Runa hatte jedoch behauptet, sie seien noch nicht soweit und ihnen eine letzte Frist verschafft; sie mochte sich nicht von ihren Falken trennen. Simon besuchte Runa ab und zu in der Falknerei, wenn seine Botendienste ihn in diese Richtung führten. Runa wirkte wohlauf. Die Arbeit schien ihr gutzutun. Sie hatten jedoch kaum reden können.

Ein Ritter hob den Becher, und Simon eilte, um ihm Met einzuschenken. Als er wieder bei Ubbo war, fragte er: »Bist du noch immer entschlossen, das Kreuz zu nehmen?«

»Mehr denn je! Ich bin bereit, mein Leben für die Verteidigung des Glaubens zu geben, das habe ich dem Hochmeister versichert.«

»Hat dein Vater dir denn schon die Erlaubnis erteilt? Immerhin wird dein Erbteil an den Orden fallen. Abgesehen davon, dass er seinen Sohn nicht gewinnbringend verheiraten kann«, schmunzelte Simon.

»Ich bin ohnehin nicht für die Ehe geschaffen«, sagte Ubbo.

»Sag das nicht! Katrine war ganz begeistert von deinen Minneksünsten«, neckte Simon den Freund.

Ubbo wurde rot und warf ihm einen warnenden Blick zu.

»Auch sie hat ein Leben bei Gott gewählt! Hast du nicht einen Brief bekommen? Was schreibt deine Familie?«, lenkte er ab.

Simon hatte Ubbo nicht verraten, dass er ohne Erlaubnis abgereist war. Wenn jemand davon wüsste, würden sie ihn sofort heimschicken. Henrikes Brief hatte er nicht einmal geöffnet. Er wollte ihre Schelte und ihre Ermahnungen nicht lesen. Und er wollte vor allem noch nicht zurück. Er hatte sich auf der Ordensburg eingewöhnt. Vom Hilfsschreiber hatte er sich schnell hochgearbeitet. Mit Vorliebe übernahm er Botendienste, um die Marienburg besser kennenzulernen. Das Hochschloss mit der Marienkirche und der Sankt-Annen-Kapelle, der Grabstätte der Hochmeister, war durch einen Trockengraben vom Mittelschloss getrennt. In dieser zweiten Burg befanden sich der Hochmeisterpalast mit seinen Festsälen und eindrucksvollen Sternengewölben. Der Großkomtur residierte im Nordflügel, wo sich auch das Spital befand. Im Ostflügel waren die Gastkammern für die Gebietiger und Ordensherren. Simon bestaunte die haushohe mosaiküberzogene Marienstatue in einer Nische der Fassade der Marienkirche, aber auch die praktischen Räumlichkeiten wie die Kleider-, die Waffen-, die Schatz- oder die Vorratskammer, die beeindruckend üppig bestückt war. Auf der Marienburg gab es alles, was das Herz begehrte. Vor allem aber lagerten derzeit sage und schreibe achttausend Tonnen Getreide hier! Es hieß, Marienburg sei mit genügend Lebensmitteln versehen, um tausend Personen zehn Jahre lang zu versorgen, und zehntausend ein Jahr. Ein wenig stimmte es schon, was Adrian gesagt hatte: Der Deutsche Orden verfügte über ein imposantes Handelsnetz und sehr viel Geld. Noch lange hatte Simon nicht alle Facetten des Ritterlebens und der Marienburg kennengelernt.

»Alles in Ordnung«, sagte Simon knapp und neigte das Haupt. »Ich glaube, auf deiner Seite wird noch Wein gebraucht ...«

Runa platzierte die silbernen Falkenschilder sorgfältig in dem mit Samt ausgeschlagenen Kästchen. Zehn Greifvögel würden morgen nach Rom verschickt werden, die Geleitbriefe waren schon bereit. Bis eben hatte sie den Käfig noch sorgfältig mit Leinwand bespannt und darüber die Zeit vergessen. Kein Falkner schien mehr im Stall zu sein und keiner der Knechte, die, wie sie inzwischen wusste, zum Teil getaufte Litauer waren und als Sklaven hier arbeiteten. Es fiel ihr noch immer schwer, die Vögel abzugeben. Wer wusste schon, ob sie den Weg überstanden und in der Fremde auch gut behandelt wurden? Bis auf die Laute der Vögel war es still in der Falknerei. Über hundert Greifvögel waren hier untergebracht – die konnten einen ganz schönen Lärm machen! Gerade abends wurden viele unruhig. Es war die Zeit, in der sie sich in der Wildnis einen Schlafplatz suchten.

Runa verschloss das Kästchen und nahm ihre Fackel aus dem Halter. Es war wirklich Zeit, Schluss zu machen. Der Falkenmeister würde schon auf sie warten. Sie hatte Willem von Ghent versprochen, ihm noch heute Abend das Kästchen mit den Silberschildern zu seinem Haus in der Vorburg zu bringen. Sie hatte sich gut in der Falknerei eingewöhnt. Gemeinsam mit den anderen Falkenknechten ging sie ihren Pflichten nach und wurde unterrichtet. Daneben trug der Falkenmeister ihr besondere Arbeiten auf, die sie als Wertschätzung empfand.

Als sie sich umdrehte, erschrak sie. Frans stand vor ihr. Der Falkenknecht hatte die unangenehme Angewohnheit, sich lautlos anzuschleichen. Er war ein unauffälliger Mann mit schmalen Augen und Lippen. Runa hatte schon öfter das Gefühl gehabt, dass er sie beobachtete, und war ihm aus dem Weg gegangen.

Wenn die Männer nicht wären, würde ich mich in der Falknerei noch wohler fühlen, dachte Runa. Immer unter Männern zu sein, ihre oft groben Scherze nicht zu verstehen und gleichzeitig immer fürchten zu müssen, dass jemand ihr wahres Geschlecht entdeckte, versetzte sie in permanente Anspannung.

Andere Frauen gab es nur in der kleinen Vorstadt. Hinzu kam, dass sich die Falkner regelmäßig im Schwimmen üben sollten. Ein Falkner müsse ein guter Schwimmer sein, hieß es, damit er seinem Beizvogel auch folgen könne, wenn dieser jenseits eines Gewässers eine Ente schlug. Bislang hatte sie immer Ausreden gefunden, um nicht am Schwimmen teilzunehmen. Aber irgendwann würden ihr die Ausreden ausgehen. Nicht einmal mit Simon konnte sie über diese Nöte sprechen. Er kam zwar ab und zu vorbei, aber sie waren nie unbeobachtet. Wie sie ihre Unterhaltungen und seine Nähe vermisste!

»Bist du denn gar nicht im Speisesaal?«, versuchte Runa ihren Schrecken zu überspielen.

Frans wollte ihr das Kästchen aus der Hand nehmen, aber sie hielt es fest, also riss er heftig. Runa ließ los. Sie hörte, wie die sorgsam aufgereihten Silberschilder durcheinanderfielen. Nur keinen Streit riskieren!

»Du doch auch nicht«, grinste er. »Albern, diese Schilder! Wen juckt's schon, wie die Falken heißen? Mich juckt's ganz woanders.« Er packte ihr an den Hintern. »So ein zierlicher Typ wie du hat doch bestimmt nichts dagegen ...«

Runas Herz raste. Wusste er von ihrem Geheimnis? Aber nein – er meinte den Knecht, als den sie sich ausgab! Sie hatte zwar schon davon gehört, dass sich manche Männer der widernatürlichen Unzucht schuldig machten, aber einem zu begegnen, war doch etwas ganz anderes. Wenn er ihr nur nicht in den Schritt fasste! Oder unters Hemd! Sie reckte ihm drohend die Fackel entgegen, aber Frans konnte sich wegbiegen.

Da kam einer der Sklaven herangeschlurft. Janis, ein alter Mann, dem inzwischen mehr Haare am Kinn und aus den Ohren wuchsen als auf dem Kopf, half beim Füttern der Tiere. Auch jetzt hatte er zwei schwere Ledereimer in den Händen. In ihrer Nähe machte Janis sich an einem Käfig zu schaffen. Runa bezweifelte, dass dort um diese Zeit etwas zu tun war, aber sie war dankbar für seine Anwesenheit. Vielleicht würde Frans sie jetzt in Ruhe lassen. Doch der Falkenknecht ging zu dem Alten und scheuchte ihn weg. Als Janis nicht reagierte, stieß und schlug er ihn, bis dieser den Stall wieder verlassen hatte. Oft gingen die Falkenknechte rüde mit den Sklaven um. Runa hingegen behandelte sie respektvoll.

Kaum waren die Schritte des Alten verklungen, näherte Frans sich ihr erneut. Feixend wedelte er mit dem Kästchen. »Ich habe noch das hier ... Willst du den Falkenmeister etwa enttäuschen?«

Bei den Göttern – sie trug die Verantwortung dafür! »Gib es mir!«, forderte sie mit fester Stimme.

»Hol sie dir, Süßer!«, grinste er.

»Was ist hier los?« Eine tiefe Stimme fuhr dazwischen. Erleichterung durchflutete Runa. Der Falkenmeister! Anscheinend war sie noch einmal davon gekommen. Aber sie würde noch vorsichtiger sein müssen. »Warum hast du das Kästchen? Runa sollte es bereitmachen und mir bringen«, sagte Willem streng.

»Ich habe ihm nur geholfen«, log Frans. Er gab Runa das Kästchen zurück und ging eilig hinaus.

Der Falkenmeister war oft unzufrieden mit seiner Arbeit, Frans wollte offenbar nicht noch mehr Schelte riskieren.

Willem sah sie an. Seine Falten waren im Fackellicht zwar tief, aber seine Augen glänzten warm. Er war trotz seines Alters ohne Frage ein attraktiver Mann, stellte Runa fest, und senkte schnell den Blick.

»Es ist spät. Ich habe auf dich gewartet.«

»Verzeiht, Meister. Ich habe die Zeit vergessen«, entschuldigte sie sich und reichte ihm das Kästchen. Wie zufällig berührten sich ihre Hände.

»Schon gut. Ich konnte als junger Falkner ebenfalls die Arbeit nicht sein lassen. So viel war zu lernen! Inzwischen habe ich schon viel gesehen. Aber so jemanden wie dich noch nie ...«

Sie spürte ihren Puls an den Schläfen schlagen. Was sollte das jetzt? Was meinte er? Konnte sie nicht einfach gehen? Mit weichen Knien deutete sie eine Verneigung an.

»Ihr seid zu gnädig, Meister. Ich ziehe mich nun zurück. Morgen wartet viel Arbeit auf uns«, sagte Runa und rannte durch die Dunkelheit zu ihrer Gemeinschaftskammer.

Ab jetzt würde sie immer ihren Dolch am Körper tragen, nahm sie sich vor. Und sie würde sich morgen bei Janis bedanken, denn dass er versucht hatte, sie zu schützen, stand für sie fest.

63

Brügge

Ricardo steckte seiner Frau den Goldring mit dem strahlenden Saphir an den Finger und küsste galant ihre Hand. Cecilia und er saßen auf einer langen Bank, die mit zahlreichen Kissen aus kostbarsten Stoffen bedeckt war. Der Ring hatte ein kleines Vermögen gekostet. Ein Vermögen, das er genau genommen nicht hatte, aber Cecilia wirkte in letzter Zeit wieder so bedrückt, dass er ihr unbedingt eine Freude machen wollte. Wenn sie so traurig war, fürchtete er stets, dass sie ihn nicht mehr liebte – und das war doch alles, was er wollte, was er immer gewollt hatte! Sogar zu einer gemeinen Intrige gegen seinen besten Freund hatte er sich überreden lassen, nur aus Liebe zu Cecilia.

Er hatte von Anfang an gewusst, dass Cecilia Adrian schätzte. Aber er hatte gedacht, wenn sie erst verheiratet wären, würde er sie mit seiner Leidenschaft für sich einnehmen können. Wie sehr sie für Adrian schwärmte, hatte Ricardo erst nach ihrer Heirat begriffen. Nie hatte er das Gefühl gehabt, gut genug für sie zu sein. Immer war es Adrian, der besser aussah, besser angezogen war, bessere Geschäfte machte. Adrians Weggang nach Lübeck war eine Erleichterung für ihn gewesen. Cecilia hatte sich ihm gegenüber mehr geöffnet und ihm endlich ein Kind geschenkt. Dann aber hatte er das Gefühl gehabt, dass dieses Kind ihm nun Cecilias Liebe nahm. Und immer noch waren da die Erinnerungen an Adrian gewesen. Stets hatte sie sich bei Lambert nach ihm erkundigt – bis Ricardo es einfach nicht mehr aushielt.

Als Nikolaus Vresdorp ihn ansprach, erschien es Ricardo wie eine göttliche Fügung. Endlich war da jemand, der Adrian ebenfalls am Boden sehen wollte ... Aber letztlich war seitdem alles nur noch schlimmer geworden. Die Rachepläne hatten Unsummen verschlungen, und Cecilia war nach dem Wiedersehen mit Adrian in alte Schwärmereien zurückgefallen.

»Wie reizend von dir!«, sagte Cecilia jetzt, aber er sah, dass ihre Augen traurig blieben. Doch dann hoben sich ihre Mundwinkel. »Denk dir: Ein Brief aus Lübeck ist gekommen. Henrike hat geschrieben – Adrian ist in Schweden unterwegs. Von unserem Geschenk sind sie ganz begeistert.«

Doch Ricardo war nicht bei der Sache. Seine Gedanken drehten sich um die Bezahlung des Rings. Das Geld würde er anderweitig wieder hereinholen müssen. Da das Tuchgeschäft schwächelte, hatte er sich auf den Geldverleih verlegt. Es bot ihm mehr Gewinn. Und in diesen Zeiten benötigten so viele Menschen verzweifelt Geld, dass sie jeden Zinssatz akzeptierten. Seine alte Geschäftspartnerin Demiselle van de Corpe versuchte allerdings, ihm das Geschäft madig zu machen. Sie war nicht erst seit dem missglückten Betrug mit Lamberts Schuldscheinen sauer auf ihn; dabei war es für ihn nur ein weiterer Versuch gewesen, Adrian zu schädigen. Cecilia gegenüber hatte er diesen neuen Geschäftszweig verschwiegen; tiefgläubig wie sie war, nahm sie das Wucherverbot sehr ernst. Und nun schon wieder Adrian!

»Welches Geschenk, Liebes?«, fragte er säuerlich.

Seine Frau lächelte nachsichtig. »Das Kleidchen für Adrians Tochter natürlich.« Ein Schatten legte sich über ihr schönes Gesicht. »Wann werden wir denn unsere Kinder wieder besuchen? Sind sie nicht langsam alt genug, dass wir sie zu uns holen können? Es ist so still in unserem Haus!«

Er legte den Arm um sie, und Cecilia ließ sich gegen ihn sinken. Wie er ihre Berührung genoss! Der Ring hatte also doch geholfen!

»Sehr bald«, versprach er. »Wir müssen uns erst von den Strapazen der Unruhen erholen. Du hast dich doch so vor den Aufständischen gefürchtet! Jetzt hat der Graf wieder für Ordnung gesorgt. Sobald hier wieder gänzlich Normalität eingekehrt ist ...«

Sie machte sich von ihm los und sah ihn an. Wie schön sie war! Wenn er sie doch endlich wieder glücklich sehen könnte! »Aber ist es auf dem Land nicht viel gefährlicher für unsere Kinder?«

Mit der Frage hatte sie natürlich recht. Sowohl die Aufständischen als auch der Graf versuchten, die umliegenden Dörfer auf ihre Seite zu bringen.

»Der Mann unserer Amme«, ihm fiel der Name nicht ein, »gibt gut auf unsere Kinder acht. Wir holen sie bald und genießen bis dahin unsere Zweisamkeit, amore mio.« Ricardo zog sie an sich und versuchte sie zu küssen. Sie gab ihm nach und er spürte, wie sein Verlangen wuchs. Er war auf dem richtigen Weg. Irgendwann würde sie ihn so stark lieben wie er sie. Jetzt, wo Adrian endlich wieder weg war!

Glücklich drängte er sie auf die Kissen und liebkoste ihren sinnlichen Körper, der ihn stets aufs Neue entflammte. Zu lange schon hatte sie ihm ihre Gunst verweigert. Doch da setzte sie sich auf und richtete ihre Kleider.

»Verzeih, Liebster, ich fühle mich nicht wohl. Morgen ist es sicher besser. Es ist wohl, wie du sagst, ich muss mich von den Strapazen erholen. Außerdem möchte ich nach Lübeck zurückschreiben ...«

64

Lübeck, Anfang Dezember 1380

Weiß stieg Nikolas' Atem in die Luft. Er blies in seine mit Lumpen umwickelten Hände. Es war klirrend kalt. An seinen Fingerknöcheln und Füßen hatten sich Frostbeulen gebildet, die teuflisch stachen. Sein Gesicht war von einer Filzkapuze halb verdeckt. Er humpelte schwerfällig weiter, was nicht nur an dem kniehohen Schnee, sondern auch an seiner offenen Wunde lag. Erzwungene Zärtlichkeiten wie die der Feldscher-Tochter damals im Sommer bereiteten ihm zwar ein kurzes Vergnügen, halfen aber auf Dauer nicht. Keines dieser Mädchen war wie Lucie, die ihn aus eigenem Willen geliebt hatte... Vielleicht würde er wirklich Telses Hilfe in Anspruch nehmen müssen.

Nikolas hatte beißenden Hunger. Seine letzten Pfennige hatte er schon vor Tagen ausgegeben, und einen weiteren Überfall wagte er in seinem Zustand nicht. Er steuerte direkt auf Telses Bude zu. Da ging die Tür auf, und Jost trat heraus, einen Spaten in der Hand. Nikolas versteckte sich hinter einem Mauervorsprung. Zur Hölle, was tat der denn bei Telse! Sie würde sich doch nicht etwa seinem Willen widersetzt haben? Kinder tobten fröhlich im Schnee. Der blond gelockte Sohn von Wigger von Bernevur war nicht dabei. War seiner Geisel etwas zugestoßen? Zornbebend wartete Nikolas...

Jost schippte den Schnee weg, der sich vor der Haustür gesammelt hatte. Von der hölzernen Regenrinne hingen Eiszapfen, die er mit dem Spatenstiel abschlug, bevor sich die Kleinen daran stießen. Die Kinder waren an ihm vorbei ins Freie gerannt, zuletzt die Jüngste, seine dreijährige Tochter.

»Seid ihr auch warm genug angezogen?«, rief er.

»Jaha«, antworteten sie aufgedreht und hatten schon den zugefrorenen Fluss erreicht. Gestern Abend hatten sie gemeinsam Eiskufen geschnitzt, glücklicherweise lagen hier bei den Schlachtbänken genügend alte Knochen herum. Es war lange her, dass Jost sich selbst Eiskufen um die Füße gebunden hatte.

»Vielleicht sollten wir es auch mal wieder versuchen, min levste!«, sagte er zu Telse, die gerade aus der Bude getreten war, um Abele eine Mütze aufzusetzen. Jetzt stapfte Abele auf die Schneehügel, die Jost aufgeworfen hatte, und ließ sich kichernd hinuntergleiten.

»Dann müsstest du aber erst besonders große Knochen für uns finden!«, lächelte Telse.

»Das mache ich später. Erst muss ich zu unserer Versammlung bei den Paternostermachern.«

»Worum geht es?«

»Keine Ahnung. Aber alle, die es sich einrichten können, sollen kommen, hieß es.«

»Vielleicht wollen sie Almosen für die Obdachlosen sammeln. Ich habe noch nie so viele bettelnde Familien gesehen wie in den letzten Wochen.«

»Bei vielen Handwerkern sind die Geschäfte schlechter gelaufen als früher. Sie können die Raten für ihre Häuser nicht mehr zahlen – und schon sitzen sie auf der Straße«, sagte Jost.

Er legte den Arm um Telse und zog sie an sich. Er wusste nur zu gut, was es hieß, obdachlos zu sein. Deshalb war er ja auch so dankbar dafür, dass es ihnen gut ging. Dass er zum ersten Mal in seinem Leben eine Familie hatte!

Seine eigene Kindheit war hart gewesen. Sein Vater, ein junger Priester, hatte ihn verleugnet. Josts Mutter hatte sich als Bäckermagd mit ihm allein durchschlagen müssen und war früh gestorben. Beinahe hätte er auf der Straße nicht überlebt. Doch dann hatte Gott dafür gesorgt, dass sich Konrad Vresdorp seiner angenommen hatte. Der Kaufmann nahm ihn auf und bildete ihn aus. Er war beinahe wie ein Vater für ihn gewesen. Vresdorp hatte ihm später etwas Geld vererbt, das den Grundstein für seinen eigenen Warenhandel gelegt hatte. Wenn er weiter mit eigenen Geschäften und den Arbeiten für Adrian Vanderen so gut verdiente, würden Telse und er sich bald ein Haus leisten können. Ihre jetzige Bleibe war eng und zugig, und Waren konnte er darin nicht lagern.

»Machst du mir auch den Weg zum Schuppen frei?«, bat Telse. »Ich will nach den Schlangen sehen. Sie sind zwar in Winterstarre, aber ich fürchte, es ist sogar für sie zu kalt.«

»Du willst sie doch nicht etwa hereinholen?« Jost mochte die Tiere nicht, aber das Gift der Kreuzottern wurde für allerlei Arzneien benötigt, und Telse ging sehr verantwortungsvoll mit ihnen um.

»Mal sehen.«

Er kam ihrem Wunsch nach. »Sag's mir am besten gar nicht, sondern versteck sie einfach irgendwo. Hauptsache, sie können nicht heraus.« Er lehnte den Spaten an die Wand und gab ihr einen Kuss. »Ich mach mich dann mal auf den Weg ...«

Endlich war Jost verschwunden. Nikolas humpelte aus seinem Versteck zu Telse, die gerade die Schuppentür öffnete. Das Kleinkind wühlte mit den Händen im Schnee und bemerkte gar nicht, wie der Fremde seine Mutter in den Schuppen stieß. Nikolas schlug die Tür hinter ihnen zu. Telse rappelte sich auf.

»Warum ist Jost hier? Und wo ist das Kind?«, fragte Nikolas wütend.

Furchtsam starrte seine Schwester ihn an. »Nikolas? Aber du ...«

Drohend hob er die Faust. Ihre Hände fuhren vor ihr Gesicht. Er würde ohne Skrupel zuschlagen. Trotzdem antwortete sie nicht. Da stürzte er sich auf sie und ergriff ihre Hände. Hart quetschte er ihre Handgelenke und drehte die Haut, bis ihr die Tränen in die Augen schossen.

»Jost und ich haben … geheiratet. Der Junge ist fort … Abgehauen«, gestand sie ein.

Sie hatte sich schon lange vorgenommen, Nikolas diese Version der Ereignisse zu erzählen. Sie würde Simon nicht anschwärzen.

Ihr Bruder war beängstigend in seinem Zorn. Eine dicke Ader war auf seiner Stirn hervorgetreten, und auch auf den Seiten seines Halses pulsierte es deutlich.

»Was?«, brüllte er entgeistert. »Wie konnte das passieren?«

Telse konnte nur hoffen, dass jemand sein Schreien hörte und ihr zu Hilfe eilte. Wenn andererseits die Kinder kämen … Stockend berichtete sie.

»Ich würde dich ja totschlagen«, presste Nikolas mühsam beherrscht hervor, als sie geendet hatte. »Aber ich brauche dich noch. Jost muss sterben, und du wirst neu heiraten. Wir brauchen einen wohlhabenden Ehemann, den ich ausnehmen kann. Rühr schon mal das Gift an. Du wirst auch Henrike und Adrian welches unterjubeln.«

Telse wurde kalt bis ins Mark. Ihr Bruder würde nie von ihr ablassen. Er würde ihr Leben immer für seine Zwecke verwenden. Er würde sie zugrunderichten und Jost töten. Selbst vor ihren Kindern würde er nicht haltmachen. Eine Gewissheit wuchs in ihr: Sie musste ihn unschädlich machen, irgendwie. Selbst wenn es ihr Leben kostete …

Nikolas Gedanken rasten. Er würde ein Pferd stehlen und noch einmal zu Wigger von Bernevurs Haus reiten müssen, sonst bekäme er sein Geld nie zurück. Noch einmal beugte er sich über sie. »Ich muss fort. Du wirst hierbleiben. Wenn du fliehst, finde ich dich und bringe jedes einzelne deiner Kinder um. Wenn du mich verpfeifst, geht es genauso. Ich habe nichts mehr zu verlieren. Du schon.«

Dann schlug er ihr noch ein paar Mal brutal in die Seiten. »Hinterlässt keine sichtbaren blauen Flecke«, sagte er dabei. »Und Strafe muss sein.«

Das Schreien stieg so hell und durchdringend an, dass Henrike meinte, die Gläser im Schrank müssten gleich klirren. Sie konnte kaum aushalten, dass Clara so litt. Und leiden musste sie wohl, auch wenn man nicht sehen konnte, woran. Zermürbt rieb Henrike sich die Augen.

»Soll ich sie wieder nehmen?«, bot sie an.

Adrian ging wippend weiter durch die hohe Diele. Dabei tätschelte er ihrer Tochter, die über seiner Schulter lag, geduldig den Rücken. »Lass nur! Du hast dich schon die halbe Nacht um sie gekümmert. Jetzt bin ich dran«, sagte er sanft.

Henrike bewunderte ihn für seine Ruhe. Ihre Nerven lagen inzwischen blank.

In diesem Moment wurde der Türklopfer betätigt, und ihre Magd öffnete. Telse kam herein. Sie stützte sich auf ihren ältesten Stiefsohn und sah schlecht aus. Sogleich stürzte Henrike ihr entgegen und führte sie zu einem Armlehnenstuhl. Telse setzte sich vorsichtig; sie musste große Schmerzen haben. Dann schickte sie ihren Stiefsohn hinaus. Stockend berichtete sie von Nikolas' Überfall und seinen Drohungen. Adrian reichte Henrike das noch immer schreiende Kind. Henrike hielt sich an Clara fest. Die Furcht hatte sie augenblicklich wieder im Griff, und Verzweiflung stieg in ihr auf. Nikolas war wieder aufgetaucht! Würde das denn nie ein Ende haben …?

»Weißt du, wo er hinwollte?«, fragte Adrian angespannt.

Telse schüttelte den Kopf. »Aber ich vermute, er will den Jungen suchen. Oder zu dem Adeligen«, brachte sie schließlich heraus.

»Du hast ihm nicht gesagt, dass Wigger von Bernevur tot ist?«

»Warum sollte ich? Dann wäre er ja nur noch wütender geworden.«

Henrike kniete sich neben sie und ergriff die Hand ihrer Base; mit der anderen presste sie Clara an ihre Brust. »Das hast du gut gemacht. So haben wir Zeit gewonnen.«

Adrian nahm seinen pelzgefütterten Umhang vom Haken. »Ich benachrichtige die Büttel und die Stadtwachen.« Besorgt sah er Telse an. »Soll ich nach dem Medicus schicken lassen?«

Mühsam schob Telse sich wieder hoch. »Ich weiß mir schon zu helfen«, sagte sie und riet ihnen: »Kauft bei den Bernsteinschneidern eine Kette. Schön große Kugeln, damit Clara sie nicht verschlucken kann. Die Kleine zahnt, der Bernstein wird ihr Erleichterung verschaffen.«

Henrike war baff. Dass sie nicht selbst darauf gekommen war! Aber Clara war eben ihr erstes Kind.

Die Tür der größten Paternostermacher-Werkstatt Lübecks war verschlossen. Niemand reagierte auf Adrians Klopfen. Merkwürdig, dabei war doch heute gar kein Feiertag! Er wollte schon gehen, als sich die Türflügel doch noch öffneten. Etliche Handwerker und Gehilfen strömten mit ernsten Mienen heraus; vor allem Knochenhauer, aber auch Pelzer und Kaufgesellen. Auch Jost war unter ihnen. Sogleich berichtete Adrian von Telse und dass er bereits den Bütteln Bescheid gegeben hatte. Jost wollte sofort nach Hause eilen.

»Was macht ihr hier?«, hielt Adrian ihn auf.

»Die Verzweiflung treibt uns zusammen. Zu viele von uns sitzen auf der Straße. Und die Patrizier und Räte leben wie die Maden im Speck. Das schürt Unfrieden«, flüsterte Jost, als dürfe er mit Adrian nicht darüber sprechen.

Die Luft in der Werkstatt war warm und stickig. Das lag nicht nur an der Feuerstelle, sondern auch an den Grapen, in denen die Bernsteine kochten, damit sie durchscheinend wurden. Adrian sagte, was er benötigte. Da die herkömmlichen Bernsteinpaternoster aus kleinen Perlen bestanden, musste die Kette für Clara eigens gefertigt werden. Adrian bot an, zu warten. Freiheraus berichteten die Paternostermacher, was sie bewegte. Vermutlich scheuten sie sich nicht, weil sie Adrian gut kannten – seit Jahren kaufte er bei ihnen Rosenkränze aus Bernstein – und er sie noch nie übervorteilt hatte.

»Der erbare Rad und die Koplude sin rike van gude – und wir liden«, sagte Herman Sarowe, während er die Bernsteine abschliff.

Die Oberen schwimmen im Reichtum, und die Armen leiden – Adrian kannte die Klage bereits. Aber der Rat schien sich nicht an der Unzufriedenheit der Handwerker zu stören. Warum er das Gespräch mied, verstand Adrian nicht. In einer Stadt mussten doch alle zusammenhalten! Und für die Geschäfte war es auch besser, wenn Frieden herrschte. Dafür waren die Vorgänge in Brügge, Gent, Braunschweig oder London doch ein mahnendes Beispiel.

»Was wollte ihr dagegen tun? Könnt ihr überhaupt etwas dagegen tun?«

Sarowe schob schweigend eine Bernsteinkugel zu seinem Kollegen hinüber, der sie polierte. Der Nächste bohrte mit dem Handbohrer ein Loch hinein. Manche Gesellen wirkten beinahe gelangweilt auf Adrian. Die Paternostermacher schienen im Moment nicht viel zu tun zu haben. Es war für sie eine schwierige Lage, da sie einerseits vom Deutschen Orden abhängig waren, der den Bernstein lieferte und die Preise bestimmte, und der Werkstoff andererseits so teuer war, dass sie kaum auf Vorrat kaufen konnten.

»Wir wollen mit dem Rat sprechen. Aber die Räte hatten bislang keine Zeit für uns. Sind zu beschäftigt«, sagte schließlich der Mann, der seine Bernsteinkugeln auf eine Lederschnur zog. Die Kugeln waren wirklich groß, es würde teuer werden, stellte Adrian fest. Aber wenn die Kette Clara tatsächlich half ...

»Soll ich ein Wort für euch einlegen?«, bot Adrian an. »Ich kenne einige Räte und Bürgermeister.«

Der Mann mit dem Lederband wollte gerade den Mund aufmachen, doch Herman Sarowe schüttelte entschlossen den Kopf. »Das bringt uns auch nicht weiter. Der Rat muss uns endlich ernst nehmen! Die Knokenhover werden als wichtigstes Handwerksamt die Verhandlungen übernehmen. Die wollen ja ihre olde rechtichkeyt zurück.«

Dann müsste sich Coneke mal bei seinem Vater umhören, beschloss Adrian, und wartete, über unverfänglichere Themen plaudernd, bis die Kette fertig war.

Nach fünf Tagen hatte Nikolas Rügen erreicht. Zwei Pferde hatte er unterwegs aus Gasthöfen stehlen müssen, damit er angesichts der Schneewehen dieses Tempo durchhielt. Immerhin war die Ostsee zwischen Stralsund und Rügen gefroren, sodass er über das Eis hatte reiten können. Jetzt preschte er auf den Gutshof des Adeligen. Aus dem Schornstein des Hauses stieg Rauch auf, und Licht schien durch die Fenster. Immerhin würde er sich gleich eine warme Mahlzeit erzwingen können. Quälend langsam musste er sich vom Pferd gleiten lassen, damit die Schmerzen nicht unerträglich wurden. Seinen Stock brauchte er mehr denn je. War er einem Kampf mit Wigger überhaupt gewachsen? Abwarten.

Nikolas nahm den Dolch aus der Scheide und versteckte ihn im Ärmel, dann polterte er gegen die Tür. Ein schwer bewaffneter, schrankgroßer Mann, den er noch nie gesehen hatte, öffnete ihm. Nikolas sagte, er wolle mit Wigger von Bernevur sprechen.

»Das wird nur was, wenn du in die Hölle kommst. Aber so wie du aussiehst, könnte das klappen!«, höhnte die Wache.

Es wäre möglich, dass er etwas verwahrlost aussah, aber trotzdem war das eine unverschämte Beleidigung. Zu einer anderen Zeit hätte Nikolas den Mann sogleich dafür bestraft. Jetzt aber, in diesem Zustand …

Die Wache wollte die Tür zuschlagen, doch Nikolas schob den Fuß dazwischen. Finster blickte der Mann ihn an.

»Wie meint Ihr das?«, fragte Nikolas in der Hoffnung, es falsch verstanden zu haben.

»Der Bastard ist tot.«

Die Nachricht versetzte Nikolas einen Schlag. Mit dem Tod des Adeligen war sein Racheplan gescheitert, und er würde sein Geld nie wiedersehen. Einklagen konnte er das Blutgeld ja wohl kaum. »Wie das?«, knirschte er.

»In Lübeck verreckt. Und jetzt verschwinde!«

In Lübeck? Hatte Telse es nicht gewusst? Oder hatte sie es ihm verschwiegen? Nikolas stemmte seinen Stock gegen die Tür, um sie offen zu halten. Warme Luft und der Geruch nach Essen stiegen ihm entgegen. Er wusste nicht mehr, wann er zuletzt gut gegessen und nicht gefroren hatte. Langsam ließ er den Dolch in seine Hand gleiten. »Eins noch: und der Junge? Der Sohn?«

Doch da riss ihm die Wache den Stock aus der Hand und stieß ihn in den Schnee. Nikolas' Dolch rutschte aus dem Ärmel, und der Mann nahm ihn ebenfalls an sich. »Der ist beim alten

Herrn von Bernevur und seiner Mutter. Hau ab jetzt!« Also war der Bengel weggerannt und zu seinem Großvater geflohen. Und das nur, weil Telse nicht aufgepasst hatte! Dafür würde er sie zur Rechenschaft ziehen!

»Gebt mir den Stock zurück, ich brauche ihn!«

Mit einem Knacken zerbrach der Stock über dem Knie des Mannes. Er reichte Nikolas das hölzerne Ende, behielt aber das Silber. »Das behalte ich – den Rest schiebe ich dir sonstwohin, wenn du nicht gleich weg bist!«

Scheppernd fiel die Tür ins Schloss. Nikolas sah zu, dass er Land gewann. Diesen Kampf konnte er nicht gewinnen, nicht in dieser Verfassung. Krank, ohne Dolch und ohne Stock. Jetzt war er vollkommen umsonst hierhergeritten!

Er musste Telse benutzen. Sie musste zum Werkzeug seiner Rache werden. Er würde seine Schwester dazu bringen, das zu tun, was er wollte. Bisher war ihm das noch immer gelungen.

»Olde rechtichkeyt! Olde rechtichkeyt! Olde rechtichkeyt!«

Der dumpfe Singsang schreckte Henrike aus dem Schlaf. Ihr Herz raste. Die Angst vor Nikolas hielt sie seit knapp einer Woche nachts oft wach, sodass sie in der restlichen Zeit förmlich in einen Tiefschlaf fiel. Auch jetzt kam sie kaum zu Sinnen. Verschlafen stieß sie Adrian an. Er sprang sogleich auf. Es war finster. Adrian tapste über die Holzbohlen. Besorgt beugte sich Henrike über die Wiege. Claras Atem klang gleichmäßig. Im Licht des halben Mondes erkannte Henrike, dass ihre Tochter die Bernsteinkette umklammert hielt, an der sie ständig nuckelte. Etwas beruhigter lief Henrike hinter ihrem Mann her.

Sie fand ihn in der Scrivekamer, wo er durch die Fenster auf die Straße blickte. Der Anblick, der sich ihnen bot, verursachte Henrike eine Gänsehaut. Die Straße war schwarz vor Männern.

Die von Fackeln erleuchteten Gesichter wirkten grimmig, ihre Stimmen entschlossen. Henrike erkannte einige Knochenhauer, aber auch andere Handwerker.

»Was hat das zu bedeuten?«, fragte sie bebend.

»Das bedeutet, dass sich der Rat noch immer nicht bequemt hat, mit den Ämtern zu sprechen!«, polterte Adrian. Er eilte zurück und griff nach seiner Kleidung.

»Du willst doch nicht etwa hinaus?«

»Doch, natürlich. Ich kenne die meisten der Männer gut. Es sind ehrenhafte Leute. Sie müssen verzweifelt sein, wenn sie so handeln.«

Henrike schloss ihn in die Arme. »Pass auf dich auf!«

»Natürlich, mir wird nichts passieren. Aber du weckst Liv und Coneke. Sie sollen vorsichtshalber die Waffen und den Harnisch aus dem Rauchfang holen.«

Als Adrian einige Stunden später zurückkam, lagen Harnisch, Waffen und Schwerter geschliffen und poliert bereit. Coneke und Liv waren ebenso aufgeregt wie Henrike. Sie hatte die beiden nur mit Mühe abhalten können, ebenfalls hinauszulaufen. Lediglich das Argument, dass sie sie zur Verteidigung benötigte, falls Nikolas käme, hatte sie überzeugt.

Adrian war so durchgefroren, dass ihm Henrike einen warmen Kirschtrank brachte. Er setzte sich in den Armlehnenstuhl, und sie schob die Feuerpfanne näher vor seine Füße. Wie froh sie war, ihn gesund wiederzusehen!

»Was ist passiert? Wo sind die Knochenhauer? Wie hat der Rat reagiert? Hat es Kämpfe gegeben?«, fragten Liv und Coneke durcheinander.

»Der Rat wollte schon zu den Waffen rufen. Allen Räten steht das Blutbad von Braunschweig vor Augen. Aber Symon Swerting und ich konnten sie überzeugen, stattdessen zu reden. Wir kennen ja viele der Knochenhauer recht gut, sie waren schließlich unsere Waffenbrüder. Morgen in der Früh sollen im Refektorium des Katharinenklosters die Verhandlungen beginnen.«

Licht und grazil ragte die Fassade der erst vor wenigen Jahren fertiggestellten Katharinenkirche in der Königstraße auf. Reiche Zuwendungen vonseiten der Bürger im Pestjahr 1350 hatten die aufwendige Neugestaltung ermöglicht. Der filigrane Eindruck war vor allem auf die Lanzettfenster, die Spitzbogenportale und die schmalen Bögen zurückzuführen, in denen Heiligenfiguren über die Stadt zu wachen schienen. In großen Gruppen standen die Handwerker davor, um den Forderungen ihrer Verhandlungsführer Nachdruck zu verleihen. Im angrenzenden Kloster hatten schon häufig Verhandlungen stattgefunden. Die Minderbrüder zu Sankt Katharinen waren eine der bedeutendsten religiösen Gemeinschaften der Stadt. Auch die Zirkelgesellschaft hatte hier eine Kapelle für ihre Gottesdienste und das Totengedenken ihrer Mitglieder gekauft.

Adrian durfte zwar nicht an den Verhandlungen teilnehmen, aber er wartete gemeinsam mit vielen anderen vor dem geschlossenen Speisesaal die Ergebnisse ab; da im Winter viele Geschäfte ruhten, konnte er sich die Zeit dafür nehmen.

Direkt vor der Tür trat Goswin Klingenberg von einem Fuß auf den anderen, tat aber so, als bemerke er Adrian nicht. Vermutlich betrachtete Klingenberg, der in den letzten Monaten bereits einige kleinere Aufträge für den Rat übernommen hatte, ihn als Konkurrenten um einen Ratssitz. Adrians Verbindungen zu Königin Margarethe von Dänemark waren in weiten Teilen des Rates bekannt und mit großem Interesse aufgenommen worden. Da im ablaufenden Jahr Ratsherren gestorben waren, wurden im Februar Sitze neu vergeben.

In einer Pause hatte Adrian mit seinem Beichtvater Bruder

Detmar sprechen können. Der Lesemeister der Franziskaner kannte sich in Lübecks Geschichte aus und wusste, dass die Forderungen der Knochenhauer nicht unberechtigt waren; Stück für Stück hatte der Rat ihre Rechte beschnitten. Ihm war, ebenso, wie Adrian auch, vor allem am Frieden zwischen den Ständen gelegen.

Der Ratsschreiber Albert Rodenborch eilte aus dem Refektorium. Er rief einen der Ratsboten heran, um mit ihm wichtige Unterlagen aus der Ratstrese in der Marienkirche zu holen. In dieser Schatzkammer im Obergeschoss der Bürgermeisterkapelle befanden sich das Kirchensilber des Rates und wichtige Urkunden. Neugierig fingen die Wartenden den Ratsschreiber ab. Adrian kannte ihn noch aus Brügge, und so fragte er direkt nach dem Stand der Dinge.

»Wir sind auf einem guten Weg zu einem Kompromiss«, verriet Albert Rodenborch.

»Wie können die hohen Herren den Handwerkern entgegenkommen! Wir können sie doch nicht mit ihren Drohgebärden durchkommen lassen!«, ereiferte sich Goswin Klingenberg.

»Manche ihrer Forderungen sind nicht unberechtigt«, wandte Adrian ein.

»Wollt Ihr Euch etwa mit Ihnen gemeinmachen?«, fuhr Klingenberg ihn an.

Adrian lächelte verbindlich. »Ich würde mich zumindest nicht gegen sie stellen, nur weil sie ihre Lage verbessern wollen.«

Bis in den Abend hinein tagten die Delegationen. Als Adrian erfuhr, dass eine Einigung nur noch Formsache war, kehrte er zu seinen Geschäften zurück. Noch immer harrten die Handwerker vor der Katharinenkirche aus.

Eine angespannte Stimmung lag über den Straßen, das spürte Nikolas gleich, als er sich durchs Stadttor gemogelt hatte. Der Wache hatte er einen falschen Namen genannt, und so hatte man ihn durchgelassen. Erkennen würde ihn im Dunkeln ohnehin nur jemand, der ihn gut kannte.

Ungewöhnlich viele Männer waren zu zweit oder zu dritt unterwegs und gingen in Richtung Stadtmitte. Nikolas fragte Passanten, was denn los sei, und hörte von dem nächtlichen Fackelzug, der den Räten einen gehörigen Schrecken eingejagt hatte, und den Verhandlungen.

»Wenn sie nicht einlenken, erteilen wir ihnen eine Lektion!«, kündigte ein Pelzer an.

Nikolas musste sich anstrengen, um mit den Männern mitzuhalten. Die Anstrengung der letzten Wochen saß ihm in den Knochen, und ihm war so heiß. War das etwa Wundbrand? Dann würde er wieder zum Feldscher müssen. Er ließ sich von der Anspannung auf den Straßen anstecken. Aufruhr und Gewalt waren eine Mischung, die seinen Plänen entgegenkam. So leicht konnte ein Kaufmann dabei zu Tode kommen – und Schuld waren die Aufständischen! Doch als sie das Katharinenkloster erreichten, war die Stimmung der Wartenden beinahe gelöst. Es schien eine Einigung zu geben.

Nikolas grollte, doch dann kam ihm ein Einfall, wie er dem Aufstand neue Nahrung verschaffen konnte: »Glaubt ihnen nicht!«, wiegelte er den Pelzer auf. »Lügen ist doch das Geschäft der Räte! Sie sagen heute dies und morgen machen sie das! Sie sollen euch die neuen Rechte verbriefen! Urkunden müssen her!« Das würden die Ratsherren vermeiden wollen. Was nicht aufgeschrieben war, konnte zurückgenommen werden.

Er hörte, wie seine Forderung aufgenommen wurde, und machte sich beruhigter auf den Weg zu seiner Schwester. Mit dem Aufstand im Rücken hatte er mehrere Möglichkeiten, sich doch noch seiner unliebsamen Verwandtschaft zu entledigen.

Durch einen Spalt in der Budenwand verschaffte Nikolas sich einen Überblick über die Lage. Telse, Jost und die Kinder waren im Haus. Obgleich die Gören herumalberten, wirkten seine Schwester und ihr Mann nervös. Sie wussten ja schließlich, dass er kommen würde. Das kleinste Kind kugelte eine Murmel gegen die Tür und tapste ihr hinterher. Das war seine Gelegenheit. Die Kleine würde ihm nicht entkommen.

Nikolas trat die Tür auf und packte das Mädchen. Telse schrie auf. Jost wollte angreifen, hielt aber inne, als er Blutstropfen am Hals des Kindes sah.

»Ab in den Schuppen mit euch! Sonst ist eure Schwester tot!«, befahl Nikolas den Kindern.

Sie flohen hinaus, trotzdem hielt Nikolas sich den Rücken frei. Man wusste nie ... Im gleichen Augenblick griff Jost ihn an. Reaktionsschnell holte Nikolas aus und traf ihn mit dem Dolchknauf – er hatte das schwere Messer einem reisenden Schmied geklaut – hart an der Schläfe. Jost sackte zusammen. Da sprang auch noch der älteste Junge auf ihn zu. Nikolas gelang es, ihm ins Bein zu stechen. Als der Bursche aufschrie, lachte er zufrieden auf. Ganz am Ende war er also noch nicht mit seinen Fähigkeiten. Auch, wenn seine Beine vor Schmerz und Anstrengung zitterten, stellte er eine Gefahr dar! Telse weinte haltlos. Sie war so verabscheuungswürdig schwach – aber gleichzeitig war das nur gut für ihn.

Nikolas sperrte den wimmernden Jungen und seine geschockten Geschwister in den Schuppen und ging zu Telse zurück, die sich um ihren bewusstlosen Mann kümmerte. Der Schmerz in Nikolas' Bein war kaum noch zu ertragen. Eiternass klebte ihm die Hose an der Haut. Er musste sich am Türpfosten festhalten. Dabei durfte er sich keine Schwäche erlauben! Sicherheitshalber versetzte er Jost noch einen Schlag auf den Kopf.

»Heul nicht, sondern fessle ihn!«, befahl Nikolas seiner Schwester. »Und dann reinige meine Wunde!« Nach einigen

Augenblicken hatte sie ihrem Mann die Hände und Füße zusammengebunden. Jetzt wischte sie sich über das nasse Gesicht und starrte an ihm vorbei.

»Setz dich dort hin und mach das Bein schon mal frei. Ich habe etwas für dich«, sagte sie gefügig und wies auf eine Bank neben der Feuerstelle.

Nikolas ließ sich daraufsinken und lehnte sich an die Wand. Telse sammelte aus den Betten und von den Stühlen die Kissen zusammen und schob sie ihm hinter den Rücken. Anschließend holte sie einen geflochtenen Korb mit Deckel aus einer Ecke und positionierte ihn mit einem Kissen darauf so vor dem Ofen, dass Nikolas die Füße ablegen konnte. Wie umsichtig sie war! Dann half sie ihm, die Hose bis zu den Knien hinunterzuziehen. Langsam und sorgfältig reinigte sie seine Wunde und betupfte sie mit Heilwasser. Nikolas entspannte sich. Telse würde ihm immer gehorsam sein. Was auch geschah, sie würde sich nie gegen ihn auflehnen. Ihm durften nur die Augen nicht zufallen, denn Josts Bewusstlosigkeit würde nicht ewig anhalten.

Im Korb unter seinen Füßen erwachten die Schlangen aus ihrer Winterstarre. Die Hitze, die durch den Spalt zwischen Korbschale und Deckel zu ihnen strömte, lockte sie hinaus. Da war etwas Warmes über ihnen, etwas Dunkles und Unwiderstehliches, das spürten sie mit allen Sinnen.

Nikolas bemerkte sie erst in seinen Hosenbeinen, als es zu spät war.

65

Am nächsten Morgen war die Stimmung im Refektorium des Katharinenklosters entgegen allen Erwartungen aufgeheizt. Die Delegation der Knochenhauer war bereits aus dem Gebäude gestürmt. Sie würde bei den Paternostermachern über das weitere Vorgehen beraten. Aber Bürgermeister, Ratsherren und Kaufleute standen noch im Kloster zusammen und diskutierten.

»Sie wollen zum olden Recht zurück – darauf sind wir zum Teil eingegangen. Aber jetzt wollen sie auch noch, dass wir allen Handwerksämtern die gleichen Rechte verbriefen. Das sind beinahe dreißig große Ämter und noch einmal fast dreißig kleine! Ihnen allen eine Urkunde ausstellen – das ist unmöglich!«, erregte sich Bürgermeister Swerting.

»Eine Verbriefung findet nur zwischen gleichrangigen Partnern statt. Das sind wir aber nicht! Was denken die denn? Wir sind der Rat! Wir stehen weitaus höher als die Ämter, das sollte ihnen klar sein!«, erklärte Bürgermeister Plescow.

»Und was ist mit einem Eintrag ins Stadtbuch?«, schlug Adrian vor.

Swerting winkte ab: »Das haben wir auch vorgeschlagen. Es reicht den Knochenhauern aber nicht.«

Erregt mischte Ratsherr Dartzow sich ein: »Weil sie in Wahrheit andere Ziele haben! Sie wollen den Räten an den Kragen, wie die Handwerker es in anderen Städten auch getan haben.« Besorgnis breitete sich auf den Gesichtern der Umstehenden aus.

»Wir müssen uns bewaffnen! Ihnen eine Lektion erteilen! Ihnen zeigen, wer die Herren sind!«, rief Goswin Klingenberg in die Runde. Viele stimmten zu.

Adrian hob beschwichtigend die Hände. »Aber damit provozieren wir sie doch nur! Wir wollen doch alle friedlich zusammenleben, oder? Also müssen wir uns einigen!« Ein paar Männer nickten.

»Glaubt ihr, sie haben Skrupel, uns zu massakrieren? Nein, wenn wir den Aufstand nicht gleich niederschlagen, wird es uns gehen wie den Menschen in Gent oder Brügge – Blutvergießen und wirtschaftlicher Ruin sind die Folge!«, setzten die Kriegstreiber nach. »Wir Kaufleute sind ihnen zahlenmäßig überlegen! Und wir sind viel besser bewaffnet!«

Adrian verschaffte sich nochmals Gehör: »Die Knochenhauer haben oft an unserer Seite gekämpft, sind mit den Unseren im Kampf gestorben! Wir sollten Ruhe bewahren!«

Es war vergeblich. Selbst nach einer stundenlangen Diskussion konnten sich die friedlich gestimmten Patrizier nicht durchsetzen. Sollten am Abend die Handwerker wieder aufmarschieren, würden sich auch die Kaufleute bewaffnen. Adrian fürchtete ein Gemetzel. Er musste das Gespräch mit den Anführern der Knochenhauer suchen.

Als er am Nachmittag in die Mengstraße zurückkehrte, war er niedergeschlagen. Die Handwerker waren ebenso aufgebracht wie die Patrizier. Sie beharrten darauf, sich nicht mehr vom Rat vertrösten zu lassen. Heute Abend würden sie wieder Stärke beweisen, selbst wenn die Kaufleute sich bewaffneten. Nicht einmal Adrians Hinweis auf den morgigen heiligen Adventssonntag hatte sie zur Besinnung gebracht. Auch er würde also heute Abend seinen Harnisch anlegen und mit den anderen Kaufleuten die Sicherheit der Stadt gewährleisten müssen.

Ihre Forderungen brüllend, marschierten die Handwerker durch die Straßen. Immer mehr Menschen strömten aus den Kellern und Hinterhöfen, um sich ihnen anzuschließen. Wenn das so weiterging, gäbe es tatsächlich einen handfesten Aufstand.

Adrian gehörte zu den Kaufleuten, die das Rathaus bewachten. Andere sperrten die wichtigsten Straßen mit Ketten ab, die an Eisenkrampen der anliegenden Häuser befestigt wurden. Adrians Harnisch schimmerte im Fackellicht, aber das Schwert wog ihm schwer in der Hand. Coneke stand an seiner Seite, Liv hatte er als Schutz für Henrike zu Hause gelassen. Wo blieb nur Jost? Vielleicht war es ihm lieber, bei dieser geladenen Stimmung auf seine Familie aufzupassen.

Da marschierte der Zug vorbei, angeführt von den Knochenhauern. Adrian erkannte Meister Zwagher und grüßte ihn ernst. Conekes Vater war ebenso wenig einverstanden mit dem Verlauf der Ereignisse wie Adrian, aber er hielt zu seinen Amtsbrüdern.

Plötzlich entstand ein Tumult vor der Marienkirche. Adrian eilte sofort los. Jede Eskalation musste vermieden werden! Zwei Pelzer waren mit Kaufleuten aneinandergeraten. Ein Wort gab das andere. Ein Kaufmann versetzte einem Pelzer eine Ohrfeige. Sofort entbrannte ein wildes Handgemenge. Adrian, Coneke und Meister Zwagher warfen sich dazwischen und trennten die Streithähne. Eindringlich redete Adrian auf die beiden Pelzer ein. Offenbar hatten die Handgreiflichkeiten gar nichts mit den Verhandlungen zu tun, sondern mit Schulden des Pelzers.

»Klärt eure Angelegenheiten wie gesittete Menschen. Hier ist nicht der Ort dafür!«, mahnte Adrian.

Als er an seinen Platz zurückkehrte, bemerkte er Goswin Klingenbergs spöttischen Blick. »Macht sich mit den Aufständischen gemein. Und so was will Ratsherr werden!«, sagte Klingenberg laut.

Adrian verkniff sich eine Reaktion. Die Lage war auch schon so angespannt genug.

Glücklicherweise verlief die Nacht ohne schwere Kämpfe. Als am nächsten Morgen die beiden Parteien an den Verhandlungstisch zurückkehrten, patrouillierten die bewaffneten Kaufleute weiterhin durch die Straßen. Ihre Übermacht war überdeutlich. Zwar gab es viele Handwerker und Tagelöhner in der Stadt, aber die Waffen befanden sich in den Händen der Reichen. Und das waren in Lübeck eben viele.

Gleich morgens, als Liv Adrian half, den Harnisch anzulegen, stand Katrine aufgewühlt vor ihrer Tür. »Ich habe mich so um euch gesorgt! Die vielen Bewaffneten! Wir haben ihr Geschrei gehört!«, sagte sie. »Mit einer Schwester habe ich gerade eine Familie besucht, in der die Eltern im Fieber liegen. Aber ich musste einfach sehen, ob es euch gut geht!«

Henrike beruhigte sie und berichtete von den Verhandlungen. Sie freute sich, dass Katrine sich um sie sorgte.

Die Freundin beugte sich über die Wiege, die Henrike tagsüber in die Diele stellte. Ihr Gesicht wurde weich. »Wie friedlich Clara aussieht!«

Henrike lachte. »Das täuscht! Sie hat uns die letzten Wochen ganz schon auf Trab gehalten. Telse meint, sie zahnt, aber noch ist nichts zu sehen!«

»Habt ihr Nachricht von Simon? Und vom Hof bei Travemünde? Ist dort alles in Ordnung? Oder herrscht auch da Aufruhr?«, fragte Katrine.

Ausführlich berichtete Henrike. Als Katrine jedoch sah, wie Liv Adrians Schwert polierte, wurde sie nervös.

»Ich sollte besser gehen«, sagte sie mit dünner Stimme. »Aber diese Männer dort auf den Straßen …«

»Liv wird dich begleiten.«

Der Kaufgeselle strich sich über den Backenbart. »Ich verteidige Jungfrau Katrine mit meinem Leben!«, sagte er ernst.

»Ich hoffe, das wird nicht nötig sein«, lächelte Henrike. Sie hatte bemerkt, dass Katrine bei seinen Worten rote Wangen bekommen hatte. War sie doch noch nicht ganz für die Welt verloren?

Am Nachmittag machte die Nachricht die Runde, dass die Ämter nachgaben. Sie sollten vor den Toren des Doms einen Sühneneid leisten und Frieden schwören. Danach würden sie mit dem Rat einen Kompromiss schließen. Zu diesem gehörte, dass es für die Knochenhauer leichter werden sollte, mehr Verkaufslitten schneller mit den richtigen Männern zu besetzen. Einen Teil ihrer Forderungen hatten sie damit durchgesetzt. Verbrieft würde ihnen jedoch nichts. Die anderen Handwerksämter gingen leer aus. Die Kaufleute, die zu den Waffen gerufen hatten, wurden beglückwünscht. Adrian allerdings musste sich einige spitze Bemerkungen über seine guten Verbindungen zum Handwerk gefallen lassen. Sollte dieser Eindruck haften bleiben, käme er wohl auch bei der nächsten Ratswahl nicht in die engere Auswahl. Aber schließlich war er seinem Gewissen mehr verpflichtet als seinen Ambitionen.

Zu Hause fand er Henrike mit Telse und Jost vor. Das Aussehen der beiden alarmierte ihn von Neuem. Josts linke Gesichtshälfte war blau angeschwollen und teilweise unter einem Verband verborgen. Telse war kreidebleich. Auch Henrikes ernster Blick sprach Bände.

»Wir haben auf dich gewartet«, sagte Henrike, als Adrian sich zu ihnen setzte.

Telse schluckte, dann nahm sie die Hand ihres Mannes und sagte gefasst: »Nikolas war noch einmal bei uns. Ich will eigentlich nie wieder über ihn reden. Aber eines muss ich noch sagen: Er wird keinem von uns je wieder etwas antun. Nikolas ist tot.«

Henrikes Schreibfeder sauste über das Papier. Sie schrieb an Simon. Man durfte über den Tod eines Menschen nicht glücklich sein, aber dass Nikolas nicht mehr auf dieser Welt weilte, erleichterte sie alle ungemein; auch Simon würde beruhigt sein. Es war kein schöner Tod, an Schlangengift zu sterben. Schlimmer wäre es allerdings gewesen, wenn Jost oder Telse ihn umgebracht und so ihre unsterbliche Seele befleckt hätten. Verständlicherweise machten ihnen die Ereignisse zu schaffen. Telse sagte, sie hielten es kaum noch in ihrer Bude aus. Vielleicht würden sie sogar ganz wegziehen. Adrian und Henrike hatten selbstverständlich angeboten, sie zu unterstützen. Adrian dachte ja schon lange darüber nach, sich einen Partner in Stockholm zu suchen. Warum sollte Jost mit seiner Familie nicht dorthin gehen? Sie würden sich in Stockholm wohlfühlen, es war eine schöne Stadt mit einer großen deutschen Gemeinde.

Henrike streute Sand auf die Tinte und zog ein weiteres Stück Papier hervor. Da sie noch immer nicht wussten, wo Simon sich aufhielt, musste sie den Brief mehrfach anfertigen und an verschiedene Orte schicken. Immerhin hatte ein befreundeter Kaufmann den jungen Mann in Danzig gesehen; in Preußen war er also angekommen.

Clara grapschte nach der Schreibfeder, und Henrike kitzelte ihr mit der Federspitze die Nase. Das Mädchen kicherte hinreißend.

Adrian beobachtete sie versonnen. Ihm wurde klar, dass er alles hatte, was er brauchte. Eine Frau, die er liebte, eine süße Tochter, ein Auskommen. Er küsste Henrike und nahm ihr Clara ab. Seine Tochter lächelte ihn an. In ihrem Mund leuchtete ein erstes schneeweißes Zähnchen.

1381

April bis September

66

Marienburg, April 1381

Brennende Kerzen tauchten die Gesichter der Falkenknechte und des Falkenmeisters in ein warmes Licht, das so gar nicht zum Anlass ihres nächtlichen Zusammentreffens passte. Noch einmal versuchte Runa dagegen aufzubegehren. »Müssen wir die Falken wirklich aufbräuen? Können wir nicht auf meine Art versuchen, sie zu zähmen?«

Frans lachte verächtlich. »Auf deine Art? Sicher! Die Kunst der Falknerei ist Jahrhunderte alt – aber du willst sie auf einmal neu erfinden? Ausgerechnet ein dahergelaufener Isländer? Etwas mehr Demut stünde dir gut zu Gesicht.«

»Wie dir«, gebot der Falkenmeister ihm Einhalt. Er hielt Frans' Blick, bis dieser beiseitesah. »Schon Kaiser Friedrich II. schrieb in seinem Werk ›De arte venandi cum avibus‹ – ›Über die Kunst, mit Vögeln zu jagen‹ –, dass die Beizjagd die edelste, aber auch die schwierigste aller Jagdmethoden sei, weil sie besondere Anforderungen an den Menschen stelle, die Natur zu beherrschen. Raubvögel verabscheuen von Natur aus das Antlitz und die Gesellschaft des Menschen. Um sie daran zu gewöhnen, müssen wir sie aufbräuen«, erklärte Willem. Runa wollte erneut etwas einwenden, aber Willem ergänzte: »Wir arbeiten hier also nach erprobten Methoden. Und jetzt tut euch zu zweit zusammen.«

Also würde ihr wohl nichts anderes übrig bleiben. Sie genoss ohnehin einige Vergünstigungen, was beispielsweise das Schwimmen anging, das sie für sich alleine üben durfte. Das durfte sie nicht riskieren. Runa sah sich um. Auf keinen Fall wollte sie mit Frans zusammenarbeiten. Doch da wandte sich der Falkenmeister schon an sie: »Du kommst mit mir.«

Der Sakerfalke war noch jung. Erst vor Kurzem hatte ein Händler ihn zusammen mit einigen anderen aus dem Orient mitgebracht. Da diese Würgfalken mit den blauen Füßen weder aufgebräut noch abgetragen waren, hatte der Falkenmeister sie günstig erwerben können. Bevor sie anfingen, sah Willem Runa an. Sein Blick war durchdringend und machte sie verlegen.

»Ich weiß, dass es dir widerstrebt, den Falken die Lider zuzunähen.«

Sie drehte die Nadel zwischen den Fingern. »Falken haben so viel bessere Augen als wir Menschen. Sie erkennen ihre Beute aus weiter Entfernung. Es scheint mir nicht richtig, sie so zu quälen. Ich möchte doch auch nicht, dass mir jemand die Augen zunäht, nur weil mir sein Anblick verhasst ist! Ich würde mich dennoch nie an ihn gewöhnen«, brach es aus ihr heraus.

Nachdenklich nickte Willem. »Du solltest vorsichtig sein mit dem, was du sagst. Es könnte dir als Weichheit ausgelegt werden. Die anderen könnten auf die Idee kommen, du wärst weibisch.«

Runa erstarrte unmerklich. Wusste er etwas?

»Glaubst du wirklich, ich kontrolliere als guter Meister deine Kenntnisse im Schwimmen nicht? Sei nur froh, dass dir nie jemand anders gefolgt ist.«

»Ich ...«, begann sie sprachlos. Er kannte ihr Geheimnis? Und hatte sie nicht verraten? »Ich halte es nicht für weibisch, einer Kreatur gegenüber Mitgefühl zu zeigen«, sagte sie.

»Dann wirst du beweisen müssen, dass es auch ohne geht. Zieh diesen Sakerfalken meinetwegen mit offenen Augen auf. Aber halte auch selbst die Augen offen. Ewig wird dein Versteckspiel nicht währen. Und die Ordensbrüder könnten sich übel getäuscht fühlen.«

»Aber Ihr ...«

»Ich habe schon so oft dem Tod ins Auge geblickt, dass ich mich über alles Neue unter der Sonne freue. Und du bist definitiv etwas Neues.« Er lächelte, und Runa fühlte sich von ihm angenommen. Es war anders als bei Simon, der sich ihr ständig zu entziehen schien.

»Habt Ihr gekämpft, Meister?«, lenkte sie ab.

»In vielen Heeren, bis ich die Kunst der Falkenaufzucht und Beizjagd perfektionierte.« Sein Lachen ließ die Falten auf seinen Wagen tief werden. »Daran siehst du, welch biblisches Alter ich habe.«

»Ist Eure Familie auch hier?«

Ein Schatten fiel auf sein Gesicht. »Das zu fragen, steht dir nicht zu.«

Beschämt senkte Runa den Blick. Er war zu nett zu ihr, deshalb ließ sie es vermutlich an Respekt mangeln. »Verzeiht, Meister.« Sie sollte schleunigst das Thema wechseln. »Was werdet Ihr den anderen Falkenknechten sagen, wenn ich die Lider nicht vernähe? Ihr meintet doch eben noch, dass wir uns alle an die Methoden halten müssen.«

»Kaiser Friedrich II., dem wir in dieser Kunst nacheifern, sagt man einen unersättlichen Forschungsdrang und Wissensdurst nach. Betrachten wir es also als ein Experiment.«

Er wandte sich zum Gehen. Schnell steckte sie die Nadel weg, damit er nicht auf die Idee käme, es sich anders zu überlegen.

»Dafür wirst du auf anderen Gebieten deine Fertigkeiten beweisen. Morgen geht es auf die Jagd. Die Gäste des Hochmeisters sind enttäuscht, weil es in diesem Jahr keine Winterreise ins Heidenland gegeben hat. Wie auch – bei dem Wetter!«

Es hatte zwar gefroren und geschneit, aber nie lange genug, um Flüsse und Seen mit einer dicken Eisschicht zu überziehen. Runa hatte das nichts ausgemacht; harte Winter hatte sie in Island mehr als genug erlebt.

»Deshalb werden wir morgen eine Beizjagd veranstalten, die dem Hochmeister zur Ehre gereichen soll. Und von Hugin und Mugin solltest du dich verabschieden. Sie werden noch in diesem Monat an den Hof des Herzogs von Burgund gesandt.«

Es war ein beeindruckendes Bild, das musste Runa zugeben. Sie hatte noch nie eine höfische Beizjagd erlebt. Der Hochmeister und andere Ordensritter auf ihren Schlachtrössern. Die Ritter in voller Montur. Das zehnköpfige Falknerkorps mit dreißig Beizvögeln. Dazu der Hundemeister, die Hundeknechte und eine Meute gepflegter Windhunde. Der Falkenmeister übernahm die Organisation der Jagd. Er war es auch, der an einem Weiher besonders große Exemplare von Reihern und anderen Wasservögeln gesichtet hatte. Mit seinem Gerfalken auf der Faust ritt Willem voraus. Sie durchquerten einige Bachläufe und trabten über Weiden, bevor sie das vorgesehene Sumpfgebiet erreichten.

Ein Ritter mit einem roten Schapel um den Helm, der der Ranghöchste unter den Gästen zu sein schien, äußerte den Wunsch, dass sein Falke mit dem des Falkenmeisters um die Wette fliegen sollte. Schon warf er seinen Jagdvogel in die Luft. Auch Willem hatte den Gerfalken abgehaubt. Mit kräftigen Flügelschlägen zog er dem anderen Falken hinterher, höher und höher, bis er ihn überflügelt hatte. Die Ritter schauten begeistert dem Schauspiel zu und kommentierten die Kunstfertigkeit der Falken. Da flog eine Schar Enten auf, und beide Falken stießen mit großer Geschwindigkeit hinab. Der Schapel-Ritter und der Falkenmeister schlugen ihren Pferden die Sporen in die Seiten und kamen ihren Falken zu Hilfe. Willem ließ sich Zeit, um dem Ritter den Sieg in diesem Wettkampf zu lassen. Dessen Falke war jedoch in einem Weiher abgegangen. Der Ritter ging einige Schritte ins Wasser, gab dann aber einen Wink; mit der Metallrüstung war es ihm auf dem schlammigen Teichboden vermutlich zu risikoreich.

Runa zögerte nicht, sondern watete in den kühlen Teich. Willem hatte nun doch schon seinen Falken erreicht. Er schnitt die Brust des Beutevogels auf und gab dem Falken das Herz zu essen, als Runa mit dem Vogel und der Beute des Ritters aus dem Wasser kam. Klitschnass kletterte sie auf ihr Pferd. Sich um-

oder gar auszuziehen, war unmöglich. Sie musste in Bewegung bleiben, um die Kälte zu vertreiben.

Die Jagdgesellschaft ritt weiter an die Biegung eines Flusslaufs, an dem ein Späher Kraniche entdeckte hatte. Jetzt waren die Gerfalken an der Reihe. Vier von ihnen wurden in die Luft geworfen und stürzten sich zu Paaren auf die kräftigen Kraniche. Sogleich wurden die Windhunde losgelassen, und auch die Falkner liefen hinterher. Dieses Mal waren Runa und Frans an der Reihe. Doch während es Runa schnell gelang, den Falken ihre Beute abzunehmen und sie mit einer kleinen Belohnung zu vertrösten, trieben Frans' Falken mit dem Kranich kämpfend immer tiefer ins Wasser. Verzweifelt flatternd hieb der Beutevogel mit seinem langen Schnabel um sich. Die kostbaren Gerfalken könnten verletzt werden! Runa brachte ihre Falken in Sicherheit und wollte ihm nachstürzen, doch da waren schon andere Falkner dem Falkenknecht zu Hilfe geeilt. Frans funkelte Runa an – als wäre sie schuld an seinem Missgeschick.

Für den Nachmittag war eine Tafel für das Mittagessen in der Wildnis vorbereitet worden. Anschließend ging die Jagd weiter, wobei die Wasservögel oft durch Falkenknechte mit Tamburinen aufgescheucht wurden. Am Abend legten die Falkner die erlegten Vögel zur Strecke. Wie viele es waren! Und wie traurig sie aussahen, tot und zerzaust. Ein guter Teil von ihnen würde beim reichhaltigen Abendessen serviert werden. Aber der Rest? Es war eine Verschwendung! Zufrieden schritten die Ritter die Reihe ab. Runa jedoch kam diese Jagd eher wie ein Jahrmarktsspektakel vor.

Simon ließ sich gerade im Krankentrakt an der Nordseite der Ordensburg die Lieferung neuer Laken quittieren, als Ubbo ihn auf ein Wort bat. Gemeinsam gingen sie an den Verwaltungskanzleien und den Pulten vorbei, an denen Ordensmitglieder in Büchern lasen. Nebenan wurden die Jungen unterrichtet, die von ihren Eltern hierher zur Ausbildung geschickt worden waren. Simon hatte bereits festgestellt, dass die meisten eingebildete Adelssprösslinge waren, die sich für zu fein für ein Gespräch mit ihm hielten. Hinter dem Tor erreichten sie die freie Fläche, auf der sich die Fratres im Kampf übten. Frischgrün leuchtete das Gesträuch auf der anderen Seite des Burggrabens; auch im Osten war jetzt Frühling geworden.

Ubbo lächelte schief, als sei seine Freude getrübt. »Das Aufnahmeritual kann endlich stattfinden! Mein Vater hat mir die Erlaubnis erteilt. Allerdings wünscht er sich, dass ich dann auch an der nächsten Reise ins Heidenland teilnehme, um meine Tatkraft unter Beweis zu stellen.«

Schmerzlich wurde Simon der Standesunterschied zwischen ihnen bewusst, den er, ihrer Freundschaft wegen, oft vergaß. Als Ordensritter würde Ubbo sicher nur noch wenig mit ihm zu tun haben. »Du wirst deinem Vater alle Ehre machen!«, bestärkte er ihn. Manchmal, in den Abendstunden, wenn nur noch wenige Ritter auf den Waffenplätzen waren, hatte sich auch Simon mit Ubbo messen können. Er war beeindruckt über dessen Fortschritte.

»Das hoffe ich«, sagte Ubbo. »Dennoch wünschte ich, ich hätte einen Freund an meiner Seite.«

Simon grinste. »Und ich wünschte, ich könnte mit dir gehen.«

Zappelig fummelte Ubbo etwas aus seinem Umhang. Es war sein silberner Gürtel. Er ließ ihn kurz in der Frühlingssonne gleißen, dann reichte er ihn Simon. »Du bist ein wahrer Freund. Deshalb möchte ich dir ein Geschenk machen.«

Simon war überrumpelt. »Aber ... das kann ich nicht annehmen!«, protestierte er, doch Ubbo drückte ihm das schwere Silber in die Hand.

»Du weißt, dass wir Ordensritter nichts besitzen dürfen. Er wird dich schmücken oder dir nützlich sein, wenn du einmal Geld brauchst«, beharrte er.

Inzwischen hatte Simon dem Freund gestanden, dass er ohne die Erlaubnis seines Vormunds geflohen war. Verlegen nahm er den Gürtel an sich.

»Ich werde ihn in Ehren halten!«, sagte er und setzte seufzend hinzu: »Wenn ich doch nur bei dem Aufnahmeritual Mäuschen spielen könnte ...«

Es war das erste Mal, dass Simon in der Kirche der Marienburg war. Er stand neben einer kunstvoll bemalten Säule, hielt die neuen Ordenskleider auf dem Arm und bestaunte die Schönheit des Raumes. Es hatte ihn einige Mühe gekostet, den Großkomtur zu überzeugen, dass er bei der Übergabe der neuen Ordenskleider assistieren könnte. Wegen der vielen Arbeiten war er kaum aus der Burg gekommen, dabei hatte Runa ihm eine Nachricht geschickt. Seitdem hatte er sie nur einmal kurz gesehen. Da sie aber in Gesellschaft gewesen waren, hatten sie sich kaum unterhalten können. Er würde warten müssen, bis sich die Gelegenheit zu einem geheimen Treffen bot – so sehr er sich auch danach sehnte!

Durch die bunten Glasfenster fiel Licht ins reich geschmückte Kirchenschiff. Wie schön musste es erst sein, wenn die Sonne schien! Am Vormittag war es frühlingshaft gewesen, aber nun verdunkelten bleigraue Wolken den Himmel, und in der Ferne grollte es. Es war eben April. Der Feierlichkeit des Rituals tat das Wetter jedoch keinen Abbruch.

Vor dem Altar hatten sich die Ordensritter um den Hochmeister und die Geistlichen versammelt. Simon reckte sich aufgeregt, als er sah, wie Ubbo vor dem Hochmeister auf die Knie sank, und dieser auf Lateinisch den heiligen Ritus vollzog.

»Oh Meister, ich möchte um Gottes und meiner Seele willen

um Aufnahme in Euren Orden bitten«, sagte Ubbo mit fester Stimme.

»Die Brüder haben eure Bitte erhört, gesetzt den Fall, dass Ihr kein Hindernis habt im Zusammenhang der Dinge, um die wir Euch nun befragen. Das Verschweigen eines dieser Hindernisse bedeutet im Nachhinein den Ausstoß aus der Gemeinschaft des Ordens. Fürs Erste fragen wir, ob Ihr Euch bereits an einen anderen Orden gebunden habt.«

»Nein, Hochmeister.«

»Seid Ihr durch die Ehe an ein Weib gebunden?«

»Nein, Hochmeister.«

»Leidet Ihr an einem geheimen Siechtum?«

»Nein, Hochmeister.«

»Seid Ihr mit Schulden behaftet?«

»Nein, Hochmeister.«

»Habt Ihr Rechenschaften abzulegen, durch welche dem Orden Belastungen entstehen würden?«

»Nein, Hochmeister.«

»Seid Ihr Leibeigener eines Herrn?«

»Nein, Hochmeister.«

»Gelobt Ihr, den Kranken zu dienen und das Heilige Land und andere Länder, die dem Orden untergeben sind, gegen die Feinde Gottes zu verteidigen, so Ihr dazu gerufen seid?«

Ubbo gelobte es, woraufhin der Hochmeister weitere Forderungen aufführte und schließlich schloss: »So legt die Hände auf das Evangelienbuch und sprecht die heiligen Worte.«

Ein Ordensbruder brachte einen Folianten und hielt ihn Ubbo hin. Simon sah, dass die Hände des Freundes bebten. »Ich gelobe und verspreche Keuschheit des Leibes, ohne Eigentum zu leben und Gehorsam Gott und Sankt Marien sowie dem Meister des Ordens vom Deutschen Haus und seinen Nachfolgern nach der Regel und der Gewohnheit des Ordens des Deutschen Hauses und dass ich gehorsam sein will bis in den Tod.«

Der Großkomtur gab einen Wink. Zunächst trat ein Diener vor und reichte Ubbo Wasser und Brot als Zeichen für das Armutsgelübde. Dann war Simon an der Reihe. Gemessenen Schrittes trat der junge Mann zu Ubbo und hielt ihm sein Ordenskleid hin. Ein Blitz erhellte Ubbos feierlich-verklärtes Gesicht.

»Dann erhebe dich, Bruder Ubbo«, sagte der Hochmeister. »Und vergiss nie: Die Liebe ist das Fundament des Ordens, Kraft und Trost der Ringenden, Frucht und Lohn der Ausdauer. Ohne Liebe sind weder der Orden noch dessen Werke heilig, sondern Trugbilder der Heiligkeit.«

Simon nahm diese Worte in sich auf und fühlte sich auch gleich selbst ein wenig ritterlich.

Der Donner ließ Runa zusammenzucken. Die letzten Tage hatte sie nach einer Gelegenheit gesucht, ihre Gerfalken noch einmal fliegen zu lassen, aber erst heute hatte sie sich losmachen können. Die Käfige standen schon bereit, bald würde sie sich für immer von den beiden Falken verabschieden müssen. Sie hatte auch Simon eine Nachricht geschickt, aber er war nicht in der Falknerei aufgetaucht. Interessierten die Falken und sie ihn denn gar nicht mehr? Der Gedanke verletzte sie mehr, als sie sich eingestehen mochte.

Sie schirmte Hugin mit dem Rücken und ihrem Hut gegen den Regen ab und lief los. Wie hatte sich so schnell ein Unwetter entwickeln können? Hatte sie die Anzeichen übersehen? Aber nun war es zu spät. Regen peitschte über die Ebene. Rasend schnell füllte sich das Schwemmland mit Wasser. Kein Baum war in der Nähe, und auch sonst nichts, wo sie Schutz suchen könnte, außer der Hütte der Sklaven. Jetzt mischte sich auch noch Hagel in den Regen. Schnell war die Erde mit weißen

Körnern bedeckt. Wenn nur Hugin nichts geschah! Sie rannte schneller. Da sah sie in einiger Entfernung Janis im Hagel sitzen. Der alte Mann hatte die Hände gen Himmel gereckt. Nass klebten seine wenigen Haare am Kopf, und er murmelte etwas. Runa hatte sich mit dem Alten angefreundet. Als ob er ahnte, dass sie Schutz benötigte, war er besonders abends immer in ihrer Nähe. Hart schlug der Hagel auf Runas Kopf und Nacken.

»Was tust du denn hier draußen? Komm in die Hütte!«, rief sie Janis zu. Als er nicht reagierte, berührte sie ihn am Arm. »Du holst dir den Tod! Ein Blitz könnte dich treffen!«

»Perkunas wird mir nichts tun!«, antwortete der alte Mann. »Er ist der himmlische Donnerer! Der Himmelsschmied! Perkunas – wirf die Blitze in die Eichen, und nicht in unsere Hütten!«, schrie er in die Höhe.

Ein Blitz zuckte. Unmittelbar neben ihnen knallte es. Nervös flatterte Hugin auf.

»Komm hinein, Janis, ich bitte dich!«

Der Sklave blieb stur. »Der große Groller zürnt uns, weil wir ihm nicht mehr huldigen. Aber wir haben dich nicht vergessen, Perkunas!«, schrie er.

Wieder zuckte ein Blitz über den Himmel und schlug in eine nur wenige Schritte entfernte Eibe. Der Alte sprang auf. Sein Kittel klebte an seinem Körper. Auch Runa war durchnässt, ebenso wie Hugin. Dabei vertrugen Falken die Feuchtigkeit nicht gut. Sie sollte besser zur Falknerei zurückkehren.

Doch Janis lief auf die Reste des schwarz rauchenden Baumes zu. Runa zog ihre Weste aus und legte sie um den Vogel, dann rannte sie hinter dem alten Mann her. Sie musste ihn aufhalten, sonst war es um ihn geschehen! Die Angst ließ Runas Gedanken fliegen. Verblüfft stellte sie fest, dass seine Worte alte Erinnerungen in ihr weckten. Als Runa ihn erreicht hatte, bog er mit einem Stock die verkohlten Stammsplitter zur Seite und wühlte im Boden. Sie suchte seinen Blick.

»Perkunas? Ist er ein Gott? Der Donnergott? Bei uns in Island heißt er Thor. Blitz und Donner kündigen ihn an. Wegen seines Hammers nennen wir ihn auch den himmlischen Schmied«, erinnerte sie sich.

Janis sah sie gebannt an. »Perkunas schmiedet im Himmel!«, bestätigte er. »Glühende Kohlen fliegen herunter, wenn der Donnerer schmiedet. Wir müssen sie suchen!«

»Aber nicht jetzt!«

Der alte Mann sah sie vergrämt an. Er zitterte am ganzen Leib. Da kam ein weiterer Sklave aus der Hütte gerannt. Runa bemerkte nun die angstvollen Gesichter in der Tür. Die Sklaven mussten sie die ganze Zeit beobachtet haben. Gemeinsam gelang es ihnen, den alten Mann zur Hütte zu bugsieren. Sie atmete auf. Janis ließ sich auf die Türschwelle fallen und starrte hinaus. Das Rattern der Hagelkörner auf dem Strohdach war ohrenbetäubend.

»Perkunas' Kugeln können Wunder tun!«, sagte Janis matt.

Hinter ihnen waren erregte Worte in einer fremden Sprache zu hören.

Eine Sklavin bekreuzigte sich. »Rede nicht so, Janis! Nicht vor ihm! Du bringst uns alle in Gefahr!«, fuhr sie den Alten an.

Runa beachtete sie gar nicht. Sie hockte sich neben Janis. »Brauchst du denn so dringend ein Wunder, Janis?«, fragte sie mitfühlend.

Der Greis sah sie mit uralter Trauer im Blick an. »Ich möchte noch einmal meinen Sohn wiedersehen.«

»Wo ist dein Sohn?«

»Ich weiß es nicht. Als die Schwertbrüder kamen, haben sie meine Familie ermordet. Nur mein Sohn konnte sich retten. Er ist zum heiligen Hain gelaufen, zur großen Eiche. Ich möchte nicht sterben, ohne ihn noch einmal gesehen zu haben. Bald ist es so weit. Das spüre ich hier.« Er legte die Hand auf sein Herz.

Runa ließ sich achtlos in den kalten Schlamm sinken. »Die

Schwertbrüder haben deine Familie ermordet?«, wiederholte sie.

Leise begann Janis zu sprechen. Als Runa in die Falknerei zurückkehrte, war sie aufs Tiefste erschüttert.

67

Schon seit Tagen herrschte Unruhe in der Marienburg. Es war Anfang Mai, und das Wetter war stabil genug, dass einige Fratres mit den Rittern nach Königsberg aufbrechen konnten. Von dort aus würden sie auf Sommerreise gehen. Noch einmal wurden Waffen und Ausrüstung kontrolliert. Simon half, die üppige Verpflegung zusammenzustellen. Wenn man bedachte, dass die Gastritter auch noch ihre eigenen Proviantwagen mitführten ...

Simon ließ geräucherte Schinken und Würste vom Schwein und vom Rind in Tonnen verladen. Hühner und Fische wurden lebendig transportiert, auch Ochsen wurden mit einem Viehtreiber hinter den Rittern hergetrieben. Es gab sogar ein Backschiff.

»Ein Tönnchen Seife zum Reinigen der Laken fehlt noch. Danach bringt den Honig und die Salztonnen hierher«, wies Simon die Knechte an.

Gerade kontrollierte er die Säcke mit getrockneten Paradieskörnern, Gewürznelken, Muskatblüten und Mandeln, als Ubbo ihn aufsuchte. Selbstbewusst trug der Freund den weißen Mantel mit dem schwarzen Balkenkreuz.

»Du kannst eine weitere Garnitur Laken einpacken lassen!«, verkündete er aufgeräumt.

»Eine weitere Garnitur? Was denkst du denn? Die Ordensritter sind immer auf alle Eventualitäten vorbereitet. Ein Gast mehr oder weniger spielt keine Rolle!«, lachte Simon.

»Und wo hast du dein Schwert?«, feixte Ubbo.

»Mein Schwert?«, echote Simon.

»Das wirst du auf der Sommerreise brauchen.« Simon starrte

ihn sprachlos an. »Du wolltest doch mit auf Sommerreise! Einen Weg gibt es: Du begleitest mich als mein Knecht. Wenn's dein Stolz zulässt, natürlich.« Simons Herz tat einen Sprung. Sein Stolz? Was sollte Stolz, wenn er dafür etwas Einmaliges erleben durfte! »Erlaubt es der Hochmeister? Oder der Großkomtur?«, fragte er.

»Alles schon geklärt«, grinste Ubbo.

Er war anscheinend glücklich, diese Reise nicht allein unternehmen zu müssen.

Erst später, in der Stille seiner Kammer, wurde Simon klar, dass es eine Reise ohne Wiederkehr sein könnte. Er dachte an Runa. Schon oft hatte er sich heimlich davongestohlen, um sie zu sehen, aber jedes Mal war ein Gespräch von plötzlich hereinplatzenden Falkenknechten vereitelt worden. Jetzt aber musste es gelingen! Sie hatte ihm doch eine Nachricht geschickt. Auch wollte er noch einmal ihre Nähe genießen. Vielleicht war es das letzte Mal.

Noch vor Morgengrauen schlich Simon aus der Burg und zur Falknerei hinunter. Er klopfte leise an Runas Kammer. Wenig später stand sie mit blankem Messer vor ihm. Als sie ihn erkannte, steckte sie den Dolch weg. Sie sah hübsch aus, ganz verschlafen und sanft. Ihre kurzen Haare und die eingeschnürten Brüste konnten ihn nicht darüber hinwegtäuschen, dass sie eine Frau war. Dass die anderen es nicht bemerkten, begriff er nicht. Gleichzeitig war es ihr Glück. Aber warum war sie bewaffnet?

»Was tust du hier um diese Zeit? Komm schnell, bevor uns jemand sieht!«, wisperte sie und rannte los.

Blindlings folgte Simon ihr durch die Düsternis.

Als sie an einem See in einiger Entfernung der Sklavenhütten ankamen, waren sie völlig außer Atem. Es war ein Weiher, schilfumstanden und zugewuchert. Nur um eine alte Eiche herum, die am Ufer wachte, war die Erde bis auf ein paar versprengte Getreidekörner nackt und blank. Sie ließen sich auf den Ausläufern ihrer Wurzeln nieder. Eine friedliche Stimmung herrschte zwischen ihnen. Ein wenig fühlte es sich an, als wären sie wieder in Island. Was aber hatte es mit dem Messer auf sich?

»Ist etwas? Bedrängt dich jemand?«, fragte Simon, als er verschnauft hatte. »Oder warum bist du bewaffnet?«

Runa wollte die Freude über ihr Wiedersehen nicht verderben und ging nicht darauf ein. Stattdessen erzählte sie von der Beizjagd. »Sie haben sich gefühlt wie große Jäger, dabei wurden die Enten eigens für sie aufgescheucht! Nicht einmal die Falken haben sie selbst abgerichtet! Ein Ritter mit rotem Schapel wollte sich unbedingt mit dem Falkenmeister messen – und lief dann nicht einmal seinem Falken nach!«, meinte sie kopfschüttelnd. »Wenn ich mir vorstelle, dass auch Hugin und Mugin bald so einem reichen Fatzke als Zeitvertreib dienen sollen! Schon morgen werden sie weggebracht. Du bist gerade noch rechtzeitig gekommen.« Wegen des wechselhaften Wetters war die Abfahrt mehrfach verschoben worden.

»Wohin werden sie denn gebracht?«, wollte Simon wissen.

»Zum Herzog von Burgund, heißt es.«

»Aber er ist doch kein Fatzke!«

»Er ist auch kein besserer Mensch, nur weil er reich ist und nichts anderes mit seiner Zeit anzufangen weiß!« Sie riss einige Schilfgräser aus und begann, sie zu flechten.

»Er wird unsere Falken sicher gut behandeln.«

»Ja, vielleicht schon.«

Unsere Falken. Sie spürte den Worten nach und lächelte ihn von der Seite an. Im Licht der aufgehenden Sonne konnte sie sein Gesicht nun besser erkennen. Simon sah gut aus. Irgendwie erwachsener. Seine Wangen waren gerötet, ebenso seine Lippen.

Die kleinen Grübchen waren beinahe in seinem neuen Bart verschwunden. Am liebsten hätte sie ihn geküsst. Simon wirkte so glücklich. Kaum konnte er ein Strahlen unterdrücken.

»Gibt es einen Grund für deine gute Laune?«, fragte sie nach.

»Ich werde mit auf Sommerreise gehen. Als Ubbos Knecht. Heute Mittag brechen wir nach Königsberg auf.«

Geschockt stand Runa auf. Sie ging einige Schritte zum Seeufer, um ihre Gefühle unter Kontrolle zu bringen. Davon hatte er geträumt, das war klar. Einmal Ritter spielen. Aber wusste er auch, was das hieß? Welche Grausamkeiten die Ordensritter verübten? Sie konnte sich nicht zurückhalten, und sie wollte es auch nicht.

Runa starrte auf den See hinaus und sagte fest: »Ich habe mit Janis gesprochen. Er ist ein Sklave. Weißt du, was deine feinen Ordensritter getan haben? Sie haben die Frauen und Kinder seines Dorfes massakriert und die Männer als Sklaven entführt! Und das nur, weil sie an die alten Götter glauben! Dabei ist sein Perkunas beinahe so wie unser Thor! Wir haben anscheinend nur Glück, dass Island für die Ordensritter zu weit weg ist!«

Hinter ihr sprang Simon auf die Füße. »Der Sklave lügt! Die Fratres bekehren die Heiden! Sie taufen sie!«

Sie wandte sich zu ihm um. Seine Augen brannten. »Mit Feuer und Schwert vielleicht!«, beharrte sie.

»Wenn es Kämpfe gibt, dann nur, weil die Heiden unsere Dörfer überfallen. Sie nehmen Ritter gefangen und bringen sie um! Wir schlagen nur zurück«, verteidigte er sich.

»Wir?!« Runa funkelte ihn an. »Was redest du denn da? Hörst du dir eigentlich zu, Simon Vresdorp? Weißt du noch, wer du bist? Ein Knecht bist du jedenfalls nicht!«

Simon wollte sie wutentbrannt stehen lassen, doch sie umklammerte sein Handgelenk. Auge in Auge standen sie einander gegenüber, bebend. Da entdeckte sie etwas anderes in seinem Blick – Verletztheit und Verlangen. Runa war es, als würden sich alle Härchen auf ihrer Haut aufstellen. Er wollte sie! Liebte sie vielleicht sogar! Wie hatte sie je glauben können, dass Katrine ihm ebenso viel bedeutete? Auch sie wollte ihn, egal, was die Zukunft bringen würde. Sie näherte sich ihm, bis ihre Brust die seine berührte. Sein Atem glühte auf ihren Wangen.

»Ich zumindest habe mich in den abenteuerlustigen Kaufgesellen verliebt, und nicht in einen Knecht«, wisperte sie.

Ohne seine Reaktion abzuwarten, wölbte sie sich ihm entgegen. Sein Gesicht war heiß, die Lippen halb geöffnet. Die Barthaare kitzelten sie, als ihre Zunge über seine Lippenbögen tanzte. Bedächtig erwiderte Simon ihren Kuss, ließ ihn langsam fordernder werden. Runa schlang die Arme um seinen Hals. Seine Hände umfingen sie, legten sich sanft auf ihre Schulterblätter, strichen durch ihre Haare, ihren Rücken hinunter, als wolle er sie mit einer einzigen Berührung ganz erspüren. Immer tiefer versanken sie in ihrem Kuss, in ihrer Umarmung. Sie taumelten zurück, bis sie schließlich die raue Rinde der Eiche in ihrem Rücken fühlte. Sie presste ihn an sich. Sie wollte eins sein mit ihm. Und er wollte es auch, daran gab es keinen Zweifel …

Simon riss sich los. »Wir können nicht … nicht hier …«

Runa legte die Finger auf seine Lippen und zeichnete die Züge seines Gesichts nach. So strahlend, so glühend und so liebend wollte sie ihn immer in Erinnerung behalten. Zucht und Anstand durften nicht wichtiger sein als das Glück ihrer Liebe.

»Hier kommt nur selten jemand her. Nur die Sklaven, und die haben morgens anderes zu tun«, flüsterte sie.

Langsam öffnete sie ihr Wams, unter dem sie den Kettenanhänger ihres Vaters trug. Simon streichelte ihre Schultern und berührte zaghaft den Rand der Bandage. Sie erschauderte. Wie viele Krieger kehrten nicht von der Reise in die Wildnis zurück! Allein die Gefahren des Weges waren beträchtlich. Vielleicht war es ihre letzte Gelegenheit …

»Ich liebe dich. Wenn wir es jetzt nicht tun, werden wir vermutlich nie wieder die Gelegenheit dazu haben«, sagte sie.

Simon zog sein Hemd über den Kopf. Behutsam half er ihr, die Bandage abzuwickeln und liebkoste ihre Brüste. Sie schmiegte sich an ihn. Wie gut es tat, seine Haut zu spüren! Eilig und ungeschickt schlüpften sie aus den Beinkleidern. Einen Augenblick standen sie da, nackt, wie vor knapp zwei Jahren an der heißen Quelle in Island. Wie viel war seitdem geschehen! Wie verwirrt waren sie gewesen! Aber nun sahen sie klar. Es war noch kühl, aber das machte nichts. Sie würden einander wärmen ... Simon bereitete ihnen aus seinem Wams und seinem Hemd ein Lager unter der uralten Eiche. Als sie einander umschlangen, dachte sie nicht mehr an die ungewisse Zukunft. Nur noch die Liebe zu Simon und ihre Lust füllten sie aus.

Die Sonne spiegelte sich auf der glatten Wasseroberfläche. Eine Ente flatterte heran, hieb mit ihren Schwimmfüßen Kerben in das Wasser und ließ das Bild verschwimmen.

Runa sah Simon nach, der sich zur Falknerei aufmachte. Er ging voraus zu Hugin und Mugin. Sie würde nachkommen, hatten sie vereinbart, damit nicht der Schatten eines Verdachtes auf sie fallen könnte. Noch einmal sah er sich nach ihr um, und die Sonne spielte in seinem Haar. Er trug Alvars Kette um den Hals, Runa hatte sie ihm als Glücksbringer geschenkt. Ihr saß ein Kloß im Hals, als sie die Hand zu einem letzten Gruß hob. Sie hatten sich geliebt, wieder und wieder. Kaum hatten sie voneinander lassen können. Aber es musste sein ...

Sie sah ihn im Dickicht verschwinden und verschloss ihr Wams. Einige Minuten würde sie noch warten. Erneut wandte sie sich dem See zu, dessen Oberfläche sich langsam wieder glättete. Auch ihr Gemüt musste sich erst glätten, bevor sie zurückgehen konnte.

Sie hatten einen vollkommenen Moment erlebt. Aber solche

Augenblicke waren selten im Leben einfacher Menschen, und in ihrem Leben ohnehin. Sie fürchtete sich ein wenig vor dem, was jetzt kommen würde. Nicht, dass sie es bereute, sich Simon hingegeben zu haben. Sie waren füreinander bestimmt. Wenn sie schwanger würde, würde ihr Leben noch schwieriger – aber wenigstens besäße sie etwas von Simon. Und sie wusste: So, wie es jetzt war, konnte es auf Dauer nicht bleiben. Irgendwann würde ihr jemand auf die Schliche kommen. Simon halten, das konnte sie nicht. Sie wollte es auch nicht. Er würde seinen Weg gehen müssen, bevor er zu ihr zurückkehren konnte. Wenn er überhaupt zu ihr zurückkehrte und nicht den Tod in der Wildnis fand. Tränen stiegen ihr in die Augen. Seit dem Tod ihres Vaters hatte sie nicht mehr geweint. Es war, als ob ihr Beisammensein die Schutzmauer zum Bröckeln gebracht hätte, die sie mit ihrer Tarnung um sich errichtet hatte.

Da legte sich eine Hand auf ihre Schulter. War es Simon? Hatte er es sich doch anders überlegt? Für einen winzigen Moment keimte Hoffnung in Runa. Sie tastete nach seiner Hand. Doch das war nicht Simon! Runa wollte aufspringen, wurde aber auf dem Boden gehalten. Sie versuchte sich wegzudrehen, konnte sich aber nicht rühren. Jemand stieß sie um und warf sich auf sie. Frans! Seine Hand fuhr an ihren Busen und tastete die von Neuem umgelegten Bandagen ab.

»Wusste ich's doch! Schon neulich, als die Gerfalken gegen den Kranich kämpften und du so durchnässt warst, fand ich, dass das nicht nach einer Männerbrust aussieht«, grinste er und zerrte an ihrem Hemd. Runa tastete nach dem Griff ihres Dolches, doch er bemerkte die Bewegung und kam ihr zuvor. Frans zog das Messer aus der Scheide und schnitt ihr grob Kleidung und Bandagen vom Leib. Runa erstarrte. Eine falsche Bewegung, und er würde ihr den Bauch aufschlitzen. Was sollte sie nur tun?

Im gleichen Moment zuckte Frans und brach über ihr zusammen. Als er langsam zur Seite kippte, sah sie hinter ihm den alten Janis stehen, einen Knüppel in der Hand. Frans hatte eine Platzwunde am Schädel, atmete aber noch. Ihr Retter starrte auf ihre Brüste, dann wandte er sich ab und streute Getreidekörner vor die Eiche. Als sie sich wieder bedeckt hatte, hielt er ihr eine schwarze Steinkugel hin.

»Von Perkunas. Brauchst sie dringender als ich.«

Schreckensstarr dankte Runa ihm. Dann zwang sie sich zum Denken. Sie musste überlegen, was sie tun sollte. Viele Möglichkeiten hatte sie nicht.

Simons Kammer war gefegt, seine Habseligkeiten verpackt. Von Heinrich von Allen hatte er sich verabschiedet. Der Großschäffer hatte es sehr bedauert, dass Simon nicht von Stand war. Derart in den Sprachen und im Handel gebildete junge Leute könne der Orden gebrauchen. Er gab ihm ein Empfehlungsschreiben an Kuno von Hattenstein, den Komtur der Ordensburg Königsberg, mit, das ihm den Aufenthalt erleichtern würde. Auch Ubbos Gepäck war verstaut. Der Orden stellte den Brüdern zwei Hemden, Beinkleider und Lendentücher. Dazu Rock, Kappe, Mantel, Schutz- und Trutzwaffen sowie je drei Pferde und ein bis zwei Knappen; Ubbo musste mit Simon vorliebnehmen.

Simon dachte an Runa zurück, an das, was sie getan hatten. Wie sehr er ihr Liebesspiel genossen hatte! Aber gleichzeitig hatte er Schuldgefühle. Konnte er sie jetzt wirklich allein lassen? Er hatte ihr noch sagen wollen, dass er zurückkehren und sie heiraten würde, aber sie war nicht zu den Falconarii zurückgekehrt und er hatte seine Rückkehr zur Burg nicht länger hinausschieben können. Was konnte ihr nur dazwischengekommen sein?

Er war nun reisebereit. Sein zweites Pferd und der Wagen würden in der Marienburg bleiben. Noch einmal wollte er in die

Falknerei zurücklaufen. Runa sollte wissen, woran sie war. Doch da bestiegen im Hof die ersten Ritter ihre Rösser.

Runa saß Willem in der Stube seines Hauses gegenüber. Es war ein schönes kleines Fachwerkhaus in der Vorburg, gepflegt, aber karg. Eine Familie schien er nicht zu haben.

Lange hatte sie warten müssen, bis er Zeit gefunden hatte, mit ihr zu sprechen. Janis und sie hatten Frans zuvor in den Krankentrakt geschleppt. Inzwischen war es Mittag. Vermutlich hatte sie sogar die Abreise ihrer Falken versäumt!

Während des Wartens war ihr die Ausweglosigkeit ihrer Lage klar geworden. Frans würde ihr Geheimnis verraten, und man würde sie aus der Falknerei verstoßen. Aber wo sollte sie hin? Ohne Geld? Panik hatte sie ergriffen. Sie hatte geweint, geflucht, getrauert. Sie war verzweifelt gewesen und hoffnungslos. Aber dann war Willem gekommen. Er wirkte so vertrauenerweckend wie immer. Sie hatte ihm die ganze Geschichte erzählt; die ganze, bis auf zwei Einzelheiten.

»Und dann ist ein Ast vom Baum gefallen und auf Frans' Kopf? Einfach so?«, fragte Willem. Sie nickte. »Du bist sicher, dass niemand hinter ihm gestanden und ihn geschlagen hat?«

»Ganz sicher.« Sie würde Janis nie verraten. Der alte Mann könnte für diesen Angriff hingerichtet werden. Aber ebenso wenig würde Janis ihr Geheimnis verraten, das wusste sie. Willem musterte sie zweifelnd. »Vielleicht war es Gottes Hand, die dieses Unrecht verhindert hat«, mutmaßte sie.

Willem überlegte, wirkte jedoch abwesend. »Ein Gottesurteil?« Er massierte seine Hände, die mit Narben von Falkenbissen und Krallenhieben übersät waren; selbst die besten Handschuhe konnten die Finger nicht vollständig schützen. »Könnte sein. Wahrscheinlich sogar. Ja, das glaube ich auch.«

Es klopfte und ein Knecht trat ein. »Der junge Herr Vanderen ist mit den Fratres und Rittern abgereist«, berichtete er.

Runa wurde das Herz schwer, aber sie zwang sich, unbeteiligt zu wirken. Simon war also losgeritten. Nun war sie tatsächlich auf sich allein gestellt.

Sie wartete, bis der Knecht das Haus verlassen hatte. »Herr Simon wusste nicht, dass ich in Wirklichkeit eine Frau bin. Ich bin schon in Island als Mann verkleidet an Bord gegangen.«

Das war nicht einmal gelogen. Wenn herauskam, dass Simon von ihrer Verkleidung gewusst hatte, wäre auch er diskreditiert. Aber was sollte sie nun tun? Sie konnte nicht in der Falknerei bleiben, das stand fest. Wo sollte sie hingehen? Sie besaß nichts als ihren Anteil an dem Verkauf von Hugin und Mugin, aber das Geld würde nicht sehr weit reichen. Unverheiratet und ohne Schutz blieb ihr nicht viel. Für Räuber und Schänder war sie leichte Beute. Ihre Augen brannten, wie stets, wenn sie die Tränen zurückhielt. Sie hatte Willem getäuscht, dabei hatte er so viel Vertrauen in sie gesetzt.

»Ich wollte Euch nicht anlügen, Meister«, sagte sie mit heiserer Stimme. »Werdet Ihr mich anklagen? Mich mit Schimpf und Schande davonjagen?«

Willem erhob sich und ging zu einem Schrank. Unschlüssig sah er hinein. Zu ihrer Überraschung legte er schweigend sein Wams ab und zog sein Hemd aus. Er hatte einen muskulösen Oberkörper, dem man sein Alter nicht ansah. Verwirrt senkte sie den Blick. Als sie wieder aufsah, hatte er sich umgezogen, war hinausgegangen und hatte die Tür geschlossen. Wieder blieb Runa allein zurück. Nach einer Weile prüfte sie den Türgriff. Die Tür war nicht abgeschlossen. Sie könnte fliehen. Aber dann würde sie Willems Vertrauen ein weiteres Mal missbrauchen.

Erst Stunden später kam der Falkenmeister zurück. Er hatte drei Vorschläge für Runa.

68

Eine breite Straße führte von der Marienburg über Elbing, Braunsberg, Heiligenbeil und Brandenburg nach Königsberg. Die Ordensritter und die Edelleute führten mit ihrem Gefolge den Zug an. Bei den Adeligen handelte es sich, wie Simon herausgefunden hatte, um die Grafen Engelbert und Adolf von der Mark. Der Tross hätte die Strecke in drei bis vier Tagen schaffen können, aber da einer der Großgebietiger des Ordens, der für das Hospitalwesen zuständige Spittler, in Elbing residierte, hatten sie dort eine mehrtägige Rast eingelegt. Vor dem Gasthof, in dem die Grafen logierten, fanden sich Stadtmusiker und ein Scholarenchor ein, die den Edelleuten für ein Trinkgeld ihre Künste darboten. Simon wurde die Zeit nicht lang. Er erkundete die alte Handelsstadt, die seit dem Aufstieg Danzigs allerdings immer mehr an Bedeutung verlor.

Vor dem neuerlichen Aufbruch sandte man Diener nach Königsberg voraus, um alle Vorbereitungen für die Ankunft der Ritter zu treffen. Simon hatte das Glück, dass er im Wohnbau für die Bediensteten der Ordensburg Quartier nehmen durfte. Auf einem Hügel über dem Fluss gelegen, wirkte die Ordensburg mit Doppelmauer, Burggraben, Zwinger, Pechnasen und Wehrtürmen uneinnehmbar: Sie war das wichtigste Bollwerk gegen die Sarazenen des Nordens.

Während die Fratres und die Ritter von Ordensmarschall Kuno von Hattenstein begrüßt wurden, versorgte Simon Ubbos Packpferd und das Schlachtross, das der Orden dem Freund stellte. Dann suchte er Ubbos Kammer, in die bereits das Gepäck gebracht worden war. Die schmutzigen Stiefel und Hosen lagen unordentlich auf dem Boden, der Freund musste sich hastig umgezogen haben. Ob es auch zu seinen Pflichten gehörte, sich um Ubbos verschmutzte Kleidung zu kümmern? Simon nahm es an und machte sich notgedrungen an die Arbeit. Er würde diesen Dienst als Teil seiner Bußreise, seiner Pilgerfahrt, betrachten.

Als er fertig war, übergab er einem der Ordensbrüder den Brief, den Heinrich von Allen ihm mitgegeben hatte. Wenig später wurde ihm ein Pult in der Kanzlei zugewiesen. Bestimmte Nachrichten wurden stets für alle Ordenshäuser kopiert, doch für diese Arbeit musste man nicht unbedingt ein Ordensbruder sein.

Am Pult neben ihm saß ein Ordensritter, er schätzte ihn auf Mitte zwanzig, der sorgfältig Worte und Zahlen von Wachstafeln in ein Buch übertrug. Simon fielen die feingliedrigen weißen Hände auf, die so gar nicht für den Kriegsdienst geschaffen schienen. So vertieft war der junge Mann, dass er Simon gar nicht bemerkte, bis es zum Gebet läutete. Dann aber begrüßte er ihn höflich.

Am nächsten Tag verließ Simon die Ordensburg, um sich umzusehen. Königsberg war ganz anders als Danzig, die Marienburg oder Elbing. Eigentlich handelte es sich um drei voneinander unabhängige Städte mit eigenen Märkten und Kirchen. Zwischen der Ordensburg und dem Fluss Pregel befand sich die Altstadt Königsbergs. Östlich davon war die Neustadt Löbenicht und schließlich auf der westlichen Seite der Pregelinsel die Stadt Kneiphof. Hinzu kam der durch eine Mauer abgetrennte Bezirk um die Domkirche. Überall suchte Simon nach Lanzenspitzen und einer Hundsgugel, einer Beckenhaube mit hundeschnauzenähnlichem Visier; Ubbos Schutz- und Trutzwaffen fand der Freund zu schäbig. Auch wollte er sich nach einem Kettenhemd für sich selbst umschauen. Seinen einfachen Brustharnisch hatte er aus Lübeck mitgebracht; jeder Kaufmann benötigte einen solchen, ebenso wie ein Schwert.

Wie es seiner Familie wohl ging? Vielleicht sollte er Henrikes Briefe doch lesen, bevor er in die Wildnis aufbrach. Und was wohl Runa machte? Immer wieder sah er sie am See vor sich. Wie sanft sie am Anfang gewirkt hatte, und wie zornig später. Und dann ihr Beisammensein! Die Erinnerung daran ließ Hitze in ihm aufsteigen. Er liebte sie wirklich, mit allem, was sie ausmachte! Hätte er sie nicht allein lassen sollen? Aber er war doch ins Ordensland gereist, um genau das zu tun, was er hier tat! Er konnte sein Vorhaben nicht wegen einer Frau aufgeben, so sehr er sie auch liebte.

Das Waffenhandwerk schien in und um Königsberg zu blühen. Überall gab es Schwertfeger und Helmschläger. Öfen glühten in den Schmieden und metallisches Klirren klang aus den Häusern. Ritter ließen ihre Kettenhemden mit Ringen ausbessern, Speerspitzen schleifen oder ihre Armbrust neu binden. Wimpel und Banner wurden mit Wappen bemalt, Helmzier aller Art gekauft. Simon bestaunte die große Auswahl und verglich die Preise.

Vor einem Laden erkannte er den jungen Fratre aus der Kanzlei, der schüchtern und unsicher wirkte. Offenbar ließ er sich gerade beim Kauf von Eisenhandschuhen beraten. Simon bat ihn auf ein Wort. Er stellte sich vor und bot ihm seine Hilfe an. In Kaufgeschäften schien sich der Bruder nicht auszukennen.

»Es wird meine erste Sommerreise«, verriet der Fratre, als sie zu einem anderen Geschäft gingen. »Ich habe meine Zeit vor allem im Gebet und in den Ordenskanzleien verbracht.«

Auf Stöcken steckten verschiedene Handschuharten und Zierhelme. »Ich habe noch nie einen so jungen Ordensbruder wie Euch in der Kanzlei gesehen«, gab Simon seiner Verwunderung Ausdruck und reichte ihm einen Handschuh, der vielleicht passen könnte.

Der Mann steckte die Hand hinein und bewegte die Finger, aber der Handschuh war zu groß. »Jeder Bruder will kämpfen, aber keiner will dafür sorgen, was unseren Dienst erst ermöglicht: die Verwaltung. Dabei ist die Arbeit am Schreibtisch oder am Verhandlungstisch ebenso wertvoll wie der Dienst mit dem Schwert. Das eine gibt es nicht ohne das andere. Ohne die Einnahmen aus unserem Bernsteinhandel beispielsweise hätten wir nie die Mittel, unsere neuen Waffen zu bezahlen.«

»Gibt es neue?«

»Lot- und Steinbüchsen sowie demnächst Bombarden. Die schweren Geschütze sind bereits bestellt«, berichtete der Mann. Er probierte weitere Eisenhandschuhe an.

»Wisst Ihr vielleicht, wann die Sommerreise losgeht?«, fragte Simon nach.

Der Ritter hatte Handschuhe gefunden, die ihm genehm waren, und gab dem Händler den Auftrag, sie zur Ordensburg zu bringen.

»In einigen Tagen. Wir warten noch auf französische Gäste.« Er dankte Simon für seine Hilfe. »So bleibt mir mehr Geld für gute Werke.«

Die Buntheit des Zuges war erstaunlich: farbige Wappenröcke, Satteldecken, Banner, Wimpel und bemalte Schäfte und Schilde. Bedienstete in den Livrées ihrer Herren. Ritter mit Straußen- oder Adlerfedern am Hut. Die Pferde schnaubten. Vor allem die Kriegsrösser tänzelten unruhig. Sie wurden zwar bis zum Kampf geschont, trugen aber bereits die bestickten Satteldecken.

Seit geraumer Zeit warteten sie nun schon in der Vorburg. Simon fuhr mit dem Finger unter den Kragen seines Wamses, um Luft hineinzulassen. Wie heiß es war! Es hatte einige Wochen gedauert, bis alle Teilnehmer eingetroffen waren. Inzwischen war es Juni, und Frühsommerhitze lag über dem Land. Simon hatte seinen Harnisch unter seinem Wams angelegt. Als Knecht stand ihm das Tragen eines Panzers nicht zu, aber ungeschützt wollte er auch nicht losreiten.

Ein Herold wippte auf den Füßen und begann leise vor sich hin zu deklamieren:

»Hielt so manchen Streit
Gegen Gottes Feinde
All in Preußenland.
Die Helden er erkannte,
wo er sie zu Felde fand.
Man sah ihn in Litauen
Mit Schild und auch mit Speer
Zum Werfen und zum Hauen
In ritterlicher Wehr.«

Neugierig wandte Simon sich ihm zu: »Ist das über deinen Herrn? Hat er schon mal in Preußen gekämpft?«

Der Mann strich über das Wappen, das seinen Tappert schmückte. »Das nicht, aber es ist gar nicht mal schlecht. Wollen wir mal sehen, was diese Reise so hergibt. Ob ich einen kurzen Lobgesang dichten werde oder eine ausführliche Ehrenrede.«

Nun traten die Ordensritter und die Gäste aus der Halle, unter ihnen auch Bruder Konrad, der junge Mann mit den Eisenhandschuhen, mit dem sich Ubbo und Simon in letzter Zeit öfter unterhalten hatten. Er stammte aus dem Geschlecht derer von Jungingen aus dem Schwabenland.

Simon half Ubbo aufs Pferd und sah dann zu, wie schwerfällig die Ritter in ihren Rüstungen auf ihre Rösser kamen. Dafür würden sie einen prächtigen Anblick bieten. Da waren die beiden deutschen Grafen, die inzwischen Samtkronen um ihre Helme trugen. Der französische Edelknecht Sylvestre Clerbaut in einer Rüstung, die aussah, als hätte sie schon so manchen Kampf erlebt. Herr von Mastaing, ebenfalls aus Frankreich. Der englische Ritter John Russel blickte durch alle Anwesenden hindurch, als wären sie Luft. Er hatte einen Trupp Bogenschützen dabei.

Das Marienbanner und das Georgsbanner des Ordens wurden gebracht, und man hisste auch die anderen Banner. Endlich ritt der Troß unter Pauken- und Posaunenmusik los. Sie würden vom Kurischen Haff hinein nach Samaiten ziehen, wo sich die Heiden besonders hartnäckig hielten. Simons Herz schien sich zu heben. Ihm war feierlich zumute. Er würde Buße tun auf dieser Reise. Wenn er zurückkäme, wäre er aller Sorgen ledig.

Kundschafter preschten voraus, um den Weg zu erkunden. Ein Teil der Proviantwagen wurde mit Schiffen zu einem Haltepunkt geschickt, weil sie sich auf den Wegen schwertun würden. Über die Dünenlandschaft der Kurischen Nehrung zogen sie bis zur kleinen Ordensburg bei Rossitten. Das Reiten im weichen Dünensand strengte an, aber noch mehr machten ihnen Sonne und Wind zu schaffen, die ihre Gesichter rot und heiß werden ließen.

Am nächsten Tag ging es auf der Nehrung weiter bis in die Gegend von Windenburg, wo sich ebenfalls eine Burg des Ordens befand. Am Abend lagerten sie auf einer Ebene gegenüber des Haffs. Zelte wurden errichtet, während die Köche Feuer entzündeten. Stockfackeln erhellten die Umgebung und guter Rheinwein wurde ausgeschenkt. Ein Priester baute einen Klappaltar auf, und ein Medicus kümmerte sich mit Tinkturen und Verbandszeug um kleinere Reiseverletzungen.

»Euer Herr scheint wirklich an alles gedacht zu haben«, sagte Simon staunend zu einem Knappen, der etwa in seinem Alter war, aber allerfeinste Kleidung trug.

»Mein Onkel hat dieser Reise schon sehr lange entgegengefiebert. Als in unserer Heimat ein Krieg ausbrach, schloss er sogar einen etwas ungünstigen Waffenstillstand, um abreisen zu können«, sagte er.

»Wäre es nicht besser gewesen, zu warten und dafür ein günstigeres Übereinkommen zu treffen?«, wunderte sich Simon.

»Nicht unbedingt. Wenn mein Onkel von seiner *Voyage de*

Pruce zurückkehrt, ist sein Ruhm so weit gemehrt, dass er den nächsten Frieden diktieren kann. Gott wird auf seiner Seite sein«, erklärte der Knappe überzeugt.

Sie konnten nicht weitersprechen, denn es wurde zum Gottesdienst gerufen. Simon schloss, wie stets, seine Familie und Freunde, Runa und ihren verstorbenen Vater Alvar sowie Dagur in seine Gebete ein. Sollte er auch für Nikolas beten, der, wie er aus Henrikes Brief erfahren hatte, gestorben war? Es war wohl seine Pflicht ...

Am darauffolgenden Tag hatte Simon erstmals wirklich das Gefühl, sich der Wildnis zu nähern. Die Heidelandschaft war weit und wüst. Abends kampierten sie am Fluss Minge, wo ihre Proviantschiffe auf sie warteten. Von den Backschiffen roch es verführerisch und aus dem Fischboot – einer Art schwimmendem Teich – wurden Fische gezogen. Knechte besserten Holzgestelle aus. Nachdem Simon seine Pflichten erledigt hatte, unterhielt er sich mit ihnen und fasste mit an. Er fand heraus, dass sie auf diesen Gestellen Vorräte für den Rückweg zurücklassen würden. Da der Graf von der Mark einen Hirsch erlegt hatte, gab es an diesem Abend für die Edlen ein neungängiges Bankett mit Wildbret. Anschließend wurde um Geld gewürfelt.

Simon saß bei Ubbo und Bruder Konrad, die Dame spielten. Da gerieten ein französischer und ein englischer Adeliger in Streit.

»Wollen wir hoffen, dass sie miteinander auskommen, wenn sie gemeinsam in den Kampf ziehen«, murmelte Simon.

England und Frankreich lagen zwar im Krieg, aber hier traten sie doch für eine gemeinsame Sache ein, dachte Simon.

»Sie sollten den Krieg in ihren Ländern lassen. Oder noch besser: Frieden schließen«, stimmte Ubbo zu.

Bruder Konrad zog seinen Spielstein. »Das wäre wohl das Beste. Allerdings ist ein Krieg schneller begonnen als beendet, wie das Sprichwort sagt.«

Obgleich die Ritter am nächsten Tag verkatert und mürrisch wirkten, schafften sie ein weites Stück. Sie mussten allerdings ein Wildwasser durchqueren. Der Fluss war so breit, dass sie fünf Seile aneinanderknoten mussten, damit es von einem Ufer ans andere reichte. Nur unter Lebensgefahr gelang es dem Späher, das gegenüberliegende Ufer zu erreichen. Sogar die Ritter hielten sich bei der Durchquerung vorsichtig an dem Seil fest. Bis zur Brust standen ihre Rösser im Wasser. Mehrere Packpferde wurden umgerissen, aber kein Mensch kam zu Schaden. Schließlich erreichten sie Bereykenfelt, wo sie wieder Vorräte hinterließen. In der Nacht begann es heftig zu regnen, und da Simon wie die meisten anderen unter freiem Himmel schlief, war er den ganzen Tag über durchnässt. Der Weg war schlechter geworden oder gar nicht mehr zu erkennen. Die Angaben der Führer waren abenteuerlich, oft hieß es: »einen Armbrustschuss weit geradeaus« oder »nach links so weit die Krähe an einem Vormittag fliegt«. Die Regengüsse hatten die Ebene in Schwemmland verwandelt. Die Pferde und die wenigen Wagen, die sie mitführten, sanken tief ein. Teilweise musste Simon mit den anderen Knechten vorausziehen, um Wege auszubessern oder mit Äxten Buschwerk und Bäume umzuhauen.

Einigen Knechten setzte inzwischen die Angst zu. Hinter jedem Baum glaubten sie, Heiden lauern zu sehen. Geschichten machten die Runde, eine gruseliger als die andere. Wenn die Heiden Ritter gefangen nahmen, banden sie sie auf ihr Pferd und verbrannten sie bei lebendigem Leibe, um zu beweisen, dass der christliche Gott schwach war und ihnen nicht half, hieß es beispielsweise. Simon konnte nicht glauben, dass Menschen zu so etwas fähig waren. Die Sklaven auf den Ordensburgen hatten friedlich auf ihn gewirkt …

Der nächste Tag verlief ähnlich. Doch nach der Messe versammelte der Heerführer des Ordens alle Ritter zur Lagebesprechung. Als Ubbo zurückkam, bestürmte Simon ihn neugierig.

Der Friese wirkte bedrückt. »Wir werden nachts reiten und erreichen dann endgültig das Feindesland. Dort teilen wir uns auf: Ein Teil zieht rechter Hand nach Kaltenynen, der andere links gegen Twertekain und der dritte Teil zieht geradeaus nach Lakawsche. Dort werden wir dann mit dem Schwert bekehren.«

»Wie meinst du das? Werden wir die Menschen nicht suchen und taufen?« Simon hatte sich ohnehin schon gewundert, dass nur zwei Priester den Zug begleiteten.

Ubbo tastete nach dem Kreuz, das auf seinem Mantel befestigt war. »Wir brennen die Dörfer nieder und treiben Menschen und Vieh zusammen. Beides nehmen wir mit zurück. Erst im Ordensland werden die Heiden getauft«, sagte er zerknirscht.

Simon war ernüchtert. Dass es zu Kämpfen kommen konnte, war klar. Er hatte jedoch erwartet, dass man erst einmal versuchen würde, friedlich zu missionieren.

»Wir sollen wachsam sein. Die Samaiten sind ein wildes und ungebärdiges Volk«, schloss Ubbo düster.

Simon hielt sich hinter Ubbos Pferd, als sie durch die Nacht ritten. Das Herz schlug ihm bis zum Hals. Seine Hand tastete nach Runas Kette, hoffentlich würde sie ihm Glück bringen. Angespannte Stille lag über dem Zug. Über weite Teile galoppierten sie. Es sollte schließlich ein Überraschungsangriff werden. Dann wurden sie langsamer. Der Späher hatte das Dorf entdeckt. Es handelte sich um eine kleine Ansammlung von Hütten und Ställen. Die Ritter preschten in Formation los. Die ersten legten Feuer an die Häuser. Menschen wurden aus den Häusern getrieben. Wertgegenstände in den Hof geworfen. Knechte sammelten das Vieh. Simon blieb zurück. Er konnte es nicht über sich bringen, an diesem Überfall teilzunehmen. Doch dann wurde er dazugerufen. Bestürzt trug er die Decken, Kessel und Waffen zusammen, die geraubt worden waren.

»He, das ist meine Beute!«, schrie da ein Ritter und stieß ihn weg.

Simon sah sich um. Kinder und Frauen weinten, Greise versuchten sie zu schützen. Er musste an Runas niedergebranntes Haus denken und an ihre Erzählung von Janis. Hier wie dort, barbarisch. Dieses Verhalten war eine Entwürdigung des Rittertums, wie er es sich ausgemalt hatte. Plötzlich ging ihm etwas auf. Gab es denn keine Männer in diesem Dorf? Oder würden sie jeden Moment angreifen? Aufgeschreckt starrte er in die Finsternis.

In der Morgendämmerung traf man sich im Lager wieder. Simon hatte mit anderen Knechten hinter den Gefangenen reiten müssen. Angesichts der Verzweiflung dieser Menschen drückte ihn seine Schuld noch schwerer. So also sollte man seine Sünden büßen? Indem man neue beging? Was für eine Schmach! Die Ritter schienen es anders zu empfinden. Lachend erzählten sie einander von ihren Heldentaten. Ein Trupp hatte Männer gefangen genommen, die offenbar von Rang waren und gegen Lösegeld verkauft werden konnten. Ubbo und Bruder Konrad hielten sich zurück, als wollten sie mit alldem nichts zu tun haben. Aber die Gefangenen und das Vieh mussten doch versorgt werden! Es mussten etwa einhundert Menschen sein.

Simon begann, Wasser aus dem Fluss zu schöpfen und an die Heiden zu verteilen. Bei jedem Schluck, den er ausgab, sprach er einen Segen, doch er wurde nur feindselig angestarrt. Er konnte es ihnen nicht verübeln. War er blind gewesen? Warum hatte er die Geschichten über die Bekehrung mit Feuer und Schwert nicht hören wollen? Langsam fürchtete er, dass Runa doch recht gehabt hatte …

Nach einigen Tagen weiterer Verheerungen hatten sie etwa zweihundert Männer, Frauen und Kinder gefangen und ungefähr die gleiche Anzahl Pferde geraubt. Man beschloss, sich zurückzuziehen. Simon war erleichtert über diese Entscheidung. Mit jedem Tag lasteten die Gewalttätigkeiten schwerer auf ihm.

Nach fünf Tagen – die Beute verlangsamte den Zug – erreichten sie das Lager am Fluss …

Simon schlief unruhig. Die Geräusche der Nacht und das vielstimmige Schnarchen der Männer hielten ihn wach. Doch da war noch etwas anderes. Er hob den Kopf und lauschte. Ersticktes Jammern war zu hören. Simon fuhr hoch. Die Wachen waren in Ruhestellung, sie schienen nichts bemerkt zu haben. Aber warum flackerte Licht im Dickicht beim Gefangenenlager? Simon wollte schon Alarm schlagen, als ihm die Gestalt des Mannes mit der Fackel bekannt vorkam. Es war einer der Ritter. Und da war doch noch etwas … Er stand auf und näherte sich unauffällig dem Ort, als wolle er dort nur seine Notdurft verrichten. Im Wald hörte er ein Knacken. Zunächst begriff er nicht, was er sah. Als es ihm klar wurde, schockierte es ihn zutiefst. Zwei Ritter hatten sich eine der Gefangenen geholt und taten ihr Gewalt an. Während einer sich auf ihr bewegte, wartete der andere mit der Fackel. An den nächsten Baum gefesselt kauerte ein kleiner Junge mit wund geprügeltem Gesicht und musste zusehen. Durfte Simon sich erlauben, hier einzuschreiten? Von seinem Stand her sicher nicht – aber er musste es tun!

»Lasst die Frau in Ruhe!«, forderte er.

»Kümmere dich um deinen eigenen Kram, Knecht!«, fuhr der Fackelritter ihn an.

»Ihr sollt Heiden bekehren und nicht …«

»Spaß mit ihnen haben? Das eine schließt das andere nicht aus! Vielleicht gefällt sie mir ja sogar und ich kaufe sie als Sklavin!« Er lachte bei der Vorstellung.

Simon packte den Edelmann und riss ihn zurück, doch schon spürte er die Pranke des anderen auf seiner Schulter. Merkwürdigerweise war ihm egal, was es ihn kosten würde! Gerade wollten sich die beiden Ritter auf ihn stürzen, als die Hölle losbrach.

Aus dem Wald brachen Männer mit erhobenen Schwertern. Noch bevor Simon begriffen hatte, was geschah, flog der Kopf des einen Ritters durch die Luft. Das mussten die Männer aus dem Dorf sein, das sie überfallen hatten – und, der Menge nach zu urteilen, auch noch andere. Simon lief um sein Leben.

Der Kampf war grauenvoll, doch nach einigen Stunden hatten die Ritter die Angreifer besiegt. Ein Gutteil der Gefangenen war geflohen, viele Pferde versprengt. Simon taumelte über das Schlachtfeld. Sah die aufgeschlitzten Bäuche, die Leiber, in denen Pfeile steckten, die abgetrennten Gliedmaßen. Er war wie gelähmt gewesen, hatte nicht zu kämpfen vermocht. Mit der stumpfen Seite seines Schwertes hatte er sich verteidigt und das Töten den Rittern überlassen. Einmal hatte er Ubbo zu Hilfe kommen müssen. Es hatte sich gezeigt, dass der Friese zwar dazugelernt hatte, es ihm aber immer noch an Erfahrung und Technik mangelte. Bruder Konrad hatte sich dagegen leichter behauptet, er konnte offenbar Feder wie Schwert führen.

Plötzlich erkannte Simon glasklar, dass er einem Trugbild hinterhergelaufen war. Er hatte sich etwas vorgemacht, sich einer Illusion hingegeben. Und er schämte sich so sehr dafür, dass er jetzt eine Mitschuld trug!

Wie betäubt luden sie die Leichen der gefallenen Edelleute auf einen Wagen – auch die Gewalttäter und den Herrn von Mastaing hatte es erwischt – und begruben die anderen Toten. Zur Abschreckung hängten zwei Ordensbrüder einen Heiden an den Fersen an einen Baum und schlitzten ihm den Bauch auf.

Stumpf half Simon die Reste des Lagers einzupacken. Als sie den Fluss durchqueren wollten, mussten sie feststellen, dass der Regen den Pegel hatte steigen lassen. Der ohnehin tiefe Fluss war reißend geworden. Die meisten Ritter brachten ihn mühsam hinter sich, indem sie sich am Seil festhielten. Zwei Packpferde wurden von der Strömung weggetrieben. Erst hinter der nächsten Biegung verstummte ihr angstvolles Wiehern. Was aber sollten sie mit den Gefangenen machen? Die meisten von ihnen waren Frauen und Kinder! Nie würde es ihnen gelingen, hinüberzuschwimmen. Simon entdeckte den Jungen wieder, der in der Kampfnacht an den Baum gefesselt war. Er mochte wohl fünf Jahre alt sein, hatte pechschwarzes Haar und sehr blasse Haut. Man sah Kratzer und Schwellungen in seinem Gesicht. Aber wo war seine Mutter? Simon konnte sie nirgends sehen.

»Sie sollen sich am Seil durch den Fluss hangeln«, befahl der Ordensführer den Knechten.

»Die meisten dürften das nicht schaffen«, wagte Simon einzuwenden, doch der Ordensmann gab schon den Marschbefehl. Konnte man die Gefangenen nicht einfach laufen lassen? Doch außer dem Ordensführer waren noch andere Ritter auf ihrer Flussseite, die das wohl kaum zulassen würden. Gleich die erste Frau wurde von den Fluten verschlungen. Die verbliebenen Gefangenen begannen zu klagen und zu jammern. Erbarmungslos prügelten einige Knechte sie weiter.

Simon packte den Jungen und so viele Kinder, wie er vor sich und hinter sich auf sein Pferd setzen konnte, und ritt los. Huf um Huf tastete sich Brunus vorwärts. Simon spürte den Druck des Wassers an seinem linken Bein und die Kinderhände, die sich an ihn klammerten. Da bäumte sein Pferd sich auf, taumelte ein paar Schritte, konnte sich jedoch wieder fangen. Ein paar Pferdelängen weiter hatten sie das rettende Ufer erreicht. Simon hob die Kinder hinunter und tätschelte seinem Pferd den Hals; wenn man bedachte, dass Brunus ein Kaufmannspferd war, machte er seine Sache sehr gut. Trotz der missbilligenden Blicke mancher Ritter taten Ubbo und Bruder Konrad es ihm nach und brachten ebenfalls Gefangene sicher hinüber.

Nach zehn Tagen waren sie wieder in Königsberg. Nur einundfünfzig Gefangene waren ihnen geblieben. Alle anderen hatten fliehen können oder waren unterwegs zu Tode gekommen. Letztlich war ihre Reise noch glimpflich ausgegangen, das war Simon klar. Es war schon vorgekommen, dass die Vorratslager von den Samaiten geplündert worden waren und man kein Essen für die Gefangenen erübrigen konnte; sie wurden dann kurzerhand getötet. Als er dieses Vorgehen als unmenschlich bezeichnete, war er von einem Ordensritter scharf zurechtgewiesen worden. Die Heiden würden genauso vorgehen, dafür habe es bereits zahlreiche Beispiele gegeben. Ubbo hatte ihm in dieser Diskussion nicht beigestanden. Er war einer von ihnen und würde den Weg der Fratres mitgehen. Ob ihre Freundschaft diese Veränderung überdauern würde, wusste Simon nicht.

Er konnte sich glücklich schätzen, dass er frei war. Erst jetzt erkannte er, welche Möglichkeiten und Freiheiten es bot, ein Kaufmann zu sein. Und er hatte dieses Leben leichtfertig weggeworfen! Allerdings konnte er nicht einfach so nach Lübeck zurückkehren, dafür schämte er sich zu sehr. Zu Adrian und Henrike zu gehen und zuzugeben, dass sie recht gehabt hatten, erschien ihm unmöglich. Nein, er würde für sein Schicksal sorgen, mündig, wie Adrian es von ihm erwartete. Nur wie, das wusste er noch nicht. Aber eines wusste er sicher: Als Erstes würde er zur Marienburg zurückreiten und Runa holen. Welchen Weg er auch gehen würde, ohne sie wollte er ihn nicht gehen.

Simon hielt es kaum noch in Königsberg, aber er fühlte sich verpflichtet, die Taufe abzuwarten. Deshalb hatte er doch diese Reise unternommen: um Buße zu tun und Seelen zu retten. Dass beides ihm gelungen war, bezweifelte er. Dagurs Tod lastete nach wie vor auf ihm, und diese Reise hatte sein Weltbild zerrüttet …

Der Hochmeister hatte bei Ubbos Aufnahme gesagt, die Liebe sei das Fundament des Ordens – aber von der Liebe zu den Menschen hatte Simon nichts gespürt. Es war eine grausame Glaubensmission gewesen, die offenbar auch dazu diente, die Ländereien und das Vermögen des Ordens zu vergrößern. Ja, vielleicht wurden die Heiden sogar durch die Gräueltaten der Ordensritter abgeschreckt und lehnten deshalb das Christentum ab. Und die Gastritter? Für das, was die Herolde bejubelten, schämte er sich. Einige der einfachen Ritter waren Söldner, wie Simon inzwischen erfahren hatte. Sie wurden dafür bezahlt, die höherrangigen Herren auf diesem Kreuzzug zu unterstützen. Töten war ihr Geschäft. Mit dem Kampf für den Glauben hatte ihr Einsatz nichts zu tun. Kein Wunder, dass so mancher Edelmann hoch verschuldet von einer Preußen-Reise zurückkehrte. Die vielen Bankette, die prächtige Rüstung, die Kosten für Schlachtrösser, Waffen, Unterkunft, Verpflegung und Söldner. All das ging ins Geld. Zudem verlor mancher beim Würfelspiel so große Summen, dass für Almosen nichts mehr übrig blieb ...

In der Altstadtkapelle Sankt Georg zu Königsberg wurden die Gefangenen getauft. Als sie nach der Messe aus der Kirche kamen, wurden sie erneut zusammengetrieben. Simon sah den Jungen in der Menge, traurig und allein. Wie er herausgefunden hatte, besaß er keine Angehörigen mehr; seine Mutter war bei der Schlacht ums Leben gekommen.

»Was wird mit ihnen geschehen?«, fragte Simon niedergeschlagen.

Bruder Konrad wusste es: »Sie werden ins Landesinnere gebracht, wo sie auf den Feldern des Ordens arbeiten. Die Kinder bleiben in Königsberg, wo sie die Bernsteine sortieren, das können sie mit ihren kleinen Händen am besten.«

»Einige werden als Sklaven verkauft. Ich hörte, dass mancher Ritter sich eines Kindes annimmt«, ergänzte Ubbo.

Simon grauste es bei der Vorstellung. »Bleiben denn die Familien zusammen? Oder wenigstens die Leute aus einem Dorf?«

»Ich denke nicht.«

Ganz in Gedanken versunken, bekam er Ubbos Frage kaum mit. »Wie bitte?«, fragte er.

»Was du jetzt machen wirst?«

»Zurück zur Marienburg, meinen Wagen holen«, antwortete Simon ausweichend. »Und ihr?«

Zerstreut erfuhr er, dass sowohl Ubbo als auch Bruder Konrad bis auf Weiteres in Königsberg bleiben würden.

Das todtraurige Gesicht des Jungen ging Simon nicht aus dem Sinn. Konnte er nicht etwas für ihn tun? Aber was sollte er mit einem Sklaven, noch dazu einem Kind? Er besaß kaum Geld. Doch er hatte etwas anderes …

»Entschuldigt mich einen Augenblick«, sagte er.

69

Marienburg

Der Junge saß mit Simon auf dem Pferd, als sie sich der Marienburg näherten. Er war ausgerechnet auf den Namen Mauritius getauft worden, nach dem Schutzheiligen des Heeres, doch Simon nannte ihn kurz Mikkel. Nicht, dass Mikkel viel redete. Fast war es, als wäre er stumm. Dennoch hatte Simon sich angewöhnt, bestimmte Dinge zu benennen, damit Mikkel langsam seine Sprache lernte. Wenn der Kleine ihm eines Tages bei der Arbeit helfen sollte, mussten sie sich verständigen können.

Es hatte ihm kein bisschen leidgetan, Ubbos Silbergürtel zu veräußern und Mikkel von dem Geld zu kaufen. Er würde sich bemühen, dem Jungen ein anständiges Leben zu bieten, und empfand es als kleine Wiedergutmachung für das große Elend, das sie angerichtet hatten. Was Runa wohl zu Mikkel sagen würde? Sicher würde sie ihn mit offenen Armen aufnehmen. Obwohl es für Runa und Simon schwierig werden würde, allein und arm in einer fremden Stadt zu leben. Ein wenig war von dem Gewinn des Silbergürtels noch übrig geblieben. Vielleicht konnte Simon in Danzig einige Waren günstig erstehen und später einträglich verkaufen. Oder er suchte sich eine Anstellung bei einem Kaufmann. Runa würde ihn dabei unterstützen, das wusste er. So, wie sie ihn schon immer unterstützt hatte. Wenn er dann irgendwann auf eigenen Füßen stand, konnten sie nach Lübeck zurückkehren. Solange sie zusammen waren, würden sie alles schaffen …

Er band das Pferd an einen Balken und durchstreifte die Falknerei auf der Suche nach Runa. Es war erst knapp drei Monate her, seit er von hier aufgebrochen war, aber es kam ihm wie ein anderes Leben vor. Endlich fand er sie auf einem Feld. Sie hatte einen jungen Gerfalken zum Lüften auf die Erde gestellt und legte jetzt das Federspiel, an dem ein Fleischstück befestigt war, in einiger Entfernung hin. Der Falke schob seinen Kopf vor, streckte die Beine und hob den Schwanz. Dann legte er das Gefieder an und erhob sich in die Lüfte, um das Federspiel zu holen. Es ging darum, so viel wusste Simon inzwischen, den Falken an die Beuteattrappe zu gewöhnen und zugleich den Abstand zu vergrößern, aus dem er zum Falkner zurückkehren würde.

Euphorisch lief Simon auf sie zu. Das Herz ging ihm beinahe über vor Glück. Wie gut sie aussah! Irgendwie verändert ...

Als Runa ihn jedoch erblickte, verschwand ihr unbekümmerter Gesichtsausdruck im Nu. Sie wich zurück. Simon verstand ihre Reaktion nicht. Am liebsten hätte er sie in die Arme geschlossen und geküsst, wie er es sich so lange gewünscht hatte. Unbedingt wollte er sie glücklich sehen!

Er sank vor Runa auf die Knie. Fest sah er sie an. Seine Stimme zitterte vor Erregung, als er zu sprechen begann: »Ich hätte auf dich hören sollen. Ich hätte nicht mitreiten dürfen. Ich bin ein Dummkopf gewesen, nicht zu erkennen, dass nur einer mir vergeben kann: ich mir selbst! Ich habe nicht verstanden, dass das, was mir alles bedeutet, ganz in meiner Nähe ist! Ich liebe dich, Runa! Ich möchte dich heiraten – egal, ob es jetzt passt oder nicht! Ich will mit dir eins sein, für immer!« Er küsste ihre Hand. »Niemand wird uns mehr trennen!«

Sie sah bezaubernd aus mit den längeren Haaren, die weich ihr Gesicht umspielten und dem eng anliegenden Wams, das ihre Brüste vorteilhaft zur Geltung brachte. Sie hatte wohl auch etwas zugenommen, was ihr gut stand. Simon stutzte. Etwas stimmte hier nicht. Auch stand nach wie vor Bestürzung in ihrem Gesicht. Er konnte nicht begreifen, warum sie sich gar nicht über seine Rückkehr freute.

Runa riss sich los. Als sie endlich sprach, verlor Simon jeden Halt.

»Ich kann nicht ... Wir können nicht ... Simon, ich bin schon verheiratet!«

1382

November

70

Brügge

Ricardo ging noch einmal durch das leer gefegte Haus. Die Sala Grande, in der sie so prachtvolle Feste gefeiert hatten. Seine Schreibkammer mit den kostbaren Wandvorhängen, den kleinen Spiegeln, um das Tageslicht zu verlängern, und seinen umfänglichen Geschäftsbüchern. Das Tuchlager, das für seine Bandbreite italienischer Seiden bekannt gewesen war. Nicht zuletzt das Schlafzimmer, in dem er mit Cecilia ihren Sohn und ihre Tochter gezeugt hatte. Alle Räume waren trist und kalt. Keine Musik und keine Stimmen waren mehr zu hören, kein Feuer glomm mehr im Kamin. Nur noch die Stille der Verzweiflung füllte die Räume. Cecilia saß mit den Kindern Francesco und Ginevra bereits im Wagen. Sie hatte es nicht ausgehalten, noch einen Augenblick länger in dem Haus zu bleiben, das einmal ihr Leben gewesen war. Ricardo riss sich los und reichte dem burgundischen Kommandanten, der hier einziehen würde, die Schlüssel.

Cecilias Augen waren rot geweint, als er auf den Kutschbock stieg. Seit sie ihre Haare nicht mehr bleichte, waren sie hellbraun, was ihm nicht so gut gefiel. Sie hatte die Arme um ihre Kinder gelegt, als müsse sie sich festhalten. Es würde ihr guttun, Brügge zu verlassen. Schon bald würde sie wieder so fröhlich und sinnlich sein, wie sie es einst gewesen war, redete Ricardo sich ein.

Er gab seinem Knecht das Zeichen zur Abfahrt. Der Bursche würde die zweite Kutsche lenken. Auf diesen zwei Wagen befand sich alles, was ihnen geblieben war. Viel war es nicht.

Verrammelte Häuser, zerstörte Brücken, geschleifte Stadtmauern und Tore, abgebrannte Häuser, das aufgeschüttete Massengrab auf dem Großen Markt – der Anblick der Stadt war deprimierend. Hätte es wenigstens geschneit, wäre es vielleicht noch zu ertragen gewesen. Der Schnee hätte die Trümmer bedeckt. So aber ...

Brügge war eine blühende Stadt gewesen. Jetzt bot sie ein Bild der Verwüstung. Sie lag in Trümmern, ebenso wie sein Leben. Schuld waren der unglückselige Plan dieses Nikolas Vresdorp und der Aufstand gewesen. Die Unruhen hatten ein Jahr gedauert, dann noch eines. Zu Beginn dieses Jahres hatte Ludwig von Male alle Aufständischen zurückgeschlagen und ganz Flandern wieder unter seine Kontrolle gebracht. Ganz Flandern, bis auf Gent. Unter der Führung Philipp von Arteveldes hatten die Genter zu einem letzten Vergeltungsschlag gegen Brügge ausgeholt. Im Mai, ausgerechnet am Tag der Heilig-Blut-Prozession, hatten sie die Stadt angegriffen – und erobert. Graf Ludwig konnte nur mit Mühe und Not fliehen. Da Brügge auf der Seite des Grafen gekämpft hatte, war die Rache der Genter grauenvoll gewesen. Sie zogen plündernd und mordend durch die Straßen, schleiften die Festungen und schütteten mit den Trümmern die Kanäle zu. Schon damals hatte es eine große Fluchtwelle gegeben. Ricardo und Cecilia waren jedoch geblieben. Aber selbst die Wucher- und Waffengeschäfte waren beinahe versiegt. Einzig Ricardos Filiale in Lübeck brachte noch Gewinne, die es ihm ermöglichten, in der Stadt ein Haus zu kaufen. Nun war Lübeck mehr als eine Filiale für die Familie geworden – es war ihre Zuflucht.

Düster dachte Ricardo an die Ereignisse der letzten Wochen zurück. Graf Ludwig hatte den König von Frankreich um Hilfe gebeten. Da Ludwigs Schwiegersohn Philipp von Burgund zugleich Oheim und Vormund des jungen französischen Königs war, waren Truppen entsandt worden. Bei Roosebeke hatte die Übermacht das Heer der Aufständischen vernichtet. Zu Hunderten waren die Aufrührer hingerichtet worden. Die flandrischen Städte mussten sich ergeben. Brügge hätte eine Kriegskontribution von 120 000 Francs zahlen sollen – und besaß nicht einmal einen Bruchteil davon. Also wurden die verbliebenen Kaufleute geschröpft. In Scharen hatten sie die Stadt verlassen, nachdem sich die Nachricht herumgesprochen hatte.

Auch Ricardo und seine Familie konnten nicht bleiben. Sie hatten keine Wahl, was Ricardo erbitterte. Wäre er doch nur rechtzeitig nach Dordrecht gegangen, wie Adrians ach so schlauer Bruder Lambert! Nun würden sie ausgerechnet in Lübeck neu anfangen müssen! Er besaß ja sonst nichts mehr. Seinen Fattori Tieri dort würde er als Erstes hinauswerfen müssen, weil er dessen Lohn nicht mehr zahlen konnte.

Ricardos Frau war mit den Kindern und dem Niedergang völlig überfordert. In Lübeck würde er als Erstes Gesinde suchen müssen, damit sie wieder zu Sinnen kam. Bis dahin aber hielt sie sich an ihrer großen Hoffnung fest: Adrian würde ihnen helfen, Adrian hatte gute Verbindungen, Adrian …

Mit jedem Satz wurde Ricardos Hass stärker.

71

Lübeck, Ende November 1382

Etwas zupfte an Adrians Bettdecke, krabbelte auf ihn hinauf. Ein spitzes Knie bohrte sich in seinen Bauch, das zweite folgte. Feuchte Kinderhände patschten auf seine Wangen. Einen Augenblick lang tat Adrian noch so, als ob er schliefe, aber dann wirbelte er seine Tochter herum und kitzelte sie durch. Clara lachte hell.

»Wo ist denn nu die Drone? Ich hab sie überall tesucht!«, beschwerte sie sich prustend.

»Die Drone? Meinst du Bohne oder …?«

Neben ihnen reckte sich Henrike. Adrian war spät nach Hause gekommen, und sie hatten noch lange geredet, vermutlich fiel ihm deshalb so schnell nicht ein, was seine Tochter meinte.

»Drone, Vater!«, beharrte Clara. »Mutter secht du warst zur Töningin.«

Adrian lächelte amüsiert. »Du meinst, sie schenkt mir einfach so ihre Krone?«

Clara nickte ernst und krabbelte unter die Decke, um dort zu suchen. Ihre kalten Finger betatschten ihn überall. Schließlich zog Henrike die Kleine aus dem Bett und drückte sie an sich. Einen kleinen Moment genoss die Zweieinhalbjährige die Küsse der Mutter, doch dann begann sie schon wieder mit den Beinen zu strampeln.

»Schau doch mal in Vaters Hudevat nach«, schlug Henrike vor und setzte Clara auf den Boden. Sofort zuckelte das Mädchen los. In Vaters Sachen stöbern war einfach herrlich – aber viel zu selten erlaubt.

Henrike rutschte zu ihm und kuschelte sich in seine Armbeuge. Gedankenverloren umkreiste sie mit den Fingerspitzen seinen Bauchnabel.

»Ihre Krone bräuchte Königin Margarethe dir ja nicht gerade geben. Aber ihre Schulden könnte sie schon einmal bezahlen«, sagte sie leise.

Die Geschäfte waren schwierig geworden. Die Unruhen rund um Brügge und Gent waren auch nach drei Jahren noch immer nicht beendet. Da der zentrale Handelsplatz in Flandern weggefallen war, war es schwieriger und teurer geworden, größere Stoffmengen zu kaufen. Immerhin lieferte Lambert, was er konnte, und durch Lisebette und Jakemes waren sie auch mit Saye versorgt. Hinzu kam, dass die Seeräuber im letzten Jahr besonders heftig zugeschlagen hatten. Das Zusammenspiel all dieser Faktoren führte dazu, dass es nicht nur vielen einfachen Leuten, sondern inzwischen auch etlichen Kaufleuten schlecht ging. Hinrich von Coesfeld hatte bereits einen Großteil seiner Grundstücke verpfänden müssen. Henrikes Freundin Tale von Bardwich war ebenfalls in die Klemme geraten. Auch er und Henrike hatten inzwischen schon mehrfach Güter geliefert, ohne im Gegenzug das Geld oder andere Handelswaren zu bekommen. Noch konnten sie diese Verluste durch andere Geschäfte ausgleichen. Vor allem Jost machte in Stockholm seine Sache gut. Auch Erik hatte sich in Gotland ein funktionierendes Geschäftsnetz aufgebaut, er lieferte ihnen Kupfer und Schafswolle. Letztere wurde von Henrikes Filzern zu gefragten wetterfesten Umhängen verarbeitet.

Adrian küsste ihren Scheitel. »Keine Sorge, ich habe einen Teil des Geldes bekommen. Außerdem werde ich auch Heuer für die *Cruceborch* erhalten.«

Seit vor einem Jahr ein Vertrag zwischen der Hanse und Königin Margarethe über die Bekämpfung der Piraten geschlossen worden war, kreuzte die *Cruceborch* während der Sommermonate unter Xaver mit drei weiteren Friedeschiffen auf der Ostsee.

Tatsächlich hatten die Überfälle seitdem zur Erleichterung aller nachgelassen. Sobald die Handelssaison wieder begann, würde auch die *Cruceborch* ihre Patrouillen wieder aufnehmen. Im Handelsverkehr kam jetzt die neue Holk zum Einsatz.

Henrike stützte sich auf und fragte mit einer Spur Eifersucht: »Ist sie hübsch?«

Adrian lächelte. »Eine Königin ist immer hübsch. Jede andere Antwort könnte mich den Kopf kosten.«

»Sie kann dich gut leiden. Sonst hätte sie dich nicht bei den Verhandlungen eingebunden.«

»Ihr Drost wird alt. Henning von Putbus will noch immer über ihre Politik bestimmen, wie damals, als sie eine junge Frau war. Aber inzwischen verwaltet sie zwei Königreiche für ihren Sohn und erhebt Anspruch auf ein drittes. Sie will sich nicht mehr hineinreden lassen, deshalb umgibt sie sich mit neuen Männern, die sie fördert, denen sie Gefälligkeiten erweist und die ihr ergeben sind.«

»Wie dir?«

Er strich andächtig über den Schwung ihres nackten Armes. »Ich bin nicht ihr Untertan. Aber ich bin eben auch kein Ratsmann. Das gibt mir Freiräume.«

Etliche Ratsleute waren in den vergangenen Jahren gestorben, darunter auch Bürgermeister Plescow. Symon Swerting hatte die Führung Lübecks übernommen. Adrian war bereits einmal für einen Ratssitz vorgeschlagen worden, hatte aber keine Mehrheit erhalten; Goswin Klingenberg hingegen schon. Adrian hatte die Niederlage gelassen hingenommen. Seinen Freiraum nutzte er, indem er half, die Seeräuber zu den Friedensverhandlungen zu bewegen; als Kaufmann mit Verhandlungserlaubnis stellte er keine direkte Gefahr für sie dar.

»Wird sie denn den Friedensvertrag verlängern?«

Langsam ließ er seine Finger über ihre Schultern und dann über ihren Busen wandern, der sich weich unter ihrem Hemd abzeichnete. Er genoss ihre zarte Haut. »Ich denke schon. Wobei man bei ihr nie so genau weiß, was sie wirklich vorhat. Die Königin ist eine gewiefte Strippenzieherin. Aber König Olaf hat begriffen, dass es nichts bringt, die Hansen durch die Seeräuber weiter gegen sich aufzubringen. Nur einem freundschaftlich verbundenen Königshaus werden die Ratsmänner die schonischen Schlösser zurückgeben.«

Sie schob ihr Bein über seines. Deutlich spürte er die Rundung ihres Leibes. In wenigen Monaten würde Henrike niederkommen, und Adrian betete schon jetzt dafür, dass auch dieses Mal alles gut gehen würde.

»Und die Entschädigungen für den Piratenraub? Die norwegischen Privilegien?« Henrike begann ihn zu streicheln.

»Sie lässt uns zappeln«, murmelte Adrian. Er legte zärtlich die Hand um ihren Nacken. Lange küssten sie sich. »Aber solange du mich nicht länger warten lässt …«

Gerade wollte sich Henrike auf ihn gleiten lassen, als Clara die Tür öffnete.

»Ich habe eine Drone gefunden!«, rief sie stolz und hielt eine Münze hoch.

»Wie wunderbar!«, lobte Henrike schmunzelnd. »Schau doch mal, ob Vater noch mehr davon versteckt hat!« Schon tapste die Kleine freudig wieder davon.

Als sie sich nach ihrem Liebesspiel gewaschen und angezogen hatten, fanden sie Clara bei ihrem Kaufgehilfen Claas in der Scrivekamer, wo sie verschiedene Münzen nach Größe und Prägung sortierte.

Verlegen sprang Claas auf. »Herr, ich habe nicht …!« Nach bittern Erfahrungen bei einem früheren Herrn lebte der Kaufgehilfe in ständiger Sorge, des Diebstahls bezichtigt zu werden.

»Schon gut«, beruhigte Adrian. »Ich vertraue dir. Sieh nur zu, dass nachher alle wieder in der Geldschatulle landen.« Sein Blick fiel auf ein Bündel neben seinem Schreibtisch. »Was ist das?«

»Simon hat es aus Danzig geschickt, mit einem Brief.«

Anfang des Jahres hatten sie zum ersten Mal Post von Simon erhalten. Er hatte nur wenige Sätze geschrieben, ihnen aber Pelze und etwas Honig gesandt und im Gegenzug um Salz und Gewürze gebeten. Natürlich hatten sie die Waren geschickt. Adrian hob das Umschlagtuch des Bündels: Biberfelle.

»Sehr schön! Was braucht er dafür?«

»Saye, wenn möglich, Herr, oder einen anderen Futterstoff.« Claas trat von einem Fuß auf den anderen. »Darf ich die Ware nach Danzig begleiten, Herr? Ich würde Simon so gerne wiedersehen! Ich verstehe gar nicht, warum er nicht nach Lübeck zurückkehrt!«

Nachdenklich blickte Adrian auf seine Tochter, die nun die Münzen zu Türmen aufschichtete. Clara war ein fröhliches, wissbegieriges Kind. Schade, dass Simon ihre ersten Jahre nicht miterlebt hatte. Henrike vermisste ihren Bruder sehr, und auch er hätte ihn, trotz seines Ärgers über Simons starrköpfigen und gefährlichen Alleingang, gern wieder um sich gehabt.

»Das verstehen wir alle nicht.«

72

Marienburg, Ende November 1382

»Ein Brief und ein Paket aus Danzig! An den Falkenmeister und Euch!«

Der Ordensbote wehte mit einer Husche Schnee herein. Runa bat ihn, das Paket neben die Tür zu stellen. Sie notierte gerade etwas. In der Wiege neben ihr lag Skadi und schlief. Willem hatte Runa Papier, Feder und Tinte gegeben und sie gebeten, festzuhalten, wie man Falken zähmte, ohne ihnen die Lider zu vernähen. Schon seit Monaten war er dabei, Anweisungen und Ratschläge auf Wachstafeln und in Folianten festzuhalten. Es war, als fürchte er, dass ihm nicht mehr viel Zeit bliebe. Dabei war Willem gesund, genau wie Runa und ihre neun Monate alte Tochter. Runa wusste nicht, welchem Gott sie dafür zu danken hatte, also dankte sie einfach allen. Willem war ein guter Mann, das hatte sie früh gespürt. Dennoch hatte sie lange überlegen müssen, als er ihr angeboten hatte, sie zu heiraten, damit sie Falknerin am Ordenshof bleiben könne. Wider besseren Wissens hatte sie gehofft, dass Simon es sich anders überlegen und zu ihr zurückkehren würde.

Willem hatte sie bis zu ihrer Entscheidung in einer Kammer im Spital untergebracht; er hatte sie nicht bedrängt. Den anderen hatte er gesagt, dass sie krank sei. Aber ihr war klar gewesen, dass sie sich entscheiden musste. Das Kreuz zu nehmen und eine Laienschwester zu werden, war für sie nicht infrage gekommen. Also blieben nur zwei Möglichkeiten: entweder weggehen, allein und ledig, um sich irgendwie in Danzig durchzuschlagen – oder aber heiraten. Als sie geahnt hatte, dass sie guter Hoffnung war, hatte sie sich zu einer Entscheidung durchgerungen. Ihr Kind sollte ein Zuhause haben. Es sollte sicher aufwachsen können. Wie hätte sie wissen können, dass Simon heil und gesund nach ein paar Monaten zurückkehren würde!

Nie würde sie sein entsetztes Gesicht vergessen, als sie es ihm gesagt hatte! Simon war vom Falkenhof geflohen. Sie hatte ihn nicht trösten können – wie denn auch? War sie doch selbst untröstlich.

Nicht, dass sie bei Willem unglücklich war. Er war höflich und freundlich zu ihr. An vielen Kleinigkeiten merkte sie, dass er seine frühere Familie durch eine Seuche verloren hatte und daher sehr besorgt um ihr Wohlergehen war. Manchmal, glücklicherweise nicht allzu oft, begehrte er, was sie ihm nicht verweigern konnte. In der Falknerei hatte sie eine höhere Stellung erlangt und wurde geachtet. Seit Frans weg war – Willem hatte ihn fortgejagt –, wagte es niemand mehr, sie anzugreifen. Schließlich war sie die Frau des Falkenmeisters und selbst eine ausgezeichnete Falknerin. Und doch wünschte sie oft, sie wäre woanders.

Mit bebenden Händen öffnete sie den Brief. Simon sandte weiches Hirschleder, das sich gut zur Herstellung von Falknerhandschuhen eignete. Er hatte ein kleines Geschäft in Danzig und ihr Mann schätzte seine Lieferungen sehr. Ab und zu begleitete Runa Willem nach Danzig. Sie musste sich Simon gegenüber sehr zusammennehmen, mochte aber auf die kurzen Begegnungen nicht verzichten. Willem ahnte nichts. Sie schämte sich dafür, dass sie ihm nicht die Wahrheit sagen konnte. Aber sie einzugestehen, würde nichts besser machen. Willem liebte Skadi und hielt sie für seine Tochter. Das war ja auch gut so. Nur durch ihn wäre ihre Zukunft gesichert. Dennoch wünschte sie, sie könnte Simon eines Tages von seiner Tochter erzählen! Er wirkte auf sie stets ein wenig traurig. Sein einziger Vertrauter schien der kleine Junge zu sein, den er aus der Sklaverei gerettet hatte.

Runa hörte aus Skadis Wiege ein leises Schmatzen und ging

zu ihr. Das Mädchen war aufgewacht und blinzelte sie verschlafen an. Behutsam nahm Runa ihre Tochter auf den Arm. Auf den Pausbacken zeigten sich Simons Grübchen. Wie sie die beiden liebte!

1384

September

73

Lübeck

Ricardo zupfte am Saum seines Wamses und versuchte, das Lamentieren zu überhören. Der Stoff war fadenscheinig geworden. So weit hätte er es früher nie kommen lassen! Cecilia würde ein Samtband darübernähen müssen, denn für neue Kleidung war momentan kein Geld da. Aber bald …

Er hauchte auf seinen Goldring und rieb ihn über den Samt. »Als ich Euch das Geld geliehen habe, haben wir ausführlich über die Bedingungen gesprochen.« Sein Finger fuhr über die Seite des Foliobuches. »Seht, Ihr habt Euch damit einverstanden erklärt«, wies er auf die Unterschrift.

Der Pelzer krampfte die Hände um sein Revers. Marderfell, gute Qualität. Allein das könnte einiges einbringen, wenn man es verkaufen würde, dachte Ricardo.

»Aber ich habe das Geld nicht!«, wiederholte Johan van Zoest und hob die Stimme. »Ich kann die Schulden noch nicht zurückzahlen! Außerdem: Ein Aufschlag von achtzehn Prozent ist Wucher! Das wird Euch jeder bestätigen!«

Ungnädig schob Ricardo seinen Stuhl zurück und erhob sich. »Ihr bringt mir bis Mitte des Monats das Geld, andernfalls werde ich Euch pfänden lassen. Ihr habt mir ja schließlich Euer Haus als Sicherheit überschrieben.«

»Ich habe fünf Kinder! Ihr könnt uns doch nicht aus dem Haus treiben!« Der Pelzer war verzweifelt.

Ricardo wusste auch, warum: Der Mann hatte eine anspruchsvolle Patrizierwitwe geheiratet, die auf ein reiches Haus gehofft hatte und nun entsprechend enttäuscht war, was sie ihren Mann, wie man munkelte, spüren ließ. Sein Leben musste die Hölle sein.

Ständiges Gekeife und sogar Verweigerung ehelicher Pflichten. Der Pelzer konnte einem beinahe leidtun.

Ricardo legte Johan van Zoest begütigend die Hand auf die Schulter und schob ihn gleichzeitig hinaus. »Ihr habt mir damals doch so wortreich dargelegt, welche Geschäfte Ihr mit meinem Geld plant. Also seht zu, dass sie Früchte tragen. Ein paar Tage habt Ihr ja noch ...«

Als der Schuldner gegangen war, ließ Ricardo sich auf seinen Lehnstuhl fallen. In seinen schlimmsten Albträumen war er nicht so tief gesunken! Ein schönes Leben hatte er in Brügge gehabt. Ein angesehener und wohlhabender lucchesischer Händler war er gewesen, und jetzt ...

Cecilia kam herein. Ihre hellbraunen Haare hingen ihr strähnig ins Gesicht. Die Bänder ihres Kleides waren schief gebunden und ihr Brusttuch fleckig. An ihrem Rockzipfel zerrte ihre vierjährige Tochter und quengelte. Auch seine Frau hatte sich nicht zum Vorteil verändert. Dennoch liebte er sie. Er musste wieder zu Ansehen kommen, diese Durststrecke überwinden. Dann könnten sie sich auch wieder einen standesgemäßen Haushalt leisten, und Cecilia würde wieder die Frau werden, die sie eigentlich war. Jetzt verwandelte sie sich nur noch zum Kirchgang in die feine Dame – und natürlich, wenn sie Adrian besuchten. Ricardo kochte schon, wenn er nur an ihn dachte. Gerade erst neulich war seine zweite Holk vom Stapel gelaufen, ein imposantes Schiff. Wie immer machte Adrian auch in Krisenzeiten alles richtig – fand Cecilia zumindest. Er hingegen ...

In Geschäftsdingen war er ein paar Mal mit Adrian aneinandergeraten. Cecilia hatte darauf gedrängt, dass sie sich wieder versöhnten, aber ihr Verhältnis blieb angespannt, was ihn nicht störte. Cecilia hingegen besuchte beinahe täglich die Vanderens, angeblich um ihr Patenkind zu sehen. In Wahrheit aber wollte sie sich von Adrian trösten lassen. Eifersucht quälte Ricardo wie Nadelstiche.

»Dass du den armen Mann so in die Enge treiben musst! Kannst du ihm nicht sein Haus lassen? Und diese hohen Zinsen – ist das wirklich nötig?« Fahrig schob Cecilia ihr Haar beiseite und sah ihn an.

Ricardo nahm ihre Hand und küsste sie liebevoll. Sie würden auch wieder bessere Zeiten erleben. »Du verstehst doch nichts von den Geschäften, angelo mio«, sagte er sanft. Die Tochter riss jetzt heftig an ihrem Rock und Cecilia kam nicht umhin, sich um Ginevra zu kümmern. Aus der Diele rief Francesco, er käme nicht mit seinen Schreibübungen voran. »Wo ist unsere Magd? Kann sie sich nicht um die Kinder kümmern?«

»Sie ist auf dem Markt.«

»Schon wieder?« Ricardo runzelte die Stirn.

Er hatte das Gefühl, dass die Magd sie betrog. Sie wäre nicht die erste. Cecilia war zu weich im Umgang mit dem Gesinde, und er hatte keine Zeit, sich auch noch damit zu befassen. Es war schwierig genug, für ein Auskommen zu sorgen. Die alteingesessene Lübecker Kaufmannschaft dominierte den Handel und behinderte Neubürger, wo sie nur konnte. Er war nicht der Einzige, der damit unzufrieden war.

»Ich bräuchte mehr Hilfe. Eine Köchin. Einen Scholar für unseren Sohn. Eine weitere Magd. Schau mich doch an! Wie sehe ich nur aus!« Tränen trübten Cecilias Blick.

Wieder küsste er sie. Ihre Finger rochen nach Zwiebeln, und nicht, wie früher, nach Duftwasser. »Du bist schön wie immer.« Seine Frau sah ihn dankbar an. »Eben damit wir uns mehr Gesinde leisten können, arbeite ich hart.«

»Aber diese Art Arbeit! Kannst du nicht wieder mehr Tuche verkaufen? Spezereien?«

»Du weißt doch, wie es um den Nachschub aus Flandern und Italien steht. Der Aufstand! La guerra di corsari!« Zumal sein Ruf gelitten hatte und mancher Geschäftspartner ihm nicht mehr vertraute.

»Selbst wenn du das Geld bekommst, ist es schändlicher Gewinn. Er wird dich in die Hölle bringen!«, redete Cecilia ihm ins Gewissen.

Der Kummer hatte sie noch stärker in die Kirche getrieben. Auch ihre extreme Angst vor himmlischer Strafe würde hoffentlich besser werden, wenn es wieder bergauf ging.

»Adrian und Henrike hingegen geben reichlich Almosen für ihr Seelenheil. Sie kümmern sich um Waisenkinder und speisen jeden Abend fünf Arme, ich habe es selbst gesehen.«

Ginevra begann jetzt trotzig zu schreien. Ungeduldig wandte Ricardo sich ab. »Das werden wir auch bald tun, amore! Kümmere dich um die Kinder, ich muss noch einmal los …«

Im Gasthaus Oldenfähre in der Breiten Straße, schräg gegenüber dem Rathaus, war es ungewohnt leer. Der Wirt begrüßte Ricardo mit einem Nicken, und die Schankweiber schäkerten mit ihm. Hier war er nicht nur irgendjemand …

Im Ratskeller oder in den anderen Schenken, in denen sich die Patrizier sehen ließen, hielt er es hingegen kaum aus. Dieses steife, gestelzte Gehabe! Wer in Lübeck nicht seit mehreren Generationen einen Ratssitz innehatte oder stinkreich war, wurde geschnitten. Auch das war in Brügge anders gewesen. Ricardo sah sich nach Bekannten um, entdeckte aber niemanden. Der Wirt trat zu ihm.

»Die Versammlung findet im Hinterzimmer statt«, flüsterte er. Ricardo wusste zwar nicht, wovon der Wirt sprach, wenn aber eine Versammlung stattfand, wollte er natürlich dabei sein. Er wollte dazugehören …

»Ricardo, willkommen!« Hinrich von Coesfeld hob seinen Krug zur Begrüßung.

Seine knubbelige Nase leuchtete rot, und Ricardo hatte den Eindruck, dass er schon wieder reichlich dem Bier zugesprochen hatte. Sie trafen sich häufiger im Gasthaus und teilten den Ärger über ihren geschäftlichen Niedergang und die Arroganz der Patrizier. Hinrich war hoch verschuldet und würde vermutlich seine letzten Grundstücke verlieren. Um ihn herum saßen dreißig bis vierzig Männer. Die meisten waren Handwerker, aber er sah auch einige Kaufgesellen sowie Johan van Zoest; der Pelzer mied seinen Blick.

»Wir hatten gar nicht mit dir gerechnet. Aber warum nicht?«, sagte Hinrich. »Nur dass du es weißt: Was wir heute besprechen, könnte dein Leben verändern! Willst du das? Wenn ja, dann schwöre, dass du Stillschweigen bewahren wirst!«

Sein Leben verändern. Nichts wünschte er sich mehr! Ricardo hob die Hand. »Ich schwöre es!«

»Dann setz dich!«, lud Hinrich ihn ein. »Schenkt ihm ein, Brüder!«

Nachdem alle Bier hatten, erhob Hinrich sich. »Wie heiße ich?«, fragte er in die Runde.

Erstaunt blickten die Männer ihn an. Die Antwort war doch klar! »Hinrich von Coesfeld«, sagte schließlich der Bäckermeister Heinrich Caleveld.

»Und wie nennen mich neuerdings die Patrizier in ihrer Arroganz? Wisst ihr es?« Als alle schwiegen, spuckte er es aus: »Hinrich Paternostermacher! Weil mein Vater diesen Beruf ausübte. Dass mein Vater beinahe dem Rat angehörte, haben sie vergessen, seit meine Geschäfte schlecht laufen. Nur wer reich ist, gehört zu ihnen. Und für die Reichen machen sie die Gesetze.« Zustimmendes Murren erfüllte den Raum. »Und wir? Was ist mit uns?«

»Wir werden kurz gehalten! Man drückt uns immer neue Steuern auf!«, meinte Johan van Zoest.

»Wir müssen buckeln, wenn wir etwas von ihnen wollen!«, erregte sich der Knochenhauer Nikolaus van der Wisch.

»Nach unserem Aufstand vor ein paar Jahren dachten wir, es würde besser – aber nichts da!«, stimmte ein anderer zu.

»Und sie werden fetter und fetter! An Geldbeuteln und Leibern!«

Alle riefen nun durcheinander, bis Hinrich mit seinem Krug auf den Tisch klopfte und für Ruhe sorgte. »Nichts wird sich ändern, solange die alte Riege an der Macht ist. Deshalb müssen wir etwas tun«, begann er zu sprechen.

Ricardo stockte der Atem, als er von dem Plan hörte. Das war wirklich ... radikal. Ein brutaler Schritt. Der ihnen jedoch allen einen Neuanfang ermöglichen würde.

Aber Ricardo erkannte noch etwas anderes in dem Vorhaben. Die Möglichkeit, Adrian endlich am Boden zu sehen. Und selbst als Phoenix aus der Asche zu steigen. Nach dem ersten Schock würde Cecilia erkennen, was sie an ihm hatte.

Alle Anwesenden erklärten sich einverstanden mit dem Plan, auch Ricardo. Sie würden in den nächsten Tagen Vorbereitungen treffen und weitere Verbündete gewinnen. Dann würde der Tag des großen Schlachtens anbrechen ...

74

Dänemark

Noch einmal erzitterte der Keiler, als die ungekrönte Königin von Dänemark, Norwegen und Schweden ihm den Speer tiefer in den Leib bohrte. Der vierzehnjährige Olaf kam hinzu, um dem Wildschwein mit dem Schwert den Gnadenstoß zu versetzen, was normalerweise der Jägermeister übernahm. Der Hundemeister hielt die kläffende Meute zurück. Mutter und Sohn waren ein eingeschworenes Gespann. Wenn der Junge erwachsen war, würde sich den beiden niemand mehr widersetzen können, dachte Adrian und applaudierte verbindlich mit den versammelten Höflingen. Schon erklang das Horn, um dem Rest der Jagdgesellschaft anzuzeigen, dass der Keiler erlegt war. Adrian war kein Freund von Hetzjagden. Von der Königin jedoch zu einer solchen eingeladen zu werden, galt als besondere Ehre.

Jagdhelfer begannen, das Tier zu enthäuten und zu zerteilen. Adrian wartete neben Henning von Putbus; der Drost schwieg mürrisch. Königin Margarethe reichte dem Jägermeister ihren Speer und trat zu ihnen. »Wir werden den Keiler gleich ins Schloss bringen lassen, damit er zum Nachtessen bereit ist«, erklärte sie zufrieden. Sie gab einen Wink und ein Becher Wein wurde gereicht. Die Königin wirkte souverän wie nie. »Und, habt Ihr Euch Unser Angebot überlegt?«, wandte sie sich an Adrian. Henning von Putbus horchte auf, er hatte offenbar nichts davon gewusst. Sie aber machte sich nicht die Mühe, ihn einzuweihen.

»Euer Angebot ehrt mich sehr, Majestät. Aber ich weiß wirklich nicht, ob die Verwaltung im Falsterbohus das Richtige für mich ist«, sagte Adrian ehrlich. Von dem Schloss in Falsterbo aus wurde der Schonenmarkt verwaltet, was auch die Platzvergaben, das Gerichtswesen und die Zolleinnahmen umfasste. Eine Aufgabe, bei der er sich in Hansekreisen viel Ärger einhandeln und damit auch seine eigenen Geschäfte schädigen könnte.

Obgleich von Putbus sich zu beherrschen versuchte, sah Adrian doch, wie überrascht er war.

»Eure Majestät«, platzte es aus dem Reichsdrost heraus, »nach Rückgabe der Schonenschlösser werden Eure Untertanen …«

Margarethe hob die Hand.

»Die Adeligen …«, setzte der Edelmann neu an.

»Genug!« Ihr Ton war scharf, doch sogleich mäßigte sie sich. »Ich kenne Eure Haltung, Reichsdrost.«

Die Hunde begannen zu kläffen. König Olaf half, den Spürhunden, darunter auch Adrians Wolfshund, ihre Belohnung zuzuwerfen; die Curée war eine Mischung aus Brot und Innereien. Die Königin lächelte Adrian an. »Lasst uns ein wenig gehen, bis wir die Jagd fortsetzen können.«

Adrian folgte der Königin und ihrer Hofdame ein Stück den Weg entlang.

»Ihr kennt den schonischen Handel, wisst um die Seeräubergefahr und beherrscht die hansischen Gepflogenheiten. In den letzten Jahren sind durch die Rechtsunsicherheit die Sitten verroht. Mein Gaelker für Schonen wird ein Däne sein. Aber ich kann in Falsterbo und den anderen Schlössern keine Verwalter gebrauchen, die in die eigene Tasche wirtschaften und die Unsitten weiter zulassen. Ich brauche Frieden für den Handel.«

Adrian stimmte ihr zu. In die königliche Kasse flossen mehr Steuern und Zölle, wenn der Handel florierte.

»Doch für den Frieden ist es möglicherweise unabdingbar, dass Entschädigungen gezahlt werden«, merkte er an.

Die Königin sah sich nach den Jägermeistern um, bald könnte die Hatz weitergehen. »Ein leidiges Thema«, sagte sie frostig.

»Aber eines, dessen Behandlung Ihr nicht umgehen solltet.

Die Stadträte drängen auf Ausgleichszahlung für die von den Piraten geraubten Waren.«

»Die Piraten wurden nicht von mir ausgesandt!«

Adrian senkte den Blick. Die Seeräuber hatten ihm gegenüber anderes angedeutet. Die Kaperbriefe seien in Dänemark von ganz oben gekommen, hatten sie durchblicken lassen. »Ich weiß genau, was Ihr zur Bekämpfung der Freibeuter tut, Majestät. Aber die Räte ...«

König Margarethe strebte der Jagdgesellschaft entgegen. Sie schien erleichtert, dass sie sich für kurze Zeit wieder dem Vergnügen widmen konnte. »Es wird wirklich Zeit, dass sich etwas verändert! Ich kann kaum erwarten, dass wir endlich unser Schonen zurückhaben!«, beendete sie das Gespräch. Ob sie sich jemals bereit finden würde, die hansischen Kaufleute zu entschädigen?

Adrian sah ihr nach und bemerkte, dass der Reichsdrost ihn unverhohlen anstarrte. Betrachtete er ihn etwa als Rivalen? Dabei wollte Adrian mit Henning von Putbus nicht tauschen, denn in Lübecker Ratskreisen hieß es, die schonischen Schlösser würden nicht zurückgegeben, ehe nicht eine Entschädigung gezahlt worden war ...

75

Lübeck, Ende September 1384

Die vierjährige Clara hatte ihren kleinen Bruder um die Brust gefasst und schleppte ihn an den Hopfensäcken vorbei zu ihrer Mutter.

»Er steckt die einfach immer in den Mund! Ich gucke nicht hin und schon kaut er wieder darauf rum!«, schimpfte sie und ließ Frieder auf die Erde plumpsen. Prompt brach der eineinhalbjährige in lautes Protestgeheul über die grobe Behandlung aus.

»Er zahnt! Gib ihm deine Kette, dann braucht er nicht mehr auf dem Hopfen herumkauen«, sagte Henrike schmunzelnd.

»Aber es ist meine!«

»Er wird sie schon nicht aufessen. Und hier musst du dich nun wirklich nicht schmücken.«

Widerstrebend band Clara die Bernsteinkette vom Handgelenk und reichte sie ihrem Bruder, der darauf herumzunuckeln begann. Als Clara losrannte, um mit Ginevra und Francesco um die Wette auf Stelzen zu laufen, tapste Frieder ihr sogleich hinterher.

»Es war eine gute Idee, in euren Hopfengarten zu gehen«, sagte Cecilia und fächelte sich Luft zu. »Immer nur allein zu sein, betrübt mich.«

Henrike hatte am Morgen ihr Gesinde in den Hopfengarten geschickt, um die Früchte zu ernten, und hatte Cecilia kurzerhand zu diesem Ausflug eingeladen. Die Freundin war in letzter Zeit so trübsinnig. »Ist Ricardo denn so viel unterwegs?«

»Ständig. Immer lässt er mich mit den Kindern allein.« Cecilia schien das als Last zu empfinden. Henrike machte es hingegen

Spaß, ihre Kinder um sich zu haben. »Wollte Adrian nicht auch zur Hopfenernte kommen?«

Mit einem Ruck band Henrike den nächsten Hopfensack zu. Die Ernte war gut, sie würden reichlich schmackhaftes Bier bekommen. »Eigentlich schon. Er ist allerdings erst seit gestern aus Dänemark zurück und trifft sich erst noch mit Bürgermeister Swerting.«

Cecilia seufzte schwer. Henrike setzte sich neben sie auf die Bank in den Schatten. Cecilia war nicht die Einzige ihrer Freundinnen, die Kummer hatte. Oda litt unter der Pleite ihres Vaters und hatte noch immer nicht heiraten können. Dabei liebte sie den Kaufgesellen Coneke schon lange. Und Tale hatte auf ihre alten Tage kaum noch genügend Geld, um sich in ein Beginenhaus einzukaufen und dort ihre letzten Jahre in Würde zu verbringen. Henrike hatte ihr gerade erst wieder Kunsthandwerk geliefert, das Amelius mit nach Osten nehmen sollte, um das Geschäft neu aufzubauen. Katrine hingegen hatte im Beginenhof zu ihrer alten Ruhe zurückgefunden. Regelmäßig besuchte sie die Familie in der Mengstraße und war dabei ausgeglichen und aufgeschlossener als früher. Henrike selbst ging es auch gut. Sie war glücklich verheiratet, hatte zwei gesunde Kinder und ein Auskommen. Nur dass Simon nach wie vor in Danzig war, grämte sie. Oft schon hatte sie ihm lange Briefe geschrieben, aber ihr Bruder antwortete nur knapp darauf. Würde Simon denn nie zu ihnen zurückkehren?

»Bedrückt dich sonst noch etwas?«, fragte Henrike mitfühlend.

»Es ist, als habe Ricardo Geheimnisse vor mir. Immer trifft er sich mit diesem Hinrich, ich weiß auch nicht, warum.« Cecilia schniefte. »Und dann diese grässlichen Wuchergeschäfte! Mir macht es nichts aus, wenig zu besitzen, auch wenn ich eine schlechte Hausfrau bin.« Henrike wollte etwas einwenden, aber Cecilia ließ es nicht zu. »Sag nichts, das weiß ich wohl. Aber dass mein Mann unser Seelenheil riskiert, um Geld zu verdienen, bedrückt mich sehr. Wenn Gott dereinst seine Seele wiegt, könnte er sie für zu leicht befinden.«

»Diese Angst verstehe ich gut.« Henrike nahm ihre Hand. »Soll Adrian ihm ins Gewissen reden?«

»Das wäre so lieb.« Durch Cecilia ging ein Ruck. »Oh, da kommt er ja!« Geziert tupfte sie eine Träne aus dem Augenwinkel und straffte sich. Noch immer genoss sie Adrians Aufmerksamkeit. Henrike konnte es ihr nicht verdenken, war aber nicht eifersüchtig. Sie vertraute ihrem Mann blind. Wenn es Cecilia half, diese schwierige Zeit durchzustehen …

An diesem Abend erhielten die Vanderens unerwarteten Besuch. Die Magd brachte Pieter hinein. Der frühere Betteljunge war in den knapp fünf Jahren, die er nun schon bei der Filzerfamilie lebte, ein tüchtiges Stück gewachsen. Er hatte viel gelernt und übernahm schon wichtige Aufgaben in der Werkstatt.

»Stiefvater schickt mich«, sagte er. »Ich soll Euch etwas sagen. Aber unter vier Augen.«

Henrike führte ihn in die Scrivekamer und rief Adrian hinzu. »Ich glaube, sechs Augen sind in diesem Fall auch in Ordnung«, beruhigte sie den Jungen. Sie schloss die Tür und setzte sich zu Adrian an den Schreibtisch.

Der Junge zappelte vor Nervosität. Als er sagte, worum es ging, verstand Henrike auch, warum. »Ein Mann war bei uns. Er wollte, dass die Eltern bei etwas mitmachen.« Er schluckte trocken. »Die Handwerker wollen Räte und Kaufleute überfallen und töten. Und selbst die Macht übernehmen.«

Adrian fuhr auf. »Weißt du, wann es passieren soll?«

»Am Tag des heiligen Lambert.« Das war der 17. September, also in zwei Tagen.

»Wie viele sind es?«, wollte Henrike wissen. Pieter hob ratlos die Schultern. »Ziemlich viele, sagte der Mann.«

»Kanntest du ihn?«, erkundigte sich Adrian.

»Sie nannten ihn Hinrich Paternostermacher.«

Alarmiert blickten Henrike und Adrian sich an. Ausgerechnet ihr langjähriger Nachbar und Bekannter! Der Mann, der ihnen in Brügge das Leben gerettet hatte!

»Sie haben mich geschickt, weil er Verdacht schöpfen könnte, wenn sie euch besuchen«, setzte der Junge hinzu.

Adrian drückte Pieter eine Münze in die Hand. »Das hast du sehr gut gemacht«, lobte er ihn. »Danke auch deinen Eltern, dass sie dich geschickt haben. Und dass sie sich offenbar diesem Aufstand nicht anschließen wollen.«

Nachdem Pieter weg war, verschloss Henrike sorgfältig die Tür. Natürlich vertrauten sie ihren Gehilfen und ihrem Gesinde. Aber sie mussten sich erst einmal selbst darüber klar werden, was von der Nachricht zu halten war, bevor es jemand anders erfuhr. Schockiert lehnte Henrike sich an die Tür.

»Traust du das Hinrich wirklich zu?«

Adrian stand vor dem Fenster und drehte seinen silbernen Siegelstempel zwischen den Fingern. »Er ist verbittert, das ist ja auch verständlich. Und beim Rat gilt er als Unruhestifter.«

»Hinrich hat in Brügge einen Aufstand erlebt. Er weiß, was geschehen kann ... und wie leicht die Unzufriedenen aufzuwiegeln sind.«

»Das fürchte ich auch.«

Jähe Sorge nahm sie in Besitz. Die Kaufleute töten? Das waren doch auch sie! »Du musst es dem Rat melden.«

Adrians Gesichtsausdruck war düster. »Das werde ich. Aber erst einmal werde ich mit ihm sprechen.«

Er legte die Stempel auf den Tisch und trat zu ihr an die Tür, aber sie hielt ihn auf. »Er könnte dir etwas antun!«

»Meinst du, er rettet erst mein Leben und tötet mich dann? Das kann ich mir nicht vorstellen! Nein, ich muss ihm ins Gewissen reden! Bereite du hier alles vor. Kontrolliere die Fensterläden. Hole alle Waffen aus dem Rauchfang und lasse sie putzen. Und Katrine soll zu uns kommen. Hier ist sie sicherer«, wies er sie an.

»Wir könnten auch fliehen! Wir reiten einfach zum Landgut!«

»Und unser Haus den Plünderern überlassen? Nein!« Er öffnete die Tür. Auf der Treppe wandte er sich noch einmal zu ihr um. »Aber so weit wird es nicht kommen, dafür sorge ich!«

Hinrich von Coesfeld war nicht da, aber Oda lud Adrian ein, auf ihren Vater zu warten; sie wusste offenbar nichts von dem teuflischen Plan. Als es zur Nacht läutete und Adrian schon gehen wollte, kam Hinrich endlich. Adrian bat Oda, sie allein zu lassen. Als er ihn auf die Verschwörung ansprach, lehnte Hinrich sich unbeeindruckt auf seinem Stuhl zurück.

»Woher hast du dieses Gerücht?«

»Du weißt, dass ich es dir nicht sagen kann.«

»Ich höre zum ersten Mal davon. Aber wenn so ein Gerücht die Runde macht, solltest du besser mit deiner Familie die Stadt verlassen.«

»Wer hängt mit drin? Sind es die Knochenhauer?«

Hinrich stieß auf; er hatte wohl reichlich dem Bier zugesprochen. »Keine Ahnung«, nuschelte er. »Vergiss es einfach.«

»Ich muss zum Rat gehen.«

Sein Gegenüber sah ihn aus halbverhangenen Augen an. Er schien sich sehr sicher zu fühlen. »Das würde ich an deiner Stelle nicht tun. Wer beim Rat aneckt, hat später darunter zu leiden. Das haben wir doch schon so oft gesehen.«

»Mit so einer Information ecke ich nicht an.« Adrian stützte sich auf den Tisch vor ihm. »Blas es ab!«, sagte er eindringlich.

Doch Hinrich gähnte nur. »Ich habe wirklich keine Ahnung, wovon du sprichst ...«

Nachdem Adrian gegangen war, verließ Hinrich von Coesfeld das Haus durch den Hinterhof. Er würde den Beginn des Aufstands vorziehen müssen. Auch musste Adrian Vanderen aufgehalten werden. Er würde jemanden schicken, der Adrian unauffällig beseitigte, so leid es ihm auch tat.

Die Sterne leuchteten bereits über der Stadt, aber dennoch betätigte Adrian den Klopfer an Ricardos Tür. Egal wie spät es war, der Freund musste gewarnt werden. Einen Augenblick später öffnete Ricardo, er war erst halb entkleidet. Finster blickte er ihn an. »Was willst du um diese Zeit hier?«

»Mit dir reden. Darf ich reinkommen?« Adrian schob sich ohne Erlaubnis hinein.

Er bedauerte es, dass ihr Verhältnis derzeit so zerrüttet war. Sicher würden sie sich irgendwann wieder vertragen.

»Du musst dein Haus verrammeln und deine Waffen bereitmachen. Ein Aufstand droht!«, sagte er umstandslos. »Anscheinend hängt Hinrich von Coesfeld mit drin.«

Eine Frauenstimme ließ sie herumfahren. »Hinrich? Aber ...«

Sie hatten gar nicht bemerkt, dass Cecilia hinzugekommen war. Sie trug ein einfaches Hemd. Die Nachtmütze zog sie schnell vom Haar, als sie Adrian erkannte. »Ricardo, du bist doch nicht etwa ...«

»Halt den Mund ... amore.«

Langsam kam Cecilia näher. »Hast du ihn deshalb so oft getroffen, diesen Hinrich? Willst du uns nicht nur mit deinen Wuchergeschäften in die Hölle bringen, sondern auch durch einen Aufstand?« Ihre Stimme kippte und wurde schrill. »Denkst du denn gar nicht an mich? An unsere Kinder?«

Entnervt warf Ricardo die Hände in die Luft. »La famiglia? Ich denke nur an dich! An nichts anderes! Für dich tue ich das doch alles! Nur für dich!«

Tränen schossen in ihre Augen. »Aber ich will es doch gar nicht! Wir können doch auch mit weniger glücklich sein!«

»Mit weniger? Schau dich doch an – du bist nur noch ein Schatten deiner selbst!« Ricardo lachte bitter.

Cecilia weinte jetzt heftig. Adrian hätte sie gern getröstet, doch damit würde er es vermutlich nur noch schlimmer machen. Er legte seine Hand auf den Arm seines Freundes.

»Beruhige dich. Noch kannst du zurück, noch ist nichts geschehen!«

Unvermittelt schlug Ricardo ihm mit der Faust ins Gesicht. Adrian krachte gegen den Dielenschrank. Cecilia schrie auf und eilte zu ihm. Jetzt packte Ricardo ihren Arm. Grob riss er sie hoch.

»Um mich sollst du dich kümmern! Um mich! Und nicht um ihn!«, fuhr er sie an. Im gleichen Augenblick bemerkte er die bleichen, verängstigten Gesichter seiner Kinder in der Tür. Und floh auf die Straße.

Als Adrian einige Zeit später in sein Haus zurückkehrte, wirkte er ramponiert. Ein Auge war zugeschwollen, seine Nase blutete, sein Wams war zerrissen. Auf dem Heimweg hatte ihn auch noch ein Mann angegriffen, den er jedoch abwehren konnte. Ob dieser Angriff in Zusammenhang mit seinem Besuch bei Hinrich von Coesfeld stand?

Henrike versorgte seine Wunden sogleich. Sie hatte für ihren gesamten Haustand sowie für Katrine, Cecilia und deren Kinder Strohsäcke auf dem Dielenboden ausbreiten lassen – Adrian hatte Ricardos Familie vorsichtshalber eingeladen. Zusammen würden sie im Haupthaus übernachten, das war am sichersten. Ihren Hund hatte sie im Windfang vor der Tür platziert. Die Kinder tobten herum, ihnen erschien die nächtliche Aufregung und das überraschende Zusammensein wie ein Abenteuer.

»Ich habe Symon Swerting informiert, Bürgermeister Perceval war gerade bei ihm. Sie wissen jetzt, dass Gefahr droht, und rufen den Rat zusammen. Von Hinrich habe ich nichts gesagt. Ich habe es nicht über mich gebracht, ihn zu verraten. Aber sie werden wohl selbst auf ihn kommen. Ricardo ist noch immer verschwunden«, meinte Adrian, dann wandte er sich an seine Gehilfen: »Liv und Claas, euch und dem Knecht übertrage ich die Verantwortung für die Frauen und Kinder. Und Coneke, du kommst mit. Alle Kaufleute bewaffnen sich, davon gehe ich aus. Wir werden die Tore und Mauern sichern. Einen Aufstand wird es nicht geben.«

Im Gasthaus fand Ricardo die anderen Verschwörer, die Messer und Schwerter an Schleifsteinen schärften und Fackeln präparierten. Von den etwa siebzig Männern hatten sich an die fünfzig hier eingefunden. Auch Hinrich von Coesfeld war wieder aufgetaucht. Seine Laune war miserabel. Schon packte er Ricardo am Kragen. »Hast du geplaudert? Ihr Italiener redet doch so gern!«

Harsch riss Ricardo sich los. »Bist du verrückt geworden? Mir kommt der Aufstand ebenso gelegen wie dir. Wenn wir die Räte beseitigen und ich das Geld bekomme, das mir noch zusteht, bin ich endlich wieder saniert«, blaffte er leise zurück. Den düstern Blick des Pelzers, der die Zugseile einer Armbrust überprüfte, bemerkte er nicht.

Hinrich stellte sich auf einen Stuhl und hob die Stimme. »Der Bote müsste inzwischen unsere adeligen Verbündeten erreicht haben. Dann wissen sie, dass es früher losgeht. Also, merkt es euch gut: Wir überfallen das Rathaus und nehmen so viele Räte wie möglich gefangen. Alle, die sich wehren, werden abgestochen. Dann zünden wir die Häuser an. Haben wir schon welche ausgesucht?« Er blickte in die Runde. Keiner wollte sein Haus opfern.

»Ich kümmere mich darum«, bot Ricardo an. Adrians Haus würde für ein großes Feuer sorgen.

Johan van Zoest meldete sich zu Wort. »Ich helfe ihm!« Das passte Ricardo nicht, aber er konnte sich wohl kaum dagegen wehren. Es reichte, dass Hinrich ihn eben schon verdächtigt hatte … Nach ihrem Sieg wäre Hinrich ein bedeutender Mann, mit dem man besser auf gutem Fuße stand.

Hinrich nickte zufrieden. »Zwei andere nehmen sich das Haus am Klingenberg vor, der liegt hoch und ist weithin sichtbar. Feuer ist ein brauchbares Signal, das habe ich oft genug in Brügge gesehen. Damit bringen wir die restlichen Handwerker in Aufruhr. Und es ist das Signal für die Ritter. Godschalk und Detlev Godendorp werden die Stadt von außen angreifen. Jeder Kaufmann, der sich uns entgegenstellt, muss sterben. Schon morgen werden wir die neuen Herrscher Lübecks sein!«

Dass sich ihnen ebenfalls ein mecklenburgischer Adeliger namens Bernevur anschließen wollte, verschwieg er vorerst; der alte Ritter wirkte nicht gerade zuverlässig, obgleich er einen Groll gegen die Lübecker zu hegen schien.

Die Verschwörer jubelten. Sie konnten es kaum erwarten. Dann schwärmten sie aus – schwer bewaffnet und nur zu bereit, loszuschlagen.

Zur selben Zeit rief Lübecks erster Bürgermeister, der erfahrene Kriegsherr Symon Swerting, die Patrizier im Rathaus zusammen. Sie beschlossen, sofort zu den Waffen zu greifen.

Ricardo schlich gemeinsam mit Johan van Zoest im Schatten der Häuser durch die Gassen. Er sah Licht in Adrians Haus. Kurz überfielen ihn Skrupel. Er würde Feuer an den Stall des Hauses legen und sie zugleich warnen, dann könnten Henrike und die Kinder noch fliehen. Gleich danach würde er zu seinem Haus eilen und sich mit Cecilia versöhnen. Wieder hatte Adrian einen Keil zwischen sie getrieben – aber damit wäre jetzt endgültig Schluss!

»Hier wollen wir zündeln? Eine gute Idee!« Der Pelzer zeigte sich begeistert, als sie das Tor zum Hinterhof aufbrachen. Ein Hund schlug an, aber van Zoest ließ sich nicht stören. »Aber vorher schauen wir, ob es hier was zu holen gibt. Dann brauchst du auch mein Geld nicht mehr. Meine Frau hätte sicher nichts dagegen, wenn ich mich bei den Vanderens bereichere. Sie ist eine verheiratete Diercksen gewesen. Ihr verstorbener Mann hat durch Adrian Vanderen und seine Frau alles verloren ...«

»Keine Ahnung, wovon du sprichst«, sagte Ricardo entnervt. »Halt besser die Klappe, sonst hören sie uns noch!«

»Aber meine Schulden ...«

»Zahlen musst du trotzdem. Ich brauche das Geld«, zischte Ricardo. »Schulden bleiben Schulden.«

Das war offenbar die falsche Antwort gewesen. Ricardo sah aus den Augenwinkeln eine Bewegung. Ein Hieb traf ihn, er taumelte und stürzte hart auf eine Mauerkante. Sein Schädel brach mit einem hässlichen Geräusch. Schnell zog Johan van Zoest ihn in den Stall. Niemand würde sich darüber wundern, dass jemand bei dem Brand zu Tode gekommen war. Und er war seine Schulden endlich los ... Nun musste er nur noch Feuer legen.

Tatsächlich wurde Hinrich von Coesfeld, genannt Paternostermacher, als Erster verhaftet und von Ratsbütteln in den Kerker gebracht. Symon Swerting und einige Räte befragten ihn zu den Namen und der Anzahl der Mitverschwörer. Hinrich schwieg. Er setzte darauf, dass sein Plan auch ohne ihn aufgehen würde. Sie waren über siebzig Verschwörer, da kam es auf einen Mann nicht an. Im Zweifelsfall würden die verbündeten Ritter die Schlacht entscheiden, sobald ihnen das Feuer das Signal zum Angriff gab. Gespannt wartete er auf das Einsetzen der Feurio-Rufe. Seine Befreiung würde dann nur noch eine Frage von Stunden sein.

Gerade als der Pelzer die Fackel in das Stroh senken wollte, sprang Claas ihn von hinten an. Sie hatten im Haus angestrengt auf ungewöhnliche Geräusche gelauscht und das Aufbrechen des Hoftores gehört. Sofort waren die Kaufgehilfen in Richtung Stall geeilt, wo nun ein wilder Kampf entbrannte. Während Claas mit dem Einbrecher rang, löschte Liv zunächst die Fackel, die dem Fremden im Getümmel entfallen war, dann kam er seinem Freund zu Hilfe. Trotz der vereinten Kräfte beider junger Männer gelang es dem Brandstifter, sich plötzlich loszureißen und in die Dunkelheit zu entfliehen. Erst als sich die Kaufgesellen, noch immer schwer keuchend, im Stall umsahen, bemerkten sie den Toten im Stroh.

Als der Morgen graute, drangen immer mehr Schreie und Befehle aus der Fronerei zu Hinrich von Coesfeld. Zunächst hoffte er noch, dass es seine Verbündeten wären, doch dann unterbrach Symon Swerting sein Verhör, weil weitere Verschwörer befragt werden sollten. Hoffentlich hielten sie dicht! Auch das Feuer war nicht wie verabredet ausgebrochen. War ihr Plan gescheitert? Erst jetzt wurde Hinrich klar, welche Folgen sein Verrat haben würde. Aus diesem Kerker zu fliehen, war unmöglich. Ihm drohte ein grausamer Tod. Sie würden ihm erst mit dem Richtrad jeden Knochen einzeln brechen. Danach würde man ihn auf das Rad flechten, vierteilen und qualvoll sterben lassen. Sein Fleisch würden die Raben und andere Aasfresser bis auf die Knochen abnagen. Die Schmerzen würde er nicht ertragen, das wusste er. Er war schwach. Zu sehr fürchtete er sich davor zu leiden. Es war vorbei. Mit zitternden Fingern löste er seinen Gürtel …

Am nächsten Mittag trafen die Bürgermeister, Räte und Kaufleute zu einer Sitzung im großen Saal des Rathauses zusammen. Die Männer waren tiefernst und übernächtigt. Auch Adrian war noch immer schockiert. Der Anblick von Ricardos Leiche und Cecilias Verzweiflung hatten ihn völlig aus dem Gleichgewicht gebracht. Warum hatte er die Zeichen nicht erkannt? Wieso hatte er ihn nicht aufhalten können? Was war nur in seinem Freund vorgegangen? Wut, Trauer und Schuldgefühle wechselten sich in ihm ab. Aber er musste sich zusammenreißen. Ricardos Beteiligung musste nach Möglichkeit verschwiegen werden, sonst würde Cecilia all ihren Besitz verlieren.

»Wir haben achtzehn Männer gefangen genommen. Die meisten sind Knochenhauer, aber es sind auch Bäcker, Reepschläger und sogar Kaufgesellen darunter«, berichtete Symon Swerting. »Viele haben nach etwas gutem Zureden ausgesagt. Sie alle bestätigen, dass der Selbstmörder Hinrich Paternostermacher der Anführer gewesen ist. Zu den Aufrührern gehörten auch der Bäckermeister Heinrich Caleveld, der Knochenhauer Nikolaus van der Wisch und der Paternostermacher Herman Sarowe. Beteiligt waren außerdem die holsteinischen Adeligen Godschalk und Detlef Godendorp.« Im Saal war aufgeregtes Tuscheln zu hören. »Damit haben wir es mit Landesverrat zu tun.«

»Auf das Rad mit ihnen!«, forderte einer der Räte sogleich.

Symon Swerting nickte bedächtig. »Das ist die vorgesehene Strafe für Verrat. Aber wir werden gerecht handeln und in einem anständigen Prozess über jeden Einzelnen das Urteil fällen. Das sind wir als Haupt der Hanse den anderen Städten schuldig.«

Adrian bat um das Wort. Manche Räte blickten ihn wegen der Verletzungen in seinem Gesicht befremdet an. »Sollten wir nicht Gnade walten lassen? Eigentlich ist doch gar nichts geschehen! Und es hat sicher viele Mitläufer gegeben.«

»Mit denen habt Ihr doch nicht etwa Mitleid!«, entrüstete sich Goswin Klingenberg.

Der vorsitzende Bürgermeister hob mäßigend die Hände. »Ich möchte an dieser Stelle Adrian Vanderen unseren Dank aussprechen. Er war es, der den Aufstand aufgedeckt hat. Nur durch ihn konnten wir ein Blutbad verhindern.«

Anerkennend klopften alle auf die Tische. Sogar Goswin Klingenberg musste ihm Respekt zollen. Swerting legte Adrian die Hand auf die Schulter und neigte sich zu ihm. »Euer Einsatz wird bei der nächsten Ratswahl belohnt werden, da könnt Ihr sicher sein«, sagte er leise.

Das konnte Adrian sich kaum vorstellen. Er würde es nicht lassen können, sich gegen die Verhängung allzu harter Strafen auszusprechen.

1385

Februar bis Juli

76

Lübeck

Erst ein halbes Jahr später, zu Fasten 1385, waren die Gerichtsverfahren beendet. Alle Bitten um Milde waren vergeblich gewesen. Achtzehn Männer wurden wegen Landesverrats hingerichtet. Man hatte ihnen erst mit einem eisenbeschlagenen Rad die Knochen zerschmettert und sie dann auf das Rad geflochten. Einige waren noch zusätzlich geviertelt oder enthauptet worden. Sogar der Leichnam des Selbstmörders Hinrich von Coesfeld war vor Gericht geschleppt und verurteilt worden, anschließend hatte man auch ihn noch auf das Rad flechten lassen. Tagelang hatten die verzweifelten Schreie der Todeskandidaten über der Stadt gehangen. So viele Männer waren angeklagt worden, dass selbst die unbarmherzigsten Räte irgendwann allen, denen noch die Gefahr der Verfolgung drohte, erlaubt hatten, aus der Stadt zu fliehen. Daraufhin verschwanden auch etliche, von denen man es nicht geahnt hatte. Achtundzwanzig Verräter hatten schon vorher Reißaus genommen, unter ihnen auch der Pelzer Johan van Zoest. Ihr Eigentum war beschlagnahmt worden. Auch die Ritter sollten zur Rechenschaft gezogen werden.

Adrian hatte Ricardo aus alldem heraushalten können. Natürlich war sein Name von Mitverschwörern erwähnt worden, aber da er schon vor Beginn des geplanten Aufstandes tot gewesen war und Cecilia ohnehin vorhatte, die Stadt zu verlassen, hatte man ihr den Besitz gelassen. Mit ihren Kindern war sie zu ihrer Familie nach Brügge zurückgekehrt.

Den Handwerksämtern hatte der Rat einen Treueeid abgenommen. Wie es mit den Knochenhauern weitergehen würde, war allerdings noch unklar.

Adrian war, obgleich er nicht aufgehört hatte, um Milde zu bitten, in den Rat aufgenommen worden. Endlich hatte er erreicht, wonach er so lange gestrebt hatte. Und doch war Bitternis dabei. Einen Augenblick hatte er beim Ratsschwur gezögert. Wollte er wirklich einem Stadtrat angehören, der solche Grausamkeiten zu verantworten hatte? Andererseits konnte er schneller etwas verändern, wenn er eine Rolle im politischen Geschehen übernahm.

Gleich nach der Ratswahl beschloss Henrike, Simon zu holen. Die Ratsgeschäfte würden Adrian von nun an in Beschlag nehmen. Mit zwei kleinen Kindern und einem umfangreichen Kaufhandel brauchte sie ihren Bruder dringend wieder in Lübeck. Auch hatte sich Coneke nach der Heirat mit Oda selbstständig gemacht, sodass ihnen ein Geselle fehlte. Claas würde sie nach Danzig begleiten. Wer aber würde sich solange um die Kinder kümmern? Kurzerhand suchte sie Katrine im Beginenhof auf.

»Ich werde Simon zurückholen«, kündigte sie ihrer Base an, als sie am Besuchstisch saßen.

Katrine musterte sie interessiert. »Du hast zwei Kinder. Warum willst du dich in Gefahr bringen?«

Henrike hatte sich das selbst bereits gefragt. Auch Adrian war von ihrem Vorhaben ganz und gar nicht begeistert. »Ich habe schon lange das Gefühl, dass ich Simon mit meinen Briefen nicht erreiche. Ich berühre ihn nicht. Ich weiß nicht, was in ihm vorgeht, was ihn aufhält. Er schreibt ja kaum! Wenn ich ihm gegenüberstehe, wird er verstehen, dass wir ihm nicht mehr gram sind, und nach Hause kommen«, erklärte sie überzeugt und berührte Katrines Hand. »Es wäre doch auch schön für dich …«

Nachsichtig lächelte ihre Freundin. »Ich liebe Simon wie einen Bruder. Aber ich begehre ihn nicht zum Mann. Und er mich nicht. Ich habe hier alles, was ich brauche, das solltest du wissen.«

»Ich fürchte manchmal, du verschwendest dein Leben!«, sprach Henrike zum ersten Mal aus, was sie schon oft gedacht hatte.

Ihre Freundin erhob sich. »Ich verschwende es nicht. Ich schenke es. Das ist ein großer Unterschied. Hoffentlich wirst du das irgendwann akzeptieren können.«

Henrike dachte, sie hätte sie verärgert, aber in Katrines Blick lag keine Spur von Groll. »Ich werde mit der Meisterin sprechen. Sicher wird sie mir erlauben, dass ich jeden Tag nach deinen Kindern sehe.«

»Ich danke dir. Den Rest werden Adrian und unsere Amme schaffen. So weit ist es ja nun auch nicht bis Danzig. Ich bin sicher bald zurück.«

Im April, nach der Herabsetzung und Halbierung des Knochenhaueramtes und der Verkaufsstände, reisten Henrike und Claas nach Danzig ab. Es fiel Henrike sehr schwer, ihre Kinder zurückzulassen, und beinahe hätte sie ihren Plan aufgegeben. Aber sie vermisste Simon, und sie war sich sicher, dass auch er allein in der Fremde nicht glücklich war. Außerdem sollten Clara und Frieder endlich ihren Onkel kennenlernen!

Die See war günstig, und so erreichten sie Danzig schon nach wenigen Tagen. Sie brauchten nicht lange, bis sie sich zu Simon durchgefragt hatten. Er bewohnte ein kleines Haus in der Nähe des Hafens. Vor dem Fenster hingen vielfarbige Wappenschilder, Zierwimpel, Stoffkronen und bestickte Pferdedecken. Simon stand mit einem etwa achtjährigen Jungen vor einem Tisch. Der Junge schob konzentriert Rechenpfennige über den Rechenteppich. Henrikes Hals war wie eingeschnürt. Sie erinnerte sich noch genau an den Tag vor fünf Jahren, an dem Simon ihr von seinem Plan berichtet hatte. Auch damals hatte er an einem Rechenteppich gesessen, als sie das Für und Wider seines Vorhabens abgewogen hatten. Sie hatte ihn damals nicht ernst genug genommen. Das würde ihr nicht wieder passieren. Wie könnte es auch? Er war ein richtiger Mann geworden, mit einem ausdrucksstarken, entschlossenen Gesicht und einem durchtrainierten Körper.

»Ihr wünscht?« Simon sah auf.

Seine erste Verblüffung wich dem Ausdruck reinster Freude, dann schloss er seine Schwester lachend in die Arme. Auch Claas begrüßte er herzlich. Henrike lächelte den Jungen an, der die Szene etwas scheu beobachtete.

»Und du bist …?«

»Mikkel.«

Sie warf Simon einen forschenden Blick zu. Konnte das wahr sein? Was hatte Simon ihnen noch verschwiegen? »Dein Sohn?«

»So gut wie.« Ihr Bruder legte den Arm um die schmalen Schultern des Jungen. »Aber kommt herein! Es ist so schön, euch endlich wiederzusehen! Wie geht es euch? Was treibt euch her?«

Die Augen ihres Bruders glänzten so freudig, das sie sich fragte, warum er nicht längst wieder zu ihnen gekommen war. Nein, glücklich war er hier nicht.

Sie schlossen kurzerhand den Laden und bereiteten eine einfache Mahlzeit. Henrike begann zu sprechen und Claas ergänzte, wenn es nötig war. Es wurde ein langer Bericht, an dessen Ende Simon abwägend dreinschaute. Schließlich begann er von seinen Erlebnissen zu erzählen, von Runas wahrer Identität und von seinen Gefühlen zu ihr.

»Ich kann Danzig nicht verlassen«, schloss er. »Ich habe damals meine Chance vertan. Das bereue ich wie nichts in meinem Leben. Ich werde nicht aufhören, auf Runa zu warten, das habe ich mir geschworen.«

Henrikes Gedanken wanderten zu Cecilia, die Adrian offensichtlich liebte – konnte auch sie kaum erwarten, dass Henrike starb? »Du hoffst also auf den Tod ihres Mannes?«, gab sie ihrer Bestürzung Ausdruck.

»Nein!« Entsetzt schüttelte Simon den Kopf. »Er ist ein guter Kerl, und er behandelt Runa anständig. Er war für sie da, als ich meinte, etwas anderes sei wichtiger. Aber verstehst du denn nicht – ich kann nicht woanders glücklich sein!«

Seine tief empfundenen Worte schmerzten sie. »Du wirkst aber auch hier nicht glücklich«, wandte sie ein.

Ratlos hob Simon die Schultern. »Das ist der Preis, den ich zahlen muss. Zahlen möchte.« Er lächelte. »Ich habe hier mein Auskommen. Und ich tue Gutes. Für jeden Goldtaler, den die Ritter für Zierrat ausgeben, können sie keine Waffen kaufen. Und für jeden Goldtaler, den ich einnehme, kann ich einigen Sklaven helfen. Da ich ein paar Ordensritter gut kenne – Ubbo, du erinnerst dich? –, werde ich auch weiterempfohlen.«

Henrike schalt sich dafür, dass sie geglaubt hatte, sie müsse etwas für Simon tun. Er sorgte schon lange allein für sich. Besser, als sie es je könnte. Was sie tat, war allein ihrem Eigennutz zuzuschreiben. Sie hatte sich schon immer eine große, heile Familie gewünscht. Aber jeder führte nun einmal sein eigenes Leben, ob es Katrine war oder Simon.

»Dann werden wir dich also nicht umstimmen können«, stellte sie fest.

Claas wirkte enttäuscht.

Zu ihrer Überraschung lächelte Simon. »Ich schlafe mal darüber. Und dann muss ich natürlich mit Mikkel sprechen.« Er fuhr dem Jungen, der anscheinend vieles nicht verstanden hatte, liebevoll durch die schwarzen Haare.

Am nächsten Tag waren beide einverstanden, sie nach Lübeck zu begleiten. Doch zuvor ritt Simon noch zu Runa, um ihr mitzuteilen, dass er seine Schwester begleiten würde, aber schon bald wieder nach Danzig zurückkäme. Es wäre nur für kurze Zeit.

77

Lübeck, Juni

Simon saß im Hinterhof des Hauses in der Mengstraße und übertrug Zahlen von Zetteln in ein Foliobuch, während sich Clara, Frieder und Mikkel lachend mit Wasser aus einem Badezuber bespritzten. Sorgfältig vermerkte Simon, welche Tuche Lambert aus Dordrecht geschickt hatte; es war eine magere Auswahl gewesen. Obgleich nach dem Tod Ludwig von Males Flandern an den Herzog von Burgund gefallen war, war die Lage in Brügge noch immer schlecht.

Simon sorgte schon seit einigen Tagen allein für die Kinder. Henrike und Adrian waren an den Hof der dänischen Königin eingeladen worden, die anlässlich der Übergabe der schonischen Schlösser eine Feierlichkeit plante.

Aufregende Wochen lagen hinter ihnen, in denen Adrian ständig unterwegs gewesen war. Da Königin Margarethe sich weigerte, die Entschädigungen zu zahlen, hatten sich die Hansestädte ihrerseits geweigert, die Schonenschlösser herauszugeben. Es war ein erbittertes Tauziehen gewesen, bei dem Adrian, Symon Swerting, Hermanus von Osenbrügghe und andere Räte ihr ganzes diplomatisches Geschick aufbringen mussten. Letztlich aber hatte der Friedenswille gesiegt. Königin Margarethe hatte ihre Schlösser zurückbekommen. Sie brauchte keine Entschädigungen zu zahlen, erneuerte dafür aber die hansischen Privilegien. Auch ein dauerhafter Friedensschluss mit den Seeräubern stand unmittelbar bevor. Bis dahin sollte der Sohn des Stralsunder Bürgermeisters Wulflam für die Bekämpfung der Freibeuter sorgen. Der Handel war also wieder sicherer. Sobald Adrian und Henrike zurückkamen, konnte Simon endlich wieder nach Danzig reisen.

Er dachte an seine letzte Begegnung mit Runa. Einige Tage vor seiner Abreise hatte er sie bei der Falknerei aufgesucht. Wieder hatte er eine Lieferung Hirschleder zum Anlass genommen. Jedes Mal, wenn er sie sah, brach sein Herz ein Stück mehr. Und noch ein wenig mehr, wenn er sie wieder verlassen musste. Würde irgendwann überhaupt noch etwas von seinem Herzen übrig bleiben? Aber es schien ein leidensfähiges Organ zu sein, das Herz.

Runa hatte gerade einen Falken in einem Zuber baden lassen. Genüsslich hatte der Greif seine Flügel in das Wasser getaucht und die Federn durch den Schnabel gezogen. Weder ihren Mann noch ihr Kind hatte Simon gesehen. Für einen winzigen, kostbaren Moment hatte es nur sie zwei gegeben.

»Wie lange es auch dauert – ich werde auf dich warten«, hatte er ihr versprochen und geglaubt, Sehnsucht in ihren Augen zu sehen. Dann hatte er trotz der Hoffnungslosigkeit ihrer Liebe lachen müssen. »Ob du es nun willst oder nicht!«

In diesem Augenblick hörte Simon ein vertrautes Flattern über sich und sah auf. Ein Falke, hier in Lübeck? Da stand er, auf dem Giebel des Flügelanbaus, auf dem Frigg immer gestanden hatte … Frigg!

Simon sprang auf. Die Zettel fielen ihm vom Schoss und rieselten durch die Luft. Die Kinder lachten. Und da war sie auch schon.

Runa. Mit einem etwa dreijährigen Mädchen an der Hand. Sie brauchte nichts zu sagen, er konnte ihr ansehen, dass sie frei war. Frei für ihn. Sein Herz schlug laut und wild vor Glück.

78

Landgut bei Travemünde, einige Wochen später

Simon stieß den Spaten in die Erde. Als er an der Schwelle ein kleines Loch ausgehoben hatte, betrachteten Runa und er noch einmal das Stück Holz, in das sie eine Rune geschnitzt hatte. Dann warf seine Frau es ins Loch. Andächtig ließ Simon die Erde daraufrieseln und klopfte den Boden fest. Neben ihrer Tür würde ein Holzkreuz hängen. Auf der anderen Seite Perkunas Donnerkugel an einem Band. Und unter der Schwelle die Schutzrune. So waren sie bestmöglich geschützt.

Runa küsste ihn verheißungsvoll. Sie hatten in Lübeck geheiratet und die Freuden ihres Zusammenlebens schon ausgekostet, aber heute würden sie die erste Nacht in ihrem neuen Haus verbringen! Simon konnte es kaum erwarten …

Sie hatten neben dem Gutshof ein Holzhaus errichten lassen. Runa wollte nicht in der Stadt leben. Sie liebte die Natur, auch wenn sie auf die Falknerei inzwischen verzichten konnte. Nach Willems Tod hatten die grausamen Zähmmethoden wieder Einzug gehalten. Die Raubvögel litten unter der harten Dressur und wurden krank, das mochte sie nicht ertragen. Ihr Mann war bei einer Beizjagd zu Tode gekommen. Sein Pferd war beim Überspringen eines Grabens gestürzt; Willem war sofort tot gewesen.

Skadi kam angelaufen und wollte die frische Erde wieder aufgraben. Lachend hielt Simon sie auf und wirbelte sie herum. Seine Tochter – Skadi war es unverkennbar. Sie hatte nicht nur seine Grübchen, sondern war ihm auch sonst ähnlich. Auch Willem musste es gewusst haben. Was für ein großherziger Mann er gewesen war! Zu Recht hatte Runa seinen Tod aufrichtig betrauert. Aber nun war sie hier, bei ihm.

Die Marienburg vermisste sie nicht, mit Frigg jagte sie nur noch zum Spaß. Simon war der Umzug nur recht. Einen Teil seiner Geschäfte konnte er über Lübeck abwickeln, schließlich gab es dort eine Ordensniederlassung. Außerdem konnte er auch von Travemünde aus Handel treiben. Sie würden ohnehin viel unterwegs sein. Für den nächsten Sommer planten sie, nach Island zu segeln. Ihre Kinder Skadi und Mikkel sollten Runas Heimat kennenlernen. Und sie wollten ihr Erbe zurückgewinnen. Weder Runa noch Simon schreckte die weite und gefahrvolle Reise. Sie waren zusammen, was sollte ihnen schon passieren?

Glossar

ABTRAGEN – einen Greifvogel so zähmen, dass er sich auf der Faust tragen und zur Beizjagd verwenden lässt

ÄLTERMANN (Älterleute, Olderlude) – Leiter der Hansekontore; übten die Gerichtsbarkeit über die Hansen aus und vertraten sie bei Verhandlungen mit fremden Machthabern.

AUFBRÄUEN – Vernähen der Unterlider eines Falken zur Zähmung; heute verboten

BAILLI (Bailiff) – herrschaftlicher, meist adeliger Beamter

BILGE – Kielraum des Schiffs, in dem sich das Leck- und Schmutzwasser sammelt

COTTE – Schlupfkleid für Männer und Frauen

DEUTSCHE BRÜCKE – Tyskebryggen oder Deutsche Brücke wurden die Kontore der Hansekaufleute in Bergen/Norwegen genannt.

DEUTSCHER ORDEN – Ritterorden, der in der Kreuzzugszeit ins Leben gerufen wurde und im 13. Jahrhundert in Ostpreußen und dem Baltikum den Deutschordensstaat gründete.

DORNSE – beheizter Raum, wurde oft als Scrivekamer, Schreibkammer, genutzt

ENTERDREGGE – vierarmiger Anker ohne Schaft, der mit der Hand geworfen wurde und sich auf dem Deck des gegnerischen Schiffs verhakte

FEDERSPIEL – Beuteattrappe; wird bei der Beizjagd mit Falken verwendet

FELDSCHER – Wundarzt

FRIEDESCHIFF – Vredekogge; bewaffnetes Begleitschiff für Handelstransporte

FRONEREI – Gefängnis, Scharfrichterhaus

GELOVEN – Mittelniederdeutsch für glauben oder bürgen; bei den Hansen ein Synonym für Kreditwürdigkeit

GRAPEN – dreibeiniger Topf oder Kessel

GROS – oder flämischer Grot; Silbermünze

GUGEL – kapuzenartige Kopfbedeckung mit umhangartigem Kragen

HANSE – althochdeutsch für »Schar« oder »Gefolge«; Vereinigung von Kaufleuten des Mittelalters, die sich zusammentaten, um Handel zu treiben; später Bezeichnung für einen Städtebund, dem in seiner Blüte bis zu zweihundert Städte angehörten. Zwischen dem 13. und 16. Jahrhundert beherrschte die Hanse den Fernhandel im Nord- und Ostseeraum.

HANSETAG – auch Tagfahrt genannt; Versammlung der Ratsvertreter der zur Hanse gehörenden Städte

HARNISCH – Teil der Schutzausrüstung der Ritter, Söldner, Bürger etc.

HUDEVAT – großes, sackförmig zusammengenähtes Fell, durch Einfetten wasserdicht gemacht; wurde als eine Art Schlafsack genutzt

KAAK – Pranger auf dem Lübecker Markt

KASTELL – Aufbau auf dem Vor- oder Achterdeck eines Schiffes

KERMES – roter Farbstoff aus den Eiern der Kermeslaus

KOGGE – ursprünglich *der Koggen*; mittelalterlicher Frachtsegler. Zur Hansezeit hochbordiger, verklinkerter Einmaster mit kurzem, gedrungenem Schiffsrumpf. Die Traglast einer Kogge lag zwischen vierzig und hundertzwanzig Lasten (Faustregel: 1 Last = ca. 2 Tonnen). Eine originale Hanse-Kogge von 1380 ist im Deutschen Schifffahrtsmuseum in Bremerhaven zu besichtigen.

KONTOR – Niederlassung eines Handelsunternehmens im Ausland

LAST, LIESPFUND – Maßeinheiten; 1 Liespfund in Lübeck = ca. 6,8 kg, 1 Last = ca. 1860 kg

LASTADIE – Schiffbau- oder Schiffsausrüstungsplatz

LITTE – Verkaufsstand

MEERSCHWEIN – Schweinswal; frühe Beschreibung bei Konrad von Megenberg (1309–1374)

MERKE – Kaufmannszeichen

NUPPENGLAS – gläsernes Trinkgefäß mit aufgesetzten Glastropfen

OSMUND – Schwedisches Eisen

PATERNOSTER – hier: Rosenkranzschnüre; Gebetsschnüre, die u. a. aus Holz, Koralle oder Bernsteinen gefertigt wurden; eine wichtige Ware der Hansekaufleute. Für die Herstellung waren die in den Paternostermacherzünften vereinigten Handwerker zuständig.

PATRIZIER – Angehöriger der reichen städtischen Oberschicht

REFEKTORIUM – Speisesaal der Mönche

SAYE – dünner Futterstoff aus Lammwolle

SCHAP(P)EL – Haarschmuck von Jünglingen und Jungfrauen; ein Reif aus Blumen, Metall oder Schnüren

SCHECKE – modisches Obergewand im 14. Jahrhundert; oft sehr kurz und stark tailliert

SCHIFFER – Kapitän

SCHIFFSKINDER – Schiffsmannschaft

SCHNIGGE – kleines und schnelles, meist einmastiges Schiff

SCRIVEKAMER – siehe Dornse

SENDEVE – Form des Handelsgeschäfts bei den Hansen; bei einer Sendeve übergab der Handelsherr seinem Partner oder Gehilfen Waren (Sendgut) oder Geld mit Anweisungen, überließ ihm aber die Ausführung des Geschäfts

SKREITH – isländischer Stockfisch; war härter als der norwegische und wurde daher vor dem Verzehr weich geklopft

SUKENIE – auch Surcot; feines Obergewand, teils mit tief ausgeschnittenen Armlöchern

TAGFAHRT – siehe Hansetag

TAPPERT – faltenreiches Obergewand des Mannes

TERLING – Verpackungseinheit für Stoffe bzw. Pelze; 1 Terling = 18 Tuche

TIMMER – Verpackungseinheit für Felle; 1 Timmer = 40 Felle/Pelze

TYSKEBRYGGEN – siehe *Deutsche Brücke*

VITTE – Handelsplatz für Heringe

WITTE (Witten, Wittenpfennig) – Münze im Wert von 4 Pfennigen; wurde besonders vom Wendischen Münzverein ab 1379 ausgegeben

ZIEGET – Falkoniersprache; Glied von einem Vogel oder einem anderen Tier, das man bei der Beizjagd dem Greifvogel gibt, damit er nicht unruhig wird.

Anmerkung und Dank

Die Feinde der Hansetochter spielt in einer wechselvollen Zeit. In den Jahren nach dem Stralsunder Frieden von 1370 war die Hanse zwar auf der Höhe ihrer Macht – zugleich aber auf verschiedenen Ebenen bedroht. Eine Gefahr aus dem Inneren waren die Handwerkerunruhen. 1374 begannen sie in Braunschweig: »Do was de duvel los ghewurden in der stad to Brunswik«, urteilt der Lübecker Rats-Chronist Detmar.

Die Gründe für die meistenteils blutigen Aufstände lagen in der wachsenden sozialen und gesellschaftlichen Ungerechtigkeit zwischen den Ständen, der Steuerlast, aber auch der Wirtschaftskrise. Da die wichtigste Quelle über die Lübecker Vorgänge, das *liber de traditionibus*, verschollen ist, lassen sich die Hintergründe am besten u.a. in dem Artikel *Die Lübecker Knochenhaueraufstände von 1380/84 und ihre Voraussetzungen* von Ahasver von Brandt sowie *Knochenhauer in Lübeck am Ende des 14. Jahrhunderts* von Claus Veltmann nachlesen. In späteren Jahren inspirierte der Knochenhaueraufstand zu allerlei Sagen, an die auch heute noch ein Reiterrelief in der Königstraße in Lübeck erinnert.

Königin Margarethe I. (1353–1412), Herrscherin über Dänemark, Norwegen und Schweden, gilt als eine der bedeutendsten Frauen der Weltgeschichte – dennoch weiß man weniger über sie als über ihre männlichen königlichen Zeitgenossen. In den Hanserezessen wird sie häufiger erwähnt, da sie im Beisein ihrer Räte auch direkt mit den Hansen verhandelte. Ihre Verbindung zu den Seeräubern ist nicht nachgewiesen, allerdings gibt es deutliche Hinweise, dass sie die Piraten zur Durchsetzung ihrer Interessen nutzte. Zur weiteren Lektüre empfehle ich *Queen Margarethe I.* von Vivian Etting. Henning von Putbus gilt

Historikern als »großer politischer Führer des dänischen Volkes« (Erik Arup), Näheres über ihn findet sich z. B. in *Der Stralsunder Friede von 1370*, herausgegeben von Nils Jörn.

Gotlands Bildsteine sind noch immer an verschiedenen Orten der Insel und vor allem im kulturhistorischen Museum in Wisby zu sehen, das auch einen beeindruckenden Saal zur Schlacht von 1361 hat. Einer der schönsten gotländischen Bildsteine mit Sleipnir, dem achtbeinigen Ross Odins, steht allerdings heute im Staatlichen Historischen Museum in Stockholm. Die Seelenwägung ist in etlichen Kirchen Gotlands als Kalkmalerei abgebildet.

Die alte hansische Handelssiedlung Gautavik auf Island wurde u. a. von den Archäologen Mark Gardiner und Natascha Mehler erforscht.

Im Kupferbergwerk Falun Gruva ist der hansische Handel mit schwedischen Edelmetallen anschaulich dargestellt.

Das Hansekontor in Brügge wurde mir beispielsweise durch die Aufzeichnungen der Kaufleute Hildebrand Veckinchusen (1370–1426) und Francesco di Marco Datini (1335–1410) nahegebracht sowie u. a. durch die ausgezeichnete Buchreihe *Hansekaufleute in Brügge*, die von Werner Paravicini herausgegeben wurde. Dieser Historiker zeichnet auch für die außerordentlich informativen Sachbücher *Die Preußenreisen des europäischen Adels* verantwortlich, aus denen ich die Lobrede des holländischen Herolds Gelre über Adam von Mopertingen zitiert habe. Aufschlussreich über die Heidenkreuzzüge des Deutschen Ordens ist auch *The Northern Crusades* von Eric Christiansen. *Der Falke* von Der von Kürenberg habe ich zitiert nach *Der deutsche Minnegesang* (Hg. Richard Zoozmann).

Runa erinnert sich an eine Strophe aus dem *Havamal*, dem Hohen Lied des Göttervaters Odin, zitiert aus *Die Edda* (Hg. Walter Hansen).

Eine gute Zusammenfassung über die Falknerei im Mittelalter findet sich in *Das Falkenbuch Friedrichs II.* mit einem Kommentar von Dorothea Walz und Carl Arnold Willemsen. Eine Falknerin wird 1410 im Ausgabebuch des Marienburger Hauskomturs übrigens tatsächlich aufgeführt.

Ein Muss für Hanse-Interessierte ist das Europäische Hansemuseum in Lübeck, das im Mai 2015 die Pforten eröffnete. Über die Hanse allgemein empfehle ich die Sachbücher von Jörgen Bracker, Philippe Dollinger, Antjekathrin Graßmann, Rolf Hammel-Kiesow und Dieter Zimmerling.

Weiterführende Literaturangaben finden Sie auf meiner Homepage www.sabineweiss.com.

Adrian Vanderen wird man in den Ratslinien der Stadt Lübeck vergeblich suchen; ich habe mir aus Gründen der künstlerischen Freiheit erlaubt, die Familien Vanderen und Vresdrop zu erfinden. Viele andere Persönlichkeiten in diesem Roman sind jedoch historisch belegt, auch habe ich das gesellschaftliche und politische Umfeld selbstverständlich intensiv recherchiert. Es gab in verschiedenen Städten Kauffrauen wie Henrike Vanderen, stellvertretend möchte ich Alheyd von Bremen aus Lübeck erwähnen.

Ich bin meinen LeserInnen und dem Verlag Bastei Lübbe sehr dankbar, dass ich tiefer in die Geschichte der Hanse und dieser Zeit eintauchen und das Leben der *Hansetochter* und ihrer Familie weiterspinnen durfte. Vielen Dank an meine beiden Lektoren Ulrike Werner-Richter und Kai Lückemeier. Ihm habe ich Erkenntnisse über den mysteriösen »Königsdorsch« zu verdanken, von dem noch heute ein Exemplar im Hanseatischen Museum im norwegischen Bergen zu sehen ist: Nach Auskunft des Ichtyologen Gerhard Ott handelt es sich dabei um einen Dorsch mit abnormaler Deformation im Kopfbereich; die Fischer glaubten, dass diese Mutanten, die manchmal in ihre Netze gerieten, wundersame Eigenschaften besäßen. Der Grafik-Designer Markus Weber gestaltete die Karte im Vorsatz und die Kaufmannsvignette – beides ist wunderschön, vielen Dank dafür. Zu danken habe ich meiner Agentin Petra Hermanns. Für einen praktischen Einblick in die Falknerei bedanke ich mich bei dem Falkner Lothar Askani und seinem Team vom Wildpark Lüneburger Heide. Etwaige sachliche Fehler sind einzig mir anzulasten. Ich kann mich glücklich schätzen, dass meine Familie mich so begeistert bei meiner Arbeit begleitet und unterstützt. Ob Island, Gotland oder Brügge – ohne euch wären Recherchereisen nur halb so schön!